Fräulein Prolet

Cornelia Naumann

Fräulein Prolet

Eine rührselige Geschichte aus der Zeit der Revolution
mit viel Mord und Totschlag, an deren Ende ein
wahnsinniger Diktator erst einmal verhindert wird
oder
Von einer Munitionsarbeiterin, die Fotografin wurde
und im Kopf der Bavaria verschwand

Verlag Edition AV

Cip-Titelaufnahme der deutschen Bibliothek
Naumann, Cornelia: Fräulein Prolet
Auflage 1. Tsd; Bodenburg; Verlag Edition AV
ISBN: 978–3–86841–312–0

1. Auflage 2024

Satz und Umschlag: Günther Gerstenberg
Foto Umschlag vorne: Fotoarchiv Sebastian Winkler, München
Foto Umschlag hinten: Freunde Giesings e.V.
Mit Zeichnungen von Mirella Pietrzyk
Druck: Kleb GmbH / Wangen
Printed in Germany
ISBN: 978–3–86841–312–0

Und mit morgen könnt ihr mich!
Bert Brecht, Ballade von der Höllen-Lilli

Ich versuche, Fragen, die ich an bestimmte Aspekte unserer Gegenwart oder historische Ereignisse habe, zu beantworten, in dem ich Figuren losschicke, auf Expeditionen gewissermaßen. Ich versuche, hinter Schlagzeilen, Formeln und Vorurteile zu gelangen, zu möglichst differenzierten Wahrnehmungen durch möglichst subjektive Sicht.
F. C. Delius

Für Wolf Dieter, Christoph, Christiane, Reinhard und Paul

DRAMATIS PERSONAE

Die kursiv gesetzten Personen sind keine historischen, sondern von der Autorin frei erfundene Figuren.

Fritzi Novacki, 17 (Jg. 1901), Munitionsarbeiterin aus Essen, seit 1916 bei Krupp in München

Anton Novacki, ihr Vater

Peter Novacki, ihr Bruder, 19, Deserteur

Sepp, 35, Witwer, Leichenkutscher bei Merk

Lisei (12), Girgl (9) und Gretel (2), seine Kinder

Gustl, sein Pferd

Jette, Fritzis Kollegin und Freundin

Cossmann Werner (1854 – 1918), Rabbiner in München, hielt Trauergottesdienst für Sonja Lerch

Rosa Meisl (1884 – 1960) und Rachel Grossfeld-Rabinowitz (1886 – ?), Schwestern von Sonja Lerch

Eugen Lerch (1888 – 1952), Professor der Romanistik

Josef Sontheimer (1867 – 1919), Anarchist, Verteidiger Räterepublik, ermordet

Minna, Fotografie-Elevin

Emma Uibeleisen (1880 – 1928), Fotografin, 1908 – 1925 Atelier Elvira

Max Hinterhuber, 19, Matrose, Bauernsohn aus Bruckmühl

Erich Mühsam (1878 – 1934), Dichter und Anarchist

Rudolf „Rudi" Egelhofer (1896 – 1919), Matrose, Stadtkommandant der 2. Räterepublik

Kurt Eisner (1867 – 1919), USPD, Begründer und erster Ministerpräsident des Freistaats Bayern

Jakob „Hari", angelehnt an Jakob Haringer (1898 – 1948), Dichter

Paula Schier (1899 – 1977), Publizistin und Dichterin, recherchierte 1923 in der Redaktion des „Völkischen Beobachters"

Heinrich Hoffmann (1885 – 1957), Fotograf, 1920 NSDAP, später Fotograf Hitlers für propagandistische Bildberichte, Kunsthehler

Dr. Rudolf Schollenbruch (1856 – 1938), Arzt und Revolutionär

Zenzl Mühsam (1884 – 1962)

Franzi, Künstlerin

Hilde Kramer (1900 – 1974), Kommunistin, Mitarbeiterin Komintern

Dr. Lilly Prem (1897 – 1965), Augsburger Revolutionärin, Sinologin; Brecht setzt ihr mit der „Ballade von der Höllen-Lilli" ein Denkmal

Eugen Leviné (1883 – 1919), Revolutionär, als einziger der Münchner Räte zum Tod verurteilt und hingerichtet

Georg „Schorsch" Schuhmann (1886 – 1919), Vorsitzender des Volksrates und Bürgermeister von Kolbermoor

Alois „Lois" Lahn (1901 – 1919), Arbeiter, Sekretär von Schuhmann, beide am 4.5.1919 von Grafinger Freikorps ermordet, ihre Mörder 1920 freigesprochen

Gertraud „Traudl" Kaestner (1894 – ?), Studentin Chemie und Staatswirtschaft, einzige Frau im revolutionären Hochschulrat, 1920 wegen Hochverrat verurteilt, weiterer Lebenslauf unbekannt

Hermine Körner (1878 – 1960), Schauspielerin und Regisseurin, Intendantin Münchner Schauspielhaus 1919 – 25, erste Schauspielintendantin Bayerns

Ernst Toller (1893 – 1939), Dichter, Revolutionär und Pazifist, 1919 Kommandant der Roten Armee

Erna Morena (1885 – 1962), Schauspielerin, Stummfilmstar, 1915 – 21 mit dem Publizisten Wilhelm Herzog verheiratet

Maria Kießling (1894 – 1984), Leichtathletin, Weltrekord im 100m-Lauf, Weitsprung, Staffel, von ihrem Verein TSV München vergessen

Ellen Ammann (1870 – 1932), Gründerin sozial-caritative Frauenschule, Landtagsabgeordnete BVP

Maria Sandmayr (1901 – 1920), Dienstmädchen, ermordet

Die Frauen des BSF (Bund Sozialistischer Frauen):

Rosa Aschenbrenner (1885 – 1967), Landtagsabgeordnete, Begründerin Frauenhilfe für politische Gefangene, später Rote Hilfe

Anita Augspurg (1857 – 1943), Juristin, Frauenrechtlerin und Pazifistin

Gertrud „Trude" Baer (1890 – 1981), Leiterin des ersten Bayerischen Frauenbüros

Mathilde Baumeister (1872 – ?), Beisitzerin im Revolutionstribunal, Frauenhilfe für politische Gefangene

Marie Bertels geb. Noeggerath (1881 – 1950), Mitbegründerin BSF, versteckte 1919 Ernst Toller

Thekla Egl (1892 – nach 1939), Kurierin, Krankenschwester, 1928 Emigration in USA

Constanze Hallgarten (1881 – 1969), Frauenrechtlerin

Lida Gustava Heymann (1868 – 1943), Frauenrechtlerin, Herausgeberin „Die Frau im Staat"

Hedwig Kämpfer geb. Nibler (1889 – 1947), USPD, revolutionärer Arbeiterrat, 1919 – 24 Stadträtin München

Toni Pfülf (1877 – 1933), SPD, Arbeiterrat, Reichstagsabgeordnete

Selma Schröder (Lebensdaten unbekannt), USPD

Sophie Setzer (Lebensdaten unbekannt), SPD, Verband der Hausangestellten Deutschlands, Vollzugsausschuss des Münchner Arbeiterrates

Sophie Steinhaus (? – 1941), Delegierte des Rätekongresses, heiratete Hermann Kranold, der mit Neurath Sozialisierungsprogramm ausarbeitete.

Weitere Frauen der Revolution, die erwähnt werden:

Dr. Nelli Auerbach (Lebensdaten unbekannt), Nationalökonomin, promoviert 1922 über „Marx und die Gewerkschaften", 1933 Emigration Palästina

Lissi Kaeser (1882 – 1953), Lehrerin, SPD, Landtagsabgeordnete bis 1932

Selma Klingelhöfer (1881 – 1931), USPD, Frauenrechtlerin, Ehefrau von Gustav Klingelhöfer

Dr. Sarah Sonja Lerch geb. Rabinowitz (1886 – 1918), Nationalökonomin, Streikaktivistin

Nanette „Nettie" Katzenstein (1889 – 1967), 1919 Flucht in die Schweiz, 1933 Gründung Schweizer Hilfswerks für Emigrantenkinder, rettete mindestens 300 jüdische Kinder

Hetta Gräfin von Treuberg (1886 – 1941), Salonnière, Pazifistin

Die Entführung

Am Tag ihrer Entführung entdeckte Friederike Novacki, dass die Bavaria kein Hirn hatte.

Friederike, die sich Fritzi nannte, sollte am Nachmittag des 8. November 1923 Ausschau halten nach Schandis und Störern. Zu diesem Zweck hatte sie auf der Münchner Theresienwiese den bronzenen Riesenleib der Bavaria erklommen. Sie hatte die kriegerisch aufgebauschten Röcke passiert, sich durch die standhafte Taille gewunden und schließlich die wehrhafte Büste der riesenhaften Dame erreicht. Im kräftigen Hals wurde das eiserne Stiegenhaus sehr schmal. Erst im Kopf, vom Kinn über den Mund durchs bronzene Naseninnere weitete sich die Treppe wieder und führte zu den Augen. Zwei Besucherschlitze boten Ausblick auf die Theresienwiese und weit über Münchens Hausdächer.

Fritzi lehnte die eingerollte Fahne an das energisch ausladende Kinn der mächtigen Dame, setzte ihren schweren Rucksack ab und zog aus der Seitentasche das Fernglas, eine Kostbarkeit, die Marie ihr geliehen hatte. Mit dem umgehängten Fernglas stieg Fritzi weiter hinauf, bis hinter die Stirn, deren Innenleben kein Hirn, sondern eine kleine Plattform bildete, in der kurioserweise zwei Sofas standen, Sofas aus Bronze gegossen. Sogar die Fransen der Posamenten hatte der Bildhauer sorgfältig nachgebildet. Diese kalten Sofas waren hinter der riesigen Stirn der Figur, sonst nichts. Täglich erlebte Fritzi

Männer, die ihre Köpfe nur benutzten, um Stahlhelme darüber zu stülpen, die sich als „Stoßtrupp" und „Sturmabteilung" extrem hirnlos benahmen, aber dass ein solch mächtiges Symbol des gesamten Landes gänzlich hirnlos war, überraschte sie.

Durch die grob gegossenen Eichenlaubblätter des Kranzes, den die Bavaria auf den wallenden Locken trug, blickte Fritzi durch das Fernglas auf die Theresienwiese hinunter. Die bescheidene Feier zum fünfjährigen Bestehen des Freistaates war nicht angemeldet, sie mussten mit Schandis rechnen, womöglich sogar mit Berittenen. Außerdem mit Provokateuren der Hakenkreuzler, die sich gern prügelten.

Fritzi suchte die Baumreihe, die den großen sandigen Platz umgab, ab, holte die Zufahrtswege der Stadt in das runde Bild des Glases. Dann blickte sie auf die weißen Stufen, die zur Bavaria hinauf führten. Kein Mensch war zu sehen. Nur wenige Demokraten wagten es, dem von Generalstaatskommissar Gustav von Kahr verhängten Ausnahmezustand zu trotzen. Eine Gruppe von knapp 200 Menschen in dunklen Wintermänteln hatte sich dort versammelt und stand fröstelnd in kleinen Gruppen zusammen. Die Feier würde in wenigen Minuten beginnen.

Fritzi ließ den Fernblick über die Menschen schweifen. Die meisten kannte sie seit der Revolution. Links auf der ersten Stufe, neben zwei rauchenden Männern mit Arbeiterkappen, stand Lissi Kaeser, eine Frau von den Sozialdemokraten, die es sich nicht hatte nehmen lassen zu kommen, obwohl sie als

Lehrerin enorme Schwierigkeiten befürchten musste, entdeckte man sie hier. Aus einer Gruppe von Frauen winkte Jette verstohlen zu ihr hinauf. Ihr Weiberrat, ihre Gang! Achtzehn Frauen waren sie gewesen: Jette, Thekla, Marie, Elma, Hetti, Rosa, Selma, Tilde, Toni, Anita, Lida, Constanze, Franzi, Hilde, Sophie, Trude, Nelli und Netty. Ach, so viele fehlten: Franzi abgeschoben, Netty, Nelli und Selma geflohen, Hilde in London. Netty hatte aus der Schweiz zur Feier kommen wollen, aber der über Bayern verhängte Ausnahmezustand ließ dies nicht zu. Womöglich hätte man sie einreisen, aber nicht wieder ausreisen lassen, mit allem war zu rechnen.

Dafür stand Toni Pfülf zu Füßen der Bavaria, obwohl sie ständig zwischen München und Berlin pendelte. Sie müsse der Veranstaltung Legalität verleihen, hatte sie kampfeslustig erklärt, sie wolle sehen, ob man eine gewählte Reichstagsabgeordnete festnehmen würde. Nun sprach sie angeregt mit Anita Augspurg, Lida Gustava Heymann und Constanze Hallgarten, den Frauenrechtlerinnen der ersten Stunde.

Fritzi senkte das Fernglas holte die zusammengerollte Fahne in den hohlen Stirnraum der Statue und stellte sie neben den Augenschlitz. Sollten die Hakenkreuzler sich blicken lassen, würde die rote Fahne aus dem Eichenlaubkranz der Bavaria wehen. Sollte Fritzi die Schandis anrucken sehen, war ein Warnpfiff verabredet.

Noch einmal stieg Fritzi hinunter, holte ihren Rucksack und legte ihn auf das bronzene Sofa. Sie zog die hölzernen Beine ihres Kamerastativs heraus und baute den Dreifuß auf. Das Kameraauge sollte vom höchsten Punkt, zwischen den

Eichenlaubblättern des Kranzes auf die Theresienwiese hinunter schauen. Es war schwierig, das Stativ auf auf dem unebenen Boden zwischen den Bronzesofas auszurichten, mit dem Ergebnis war Fritzi nicht zufrieden. Die Kamera stand schief, unmerklich, aber der Ausschnitt im Sucher war eindeutig nicht gerade.

„Komm, Alte, schiel nicht", sagte Fritzi zur Kamera und justierte die Flügelschrauben neu. Nach einigen weiteren Versuchen sah das Auge der Kamera endlich geradewegs über der Stirn der Bronzefrau auf die wenigen Menschen vor den Stufen. Zufrieden löste Fritzi den Lederriemen und zog den Balg aus. „Dann wollen wir mal, was, Alte", meinte sie aufmunternd.

Die Balgkamera war nicht alt, sie war erst nach dem Krieg auf den Markt gekommen. Sie war ein behäbiges, umständliches und schweres Ungetüm, aber ihre technische Qualität war im Gegensatz zu Fritzis leichter Boxkamera wesentlich besser. Da das Novemberlicht trübe war und die Luft nach Schnee roch, hatte sie sich bei diesem Auftrag für die Balgkamera entschieden, die sie im vergangenen Jahr erworben hatte.

Durch den Sucher beobachtete Fritzi, wie Jette ihr Akkordeon aus dem Kasten nahm und umhängte. Wie verrückt ist sie, dachte Fritzi besorgt, wenn die Schandis kommen, kann sie mit dem schweren Instrument nicht schnell rennen. Dann fiel ihr ein, dass auch sie mit ihrem Kamera-Equipment nicht viel flinker war.

Fritzi summte das Lied der Frauen vor sich hin und griff wieder zu Maries Fernglas. Die Zufahrtswege waren leer. Alles war ruhig. Still lag die Theresienwiese, ein leichter Nieselregen verwandelte sich sachte in Schnee, der auf die sandige Fläche fiel und die vereinzelten Grasbüschel in zauberhafte zierliche weiße Gebilde verwandelte. Eine zerrissene Spitzendecke.

Den Auftakt des Festaktes hätte Fritzi beinahe versäumt, so konzentriert war sie in ihrer Aufgabe als Wachposten. Jette spielte die Marseillaise. Toni Pfülf sprach, ihr folgte der Landtagsabgeordnete Graf, ein Kommunist, der die Freilassung der politischen Gefangenen forderte. In das stärkere Schneetreiben fiel Rosa Aschenbrenners Rede, die in bewegenden Worten ein Bild der Zustände in den Festungen malte. „Ernst Toller kämpft um Papier und Bleistift, und das im Land der Dichter und Denker! Ein Dichter wird schikaniert, indem man ihm die Schreibmaschine nimmt! Aber Mörder und Verbrecher werden geschützt!" rief die temperamentvolle grauhaarige Kommunistin und erinnerte daran, wie die Täter der sogenannten „Fememorde" mit schnell ausgestellten bayrischen Pässen ins Ausland geflüchtet waren.

Rosa war Gründerin und Vorsitzende der Gefangenenhilfe. Die Frauen sammelten für die politischen Gefangenen, die seit der Revolution in der Festung Niederschönenfeld festgehalten wurden, und für die Frauen, die in Aichach interniert waren. Sie sandten ihnen Essen, Bücher und Tabak, versorgten ihre mittellos gewordenen Familien, organisierten Freizeiten für die Kinder. In diesem Jahr fraß die Inflation das mühsam gesammelte Spendengeld, während sie ihre Besuche in den entlegenen Orten organisierten.

Nach Rosa sprach Zenzl Mühsam. Mit tränenerstickter Stimme berichtete sie, dass ihr Mann Erich eine Woche auf nacktem Boden habe schlafen müssen; für einen angeblichen Verstoß gegen die Haftordnung habe man ihm sein Bett fort genommen. Sie weinte, aber dann wischte die tapfere Frau entschlossen die Tränen fort und rief: „Wir lassen uns nicht unterkriegen!" Beifall und anfeuernde Rufe waren ihr Lohn. Fritzi bemerkte, dass die etwas abseits stehenden Männer mit den Arbeiterkappen nicht applaudierten. Wer waren die beiden?

Zum Abschluss sangen alle die Internationale. Dann traten sie im zunehmenden Schneegestöber eilig den Heimweg an. Fritzi hatte dennoch einige interessante Aufnahmen machen können. Hoffentlich brachte ihr eine Postkarte davon einen harten Schweizer Franken ein statt des üblichen Kilos wertloser Mark. Sie betrachtete die Silhouette von München, die Türme der Kirche, die weite verschneite Fläche der Theresienwiese und fotografierte das Stadtpanorama mit der Silhouette der Paulskirche hinter wild tanzenden Flocken. Dann schraubte sie sorgfältig die Kamera vom Stativ, verstaute sie im ledernen Futteral und lächelte bei dem Gedanken, der Bavaria die rote Fahne wie eine lange Zunge aus dem Mund wehen zu lassen. Ein tolles Motiv! Aber leider nicht jetzt, diese Idee hob sie sich für bessere Zeiten auf. Sie löste die Flügelschrauben des Stativs und verstaute die hölzernen Beine im Rucksack.

Keine Hakenkreuzler, keine Schandis, dachte Fritzi, dafür eine knappe Stunde das Hirn im leeren Kopf der Bavaria. Ob das reichte, der kriegerischen Dame mit den blicklosen Augen ein wenig sozialistisches Gedankengut einzuflößen? Wohl eher nicht, Fritzi schätzte ihre Kenntnisse darüber als mangelhaft und ihre Person als zu unbedeutend ein. Noch einmal betrachtete sie den menschenleeren Platz, der in novembriger Melancholie im Dämmern lag. Die ersten Straßenlaternen verbreiteten ihr trübes Gaslicht, in den umliegenden Häusern der wohlhabenden Bürger flammte das Elektrische auf. Von der Paulskirche schlug es vier Uhr. Die Luft roch nach frühem wässerigen Schnee. Fritzi blies auf ihre rot verfrorenen Hände. Sonnig war es vor fünf Jahren gewesen, ganz München war in offenen Wintermänteln gekommen, schwarz von Menschen war die Theresienwiese gewesen, Frieden und Revolution hatten sie gemacht, hier hatte das neue Leben begonnen!

Fritzi blickte nach Süden. Da oben, im Schatten der Türme der Heiliggeistkirche, hatte sie gewohnt, in Giesing. Dort wohnte der Sepp noch immer in seinem kleinen Haus. Fritzi seufzte schmerzlich auf. Der Sepp, der Gustl, die Kinder ... nein, denen konnte sie nie wieder unter die Augen treten. Sie hatte das Glück aus ihrem Leben verjagt, unfassbar dumm und leichtsinnig.

Fritzi schnürte den Rucksack zu, schlug die Klappe darüber. Alles war falsch gelaufen in ihrem Leben. Falsch gedacht, falsch gemacht, die Liebe verschmäht, auf falsche

Leute eingelassen. Wütend zog sie die Schnallen zu. Pech mit Männern, aber die Männer waren nach dem Krieg nicht mehr dieselben, versicherten die älteren Freundinnen. Was half ihr das? Fritzi wusste nicht, wie Männer früher gewesen waren, sie wusste nur wie Max war. Max ... die Tränen quollen hervor, es half nichts, sie konnte sie nicht unterdrücken, und hier oben war sie allein, da konnte sie heulen wie eine Wölfin. Max. Die Liebe. Das Leben. Ihr Schluchzen seufzte durch den Bronzeleib. Die Bavaria schien gerührt.

„Typisch", schrie Fritzi in das hohle Stiegenhaus, „wer kein Hirn hat, ist sentimental!" Schluss jetzt, Tränen weg, Taschentuch, ab zur Weibergang, und was die anging, hatte sie es richtig gemacht, die war, wie sagten die Berliner? Knorke. Echt knorke, diese Weibergang, jede würde für die andere durchs Feuer gehen. Fritzi schnäuzte sich kräftig die Nase, warf sich einen Gurt des Rucksacks über die Schulter, griff nach der zusammengerollten Fahne und machte sich an den Abstieg. Sie freute sich auf Maries warme Wohnung, in der sich die Frauen zum Tee treffen wollten.

In diesem Moment hörte sie Poltern unten an der Tür, gefolgt von einem lang gezogenen Knarzen. Ein Knall tönte zu ihr hinauf, dann dröhnten schwere Schritte auf der Stiege. Die eisernen Stufen bebten.

„Jette?"

Keine Antwort. Die Schritte klangen nach schweren Stiefeln, männlich. Fritzis Herz klopfte heftig. Wer hatte sie in ihrem geheimen Versteck entdeckt?

Sie spähte durch die Wendeltreppe hinunter, konnte aber die Eingangstür der Bavaria nicht einsehen.

Der schwere Rucksack behinderte sie. Fritzi ließ ihn von der Schulter gleiten und stellte ihn auf der Treppenstufe ab. Die Fahne behielt sie im Arm und bemühte sich, lautlos die hallenden Eisenstufen hinunter zu schleichen. Ihr Herz schlug bis in die Schläfen. Die Schritte kamen schnell näher. Als sie sich vorbeugte, erkannte sie Männer mit tief in die Stirn gezogenen Kappen. Waren es die zwei, die sie von oben gesehen hatte?

„Wer da?“ fragte sie vorsichtig. Die Männer blickten nicht auf, beschleunigten aber noch einmal ihre Schritte. Zu spät begriff Fritzi ihre Absicht, sie kamen näher, einer riss ihr die Fahne aus der Hand, der andere hielt ihr einen stinkenden Lappen ins Gesicht. Chloroform, dachte Fritzi noch, weil der aufdringliche Geruch sie ans Krankenhaus erinnerte und verwünschte sich, dass sie die Tür nicht abgeschlossen hatte. Wie hatte sie nur so leichtsinnig sein können! Dann sank sie in eine schwarze Leere.

Fotoalbum

Das Album hatte einen Einband aus rotem Leder. Es ist einmal sehr teuer gewesen, Fritzi hat es beim Buchbinder sorgfältig ausgewählt. Sie kann nichts dafür, dass ihr Fotoalbum nun verblasst ist und eher rehbraun aussieht. Beim Darüberstreichen fühlst du feinstes Kalbsleder. Sie hat es mir geschenkt, ihre besten Fotografien aus jenen Jahren hat sie entwickelt und auf grauen Karton eingesteckt, selbst die Schlitze hat sie selbst gemacht, weil ihr die vorgefertigten nicht gefallen, und dann hat sie die Seiten binden lassen. Fritzi ist von Beruf Fotografin und wollte nicht nur Atelieraufnahmen, sondern das wahre Leben, wie sie sagte. Daher hat sie nicht nur Schönes fotografiert, aber mit ihrer schönsten Schrift unter jedem Foto vermerkt, wer darauf zu sehen ist und wann. Milchzartes Transparentpapier trennt die Seiten, um die Fotografien zu schützen. Geheimnisvoll knistert es beim Umschlagen. Für jede von uns hat Fritzi ein solches Album gemacht, aber wir sind ja in alle Welt verstreut. Ob die anderen Alben Plünderungen, Haft, Vertreibung überstanden haben, ob sie Morde überlebten und in den Händen interessierter Töchter sind?

Auf die erste Seite hat Fritzi mit schwungvoller Schrift drei Buchstaben geschrieben: BSF. Bund sozialistischer Frauen, das waren wir, die Weibergang. Hier, auf diesem Foto, stehen wir auf den Stufen der Bavaria. Es war kurz vor dem Bierkellerputsch, der Tag, an dem Fritzi plötzlich verschwand.

Fritzi lernt den Boandlkramer kennen

Fritzi steht vor dem Gefängnis Stadelheim. Lang, öde in schnurgerader Linie führt die Stadelheimer Straße hinaus aus dem dörflichen Giesing zum Gefängnis. Kein Fuhrwerk, kein Automobil ist an diesem Ostersamstag unterwegs, kahl recken die Bäume ihre Äste in den grauen Himmel. Nur eine Frau mit einer Kraxe voller Äste auf dem Rücken eilt mit scheuen Blicken nach allen Seiten vom Grünwalder Forst und verschwindet mit ihrer illegalen Beute in einem Hoftor der Tegernseer Landstraße.

Ein Schnurrbartträger öffnet die Klappe im wuchtigen Gefängnistor. Fritzi zeigt dem Beamten ihre Sprechkarte und überlegt, ob der Mann mit Schnurrbartbinde schlafen geht und wie er damit wohl aussieht. Solche Überlegungen helfen ihr, in der Welt der bedeutungsvollen Barttrachten, Uniformen, Rangabzeichen, Orden und Monokel nicht vor Angst zu vergehen.

Wen sie sprechen wolle, ignoriert der Schnurrbärtige ihre Karte und mustert sie misstrauisch.

Fritzi erklärt, sie habe Sprecherlaubnis für Frau Dr. Lerch. Sie bringe der Frau Doktor frische Wäsche. Zur Bekräftigung hebt sie ihren Korb hoch. Unter der Wäsche verborgen liegt eine kleine Osterüberraschung für die Gefangene.

Der Schnurrbart verschwindet, die Klappe schließt sich. Mit der strengen Stadelheimer Prozedur ist Fritzi noch nicht vertraut. Erst in der vergangenen Woche wurde Sonja Lerch vom Untersuchungsgefängnis am Neudeck nach Stadelheim verlegt. Fritzi war erschrocken, dass man eine Untersuchungsgefangene so behandelte. Nicht einmal der sehr verehrte Journalist Kurt Eisner, der unablässig den Frieden und die Republik fordert, war nach Stadelheim gebracht worden. Wollen die Behörden einzelne von den Unabhängigen isolieren? Seit acht Wochen ziehen sich die Verhöre hin, keiner wurde bisher entlassen, nicht einmal die, deren Unschuld offenkundig ist. Die Justiz ist wie dieser Krieg, der sich unaufhaltsam ausbreitet wie ein Tintenfleck auf Löschpapier, der Millionen von Männern in Stacheldrahtverhauen das Leben kostet, der Mütter verzweifeln und Kinder verhungern lässt. Wie eine nicht zum Stillstand zu bringende Walze begräbt er Menschen, Städte, Wälder, alles unter sich und hinterlässt eine Schneise von Elend, Tod und Verderben.

Fritzi wünscht sich Frieden. Auch sie hatte auf der Leopoldstraße für den Frieden demonstriert. Auch sie war im Januar bei Krupp in Streik getreten, inständig hoffend, dass der Generalstreik Frieden bringen würde. Aber die Unabhängigen, wie sich die Sozialdemokraten nennen, die keinen „Burgfrieden" halten sondern echten Frieden fordern, gelten nun als Landesverräter und Aufhetzer und warten hinter Gittern auf ihren Prozess vor dem Reichsgericht in Leipzig. Pures Glück, dass Fritzi nicht darunter ist. Die Polizei hatte jeden Vorwand benutzt, Leute aus dem Demonstrationszug heraus zu verhaften.

Die Klappe öffnet sich wieder. Sie könne Frau Lerch nicht besuchen, teilt der Mund unter dem Schnäuzer mit. Bevor Fritzi Luft holen kann, schließt die Klappe mit einem Knall.

Fritzi ist gewohnt, dass man ständig versucht, Besuche zu verhindern. Der letzte war auf zehn Minuten begrenzt, und sie hatte die Frau Doktor durch ein dickes Gitter in einem winzigen Raum sprechen müssen, hinter ihnen ein Aufseher, der sie keine Sekunde aus dem Augen ließ, als sei die Nationalökonomin und USP-Streikführerin Sonja Lerch eine Schwerverbrecherin und Fritzi ihre Komplizin.

Wieder klopft Fritzi an die massive Tür, wieder öffnet sich die Klappe. Sie habe eine Sprechkarte und möchte Frau Dr. Lerch sprechen, besteht Fritzi auf ihrem Recht. Sein Schnauzbart zittert, als der Mann kurz und unfreundlich auflacht. Ob sie mit Toten sprechen könne, die Klappe knallt zu. Fritzi erstarrt.

Wie ist das nun wieder zu verstehen? Sonja Lerch zählt keine 36 Jahre, in der vergangenen Woche war sie unglücklich, aber höchst lebendig, und streitbar in Bezug auf den bevorstehenden Prozess. Und für diesen erbat sie von Fritzi frische Kleidung, um nicht als die verlotterte Revolutionärin vor Gericht zu stehen, wie bösartige Karikaturen im „Simplicissimus" sie zeigen.

Fritzi klopft noch einmal. Ein anderes Gesicht schaut durch die Klappe, älter, mit grauem Schnäuzer, offenbar der Vorgesetzte. Ob sie eine Angehörige der Gefangenen sei.

– Ich bin doch ihr Mädchen und bring der Frau Doktor frische Wäsche, lügt sie betont harmlos, die Frau Doktor braucht sie für ihren Prozess.

Die Klappe schließt sich, der Schlüssel knarzt im Schloss. Der ältere Schnauzbart öffnet das Tor einen Spalt und streckt die Hand aus. Sie könne ihm den Korb geben, er werde Frau Dr. Lerch die Wäsche aushändigen.

So haben wir nicht gewettet, denkt Fritzi und hält ihren Korb fest. Die essen meine Osterbrötchen, und die Rosinen dafür hab ich auf dem Schwarzmarkt für eine Unsumme erhandelt, euch werd ich was schenken. Fritzi zeigt ihre Sprechkarte vor.

Der sieht sie nicht einmal an! Seit Sonjas Inhaftierung Anfang Februar war dieses Stück Papier das wichtigste Dokument gewesen, stets hatte Fritzi darum kämpfen müssen, stets hatte der Herr Untersuchungsrichter streng nachgefragt, jedes Mal hatte sie aufs Neue lügen müssen, sie sei Dienstmädchen der Frau Dr. Lerch. Die Lüge hatte funktioniert, der Besuch war vor allem den Genossen von der USP verboten.

– Wartens amal schnell.

Fritzi ist das Warten gewohnt. Stehen und Warten, überall. Vor dem Kruppschen Lohnbüro, um Wochenlohn zu bekommen, vor den Läden, um ihn nach zwölf Stunden Arbeit wieder auszugeben. Sie steht beim Gemüsemann in der Hoffnung auf einen Kohl statt der verhassten Dotschen, vorm Fleischer für lächerlich kleine Rationen Fleisch oder um Fett und Schlachtabfälle zu erbetteln, vorm Bäcker, um für Brotmarken schlechtes hartes Brot zu kaufen, vor der Wirtschaft, um das Wasser, in denen die Würste gekocht werden, zu erbitten: überall steht Fritzi an für ihr täglich Brot. Von ihren siebzehn Lebensjahren hat sie gute zwei verstanden und verwartet. Fritzi verzichtet auf weiteres Anklopfen und richtet sich auf eine längere Wartezeit ein. Wenn die denken, so bringen sie mich los, irren sie sich, meine Beine sind jünger als ihre. Der Weg nach Stadelheim hinaus ist weit, vom Giesinger Bahnhof, der Endhaltestelle der Tram, läuft sie zwanzig Minuten zum Gefängnis. Zu weit, um unverrichteterdinge umzukehren.

Vom Turm der Gefängniskirche schlägt es zwei Uhr, als das Fuhrwerk heran klappert. Ein Leichenwagen. In den letzten Jahren hat Fritzi zu viele Leichenwagen gesehen, es hat sie nicht abgehärtet gegen den Tod, nur empfindsamer gemacht. Die Firma Merk besaß ein Automobil, aber es waren zu viele Tote geworden, man hatte die alten Droschken wieder in Betrieb genommen. Fritzi betrachtet das Pferd. Der struppige schwarze Klepper sieht traurig und abgemagert aus und hat doch allen Grund, heiter zu sein, denn er verdankt sein Leben dem glücklichen Umstand, nicht als Remonte für den Krieg requiriert zu sein. Vor dem Tor hält der Wagen. Mitleidig streichelt sie das Tier. Es schnuppert interessiert an ihrem Korb.

Wenn das Fräulein bittschön einmal klopfen würde, bittet der Kutscher, dann müsse er nicht absteigen. Seine Stimme klingt rau und kehlig, er ist hager, unrasiert, trägt einen schäbigen schwarzen Hut und passt zu seinem Klepper wie der Boandlkramer persönlich.

– Ja ist denn jemand gestorben?

– Fräulein, sagt der Kutscher, dessen schwarzer Gehrock stumpft wie das Fell seines Pferdes, auch im Gefängnis wird gestorben.

Es gebe doch einen Gefängnisfriedhof, meint Fritzi.

Der Befrackte mustert das Mädchen wie ein Rektor eine freche Schülerin: Nicht für Juden.

Das Tor wird geöffnet. Flugs hält Fritzi ihre Sprechkarte in die Höhe und will neben dem Wagen ins Gefängnis hineinschlüpfen. Der Wachhabende hält sie zurück. Sie habe keine Besuchszeit, wie oft müsse er das noch sagen?

– Ich muss unbedingt zur Frau Doktor! Sie braucht ihre Wäsche!

– Braucht sie nicht. Der Wachhabende mustert sie kopfschüttelnd. Er habe oft erlebt, dass jemand aus dem Gefängnis hinaus, aber nie, dass jemand unbedingt hinein wolle. Der Kutscher lacht beifällig, schnalzt mit der Zunge, und der Klepper zockelt in den Innenhof. Das Tor schließt sich hinter dem traurigen Gefährt.

Ratlos steht Fritzi davor. Keine Auskunft, dafür viele Anspielungen, die sie nicht versteht. Mit Toten sprechen. Jüdische Gefangene werden nicht auf dem Gefängnisfriedhof begraben. Sonja Lerch heißt mit zweitem Namen Sarah, sie ist jüdisch, macht aber nicht viel Aufhebens um das Religiöse. Fritzis Fragen nach ihrer Beteiligung an der russischen Revolution war Sonja ausgewichen, hat aber von den Judenpogromen erzählt, die der Revolution gefolgt waren. Durch sie hatte Fritzi erfahren, was ein Pogrom ist.

Die Revolution in jüdischem Blute ersäufen, murmelt Fritzi, das war die zaristische Losung gewesen.

Der jüngere Schnäuzer zeigt sich wieder in der Klappe: Schleich dich, sonst lass ich dich ein, aber dann kommst mir nicht mehr aus, droht er, er schließe jetzt diese Klappe und zähle bis zehn: Dann schau ich hinaus, und wenn du hier immer noch schlawinerst, ruf ich die Gendarmen.

Fritzi trollt sich unwillig. Die Launenhaftigkeit bei der Vergabe von Sprechkarten ärgert sie. Es ist nicht gerecht. Aber was ist schon gerecht außer der russischen Revolution. Die

Russen haben im vergangenen Jahr den Zaren davon gejagt, nun sind alle Russen gleich in einer sozialistischen Republik, und hier? Gibt es immer noch einen König, und darüber einen Kaiser, und darüber die Oberste Heeresleitung, die bestimmt über Leben und Tod jedes Menschen. Menschen? Wir sind ja keine Menschen für die, denkt Fritzi erbittert, wir sind Untertanen, wir kämpfen für Kaiser und Vaterland, wer fällt kriegt ein eisernes Kreuz und ein Ehrengrab. Wer verhungert, bekommt nur ein Armengrab. Nicht mal im Tod sind wir gleich. Und wenn wir aufmucken, werden wir eingesperrt.

Maßlos enttäuscht trottet Fritzi die endlose Stadelheimer Straße zurück. Sie hat sich auf die Genossin Sonja gefreut. Warum vertreibt man sie? Pure Willkür, Laune der Wachhabenden? Was bedeuten die rätselhaften Bemerkungen? Fritzi ärgert sich oft, wenn die Amtswürdenträger so geschwollen daher reden, dass einfache Menschen sie nicht verstehen. Sie kann nichts dafür, dass sie nur fünf Jahre zur Schule ging und nicht viel versteht. Aber dieses Mal ärgert sie sich nicht, sie ist nur traurig. Sonja wird auf ihren feinen Seidenmantel für den Prozess verzichten müssen, und auf die Osterbrötchen ebenfalls. Um eine neue Sprechkarte kann Fritzi erst nach den Feiertagen bitten. Hoffentlich kommt Sonjas Ehemann, es muss schrecklich sein, über die Feiertage allein im Gefängnis zu sein. Da hört sie wieder Hufgetrappel auf der stillen Straße.

– Steigens auf, Fräulein, lädt der Kutscher ein. Fritzi beäugt den Sarg auf dem Wagen und denkt, so geht es also zu Ende. Da liegt ein Mensch, kommt unter die Erde und wird wieder zu Erde.

– Die Leich tuat Eana nix mehr, Fräulein, sagt der Kutscher aufmunternd.

– Bin kein Fräulein, erklärt Fritzi und steigt auf den Sitz neben den Kutscher.

– Da schau her! Was sans dann?

– Nur ein Prolet.

Der Mann betrachtet das Mädchen von der Seite, die saubere Schürze über dem Kattunrock, die dichten roten Haare, die unter dem Kopftuch hervorquellen, nicht gelb oder grün verfärbt vom Schwefel wie bei den Munitionsarbeiterinnen.

– Ein Feuerkopf bist, aber kein Canari.

– Geschütze, sagt Fritzi wortkarg. Sie hasst es, taxiert zu werden.

– Wo?

– Bei Krupp in Freimann.

Das treffe sich, erklärt der Kutscher, er fahre zum jüdischen Friedhof, sie kann ein gutes Stück mitfahren, falls sie nach Hause will.

– Aber falls Eana der Gaul zu langsam ist ...

Nein, das geht in Ordnung. Und da sie frei hat, und es ein eigenartiges Gefühl ist, mit einem Leichenwagen durch München zu fahren, dankt Fritzi, wickelt ein Osterbrötchen aus und bietet dem Mann eines an als Dankeschön fürs Mitnehmen. Dem gehen die Augen über. Weinbeeren! Die habe er seit zwei Jahren nicht gegessen, nicht mal gesehen, und schon reden sie über die Entbehrungen des Krieges. Der Leichenfahrer entbehrt am meisten ein knusprig gebratenes Ganserl, das er zu Martini stets genossen, mit Maroni, und Fritzi erinnert sich an die Osterhasen aus Zucker, die in knalligem Orange und Rot in den Konditoreien gestanden hatten.

– Semmelknödeln gehörn dabei, schwärmt der Kutscher, und Blaukraut mit Äpfeln!

– Sahnetorte! Nur mit Mühe bringt Fritzi das Wort über die Lippen. Die Rosinenwecken hat sie aus Kastanienmehl gebacken. Sie weiß gar nicht mehr wie Weizenmehl schmeckt!

Der Kutscher seufzt und knallt mit der Peitsche. Der Gaul legt die Ohren an, geht aber kaum schneller. Der hätte auch gern mal wieder eine Schippe Hafer statt muffiges Heu, meint der Kutscher. Er schnuppert sehnsüchtig am Osterbrötchen und packt es dann sorgfältig in sein Taschentuch: Musst verzeihen, Mädl, ist nicht bös gemeint, aber wenn ich das jetzt esse, kann ich meinen Kindern heut abend nicht in die Augen sehen.

Das versteht Fritzi und schenkt ihm auch das zweite. Schweigend fahren sie über die Tivolibrücke, an der Lokomotivenfabrik Maffei vorbei. Die Maschinen der kriegswichtigen Industrie dröhnen auch am Ostersamstag.

Er fahre mit der Leiche nicht gern durch die Stadt, erklärt der Kutscher und lenkt das Pferd auf den Weg neben die Werksgleise, die durch den englischen Garten führen, bis er auf die Ungererstraße kommt. Da gibt er dem Gaul die Peitsche, dass er traben soll, und das tut das bedauernswerte Tier auch, bis sie vor dem hohen Tor des israelitischen Friedhofs anhalten. Ein schöner Davidstern bildet die Mitte des eisernen Portals, Efeu überrankt die Friedhofsmauern aus roten Backsteinen. Das Tor ist geschlossen. Fritzi will sich verabschieden, von hier aus kann sie zur Krupp-Siedlung laufen, bevor es dämmert. Da wird das Tor von innen geöffnet. Ein kräftiger Mann mit einem schwarzen breitkrempigen Hut und schwarzem Vollbart tritt heraus und betrachtet aufmerksam die Ankommenden.

– Sie bringen mir die Frau Lerch? fragt er.

Fritzi kommt wieder zu sich, weil jemand ihre Wangen klopft.

– Fräulein, Fräulein, können Sie mich hören? fragt eine Stimme.

– Bin kein Fräulein, murmelt Fritzi und hört ein leises Lachen.

– Sie ist ein Prolet, erklärt die Stimme des Kutschers. Fritzi öffnet die Augen. Der Schwarzbärtige und der Kutscher haben sie auf eine steinerne Bank neben dem Toilettengebäude am Eingang gelegt und betrachten sie besorgt. Selbst der Gaul hat den Kopf nach hinten gewandt und beobachtet sie mit gespitzten Ohren.

– Hier, trink, sagt der Schwarzbärtige mit überraschend sanfter Stimme und reicht ihr einen Becher Wasser. Fritzi richtet sich auf, trinkt einen Schluck, entdeckt den Sarg auf dem Wagen und sinkt zitternd wieder um. Darin liegt also die Frau Doktor, die Genossin Sonja. Vorbei. Fritzi schluchzt trocken auf.

Der Kutscher steigt verlegen von einem Bein auf das andere. Nach einem Wink des Rabbiners fährt er weiter zur Aussegnungshalle.

Wie hat das geschehen können, warum ist sie tot, Fritzi weint haltlos.

– Mitten im Leben sind wir vom Tod umgeben, sagt Cossmann Werner, was bei Fritzi einen fast hysterischen Lachanfall auslöst.

– Man kann wohl eher sagen, dass wir mitten im Tod des Krieges ein erbärmliches bisschen leben dürfen, schnieft sie.

Ob sie die Frau Lerch gut gekannt hatte?

Sie sei ihr Dienstmädchen, murmelt Fritzi. Ihr wird bewusst, dass sie diese Lüge nie wieder brauchen wird, und wieder weint sie. Cossmann Werner betrachtet das Mädchen mit den feuerroten Haaren, den geröteten grünen Augen, und fragt sich, warum jemand sich das Leben genommen hat, der so geliebt wird. Aber Gefängnis bringt die dunkelsten Seiten im Menschen nach oben, die Verzweiflung siegt über den Selbsterhaltungstrieb, er weiß das.

– Wie war sie, die Frau Lerch?

Fritzi sieht den wilden Mann mit dem expressiven Blick erstaunt an. Kannte er sie nicht?

Er verneint.

Klar, die Genossin hatte es nicht mit der Religion, denkt Fritzi, warum sollte sie den Priester kennen ... nennt man das Priester?

– Wir sagen Rabbiner. Manche nennen mich den Rebbe. Erzähl mir von Frau Lerch.

Und Fritzi erzählt. Sie gesteht die Dienstmädchenlüge, um Sprecherlaubnis im Gefängnis zu bekommen, berichtet vom Montagskreis der Achtzehner im Goldenen Anker, Kurt Eisners Vorträgen und der freien Aussprache, die folgte, von Sonjas mitreißenden Vorträgen über die russische Revolution und den Streik in Österreich, von ihren Aufforderungen, es den Russen und Österreichern gleichzutun und zu streiken, bis man den

König verjagt und Räte gebildet habe. Nehmt eure Sache in die eigenen Hände, hatte Sonja gesagt, und nicht nur in die Hände, auch ins Hirn, und sie hatte sich an die Stirn getippt, ihre schwarzen Haare flogen, und wenn sie die Strähnen aus der Stirn strich, hatte sie gelächelt, ein kämpferisches Lächeln. Die Arbeiter hatten ihr und Eisner zugejubelt, bis ... ja, bis alles den Bach runterging. Die Polizeispitzel, immer reichlich in allen Versammlungen vertreten, hatten Bericht erstattet, den Behörden schien es Zeit einzuschreiten. Schnell hatten sie die sogenannten „Rädelsführer" ausgemacht und Anfang Februar verhaftet.

– Sie halten uns für gefährlich, sagt Fritzi empört.

– Seid ihr das nicht? Ihr wollt die bestehende Ordnung zerstören, sagt der Rabbiner streng. Fritzi blickt ihn zweifelnd an. Was gibt es da zu zerstören, denkt sie und weiß nicht so recht, was sie entgegnen soll. Die Genossin Sonja hätte die richtige Antwort gewusst und den Rabbiner in einen Disput verwickelt.

– Hat der Krieg nicht jede Ordnung zerstört? fragt sie unsicher.

Der Rabbiner seufzt. Dieser Krieg hat die Moral untergraben, zu Verwahrlosung und zunehmender Brutalität geführt.

– Wir wollen eine neue Ordnung, sagt Fritzi, mutiger geworden: eine gerechte. Eine friedliche. Frau Doktor Lerch hat für den Frieden gekämpft. Und Frieden ist doch die Voraussetzung für eine gerechte Ordnung, oder nicht?

– Sicherheit, erklärt Cossmann Werner, der an die Pogrome seiner Kindheit in Posen denkt, die Menschen müssen sich sicher fühlen.

– Ich fühle mich nicht sicher ohne Frieden, antwortet Fritzi. Sie betrachtet das schlichte, von Lebensbäumen und Eiben beschattete Gräberfeld. Efeu wuchert zwischen grauen Granitsteinen und Marmorsäulen. Keine Engel, keine Figuren, weiß hin getupft einsame Schneeglöckchen. Wieder steigen Tränen auf und schnüren Fritzi den Hals ab: Nun wird sie Sonja nicht mehr nach der ersten russischen Revolution fragen können. Nichts wird sie mehr von Sonja lernen für die bevorstehende Revolution in Deutschland.

– Frau Lerch wird für immer ihren Platz hier am guten Ort haben, bis in alle Ewigkeit, sagt Rabbiner Werner: Für uns im Judentum steht das Grab für das langsame Einswerden mit der Natur. Der Mensch wird wieder zu dem Staub, dem er entstammt. Daher siehst du keine bepflanzten Gräber, denn Pflanzen, die der Erde Saft entziehen, sind nach unserer Tradition nicht erlaubt.

Auf eigenartige Weise fühlt Fritzi sich getröstet.

– Wie ist sie ...

Sie soll sich an ihrem Schal erhängt haben.

Der leere Wagen kommt zurück, und der Schritt des mageren Kleppers ist munterer geworden. Es geht Richtung Stall. Als er Fritzi gewahrt, bleibt er mit gespitzten Ohren auf dem Weg stehen.

– Mädchen, er mag dich, der Gustl, ruft der Kutscher.

Fritzi streichelt dem Pferd die Blässe und vergräbt ihr Gesicht in der struppigen schwarzen Mähne. Die Tränen kommen wieder, keiner darf sie sehen. An ihrem Schal erhängt, wie schrecklich. Wie kann das sein. Wie konnte sie sich an ihrem Schal erhängen. Der Gustl legt seinen schweren Kopf auf Fritzis

Schulter und prustet ihr ins Ohr. Der Kutscher schüttelt erstaunt den Kopf ob dieser unerwarteten Freundschaft.

Sie hört die Stimme des Rabbiners: Du durftest deiner Freundin das letzte Geleit durch die Stadt geben. Das hätte ihr sicher gefallen.

Noch einmal streichelt Fritzi Gustls weiche Nüstern und greift nach ihrem Korb: Es hätte ihr besser gefallen, frei und lebendig mit mir durch die Stadt zu fahren.

Sie knickst und geht unter dem Davidstern hinaus.

Der Kampf geht weiter

An der Ungererstraße bilden Polizeifahrzeuge eine Kontrolle. Jeder, der zum israelitischen Friedhof will, muss sie passieren, ein Spießrutenlauf. Wehrfähige Männer müssen ihre Pässe vorzeigen, einer wird sofort in Handfesseln gelegt und abgeführt. Berittene patrouillieren in beide Richtungen. Es ist beklemmend und erniedrigend, aber gleichzeitig findet Fritzi es erhebend, dass so viele kommen, Sonja Lerch zu ehren. Hunderte von Menschen trauern um Sonja, obwohl sie erst mit der

Gründung der Unabhängigen im vergangenen Jahr politisch in Erscheinung getreten war. In kleinen Gruppen spazieren die Menschen zum Friedhof, vor dessen Tor die Polizeispitzel mit steifen Hüten stehen, jeden Ankommenden beobachten, belauschen und Notizen in kleine Blocks schreiben.

Fritzis Kollegen bleiben stehen, als sie das Polizeiaufgebot sehen.

– Ich will keine Schwierigkeiten, erklärt Paul, der beim Januarstreik ausgesperrt worden war, die Polizei versorge die Industrie mit Namen und Daten. Krupp führe schwarze Listen, und wer darauf stehe, weil er politisch verdächtig sei, werde bei nachlassender Konjunktur zuerst entlassen.

– Feigling! Jette regt sich auf.

Fritzi beruhigt sie. Jeder muss selbst wissen, was er tut.

– Ihr Frauen habts leicht, meint Paul: was kann euch schon geschehen. Aber mit mir machen sie kurzen Prozess, ich bin Fabriksoldat! Ich komm nicht ins Gefängnis, sondern ab an die Front, wie der Reck, unser Vertrauensmann!

Jette zündet sich eine Zigarette an und bläst dem Mann den Rauch ins Gesicht: Klar, wir Frauen habens leicht. Wir schuften jeden Tag elf Stunden für die Hälfte von eurem Lohn! Die Mütter sehen ihre Kinder nur zum Nachtessen! Und wenn wir aufmucken heißt es, ihr könnt ja heim gehen an den Herd wo ihr hingehört.

– Ich hab einen Sohn, sagt Pauls Kollege leise, er ist vier Jahre alt, ich hab ihn gesehen, als ich von der Front kam, da war er zwei. Letztes Jahr hab ich Arbeit bei Krupp bekommen, das war wie ein Sechser in der Lotterie. Ich bin heilfroh, nicht wieder in diese Hölle zu müssen.

Die Männer tippen sich an die Kappen und kehren um.

Jette hakt sich bei Fritzi unter. Sie gehen weiter. Jette ist, nur Fritzi und einige wenige Kolleginnen wissen es, eine Saboteuse. Sie befüllt die Torpedos nicht nach Vorschrift, in der Hoffnung, dass sie ihr Ziel nicht erreichen. Das ist Hochverrat und wird mit dem Tod bestraft. Fritzi mag Jettes Frechheit gut leiden, ist allerdings unsicher, ob Sabotage den Krieg beenden kann. Aber neben der dünnen energischen Jette fühlt Fritzi sich wunderbar stark. Sie hebt das Kinn und bemüht sich, durch die Polizisten hindurch zu sehen. Doch je mehr sich vor ihnen aufbauen, desto nachdenklicher wird Fritzi. Warum ein so riesiges Polizeiaufgebot wegen der Genossin Sonja? Sie ist doch tot, sie kann niemandem mehr schaden, niemandem nützen. Der Friedensstreik ist niedergeschlagen, ihr Leben ist vorbei, zu früh, ungerecht, einsam. Dürfen sie sie nicht in Frieden beerdigen? Heißt es nicht: die letzte Ehre erweisen?

– Ist doch klar, nuschelt Jette, die Zigarette zwischen den Lippen, die wollen keine Märtyrerin.

– Was ist das?

– Sone Art heilige Jungfrau. Die Genossin ist zwar tot, aber das macht sie zur Heiligen. Sie hatte ja recht, mit allem, weißte. Sone Heiligen können die Herrschenden jetzt nicht brauchen.

Sonja, eine Heilige, denkt Fritzi, das passt nicht.

– Die haben Angst, dass wir die Falschen verehren.

In einem seiner Vorträge hatte Eisner gesagt, dass sich das Kaiserreich in eine Militärdiktatur verwandelt habe. Nicht der Kaiser befehle, sondern General Ludendorff. Die Macht dieser Militärdiktatur besteht ja darin, alle in Untersuchungshaft schmoren zu lassen, bis der Sieg erreicht ist, überlegt Fritzi. „Siegfrieden“ nennen sie ihr Ziel jetzt nach dem Sonderfrieden mit Russland, den Sonja „Schandfrieden“ genannt hatte. Seit der Niederschlagung des Streiks verbietet die Polizei eigentlich alles. „Zusammenrottung“ nennen sie jede Versammlung. Aber eine Trauerfeier kann wohl kaum eine Zusammenrottung sein, denkt Fritzi, das ist keine Pietät.

– Bald verbieten sie uns, vor den Läden Schlange zu stehen, sagt Jette spitz und sehr vernehmlich. Erhobenen Hauptes stolziert sie an einem Polizisten in Zivil vorbei zum Friedhofstor.

– Die wollen nur die 8. Kriegsanleihe durchwinken, flüstert eine Frau. Sie trägt ihr Haar in Zöpfe geflochten und auf rührend altmodische Weise zu Schnecken über beiden Ohren frisiert. Auf dem Arm trägt sie ein winziges Kind in eine Decke gewickelt: Hedwig Kämpfer von den Unabhängigen Sozialdemokraten. Ihre Tochter ist noch kein halbes Jahr alt. Ihr Mann war nach dem missglückten Streik geflohen, sie hielt eisern den Mund, aber vor zwei Wochen war Richard Kämpfer in Dresden gefasst und zurück nach München ins Militärgefängnis an der Leonrodstraße gebracht worden: Anklage auf Landesverrat.

Ihre Freundin streichelt der Kleinen die blassen Wangen: Lass nur, Hetti, es dauert nicht mehr lange! Die Westfront bröckelt, und wir stellen Eisner als Kandidaten für den Landtag auf, dann müssen sie ihn und Richard und alle anderen frei lassen.

Sie gehen den breiten Weg entlang und bilden ein Spalier zum Grab. Keiner will in die Aussegnungshalle, unausgesprochen fühlen sie sich dort fehl am Platz. Nur Sonjas letzten Weg wollen sie begleiten. Kein Wort fällt mehr. Keiner mag die Blocks der Spitzel füllen. Stumm warten die Menschen auf den Sarg.

Ein Rotkehlchen flattert auf einen Grabstein, beobachtet neugierig die Menschenansammlung und ersehnt in hohen, ergreifenden Tönen den Frühling.

Aus der Aussegnungshalle schreiten nun vier Männer mit dem Sarg auf den Schultern. In einem von ihnen erkennt Fritzi den Kutscher in seinem Frack. Offenbar bekleidet er mehrere Posten bei der Firma Merk, als Sargträger träg er einen steifen Zylinder und eine wahre Leichenbittermiene. Dem Sarg folgt Rabbiner Cossmann Werner. Er erkennt Fritzi in der Menge und lächelt ein winziges Lächeln des Trostes und Verstehens. Fritzi will aufheulen, als der Sarg an ihr vorbei kommt, das Grauen der Einsamkeit packt sie wie damals, als ihre Mutter im Sarg an ihr vorbei getragen wurde. Fritzi ist, als habe sie ihre große Schwester verloren. Aber sie hat auch die Revolution verloren. Sonjas Tod verbreitet Hoffnungslosigkeit. Verzweifelt sind die Gesichter der Menschen, hungrig und trostlos.

Eine Frau folgt dem Rabbiner in einem gewissen Abstand, schwarz gekleidet am Arm eines Mannes. Fritzis Herz setzt plötzlich einen Schlag aus. Sonja! Wie kann sie auf ihrem eigenen Begräbnis sein! Fritzi krallt sich an Jettes Ärmel und starrt auf die Frau wie auf ein Gespenst. Große dunkle Augen leuchten intensiv aus einem fast weißen Gesicht ...

– Au! Was hast du? flüstert Jette. Es gibt keine Gespenster, Fritzis Griff um Jettes Arm lockert sich. Jemand flüstert, dies sei Sonjas Schwester Rosa. Tief atmet Fritzi durch. Jetzt erkennt sie den elementaren Unterschied. Die Schwester erscheint wie eine brave Schulmädchenausgabe von Sonja. Sie hat Sonjas schwarze Haare, den weißen Porzellanteint und die großen dunklen Augen, aber nicht diese Glut in den Augen, dieses Sonja-Feuer. Auch ist Rosa sorgfältig frisiert, Sonja war immer „durch den Wind", stets lief sie statt zu gehen und kam immer etwas atemlos und zerzaust daher.

Rosa Meisl träg einen kleinen schwarzen Hut mit schwarzem Tüllschleier auf ordentlich gescheitelten und hochgesteckten Haaren und hat sich bei einem Mann eingehängt, den Fritzi erst jetzt als den Professor erkennt, Sonjas Gatten. Aber wie sieht Professor Lerch aus! Kaum erkennt sie den Mann wieder, an dessen Wohnungstür sie geklingelt hat, um Sonjas Bitte nach Kleidung und Toiletteartikeln zu erfüllen. Der Mann, der mit einer Frau namens Anna zusammenlebt, während seine Ehefrau im Gefängnis verzweifelt.

Der Professor geht gebeugt, sein rundliches Gesicht ist eingefallen, und seine Lider hängen dick und schwer über halb geschlossenen Augen. Er blickt zu Boden und schlurft mühsam voran.

– Wegen dem hat sie sich das Leben genommen, murmelt eine Stimme aus der Menge. Unfassbar. Dieser Mann hat Sonja offenbar geliebt, ohne sie scheint er ein gebrochener Mann, warum hatte er die Scheidung eingereicht? Oder hat Sonja die Scheidung gewollt? Aber dann wäre sie nicht so unglücklich gewesen, als er sie nicht im Gefängnis besuchte! Oder doch? Fritzi versteht nicht viel von der Liebe. In gewissen Groschenromanen, die sie in kurzen kostbaren Augenblicken ihrer freien Zeit verschlang, waren die Wege der Liebe stürmisch, unberechenbar und völlig unlogisch. Später allerdings lösten sich alle Missverständnisse auf und dem glücklichen Ende, stets eine Hochzeit, stand nichts mehr im Wege. Warum hatte Sonja sich ...

An ihrem Schal erhängt, Fritzi erinnert sich an die schreckliche Formulierung des Rabbiners. Wegen diesem Mann? Oder wegen der Einsamkeit in der Zelle? Aus Verzweiflung wegen des niedergeschlagenen Streiks? Wegen des Schandfriedens mit Russland, von dem sie erst im Gefängnis erfuhr? Vielleicht hatte ihr Entschluss mit dem Ehemann gar nichts zu tun. Und womöglich hatte sie sich ja gar nicht ... sondern dieser schreckliche Mann ... unwillkürlich blickt Fritzi um sich. Verbirgt der Russe sich hinter der Menge? Sagt man nicht, dass Mörder gern auf Begräbnisse ihrer Opfer gehen? Warum, überlegt Fritzi, weil sie sicher gehen wollen, dass ihr Opfer wirklich fort, tot, unter der Erde ist?

Oder kennt auch ein Mörder ein schlechtes Gewissen, muss er sich trauernd stellen?

Verstohlen mustert Fritzi die weiter entfernt stehenden Menschen, entdeckt aber den Mann nicht, der ihr vor zwei Wochen eine Tafel Schokolade für Sonja gab. Sonja hatte die Schokolade abgelehnt, und der kleine Theo, dem Fritzi ein Stückchen geschenkt hatte, war beinahe daran gestorben. Arsenik. Vielleicht war ich nicht Sonjas einzige Besucherin, überlegt Fritzi. Vielleicht war da noch jemand. Hatte der Russe sich Einlass ins Gefängnis verschafft? Unmöglich, Stadelheim ist so sicher wie die Villa Hügel. Da kommt keiner hinein oder heraus ohne Bewachung.

Fritzi wirbelt das Hirn, zu viele Gedanken jagen darin herum. Mit wem kann sie nur reden? Doktor Schollenbruch fällt ihr ein, der Arzt, der den kleinen Theo behandelt hatte. Schollenbruch hatte die Polizei einschalten wollen, nachdem er Arsenik in der Schokolade festgestellt hatte. Und sie hatte ihn daran gehindert! Ich bin schuld, denkt Fritzi plötzlich, ich hätte die Polizei rufen müssen. Jetzt ist es zu spät. Schweißtropfen perlen ihr aus allen Poren. Da geschieht etwas.

Ein älterer Mann eilt mit kurzen schnellen Schritten an Sonjas Grab und ruft laut: Sarah Sonja Rabinowitz war eine von uns! Sie ist uns Freidenkern und Anarchisten Vorbild als Pazifistin und Sozialistin! In den vordersten Reihen hat Sonja gegen die Willkürherrschaft des Zaren gekämpft, sie war eine Wegbereiterin der russischen Revolution, und hier bei uns kämpfte sie für das Ende dieses völkerrechtswidrigen Krieges!

Fritzi erinnert sich, den Mann bei den Montagsdiskussionen der Achtzehner im Goldenen Anker erlebt zu haben.

– Wir alle haben die Genossin Sonja geliebt und geachtet! Wir dürfen nicht aufgeben, wir müssen ihren Weg weiter gehen ... Weiter kommt der Anarchist Josef Sontheimer nicht. Zwei Polizisten packen ihn unter den Armen, legen ihm Handfesseln an und schleifen ihn fort. Es gelingt ihm, den linken Arm loszureißen, er hebt die geballte Faust, dreht sich zwischen den Polizisten halb um zum Grab und ruft laut: Sonja, der Kampf geht weiter!

Nachdenklich kehren Fritzi und Jette zu den Kruppschen Baracken zurück. Sie sprechen über den Tod, den Streik, über Sonja. Wie kann der Mensch sich erhängen? Es ist wider die Natur, denkt Fritzi, wir wollen atmen, wir müssen atmen, wir können den Atem nicht anhalten. Wie früher die Kinderspiele am See, das Prusten, wie lang hältst dus aus, wer am längsten unter Wasser bleibt, gewinnt, wie sie hoch schossen, rote Gesichter in weißen Fontänen, bis fünfzig gezählt, Mama, Mama, Peter kann bis sechzig, eine ganze Minute unter Wasser, Prusten, befreites Einatmen, sehr stolz. Aber bleiben, untertauchen, eins werden mit dem kalten Wasser?

Jette kannte eine Frau, die ins Wasser ging, die war schwanger, erst im Schwabinger Bach wurde sie gefunden, an einer Wurzel, bis dahin hat die Isar sie mitgerissen.

– Nein, ist gegen den Willen, da müssen ein paar Steine in die Taschen, nicht wir atmen, es atmet uns. Beim Erhängen nicht anders.

– Du musst den Stuhl fort stoßen, darin liegt der Entschluss, meint Jette.

Aber vielleicht war es auch ganz anders.

Fritzi verabschiedet sich von Jette und öffnet die Tür zur schäbigen Baracke. Niemand ist daheim. Etwas Säuerliches, Verdorbenes stinkt durchdringend, die Betten liegen zerwühlt. Der Raum, in dem sie kocht, isst, schläft, erscheint ihr trostloser als je zuvor. Fritzi seufzt. Es wird immer schlimmer mit dem Vater, seit ihr Bruder Peter im Feld steht. Den halben Lohn vertrinkt er, billigen Schnaps gibt es leider immer zu kaufen, und wenn sie ihm deswegen Vorhaltungen macht, brüllt er sie an. Im Haushalt macht er mehr Arbeit als ein Kleinkind, weil er nichts forträumt, nicht einmal seine leeren Flaschen und die vollen Aschenbecher. Als ihre Mutter noch lebte, hatte Fritzi kaum wahrgenommen, wie sie ihn von vorn bis hinten bediente. Alle Kruppianerfrauen in Essen bedienten ihre Männer: die fuhren schließlich ein und hatten das Recht auf ein paar unbeschwerte Stunden über Tage. Aber als sie mit Krupp in die Barackensiedlung nach München zogen, waren die Rollen nicht mehr so klar verteilt. Trotz ihres schweren Hustens hatte die Mutter neben dem Haushalt Wäsche und Näharbeiten übernommen, um das Einkommen aufzubessern. Nach ihrem Tod war Fritzi wie selbstverständlich in die Rolle der Mutter hinein gewachsen, obwohl ihre Schichten wie die des Vaters zehn, oft zwölf Stunden dauern, und wenn sie zum Umfallen müde heim kommt, wartet der gesamte Haushalt auf sie.

Bedrückt öffnet Fritzi das Fenster und legt die Betten hinein, zieht Laken straff, räumt das benutzte Geschirr in den Spülstein. Dabei findet sie den Grund für den Gestank: der verdorbene Rest eines Dotscheneintopfs. Der Vater hatte die Kartoffeln heraus gepickt und die Dotschen liegen lassen. Kann ich ihm nicht übel nehmen, denkt Fritzi, während sie die Stube ausfegt. Diese grässlichen Rüben essen wir jetzt schon im zweiten Winter, und dabei bekommen die Geschützwerke als kriegswichtige Industrie immer wieder Sonderzuteilungen. Mal gibt es eine Extraration Kohl, manchmal Fleisch, auch Kartoffeln wurden immer wieder beschafft. Von Regelmäßigkeit konnte allerdings keine Rede sein. Die Nachbarin sagt hinter vorgehaltener Hand, dass das gute Essen in der Vorstandsetage hängen bleibt.

Fritzi öffnet die Türe zur Speisekammer, aber kein Osterwunder war geschehen. Leer. In ihrem Schmerz um Sonja hatte sie vergessen, sich für die Feiertage in die Schlange der Käufer vor den Geschäften anzustellen.

Entmutigt sinkt sie auf den Stuhl. Ihr Magen knurrt. Sie sieht den Ärger voraus, den es geben wird, wenn der Vater betrunken aus dem Wirtshaus kommt und kein Essen auf dem Tisch steht. So kann es nicht weiter gehen. Noch fahren die Kruppianer volle Schichten, denn nach dem Separatfrieden mit Russland braucht die Westfront Waffen wie nie zuvor. Fritzi will das alles nicht mehr. Der Streik ist gescheitert, alle ducken sich, schweigen verbissen, arbeiten, fahren Schicht um Schicht. Was tun wir, denkt Fritzi, wir verlängern den Krieg, schlimmer, wir verdienen am Krieg. Wenn er zu Ende geht, sind wir die Verlierer, selbst wenn der König den Krieg gewinnt. Und ich? Was werde ich tun, wenn der Krieg zu Ende ist? Wird die Produktion eingestellt? Werden die Frauen nachhause geschickt? Die Herren Ingenieure finden immer Arbeit, aber wir ... Fritzi fährt zusammen.

Eine Ratte? Ein Geräusch wie ein unterdrücktes Niesen. Ist da jemand?

Aber in diesem kleinen Raum, der zum Essen und Schlafen dient, kann sich niemand verbergen, es sei denn ... Fritzi greift nach der Bratpfanne.

Fotoalbum

Ganzkörperportrait, junger Mann in weißer Berufskleidung in einer Backstube, an einem Tisch auf einem Holzbrett einen Teig knetend. Brotformen auf dem Tisch, im Hintergrund stehen zwei Bäcker an einem Backofen. Der junge Mann lächelt etwas scheu in die Kamera.

Bildzeile, handschriftl. mit Bleistift: Peter, 1918

Das ist ein Foto aus glücklichen Tagen, nur wenige Monate später hat Fritzi es aufgenommen. An jenem Ostermontag hätte sie ihrem Bruder beinahe mit der Bratpfanne eins übergezogen, so entsetzlich erschrak sie, als sie ihn entdeckte. Erst als er rief, ich bins, dein Bruder Peter, hielt sie inne. Er muss schrecklich ausgesehen haben mit seinem geschorenen Kopf und verdreckt und so.

Als Deserteur war einer vogelfrei. Ob du aus Feigheit abgehauen bist oder weil deine Frau ein Kind erwartet und du keinen Fronturlaub kriegst, oder ob du einen Rappel bekommst, weil du das Leben in den Schützengräben nicht mehr aushältst – egal. Peter war seinen Vorgesetzten verdächtig von Anfang an, denn Krupp hatte ihn strafversetzt an die Front, weil er im Januar gestreikt hatte. Von wegen Kruppianer, große Familie! Ein Dreck, Verräter alle miteinander, und leider hatten die Schandis bei der Festnahme auch die verflixten Flugblätter bei ihm gefunden, ob in Deutschland eine Revolution möglich sei. Die waren von der USPD. Klar hatte er die verteilt. Klar wollte er wie alle anderen endlich Frieden. Klar dachte er, dass wir mit unserem großen Generalstreik die Generäle erschrecken und den Kaiser davon jagen konnten. Wie naiv wir waren. Die Zivilisten steckten sie ins Gefängnis, und die Soldaten in die Leonrodstraße, Militärarrest mit Dunkelzelle und so. Aber für einfache Arbeiter gab es keine Untersuchungshaft, was sollten die auch untersuchen. Die hatten gestreikt und dabei dummerweise vergessen, dass sie als „Industriesoldaten“ requiriert waren, das schützte sie seit drei Jahren vor der Front. Wir arbeiteten für den Krieg, Männer und Frauen, wir stellten Geschütze her und Rohre und Lafetten und Munition. Das machte uns aber auch zu Komplizen der Kriegstreiber. Als wir gegen die Komplizenschaft aufmuckten, schickten die Herren Geschäftsführer unsere Männer zur Einschüchterung ein paar Wochen in die Schützengräben der Westfront, die Offiziere werden den Aufrührern schon die Köpfe zurecht rücken.

Nach vier Wochen hatte Peter die Schnauze gestrichen voll: Schützengräben – das waren keine Gräben mehr an der Westfront! Oben sinds Stacheldrahtverhaue, tödlich für jeden der sich darin verfängt, da kannst du keinen Kameraden mehr retten. Und unten – das ist mittlerweile ein Leben untertage wies die Kumpel leben. Auf Fotos siehst du gegrabene Gänge, mit Korbgeflechten ausgekleidet, wie romantisch! Schon seit dem zweiten Kriegsjahr waren die Jahre des Weidenflechtens vorbei. Immer tiefer mussten die sich in die Erde graben, unterirdische Gänge ausheben und mit Beton ausgießen, das Grundwasser abschöpfen, eiskalt wars, und die Briten gruben sich auch immer tiefer ein. Da ist in Frankreich eine regelrechte unterirdische Stollenfront entstanden, und das geheime Ziel war, alles mit einem Riesenbumm in die Luft zu sprengen. Sollte er den Riesenbumm abwarten? So abgestumpft war Peter noch nicht, und den Riesenbumm hats ja später gegeben, und? Brachte er eine Entscheidung? Brachte er den Sieg, wessen Sieg? Den Frieden? Nichts.

Peter war ein paar Meilen von der unterirdischen Explosion weg, da starben nicht nur Briten und Franzosen, auch von uns hats einige erwischt. Die Aktion war so geheim, dass nicht mal die eigenen Leute informiert wurden. Der Schreck war ihm in die Knochen gefahren, also nix wie weg, nach Hause, zur Familie, was anderes konnte er gar nicht denken. So wurde Peter Bäcker, ein großartiges, sauberes Handwerk. Hinter ihm am Backofen steht sein Retter Bäckermeister Nibler mit dem Gesellen, und keiner hat ihn verpfiffen. Schlecht hat er uns das später gedankt.

Fritzi versteckt einen Deserteur

Hedwig Kämpfer hat im letzten Kriegsjahr einen leichten Schlaf, ihre kleine Lisa schläft neben ihr. In manchen Nächten hatte sie die Kleine fünfmal gestillt. Ihre Mutter schimpft, sie solle das Kind schreien lassen, es müsse sich an geregelte Zeiten gewöhnen. Nur alle vier Stunden dürfe sie es anlegen. Mutter hat gut reden, wie soll das gehen? Wer kann das aushalten? Hat sie das mit mir auch so gemacht, fragt sich Hedwig.

Die Kriminaler hatten sie am frühen Morgen aus dem Schlaf gerissen. Sie durchsuchten die Wohnung, als hätte die Kämpfer ihren Mann unter dem Spülstein versteckt, wühlten alles durcheinander auf der Suche nach politischem Material, das sie nicht fanden, denn keiner von den Unabhängigen war so blöd, Unterlagen im Hause zu verwahren. Richard fanden sie nicht, denn er war mit Fritz Schröder geflohen.

Als es gegen Abend klopft, weiß Hedwig, dass es konspirativ ist, da wagt jemand nicht zu läuten. Keine Schandis.

Sie öffnet vorsichtig, und da steht die Rothaarige von den Achtzehnern vor der Tür, die Fritzi, die in den letzten zwei Jahren fast keinen Montagabend im Goldenen Anker versäumt hatte, obwohl sie bei Krupp bis zum Umfallen schuftet. Sie steht da mit einem fast verhungerten glatzköpfigen Soldaten und fragt, ob sie ihren Bruder verstecken könne. Hedwig fällt fast in Ohnmacht. Das Mädchen ist nur zwei Jahre jünger als sie, aber das sind Welten, eine ledige Arbeiterin und eine Mutter mit einem Ehemann auf der Flucht. Das Mädchen begreift in seiner Arglosigkeit nicht, dass die Kämpferin niemals auffallen darf, sonst ist sie dran, und ihr Kind: ab in die Fürsorge!

Sie zieht Fritzi und den erbärmlichen Soldaten schnell in die Wohnung, schaut aus dem Fenster und stellt erleichtert fest, dass den beiden kein Polizeispitzel gefolgt ist. Als er Hettis Blick sieht, zupft Peter seine Schwester am Ärmel und will sofort wieder abhauen. Er wolle die Genossin nicht in Gefahr bringen, sagt er, und das macht ihn Hetti sympathisch. Sie schickt Fritzi zur Schicht, sie solle sich keine Sorgen machen, und legt Peter eine Decke auf die Küchenbank. In der Frühe wird sie ihn zu Papas Backstube in die Sommerstraße bringen.

Fritzi opfert den letzten Groschen für die Tram, um rechtzeitig zur Schicht zurück zu sein. Nur Proleten sind unterwegs zu ihren Nachtschichten, schweigsame Männer und verhärmte Frauen in zerschlissenen Hosen, die Waden bis zum Knie mit Gamaschen umwickelt, manche mit grünen, manche mit gelben Haaren, der Schwefel in der Munition ist giftig.

Fritzi betrachtet die Frauen und denkt, Peter kann Bäcker werden, und ich? Bin ein Prolet, hab nichts gelernt außer lesen, schreiben, rechnen. Keinen Schulabschluss, was werde ich tun? Wenn der Krieg zu Ende geht, sind wir Frauen die Verlierer, selbst wenn der König ihn gewonnen hat. Die Herren Ingenieure finden immer Arbeit, aber wir sind die Dummen. Sie muss etwas lernen, eine Ausbildung machen.

Die heulende Sirene, die die Nachtschicht ankündigt, beendet ihre Überlegungen schlagartig. Fritzi rennt in die Baracke, küsst den schnarchenden Vater auf die Stirn, zieht das schwarze Kleid aus, das sie von der Nachbarin für das Begräbnis geliehen hat, und hängt es auf den Bügel. Rein in die Arbeitsklamotten, in die verhasste Hose, Lederschurz drüber, Gamaschen wickeln, Kopftuch binden, die verdreckten Handschuhe nicht vergessen.

Ihr Magen knurrt. Fritzi reiht sich in Hunderte von Menschen ein, die hungrig zur Schicht in die Geschützhalle gehen.

Im Keller 1923

Sie wollte sich aufrichten, aber etwas hinderte sie daran. Benommen merkte sie, dass ihre Hände auf den Rücken gedreht und gefesselt waren. Sie wollte schreien, aber in ihrem Mund steckte etwas Ekliges, ein Lappen oder ein Tuch. Ein Knebel, den sie nicht hinaus drücken konnte. Sie fror. Es war finster und kalt und roch modrig nach Keller. Wo war sie? Was war geschehen?

Vergeblich versuchte Fritzi, Details im Dunkel zu erkennen. Es blieb rabenschwarz. Allmählich kam die Erinnerung an die Bavaria und die beiden Männer wieder, die sie betäubt und offenbar verschleppt hatten. Ein Schreck fuhr Fritzi durch den Körper wie ein Blitzschlag: wo war ihre kostbare Kamera? Wo war ihr Rucksack, wo Maries Fernglas? Sie riss an den Fesseln, aber die waren fest gebunden. Und die plötzliche Bewegung bekam ihr schlecht: Ihr Kopf dröhnte wie früher nach der Arbeit im Hämmern der Geschützhalle. Sie stöhnte. Wie konnte sie hier herauskommen? Sie drehte ihre Hände. Das Reißen hatte wenig Sinn, sie musste geduldig sein. Sie begann, die Stricke aneinander zu reiben.

Da hörte sie schwere Schritte.

Vater und Vaterland

Müde schleppt sich Fritzi von der Geschützhalle zur Baracke. Schwer sind ihre Beine vom stundenlangen Stehen an der Ziehpresse. In ihren Ohren dröhnt das Stampfen und Hämmern der Maschinen. Die letzten Strahlen der Frühlingssonne bescheinen mitleidig die müden Arbeiterinnen auf ihrem Heimweg. Zum ersten Mal seit vielen Monaten spürt Fritzi abendliche Wärme.

Der Vater sitzt auf der Bank vor der Baracke, er hatte Frühschicht. Viele Arbeiter haben die Stühle rausgestellt und genießen den Frühlingsabend, einige harken ihre winzigen Gärtchen. Novacki ist nicht allein. Die Schmiederin sitzt neben ihm. Ihr Sohn Theo spielt mit einem Holzkarren, und alles sieht so friedlich aus. Es könnte eine Idylle sein, wäre dies nicht eine mörderische Waffenschmiede.

Sie sieht, dass der Vater gut gelaunt ist. Vom Schnaps? Nein, er hält einen Krug in der Hand. Seit einigen Tagen trinkt Novacki Bier, und seine Aschenbecher leert er auch selbst aus.

Fritzi wäscht sich am Spülbecken und setzt sich dann zu den beiden. Freundlich grinst die Nachbarin sie an. Fritzi zeigt auf Theos Holzkarren: Hast du den gebaut, Papa?

Novacki nickt, das sei doch nur eine Kleinigkeit. Und der Kleine habe so viel Spaß mit dem Wägelchen. Sie wirken seltsam vertraut. Wie Mutter, denkt Fritzi und verdrängt die

Tränen, sie sitzen vor der Baracke auf der Bank wie früher an schönen Tagen.

Kühl rinnt das dünne Kriegsbier die Kehle hinunter. Fritzi wischt sich mit dem Handrücken den Schaum vom Mund.

Er müsse ihr etwas sagen, meint Novacki. Er trinkt sich Mut an: Ich werde wieder heiraten.

– Na, das sind ja Neuigkeiten. Die Nachbarin lacht auf und drückt Novackis Arm.

– Theochen braucht einen Vater, erklärt Novacki würdevoll. Die Schmiederin kichert, und Fritzi denkt, das wird wohl nicht der einzige Grund sein.

Er müsse sich verändern, der Krieg könne nicht mehr lang dauern. Jetzt würden noch Schichten gefahren, aber es sei auch mal vorbei mit der Hochkonjunktur.

Hochkonjunktur des Mordens, denkt Fritzi, aber sie will den Vater nicht unterbrechen und hört still zu.

– Hier ist auf Dauer kein Geld zu verdienen. Ich bin nicht mehr der Jüngste und will nicht auf der Straße landen. Ich gehe nach Essen zurück.

Fritzi blickt ihn empört an: Du willst wieder einfahren?

Es gebe für einen wie ihn bessere Arbeit, er habe im Geschützwerk einiges gelernt, was er zum Stahlkochen gebrauchen könne.

Stahlkochen! Hochofen, mörderische Hitze, schwere Arbeit, und das für einen alten Mann!

Er sei gerade mal vierzig, Novacki zwirbelt beleidigt seinen Schnurrbart. Dann beteuert er, dass Fritzi hier weiterhin wohnen könne, Peter werde sicher bald von der Front entlassen, dann könnten sie die Baracke behalten.

Jetzt muss sie es sagen, auch wenn er sie beschimpft wegen ihrer verrückten Ideen. Fritzi atmet tief durch und gesteht dem Vater, dass Peter desertiert ist und nicht mehr hier wohnen wird, weil er illegal als Bäckergehilfe arbeitet.

So, da ist es raus. Jetzt kann er wüten.

Aber Novacki ist nicht böse, er ist erleichtert, dass Peter lebt. Das habe sie gut hingekriegt, lobt er seine Tochter. Er selbst habe ja nie etwas richtiges gelernt.

– Du bist Bergmann! wendet Fritzi ein. Das war immer des Vaters Stolz und Ehre.

Er macht eine wegwerfende Handbewegung, ein Beruf mit Zukunft sehe anders aus. Bäcker sei ein Beruf mit Zukunft. Er schimpft nicht! Fritzi umarmt ihren Vater spontan, was schwierig wird, denn Theo hat seine Freundin entdeckt und rennt mit seinem neuen Karren auf sie zu.

Fritzi kommen die Tränen: Danke, Vater.

Novacki schaut ehrlich erstaunt. Da gebe es nichts zu danken.

– Doch, Papa, dass du nicht schimpfst.

Novacki schaut auf die Geschützhallen und meint leise, er habe wohl viel geschimpft in letzter Zeit.

Sie liegen sich in den Armen und weinen. Theo heult los.

– Theochen, wir weinen doch vor Freude!

Fritzi umarmt die Schmiederin.

– Alles Gute, Elsa, und verwöhne den Vater nicht zu sehr! Seine Aschenbecher muss er selbst hinaustragen, das ist einem Mann zumutbar.

Sie lachen, Theo schaut verstört. Fritzi nimmt ihn auf den Arm und küsst die Tränchen von den schmutzigen Kinderwangen. Er packt ihr in die Haare und kräht. Den Kleinen wird sie vermissen. Und beinahe hätte sie ihn vergiftet! Der schreckliche Russe hatte ihr Schokolade für Sonja geschenkt, und das kleine Stück, das sie Theo gab, hätte ihn beinahe umgebracht. Niemand außer ihr und Doktor Schollenbruch weiß davon.

Wo ist der Schokoladenmann? Längst zurück in Russland, beruhigt Fritzi ihr Herz, das vor Angst zu klopfen beginnt.

Was aber, wenn nicht?

Die Arbeiterinnen

Fritzi wird wohl auf den Spieglhof ziehen müssen, wo die ledigen Arbeiterinnen der Geschützwerke untergebracht sind, und sie weiß: das ist nicht schön. Seufzend geht sie zu Jette: Ist bei euch noch Platz?

Jette lacht grimmig.

– Kommt drauf an, welchen Platz du meinst. Den tagsüber? Den nachts? Ein Bett? Oder eine Strohschütte?

Jette teilt sich eine Kammer mit vier Arbeiterinnen. Dabei gehört sie noch zu den Privilegierten, weil niemand in die kleine Dachkammer des Spieglhofes auch beim schlechtesten Willen mehr Menschen hätte hineinstopfen können. In die anderen Räume hat Krupp dreistöckige Pritschen eingebaut, zehn Arbeiterinnen leben und schlafen in jedem Raum, die Pumpe zum Waschen ist vor dem Haus. Krupp hat versprochen, es sei nur für kurze Zeit, die Frauen seien die ersten, die in die neu erbaute Siedlung umziehen dürften. Die kurze Zeit dauert bereits zwei Jahre. Der Bau der Betriebssiedlung mit Speisehaus und Badeanstalt war verschoben worden: die kriegswichtige Fertigungshalle für Lafetten, Schmiede und Fahrzeugbau hatte Vorrang.

Fritzi ist klar, welches Glück sie hatte. Die Novackis waren unter den ersten, die im zweiten Kriegsjahr nach Freimann bei München kamen, und die Baracken standen aufgeschlagen da – nur für Familien. Männer, Frauen, Kinder: alle arbeiten für Krupp, das hatten sie schon in Essen gelernt, so konnten sie überleben. Bei ledigen Munitionsarbeiterinnen, Schlossern und Facharbeitern war das anders. Krupp hatte drei umliegende Bauernhöfe aufgekauft, Ulmannhof, Spieglhof und Leinthaler Hof, und sie zu Bettenlagern umgebaut, einen für Männer, die anderen für Frauen. Anfangs hatte die Betriebsleitung alle durcheinander gestopft, aber dann war es zu Übergriffen gekommen, die Frauen hatten sich gewehrt, und so waren die Höfe getrennt worden, mit versperrbaren Türen.

Fritzi folgt Jette in ihre Kammer. Die Frauen haben ordentlich aufgeräumt, erstaunlich für Menschen, die zehn bis zwölf Stunden arbeiten und nur ein Bett und einen Spind bewohnen. Zwei doppelstöckige Betten stehen an den Wänden, die oberen sind so nahe unter den schrägen Dachwänden, dass die Frauen sich darin nicht aufsetzen können.

Jette deutet auf eines der oberen Betten: Die Nadja hat ab nächste Woche Nachtdienst. Du kannst in ihrem Bett schlafen, sie vermietet es dir gern für zwei Mark.

– Und wenn der Schichtplan wechselt?

Jette hebt die Schultern. Dann werden sie was anderes für Fritzi finden.

Fritzi lächelt dankbar. Platz für ihre Sachen ist hier allerdings nicht. Aber was ist das schon, sie besitzt ja nichts außer ihrem fein bestickten Sonntagsgewand, ihrem Nähkästchen und ihrer Waschkommode. Und natürlich ihre Bettdecke, in Nadjas Bettwäsche muss sie nicht schlafen.

– Wir sind Proleten, wir haben ja nix, sagt Jette, und zieht plötzlich ein schwärmerisches Gesicht: Ja, wenn ich mich endlich verheiraten tät! Dann hätte ich einen Hausstand, da würde ich Gardinen nähen für die Fenster, und eine runde Decke häkeln für den Tisch, und immer stände eine Geranie am Fenster ...

... und ein kleiner Plärrer in der Wiege, sagt Fritzi. Sie hat es spöttisch gemeint, aber Jette blickt sehnsüchtig. Die Wiege zimmere ihr Ehemann, und sie nähe den Himmel. Mit Spitzenborten.

Fritzi grinst bei der Vorstellung, wie Jette auf einem Stuhl sitzt und häkelt. Jette als kleinbürgerliche Ehegattin, das kann sie sich nicht vorstellen.

Jette sieht ihr Grinsen, ihr Gesicht wird hart. Ist ja bloß n Traum. In Wahrheit kommt der Ehemann betrunken nach Hause und prügelt erst die Frau, dann das Kind.

– Wir sind Proleten, Jette, wir sind für sone Traumwelt nich gemacht!

– Klar. Aber man wird wohl mal träumen dürfen.

Sie haken einander unter und gehen ins Lichtspielhaus am Sendlinger Tor. Für die Erhaltung der Traumwelt, erläutert Jette und zündet sich eine Zigarette an. Aber sie werden angenehm enttäuscht.

Der Film „Engelein" ist so komisch, dass sich Leute entrüstet umdrehen, wenn die beiden jungen Fabrikarbeiterinnen vor Lachen quietschen über die schwarzhaarige Asta Nielsen, die plötzlich ein zwölfjähriges Mädchen spielen muss, und als die gewagte Badeszene kommt, in der Asta ihre schönen Beine bis weit übers Knie zeigt, halten alle den Atem an. Sogar der Pianist unterbricht sein Spiel und glotzt hingerissen auf die Leinwand. Diese Szene unterlag vor dem Krieg noch der

Zensur, mittlerweile stört sie keinen mehr, ja, ein einsamer Herr in der letzten Reihe applaudiert begeistert.

Das sei nicht die Liebesgeschichte, die sie sich erhofft habe, meint Jette etwas enttäuscht, als sie im Wagnerbräu vor einer dünnen Fassbrause mit Kunstaroma sitzen.

– Viel besser, sagt Fritzi überzeugt, die war ja fast eine von uns.

– Eine von uns? Eine reiche Tochter im Internat? Jette schaut ihre Genossin zweifelnd an.

– Sie rebelliert gegen all diesen Unsinn, gegen die Konventionen und so.

Ach ja. Sie hätte diese Konventionen gern, meint Jette, dafür würde sie auf den Luxus verzichten, dagegen zu rebellieren.

In dieser Nacht schläft Fritzi zum ersten Mal in Nadjas Bett in der Dachkammer. Unter und neben ihr schnaufen und seufzen die Frauen im Schlaf, übers Dach huscht ein Tier. Sie fühlt sich angenehm geborgen: keine Angst vor dem betrunkenen Vater hält sie wach. Erfrischt wacht sie um fünf Uhr früh auf, als die anderen zur Schicht gehen, und macht dem Vater das Frühstück.

Novacki plagt das schlechte Gewissen, er habe sie vertrieben. Er gibt ihr zwei Mark für die Schlafstelle. Aber Fritzi lächelt ihn an: Sie hat für Peter gesorgt, sie wird auch etwas für sich finden.

– Peter will nicht länger im Schützengraben sein, und ich will keine Waffen mehr herstellen.

Aber eine Schlafstelle sei kein Zuhause, meint Novacki unglücklich.

– Ich werde schon was finden, sagt Fritzi überzeugt.

Aber was?

Atelier Elvira

Der Bettler mit dem verdrehten Bein, der grölende betrunkene Soldat, die mageren großäugigen Kinder bei der Residenz, Füße mit Lumpen umwickelt, die alle flehend ihre Hände ausstrecken. Der schneidige Offizier, der den Betrunkenen maßregelt. Stillgestanden, Kerl. Der Zug der enttäuschten Frauen, kein Zucker mehr, 1500 Rationen zu Ende, Scherben, Wutgeschrei, Kindergebrüll. Dann: das ausgeweidete Pferd auf der Dienerstraße. Das hatte Fritzi den Rest gegeben.

Es ist nicht der Gustl von diesem Boandlkramer, aber er hätte es sein können. Alt, abgemagert, gestürzt, ausgeschirrt, verreckt. Noch warm, und schon sind die Leute da, mit Messern, Äxten, was sie gerade zur Hand haben, schieben, drängeln, stopfen blutige Beute in Taschen. Verlegen stehen die Frauen, gierig manche, angeekelt andere.

Bestien macht der Krieg aus Menschen. Es ist nur ein alter Klepper, in den Lazaretten sehen Männer so aus, wie Stücke blutiges Fleisch, zuschanden geschossen von Schrapnellen, Kanonen und anderen Scheußlichkeiten, die der Mensch herstellt ... Fritzi will daran nicht mehr teilhaben. Nicht mehr Kruppianer sein, keine Waffen mehr herstellen, keine Munition, nichts tun was diesen verfluchten Krieg verlängert, gegen den der Generalstreik nichts ausgerichtet hat. Nur leben, aber wovon.

Taub, ziellos taumelt Fritzi die Ludwigstraße entlang, versucht, das Bild von den bluttriefenden, fleischschneidenden Menschen zu verscheuchen, fort, hinein ins wohltuende aufsprießende Grün des Englischen Gartens, zum schäumenden Wasserfall des Eisbachs. Da entdeckt sie plötzlich das kleine weiße Schild. Es hängt im Schaufenster des vornehmen Ladens auf der Von-der-Tann-Straße. Drachenhöhle nennen die Leute das Haus, viele finden es nicht vornehm sondern ominös, spinnert: Lila ist das Haus von oben bis unten, grün prangt über dem Schaufenster eine riesige schwungvolle Stuckatur, die man durchaus für einen Drachen halten kann.

– Atelier Elvira sucht Elevin, steht auf dem kleinen weißen Schild im Schaufenster. Photographie-Elevin, angemessene Bezahlung, Ausbildung zur Berufsphotographin. Das Atelier Elvira hatten einst zwei ungewöhnliche Frauen begründet, Anita Augspurg und Sophia Goudstikker, die für Frauenwahlrecht und Frieden eingetreten waren. Deshalb nennen viele das lila Haus auch Suffragettenburg. Bis zum ersten Hungermarsch im zweiten Kriegsjahr hatte Fritzi nicht gewusst, dass auch vornehme Damen für Frieden und Freiheit demonstrieren. Die Frauenrechtlerinnen sind stadtbekannt, verhöhnt von Karikaturisten, von Bürgern beschimpft als Blaustrümpfe und Suffragetten, aber von vielen Frauen hoch verehrt. Auch Eisner hatte gut von ihnen gesprochen, hatte erzählt, wie sie 1915 im Haag eine Friedenskonferenz veranstalteten mit Frauen aus den Feindesländern, dass Deutsche, Französinnen, Niederländerinnen und Britinnen über einen schnellen Frieden berieten, während die Männer im Feld standen. Der Krieg hatte Anita Augspurg und ihre neue Partnerin

Lida Gustava Heymann aus München vertrieben. Es heißt, sie leben auf dem Lande und versuchen sich in der Landwirtschaft. Wer betreibt jetzt das Atelier?

Inhaberin Emma Uibeleisen, liest Fritzi und betrachtet die Fotografien in den Schaukästen rechts und links neben dem großen Fenster, das in viele kleine bleiverglaste Fenster eingeteilt ist, fast wie eine Kirche. Vornehme Damen in Abendgarderobe, zwei ernsthafte Kinder in Zwergenkostümen mit spitzen Kapuzen auf einem Handkarren, andere in Matrosenkleidern vor Landschaften, Offiziere in Uniform mit Orden, ein berühmter Schriftsteller mit langem weißen Bart, eine Dame mit Geige und elegischem Blick, ein Foto vom Königspaar.

Im Atelier Elvira lässt sich sogar der König fotografieren!

Wieder liest Fritzi das Schild. Photographie-Elevin gesucht. Magisch schimmert das Weiß des Papiers, verführerisch lächeln die geschwungenen Lettern. Sie streicht ihre Schürze glatt, holt tief Luft und drückt die verschnörkelte Eisenklinke der üppig verzierten Türe hinunter.

Melodisch ertönt eine Glocke, und Fritzi steht in einem eigenartigen Raum, halb Hausflur, halb Zimmer. Hinter einem hohen Rundbogen führt eine Treppe mit elegant geschwungenem Geländer hinauf in den ersten Stock, Palmen flankieren die Stufen, ein prachtvoller Teppich mit Fransen bedeckt das Parkett. Ein Empfangsraum, Kunden mit Eleganz und Exotik zu beeindrucken. Neben einem zierlichen Schreibtisch steht ein Blumenbukett auf einem glänzend schwarzen Ständer. Wo bekommen die Leute in dieser Zeit frische Blumen her? Wer den König fotografiert, der kann sich wohl frische Blumen leisten. Fritzi erkennt nicht, dass die Pracht aus reichlich vergilbten Seidenblumen besteht.

– Sie wünschen?

Eine junge Frau, nicht viel älter als sie, kommt aus einer Tür neben dem Schreibtisch und mustert Fritzi, ihr billiges Kattunkleid, die feuerroten unbedeckten Haare, die robusten Schnürstiefel.

Sie habe die Anzeige gelesen, murmelt Fritzi verunsichert.

Wieder so ein Blick, dann: Sie möchten sich als Elevin bewerben?

Wie vornehm das klingt. Fritzi nickt verzagt.

Sie möge bitte hier warten. Die junge Frau verschwindet. Fritzi betrachtet den Tisch zwischen zwei altmodischen samtenen Fauteuils neben dem Treppenaufgang. Er ist mit einem dunkelroten Samttuch bedeckt, darauf in verschnörkelten Rahmen weitere Fotografien, schöne Frauen mit schmachtenden Blicken, Kinder mit Engelsflügeln, Verlobungspaare, Damen posieren verwegen mit kurzen Haaren und Zigarren, andere in weißen Kleidern mit riesigen Hüten. Die Decke ziert ein Stuckrelief, wie ein Baum mit sieben Ästen, der einem Tintenfisch entspringt. Oder einer Wasserschale? Einer Muschel? Alles scheint teuer, aber auch märchenhaft, verrückt, verzaubert.

– Frau Uibeleisen lässt bitten.

Fritzi geht an der jungen Frau vorbei in einen Raum mit Schränken. Hier sieht es nüchterner aus, wie im Kontor der Buchhaltung. Hinter einem großen Schreibtisch sitzt eine zierliche Frau mit krausen hellblonden Locken. Offenbar nicht zu einer Frisur zu bändigen, umstehen sie ihr Gesicht wie ein Heiligenschein aus Sauerkraut. Sie betrachtet Fritzi, macht eine Handbewegung zum Stuhl, der vor dem Schreibtisch steht, betrachtet weiter, bis Fritzi sich zögernd auf die Kante des Stuhls setzt.

– Ich hab den Zettel gesehen ... da dachte ich ... Elevin ... das tät mich schon interessieren ... also Fotografie ... stammelt Fritzi.

Ob sie besonderes Interesse an der Fotografie habe, fragt Emma Uibeleisen.

– Ich habe meinem Vater immer geholfen. Die Lüge entfährt Fritzi bevor sie einen klaren Gedanken gefasst hat. Plötzlich weiß sie: das will sie, das ist ihr Beruf. Sie will Menschen fotografieren, die Szene mit dem Pferdekadaver steht vor ihren Augen. Hunger, würde sie das Bild nennen, nur dieses eine Wort, und mit dem Auslösen würde sie warten bis von dem armen Tier nur mehr das Gerippe übrig ist. Hunger. Das sind die Bilder, die das Volk aufrütteln, die Fotografien, die zu Sonjas und Eisners Reden gehören. Fritzi hat die Redner in den Versammlungen immer bewundert, sie kann nicht reden, schon gar nicht vor Massen von Menschen. Aber fotografieren, das kann sie, sie spürt es, sie kann die Realität nicht beschreiben, aber abbilden, das kann sie.

– War Ihr Vater Fotograf? Emmas Stimme klingt interessiert.

– Ja ... also nein, er hat entwickelt, stottert Fritzi. Sie muss diese Stelle haben.

Er hatte also eine Klischeewerkstatt, stellt Emma fest, dann habe sie Erfahrung mit der fotografischen Entwicklung?

– Ich habe in der Dunkelkammer gearbeitet, lügt Fritzi.

Emma Uibeleisen betrachtet das Mädchen. Sie ist Arbeiterin, das ist gewiß, ob sie je eine Dunkelkammer von innen gesehen hat? Viele junge Mädchen verdingen sich in den Fabriken, dort wird der beste Lohn bezahlt. Sogar Weißnäherinnen, die es vor dem Krieg wie Sand am Meer gegeben hatte, sind rar geworden.

Fritzi ist heiß geworden. Woher war ihr das mit der Dunkelkammer eingefallen? Sie weiß nicht mehr, als dass fotografische Platten im Dunkeln entwickelt werden. Eine faustdicke Lüge, Mutter, verzeih mir.

Sie habe also etwas Erfahrung, sinniert Emma.

Das bestätigt Fritzi schnell, schwächt aber ab: Selbstständig durfte ich nicht arbeiten.

Wieder so ein Satz! Wie kommt sie dazu, was sprudelt da aus ihr raus?

Emma nickt verständnisvoll: das Fräulein sei sicher noch sehr jung gewesen, und die Chemikalien seien nicht ungefährlich.

Fritzi nickt erleichtert: Das war vor dem Krieg, wissen Sie, Frau Chefin.

Vor dem Krieg, das ist immer gut, ach was war alles vor dem Krieg gewesen, Fritzi mit dreizehn Jahren bei Krupp, wie alle, Spulen wickeln, drehen, wickeln, weg, drehen, wickeln, weg, für kleine Mädchen mit geschickten Händen die einfachsten Tätigkeiten für das geringste Geld mit der Aussicht, nach einem Jahr mehr zu verdienen. Und das alles mit der Lüge, ein Jahr älter zu sein, um der Schulpflicht zu entgehen. Vor dem Krieg ... Fritzi seufzt.

Emma seufzt auch. Vor dem Krieg, das waren üppige Zeiten gewesen, adelige Herrschaften ließen sich fotografieren,

Hofschauspieler und Sänger, Damen mit Töchtern, Kunstfotografie mit langen Posiervorbereitungen, Arrangements, Kostüme, Schminke, lange, teure Sitzungen. Jetzt wollen einfache Familien Erinnerungen an Söhne, bevor diese ins Feld ziehen, schnell, einfach, so billig wie möglich, tapfere Blicke in voller Montur, Mutter, wisch die Tränen weg.

– Wir zahlen für die Ausbildung 18 Mark die Woche.

Fritzi schluckt. Das ist die Hälfte ihres Wochenlohns bei Krupp, dort hat sie über dreißig Mark verdient, je nach Schicht, die Männer bringen das Doppelte nach Hause, und freies Wohnen.

Emma fixiert sie über den Schreibtisch hinweg: Andere Mädchen zahlen Lehrgeld, aber wir haben einen kleinen Fonds von Anita Augspurg. Sie will Mädchen eine gute Ausbildung angedeihen lassen, sonst landen alle Mädchen in den Fabriken.

Fritzi errötet.

– Das sollte nicht sein, stottert sie, welch ein guter Gedanke der verehrten Frau Augspurg.

Der letzte Satz kommt Fritzi ohne Heuchelei über die Lippen. Sie erinnert sich an die Dame mit dem unglaublichen Männerhaarschnitt, die bei den Achtzehnern einen Vortrag gehalten hatte. Worüber? Irgendwas über Völkerrecht, die Augspurg war ja studierte Juristin. Fritzi war damit beschäftigt gewesen, die eigenartige Frisur der Dame zu bewundern – „Tituskopf“ nannte man die kurz geschnittenen Haare – und ihre Bewegungen in der voluminösen Kleidung zu beobachten, die offenbar auf eigenen Entwürfen beruhte, eine Mischung aus Talar und altmodischer Reformkleidung der Jahrhundertwende. Aber aus feinem

Stoff, teuer und geschmackvoll. Am besten hatte ihr die angenehme und selbstsichere Stimme der Dame gefallen.

Wieder dieser prüfende Blick. Stell mich ein, fleht Fritzis Herz, stell mich ein, ich spüre das ist was ich will, das Fotografieren wird mich nie langweilen den Rest meines Lebens.

– Viele Mädchen fallen auf Fotografen herein, die dreimonatige Kurse verkaufen, sagt Emma Uibeleisen unwillig, die Armen landen dann als Retuscheusen oder Kopierinnen bei niedrigem Lohn in Großateliers und werden niemals selbständig. Unsere Ausbildung zur Berufsfotografin dauert drei Jahre. Im ersten Jahr ist Retuschieren und Aufspannen vorgesehen, im zweiten Jahr die Kenntnis des fotografischen Apparates, Kopieren, Eintonen und Kartonieren. Im dritten Lehrjahr werden Sie zu den Aufnahmen herangezogen und lernen alles über Beleuchtung, Exposition und Stellung und dürfen selbständig Aufnahmen durchführen und entwickeln.

Fritzi wagt nicht zu fragen, was Exposition und Stellung bedeuten. Sie signalisiert Zustimmung.

– Das mag Ihnen schematisch erscheinen, aber ich versichere Ihnen, dass Sie vieles hier nicht in dieser Reihenfolge lernen werden. Das Atelier Elvira ist ein kleiner exklusiver Betrieb, wir brauchen jede Hand, so dass Sie schon viel früher selbständig arbeiten werden. Was halten Sie von einer Probezeit, Fräulein Novacki? fragt Emma, und ohne Fritzis Antwort abzuwarten, fährt sie fort: Bei vollem Lohn natürlich. Sollten wir nicht zusammen passen, können wir uns nach vier Wochen wieder trennen.

Fritzi nickt erleichtert.

– Gut. Können Sie zum nächsten Ersten beginnen?

Wieder nickt Fritzi. Ihr Mund ist trocken. Es hat funktioniert! Sie hat den Platz! Sie ist Elevin! Eine richtige Ausbildung! Und sie beginnt in einem Monat!

Sie merkt, dass sie entlassen ist und erhebt sich schnell. Ob sie etwas mitbringen soll.

Emma hebt die Augenbrauen.

– Eine Schürze ... stammelt Fritzi. Wie blöd! Sie wird ja nicht in der Fabrik arbeiten!

Aber ihre Frage kommt gut an. Emma schlägt einen weißen Kittel vor, falls das Fräulein einen solchen habe. Das Atelier stelle aber auch einen, sie müsse ihn nur daheim waschen.

Ein weißer Kittel! Fritzi krallt sich an der Stuhllehne fest um nicht laut zu jubeln. Arbeit in einem weißen Kittel! Weg der Lederschurz über dem grauen Kittel, weg die scheußlichen Wickelgamaschen über weiten formlosen Hosen, weg die unförmigen Handschuhe, der Lumpen um die Haare …

– Und Sie müssen bitte Ihre Haare hochstecken.

Fritzi fühlt, wie die Röte in ihr Gesicht schießt und sich vom Hals bis in die Haarwurzeln ausbreitet. Die winzigen Härchen an den Schläfen stellen sich auf.

Emma sieht dies und sagt schnell: Es ist nicht wegen ... Sie verstummt. Wie soll sie das sagen, das ist ja verletzend, Vorurteile gegen rothaarige Mädchen, das geht doch nicht.

– Es darf ja nichts hineinfallen, kommt Fritzi ihr zu Hilfe.

Also hatte das Mädchen tatsächlich in der Dunkelkammer gearbeitet!

– Genau, schon ein Haar im Entwickler würde den Abzug verderben, sagt Emma erleichtert, wir arbeiten alle mit hochgesteckten Haaren, und in der Dunkelkammer nur mit Kopftuch.

Fritzi bedankt sich noch einmal, knickst, wie Emma wohlwollend feststellt, und verspricht, am 1. Mai pünktlich zu erscheinen. An der Tür dreht sie sich noch einmal um. Wann Dienstbeginn sei.

– Um neun Uhr, entscheidet Emma, kommen Sie bitte etwas früher, um den Ausbildungsvertrag zu unterzeichnen. Minna, unsere Elevin im 2. Jahr, wird Sie herumführen und Ihnen alles zeigen. Und wegen der Maifeiern ist früher Schluss.

Fritzi schwebt über den weichen Teppich zum Ausgang, während in ihr ein Chor von Engeln jubiliert. Ausschlafen! Weißer Kittel! Samtvorhänge! Teppich! Maifeiern!

Sie taumelt ins Freie, der Lärm der Straße bringt sie wieder zu sich. Sie wird Fotografin werden, und das mit einer fetten Lüge. Mutter, kann auf einer Ausbildung Segen liegen, die mit einer Lüge beginnt? Vielleicht sollte sie beichten gehen, um zu sühnen ... Fritzi! Du bist Sozialistin, Sozialisten gehen nicht zu den Pfaffen! Aber schaden kann es vielleicht nicht, einen Groschen in den Opferstock für die Kriegsblinden zu legen?

Die riesige weiße Halle der Theatinerkirche schüchtert sie ein. Es ist kalt, auch das Licht, das durch die weiße Kuppel herein fällt, ist von bleierner Kälte. Fritzi nestelt Kleingeld aus ihrer Tasche, wirft es in die Kasse und nimmt eine Kerze. Die steckt sie auf das Gestell vor der Muttergottes und bittet für das Seelenheil ihrer Mutter.

Die Uhr schlägt fünf Mal, und in der stillen Kirche wird es plötzlich unruhig. Menschen strömen herein und nehmen auf den

Bänken Platz. Fritzi sieht, dass sie bei dem Betrieb nicht mehr hinaus kann. Vielleicht kann sie durch das Seitenportal verschwinden. Sie geht die wenigen Schritte, als ein vornehm gekleideter Pfaffe mit mehreren Ministranten eilig an ihr vorbei zum Seitenportal strebt. Die Ministranten öffnen das Portal einen Spalt breit und herein schlüpft – der König! Fritzi starrt. Er ist es, ohne Zweifel, Ludwig III., gerade eben hat sie die Fotografie von ihm und seiner kropferten Resl von der goldenen Hochzeit gesehen. – Willkommen zur Kriegsbetstunde, Majestät, murmelt der schmallippige Pfaffe. Der scheint ja ein ganz hohes Tier zu sein ... Kriegsbetstunde?

Das Portal wird geschlossen. Fritzi ist gefangen unter der kalkweißen barocken Pracht und flüchtet ins Querschiff. Von dort hat sie einen Blick auf das Hauptportal und hofft, unauffällig verschwinden zu können. Nun wedeln die Ministranten alles mit Weihrauch zu, dass sie den Hustenreiz nicht unterdrücken kann. Strafende Blicke richten sich zur Seitenkapelle. Und dann spricht der Schmallippige, inzwischen ist Fritzi klar, dass es kein geringerer als der Erzbischof Faulhaber ist, über die große Schlacht der Westoffensive, die ruhmreich begonnen habe, wettert gegen die Feinde Bayerns, betet für einen gerechten Ausgang der Schlachten und dass Gott den Soldaten gnädig sein möge, die den heldenhaften Tod für ihr Vaterland sterben, und dass er auch dem König, der von Gottes Gnaden sein Bayernland mit der größten Umsicht regiere, eine vaterländische Tat höchsten Formates nach der anderen vollbringe wie auch der gnädige Gott seinen geliebten Sohn den heldenmütigen im Feld stehenden Thronfolger Rupprecht dieser höchsten Gnade teilhaftig werden lasse, auf dass das Bayernland sich vergrößere. Marxismus, Liberalismus und Atheismus seien zu zertrümmern ... Fritzi hält es nicht länger aus. Warum betet der Erzbischof nicht für den Frieden, für das Seelenheil der Armen, für die himmlische Gerechtigkeit? Ach, alles was die Genossen verächtlich über die Pfaffen sagen, scheint zu stimmen. Die Mutter, die sie den Katechismus gelehrt hat, muss sich geirrt haben. Fritzis Schritte in den harten Munitionsarbeiterinnenstiefeln knallen auf den Steinboden, empörte Blicke folgen ihr.

Am Hauptportal steht ein Pfaffe mit einer hölzernen Schale und bittet mit aufforderndem Blick und larmoyant verzogenem Mund für die Kriegsopfer.

– Der König soll seine Million da hinein legen, murmelt Fritzi und entflieht dem würdelosen Schauspiel. Das ist ihre erste Begegnung mit dem Erzbischof, und sie hat keine Ahnung, dass sie ihn noch einmal treffen wird.

München 1923. Marie

Marie hatte Tee aufgetragen, und die Frauen saßen beisammen, erleichtert und erfreut, dass niemand die Feier gestört hatte. Marie Bertels war seit vielen Jahren verwitwet. Von ihrer Rente und den Tantiemen ihres verstorbenen Mannes, eines

Verlegers, Dichters und Gelehrten, konnte sie leben, und ihre große Wohnung in Bogenhausen war seit Jahren der offizielle, später konspirative Treff des Frauenbundes. Ihr Bruder Felix Noeggerath, ein Freund des Dichters Karl Wolfskehl, bewohnte den zweiten Stock. Bei Marie, früher bei Netty Katzenstein, planten die Frauen seit fünf Jahren ihre Aktivitäten, hier wurde Rosas „Frauenhilfe" gegründet, hier hatten Felix und Marie Ernst Toller versteckt. Felix hatte in der Räterepublik im „Zentralkomitee für politisch Verfolgte und ausländische Revolutionäre" mit Albert Daudistel gearbeitet. Daudistel hatte sein politisches Engagement sechs Jahre Festungshaft eingetragen, während Felix, Marie und ihre Mutter Roberta dank deren guter Beziehung zu Prinz Max von Baden schon nach wenigen Wochen entlassen wurden. Seitdem war Maries Wohnung vor Durchsuchungen gefeit, und in ihrem Keller lagerten unbeanstandet Schriften und Flugblätter des BSF.

„Wo bleibt Fritzi?" fragte Rosa. Allen fiel nun auf, dass Fritzi seit einer Stunde ausgeblieben war.

Jette erbot sich besorgt, zur Theresienwiese zu laufen.

„Nimm Licht mit!" Marie entzündete das Licht in der Laterne und drückte sie Jette in die Hand.

Grau vor Besorgnis kam Jette nach einer Stunde zurück und legte Fritzis Rucksack und die Fahne auf den Tisch: „Niemals wäre Fritzi ohne ihre Kamera aufgebrochen! Und die Fahne hätte sie auch nicht liegen lassen!"

Die Bavaria sei leer gewesen, der Platz verlassen, von Fritzi keine Spur. Jette reichte Marie den Schlüssel: die Tür zum

Eingang der Bavaria war unverschlossen gewesen, der Schlüssel hatte von innen gesteckt.

„Das hätte Fritzi nie getan," sagte Marie, „sie wusste, dass ich morgen dem Wärter den Schlüssel zurück geben muss."

Die Frauen rätselten, warum Fritzi sich nicht eingeschlossen hatte.

„Sie hat es nicht getan," kürzte die praktische Rosa die Debatte ab, „also konnte jemand zu ihr hinauf."

Jette schlug mit der Faust auf den Tisch: „Ich bin schuld! Ich hätte auf sie warten müssen! Warum hab ich sie allein gelassen!"

„Weil es so verabredet war," sagte die vernünftige Marie, „warten wir ab. Es wird sich alles aufklären."

In diesem Augenblick klingelte Maries Telefon. Hedwig Kämpfer meldete sich aufgeregt. Sie war nach der Veranstaltung nicht mit zu Marie, sondern nach Hause zu ihrer kleinen Tochter gegangen.

„Die Hakenkreuzler planen einen Putsch! Sie haben den Bürgermeister und Stadtratsmitglieder der USPD entführt! Ich bin ihnen offenbar nur entgangen, weil ich nicht in der Sitzung, sondern mit euch auf der Wiesn war!"

„Entführt?" fragte Marie. Die Männer, die Hetti Hakenkreuzler nannte, waren von der erstarkten DAP, die sich vor drei Jahren in NSDAP umbenannt hatte. Sie hatte viele völkische Organisationen im Schlepptau, denen eines gemeinsam war: Nationalismus, Antisemitismus und Hass auf die Demokratie. Vor vier Jahren hatte Bayern das Kriegsrecht durch das

Ausnahmerecht ersetzt. Die rechte Soldateska, ein Dutzend germanischer Geheimbünde und die Hakenkreuzler machten mit Waffenlagern und politischen Morden, die sie selbst als „Femerecht" bezeichneten, von sich reden. Die bayrische Regierung sah dem illegalen Treiben zu. Im Mai hatten diese Gruppierungen einen Putsch versucht, waren aber gescheitert. Im September waren sie beim „Deutschen Tag" in Nürnberg durch ihr paramilitärisches Auftreten unangenehm aufgefallen.

Hetti vermutete, dass die Stadträte als Geiseln genommen worden waren, damit sie den „Marsch auf Berlin" nicht in letzter Minute verhinderten.

„Marsch auf Berlin?" fragte Marie irritiert.

Hetti erklärte, dass Mussolini und dessen Marsch auf Rom das Vorbild dieser Hakenkreuzler sei. „Mussolini ist das Idol dieses Himpfler!"

Hitler, wollte Marie korrigieren, liess es aber. Es war nicht wichtig. Wichtig war Fritzi: „Hetti, wir vermissen Fritzi. Sie ist nicht bei uns."

War Fritzi von den Hakenkreuzlern entführt worden?

Das Verhör

Beschwingt überquert Fritzi den Odeonsplatz. Der erste Arbeitstag ist vorüber, sie will zur Maifeier ins Högerbräu im Tal. Gut ist ihr erster Tag im Fotostudio „Elvira" verlaufen, wie berauscht ist sie von den vielfältigen Eindrücken.

Die Elevin Minna hat sie durchs Haus geführt und ihr alles gezeigt, das Studio mit der großen Atelierkamera auf dem massiven Holzstativ: unsere Guillotine, scherzte Minna, und man könne einen Menschen auch fotografisch guillotinieren. Sie zeigte Fritzi Fotos, die dem Ansehen der Porträtierten geschadet hätten. Fritzi hatte das zunächst nicht verstanden, aber nachdem sie das Porträt eines Metzgermeisters betrachtet hatte, verstanden: Mit diesem Bild schadete der Meister seinem Geschäft. Er sah so grimmig aus, dass sicher niemand bei ihm kaufen wollte. Dabei sei er die Güte selbst, meinte Minna, man müsse halt erfahren, wofür der Kunde seine Fotos brauche. Das habe sie von der Chefin gelernt, die verstehe es, die Kunden erst in ein Gespräch zu ziehen, bevor sie Aufnahmen mache.

Dann hatte Fritzi dabei sein dürfen, als eine Kundin Kinderfotos wünschte, und einen anerkennenden Blick der Chefin geerntet, als sie das Kind im richtigen Augenblick zum Lachen brachte. Als Minna die schwere Platte aus der Kamera heraus nahm und in die Dunkelkammer brachte, hatte Fritzi die erste Regel gelernt: nichts anfassen, nur zuschauen.

Fritzi war beschämt, dass sie ihr Geld mit Zuschauen verdiente, aber die Chefin hatte eindringlich darauf bestanden: hier dürfe nichts kaputt gehen, erst wenn sie die richtigen Handgriffe geübt habe, dürfe sie anpacken. Sie hatte Emma Uibeleisen in die Hand versprechen müssen, nicht eigenmächtig zu agieren, weder im Atelier noch im Verkaufsbereich und schon gar nicht in der Dunkelkammer.

Noch nie hatte Fritzi an einem Tag so viel gelernt. Vorbei die düsteren Tage in der dröhnenden Halle, die ewig gleichen stupiden Handgriffe, das schwere Schleppen, die ermüdende Routine, die schreckliche Schichtarbeit. Auch wenn ihr Magen knurrt: ein neues Leben hat begonnen. Wenn es doch für alle beginnen würde!

Scheu blickt Fritzi auf die Stelle, an der die Menschen über den toten Droschkengaul hergefallen waren. Nichts ist mehr von dem grausigen Ereignis zu sehen. Müde, mit erloschenen Augen, schlurfen die Menschen die Dienerstraße entlang. Sie hatten in der Schlange für Brotmarken gestanden, dann in der Schlange für Fleischmarken am anderen Ende der Stadt, schließlich vor Geschäften, die nichts für diese Marken zu verkaufen haben. Und in der Residenz lebt ein König, der Kriegsgebetsgottesdienste veranstaltet, der im Februar seine goldene Hochzeit mit einem Bankett gefeiert hat. Fritzi sieht zu den Fenstern der Residenz hinauf. Ob der Millibauer und seine kropferte Resl von dort auf die Feldherrnhalle blicken? Es heißt ja, er sei lieber auf seinem Bauernhof statt zu regieren. Er baut seinen Kohl selbst, und er kann Fische aus seinen Gewässern und Wild aus seinen Wäldern essen. Ob die Prinzessinnen sich ausmalen können, wie es ist, mit knurrendem Magen zu erwachen und sich mit ebenso knurrendem Magen am Abend nieder zu legen?

Nein, das wissen sie sicher nicht, die hübschen Prinzessinnen in ihren teuren Pelzen, die manchmal bei Ausfahrten durch den englischen Garten gesehen werden.

Ach was, Prinzessin, Fritzis Hochgefühl ist nicht zu trüben. Die feinen Prinzessinnen wissen nicht, was es heißt, Fotografie-Elevin zu sein, sie wissen nicht, was es bedeutet, für ein Ideal zu hungern, sogar zu sterben. Das erwarten sie von anderen, die bekommen dann einen Orden. Mitleidig wirft Fritzi eine kleine Münze in die Kappe, die ein Kriegsinvalide hoffnungsvoll vor sein Holzbein gelegt hat, und biegt am Marienplatz beim Café Perzl ab ins Tal. Das Café ist gut besucht. Hier kann man bei einer Tasse Tee Stunden im Warmen sitzen und alle Zeitungen umsonst lesen. Eisner hat gern dort gesessen und mit Blick aus dem Fenster seine Zeitungsartikel geschrieben.

Die Rathausuhr schlägt acht Mal. Fritzi beeilt sich, zum Högerbräu zu kommen. Hetti Kämpfer hat den Reichstagsabgeordneten Dr. Erdmann von der USPD eingeladen, er soll angeblich zum Gedächtnis von Karl Marx sprechen. Aber Fritzi weiß, dass er Marx nur zum Vorwand nehmen wird, um über die politische Lage nach den Streiks und den Schandfrieden von Brest-Litowsk zu sprechen. Letztlich kreist alles um die wesentliche Frage: wann machen wir Revolution? Aber das darf natürlich niemand aussprechen.

Vor dem Högerbräu lungern ein paar Gestalten herum, die Fritzi unschwer als Polizeispitzel ausmacht. Können die einen nie in Ruhe lassen! Ständig notieren sie mit dem Eifer von Jagdhunden alles auf ihre kleinen Blocks, immer wieder stören sie die Redner und drohen mit Verboten. Sonja Lerch, Kurt Eisner und die andern hatten sich über die Spitzel lustig gemacht. Eisner hatte sogar gesagt, er werde sich nicht den Mund verbieten lassen, sondern die Zeit sei gekommen, in der jeder Mensch seine Meinung frei und offen sagen müsse. Nun sitzt er im Gefängnis, und Sonja Lerch ist tot.

Fritzi wird am Eintreten des Högerbräu gehindert. Wohin sie wolle, fragt der Spitzel mit einer Freundlichkeit, die Fritzi verdächtig findet. Es ist wie im Goldenen Anker.

Ob man nicht mehr in die Wirtschaft gehen dürfe, fragt sie zurück, und bekommt einen Schluckauf vor Schreck über ihre Frechheit. Schnell öffnet sie die schwere Wirtshaustür und entschlüpft dem Spitzel.

Im Högerbräu herrscht Betrieb. Zigarrenrauch steht blau über den Tischen. Die Kellnerinnen tragen mit kräftigen Armen Würstl und Schweinshaxen mit Kraut für die Reichen, Knödel mit Soße für die weniger betuchten aus der Küche.

– Obacht!

Fritzi springt zur Seite. Wo die Maifeier sei, fragt sie den Schankkellner. Der lässt das Bier in den Krug rauschen und sieht sie misstrauisch an. Die sei verboten worden. Fritzi kann es nicht glauben.

– Fräulein, nicht ich hab die Maifeier verboten, glaubens mir. Das waren die Schandis.

Er lässt das nächste Bier schäumen, das geht alles routiniert und zügig wie Fritzis Granatenherstellung. Dort oben saßen einige der Herren Sozis. Er weist mit dem Kinn zur Treppe. Fritzi dankt artig und geht die breite Holzstiege hinauf.

In einem geschlossenen Raum sitzt Hedwig Kämpfer mit etwa zwanzig Menschen an mehreren zusammengerückten Tischen. Das Kind liegt im Körbchen auf einem Abstelltisch und schläft friedlich. Zu ihrer Freude entdeckt Fritzi auch die Schwestern Emmy und Betty Landauer. Sie sind aus dem Gefängnis frei gekommen. Aber die Stimmung ist gedämpft. Hier gibt es keine wohl gefüllten Teller, nur Suppen, Bier und billige Fassbrause. Erschreckt blicken alle auf, als Fritzi herein tritt. Hetti fragt besorgt, ob ihr ein Kriminaler gefolgt sei. Nein, gibt Fritzi Entwarnung, die stünden vor der Tür.

Die Maifeier ist verboten worden, weil Hetti unter ihre Einladung „Gäste willkommen" geschrieben hat. Es ist immer dasselbe: lädt die USPD zu einer geschlossenen Versammlung ein, wird sie vom Polizeipräsidenten für öffentlich erklärt. Lädt sie zu einer öffentlichen Versammlung ein, wird sie verboten, weil es sich um eine geschlossene Parteiversammlung handele.

– Vielleicht treffen wir uns beim nächsten Mal auf der Theresienwiese, meint einer lustig.

– Ja, bei Blasmusik, da können die Spitzel nichts verstehen!

Sie müsse Fritzi den Zutritt verwehren, weil sie kein Parteimitglied sei, erklärt Hetti.

– In Ordnung, meint Fritzi gleichmütig, zieht ihre Jacke aus und hängt sie über die Stuhllehne. Viele Frauen sind da, deren Männer in Haft oder im Krieg sind. Fritzi blickt in sorgenvolle Gesichter. Leider ist keiner von den fröhlichen

Achtzehnern da, und den Abgeordneten Erdmann hat Hetti telefonisch ausladen müssen wegen des Verbots.

Hetti berichtet vom letzten Parteitreffen im Lamplgarten. 120 Personen seien gekommen, erzählt sie stolz, nennt Namen, die Fritzi nicht kennt, berichtet vom Stand der Parteikasse und einiges mehr, von dem Fritzi nicht viel versteht. Sie hört still zu, nimmt die kleine Lisa auf den Schoss, als sie wach wird, freut sich an den großen staunenden Augen der Kleinen, streichelt die zarte rosige Haut und schaukelt das Kind beruhigend.

Hetti erwähnt Schikanen bei der Landeskonferenz der USP in Nürnberg und warnt mit Blick auf Fritzi, dass die Polizei jederzeit gern Personalien aufnehme und Personen „erkennungsdienstlich" behandele. Im Lamplgarten sei der Ort ja bekannt, in den anwesende Soldaten oder Ausländer flüchten könnten, wenn die Polizei plötzlich komme und Personalien feststellen wolle.

Da gibt es Ärger. Im Lamplgarten könne man sich nicht mehr treffen, sagt eine Frau, deutet anklagend auf einen Genossen und beschuldigt ihn, diesen geheimen Ort der Polizei verraten zu haben. Es ist Selma, die Frau von Fritz Schröder, der mit Richard Kämpfer nach dem Januarstreik floh, aber vor einer Woche verhaftet wurde.

– Ich habe dich schon lange im Verdacht, Meier. Wieso war die Polizeidirektion stets mit Verboten zur Stelle? Wieso tauchten Polizisten auf unseren internen Versammlungen auf? Woher hatten sie Kenntnis, wenn nicht von einem von uns?

– Jetzt verrennst du dich aber, Selma, nur weil Fritz sich bei der Flucht ungeschickt angestellt hat, meint einer.

– Alle schätzen ihn wegen seiner Hilfsbereitschaft. Kapiert ihr nicht, dass das nur ein Trick ist, euch auszuhorchen? Wer Kummer hat, vertraut sich einem Parteigenossen an, ist doch klar, und wer hatte in den letzten Kriegsjahren keinen Kummer! Die Sozialdemokraten hatten für unsere Sorgen kein Verständnis, die wollten uns zu Burgfrieden verpflichten und zeichneten eine Kriegsanleihe nach der anderen. Die Konservativen forderten Vaterlandsliebe. Nationalismus, das Rezept gegen Hunger, Verkrüppelung, Trauer: nimm es dreimal täglich, gemischt mit Judenhass, das wird dir zu einer neuen Identität verhelfen!

Meier, ein nervöser schmaler Mann mit bleichem Gesicht, schaut Selma an, sagt aber kein Wort. Fritzi würde gern gehen, die Sache ist parteiintern und geht sie nichts an, aber sie hat die Kleine auf dem Schoß.

– Ich habe Beweise! Ich bin dir nachgegangen, Meier, ich habe dich beobachtet, mit Polizeispitzeln! Du hast ihnen etwas übergeben!

– Was? will Meier wissen und packt nervös an seinen Schnurrbart.

– Vermutlich deine Berichte von unseren Treffen! Manchmal sprachst du nur kurz im Vorübergehen mit einem Spitzel, betont unauffällig. Das reicht, um unsere Termine zu verraten!

Meier schüttelt den Kopf. Er wisse nicht, wie die Genossin Schröder auf eine derart absurde Idee komme. Und es sei beleidigend, dass sie ihn überwache.

Einige murmeln Zustimmung. Selma aber fährt fort: Es ist nicht nur wegen unserer Versammlungen. Viel schwerer wiegt, dass er unsere Ehemänner, Richard und Fritz, denunzierte ...

Nun gibt es Tumult. Ein Mann springt auf und schreit Selma an, wie sie so etwas behaupten könne.

Meier bleibt sitzen. Sein bleiches Gesicht hat sich gerötet. Fritzi macht sich ganz klein und wartet darauf, dass man sie rauswirft. Aber niemand nimmt sie wahr. Hetti bittet um Ruhe: jeder werde zu Wort kommen, aber vorher solle Selma ausreden.

– Richard und Fritz waren die einzigen, die in der Streikwoche nicht warteten, bis man sie Anfang Februar verhaftete! Sie warnten auch alle anderen. Aber die meisten sind Münchner, wo sollten sie hin? Fritz ist aus Tangermünde, hat viele Jahre in Hamburg gelebt und kennt sich gut aus. Richard ist auch nicht von hier und hat gute Kontakte ins Rheinland. Die beiden lernten sich beim Handlungsgehilfenverband kennen, wir redeten unseren Männern zu, die Flucht zu wagen, denn wir waren sicher, dass der Krieg nur noch wenige Wochen dauert, vor allem, wenn wir weiter für den Generalstreik arbeiten.

– Selma, das wissen wir alles, unterbricht sie einer, komm zur Sache!

– Fritzi wusste, dass es oben im Norden gärt! Die Matrosen wollen nicht mehr auslaufen, halten das für Selbstmordkommandos! Er kennt viele Seeleute und wollte sie nach Bayern holen! Die Januarstreiks sollten zum Flächenbrand über ganz Deutschland werden. Ich sagte kein Sterbenswörtchen von diesem Plan, zu niemandem, und doch wurden beide verhaftet, Richard in Dresden, Fritz in Düsseldorf.

– Selma, wie hätte Meier in Düsseldorf und Dresden tätig werden sollen!

Selma springt auf: Das sind nur zwei Telefonanrufe!

– Aber Meier wusste doch nicht, wo Richard und Fritz waren.

Meiers Schnurrbart zittert: Eine ungeheuerliche Anschuldigung, Genossin Schröder, das lasse ich nicht auf mir sitzen.

Selma schreit ihn wütend an, nennt ihn Verräter und Denunziant, da verlässt den blassen Mann die Ruhe. Er springt auf und schreit mit vor Zorn gerötetem Kopf: Du bist ja hysterisch! Warum sollte ich unsere Genossen denunzieren?

Lisa beginnt erschreckt zu weinen. Alle starren auf Fritzi.

Sie ginge dann wohl besser, murmelt Fritzi, reicht Hetti das Kind, greift nach ihrer Jacke und geht. Mit ihr rauscht Selma hinaus. Sie gehen die Treppe hinunter zur Toilette.

Selma weint, wäscht sich das Gesicht, beschimpft sich selbst: Wie dumm ich bin! Es war ein Fehler, Meier öffentlich in der Versammlung anzuklagen. Ich hätte Beweise sammeln müssen. Aber uns blieb keine Zeit, wir konnten nicht agieren, weil wir ständig ausgehorcht wurden, es war mir unheimlich. Als Fritz und Richard im April festgenommen wurden, war ich felsenfest davon überzeugt, dass Meier unser U-Boot ist. Ich hab einen solchen Hass! Ich hätte das mit dem Vorstand besprechen müssen, aber der ist so lahm, so unbestimmt – und auf jeder Versammlung sind Polizeispitzel!

Hetti kommt hinunter. Drei Frauen wie in einer konspirativen Versammlung in der Damentoilette, mit Lisa genau genommen vier.

– Wut ist eine schlechte Verbündete, findet Hetti, du bist mit deinem Verdacht rausgeplatzt, das war ungeschickt. Nun hast du keine Unterstützung, sondern alle halten dich für eine Hysterikerin.

– Hysterisch, das neue Lieblingswort der Männer, seit es die Frauenbewegung gibt, entgegnet Selma böse. Wenn wir öffentlich gegen die miserable Versorgungslage kämpfen, wenn wir mit unseren Kindern gegen Hunger und für Frieden demonstrieren, sind wir hysterische Furien – und was sind die Herren Generäle? Vernünftige Männer? Die uns ins Elend stürzen?

Hetti umarmt Selma: Ich versteh dich gut, heb dir das bitte für eine Rede im Frauenrat auf. Den Meier werden wir im Auge behalten – aber jetzt ist er natürlich gewarnt. Und du hast einen Feind.

Selma geht. Mit Peter sei alles in Ordnung, sagt Hetti, er arbeite in der Backstube, sei geschickt und bekomme seinen Lohn aufgeschrieben, weil er ihn nicht ausgeben könne. Sie solle sich einmal mit Brotmarken anstellen, da könne sie ihn unauffällig treffen. Das Haus dürfe er nicht verlassen, sonst gefährde er nicht nur sich selbst, sondern die gesamte Familie Nibler.

Das Gespräch wird leise auf der Stiege geführt, dann geht Hetti zum Hintereingang hinaus. Niemand hört den beiden zu. Oder doch? Fritzi hat heute eine Menge gelernt über Parteiintrigen. Ob der Meier wirklich ein Polizeispitzel ist?

Nachdenklich verlässt Fritzi das Högerbräu und wird sofort links und rechts von zwei betont unauffälligen Polizisten eskortiert. Sie solle bitte mitkommen, sagt der Linke höflich, sie hätten Fragen an sie.

Fritzi schlägt das Herz bis zum Hals. Haben sie Wind von Peter bekommen? Wenn sie sich jetzt aufregt oder widerspricht, wird ihr Erröten sie verdächtig machen.

– Bin ich verhaftet? fragt sie und bemüht sich, nicht ängstlich zu klingen.

Der Rechte verneint höflich. Sie hätten wie gesagt nur ein paar Fragen. Die könne sie auch hier beantworten, erklärt Fritzi und bleibt stehen wie ein störrischer Maulesel. Die Spitzel greifen sie geübt am Unterarm. Man könne sie auch verhaften und in Handfesseln abführen, zischt der Linke. Fritzi bekommt einen Schluckauf vor Schreck und leistet keinen Widerstand mehr. Schweigend gehen sie das Tal hinauf durch die Burggasse zur Löwengrube. Wie peinlich das ist, Fritzi senkt den Blick und hofft inständig, niemandem zu begegnen.

Endlich sind sie im Polizeipräsidium. Es geht über endlose dunkle Flure, schwarz liegen Büros hinter Glasscheiben. Fritzi bekommt plötzlich Panik. Es ist erst Mittwochabend. Werden sie sie über Nacht hier einsperren? Beim Streik wurden die Genossen erst am folgenden Tag verhört. Das darf nicht geschehen, nicht an ihrem zweiten Arbeitstag! Fritzis Hals wird eng. Gleich am zweiten Tag fehlen, dafür wird die Chefin kein Verständnis haben.

Vor einer Tür im dritten Stock bleiben sie endlich stehen. Der Linke klopft, während der rechte wieder nach ihrem Arm packt. Das kann er sich sparen, Fritzi starrt verzweifelt zu Boden und wird sicherlich nicht diesen endlosen Flur entlang zu fliehen versuchen –

wohin auch? Sie würde nicht mal den Ausgang finden. Sie sieht eine Bewegung am Ende des Ganges und hebt den Blick. Zwei Männer gehen auf eine Tür zu. Der kleinere trägt Uniform, Glatze und Monokel, schließt die Bürotür auf und macht eine einladende Handbewegung zu dem Größeren. Der Große ist schlank und trägt einen dunkelgrauen Wintermantel mit einem Pelzkragen. Fritzis Herz schlägt einen Salto mortale. Der Schokoladenmann!

Ist er auch zum Verhör bestellt? Haben sie ihn? Fritzi starrt ihn an, und als ob er ihren Blick spürt, wendet der Mann plötzlich den Kopf und sieht in ihre Richtung. In diesem Augenblick wird die Tür vor ihr von innen geöffnet. Fritzi versucht, an ihrem Bewacher vorbei noch einmal den Flur entlang zu sehen, bevor sie in das Büro expediert wird. Hat der schreckliche Mann sie gesehen? Aber der wendet sich dem Monokel zu, die Tür schließt sich.

Fritzi wird in das Büro geschoben, die Polizisten gehen hinaus.

Ein Mann sitzt hinter seinem Schreibtisch und weist auf den Stuhl davor. Fritzi nimmt auf der Kante Platz, noch schockiert vom Anblick des Schokoladenmannes. War er es tatsächlich, hier in der Löwengrube? Nicht als Gefangener? Was hatte er im Gesicht? Etwas war anders ... Eine Verletzung? Ein Verband? Mit wem hat er gesprochen? Fritzi, du siehst Gespenster.

Name, Geburtsdatum, Geburtsort, wohnhaft in. Mechanisch sagt sie ihre Personalien her.

Die Schreibmaschine scheppert kriegsmüde, eine grauhaarige Frau mit runden, hervorstehenden Augen klopft ohne aufzusehen auf die Buchstabentasten.

Nimm dich zusammen, Fritzi, du darfst den Bruder und Hetti nicht verraten, der Krieg ist bald vorbei, Eisner frei, dann werden wir freie Bürger sein. In einer freien Republik, ergänzt sie in Gedanken, es ist wie ein Gebet, freie Bürger in einer freien Republik, ein Gebet, das sie immer wieder aufsagen muss, um daran zu glauben.

Der Kommissar mustert sie. Er sieht schläfrig aus und stellt gleichgültig seine Fragen. Ob sie zum ersten Mal zu einer Veranstaltung der USP gegangen sei. Ob sie dort jemanden kenne. Wer anwesend gewesen sei.

Ist das ein Trick? Fritzi beantwortet seine Fragen vorsichtig. Es sei eine Maifeier gewesen, keine Parteiversammlung. Sie sei nicht Mitglied der USP, nein, und sie kenne keinen der Anwesenden.

Der Kommissar belehrt sie, dass die Feier verboten gewesen sei. Wie sie davon Kenntnis bekommen habe. Nun, sie hat davon gehört, da sei ein Anschlag gewesen.

Ein Anschlag, wo?

Am Zaun, an dem die Gefallenen des Krieges angeschlagen seien, am Rathaus. Was will er wissen, denkt Fritzi, was hat das mit Peter zu tun?

Am Zaun sei keine Einladung geklebt, erklärt der Verhörende, das sei eine Lüge.

Sie verteidigt sich: keine Lüge, ein Irrtum. Vermutlich habe sie den Anschlag an einer anderen Stelle gesehen, vielleicht in der Wirtschaft in Freimann, sie erinnere sich nicht genau.

Wer ihr die Einladung gezeigt habe, fragt der Kommissar.

Noch immer keine Frage nach Peter. Fritzi wagt nicht, erleichtert zu sein. Dies alles kann eine Falle sein. Sie sagt brav, sie wisse es wirklich nicht. Sie habe darüber nicht nachgedacht, denn ihr sei nicht bekannt gewesen, dass die Maifeier verboten sei. Es gebe nicht viele Feiern, seit vier Jahren gebe es kein Oktoberfest, keine Dult, keinen Faschingsball.

Der Kommissar seufzt und gibt sich väterlich. Wie könne sie in solchen Zeiten an ihr Vergnügen denken. Ob sie keinen Vater oder Mann im Feld habe.

Fritzi erschrickt. Das war alles nur Geplänkel, jetzt wird er auf Peter kommen.

Sie entschuldigt sich.

– Wir arbeiten hart für den Krieg bei Krupp, erklärt sie mit dem Stolz in der Stimme, den sie oft beim Vater hört.

Der Kommissar streicht über seinen Schnurrbart und betrachtet das rothaarige Mädchen nachdenklich. Sein Blick wird etwas weicher. Der Siegfrieden stehe ja nun kurz bevor, an der Westfront feiere man Sieg auf Sieg.

Fritzi blickt ihn so zweifelnd an, dass er erklärt: Fräulein Novacki, glauben Sie mir, die Not hat bald ein Ende. Wir alle müssen Opfer bringen für das Vaterland.

Sie müsse morgen früh aufstehen und ihrem Vater das Frühstück machen, er habe Frühschicht. Ob sie jetzt bitte gehen dürfe, fleht Fritzi.

Der Mann hinter dem Schreibtisch weiß nicht, dass sie seit heute Fotografenelevin ist. Und alles andere ist nicht gelogen. Er räuspert sich und hält Fritzi einen Vortrag. Sie sei noch jung, und sie solle sich vor den Sozis in Acht nehmen. Es gebe auch Maifeiern bei der Jungfrauenkongregation und beim katholischen Arbeiterinnenverein, da sei ein junges Mädchen besser aufgehoben.

Fritzi nickt brav.

Diese USP, darunter seien verrohte Weiber, hysterische Furien und russische Anarchistinnen, die mit ihrem gefährlichen Unsinn über das Frauenstimmrecht und den Sozialismus junge Mädchen verhetzten. Kommunardinnen von Revolutionären, Mannweiber, die Politik machen wollten. Die Schreibmaschine scheppert. Der Kommissar unterbricht: Sie brauchen das nicht mitzuschreiben. Ein erschreckter Blick aus grauen Augen, die Frau nimmt ihre Brille ab. Die Schreibmaschine schweigt.

Immer noch kein Wort von Peter. Ist das ein Trick? Hinter ihrer Mimik des braven Mädchens bleibt Fritzi wachsam.

– Von den Männern gar nicht zu reden, fährt der Kommissar fort, liederliche Burschen, die ein Mädchen wie Sie ins Unglück stürzen können, Drückeberger, Juden und Kommunisten, Gesindel aus dem Ausland, das seinen Aufenthalt in München der Großzügigkeit seiner Majestät dem König verdankt! Wir können diese Schlawiner sehr einfach aus unserem schönen Bayern ausweisen!

Die Turm der Frauenkirche schlägt zehn Mal.

Der Kommissar deutet die Unruhe der jungen Frau väterlich. Es sei jetzt an der Zeit, dass sie nach Freimann zurück kehre, der Weg sei weit. Er greift tatsächlich in die Tasche und gibt ihr ein Zehnerl. Fritzi kommen die Tränen.

– Die letzte Tram geht in acht Minuten! Beeilen Sie sich, Fräulein, und seien Sie gewarnt: wenn meine Leute Sie nochmal bei dem Sozigesindel aufgreifen, lasse ich Sie in die Besserungsanstalt des Marienstiftes bringen.

Er blickt streng. Fritzi knickst hastig, noch ein Knicks vor dem Schreibmaschinenfräulein, und schnell hinaus.

– Halt!

Sie fährt zusammen.

– Hier unterschreiben!

Sie unterschreibt nur ihre Personalien, und dass sie nichts vom Verbot der Maifeier der Unabhängigen wusste. Dann ist sie frei.

Erleichtert blickt Fritzi den Gang entlang. Hat sie tatsächlich den Schokoladenmann auf dem Gang gesehen? Oder hat ihr der plötzliche Schreck einen Streich gespielt? Fritzi pirscht sich vor zu der Tür, vor der sie den schrecklichen Mann gesehen hat. Ein Schild ist in Augenhöhe angebracht. Ernst Poehner, Oberlandesgerichtsrat. Was tut der Russe beim Oberlandesgerichtsrat?

– Sie! Was gibts da zum Schaun?

Fritzi fährt zusammen. Sie hastet zur Treppe und eilt hinunter, nur fort aus der Löwengrube und nie wieder hinein. In der Tram, auf dem billigen Stehplafonds hinten, blickt Fritzi die lange gerade Allee entlang aufs Siegestor.

Was hat der Schokoladenmann mit dem Oberlandesgerichtsrat Poehner zu schaffen?

Fotoalbum

Gruppenbild, vier Personen und zwei Kinder vor einem mit Rosen berankten Pavillon.

Ein älterer Mann mit Hut auf der oberen Stufe, links neben ihm eine ältere Frau mit Strohhut, vor ihnen auf der unteren Stufe eine junge Frau mit einem Säugling auf dem Arm, rechts neben ihr eine junge Frau mit Kappe, ein Kleinkind vor sich mit einem Stallhasen auf dem Arm.

Bildunterschrift, handschriftl. mit Bleistift: Sangerhausen 1918

Eine Idylle, nicht wahr? Die Töchter besuchen die Großeltern und machen mit den Enkelchen einen Ausflug ins Rosarium, im Juni zur Rosenblüte. Der kleine Fiets darf das Karnickel in die Kamera halten, Kleider und Hüte der Frauen sind hell und sommerlich.

Wie eine Fotografie lügen kann! Die Wahrheit hinter dieser Familienidylle ist: es sind nicht die Töchter, auch wenn Fiets der Enkel des lächelnden Ehepaares ist. Die Frau mit der Kappe ist Selma, die Schwiegertochter der Schroeders, die Frau neben ihr mit den Zöpfen, die zart aussieht wie ein Mädchen, ist Hedwig Kämpfer, und die kleine Lisa auf ihrem Arm war im Juni 1918 erst acht Monate alt. Und es ist auch keine Sommerfrische, denn die beiden sind nicht freiwillig hier. Im Juni 1918 war noch kein Friede! Der Krieg tobte an der Westfront, die Januarstreiks waren niedergeschlagen, die Akteure strafversetzt an der Westfront oder verhaftet. So auch Fritz und Richard, Selmas und Hettis Ehemänner. Die saßen in München im Gefängnis, gemeinsam mit unserem verehrten Kurt Eisner und der Sonja Lerch – ach, die lebte zu der Zeit nicht mehr. Eine mörderische Zeit. Hetti und Selma wurden nach unserer Maifeier aus Bayern ausgewiesen. Ja, ausgewiesen! Artikel 4b des bayrischen Kriegszustandsgesetzes erlaubte diese Untat, und Fritzi, die am 3. Mai ihre Brotmarken bei Nibler einlösen wollte, wurde Zeugin.

Sie stand draußen auf dem Trottoir in der Schlange, da kam Hetti verzweifelt mit dem Kind auf dem Arm, links und rechts flankiert von zwei Polizisten. Frau Nibler stürzte aus der Bäckerei und nahm ihr die Kleine ab, die fing an herzzerreißend zu weinen.

Sie solle weitergehen, zischte der Schandi Fritzi zu, da gebe es nichts zu sehen. Fritzi verdrückte sich in einen Hauseingang. Sie hörte, dass die arme Hedwig ausgewiesen wird. Nach Thüringen, sagte sie verzweifelt zu ihrer Mutter, und ich darf Lisa nicht mitnehmen.

Diese Unholde! So wollten sie die USP mundtot machen. Wie gemein ist das, eine Mutter aus Bayern zu verweisen, die nichts getan hat als Parteiversammlungen zu leiten. Für eine Partei, die nicht verboten ist.

Hetti küsste ihre Tochter auf die Stirn, gab ihrer Mutter den Wohnungsschlüssel und einen Korb mit Windeln und ging mit erstarrtem Gesicht zwischen den Schandis davon. Auf die Handfessel hatten sie großzügigerweise verzichtet.

Mutter Nibler stand auf dem Gehsteig vor ihrer Bäckerei, ihre brüllende Enkelin auf dem Arm. Blickte ihrer Tochter nach. Und Fritzi war total gerührt, denn bei ihrem Anblick verstummte Lisa und lächelte wie die Sonne. Sie hatte sie erkannt, wie niedlich. Fritzi nahm Lisa auf den Arm, schaukelte sie und versprach der schockierten Großmutter, ihr mit dem Kind zu helfen. Was ist das für ein Land, das Mütter von ihren Kindern trennt und gleichzeitig die heilige Familie, Sitte, Ethik und Moral hochhält? Aber im Etat ist ja auch kein Geld für Hebammen und Familienhilfe vorgesehen ... ich schweife ab, das Alter, ich bin zwar alt, mein Zorn aber ist jung.

Selma und Hetti hatten Glück im Unglück. Die Ausweisung war schlecht organisiert, die Thüringer Polizei wusste von nichts. Nachdem die beiden eine Nacht auf dem Bahnhof verbracht hatten, was auch die Bewacher unangenehm fanden, fragte Selma vorsichtig, ob sie zu ihren Schwiegereltern nach Sangerhausen fahren dürften. So wurde es gemacht, die Behörden waren erleichtert, die Fahrt mussten die Frauen selbst bezahlen, und in Sangerhausen mussten sie sich jede Woche bei der Polizeistation melden.

Ob Fritzi das Foto aufgenommen hat? Sieht eher aus wie eines von jenen Fotografen, die neben den Touristenattraktionen ihre Apparate aufbauen. Aber wer weiß, irgendwie muss Lisa ja heimlich zu ihrer Mutter gekommen sein ...

Max

Am 1. Juli, der Krieg quält sich immer noch unerträglich hin, tritt Max in Fritzis Leben. Das heißt, erst einmal tritt er durch die Tür des Photoateliers Elvira. Fesche Matrosenuniform der kaiserlichen Marine, weiße Matrosenbluse mit Exerzierkragen, weite dunkelblaue Hosen, strahlend blaue Affenjacke, Matrosenmütze mit schwarzem Band S.M.S. Dresden. Seine Augen strahlen wie die blaue Jacke, er sieht aus wie ein Junge von der Waterkant, aber er spricht unverkennbar bayrisch und verlangt Fotos.

– Ja bitte, was für Fotos sollen es sein? fragt Fritzi. Sie hat am Morgen Dienst am Beratungstisch.

Max schaut sie an, als könne sie nicht bis zwei zählen.

– Fräulein, Fotos von mir natürlich.

Sie zeigt ihm die Mappe mit den Mustern und erläutert: Ganzkörper, Portrait, Kniestück sitzend, Kniestück stehend, Hintergrund neutral oder bemalt, und weist auf ein Foto vor einem Prospekt mit Segelschiff: Das könnte in Ihrem Fall passend sein.

Max bekommt einen Hustenanfall vor Verachtung. Segelboot auf dem Tegernsee! Er diene auf einem Kreuzer, 14 Marinekessel mit 50.000 PS. Mitleidig blickt er auf Fritzi hinunter: Kleiner Kreuzer Cölln-Klasse mit 3 Schornsteinen, hast mi?

– Na und, in Fritzi erwacht der Trotz. Kann ja nicht jeder was von Schiffen verstehen.

– Na und, äfft der Max sie nach, wir sind eine Besatzung von 559 Mann, wir haben 8 Geschütze, 200 Seeminen, 3 Flaks und 4 Torpedos, Fräulein!

Nun wird Fritzi sauer. Sie versteht zwar nichts von Schiffen, aber von Torpedos, sie hat sie befüllt und hasst sie zutiefst wie alle Waffen, die diesen Krieg verlängern.

– Na, wenn es nur ein kleiner Kreuzer mit nurmehr vier Torpedos ist, dann werden kleine Fotos wohl ausreichen, der Herr, sagt sie bissig, und schlägt die Seite mit den Passfotos auf.

Max blickt sprachlos von dem Musterbuch auf dieses rothaarige Mädchen, das so patzig reagiert obwohl es offensichtlich keinen blassen Dunst von Schiffen hat. Braucht die Damenwelt ja auch nicht: es reicht, bewundert zu werden. Sie sind des Kaisers blaue Jungs, seine Lieblinge, der Stolz der Nation, beneidet von allen Stoppelhopsern – nicht mal ein Tambourmajor der Kavallerie hat mehr Erfolg bei Frauen und Zivilisten. Lässigkeit und Schneid der Matrosen ist angesagt, Säbelrasseln und Adler auf blitzenden Helmen sind passé.

Er klappt das Musterbuch zu und sagt kurz, jedes Wort ein Biss: Goldrand! Und koloriert – in Marineblau, Fräulein. Falls die Farbe vorhanden – blau wie das Meer.

– Auf dessen Grund Sie liegen bald liegen werden mit Ihren Torpedos und Ihren Kanonen, entfährt es Fritzi, und sie bereut es sofort. Die Grenze des Witzes ist überschritten. Der Mann wird bleich wie eine Wasserleiche.

Schnell schlägt sie das Buch wieder auf, zeigt ihm einige Muster, entschuldigt sich vielmals, sie hole die Kollegin. Er werde bestens bedient. Sie sei nur Elevin, sie verstehe nichts davon, Verzeihung der Herr. Schon ist sie ins Atelier geflüchtet und schickt Minna hinaus. Verdammt, was hat sie sich nur gedacht, warum ist sie so taktlos? Was kann dieser Matrose für den Krieg, er muss vermutlich an die Front, der arme Kerl, vorher noch ein Foto, und alle wissen, was es bedeutet, wenn ein Schiff versenkt wird: da kehrte bislang keiner lebend zurück. Die Briten sind schneller und besser ausgerüstet, auch wenn der Kaiser dies in seiner Verblendung nicht wahrhaben will.

Fritzi richtet alles für die Aufnahme her, rückt den Sessel zurecht, zieht den Prospekt mit dem neutralen Hintergrund herunter, rückt die Scheinwerfer in Position, füllt Magnesium in das Blitzgerät. Nur die schwere Platte darf sie noch nicht in den Fotoapparat schieben. Währenddessen hört sie Minnas freundliche Stimme, wie sie mit dem Matrosen spricht, ja, mehr: sie schäkert mit ihm! Wie girrend sie lacht! Ein solches Lachen hat Fritzi bei der Kollegin noch nie gehört.

Fritzi informiert die Chefin über die Kundschaft und flieht ins Büro, Rechnungen schreiben, die sie Emma Uibeleisen zur Unterschrift in die Mappe sortiert, mit einem Umschlag, den sie frankiert. Diese langweilige Tätigkeit hasst sie an anderen Tagen, heute ist sie froh darüber. Sie erledigt alles sehr gewissenhaft, um bloß nicht fertig zu sein, bevor der Matrose das Atelier verlässt. Wie peinlich, ihm noch mal zu begegnen! Das muss sie vermeiden. Sie hört, wie Emma Uibeleisen das Atelier betritt, mit ruhiger Stimme den Kunden begrüßt, Minna Anweisungen gibt, ja, sie meint sogar sogar das Klicken der Kamera und das Auswechseln der Platten zu vernehmen, hört, wie Emma ihn nach der Sitzung freundlich verabschiedet, wohin man die Probeabzüge schicken solle? Er wird ins Atelier kommen. Wie belieben der Herr, morgen seien die Probeabzüge fertig, danke der Herr, er werde zufrieden sein. Man werde andernfalls kostenfrei die Aufnahme wiederholen, bitte sehr der Herr.

Fritzi atmet erleichtert auf und bringt der Chefin die Mappe hinein. Emma sieht sie scharf an: was war los? Nichts, gar nichts, sie sei nur mit diesem Kunden nicht recht warm geworden und habe Minna gebeten zu übernehmen.

Emma schaut wohlwollend. Friederike habe richtig gehandelt, es sei besser, die Kollegin holen als einen Kunden zu vergraulen. Aber sie müsse bitte zwischen Privatem und Beruflichem unterscheiden, wenn sie einmal allein im Geschäft sei ...

Fritzi nickt tapfer. Es werde nie wieder vorkommen.

Emma greift nach der Mappe, sieht die sorgfältig ausgestellten Rechnungen durch und entlässt Fritzi huldvoll.

Sommerliche Wärme umfängt Fritzi, als sie auf die Von-der-Tann-Straße hinaus tritt. Es wird ein schöner Abend werden. Sie schaut in den abendlichen Betrieb, Fuhrwerke, Bettler, lange Schlangen vor den Läden, kein Frieden in Sicht, dafür um so mehr Verwundete und Krüppel, die sich durch Münchens Straßen schleppen, wenige promenierende Bürger, Droschken auf dem Weg in den Englischen Garten.

Fritzis Magen knurrt vernehmlich. Gut, dass sie gestern alle Lebensmittelmarken eingelöst hat, heute braucht sie nicht anstehen. Sie will die Straße überqueren und zur Suppenküche gehen, da sieht sie ihn. Ihr Herz macht einen Sprung. Der Matrose steht auf der anderen Straßenseite. Lässig, die Affenjacke über einer Schulter, lehnt er am Gartenzaun der österreichisch-ungarischen Gesandtschaft. Kaut auf einem Streichholz und beobachtet sie. Hat er auf sie gewartet? Will er sie beschimpfen?

Max hat überlegt, warum er bei der kleinen Rothaarigen nicht landen konnte. Hat sie einen Verwandten bei der Marine verloren? Daher diese Bitterkeit? Ohne den weißen Kittel sieht sie ärmer und einfacher aus. Ihr Kleid ist zwar sauber, aber mehrfach geflickt, die Farbe ausgebleicht vom Waschen, und der Stoff verschlissen vom jahrelangen Tragen.

Nun hat sie ihn entdeckt und läuft feuerrot an. Bezaubernd.

Er schlendert zu ihr hinüber. Ob sie schon was vorhabe.

Sie müsse Probeabzüge ausliefern, erklärt Fritzi.

Ob er sie begleiten dürfe.

Warum nur? Fritzi versucht zu ergründen was der Matrose von ihr will. Alle schauen ihn an, den großen gutaussehenden Blonden, eine Dame schenkt ihm aus ihrer

Droschke ein wohlwollendes Lächeln. Warum sollte er sich mit einer rothaarigen Proletin auf der Gasse zeigen?

Es sei weit, draußen in Schwabing, versucht sie ihn abzuwimmeln. Aber ihr Magen knurrt vernehmlich. Er lächelt. Er habe großen Hunger und kenne sich nicht aus, ob sie ihm ein Lokal empfehlen könne. Fritzi hätte beinahe gelacht. Sie war bestenfalls auf den Bierkellern, und das nur zu politischen Veranstaltungen, Essen hat sie sich dort niemals leisten können. Aber dann besinnt sie sich und meint, wenn er mit Ersatzportionen vorlieb nehme, dann sei das Augustiner noch immer das Beste, oder der Mathäser.

– Oder der Biergarten im englischen Garten? Darf ich Sie nach Schwabing begleiten, Fräulein? fragt er.

– Bin kein Fräulein, bin ein Pro ... Fritzi erschrickt. Sie ist ja kein Prolet mehr. Sie ist Fotografenelevin.

Aber er hat verstanden. Sie sieht es an seinem Blick. Einmal Prolet, immer Prolet. Jetzt kennt er die Wahrheit und braucht sich nicht mit ihr abgeben. Sie wiederholt, dass der Augustiner gut sei, adjö. Schon eilt sie weiter.

Schnell ist er wieder an ihrer Seite.

– Und wo gehen Sie essen, Fräulein Fotografin?

Nun macht er eine Fotografin aus ihr, dabei arbeitet sie erst zwei Monate im Elvira! Sie will ihn abwimmeln, aber er bleibt beharrlich an ihrer Seite. Schließlich bleibt sie vor der städtischen Suppenküche in der Neuturmstraße stehen. Böse blickt sie zu ihm auf. Das hier sei nix für ihn, hier bekämen Proleten, Krüppel und Soldaten billiges Essen.

Er sei Soldat, sagt Max und lässt sich zwei Suppen geben, als sie an der Reihe sind. Dazu ordert er zwei Brotscheiben, die heute wie durch ein Wunder vorhanden sind, und teilt seines mit einem Kameraden, der ihn aus hungrigen Augen anstarrt.

Sie setzen sich zwischen die Leute an den langen Tisch. Er springt er noch mal auf: er habe sich noch nicht vorgestellt. Der Hinterhuber Maximilian sei er. Fritzi zuckt zusammen, als auch der Kamerad aufspringt und Name und Dienstgrad heraus schnarrt.

Max lacht, haut dem Soldaten auf die Schulter und schaut sie aufmunternd an. Also gut, Fritzi murmelt ihren Namen, was bleibt ihr übrig. Hastig löffelt sie die dünne Suppe, will sich verabschieden, aber sie wird ihn nicht los. Am Odeonsplatz bleibt sie stehen. Sie muss diesen Unsinn jetzt beenden.

– Ich dank Ihnen für die Suppe, Herr Max, sagt sie so höflich sie kann, aber jetzt müsse sie ihre Fotos ausliefern, und ...

Ja was muss sie eigentlich noch? Der Abend liegt vor ihr, keine Spätschicht, keine Frühschicht, sie hat nun Zeit, aber kein Geld.

– Verstehe. Aber er sieht nicht so aus, als ob er versteht, sondern gekränkt: Sie wollen nichts mit Matrosen zu tun haben. Haben Sie schlechte Erfahrungen gemacht, ich entschuldige mich, es gibt vermutlich auch schlechte Kerle unter uns, Fräulein.

Fritzi funkelt ihn wütend an.

– Ich bin ein Prolet, verstehen Sie, Herr Matrose? Ich habe zwei Hände um für das Kapital zu arbeiten, und zwei Füsse, um gegen es zu marschieren. Wir passen nicht zusammen, ein Prolet und ein Diener des Kaisers, und jetzt lassen Sie mich endlich gehen.

Mädchen mit den krummen Beinen

An diesem Sonntag kann Fritzi zum ersten Mal etwas aufatmen. Sie macht sich fein, gönnt sich die Tram und spaziert durch den Hofgarten. Eine Kapelle spielt im Pavillon Tanzweisen und deftige bayrische Märsche. Aber niemand tanzt. Feine Damen gehen gemessenen Schrittes in feinen weißen Sommerkleidern mit viel Spitze und breitkrempigen dazu passenden Hüten und Schirmen. Die Korsetts sind auch bei den fülligeren so eng geschnürt, dass sie kaum hätten tanzen können, ohne in Ohnmacht zu fallen. Gerade noch hochnäsig schauen und die Mundwinkel verziehen können sie, wenn sie jemanden grüßen.

Junge Mädchen im Festtagsgewand mit Seidenschürze, Zöpfe als Kranz um den Kopf gesteckt, promenieren untergehakt in Dreierreihen. Männer mit komplizierten, sorgfältig gepflegten Barttrachten und gewichtigen Charivaris an den Lederhosen führen ihre Bäuche und Teckel spazieren. Fritzi betrachtet die Idylle und spürt, es ist nicht die ihre. Sie spürt die Blicke wie Pfeilspitzen, hört das Getuschel wie Donnergrollen, und das Gekicher der Mädchen ist einzig Verachtung für sie. Etwas an ihrem feinen Sonntagskleid scheint nicht zu passen. Der Kattun, aus dem sie sich das Kleid geschneidert hat, scheint ihr plötzlich schäbig, das Blau billig, und es hatte sie doch so viel Geld und Schweiß gekostet. Wie hatte sie sich vor dem Spiegel im Atelier Elvira gedreht, wie rauschend war der Stoff geflogen, wie schön war sie sich vorgekommen. Aber das war eine Täuschung gewesen. Etwas, das außer den feinen Herrschaften niemand sehen kann, unterscheidet sie von diesen Bürgern. Nichts im Hofgarten ist von ihrem Stand.

Fritzi flieht durch den kleinen Durchgang auf die breite Ludwigstraße in die Maxvorstadt und biegt in die Schellingstraße ein. Erleichtert bemerkt sie, dass der Sonntag hier nicht so heilig und von behäbiger Bürgerlichkeit ist. Studenten stehen rauchend und diskutierend auf der Gasse, Arbeiter haben ihre Jacken und Haare gebürstet und spazieren, ihre Frauen am Arm, die Straße entlang, Kinder toben mit Reifen und Schussersteinen auf dem Gehsteig. Fritzi lächelt, als einer der Studenten ihr mit einer Verbeugung den Weg freigibt, die der Königin würdig gewesen wäre, und hebt das Kinn etwas höher, als ein pickeliger Zwölfjähriger hinter ihr her pfeift.

Sie biegt in die Türkenstraße ein, angezogen von der Musik, die aus dem Alten Simpl dringt. Dies ist kein bayrischer Marsch, dies sind freche Gstanzl, ständig von lautem Gelächter und Beifall unterbrochen. Sie versteht kein Wort von dem, was die Sänger von sich geben, aber es klingt gut, und sie ist neugierig. Vermutlich wird sie sich kein Mittagsmahl dort leisten können, aber sie will einen Blick hinein tun. Sie steuert auf die Tür zu, aber noch ehe sie den Messinggriff packen kann, fliegt sie auf, und, von kräftigen Männern an beiden Seiten gestoßen, stolpert ein Mann heraus und wäre unweigerlich auf die Gasse gefallen. So aber fällt er direkt gegen Fritzi, und diese stemmt sich dagegen in dem Bemühen, auf keinen Fall in mit dem neuen Kleid in den Schmutz zu fallen, denn diese Gasse ist nicht sauber gefegt wie die breiten Promenaden. Tatsächlich kann sie das beachtliche Gewicht des Mannes auffangen, bleibt stehen und so verharren sie aneinandergekrallt einige Sekunden, bevor er sich fängt und aus ihren Armen löst.

Der Mann überragt sie um zwei Köpfe. Er ist nicht dick, aber von mäßiger Gestalt, und seine Haare sind so rot wie ihre. Sie hat noch nie einen Mann gesehen mit derart roten Haaren. Sie leuchten wie ein Herbstfeuer. Frisur? Sie stehen wild und kräftig in alle Richtungen ab, und gehen in einen Bart von dunklerer Farbe über. Ein Kneifer hatte auf seiner Nase geklemmt, und droht aufs Pflaster zu fallen. Hoppla! Fritzi packt den Kneifer. Er greift danach, richtet ihn, betrachtet sie erstaunt durch die Gläser, fährt sich durch die Haare, die nun noch mehr abstehen und ruft: Mädchen! Das nenne ich gehalten!

Er tritt einige Schritte zurück, betrachtet die junge Frau und grinst: Mädchen mit krummen Beinen können einen Mann doch besser halten als die mit geraden!

Und als er den aufsteigenden Ärger in Fritzis Gesicht sieht, lacht er gutmütig.

– Nun, nun, Mädchen, nicht bös sein, ich bewundere nur deine Kraft! So eine Kraft kann nur ein Mädel vom Lande oder eine Proletarierin haben!

Proletarierin. Fritzi ist stolz darauf, Prolet zu sein, erst recht nach den Treffen der Achtzehner im Goldenen Anker. Ein neuer Stolz war dort gewachsen, ein Stolz auf die Heimat im Kohlenpott, Stolz auf eine Klasse, die schaffte was andere verachteten. Und die mit ihrem Streik alles anhalten konnten.

Aber gerade hat sie deutlich erfahren wohin sie nicht gehört, wie die Bürger sie verachten. Bevor sie etwas erwidern kann, deklamiert der Rothaarige einen Fünfzeiler: Mädchen mit den krummen Beinen, / wie dein Dackel schief im Gang, / glätte mir dein weißes Leinen, / Grade will dein Wuchs mir scheinen, / liegst du lang.

Unwillkürlich muss sie lachen.

– Du hast gelacht! Ja, Mädchen, ich finde es auch nicht so schlecht! Dieses Gedicht sollte mir mein Mittagessen bezahlen.

Sie schaut ihn fragend an. Blickt in strahlend türkise Augen, guter, intelligenter Blick.

– Ein Gedicht für eine Maß und Knödel mit Soße, ist das zu wenig?

Fritzi meint, die Zeilen seien nur eine Maß wert, und er antwortet verdrossen: Bei der Maß ist mir die erste Strophe eingefallen, der Schluss sollte mir beim Knödeln einfallen. Ein leerer Magen kann nicht dichten.

– Ich hab gehört, ein voller Bauch studiert nicht gern?

– Mädchen, das haben die Reichen erfunden.

Er lacht so dröhnend, dass sie mitlachen muss. Obwohl sie beleidigt sein wollte. Sie hat keine krummen Beine, und das Gedicht findet sie eigentlich anstößig. Aber der Mann ist unwiderstehlich gut gelaunt, sein Gesicht verzieht sich ständig in lebhafter Mimik, die Augen blitzen, und wenn er lacht, zeigt sich eine Reihe weiße gesunde Zähne. Er hat keine entbehrungsreiche Kindheit hinter sich, auch wenn er heute sein Sonntagsmahl nicht bezahlen kann. Plötzlich hat Fritzi eine Idee.

– Wenn ich Sie fotografieren darf, ist mir das ein Knödelgericht wert.

So lernt Fritzi den Dichter und Anarchisten Erich Mühsam kennen. Und das wird ihr noch viel bedeuten.

Retuschieren?

In der Schale mit dem Entwickler schwimmen die Fotos von Max. Seine ernste Miene erscheint langsam in der gelblichen Flüssigkeit, traurig blicken seine Augen über dem fröhlichen weißen Matrosenkragen, die Würde will nicht recht passen. Das hat die Chefin auch gemerkt, daher trägt er auf dem nächsten Bild die Affenjacke, zugeknöpft bis zum Hals, und blickt unglücklich über den engen Kragen.

Warum muss die Chefin ausgerechnet diese Fotos nehmen, um Fritzi zum ersten Mal in die Chemikalien der Dunkelkammer einzuweisen? Nun muss sie sich diesen Kerl wieder und wieder ansehen, und das auch noch sehr genau.

Emma holt den nassen Papierabzug mit der Zange heraus und legt ihn in die Schale mit dem Unterbrecher. Während das Papier schwimmt, deutet sie auf ein schwarzes Papier, das am Abflussrohr hängt, und fragt, was hier geschehen ist. Fritzi vermutet, dass es zu lange im Entwickler gelegen hat. Emma meint, man könne auch sagen, dass der Abzug nicht schnell genug im Unterbrecher gelandet sei. Sie erläutert die Wirkung der Chemikalien, deutet auf die Sanduhr und erklärt, wie kurz der Entwicklungsvorgang ist, wie schnell der Abzug verdorben ist, wenn der Fotograf nicht ständig die Zeit beachtet und den Entwicklungsvorgang zum richtigen Zeitpunkt beendet. Noch sensibler sei es bei der fotomechanischen Entwicklung der Platte, das lerne Friederike im zweiten Lehrjahr. Zunächst werde sie sie mit dem Positivverfahren für die Papier- und Pappabzüge vertraut machen.

– Faustregel: nie länger als dreißig Sekunden, dann beobachten! sagt sie, packt das Foto mit der Zange und legt es in die Schale mit dem Fixierer. Dabei erläutert sie den Mädchen die Chemikalien und den Fixiervorgang, der im Gegensatz zum Entwickeln nicht lang genug sein könne. Max schwimmt im Fixierer und schaut. Fritzi fühlt sich beobachtet.

Emma belichtet ein weiteres Papier, Fritzi darf die Sanduhr umdrehen und das Foto in die Entwicklerschale legen.

– Zange weg! befiehlt Emma. Aber wie soll sie das Foto sonst in die nächste Schale bugsieren?

Minna erklärt, dass das Papier an der Stelle weiß bleibe, an der die Zange es festhalte. Das darf natürlich nicht passieren. Max blickt vorwurfsvoll aus der gelblichen Flüssigkeit. Fritzi lässt die Augen nicht von der Sanduhr und bemüht sich, dem schwimmenden Matrosen nicht in die Augen zu sehen.

Als der Sand durchgelaufen ist, packt sie den Abzug und will ihn in das Unterbrecherbad legen.

– Halt! kommandiert Emma, du hast dich nach der Uhr, nicht nach dem Bild gerichtet. Was siehst du?

Herrjeh, jetzt muss Fritzi wieder dieses Gesicht genau betrachten. Was ist daran falsch? Das herausfordernde Lächeln, das der verflixte Matrose jetzt aufgesetzt hat? Das kann die Entwicklung nicht verändern.

– Zu blass, befindet Emma, greift zur Zange, stupst das Bild sanft im Entwicklerbad hin und her und erläutert, woran sie auch im rötlichen Dämmerlicht der Dunkelkammer erkenne, wann die Fotografie „durchentwickelt" sei, wie sie das nennt.

Minna hängt die fixierten Abzüge routiniert auf die Leine: Ein fescher Kerl! Da brauch ich nichts zu retuschieren!

Fritzi stöhnt.

Der Kocherlball

Max betrachtet die Probeabzüge. Bei manchen lacht er, bei anderen schüttelt er den Kopf.

Emma berät ihn: dieses Bild eigne sich gut für die Frau Mama, jenes empfehle sie für die Schwester oder Verlobte, hier die Fotografie für den Reisepass. Er habe ein Soldbuch, berichtigt Max, er brauche keine Passfotos. Emma denkt, wenn jeder Soldat fürs Soldbuch ein Passfoto brauchte, das wär ein Geschäft. Sie weist darauf hin, dass alle Aufnahmen bestens als Postkarten geeignet seien, sogar größer, Elvira verkaufe originelle Rahmen, und hier sehe er ein neues Format für das Steckalbum, sie habe eine sehr geschmackvolle Auswahl an Alben.

– Und welches eignet sich am besten für den Trauerflor? fragt Max düster.

Fritzi, die im Nebenzimmer Aufnahmen beschriftet und eintütet, erschrickt: Der redet ja wie Peter!

Emma erschrickt ebenfalls, fängt sich aber professionell.

Daran dürfe der Herr nicht denken, sagt sie sanft und fragt, auf welchem Schiff er fahre. Die Ablenkung gelingt. Voller Stolz spricht Max vom Aufklärungskreuzer SMS Dresden, von der Maschine, Schnelligkeit und Kraft des prachtvollen Schiffes, das erst vor einem Jahr getauft wurde. Fritzi hört Emma nachfragen, Max antworten, wie sie über Schiffe reden! Die Chefin kann vermutlich kein Ruderboot von einem Kajak unterscheiden, und nun fragt sie, wie viele Schornsteine das Schiff hat! Max lacht wieder.

Aber Fritzi bewegt die Bitterkeit, mit der er nach dem Trauerflor gefragt hat. Ist der Matrose doch mehr als ein geistloser Hurraschreier? Die letzte Offensive an der Marne gilt als gescheitert. Das darf niemand öffentlich sagen, aber die Spatzen pfeifen es von den Dächern. Die armen Männer, die jetzt noch an die Front müssen, sind zu bedauern. Zerfetzt im Verhau, ertrunken in der Nordsee oder füsiliert vom Standgericht, denkt Fritzi, wahrlich keine Alternative.

Und als Max zwei Tage später die bestellten Fotografien abholt, bedient sie ihn.

Und als er sie einlädt mit ihm zum Kocherlball zu gehen, sagt sie nicht nein.

Jette bewundert Fritzis besticktes Festtagsgewand. Aber für einen Ball? Zu bäurisch, findet Fritzi, zu altmodisch.

Jette lacht sie aus. Für den Kocherlball? Da wird schon eine neue Schürze überm Gewand reichen, meint sie, und in der Früh schaut eh keiner richtig hin.

Ein Ball in der Früh?

Jette erklärt Fritzi den Kocherlball. Der findet weder am Abend noch im Saal statt, sondern am Sonntagmorgen im englischen Garten.

– In der Früh? Wenn die Schichten anfangen?

Die Kocherl haben keine Schichten, die sind Sklaven, Tag und Nacht! Der Sonntag ist der einzige Tag, an dem sie Ausgang haben. Und nur am Vormittag, für den Kirchgang, am Nachmittag müssen sie der Herrschaft schon wieder den Kaffee servieren. Aber wenigstens am frühen Sonntagmorgen treffen sie sich traditionell zum Tanzen.

– Das hat der Obrigkeit nicht gefallen, und die Schandis haben die Tanzvergnügen aus sittlichen Gründen verboten, erklärt Jette.

Verbotener Tanz! Das gefällt Fritzi sofort viel besser.

Sie hört, dass der Kocherlball einmal im Jahr im Juli stillschweigend geduldet wird. Der Verband der Hausangestellten bezahlt die Kapelle, die Leute bringen ihre

Brotzeiten mit, und der Biergarten am chinesischen Turm hat geöffnet.

Jette meint, die Kocherl hätten auch kein Geld, um dort in feinen Kleidern zu tanzen. Also näht Fritzi am Abend eine Schürze, bestickt sie mit einer hübschen Blumenranke und bindet sie über ihr Alltagsgewand.

Es ist noch dämmerig und kühl, als sie Max am chinesischen Turm trifft. Aufgeregtes Gelächter, Geplapper, Getrappel: Dienstmädchen, Köchinnen, aber auch Arbeiterinnen, Soldaten und Arbeiter kommen von allen Seiten. Fritzi erkennt einige Kruppfrauen, die früher als Dienstmädchen gearbeitet haben, aber in den Fabriken besseres Geld bei geregelteren Arbeitsszeiten verdienen.

Max reicht ihr galant den Arm. Er trägt einen Henkelkorb am Arm und macht ein geheimnisvolles Gesicht. Fritzi hatte er nur gebeten, Emailleteller und ein Tuch mitzubringen. Während die Kapelle sich auf der ersten Plattform der dreistöckigen Pagode einrichtet, richtet Fritzi den Biertisch her. Max legt lächelnd Brot, gekochte Eier, Schinken, ein Stück Käse und Brot auf Fritzis Decke, auch ein Glas Marmelade. Aus dem Keller der Großmutter, sagt er, die habe er angebettelt.

Es ist wunderbar. Sie sitzen mit Jette und Nadja und einigen früheren Krupp-Kollegen am Biertisch. Ein Kamerad von Max ist gekommen und macht allen Mädchen schöne Augen. Diese Matrosen! Max teilt die großmütterlichen

Köstlichkeiten redlich, und dann tanzen sie, dass Röcke und Matrosenhosen wehen.

Als Fritzi am Arm von Max erhitzt zum Tisch zurück kehrt, haben sie einen Moment für sich.

Warum sie ihn nicht möge, will der Max wissen.

Aber sie mag ihn ja! Das kann sie nur nicht sagen. Er nimmt ihre Hand und drückt einen Kuss darauf wie bei einer Madam. Fritzi geniert sich entsetzlich, gut dass sie allein am Tisch sitzen, keiner hat den Handkuss gesehen. Jette fliegt lachend mit dem Matrosen im Zwiefachen vorbei.

Der sei zu schwer für sie, der Zwiefache, lenkt Fritzi ab.

– Ich muss am ersten August auf See, sagt Max.

Fritzi erschrickt. Das ist ja schon in zwei Wochen!

Gut, dass die Kapelle jetzt einen Walzer spielt. Der Max horcht auf und packt sie an der Hand, und wieder gehts los, rund um den chinesischen Turm, dass sich alles dreht. Fritzi spürt den Arm des Matrosen um ihre Taille und schmiegt sich an ihn. Musik mit Tanz an einem Sommermorgen, einen Korb mit Vorkriegsgenüssen – wie wenig braucht es, um glücklich zu sein! Frieden müsste sein, zu essen müsste man haben. Aber nun muss der arme Kerl in den Krieg!

Die Kapelle macht Pause. Der Kamerad holt Bier und stellt sich vor: Egelhofer Rudolf. Sie prosten. Der Jette gefällt der Matrose offensichtlich. Aber auch der Rudolf muss am 1. August nach Kiel.

– Sie wollen uns ersaufen lassen, meint er.

Max blickt erschreckt.

– Wir sollen das letzte Aufgebot sein, die verlorene Schlacht zu retten. Mit den U-Booten wollte die Oberste Heeres-Leitung den Krieg gewinnen, aber da hatten sie nicht mit den Amerikanern gerechnet. Seit die in den Krieg eingegriffen haben, ist Landunter!

– Wir könnten wieder streiken, schlägt Fritzi vor.

– Generalstreik, Mädl! lacht der Egelhofer, ihr an der Heimatfront, wir im Hafen!

Max blickt Fritzi liebevoll an. Die hat nicht nur rote Haare, die hat auch rote Gedanken. Trotzdem, auch wenn er es nicht zugibt, der Max hat Angst: Das ist Meuterei, Rudi, darauf steht das Standrecht. Der Egelhoferrudi, das ist ein Kerl, den kann nichts erschüttern, aber der hat noch nicht so viel gesehen wie Max. War der überhaupt schon auf See? Die meisten haben während der Grundausbildung kein Schiff betreten, nur Schützengräben ausgehoben. Wenns raus geht, werden sie seekrank und sind zu nichts zu gebrauchen.

Der Egelhoferrudi streichelt verliebt Jettes gerötete Wange und meint: Wir laufen nicht aus. Wir streiken alle. Alle können sie nicht erschießen.

Die Musik geht wieder an. Fritzi ergreift Max' Hand und zieht ihn zum Tanz.

Sie tanzen und reden viel an diesem Julimorgen, bleiben noch, als die Dienstmädchen sich seufzend aus den Armen ihrer Liebsten lösen und in die Häuser ihrer Herrschaften streben. Erst als die Musiker ihre Instrumente einpacken, und Jette und Rudi unauffällig zwischen den Büschen verschwinden, gehen Max und Fritzi Hand in Hand durch den englischen Garten und sprechen über Krieg, Entbehrungen, ihren Zorn und enttäuschte Hoffnungen.

– Manchmal fühl ich mich steinalt, sagt Fritzi, immer war nur Arbeit und Arbeit und Krieg und Hunger. Beim Januarstreik, da hab ich zum ersten Mal das Gefühl gehabt, dass ich lebe, dass was voran geht. Und jetzt steht alles wieder still.

Sie gehen den Hügel hinauf zum Monopteros und schauen in Skells sanfte kunstvoll gestaltete Parklandschaft. Über den Baumkronen ragen alle Schönheiten Münchens hervor: die spitzen Türme vom alten Peter neben den runden Zwiebeln vom Frauendom, der Rathausturm, die Kuppel der Synagoge. Wie auf dem bemalten Prospekt, den Emma herunter zieht, wenn sich Münchner Bürgerinnen mit ihren Kindern im Dirndl fotografieren lassen.

Auf den Sandwegen schlendern Verliebte, greifen sich verstohlen an den Händen, küssen sich hinter dicken Baumstämmen.

Max streicht ihr schüchtern übers Haar.

Das gibts doch nicht, denkt Fritzi, traut er sich jetzt nicht? Die Matrosen sind doch solche Draufgänger! Und weil ihr sehnsüchtig danach ist, geht sie auf die Zehenspitzen und drückt ihm einen Kuss auf den Mund. Und der Max legt die Arme um sie und erwidert den Kuss. So stehen sie da, zwei Verliebte eng umschlungen am Monopteros, und dafür ist der zierliche weiße Tempel mit seinen zarten in Rosa gemalten Blumenranken schließlich da.

München 1923. Die Hakenkreuzler

„Glaubst du wirklich, dass die Hakenkreuzler Fritzi entführt haben?"

Hetti war mit ihrer Tochter Lisa zu Marie gekommen. Jette machte sich heftige Vorwürfe, dass sie Fritzis Entführung nicht verhindert hatte.

„Du kannst nichts dafür!" sagte Constanze energisch, „wir waren hier verabredet, und das mit der Entführung ist nur eine Vermutung."

„Mir ist schon klar, was die verdammten Hakenkreuzler im Sinn haben, aber was kann ihnen Fritzi als Geisel nützen? Sie ist weder im Landtag noch im Stadtrat, was wollen sie von ihr?" überlegte Rosa laut.

Ratlosigkeit bei allen. Plötzlich begann die sechsjährige Lisa zu weinen. „Ist Fritzi tot?" fragte sie schluchzend. Als alle sich betreten ansahen, weinte sie laut und war nicht zu beruhigen. Marie nahm sie auf den Arm und flüsterte ihr etwas ins Ohr. Die Tränen versiegten, die Kleine rannte hinaus.

„Was für ein Wunder hast du vollbracht?" fragte Hetti.

„Ich hab ihr gesagt, sie soll ein schönes Bild für Fritzi malen, das sie freut, wenn sie zurück kommt!"

Hetti hatte gehört, dass die Hakenkreuzler die Stadträte in ihre „Burg" geschafft hätten, ins Bürgerbräu, wo sie stets ihre Versammlungen abhielten.

„Da gehen wir jetzt hin und befreien sie! Alle! Das bin ich Fritzi schuldig!“ Jette sprang auf.

Aber die besonnene Tilde hob die Hand: „Kein blinder Aktionismus, Genossinnen! In die Hochburg der Nazis kommen wir nicht rein, da stehen überall Wachen, und wir erfahren nichts. Wir müssen rauskriegen, was sie vorhaben!“

„Putsch, was sonst“, sagte Hetti, „was ihnen im Januar nicht gelang, werden sie jetzt aufs Neue versuchen. Sie haben viel Zulauf bekommen in den letzten Monaten.“

„Was finden die Leute nur an diesen Lügen?“ fragte Jette empört, „die sind doch so durchschaubar!“

„Es ist viel einfacher, die Schuld an der Inflation und den Versailler Vertragsbedingungen den Juden in die Schuhe zu schieben als sich ernsthaft mit den Ursachen auseinander zu setzen,“ erklärte Marie, „wer will schon gern schuld sein? Aus Unzufriedenen und Enttäuschten lassen sich Anhänger machen, die in diesem Himpfler ihren Retter aus der Schmach sehen.“

Hitler, wollte Rosa wieder korrigieren, und ließ es wieder sein. Es lohnte nicht, den Namen dieses Schreihalses richtig auszusprechen, so wenig wie den des Eisnermörders, es reichte, dass der eine ein Mörder, der andere ein Volksverhetzer war. Wir sollten unser Gehirn nicht mit deren Namen belasten, dachte Rosa, lieber Platz lassen, um Menschen wie Sonja Lerch und Rosa Luxemburg, Kurt Eisner und Karl Gareis in Ehren zu halten.

„Habt ihr gelesen, was Clara Zetkin über den Faschismus schreibt?“ fragte sie aufmunternd. „Sie meint, er will die bürgerliche Demokratie und alle bürgerlichen Freiheiten ebenso vernichten wie proletarische Organisationen, und natürlich unsere Frauengruppen. Der Faschismus plant die Aufrüstung des deutschen Kapitalismus, um diesen zur Weltmacht zu erheben, und dies ist nur durch einen neuen Weltkrieg zu erreichen.“

„Das schreibt diese NSDAP natürlich nicht in ihr Parteiprogramm,“ bestätigte Tilde, „das ist das Programm ihrer Geldgeber! Die Großindustrie fördert die Hakenkreuzler, finanziert und bewaffnet sie.“

Marie blickte sie fassungslos an: „Du kannst nicht ernsthaft glauben, dass jemand schon wieder Krieg will!“

„Die schon! Die meinen ja auch, wir hätten den letzten gut gewinnen können und schmusen sich an Ludendorff ran.“

„Krieg gegen Kommunisten, Juden und Frauen,“ flüsterte Jette.

Das Telefon klingelte wieder. Es war Ricki, Constanzes Sohn. Aufgeregt erkundigte er sich, ob seine Mutter bei Marie sei.

„Ja natürlich, mein Schatz, das weißt du doch …“

„Die waren hier, diese schwarze Bande, die wollten dich abholen!“ sagte Ricki aufgeregt. „Wir rufen dich an, wenn die Luft rein ist. Ich glaube nicht, dass sie noch mal kommen. Nimm dir für die Rückfahrt ein Taxi, Mutter.“

Constanze legte auf. Sie war blass geworden.

„Ich habe schon gehört, dass diese Orgesch-Banden schwarze Listen führen, auf denen alle stehen, die sie nicht mehr dulden wollen, wenn sie regieren, aber dass sie so frech sind …"

Marie legte den Arm um die Schultern der zierlichen Frau. Constanze Hallgarten war wohlhabend, sie wohnte in einer Villa in der Nähe. Nicht alle Nachbarn waren ihr wohlgesonnen, der Komponist Pfitzner galt als ausgesprochen nationalistisch. War Constanze denunziert worden?

Plötzlich sagte Rosa: „Ich habe eine Idee. Jemand muss in die Höhle des Löwen gehen. Dort werden wir erfahren, wo Fritzi ist. Und ich weiß auch schon, wer. – Marie, gibst du mir mal den Telefonanschluss vom Völkischen Beobachter?"

Max und Rudi sind fort nach Kiel. Der Sommer 1918 ist warm, im Gefängnis ist es kalt. Zum 5. Mal wird die Haftverschonung für die Streikführer abgelehnt. Ernst Toller hat Glück im Unglück und kommt nach Intervention seiner Frau Mama in die Irrenanstalt. Vorarbeiter von Krupp waren einige Monate an die Front strafversetzt und arbeiten nun wieder, verbissen schweigend und sich auf nichts einlassend. Denen hat man die Sprache verschlagen. In Berlin sind Rosa Luxemburg und Karl Liebknecht im Gefängnis. In fast allen deutschen Städten sind Streikende seit Februar in Haft und warten auf die Anklageschrift. Das Reichsgericht lässt sich Zeit, Hauptsache weggesperrt die Aufrührer, die den Glauben an den Siegfrieden so empfindlich stören. Und die Diktatoren Deutschlands, die OHL, will alle, die sie von Russlands Schlachtfeldern zurück geholt hat, an die Westfront zwingen. Aber am 17. Juni ist die deutsche Offensive an der Marne gescheitert. Es gab Menschen, die ihre ganze Hoffnung in diese Westoffensive gesetzt hatten, die glaubten, dieser Sieg werde den Frieden bringen. Nun geht das Morden weiter, und die Sinnlosigkeit offenbart sich in den Zahlen: über 300 000 gestorbene deutsche, 200 000 französische Soldaten, aber auch Briten und Amerikaner sind unter den Toten.

Als am 18. Juni Soldaten der Türkenkaserne an die Front sollen, fliegen Tornister und Stühle auf die Straße. 800 Soldaten marschieren endlich zum Bahnhof, aber Offiziere werden beschimpft. Es gibt Geschrei, Gejohle, Feuerwerkskörper fliegen auf die Gleise. Die Offiziere sind machtlos. Fritzi liest von ähnlichen Vorfällen bei der Marine und macht sich Sorgen um Max. Er schreibt nicht. Was geschieht auf der SMS Dresden? Es gärt auch im sowjetischen Russland, in Ungarn, und revolutionäre Strömungen zersetzen den Kampfwillen der österreichischen Soldaten. Auch in Wien haben die Januarstreiks ihre Spuren hinterlassen. Heimlich kursieren Flugblätter, die zur Revolution aufrufen. Und die Menschen hungern. München führt die fleischlose Woche ein.

– Kein Deutscher denkt an einen schimpflichen Frieden! liest Fritzi den Aufruf des Königs am Rathaus, dem Siegeswillen der Armee muss der schließliche Erfolg gehören. Volle Zuversicht erfüllt mich beim Blick in die Zukunft.

Mich nicht, denkt Fritzi, wo lebt der König? Mitten unter uns in seiner Residenz, und doch bekommt er vom Leben und Sterben nichts mit, und seine kropferte Milli und die Töchter mit den komischen Namen meinen, sich aufzuopfern, weil sie ihren Ballsaal in eine Nähstube verwandelt haben.

– Das Volk hat lieber einen glänzenden Schlingel als einen geizigen Landwirt zum König, sagt einer neben ihr. Eine Frau meint, der Kronprinz denke anders als sein Vater, er sei realistischer, er stünde im Feld und wisse, wie die Sache stehe. Fritzi will keinen König, auch nicht den realistischen Kronprinzen, der die Demokratie eine „Gefahr" nennt. Aber ihr ist so schwach vor Hunger, sie mag nicht mitreden, stumm schleicht sie in die Suppenküche und löffelt eine dünne Reisbrühe. Wenigstens mal ohne Dotschen.

Ende Juli geht Fritzi mit vielen anderen Frauen auf die Straße, wieder einmal protestieren sie gegen den Hunger. Es gibt Zugeständnisse: eine Extraration Kartoffeln als Fleischersatz. Als ob es um Kartoffeln oder Fleisch ginge, denkt Fritzi, es geht um die Revolution. Auf einem Flugblatt liest sie: das deutsche Volk hat Freude an seiner Sklaverei, denn die Obrigkeit hat es verstanden, der Tyrannei klangvolle Namen zu geben: Knechtschaft heißt Organisation, Kadavergehorsam nennt man Disziplin, und den Verzicht auf jegliches Recht heldenhafte Selbstverleugnung. Das Flugblatt wird blitzschnell konfisziert.

Jette und Fritzi hieven die Waschkommode auf den Handkarren und fahren sie zum Sieglhof. Fritzi betrachtet das mit Hanfstricken sorgfältig verschnürte Möbelstück im alten bäuerlichen Flur und fragt sich, warum sie es aufbewahrt, für wen und wie lang. Wir sind Proleten, wir haben nichts, denkt sie, was soll ich damit, mit dieser Anbiederung an ein Bürgertum, das seine Töchter als Ware mit Aussteuer an Beamten mit Pension verkauft.

Zwei Wochen später geht sie wieder mit Jette auf die Straße, und dann noch mal, und noch mal. Die Wut der Augustfrauen ist mächtig. Sie schreien nicht mehr nach Brot sondern fordern Frieden und Revolution, in ihren Reihen schwanken Kriegskrüppel mit, und sie verstecken die, die die Schandis rausholen wollen, in ihrer Mitte und werfen mit faulen stinkenden Dotschen nach den Rathausfenstern. Kleinkinder brüllen auf den Armen ihrer Mütter, die Polizei geniert sich, die Frauen festzunehmen. Die Obrigkeit ist erbost, aber zum ersten Mal machtlos.

– Der Sommer des Zusammenbruchs, sagt Jette, wirst sehen, bald kommt der Eisner frei. Der alte Vollmar hat sein Mandat niedergelegt, die USP wird Eisner als Kandidaten aufstellen.

Sie gehen an einem Anschlag vorbei, der das Sinken der SMS Dresden verkündet, aber es sind viele Anschläge, Fritzi kann nicht alle lesen, und das Sinken eines Kreuzers gilt schon wenige Stunden später als defätistisch, die Nachricht wird nicht wiederholt. Das erspart Fritzi Kummer und Sorgen, denn das frisch vom Stapel gelaufene Schiff ist keineswegs gesunken, sondern bekam nur einen Minentreffer ab und wird, während die Frauen protestieren, repariert. Der Mannschaft ist nichts geschehen, sie wartet in den Kasernen bei Eckernförde auf weiteren Einsatz. Die Versenkung des stolzen Kreuzers in Scapa Flow wird Max nicht mehr erleben.

– Lass nur die blauen Jungs machen! Jette ist ordentlich verliebt in ihren Rudi: Wenn die auf München marschieren, dann kommt die Revolution.

Fritzi meint, die Revolution müssen sie schon selbst machen, auf die Matrosen können sie nicht warten.

Fräulein Prolet

Fritzi rennt durch die Stadt. Spare Seife aber wie. Der Reichsausschuss für Öle und Fette. Schlafplatz Schlafplatz hämmert es in ihrem Hirn. Die Tram knirscht heran, keinen Groschen in der Tasche, Fritzi läuft weiter. Zeichnet die 9. Kriegsanleihe ... keinen Pfennig den Mördern, Bleistiftgekritzel unterm halb abgerissenen Plakat. Trinkt deutschen Sekt vom Rhein. Es ist so schön zu sorgen für Menschen die man liebt darum Nähseide von Gütermann ... Lieb Vaterland kannst ruhig sein in jenen Tagen Du hast den rechten Steuermann in diesen schweren Tagen. Ein s mehr hat einer reingekritzelt und schon sieht jeder, wie das Vaterland ihn hasst, diesen schiffbrüchigen Kaiser. Wo soll sie nur unterkommen alles viel zu teuer. Da huscht eine Ratte in ein Loch neben dem Kellerfenster, vielleicht ist da noch ein Plätzchen für eine Elevin der Fotografie. Liste der für das Vaterland Gefallenen am 26.9.1918: Maier Josef Maier Maximilian Meier Heinrich immer erst die Maiers mit a dann die Meiers Meier Franzjosef Meier Josef unendlich die Meiers. Schwarze Menschentrauben um die Listen, Schreie, Seufzen, Zusammenbrechen, Stützen, weggehen. Wir trauern um Ludwig Eichinger, Maurer, Träger des eisernen Kreuzes, gefallen an der Marne, er hinterlässt eine Frau und 2 Kinder Familie Eichinger, Maxjosefstraße. Die ist auch viel zu teuer, Maxjosefstraße, wer kann sich das leisten, aber jetzt ist der Ludwig ja tot, vielleicht ist da ein Bett frei ... Fritzi, sei nicht so pietätlos. Landsturmmann Friedrich Watzinger 3.Bat.4.K. gesucht Kameraden bitte bei Familie Müller melden. Rotes Kreuz gibt männliche Zivilkleidung ab. Kronleuchter eingetroffen bei Kustermann. Schwanensee heute Vorstellung halb acht Uhr Billets an der Abendkasse. Soeben erschienen 3. Lagerkatalog fürs Feld. Die Lese-Not an der Front. Wohlfeile Bücher zum Versenden ins Feld bei Hans Goltz Buchhandlung Brienner Straße. Ehe oder freie Liebe? Hygiene des Geschlechtslebens, Vortrag von Prof. Dr. von Gruber, Odeon Vortragssaal. Benz Automobile und Flugmotoren. Nadja hat keine Nachtschicht mehr, die Schichten sind gedrosselt, das gibt zu denken. Alle Frauen haben Angst arbeitslos zu werden, dabei sind die Männer noch im Feld. Feld, wie das klingt, als würden sie friedlich Korn schneiden und singend mit den Mägden zu Garben binden. Waldorf Astoria Zigaretten. Tränenreich hat Novacki sich verabschiedet, ist bei Nacht zu Nibler geschlichen, hat Peter an sein Herz gedrückt und dem Bäcker voller Dankbarkeit ein Kilo Zucker geschenkt, muss ihn ein Vermögen gekostet haben. Zurück nach Essen, wo die Schlote rauchen auch in Friedenszeiten. Komm zu uns Friederike, kannst bei uns wohnen. Novacki zieht mit Elsa und dem kleinen Theo fort, die Trauung war kurz und schmucklos auf dem Standesamt. Fritzi weint beim Abschied, es fällt ihr schwerer als erwartet, den Vater ziehen zu lassen. Hat er ihr nicht nur Mühe und Arbeit gemacht? Dürfte nicht sie statt Elsa die Früchte genießen, mit einem Vater zu leben, der nicht mehr das Geld für Schnaps hinaus wirft, der wieder Freude am Leben hat? Unsinn, Fritzi, er ist dein Vater, du bist nicht mit ihm verheiratet, ach, so kommen wir Frauen vom einen zum anderen Mann, vom Vater zum Gatten in die Vormundschaft, es wird schon aus diesem Grund Zeit für die Revolution. In keiner Arbeits- oder Wohnstätte darf Mini-Max Feuerlöscher fehlen! Was isn das für ne eigenartige Musspritze über dem grinsenden nackten Alten mit Bart, Mini-Max, der lebt in einem Weinfass mit Stroh, na das scheint ja lustig zu sein, die Tiroler sind lustig, die Tiroler sind froh, sie verkaufen ihre Bettchen und schlafen auf Stroh. Das wärs doch, ich besorg mir ein ausgedientes Weinfass, schlaf lustig auf Stroh mit Mini-Max. Wo ist eigentlich der Max, hat sich nicht mehr gemeldet, treulos oder tot? Kann ein Mädchen nie wissen, Matrosen Matrosen in jedem Hafen losen, vergiss ihn Fritzi. Aber er ist so lustig, und so lieb naja rumgekriegt hat er sie nicht, jetzt n Bankert kriegen in dem Chaos das fehlte noch, und dann mit schreiendem Säugling auf der Straße liegen bis die Fürsorge es wegnimmt, und das wär noch das Beste was dem Kleinen passieren könnte, son reiches Ehepaar ohne eigene Kinder ... Fritzi, denk doch nicht so viel Blödsinn, sieh nach Zimmern und Schlafstellen am Bretterzaun, irgendwer muss doch ein Bett frei haben bei so vielen ermordeten Soldaten ... ach das heißt Gefallene? Ermordete darf man nicht sagen? Kaliklora Zahnpasta mein bester Zahnarzt ja wenn Sonja die gehabt hätte. Ach die hatte sie ja, und diese Seife wie hieß die noch gleich, ne feine Seife, musste sie aus Vorkriegsbeständen übrig haben, oder aus Russland, horten Menschen Seife? Ist das verboten? Alles ist verboten, auch zu wohnen, und der Mensch muss doch eine Bleibe haben, der Mensch kann doch nicht auf der Straße leben, das ist doch kein Leben, der vegetiert wie ein Hund. Ja die Ratten, die finden immer ein Schlupfloch, da sitzt einer mit ner Blindenbinde und hat die Kappe neben sich gelegt, was soll er tun, der König betrügt ihn um die Invalidenrente, oder betrügt ihn der Kaiser? Wer zahlt eigentlich die Renten an die Krüppel? Sekt Schloß Vaux Metz rein deutsches Erzeugnis, wo ist Metz? Vielleicht brauchen die ne Fotografin, die Flasche mit den Weinranken ist ja saumäßig gemalt. Auf nach Metz! Fritzi du musst was essen, du halluzinierst ja schon. Das Blöde ist nur, dass sie kein Geld hat, und Essen gibts nicht umsonst, so wenig wie Schlafstellen. Extrablatt, Extrablatt! Westfront siegreich! Treue um Treue, wer streikt hilft dem Feind. Spendet für die deutschen Soldatenheime an der Front. Da stupst sie was an, lass das, das kann Fritzi nun gar nicht leiden, jetzt lacht einer, und das Stupsen hört nicht auf, herrjeh, was ist das, Fritzi wird weich in den Knien, schwarz wird alles um sie herum, hoppla, schreit eine Stimme, und als sie wieder zu sich kommt, stupst sie immer noch was an, ein großes graues Maul mit kitzligen Borsten und weichen Nüstern ... der Gustl! Besorgt schnaubt der Gaul, und da ist ja auch der Kutscher, der rüttelt sie an der Schulter und flößt ihr etwas ein, Fritzi hustet, scharf rinnt das die Kehle runter, ist ja grässlich, sie hustet wieder. Echter deutscher Cognac vom Rhein, ne, das ist Schnaps, wie Novacki ihn gesoffen hat.

Fräulein Prolet, meint der Leichenkutscher, haben wohl lange nix mehr gegessen, und sie nickt, Schnaps ist gut, da braucht man nix essen.

– Gehns weiter, ermuntert der Sepp die Umstehenden, das ist hier kein Schnapsausschank, gehns weiter oder wollns mit der Leich fahren. Die Leute grinsen und zerstreuen sich.

Warum sie stets umfalle, wenn sie ihn sieht, will der Sepp wissen, ob sie sich so gern mit dem Leichenwagen chauffieren tät. Der Gaul wechsle ja schon die Straßenseite, wenn er das Fräulein Prolet sehe, der sei ja vernarrt in sie, was sie mit dem Klepper angestellt habe. Der Gustl pustet ihr ins Gesicht und grinst. Unsinn Fritzi, Pferde können nicht grinsen. Doch, der schon, das ist der Gaul vom Boandlkramer.

Fräulein Prolet, meint der Leichenkutscher, haben wohl lange nix mehr gegessen, und sie nickt, Schnaps ist gut, da braucht man nix essen.

– Gehns weiter, ermuntert der Sepp die Umstehenden, das ist hier kein Schnapsausschank, gehns weiter oder wollns mit der Leich fahren. Die Leute grinsen und zerstreuen sich.

Warum sie stets umfalle, wenn sie ihn sieht, will der Sepp wissen, ob sie sich so gern mit dem Leichenwagen chauffieren tät. Der Gaul wechsle ja schon die Straßenseite, wenn er das Fräulein Prolet sehe, der sei ja vernarrt in sie, was sie mit dem Klepper angestellt habe. Der Gustl pustet ihr ins Gesicht und grinst. Unsinn Fritzi, Pferde können nicht grinsen. Doch, der schon, das ist der Gaul vom Boandlkramer.

Sie steigt auf den Wagen und beißt in die Stulle, die der Sepp ihr hinhält. Es ist bloß diese grässliche Dotschenmarmelade drauf, aber ihr schmeckts köstlich, sie hätte auch in eine rohe Dotschen gebissen. Der Sepp nickt zufrieden. Farbe kehrt ins blasse Gesicht zurück, das Mädchen ist einfach vor Hunger

umgekippt, kriegen die in den Geschützwerken nichts mehr zu essen? Ist das das Mädchen, das ihm am Ostersamstag Rosinenwecken geschenkt hat?

Während der Gustl weiter zockelt, quer über den Marienplatz, erklärt Fritzi dem Sepp, dass sie nicht mehr bei Krupp schafft, dass sie als Fotografenelevin viel weniger Geld hat, und die Nadja ihr Bett wieder braucht in der Nacht, weil Krupp keine Nachtschichten mehr fährt, und sie hat weder gegessen noch geschlafen vor Sorge, ab nächste Woche auf der Gasse schlafen zu müssen. Sie braucht halt was zum Arbeiten, sie hat ja am Abend Zeit, vielleicht geht sie vom Atelier Elvira zum Kellnern ins Mathäser, dann kann sie sich eine Schlafstelle leisten.

Der Sepp kratzt sich am unrasierten Kinn, hält einen Krautkarrenfahrer an, der Richtung Viktualienmarkt fährt, feilscht um zwei Kohlköpfe und sagt, er muss im Tal eine Leich abholen und zum Ostfriedhof hinauf bringen. Ob sie mitfahren wolle, die Frau würde den Kohl kochen, das Fräulein Prolet könne mitessen. Fritzi läuft das Wasser im Mund zusammen. Ob sie will! Sie muss! Und so fährt der Leichenkutscher durchs Tal, hievt den Sarg auf die Ladefläche, verhängt ihn mit einem schwarzen Tuch mit abgeschabten ehemals goldenen Fransen, und dann fahren sie durch das Gewühl der Handkarren, hupender Automobile, Pferdedroschken, Lieferwagen und der Menschen, die in alle Richtungen umher eilen, das Tal hinunter zum Stadttor und hinaus über die Isar. Links die Kalkinsel mit Kasernen, rechts die Kohleninsel mit Bauruine, das neue Museum der Technik, der Krieg hat die Bauarbeiten zum Erliegen gebracht. Hinter der Ludwigsbrücke strengt sich der Gustl schwer an, die Höhe zur Hochstraße mit Anlauf zu nehmen, schnauft ordentlich und bleibt vor dem Kindlkeller mit zitternden Flanken stehen. Fritzi will mitleidig absteigen, aber der Kutscher zieht die Bremse an und lässt es nicht zu, der Gustl wisse schon, wo sein nächster Halt am Brunnen zum Saufen sei. Und so zockeln sie, nachdem der Gaul sich ausgeschnauft hat, die Hochstraße entlang. Fritzi blickt hinunter zum Auer Mühlbach. Hier ist ihr der unheimliche Schokoladenmann in den Weg getreten. Von oben sehen die Dinge anders aus. Keine Angst hat sie, auch macht sie das klapprige Gefährt mit dem unbekannten Toten hinter ihr seltsam sicher. Der Tod fährt mit, was soll ihr geschehen.

Der Karren rattert über die Gebsattelbrücke, stumpfer Gestank vom Zacherlbräu nach Maische, Gerberpisse, Moder und armen Leuten, und Fritzi blickt durch das Laub der Bäume auf das Gefängnis am Neudeck. Da unten, hinter einem der vergitterten Fenster, sitzt Kurt Eisner immer noch, seit acht Monaten, und Richard Kämpfer, und der Unterleitner, Albert Winter und Carl Kröpelin von den Achtzehnern und viele mehr, und jeden Antrag auf Haftverschonung hat der hartherzige Staatsanwalt abgelehnt, der Krieg nimmt kein Ende, die Anklage ist nicht formuliert, die Ungerechtigkeit ist zum Verzweifeln.

Sie kommen am Nockherberg raus, eine kleine Steigung noch, der Klepper weiß genau, wie er sie nehmen muss, im Trab gehts an der Praxis von Armenarzt Schollenbruch vorbei. Da muss sie unbedingt hin, wegen des Giftes, das sie einen Beweis hat, wozu, Fritzi, wem willst du was beweisen, das sind mächtige Leute, die lochen dich ein, wenn du was sagst. Erst wenn wir ein Revolutionstribunal haben, dann hört mir einer zu, dann kriegen wir ihn dran, Sonjas Mörder ... der Karren hält mit einem Ruck. Der Gustl tunkt das Maul in den Brunnen vor der Aussegnungshalle. Fritzi steigt ab, während der Sepp den Sarg in die Kapelle schafft, streichelt die verfilzte Mähne und beobachtet wie die spitzen Pferdeohren zucken beim Saufen.

Dann fahren sie die Tegernseer Landstraße entlang. Hier gibt es noch einige alte Restbauernhöfe, der Sepp erzählt von Giesing, und den Gustl, der nun eilig seinem Stall entgegen trabt, schirrt er beim Hauserbauer aus. Der große alte Hof strahlt bäuerliche Wohlhabenheit aus. Fritzi ist beeindruckt, hier wohnt der Sepp? Hat der scheinbar arme Leichenfahrer ein Fuhrgeschäft? Der Sepp schüttelt den Kopf, führt den Gustl zu einigen anderen Pferden in seinen Stand, bindet ihn an und wirft ihm einen Arm Heu in die Krippe. Dann zieht er den Wagen in die Scheune, hängt das Geschirr über eine Holzkonsole, nimmt die Kohlköpfe vom Wagen und geht mit Fritzi über die Silberhornstraße an einer großen Schule vorbei in ein winziges Häusl.

Obere Grasstraße, liest Fritzi, Sandstraße, Untere Grasstraße, Kiesstraße, hier heißen die Gassen nach ihrem Untergrund und den Gewerken, niemand hat sich die Mühe gemacht sie nach Berühmtheiten zu benennen. Niedrig sind die Häuser mit abgeblättertem Putz, winzigen Fenstern und schiefen

Eingängen, manchmal Platz für ein handtuchgroßes Gärtchen, dicht an dicht, es riecht nach Asche, Armut und feuchten Wänden, nach den trocknenden Häuten der Lederfabrik und dem Qualm der Eisengießerei unten im Tal. Fritzi kennt das Viertel, es ist die Feldmüllersiedlung, in der die Taglöhner hausen, die Ärmsten der Armen. Sie hat hier immer wieder kleine Zettel auf die Fensterborde und in die Briefkästen gelegt, winzige Flugblätter gegen den Krieg. Nach dem Streik und der Zerschlagung des Achtzehnerkreises und den Verhören im Frühjahr hat sie die subversive Tätigkeit erst einmal unterbrochen.

Aus einem der schiefsten Häuschen toben drei Kinder heraus, das älteste Mädchen hat das kleinste auf dem Arm. Sie springen dem Mann entgegen: Papa! Was hast du mitgebracht?

Er hält die Kohlköpfe versteckt hinter den Rücken: Besuch!

Die Kinder mustern Fritzi kritisch. Besuch ist nix zum Essen.

– Das ist das Fräulein, das zu Ostern die Rosinenwecken gebacken hat!

Da tauen sie auf, lächeln scheu, reichen ihr die schmutzigen Hände. Wie mager sie sind, denkt Fritzi, und wie ärmlich ihre Kleidung ist, der Kleine hat nicht mal Schuhe, aber ich seh vermutlich nicht viel besser aus.

Besuch ist für die Kinder nichts alltägliches, aber was der Vater zu essen mitgebracht hat, beschäftigt sie mehr. Sie kreischen, als sie die Kohlköpfe entdecken und wollen sofort hinein beißen. Sepp schlägt ihnen auf die Finger: Wollt ihr krank werden! Kraut muss gekocht werden, mit Kartoffeln, oder mit Dotschen!

Bei dem Wort Dotschen verziehen die Kinder das Gesicht.

Ob sie den Kohl auch ohne Dotschen essen dürfen, erkundigt sich die Älteste und wiegt den Kohlkopf sachkundig in der Hand.

Wo ist die Frau? Hat Sepp nicht gesagt, die Frau werde den Kohl kochen?

– Mama ist im Himmel, piepst das Kleine und streckt die schmutzigen Ärmchen sehnsüchtig nach Fritzi aus. Sie nimmt das Kind auf den Arm.

– Mama ist tot, stellt der Bub mit trotzigem Gesicht richtig.

Von nebenan kommt eine Frau, nimmt wortlos die Kohlköpfe und verschwindet. Das ältere Mädchen folgt ihr.

Fritzi folgt dem Sepp in die niedrige Stube, die gleichzeitig die Küche ist. Spülstein, Eckbank mit Tisch, Regal mit Tellern darüber. Neben der Eckbank ein schmales Bett an der Wand mit einer zerschlissenen Decke bedeckt. Eine steile Holzstiege, eigentlich mehr eine Leiter, führt hinauf, es scheint also oben einen Schlafraum zu geben. Das Kleine lutscht am Daumen und sieht Fritzi unentwegt an. Wie der Theo, denkt sie, und knuddelt das Kind bis es quiekt.

Der Große zeigt auf die Stiege und lädt sie ein, die Schlafkammer anzusehen. Es ist niedrig dort oben, nur wenig Licht kommt durch eine Dachluke, aber immerhin, ein Lager für die Kinder ist dort, und eine Kommode. Sogar zwei Bücher liegen auf der Kommode.

Der Sepp hat Feuer im Herd gemacht und Wasser aufgesetzt. Als die Nachbarin mit dem Mädel kommt und einen großen Topf auf dem Herd absetzt, gibt es schon Kaffee, kein bitterer Zichorienkaffe, sondern Malzkaffee. Der Kutscher scheint Beziehungen zu haben.

Die Kinder jubeln nach dem Blick in den großen Topf: das Kraut ist mit Kartoffeln gekocht, und nach Schmalz riecht es auch. Sepp will der Nachbarin die Kartoffeln bezahlen, aber die winkt ab: sie hat sich ihren Teil vom Eintopf bereits genommen.

So hilft man sich hier, denkt Fritzi, das wär was für unsere sozialistische Republik. Braucht jeder Haushalt eine Küche? Warum nicht eine Küche für 5 bis 6 Haushalte? Könnte nicht jede Frau abwechselnd kochen, dann hat sie Zeit für andere Dinge, und mehr Platz in der Wohnung?

Aber diese Gedanken rauschen nur verschwommen durch ihren Kopf, denn beim Geruch des Kohleintopfs wird Fritzi ganz schwach, und ihr Magen knurrt vernehmlich. Sie setzt sich zu den Kindern an den Tisch. Der Sepp schöpft jedem gerecht einen Suppenteller und stellt ihn auf den Tisch vor jeden, für den Kleinen matscht er das Zeug zu Brei so gut er kann, und stellt den Napf auch auf den Tisch. Als Fritzi gierig anfangen will, merkt sie, dass die Kinder warten, den Löffel in der Hand. Sie hält inne. Ist das etwa ein frommer Haushalt? Ihr Blick geht in die Ecke, aber da ist kein Kruzifix, keine Madonna, nur das Bild eines weißbärtigen Mannes, den sie nicht kennt.

Der Sepp setzt sich ans Kopfende: Billi, balli Löffelstiel / de alten Weiber fressen z´vui / die jungen san nit besser / Sie fressen wie die Rösser.

Die Kinder kichern, schreien „An Guadn!“ und tunken die Löffel ins Essen. Die Große hat das jüngste auf dem Schoß, aber der Sepp nimmt es ihr ab: Nun iss erst mal, Lisei!, und füttert den kleinen Gierschlund ... wen eigentlich? Wie heißen die?

Lisei ist die älteste, die schon schaut als wär sie erwachsen, dabei ist sie erst zwölf. Der Sohn ist neun, heißt Girgl, und das Jüngste, fast zwei Jahre alt, heißt Gretel.

Fritzi isst achtsam Löffel um Löffel, betrachtet die Kinder, die still und gierig löffeln, den Sepp, der routiniert das Gretel füttert, die Stube, in der nichts stinkt, weder nach Fusel noch nach Erbrochenem. Fritzi wird auf eigenartige Weise satt, nicht vom Kraut, eigentlich vom Frieden, der von dieser Welt ausgeht, in der die Leute ständig vor Armut Aufstand schreien müssten, aber sie sitzen da, löffeln ihre Suppe und sind ... ja was sind sie eigentlich? Glücklich? Zufrieden? Kennen sies nicht besser?

Fritzi legt den Löffel auf den Teller. Schweigend stehen die Kinder auf, stellen ihre Teller in den Spülstein und gehen nach draußen. Der Girgl bringt gleich darauf einen Eimer Wasser und leert ihn in den Kessel auf dem Herd. Der Sepp schenkt noch einen Kaffee ein, dreht sich eine Zigarette und will wissen, wo das Fräulein Prolet nun wohnen wird.

Verdammt, das hat Fritzi fast vergessen. Aber wenn man satt ist, sieht die Welt anders aus. Sie wird schon was finden, vielleicht wird die Nadja wieder Nachtschicht fahren.

Der Sepp zieht eine Zeitung hervor und meint, das glaube er nicht. Er deutet auf die Schlagzeile und sagt: Waffenstillstand, Friedenszeiten kommen!

Sie schlürfen den heißen Kaffee. Fritzis Blick geht zu dem Foto in der Ecke.

August Bebel, erklärt der Sepp. Die Frau und der Sozialismus, habe das Fräulein Prolet sicher gelesen. Fritzi gesteht beschämt, dass sie das Buch nicht kennt.

Wenn sie nicht kellnern wolle, dann könne er ihr eine Stelle anbieten, meint der Sepp, und als sie erschrocken schaut, grinst er: Nicht Leichen waschen, Fräulein! Die Kinder brauchen eine weibliche Hand.

HimmelundPasemucken, das will Fritzi nun gar nicht, sie kann den Sepp nicht heiraten, sie kennt ihn kaum ...

Der Sepp sieht ihren Schrecken und lacht gutmütig. Sie könne oben bei den Kindern schlafen und am Abend kochen, wenn ihr das recht wär.

Ob ihr das recht wär!

Fritzi fällt dem Sepp beinahe um den Hals.

Aber dann schüttelt sie die rote Mähne. Das geht nicht. Was sollen die Leute denken, der Sepp ist Witwer, und dann mit ihr im Haus, nein.

Der Sepp spült die Teller, Fritzi trocknet ab und stellt die Teller ins Regal, als wärs schon immer so gewesen.

Sie sagt Leute, aber sie meint den Tratsch. Der Sepp macht eine wegwerfende Handbewegung, Wasser spritzt an die Wand. Schlafgänger könne er nehmen, und wer die Zeit habe, schlecht über ihn und das Fräulein Prolet, pardon Fotografin, zu reden, dem bringe er vom Hamstern nichts mehr mit.

So einfach ist das.

Und schließlich geht es um die Kinder.

Fritzi hat ein neues Zuhause in Obergiesing. Aber was es bedeutet, im Glasscherbenviertel zu wohnen, das wird sie erst später schmerzlich erfahren.

Die Box

Der Tag des Waffenstillstandes fällt auf Fritzis Ende der Probezeit im Atelier Elvira. Die Westfront war in Frankreich eingebrochen, die amerikanischen Tanks hatten die deutsche Front zuschanden geschossen. Die oberste Heeresleitung hatte endlich eingestehen müssen, dass der Krieg nicht mehr zu gewinnen sei. Am 3. Oktober 1918 hatte der Kaiser eilig ein neues Kabinett einberufen. Am 4. Oktober ging die Nachricht durch die Gazetten, dass der neue Reichskanzler Prinz Max von Baden beim amerikanischen Präsidenten Wilson um Waffenstillstand gebeten habe.

Aus dem Gartenhaus hinter dem Atelier Elvira kommt Anita Augspurg mit einer Flasche Apfelsekt. Die Frauenrechtlerin war erst vor wenigen Tagen vom Land zurück gekehrt und lädt nun Emma und das Atelier ein, mit ihr auf den Waffenstillstand anzustoßen.

Es sei noch kein Frieden, erklärt sie, während sie den Sektersatz in feine Kristallkelche gießt, aber nun ist die quälende Zeit vorbei, bald wird Frieden sein! Kurt Eisner wird aus der Haft entlassen, trinken wir darauf, meine Damen!

Fritzi betrachtet die imposante Dame interessiert. Sie trägt ein weites pilgerinnenartiges Gewand über einem langen Rock. Ihr kurz geschnittener Tituskopf, über den viel gespottet wurde, ist mittlerweile grau. Diese Frau ist über sechzig Jahre alt, aber sie wirkt viel jünger. Aus schmalen klugen Augen betrachtet sie interessiert die Elevinnen.

Fritzi knickst und stellt sich vor. Die Genossin Sonja hatte immer gelacht und sie die „Knickserin“ genannt. Anita Augspurg findet den Knicks nicht lächerlich, offenbar ist sie solche Manieren gewohnt. Huldvoll reicht sie Fritzi ihre kleine Hand, die im feinen Lederhandschuh steckt.

Fritzi wird aufgefordert von sich zu erzählen. Das ist nun nicht so leicht – hatte sie diese Elevenausbildung nicht durch eine dicke Lüge bekommen? Mit rotem Kopf erzählt sie von der Not zuhause, vom Vater bei Krupp, der früh an Staublunge gestorbenen Mutter.

Emma Uibeleisen lächelt Fritzi freundlich an. Auch sie hätten heute etwas zu feiern, erklärt sie, Friederike arbeite nun seit fünf Monaten im Atelier. Ein halbes Jahr Probezeit sei eigentlich vereinbart, aber Friederike habe sich so gut eingearbeitet, dass sie sie als Fotografin ausbilden wolle, obwohl die Zeiten schwer seien. Wenn Friederike wolle ...

Ob sie will! Nichts lieber als das! Fritzi erklärt freudig, dass sie ihren Traumberuf gefunden habe, sie wolle nichts anderes als Fotografin werden, das sei der schönste Beruf der Welt, und sie sei der Chefin unendlich dankbar, dass sie sie behalten wolle.

Emma lächelt fein. Es sei hier zwar nicht so gut bezahlt, aber doch angenehmer als in der Geschützfabrik.

Sie hat es die ganze Zeit gewusst! Fritzi läuft rot an bis unter die Haarwurzeln.

Anita Augspurg gefällt die leidenschaftliche Begeisterung der jungen Frau. Was sie sich vorgestellt habe, fragt sie.

Fritzi gibt sich einen Ruck. Sie hat das Gefühl, offen sprechen zu können.

– Ich lerne bei meiner Chefin, wie ich Menschen ins beste Licht rücke, sagt sie, und das Atelier ist dafür der geeignete Ort. Sogar der König war bei uns! Aber der König ... Fritzi stockt. Das Atelier verdankt sein Prestige nicht zuletzt den Aufnahmen und Vervielfältigungen für die königliche Familie, ihr Gehalt hängt natürlich von solchen hohen Kunden ab. Andererseits ist der König genau die verhasste Obrigkeit, die es zu beseitigen gilt.

– Sprich, Mädchen! mahnt Anita Augspurg, und so spricht Fritzi. Erst stockend, dann, ermutigt vom interessierten Blick der Frauenrechtlerin, immer freier. Vom Montagskreis der Achtzehner im Goldenen Anker, dem freien Diskurs dort, von ihrer Bewunderung für Kurt Eisner und die verstorbene Frau Doktor Lerch, von ihrem Erlebnis vor der Residenz und dem Foto, das sie „Hunger" nennen würde, wenn es ihr gelänge, eine solche Aufnahme zu machen.

Minna sieht angeekelt aus. Die Idee, Pferdekadaver zu fotografieren ist ihr fremd. Oder ist ihr der Sozialismus zuwider? Die zuverlässige Minna wird sicherlich einmal Emma Uibeleisens zweite Hand werden oder in einem anderen Atelier eine Anstellung finden. Aber diese Friederike, für die beginnt Anita Augspurg sich zu interessieren. Darf sie Friederike eine halbe Stunde von der Arbeit abhalten? Fragender Blick zu Emma Uibeleisen. Sie darf.

Fritzi folgt Anita Augspurg ins Gartenhaus. Ein riesiger brauner Hund erhebt sich steifbeinig von seinem Lager und wedelt die Frauen freundlich an. Anita Augspurg öffnet die Tür zu ihrem Arbeitszimmer. Noch nie hat Fritzi einen solchen Raum gesehen. Bücherregale bis unter die Decke, auch davor und daneben liegen Stapel mit Büchern, Broschüren und Schriften. In der Ecke steht ein riesiger Schreibtisch mit einer modernen elektrischen Lampe, bedeckt mit Stapeln von Papier und Zeitungen. Ein persischer Teppich, wie er den Eingang vom Atelier Elvira ziert, liegt auch hier auf dem Parkettboden.

– Mein Allerheiligstes! lächelt Anita Augspurg. Sie sei zur Zeit allein, ihre Lebenspartnerin Lida Gustava Heymann sei aus Bayern verbannt worden.

Noch eine Verbannte! Bald werde es in Bayern keine Frauen mehr geben, mutmaßt Fritzi, und berichtet von Hetti Kämpfer und Selma Schröder.

– Leider immer noch viel zu viele gefügige, Friederike! Die werden agitiert, ihren Männern die Treue zu halten.

– Sonja Lerch hat gesagt, Treue zu ihren Männern solle für die Frauen bedeuten, zu streiken.

Kluge Frau, meint Anita Augspurg und will beim nächsten Frauenkongress in Zürich eine Gedenkrede für Sonja Lerch veranlassen. Dann erzählt sie von ihrem Verein für Fraueninteressen, dem Kampf für das Frauenwahlrecht und schließt: Aber das ist nicht alles.

Fritzi schaut die Dame fragend an.

– Es geht um Frauenrechte, erklärt Anita Augspurg, und was sind Frauenrechte anderes als Menschenrechte? Gehört es nicht zu den Menschenrechten, eine menschenwürdige Arbeit zu haben, die gut bezahlt ist, und einen Vertrag, der uns davor schützt, von heute auf morgen den Arbeitsplatz zu verlieren?

– Eine Arbeitslosenversicherung?

Die Frauen, sie könnten Großmutter und Enkelin sein, verstehen sich.

– Genau, und davon sind wir weit entfernt! Die meisten Männer sehen die Frau nur als Hausfrau und Mutter. Wenn wir erst das Wahlrecht haben, werden wir diese Männer abwählen – hoffentlich! Leider sind viele Frauen beeinflusst vom Alldeutschen Verband.

Den kennt Fritzi nicht.

– Die Alldeutschen gründeten sich schon 1890. Sie sind von der Vorherrschaft der germanischen Rasse überzeugt, wollen an den großdeutschen Kolonien festhalten und dem deutschen Volk Lebensraum im Osten erschließen. Sie sind Gegner des Frauenwahlrechts, dulden in ihren Reihen keine Frauen und bezeichnen Völker wie Russen und Polen als minderwertig. Vor allem betreiben sie antisemitische Propaganda. Einer der führenden Männer in München ist sogar bei der Polizei – auf den müssen wir aufpassen, der ist mit Ludendorff im Bunde, und Ludendorff ist gefährlich, weil man ihn in seinen Augen schwer beleidigt hat. Der wird niemals die deutsche Kriegsschuld zugeben!

– Wer ist der Mann?

– Ernst Poehner heißt er.

Fritzi erschrickt. Der Polizeioberrat!

Sie dürfe eigentlich so nicht zu ihr sprechen, meint Anita Augspurg schalkhaft: Als Pazifistin habe ich nicht nur Publikationsverbot, sondern auch Redeverbot. – Na das wird alles anders werden. In unserer Republik wird allgemeines Wahlrecht, Pressefreiheit und Meinungsfreiheit herrschen.

Sie greift ins Regal und reicht Fritzi ein braunes Päckchen: Wir Frauen müssen die Augen offen halten!

Fritzi öffnet ehrfürchtig das Futteral. Eine Boxkamera! Sie betrachtet die handliche Kamera, die erst vor wenigen Jahren auf den Markt kam.

– Ich schenke sie dir. Sie ist technisch noch nicht perfekt, die Aufnahmen werden nicht so gut wie die mit den großen Plattenkameras. Aber du kannst sie mitnehmen, um die Fotografien zu machen, von denen du sprachst. Wenn wir Frieden haben, wird auch die Republik kommen, und darin müssen wir Frauen unsere neue Freiheit erkämpfen. Ein freier Blick in die Zukunft, der ist jetzt wichtig! Ich bin alt, den jungen Frauen gehört die Zukunft. Sei die Chronistin deiner Zeit – jeder Tag muss die Wahrheit zeigen.

Fritzi wendet die Boxkamera in den Händen und vergisst sich zu bedanken. Mit glänzenden Augen schaut sie hindurch, dreht am Objektiv, schaut hindurch, folgt den Anweisungen ihrer neuen Lehrerin Anita Augspurg. Polizeioberrat Poehner ist vergessen. Und das wird sich rächen.

Im Keller 1923

Fritzi fühlte sich grob hoch gezerrt. Jäh war der Traum zerstört. Das watteweiche Gefühl von Max und seiner Liebe wich einer dumpfen Benommenheit.

„Wer sind Sie?“ murmelte Fritzi. Ihre Beine gaben nach, sie sackte auf den kalten Boden.

„Du hast ihr zu viel gegeben,“ zischte die eine Männerstimme der anderen zu, „die ist ja völlig weggetreten! Willst du ihr den goldenen Schuss setzen?“

„Nein, ich hab Besseres mit ihr vor,“ erklärte die zweite Stimme und lachte dreckig. Fritzi schrak zusammen. Himmel, wie bekannt hörte sich das an! Wo hatte sie diese Stimme schon gehört?

„Gib ihr Wasser!“

Der Sack über Fritzis Gesicht wurde aufgebunden. Tief sog sie die Luft ein. Welche Wohltat, Luft, auch wenn es nur modrige abgestandene Kellerluft war. Ja, sie war in einem Keller, nun war es nicht mehr tiefschwarzes Dunkel, in dem sie schwebte, sondern sie konnte im Dämmern den Betonboden ausmachen, und undeutlich eine steinerne Treppe erkennen. Einer ihrer Peiniger setzte ihr eine Flasche an den Hals. Sie trank hastig in großen Schlucken. Die Flasche wurde wieder fortgenommen, sie hustete.

„Nicht so gierig,“ empfahl die unbekannte Stimme und setzte die Flasche wieder an. Sie hörte, wie der Mann vorwurfsvoll zu dem anderen sagte: „Musst schon aufpassen.“

Der mit der bekannten Stimme lachte nur kehlig, da gäbe es nichts mehr aufzupassen.

Fritzi versuchte, durch die Dunkelheit des Kellers die Gesichter der Männer zu erkennen. Aber die waren darauf aus, sich nicht erkennen zu geben. Tief in die Stirn hatten sie ihre Kappen gezogen, so dass der Schirm die Augen beschattete. Tücher, vor Mund und Nase gebunden, verdeckten die Gesichter. Aber die Stimme ... Sie kannte diese Stimme. Wenn sie sich nur besinnen könnte, woher!

„Wo bin ich?“ fragte sie versuchsweise, aber da kam sie schlecht an, zur Antwort bekam sie nur einen Tritt. Jetzt schwiegen beide Männer. Einer verkorkte die Flasche und stellte sie neben Fritzi.

„Bitte! Lassen Sie mich hier raus!“ flehte Fritzi, nur um etwas zu sagen. Lieber mit Feinden sprechen als einsam in diesem dunklen Verliess.

Sie antworteten nicht und stopften ihr wieder das stinkende Tuch in den Mund. Der mit der bekannten Stimme wollte ihr den Sack wieder über den Kopf stülpen, aber der andere meinte: „Lass gut sein, hier sieht sie eh keiner. Hauptsache sie hält die Klappe.“

Wieder spürte Fritzi einen Stich am Oberarm, wieder wollte sie schreien, wieder erstickte ihre Stimme wie in muffiger Watte. Dann gingen sie. Die Tür fiel hinter ihnen ins Schloss und wurde sorgfältig abgeschlossen.

Die Revolution

Der Tag, an dem sie dem Hari begegnen wird, ist der Tag der Revolution. Fritzi weiß das noch nicht. Gelb ist die Stadt, bekleistert mit gelben Anschlägen überall: Friedenskundgebung auf der Theresienwiese. Erhard Auer von der SPD wird sprechen, locken die Sozialdemokraten. Interessanter aber sind die kleinen weißen und roten Zettel der Unabhängigen, die kein Geld für große Plakate haben. Kurt Eisner wird sprechen. Eisner ist frei! Wenige Tage nach dem Waffenstillstand im Oktober war er endlich aus der Untersuchungshaft entlassen worden, zum Prozess wegen Landesverrats wird es nicht mehr kommen. Fritzi denkt an Sonjas letzte Tage und steckt den kleinen Zettel in die Tasche.

Während sie die Kundenkartei sortiert, Probeabzüge in Papiertaschen packt und beschriftet und freundlich lächelnd erschreckend wenige Kunden empfängt, lässt sie der Gedanke nicht los, dass Frau Doktor Lerch – Genossin, Fritzi, Genossin! Hat sie sie immer verbessert! – jetzt ebenfalls frei wäre. Und sie ist keinen Schritt weiter gekommen bei der Suche nach ihrem Mörder. Geht der Schokoladenmann beim Polizeioberrat Poehner ein und aus? Oder ist er verhört worden und mittlerweile im Gefängnis? Oder nach Russland ausgewiesen?

Am Nachmittag des 7. November geht Fritzi vom Atelier Elvira zur Theresienwiese. Sie hat die neue Boxkamera umgehängt und will die Friedensdemonstration fotografieren. München scheint menschenleer. Am Stachus trifft sie einige Arbeiter, die auch kein Geld für die Tram haben. Paul und sein Kollege sind dabei, und dessen Frau mit dem vierjährigen Jungen. Sie nicken sich zu. Wenige sind sie, schon ist Fritzi enttäuscht, wo sind die Menschenmassen, die sich nach Frieden sehnen? Aber je näher sie dem riesigen Festplatz kommt, desto belebter wird die Stadt. Wolken von Menschen ziehen zur Theresienwiese, die Wintermäntel wegen des überraschend milden Wetters geöffnet, schweigend, immer mehr, Männer, Frauen, junge und alte, voller Hoffnung und feierlicher Überzeugung. Manche am Straßenrand schauen erstaunt, dann schließen sie sich an, es ist wie ein Sog. Die Straße singt unter ihren Stiefeln.

Unter der Bavaria steht einer auf der breiten Vortreppe auf der obersten Stufe der Ruhmeshalle und spricht mit lauter Stimme, der von den Sozialdemokraten, der Erhard Auer. Der hat nicht im Gefängnis sitzen müssen, der kleine feiste Mann mit dem geschniegelten Schnurrbart. Fein hat er sich zurück gehalten, denkt Fritzi mit aufsteigendem Zorn, jeden Kriegskredit hat er bewilligt, und jetzt redet er vom Frieden. Hätte er Seite an Seite mit uns Kruppianern und den anderen Arbeitern am 2. Februar gestreikt, dann hätten wir heute Frieden.

Fritzi ahnt nicht, wie richtig sie mit ihren Gedanken liegt. Es werde nichts passieren, hat Auer vor der Friedensdemonstration den Polizeipräsidenten beruhigt, er gehe selbst mit im Zug, man werde die Genossen von den Unabhängigen schon zu bändigen wissen. Man gehe symbolisch von der Theresienwiese zum Friedensengel, mehr nicht. Aber davon weiß Fritzi nichts, und diejenigen von Auers Anhängern, die sehr wohl wünschen, dass endlich etwas geschehen möge, vermutlich auch nicht.

Fritzi fotografiert die Menschen, die Auer zujubeln, die ernsten zweifelnden Gesichter der Frauen, die geschniegelten Schnurrbärte der flanierenden Bürger. Wo ist Eisner? Fritzi sucht, irgendwo soll Eisner sprechen, wo? Die Menge bleibt vor den Stufen stehen, andere drängen weiter nach rechts an der Ruhmeshalle vorbei, zu dem Pfad, der hinauf zur Schwanthalerhöhe führt. Steht dort Eisner? Kaum zu hören und zu sehen ist der zierliche langhaarige Mann mit dem wilden grauen Bart zwischen Sträuchern und Gestrüpp. Auer hat sich den besseren Standort gesichert, da hilft das kleine Podest wenig, das Felix Fechenbach dem Eisner umsichtig unter die Füsse schiebt. Heiseres Geschrei, Fritzi kann nichts verstehen. Jemand vor ihr sagt, Eisner habe vom Frieden gesprochen, hinter sich hört Fritzi ungeduldige Stimmen, unruhiges Scharren, was hat er gesagt, Psst-Rufe, Murren. Er hat gesagt, heute wird Frieden gemacht, gibt Fritzi weiter. Plötzlich sind alle still. Er hat gesagt, das war der letzte Krieg, wieder schwebt ein Satzfetzen voller Hoffnung zu ihr, wieder gibt sie die verheißungsvollen Worte weiter: die Vergangenheit ist tot! Es lebe die Demokratie!

Hinter ihr reicht ein Mann mit klarer melodiöser Stimme Eisners Botschaft weiter: Frieden. Jedes Menschenleben ist uns heilig. Demokratie, gemeinsam eine neue Zeit aufbauen, Bayern soll Freistaat werden, es ist Zeit.

Fritzi hört angestrengt zu, schnappt auf, was geht, wiederholt, hört, wie der Mann ihre Worte nach hinten reicht, wie das andächtige Gemurmel weiterläuft wie ein rauschender Gebirgsbach, sie sind eins, ersehnen weitere Worte Eisners, Frieden, Freiheit, Republik, Demokratie. Redet wie ein Priester, meint ein Spötter, und eine Frauenstimme antwortet: ja wie ein guter Priester, einer, der die Menschen liebt. Die Freiheit erhebt ihr Haupt, kommt feierlich von vorn. Andächtig wiederholt Fritzi: Die Freiheit erhebt ihr Haupt, und es scheint ihr, als hebe der bronzene schwarze Löwe, der sich brav ans Gewand der Bavaria schmiegt, sein Haupt, schüttele seine Mähne und brülle laut nach Freiheit.

Der Himmel färbt sich orange über den weißen Säulen hinter der Bavaria. Das Licht ist berauschend und voller Hoffnung, aber mit dem Fotografieren ist es nun vorbei. Fritzi packt die Box in ihr Futteral. Der Mann mit der klaren Stimme nimmt ihre Hand, und als die Sonne nach Eisners letzten Worten nur noch einen schmalen blassroten Streifen hinterlässt, ertönt der Ruf: Zu den Kasernen!

Auch diesen Ruf gibt Fritzi weiter. Die klare Männerstimme befiehlt: Auf zu den Kasernen! Vielfach wiederholt sich der Satz, gemurmelt, geschrien, hell, dunkel, Frauenstimmen, Männerstimmen. Bei manchen klingt er wie ein Befehl, bei anderen wie eine Drohung, wieder andere stoßen ihn hervor wie eine verzweifelte Hoffnung, andere jubeln die drei Worte lauthals.

Sie gehen hinauf zur Guldeinschule, die zur Kaserne umfunktioniert wurde. Ein Soldat hält eine rote Fahne aus dem Fenster, schwenkt sie wild und schreit: Wir sind auf eurer Seite, Brüder! Revolution ist!

Fritzi sieht zum ersten Mal den, der sie an der Hand hält, den mit der klaren Stimme. Ein unwiderstehliches Lachen, ein offenes Gesicht, dunkle zerzauste Haare über einer früh gelichteten Stirn, kluge Augen, prächtige weiße Zahnreihen, der Mann scheint nur aus Lachen zu bestehen unter seinem Schlapphut, ein heller Staubmantel, zerknittert wie sein Lachen, der hat was von der Welt gesehen. Dabei scheint er kaum älter als sie.

Als er ihren irritierten Blick bemerkt, vollführt er eine komische Verbeugung, zieht den Hut, er sei der Haringer Jakob, Hari soll sie ihn nennen, und sie?

– Fritzi, sagt sie, und er wiederholt belustigt ihren Namen: Fritzi, Revolution ist, und zieht sie an sich und küsst sie, und gratuliert ihr.

Es ist Fritzis erster Kuss, wenn sie den von Max nicht mitzählt, aber der Max hat ja nicht sie geküsst, sondern sie ihn, und wieder geschieht die Sache mit dem Küssen völlig anders als sie sich vorgestellt hat. Aber es ist ja Revolution. Wozu gratuliert ihr der Hari?

– Zur Revolution, Mädchen! Fritzi! Es lebe die Revolution!

Gratulation, ihr? Es ist nicht ihr Verdienst.

– Mädchen! Du hast den Eisner übersetzt!

Sie hat nur wiedergegeben was Eisner gesagt hat – und vermutlich nicht einmal wörtlich, nur so wie sie es verstanden hat.

Wieder strahlt er sie an, dass ihr ganz warm wird: Wie du es verstanden hast, Fritzimädchen, habens Tausend andere verstanden.

Der Mann, den sie Hari nennen soll, breitet die Arme aus: Die Freiheit hat ihr Haupt erhoben, die Welt wird sich ändern, verstehst! Keine Obrigkeit mehr, nur die Liebe regiert! Hast mi!

Und leiser murmelt er: Was kostet die Liebe – ja dir nur ein Lächeln – wildes Mädchen mit roten Haaren ...

Wieder will er sie an sich ziehen, aber dieses Mal windet sich Fritzi aus seinen Armen, sie will nicht hier vor der Kaserne bleiben, aus der nun die Soldaten heraus strömen. Unschlüssig stehen die Offiziere.

Weiter geht es zur Türkenkaserne. Soldaten stehen in ihrem Lastwagen schon davor, sie schicken sich an, mit Waffengewalt die Kaserne zu erobern. Ob das gut geht? Bloß kein Blutvergießen, denkt Fritzi, wir hatten vier Jahre Krieg, jetzt müssen die Männer lernen, dass es auch friedlich geht. Die Situation spitzt sich zu. Was tun?

Während Fritzi noch bang steht, macht eine Frau den Soldaten auf dem Lastwagen Zeichen, sie hochzuziehen. Die Soldaten packen die Frau und ziehen sie auf den Lastwagen, und sie nimmt ihnen die rote Fahne aus der Hand und schwenkt sie leidenschaftlich: Es lebe der Friede! Es lebe die Revolution!

Ein vielstimmiges Hurra antwortet ihr, Fritzi stimmt in den Chor ein. Bloß keinen Bürgerkrieg, den kann jetzt keiner brauchen.

– Mühsam soll sprechen! ruft die Frau, lasst Mühsam sprechen!

Die Soldaten ziehen den rothaarigen Dichter hinauf.

– Der Herr Papa? mutmaßt der Hari.

Fritzi lacht. Nicht alle Rothaarigen sind verwandt! Nein, das ist Erich Mühsam. Der wollte mal seine Knödel mit einem Gedicht bezahlen!

Das findet der Hari bemerkenswert. Mit Gedichten könne man in der Regel in diesem Land nicht überleben, das sei seine Erfahrung, aber Fritzi legt den Finger auf den Mund, denn nun spricht Mühsam. Er spricht so feurig gegen den Krieg und die Obrigkeit, für den Frieden und die Gleichheit aller, und für eine sozialistische Republik, dass die Soldaten heraus kommen. Ihre Gewehre halten sie mit den Läufen zu Boden gerichtet. Zum Zeichen, dass sie nicht mehr kämpfen werden, werfen sie ihre Waffen auf die Straße. Die roten Soldaten springen vom Lastwagen und umarmen sie: Brüder! Genossen!

Einer schreit: Die Gefangenen befreien!

Fritzi erkennt Felix Fechenbach von den Achtzehnern. Wenn der dazu auffordert, dann muss es richtig sein, der kluge Junge weiß worauf es ankommt. Entschlossen läuft Fritzi in der Menge über die Corneliusbrücke zum Mariahilfplatz. Vor den Gewehren der Soldaten weichen die Gefängnisaufseher zurück. Wenn ich doch so zur Genossin Sonja hätte gehen können, denkt sie, als einer ihr den Schlüsselbund in die Hand drückt, fast feierlich, Mädchen, du musst die Zellen öffnen. Die ersten kommen heraus, weinen, umarmen und küssen Fritzi. Ist das Richard Kämpfer? Ach, und Hetti kann ihren Mann nicht in die Arme schließen, weil sie nach Thüringen verbannt ist. Einer bleibt in seiner Zelle, zittert vor Angst und will auf keinen Fall hinaus. Eine Frau fragt ängstlich, ob jetzt wirklich Frieden sei, und einer schreit: Frau! Viel schöner als Frieden: Revolution is!!

Da lacht sie und richtet sich die Haare und kommt heraus. Fritzi weint. Die Frau streicht ihr über die Wangen und meint: Wein nur, Madl, des befreit.

Fritzi geht hinauf in den ersten Stock, stumm folgen ihr die anderen. Die Zelle 130 steht leer. Fritzi will sie fotografieren, im fahlen Licht des Ganges, aber ihr zittern die Hände, sie muss erst tief durchatmen, dann fotografiert sie. Plötzlich ist Stille.

– Hier hat die Genossin Sonja Lerch eingesessen, sagt Fritzi. Von weit hinten, auf der Treppe, stimmt einer die Internationale an. Uns aus dem Elend zu erlösen können wir nur selber tun.

Als sie mit verweinten Augen heraus kommt, sitzt der Hari auf den Stufen der Mariahilfkirche und schreibt in ein kleines Buch. Er sieht auf, an ihr vorbei, ganz weit fort ist er.

Still setzt sie sich neben ihn. Er spürt ihre Trauer und murmelt tröstlich: Dann kauf ich dir Marzipan / und fang in den schönen Kleidern dann / ein besseres Leben an.

– Lieber ein Schweinsbraten, meint Fritzi versonnen, die plötzlich merkt, wie ihr Magen knurrt.

Der Hari will sich ausschütten vor Lachen, immer wiederholt er: lieber ein Schweinsbraten, als Muse sei Fritzi nicht zu gebrauchen.

Der Hunger macht Fritzi grantig. Sie steht auf und erklärt, sie gehe jetzt in die Wirtschaft, er könne ja mit seiner Muse in der Kirche Obladen essen. Oder Marzipan in der Konditorei. Schon will sie hinauf zum Kindlkeller gehen, da fällt ihr wieder die entsetzliche Begegnung mit dem mörderischen Schokoladenmann ein. Auf diesem Weg ist er ihr begegnet. Und womöglich hat er Sonja vergiftet, aber sie kann es nicht beweisen. Soll sie diesen Weg am Auer Mühlbach hinauf gehen? Unschlüssig bleibt sie stehen. Hari holt sie ein, legt einen Arm um ihre Schulter und erklärt ihr, was eine Muse ist. Er habe es nicht bös gemeint, er sei Dichter.

Ein Dichter! Wie der Mühsam! Fritzi sieht ihm in die Augen, sie sind von einem warmen hellen Grau, manchmal auch braun, sie kann es nicht genau sagen.

– Auch Dichter müssen essen, erklärt sie, die Revolution macht hungrig.

Sie fasst ihn an der Hand und geht an seiner Seite den schmalen Pfad hinauf zum Kindlbräu, und ihre Angst ist fort. Wenn er jetzt käme, der Schokoladenmann, sie würde ihn packen und mit dem Hari gemeinsam hinunter ins Gefängnis schaffen, einsperren und Anklage erheben. Tief atmet Fritzi durch, und als Hari sie umarmt und wieder küsst, da ist es kein flüchtiger Revolutionskuss, sondern ein langer, warmer Kuss, und sie fühlt eine Sehnsucht, sie sie noch nie erlebt hat. Dann nimmt er sie wieder an der Hand und sie gehen ins Kindlbräu wie ein Paar, das jeden Tag dort speist. Der Hari nimmt einen tiefen Schluck aus dem Bierseidel und grantelt über das Leichenhaus, das die Literatur sei, und zitiert einiges so komisch, dass sie lachen muss:

Gläubig greifen wir zur Wehre / für den Geist in unserm Blut / Volks tritt ein für seine Ehre / Mensch, dein Glück heißt Opfermut / denn kommt der Sieg, der herrliche Sieg …

– Lach nur, Revolutionsmädl, meint der Hari, das hat der Dehmelrichard geschrieben, und er war einmal der beste Dichter den wir hatten, wild und erotisch. 51 Jahre alt war er, als er freiwillig in den Krieg zog, er hätte es besser wissen können, aber verblendet wie er war, läuterte ihn nicht einmal das Sterben um ihn herum. Vor ein paar Wochen rief er uns alle zum Durchhalten auf!

Zornig sticht der Hari seine Gabel in den Knödel: Irregeleitet, dumm, fanatisch.

– Nun ist das ja vorbei, jetzt ist Revolution, und alles wird gut, ruft Fritzi fröhlich gegen den Wirtshauslärm.

Der Hari stellt den Krug Bier wieder ab und schaut sie kopfschüttelnd an. Der Optimismus des rothaarigen Mädchens ist unerschütterlich.

– Schon, aber was kommt dann?

– Der Frieden! Die Freiheit! schreit Fritzi. Einige wenden die Köpfe, ja, einer murmelt etwas von Defätismus.

Der Hari grinst: Siehst, so denken die Leut, unbelehrbar!

– Wenn wir erst das Wahlrecht haben, wählen wir diese Kerle ab. Fritzi sagt dies laut und deutlich in den Rücken des Defätisten. Die Stimmung, die im Wirtshaus herrscht, empört sie.

Der Mann dreht sich um: A Hex bist! Wählen – so weit kummts mit euch Weiberleut! Verbrennen tut man solche wie dich!

Damit wendet er Fritzi wieder den Rücken zu. Hari hält ihr den Mund zu und meint, sie solle die Leute reden lassen, er habe keine Lust auf eine Wirtshausschlägerei. Er gesteht ihr außerdem, dass er kein Geld hat zum Bezahlen.

Fritzi bezahlt die Zeche von ihrem letzten Geld und betrachtet das Treiben im Kindlbräu. Hier hat Rosa Luxemburg gesprochen, das ist vier Jahre her. Sie mussten den zweiten Saal öffnen, weil Tausende von Menschen gekommen waren! Mit allem was sie sagte, hatte sie recht. Sie warnte vor dem Krieg. Und dann verbrachte sie die gesamten Kriegsjahre im Gefängnis.

Fritzi steht auf und haut auf den Tisch, dass es kracht.

– Revolution is! Vorbei ists mit eurer Gemütlichkeit, ihr ... ihr ...

– Bierdimpfl! ergänzt der Bayer Jakob Haringer sachkundig.

Lachend flüchten sie.

Der Hari begleitet sie die Hochstraße entlang. Wo ist er eigentlich zuhause? Er deutet mit dem Daumen nach unten. Hat er etwa auch im Gefängnis am Neudeck gesessen?

Nein, meint der Hari, breitet die Arme aus und singt mit großem Pathos: I bin der Stolz von der Au, am Mariahilfplatz geborn, die Madln, die renna, weils mi alle kenna, in mi is a jede verlorn …

Fritzi lacht schallend. Ja, und wo lebt er jetzt?

Der Hari lächelt sein unwiderstehliches Lächeln und zieht sie an sich.

– Mein Zuhause ist die Welt, und krabbelt ihr an den Hüften, dass ihr ordentlich heiß wird. Mein Zuhause ist ein Dachboden mit drei Kindern, denkt Fritzi. Sie sieht eine Gruppe

Arbeiter vom Rappbräu zur Herberge kommen und macht sich verlegen vom Hari los. Die Arbeiter tragen eine rote Fahne, singen und umarmen erst Fritzi dann Hari und schreien: Es lebe die Revolution!

Aus dem Haus brüllt jemand um Ruhe und entleert ein Potschamperl über die Männer. Der Spott ist dem Bürger sicher, denn er hat keinen getroffen. Sie schreien Pfuideifi und machen noch mehr Lärm.

Fritzi heißt sie sich aufstellen unterm Licht der Straßenlaterne und macht eine Gruppenaufnahme. Der Hari will nicht aufs Bild. Er küsst sie auf den Handrücken wie eine große Dame und geht mit großen Schritten Richtung Ostfriedhof davon.

– Man sieht sich! Hoch die Republik! Hoch Eisner! Nieder mit dem Krieg! brüllen die Arbeiter, und der Dichter wendet sich noch einmal um, winkt, der Wind zaust ihm eine lange Strähne in die Stirn, dann ist er fort.

Langsam geht Fritzi durch die stille Alpenstraße. Vom Turm der Heiliggeistkirche schlägt es zehn Uhr. Fröstelnd steckt sie die Hände in die Manteltaschen, da knistert es. Sie zieht einen rauen Zettel aus billigem grauen Kriegspapier heraus, die Zeche vom Kindlbräu, aber die Rückseite ist dicht beschrieben. Unter dem Schein der nächsten Straßenlaterne liest sie: Du warst nur immer auf Besuch / Du warst nie ganz bei mir! / War alles bloß ein süßer Fluch, / Und alles bang und irr. / Dein Herz war nie zuhaus bei mir, / Die Liebe hielt nur Rast./ Mein Glück, mein Leben gab ich dir / Es war dir bloß ein Gast! / So wie ein Glas, aus dem man trinkt, / Man wieder bald vergisst, / Wie eine Saite, die noch klingt, / Obwohl kein Lied mehr sprießt; / So wie ein halb gelesnes Buch – / Die Tür fiel längst schon zu! / Du kamst nur immer auf Besuch ... / Du letztes Märchen, du!

Wie konnte er ihr Gefühl lesen, denkt Fritzi, genau so empfindet sie, und plötzlich hat sie große Sehnsucht nach dem Max. Soll sie ein schlechtes Gewissen haben, weil sie sich von einem Dichter hat küssen und besingen lassen? Aber ausgehalten hat er sie nicht. Sein Gedicht ist wie ein Dankeschön für ihre Einladung. Zärtlich betrachtet sie die kluge klare Schrift auf dem holzigen Kriegspapier.

Dann wird sie traurig und zornig zugleich: wo ist er, der Herr Matrose? Wenn der Max sich nicht um sie schert, muss sie sich auch nicht um ihn scheren. Nur um die Revolution.

Aus dem Aignerhof kommen die letzten Gäste. Wann wir schreiten Seit an Seit, singen sie, und lassen den Auer hochleben.

Sozialdemokraten, denkt Fritzi, Seit an Seit zum Friedensengel, und plötzlich muss sie lachen. Eine seltsame Revolution, von der weder die Bürger noch die Sozis was mitkriegen. Die einen fressen Schweinsbraten im Wirtshaus, die anderen feiern ihre Friedensdemonstration. Und doch ist die Revolution gelungen, die Soldaten haben nicht geschossen, die Gefangenen sind befreit, der Eisner ist Revolutionsführer, während der Auer in den Federn liegt und schnarcht. Die Sozis haben die Revolution tatsächlich verpennt.

Da haben die Männer sie entdeckt, Geschrei, Mädel gehörten um die Zeit nicht auf die Gasse sondern ins Bett.

– Aber nicht in deins, antwortet Fritzi spitz, die den großväterlich-schmierigen Ton nicht ausstehen kann.

– Holla, schreit der nächste, eine Frauenrechtlerin, das habe der Genosse nun davon, da gibts was auf die Finger.

– Sozialismus ist Männersache! plärrt einer.

– Und Revolution ist Frauensache, ihr Ahnungslosen, ruft Fritzi, und läuft schnell die Aignerstraße an ihnen vorbei in ihr neues Zuhause. Aufatmend schließt sie die schiefe Tür hinter sich, mit dem Trick, dass sie nicht jault wie ein getretener Hund und alle aufweckt, und will sich ausschütten vor Lachen.

Was so komisch sei, hört sie eine Stimme aus dem Dunkeln. Der Sepp sitzt bei einem Krug Bier, ein Mann sitzt neben ihm. Peter! Offenbar haben die beiden Revolution gefeiert, denn der Sepp hat einen der kostbaren Kerzenreste aus der Aussegnungshalle entzündet. Fritzi schnuppert: es duftet köstlich nach Brot. Auf dem Tisch steht ein Brett mit einem großen Brot – und oh Wunder, ein Töpfchen Schmalz. Und die Lisei ist noch wach und springt ihr entgegen.

– Warst du auf der Revolution? fragt sie mit einer Mischung aus Aufregung und Ehrfurcht, dass alle schallend lachen. Sie hätte ebenso gut fragen können, ob Fritzi auf dem Debütantinnenball gewesen sei!

Fritzi umarmt den Bruder und beißt mit Appetit in die Schmalzstulle.

– Ich war seit Juli zum ersten Mal draußen, sagt Peter, da hab ich dich besuchen wollen, Schwesterchen. Auf der Theresienwiese habe es habe vor Menschen gewimmelt, da sei er nach Giesing gekommen. Und revolutionäre Grüße von der Jette solle er bestellen und von den anderen Kruppianern, der Vertrauensmann Reck sei frei gekommen. Und jetzt ginge es erst richtig los.

Sie feiern Wiedersehen, bis Fritzi erklärt, wenn sie jetzt nicht ins Bett gehe, könne sie morgen nicht arbeiten.

Revolution schön und gut, aber die Brote müssen in den Ofen. Peter umarmt seine Schwester und geht hinunter zur Bäckerei Nibler in die Sommerstraße. Fritzi klettert auf ihren Dachboden und betrachtet im Schein der Nachtkerze die friedlich schlummernden Kinder, die in die neue Zeit hinein schlafen. Nun wird sich alles ändern, denkt sie im Einschlafen. Auch die, die heute Nacht nichts erlebt haben, die werden sich die Augen reiben morgen früh!

München ist rot

Am 8. November 1918 ist München rot. An allen Ecken, Zäunen, Anschlagsäulen, Bäumen, auch an den Häuserwänden kleben rote Plakate. „Proklamation!" steht in großen schwarzen Lettern darauf, und darunter: „Bayern ist fortan ein Freistaat!".

Fritzi ist auf dem Weg ins Atelier und liest: ein provisorischer Arbeiter-, Bauern- und Soldatenrat hat sich im Landtag konstituiert. Muss ja in der Nacht hoch hergegangen sein, während ich dem Hari die Knödel bezahlt hab, denkt Fritzi.

Die Proklamation findet auf einer Seite Platz. Sie ist kurz und deutlich. Die Soldaten, die gestern Abend ihre Waffen aufs Pflaster geworfen haben, sind als Soldatenräte konstituiert und werden sich selbst regieren, und sie versprechen Disziplin und strengste Ordnung. Offiziere, die sich den Forderungen der neuen Zeit nicht widersetzen, sollen unangetastet ihren Dienst versehen. Nur vom König steht kein Wort gedruckt. Das merkt auch ein dicker Mann, dessen feistes Gesicht beim Lesen des Anschlags so rot anläuft wie das Papier: Kruzifix, wo ist der König? Warum greift er nicht durch? Er muss doch gegen die landfremden Elemente vorgehen!

Fritzi hat keine Ahnung, wen er mit landfremden Elementen meint. Aber sie kennt ihn. Vorletzte Woche ist dieser Mann mit seiner Frau ins Atelier gekommen, eine Fotografie zum silbernen Hochzeitstag. Die Chefin hat den Sessel zurecht gerückt, der mit Samt bezogen und vielen Posamenten und Borten verziert so vornehm ist, dass sie ihn Fauteuil nennt. Minna bat die Frau, auf dem Fauteuil Platz zu nehmen. Der Ehegatte sollte hinter seiner Frau stehen und ihr zärtlich eine Hand auf die Schulter legen, das war der Plan der Chefin. Noch während Minna die Falten am Rock richtete und der Frau das Gesicht abpuderte, veränderte der Mann die Anordnung, nahm auf dem Sessel Platz und dirigierte seine Frau hinter sich. Breit saß er da, mit gespreizten Beinen, Orden am Revers, wie ein Ochsenfrosch. Die schmale Frau im schwarzen Kleid verschwand hinter ihm wie ein Schatten.

Der Ochsenfrosch schimpft weiter. Das seien diese verfluchten Sozis, alles Gesindel, nur die nennen den heiligen Krieg ums Vaterland „sinnlos wildes Morden“, eine Besudelung deutscher Ehre sei das.

Niemand stimmt in seine Suada ein. Aber es widerspricht ihm auch niemand. Die Menschen lesen still, manche befremdet, manche andächtig.

– Es lebe die bayrische Republik, liest eine Frau leise, es lebe der Frieden.

– Es lebe die schaffende Arbeit aller Werktätigen, liest ein Arbeiter mit kräftiger Stimme.

Die Frau weint lautlos. Tränen fließen ihre Wangen hinunter und hinterlassen eine glänzende Spur auf ihrem verhärmten Gesicht. Sie dreht sich um, sucht die Blicke der anderen, die vor der roten Proklamation stehen: Haben wir nun endlich Frieden?

– Ja, Frau, endlich haben wir Frieden, sagt ein Soldat. Seine Augen zwinkern nervös, seine Schultern zucken.

Fritzi betrachtet den Ochsenfrosch.

– Wo ist der König? fragt sie.

Plötzlich lacht einer und drängt sich in der Menschenansammlung nach vorn.

Er habe den König gesehen, bei seinem täglichen Spaziergang im englischen Garten, erzählt er. Er sei mit einem Kameraden dort gewesen, man habe ja die Nacht vor Freude kein Auge zugetan, und da sei ihnen der König beim Morgenspaziergang begegnet, nur von seiner Leibwache begleitet. Majestät, gengans heim, habe er ihm geraten, Revolution is!

Ja, und? Alle sehen den Mann gespannt an. Aber der hebt die Schultern.

– Kehrt gmacht hat er halt! Was hätten mir tun sollen? Ihn am nächsten Baum aufknüpfen?

Sein Publikum ist unschlüssig, das ist zu spüren.

– In der französischen Revolution haben sie den König geköpft, murmelt einer.

Der Ochsenfrosch schleicht davon. Später wird er überall erzählen, der Mob habe den König ermorden wollen, man sei seines Lebens nicht mehr sicher auf der Straße.

– Ja ist denn der Eisner jetzt König? fragt ein Kind ganz laut. Die Befangenheit weicht Gelächter.

– Wir brauchen keinen König mehr, sagt Fritzi, wir haben jetzt einen gewählten Arbeiter-, Bauern- und Soldatenrat mit dem Kurt Eisner als Vorsitzenden. Und nach den Wahlen wird er Ministerpräsident.

Aber bevor sie ins Atelier Elvira eilt, macht sie ein Foto von den Menschen vor der Proklamation, die weinende Frau in der Mitte. Dann schaut sie noch einmal auf den Absatz der Proklamation, der überschrieben ist: Eine neue Zeit hebt an. Da steht: die Sicherheit der Person und des Eigentums wird verbürgt. Die Person geht in Ordnung, aber das Eigentum? Wem soll es sicher sein? Soll im neuen Freistaat nicht allen alles gehören? Das ist, denkt Fritzi, eine soziale aber keine sozialistische Republik!

Die Matrosen

Die Matrosen sind nach der Meuterei aufgebrochen, in ganz Deutschland die Revolution zu verkünden. Max und Rudi sind auch darunter. In Bremen werden sie aufgehalten: sie sollen berichten. Ein Fass wird ans Rathaus gerollt, die Leute strömen, der Egelhoferrudi hat seinen ersten öffentlichen Auftritt. Nach kurzer Unbeholfenheit redet er sich warm. Sein Bayrisch kommt gut an, immer wieder lachen die Menschen, lassen ihn hochleben und rufen die Bremer Räterepublik aus. Rudi und Max werden mit Grünkohleintopf versorgt, sogar Kartoffeln sind drin, und Bier gibts auch dazu. Ihr Pech, dass in Bayern die Revolution bereits vollzogen wurde, dass die Münchner, eigensinnig wie sie nun mal sind, nicht auf den Rest des deutschen Reiches warten wollten. Bayern ist Freistaat. Dabei spielt eine Rolle, dass Kurt Eisner eben nicht der vaterlandslose Geselle ist für den ihn seine Gegner halten, im Gegenteil: er will eine bayrische Republik, unabhängig vom Reich. Warum? Der Mann hat einmal den „Vorwärts" geleitet, er hat die SPD verlassen, die immer kriegslüsterner wurde, und er ahnt: wenn die Mehrheitler in Berlin an die Macht kommen, dann ist es Essig mit der Demokratie. Ebert, der ist nicht mal einer parlamentarischen Monarchie abgeneigt, die will Eisner auf keinen Fall. Bayern muss seinen eigenen Weg gehen. Dabei weiß er einen der mächtigsten Männer an seiner

Seite, den Bauernverbandsvorsitzenden Ludwig Gandorfer. Arm in Arm mit dem Blinden zeigt er sich auf Münchens Straßen: die Bauern unterstützen die Revolution! Das ist einzigartig, das gibt es nur in Bayern. Die Leute hören nur: die Bauern liefern, der Hunger wird ein Ende haben, Schluss mit den demütigenden Hamsterfahrten.

Das alles wissen der Egelhoferrudi und der Max nicht, als sie am 9. November von Bremen aus in die Heimat wollen. Nur unregelmäßig gehen die Züge, die Matrosen nehmen den nächstbesten, der sie ein Stück weiter Richtung Süden bringt, landen in Hannover, in Münster, in Frankfurt, überall sind Soldaten an den Bahnhöfen, die ihre Mützen in die Luft werfen und sich mit den Matrosen verbrüdern, überall bilden sich Arbeiter- und Soldatenräte, die über ihre Gegenwart und Zukunft selbst entscheiden wollen. Max von Baden als Reichskanzler, der kann revolutionären Matrosen nicht imponieren, schon ist seine Zeit überholt, Extrablatt, Karl Liebknecht ruft die Republik aus, ja aber hat Scheidemann das nicht auch getan? Diese Verwirrung da oben, hier unten werden sie ihr Geschick in die eigenen Hände nehmen müssen, trau nur dir selbst, der Arbeiterklasse, Parteien und Gewerkschaften haben versagt. Bürgermeister treten zurück und machen Platz für Volksräte, wird es eine Nationalversammlung geben? Nein, das klingt wieder nach Gängelung, sie wollen eigene Gremien, manche reden von den Räten der Russen, den Sowjets, die könnten ein Vorbild sein. Andere halten dagegen: dieser

Lenin habe die Räte ausgehebelt, sich zum neuen Zaren von Russland gemacht, der sei ein schlechtes Vorbild.

Überall müssen der Max und der Rudi sprechen, mit den Leuten diskutieren, es scheint, als seien die Matrosen mit ihrer geglückten Meuterei und dem folgenden Generalstreik die Spezialisten, die man fragt, wie man es anfangen soll, und sie geben bereitwillig Auskunft, dies ist ja ihre Mission: vom Norden aus die Revolution ausrufen, verbreiten, für die junge Republik sorgen. Wie Flüsse strömen die Matrosen von Kiel aus ins Land und verbreiten die Revolution hinein bis in den letzten Dorfbach: Alle Macht den Räten!

Das wissen Jette und Fritzi freilich nicht im revolutionären München, die befürchten schon nach wenigen Tagen, dass die Frauen vergessen werden. Eisner hat schnell ein provisorisches Kabinett gebildet, und darin gibt es keine Frauen, sondern eigenartigerweise ein Menge Mehrheitler, genau die, die ihn in den letzten Jahren angefeindet haben. Am schlimmsten ist Erhard Auer, er hasst Eisner, er hasst die Räte, warum hat Eisner ihn zum Innenminister gemacht? Eisners Kabinett musste aus engen Vertrauten bestehen, aber es ist ein Kabinett der Feinde. Wie will Eisner mit denen regieren?

Fragt sich Fritzi, und fragt sie auch den Sepp, als er müde nachhause kommt. Der Sepp deutet auf sein winziges Haus und das der Nachbarin gleich daneben: Da hätt sie auch einen Zaun ziehen können, die Frau Nachbarin. Oder ich.

– Was hat das mit Eisner und den Räten zu tun?

– Weißt, Fräulein Prolet, ein Zaun trennt. Wo kein Zaun ist, ist auch kein Besitz.

Und als er Fritzis verständnislose Miene sieht, fügt er wortkarg hinzu: Der Eisner will halt zusammenführen, nicht trennen.

Ein Mantel aus grüner Seide

Fritzi betrachtet den Packen Wäsche, die sie im März nach Sonjas Wünschen zusammengestellt hatte. Feine Kleider sind das, eine Bluse aus Seide und ein seidener Mantel für ihren Gerichtstermin. Wie sehr hatte Sonja diesen Termin vor dem Reichsgericht in Leipzig herbei gesehnt, nachdem die Anträge auf Haftverschonung immer wieder abgelehnt wurden!

Die Kleider müssen zurück. Natürlich wird Professor Lerch sie nicht brauchen, vielleicht ist es für ihn sogar schmerzlich, Sonjas Kleidung zurück zu bekommen. Vielleicht aber auch nicht. Fritzi erinnert sich, wie sie in Sonjas Auftrag Seife, Haarklammern und die Kleidung in der Clemensstraße holte. Warum brachte er seiner Frau die Dinge nicht selbst ins Gefängnis? Auch die Begegnung im Hausflur war eigenartig gewesen. Nicht der Professor, sondern seine Sekretärin Anna hatte die Tür geöffnet, nicht wie jemand, der zu Besuch ist, sondern wie die Hausherrin. Aber die Hausherrin war im Gefängnis. Ob der Professor diese Anna mittlerweile geheiratet hat? Oder wartet er das Trauerjahr ab?

Ob es ihn nun freut oder nicht, Fritzi beschließt, Sonjas Kleidung zurück zu bringen, sonst fühlt sie sich wie eine Diebin.

Sie steigt die Stufen im großen Haus in der Clemensstraße hinauf in den 3. Stock und klingelt an der Tür, an der „Dr. Lerch“ steht. Es dauert eine Weile, dann hört sie leichte Schritte, keine Männertritte. Die Tür wird mit einem Ruck geöffnet.

Fritzi weicht zurück. Entsetzen packt sie. Sonja ist wieder unter den Lebenden. Sie starrt die Frau an. Die Frau mustert sie kühl: Sie wünschen?

Fritzi hört schrille Töne, nein, das ist nicht Sonjas warme Stimme. Die Frau ist aber auch nicht die Schwester, die beim Begräbnis neben dem Professor ging.

Wie soll sie sich ausdrücken? Hilflos hält Fritzi der Frau das Paket mit Sonjas Kleidern hin.

– Wir kaufen nichts an der Haustür.

Argwöhnischer Blick, Tür zu. Der Schlüssel dreht sich im Schloss.

Fritzi geht ein Stockwerk hinunter und setzt sich auf die Treppenstufe. Ihre Knie zittern vor Aufregung und Beschämung. Die Frau hat sie für eine Hausiererin gehalten! Das Treppengeländer grinst höhnisch. Hau ab, das ist ein herrschaftliches Haus, nichts für Proleten!

Noch eine Schwester, die Sonja so entsetzlich ähnlich sieht, eine jüngere ... aber wieso wohnt sie hier, bei dem Professor?

Nun ja, ein Mann kommt allein nicht zurecht. Wahrscheinlich ist die Schwägerin gekommen, ihm in der Trauer beizustehen und den Haushalt zu führen. Das ist doch normal, nicht?

Normal, was ist schon normal, flüstert der grüne Heinrich im Ziertopf auf dem Fensterbrett und wedelt mit seinen panaschierten Halmen. Das ist ein vornehmes Haus, Grünpflanzen stehen sogar im Stiegenhaus, in seiner Wohnung kann jeder tun was er will. Vorausgesetzt, er zahlt die Miete pünktlich.

Fritzi steht auf, streicht ihren Rock glatt, nimmt das Päckchen in die Hände und geht festen Schrittes auf die Tür zu. Nochmal, keine Angst! Die Klingel schrillt.

Fritzi hält der Frau das Kleiderpaket auf ausgestreckten Armen entgegen und sagt schnell, bevor sie die Tür zuwerfen kann: Sonjas Kleider, bitte! Die Kleider Ihrer Schwester!

Rachel sieht von ihr auf das Paket, sieht Fritzi starr in die Augen und sagt: Du bist also auch eine von denen.

Es ist keine Frage. Fritzi hält ihr das Paket weiter entgegen.

– Eine von denen, die einen Juden, der nichts von diesem Land versteht, kein Deutscher und kein Bayer, sondern einen Juden, einen Fremdling, zum Ministerpräsidenten gemacht haben, einen Kriegsleugner, der die Entente um Gnade anwinselt und behauptet, Deutschland sei schuld am Krieg! Dabei hast du geholfen, wolltest nicht als Antisemitin gelten, du bist doch nicht jüdisch, du dummes Gör. Von meiner irre geleiteten Schwester will ich nicht reden, sie hat sich selbst gerichtet, aber warum hast du Revolution gemacht? Damit ein Jude ständig die Kriegsschuld Deutschlands behauptet? Diese Behauptung ist erstens unwahr, zweitens feige und drittens zwecklos. Ein so unwürdiges undeutsches Gewinsel kann nur ein Fremdling anstimmen, so undeutsch kann nur ein Nicht-Deutscher reden! Und du, dummes Mädchen, gehörst zu der Masse, die ihm zu seiner Gewaltherrschaft verholfen hat! Als Jüdin danke ich sehr! Wir sind hier nur ein Prozent der Bevölkerung! Und ihr werdet doch nicht behaupten wollen, dass wir aufgrund dieses einen Prozents das Recht hätten, der Stammbevölkerung, unter der wir doch schliesslich nur Gäste sind, wie die hier lebenden Italiener, Russen usw., den Herrscher zu stellen!

Fritzi weiß nicht wie ihr geschieht bei dieser Tirade. Sie begreift nur, dass Kurt Eisner, der von Antisemiten und Kriegsschuldleugnern als Kosmanowsky diffamiert wird, plötzlich auch von einer Jüdin angegriffen wird – nicht von irgendeiner Jüdin, sondern der Schwester seiner engsten Vertrauten, der unerhört tapferen Revolutionärin Sonja, der die bösesten antisemitischen Karikaturen sogar ins Grab folgten. Blut ist also nicht dicker als Wasser, fährt es Fritzi durch den Kopf.

Noch immer hält Fritzi das Paket mit Sonjas Kleidung in den Händen, während Rachel ununterbrochen weiter redet: Ein Fremdling kann sich in ein Volk niemals ganz hinein denken, selbst wenn er es will. Würdest du dir einen Franzosen an der Spitze des deutschen Staates gefallen lassen? Warum musste auch dieser Jude sich erdreisten, in die innersten Angelegenheiten der Christen einzugreifen und die politische Vertretung der bayrischen Katholiken von seiner Regierung einfach auszuschalten? Er ist Jude und kann als solcher nicht aus seiner Haut heraus und in die Haut eines Deutschen hinein – er könnte es auch dann nicht wenn er sich Mühe gäbe es zu tun. Eisner aber hat sich niemals auch nur darum bemüht: er lebt ja ganz in internationalistisch-pazifistischen Ideen! Und ein solcher Mann will Bayern regieren!

Rachel ist in ihrem Zorn auf den Hausflur hinausgegangen, auf dieses unverschämte rothaarige Mädchen zu. Fritzi weicht zurück, stolpert über die untere Stufe der hinaufführenden Treppe, das Paket fällt auf den Boden, das Papier löst sich. Ein schmaler Streifen grünen Stoffes lugt aus braunem Packpapier. Fritzi nimmt Sonjas schönen dunkelgrünen Seidenmantel und legt ihn der unleidlichen kleinen Schwester sanft um die Schulter, wie einen beschützenden Umhang. Da steht Rachel, wie in ihrer eigenen Sukka, in einem grünen Umhang glänzend wie Moos und Blätter nach einem Sommerregen. Verstört blickt sie um sich. Sie hat Angst, denkt Fritzi, schreckliche Angst, wie ein gehetztes Tier, nun hat sie eine Höhle.

Fritzi wendet sich von dem Anblick der grünen Madonna ab und läuft die Treppe hinunter, öffnet die schwere Tür und atmet tief die herbstlich – feuchte Schwabinger Luft ein. Wie groß muss Rachels Angst sein, dass sie bei ihrem Schwager, diesem verräterischen Schakal, Zuflucht sucht. Wie einsam muss sie sein, dass sie in ihrem eigenen Volk Verrat wittert. Und plötzlich hat Fritzi so große Sehnsucht nach Max, dass sie rennt und rennt um die Tränen zu trocknen, die ihr plötzlich aus den Augen rinnen.

Der Streit

– Hab gehört, du treibst dich mit so einem Münchner Lucki herum, sagt Max ohne Begrüßung. Er sieht verletzt aus.

Fritzi weiß nicht, was ein Münchner Lucki ist.

Ein Kerl im langen Staubmantel, mit Sportmütze und Halstuch.

Der Hari. Fritzi schweigt schuldbewusst. Wer hat dem Max vom Hari erzählt?

Ein Dichter sei das, sie habe ihn durch Zufall getroffen, er sei ihr Sprachrohr gewesen.

Sprachrohr? Max ist weit von Versöhnlichkeit entfernt.

Sie erzählt, wie sie auf die Theresienwiese gegangen ist. Wie Tausende von Menschen dort waren, aber Eisners Ansprache nicht verstanden. Wie sie Eisners Rede weiter gegeben hat, und der Mann hinter ihr hat sie auch weiter gegeben, und ...

– Ist das ein Grund mit ihm anzubandeln? bellt der Max.

Fritzi wird plötzlich sauer. Der Max war nicht dabei, er hat keine Ahnung von der Revolution! Wie unfassbar großartig war das, 50 000 Menschen auf der Theresienwiese, wie Eisner die Leute begeistert hat, wie sie zu den Kasernen gezogen sind, wie die Soldaten die Arbeiter umarmt haben, wie sie immer mehr wurden ...

Doch, er hat Ahnung. Sie haben in Kiel viel früher losgeschlagen, schon am 3. November haben die Matrosen sich geweigert, gegen die Briten auszulaufen. Sie hatten aber von dem Waffenstillstandsangebot gehört, sollten sie sich für den Kaiser versenken lassen? Sie wollten nicht länger Kanonenfutter sein. Rot vor Wut waren die Gesichter der Admirale und Konteradmirale, von leuchtenderem Rot waren die schnell genähten Armbinden. Alle Aufwiegler erschießen, Befehl, aber da rührte sich keine Hand, und der Rudi sagt: dann musst ihr uns alle erschießen! Und das trauten sie sich nun doch nicht, diese verknöcherten Offiziere ...

Fritzi lauscht dem Max mit glänzenden Augen. Das ist ja umwerfend! Himmelstürmend! Einfach revolutionär!

Max hält ihr einen Zettel in verwaschenem Rot hin.

– Arbeiter und Soldaten Hamburgs! liest Fritzi. Sie sieht auf und lächelt ihn an.

– Lies weiter! Max Stimme klingt befehlend, aber nicht mehr ganz so metallisch.

„Im ersten Kampfe seid ihr siegreich geblieben. Glaubt nicht, dass ihr jetzt ruhen könnt. Die schnell erworbene Freiheit könnt ihr euch nur erhalten, wenn ihr sie täglich neu verteidigt. Strenge Zucht und kein Nachlassen in der Wachsamkeit. Und sofort an den Aufbau. An Stelle der finsteren Festung des Kapitalismus gilt es die lichten Hallen der freien sozialistischen Gesellschaft aufzubauen. Gründliche Arbeit ist dazu nötig und ruhiges, aber eisenfestes Zupacken. Die Gefahren von außen sind noch nicht beseitigt. Aber der Soldatenrat bürgt uns dafür, es bürgt uns die straffe, opferfreudige Disziplin der Roten Garde, dass Hamburg militärisch nicht zu bewältigen ist. Alle Maßregeln zum Schutze der Revolution und der Bevölkerung werden ergriffen werden. Aber auch hier heißt es: Kühnheit, Kühnheit und abermals Kühnheit! Kühnheit und festes Vertrauen, ihr Kämpfer all! Die Vorgänge der ersten Novemberwoche sind keine Putsche, 's ist der Geschichte eh'rnes muss! Es ist der Anfang der deutschen Revolution, der Weltrevolution! Glück auf zur gewaltigsten Tat der WeltgeschichteI Es lebe der Sozialismus! Es lebe die deutsche Arbeiterrepublik! Es lebe der Weltbolschewismus! Hamburger Arbeiter- und Soldatenrat vom 8. November 1918.“

Fritzi lässt das rote Blatt sinken: Dann haben wir nicht nur in München Revolution!

– Überall ist Revolution! schreit Max laut, überall! Liebknecht hat in Berlin die sozialistische Republik ausgerufen! Der Kaiser ist geflohen! Die OHL ist geflohen! Die Soldaten haben Räte gebildet, wir regieren uns selbst!

– Die lichten Hallen der freien sozialistischen Gesellschaft ... wiederholt Fritzi mit leuchtenden Augen. Bei der Metapher denkt sie unwillkürlich an die riesigen Kruppschen Hallen. Eigentlich sind sie schön, die hohen hellen Geschützhallen, was könnten die Menschen darin alles tun statt mörderische Waffen zu produzieren! Feiern, tanzen, musizieren! Der Max lässt sich von ihrer Begeisterung anstecken, packt sie an beiden Händen und tanzt mit ihr über die Straße.

Fritzi wird herum gewirbelt und sieht seine leuchtenden Augen, die schwarzen Bänder seiner Matrosenmütze wehen um sein jubelndes Gesicht, und sie lacht ihn an. Er ist wieder da, und sie liebt ihn so sehr! Ein Kutscher brüllt, ein Automobil hupt, sie rennen Hand in Hand zurück aufs Trottoir. Plötzlich hält er inne.

– Eisenfestes Zupacken ist von mir, erläutert der Max. Und dann haut er ihr auf den Hintern, dass sie aufschreit.

– So! Das ist für den Lucki! Jetzt bin i wieder da und du gehst nur noch mit mir!

Lachend fällt sie ihm in die Arme.

– Nur mit dir, Max. Wir machen die Revolution zu zweit.

Die Weibergang

Die Kocherl feiern wieder, mitten im Dezember, und sie feiern nicht Advent in der Küche ihrer Herrschaft, sondern sehr herrschaftlich im plüschigen Saal des Deutschen Theaters. Sie haben Grund zu feiern: Eisner hat das alte Gesinderecht aufgehoben. Sie müssen nicht mehr bis zum Juli den einzigen freien Sonntagmorgen abwarten, denn es ist Samstagabend, und sie haben frei. Sie werden künftig alle Abende frei haben, acht Stunden Hausarbeit sind genug. Alle Dienstmädchen Münchens sind gekommen. Anita Augspurg und Lida Gustava Heymann haben eingeladen: auch sie haben Grund zu feiern, denn dies war die erste erfolgreiche Tat ihres Frauenrates. Jubel und Beifall umbrandet die beiden Frauen, als sie die Bühne betreten.

– Wer sind die vornehmen Damen? flüstert ein Mädchen neben Fritzi. Sie ist sehr erstaunt und bewegt, als sie hört, dass dies die berühmten Frauenrechtlerinnen sind, denen sie das neue Recht verdankt: Ich hab immer gedacht, das sind so vertrocknete Blaustrümpfe, die keinen Mann abgekriegt haben.

– Die wollten eher keinen, berichtigt Jette. Sie lachen sich an, sie sind sich sympathisch.

– Ich bin Annamirl, sagt das Mädchen, Anna Maria Sandmayer aus Taxa, das ist bei Odelzhausen. Die neue

Gesindeordnung ist schon recht, aber ich hab Angst, weißt. Das kann ich bei meiner Herrschaft nicht durchbringen.

– Es ist Gesetz, sagt Fritzi, aber sie versteht genau, was Annamirl meint. Das Gesetz ist eine Sache, es gegen die Herrschaften durchzusetzen, eine andere. Bisher mussten Dienstmädchen rund um die Uhr zur Verfügung stehen. Nun ist die Nachtarbeit abgeschafft, vor sechs Uhr früh und nach acht Uhr abends müssen sie nicht mehr arbeiten, auch ist der Anspruch auf Unterkunft, Verpflegung und Urlaub geregelt.

– Urlaub, flüstert Annamirl, wo soll ich hin? Bei diesem geringen Lohn kann ich froh sein, wenn ich in meinem Kämmerchen wohnen bleiben darf.

Fritzi und Jette sehen sich betroffen an. Bei dem neuen Hausangestelltengesetz ist an alles gedacht worden, aber nicht an so etwas wie Mindestlohn.

Es ging so leicht mit der Revolution, ein Fest, einer irren Nacht folgten Wochen der Euphorie, Kaiser und König sind auf und davon, aber nach dem Siegestaumel ist harte Arbeit gefragt. Revolution ist einfach, denkt Fritzi, im richtigen Moment erhoben, ein Rausch, aber was dann? Die lichten Hallen der freien sozialistischen Gesellschaft werden schon vor ihrer Errichtung von allen Seiten unterwühlt. Wie die Ratten, denkt Fritzi, schau kurz weg, und sie fressen dir alles auf. Neben den Alldeutschen schießen weitere antisemitische Geheimbünde wie Giftpilze aus dem Boden, die Gerüchte über Eisner in die Welt setzen, und wohlhabende

Bürger gründen mit finanzieller Hilfe der Zentrumspartei die Bayerische Volkspartei. Monarchisten wollen den König zurück holen, Nationale, die das nicht wollen, aber so tun als ob, heften sich an die Fersen der Einflußreichen. Von rechts wühlen diese scheinbar harmlosen Leute, die sich deutsche Arbeiterpartei nennen, aber mit der Arbeiterbewegung haben sie nichts zu tun, sie wollen hier nur abschöpfen, es sind unzufriedene Soldaten, Nationalisten und Leute mit eigenartigen Vorstellungen von einer jüdischen Weltverschwörung. Wie der Kaiser, der ja auch davon überzeugt ist, dass Juden und Freimaurer ihn vertrieben haben, nicht etwa sein Volk.

Aus der Regierung heraus wühlt der sozialdemokratische Innenminister Erhard Auer, der bis zum 7. November noch Monarchist war und nun Bürgerwehren gründet wegen der Sicherheit, aber wessen Sicherheit? Es gibt die gute alte bayrische SPD, die unter Sicherheit versteht, dass man Kommunisten und das Schwabinger Schlawinertum ausweisen soll. Die Schwabinger Schlawiner wiederum sind sich völlig uneins. Die Anarchisten mit Sontheimer, Erich Mühsam und Hilde Kramer organisieren sich als revolutionäre Internationalisten, die neu gegründete KPD hat Kader nach München gesandt und will die Diktatur des Proletariats durchsetzen, was die USPD auf keinen Fall will. Die Frauen sind am konkretesten: sie fordern nicht nur das Wahlrecht, den Achtstundentag, Mutterschutz, Kinderbetreuung und Stillzeiten in den Betrieben, sondern Mitsprache in den Räten, um ihre Interessen in allen Bereichen zu vertreten. Hetti spricht vor dem Arbeiterrat. Nachdrücklich fordert sie die Frauen auf, Schulter an Schulter mit den Männern für die Freiheit des Volkes zu kämpfen, der Fahne der unabhängigen Sozialdemokratie zu folgen und sich gleiche Rechte in allen Institutionen zu erringen.

– Wir werden die bisherigen Errungenschaften der Revolution bis zum Äußersten verteidigen! ruft Hetti in den vollbesetzten Saal. Der Schrei nach der Nationalversammlung ist doch nur der Schrei nach der Reaktion, und der Termin für die Wahlen ist absichtlich schon für Januar festgesetzt, um die notwendige Aufklärung zu verhindern. Wir werden nicht rasten, bis sich das Volk der wohlverdienten vollen Freiheit erfreut!

Jeder Tag ist bewahrend, erhaltend, alle sind damit beschäftigt, uralte Forderungen durchzusetzen und politisch so zu zementieren, dass Traditionalisten sie nie wieder wegfegen können. Aber wo bleibt die Utopie?

Fritzi rennt jeden Tag von Versammlung zu Versammlung, manchmal kommt der Max mit, wenn er nicht mit Rudi bei den Kommunisten ist.

Es ist erstaunlich, was geschieht, wenn der Max sie begleitet. Plötzlich lächelt auch die ernsthafteste Frau, plötzlich lacht auch die, die eben noch erbittert für eine Sache stritt. Über Fritzi hinweg strahlen sie den Max an und finden es großartig, dass er sich für Frauenrechte einsetzt. Ja, warum sollte er das nicht tun, meint Fritzi erzürnt, ich geh ja auch in die Versammlungen mit ihm wo nur Männer sind, es ist ja auch mein Sozialismus. Und gleichzeitig stellt sie mit Erstaunen fest, dass Max ihren Status erhöht, und sie weiß nicht, ob sie verärgert oder belustigt sein soll. Einen feschen Matrosen habe sie, flüstert Annamirl ihr zu, den müsse sie festhalten. Sind Männer immer noch das Maß aller Dinge? Selbst Anita lächelt milde, wenn der Max mitkommt, und der lacht schamlos alle Frauen an und verströmt den Charme der blauen Jungs, dass Fritzi sich neben ihm farblos und langweilig fühlt.

Sie macht das Experiment und führt Max an Lida vorbei. Sie will es jetzt wissen. Lida lebt in einer glücklichen Beziehung mit Anita, wird auch sie plötzlich dieses spezielle Lächeln bekommen? Fritzi stolziert mit dem Max vor Lidas Augen herum und beobachtet genau. Erleichtert stellt sie fest, dass Lida sie völlig normal begrüßt, freundlich wie immer. Unbeeindruckt von Max erläutert sie Fritzi die Tagesordnung und fragt, ob sie später eine Gruppenaufnahme von allen machen kann. Freudig willigt Fritzi ein. Zumindest Lida gehört nicht zu den Frauen, die ihre Geschlechtsgenossinnen nach dem Mann in deren Gesellschaft beurteilen. Sie berichtet Jette von ihrem Erlebnis, aber Jette kichert nur: der Max ist ja auch ein fescher Kerl.

Fritzi stöhnt.

– Ne also, rechtfertigt sich Jette, das ist doch umgekehrt genau so. Wenn ein Mann angeben will, zeigt er ne schicke Frau an seiner Seite. Am besten zehn Jahre jünger als er. Nur bei uns Proleten is das nicht so, deshalb kennste das nicht.

Bei einer der Frauenversammlungen trifft Fritzi eine feine ältere Dame, die auch nicht auf Max fliegt.

– Sie sind Fotografin, sagt die Dame bewundernd. Fritzi mag nicht zugeben, dass sie eigentlich ein Prolet ist, was solls, hier ist sie halt die Fotografin.

– Fotografenelevin, verbessert sie bescheiden, ich bin im ersten Lehrjahr.

Die Dame seufzt. Fritzi sieht sie erschrocken an, hat sie Schmerzen? Sie sieht so zerbrechlich aus mit ihrem blassen Gesicht und den sorgfältig frisierten Haaren, wie eine Porzellanpuppe.

– Es ist gut, wenn eine Frau einen Beruf ausübt, sagt die Dame, unsere Generation wurde daran gehindert. Wir hockten in den Stuben mit unseren Stickrahmen, und uns war sterbenslangweilig. Meine Großmutter durfte wenigstens noch einen Salon führen, malen und komponieren, im 18. Jahrhundert war das Leben noch nicht so reglementiert wie heute.

Fritzi hört still und erstaunt zu. Sie hatte geglaubt, dass Geschichte ein ständiges Voranschreiten ist, eine Entwicklung zu stetigem Fortschritt und Verbesserung.

– I wo! Das letzte Jahrhundert hat uns weit zurückgeworfen. Der verdammte Fortschrittsglaube hat die einen bettelarm gemacht, die Fabrikbesitzer reich, und den Adel um seine hochwohlgeborene Bedeutung gebracht. Wir Frauen aus gutem Hause fanden uns plötzlich in eben diesem guten Hause wieder wie in einem Gefängnis.

Unser Leben bestand aus Warten, während das Leben draußen an uns vorüber zog. Mit 15 wurden wir aus unserem Jungmädchenzimmer gezerrt, von der Zofe frisiert, und am Kaffeetisch fanden wir einen jungen Mann, der wurde uns vorgeführt wie eine kostbare Bonbonniere mit Schleife: unser Zukünftiger. Während wir noch überlegten, ob wir den Mann sympathisch finden, trafen die Eltern bereits die Hochzeitsvorbereitungen und erklärten uns für verlobt.

Fritzi hat keine Ahnung was eine Bonbonniere ist, aber die Schilderung der Dame ist so anschaulich, dass sie herzlich lacht.

– Mir geschah das genau so. Und weil sich alle so gebärdeten, als müsse ich vor diesen jungen Mann mit seiner Uniform und seinen Orden und Geglitzer in Ehrfurcht versinken, fragte ich, ob es ein Kalb mit zwei Köpfen sei. Da bekam ich von meiner Mutter die erste Ohrfeige meines Lebens.

Die Dame schweigt. Sie klopft Fritzi aufmunternd auf den Unterarm und will sich aus dem roten Samtsessel erheben.

Fritzi hält sie zurück: wie ging es weiter ?

– Ich hab ihn geheiratet. Ich hatte doch gelernt: ohne Ehemann ist eine Frau nichts wert. Die Heirat ist so bedeutend, dass eine Mutter die Hand gegen ihre Tochter erhebt, die diese Angelegenheit verspottet.

– Und dann?

Die Dame wirft den Kopf zurück und lacht ein perlendes Lachen. Sie betrachtet Fritzi und meint: Sie sind neugierig, das gefällt mir.

– Berufskrankheit, gesteht Fritzi, sie möchte gern Fotoreporterin werden.

– Das kann ja noch werden, findet die Dame. Sie habe geheiratet und saß weiterhin mit Stickrahmen im Wohnzimmer, nun als verheiratete Frau im eigenen Wohnzimmer mit eigenem Stickrahmen.

Fritzi wartet gespannt, sie ist sicher, dass dies nicht das Ende der Geschichte ist.

– Er fiel bei Sedan, ich war siebzehn, lebte von Witwenrente und Vermögen und stellte fest, dass das Witwenleben seine Vorteile hat. Aber gelernt hatte ich nichts, und für meinen Lebensunterhalt arbeiten zu gehen, galt als nicht standesgemäß. Da entdeckte ich ein Inserat, ein Forscher suchte Teilnehmer und Geldgeber für eine botanische Expedition nach Mittelamerika. Ich bewarb mich. Er war der Meinung, dass eine vermögende Dame ihn mit Geld ausstatten und zuhause bleiben solle. Ich überzeugte ihn davon, dass eine Dame, die ihm ihr Geld gibt, reisen und forschen will. Er blieb skeptisch. Ich suchte eine Lehrerin, die mir Spanisch beibrachte, und einen Privatgelehrten und lernte alles über die Pflanzenwelt Mittelamerikas und wie man sie bestimmt. Dann fuhr ich mit, trocknete Pflanzen, beschriftete Herbarien, legte Tiere in Spiritus, spießte Käfer und Schmetterlinge auf, legte lange Listen in meiner feinsten Schrift an, verhandelte mit Gouverneuren und Bürgermeistern.

Fritzi findet die Geschichte aufregender als alles, was sie bisher gehört hat.

– Und dann?

– Dann bekam ich Malaria und musste nach Hause.

Hat die Dame weiter geforscht?

Sie verneint. Wenn sie studiert hätte, wäre sie dabei geblieben. Die Mädchenerziehung, diese Konditionierung zu Schwächlichkeit, das alles hatte sich bestätigt: ich war den Strapazen der Expedition nicht gewachsen.

– Malaria, daran hätte der Professor auch erkranken können, meint Fritzi empört.

Das findet die Dame auch, aber: dafür ist es nun zu spät.

Sie beenden ihr Gespräch und hören Lida Gustava Heymann zu, die einen Frauenrat gründen will. Der Krieg, ruft sie in den vollen Saal, hat den Bankrott der angeblich männlichen Überlegenheit gezeigt. Schon dafür erhält sie Applaus und begeisterte Zurufe.

– Eisner hat den Frauen Wahlrecht zugestanden, während die Konservativen noch ängstlich überlegen, ob es dafür nicht zu früh sei? Ob die Frauen für das Wahlrecht noch nicht reif seien?

Sie erntet Gegenrufe. Aber Lida lacht und sagt: Sie haben ja recht, die alten Herren!

Ist sie jetzt verrückt geworden? Fritzi schüttelt den Kopf. Was redet Lida? Aber die Dame neben ihr lächelt und flüstert: Warten Sie ab, Fräulein, das ist nur eine rhetorische Finte.

Fritzi weiß nicht, was Rhetorik ist, aber eine Finte ist ihr ein Begriff. Militärbegriffe sind in ihrem Wortschatz ständig aufgetaucht, und als Lida weiterspricht, versteht sie.

– Ja, es ist zu früh und kommt sehr plötzlich, daher sind sofort die Kräfte unterwegs, die unsere eben erst erworbenen Rechte beschneiden oder schamlos ausnutzen wollen! Der katholische Arbeiterinnenverein war bis letzte Woche noch streng monarchistisch – nun fordert er alle katholischen Arbeiterinnen auf, die Bayerische Volkspartei zu wählen! Der Münchner Arbeiterrat hat Toni Pfülf, unsere Delegierte für Frauenrechte, hinaus geworfen!

Buhrufe ertönen. Lida fährt fort: So geht es in einer Demokratie. Wir müssen einen Frauenrat gründen! Ein Frauenrat, der politisch noch unorientierte Frauen unterrichtet! Der dafür sorgt, dass Frauen alle Berufe, auch der Richterin, eröffnet werden, dass in Staat und Verwaltung Frauen verantwortungsvolle Stellen bekommen.

Jubel und Beifall unterbricht sie. Die Dame neben Fritzi meint, eine gute Ausbildung sei die Voraussetzung. Frauen müssten gute Schulen besuchen, dann stünden ihnen alle Berufe offen.

– Der Frauenrat muss weiter veranlassen, dass auf die Wahllisten aller Parteien zur konstituierenden Nationalversammlung Frauen in genügender Zahl und an ausschlaggebende Stelle gesetzt werden!

– Eben hat sie gesagt, dass die konservativen Parteien dies zu ihrem Vorteil ausnützen, wendet Fritzi ein. Die Dame neben ihr lacht: Das ist Demokratie!

– Werden wir stark genug sein, in dieser Demokratie zu bestehen? überlegt Fritzi. Müssen wir nicht starke sozialistische Bünde gründen? Wer garantiert, dass eine katholische Frau von der BVP wirklich unsere Fraueninteressen vertritt? Vielleicht will sie etwas ganz anderes?

– Blümchenstickerei! stimmt die Dame ihr zu, da müssen wir aufpassen. In allen politischen Gremien müssen Frauen vertreten sein, die die patriarchale Struktur aufheben, denn sonst ist das keine Demokratie. Wir Frauen machen schließlich mehr als die Hälfte des Volkes aus.

Fritzi macht die Gruppenaufnahme im Innenhof des deutschen Theaters am Brunnen. Zuversichtlich schauen die Frauen in die Kamera. Anita lädt sie ein, mitzukommen, im kleinen Kreis, wie sie sagt. Und so lernt Fritzi Marie Bertels und ihren „konspirativen Treff" kennen, und ist erst einmal wie erschlagen von Maries Haus in der Laplacestraße, das sie als ungeheuer luxuriös empfindet. Teppiche liegen überall, massenhaft Stühle und große Tische gibt es, und eine Haushälterin namens Grete, die Tee serviert. Sie sprechen über die Lage der Frauen, und was zu tun sei. Sie müssen Bünde schaffen, und wenn es keine Bünde sind, die dem Sozialismus dienen, dann dienen sie auch nicht den Frauen. Es wird plötzlich ganz still, als Fritzi das sagt. Sie schweigt erschrocken. Marie Bertels ermuntert sie, weiterzusprechen. Stockend meint Fritzi, es sei nicht damit getan, dass Frauen sich an allem beteiligen: Plötzlich haben wir statt Frieden Generalinnen im Krieg.

Alle Frauen starren Fritzi an. Da bekommt sie plötzlich Hilfe von unerwarteter Seite, denn die Dienstmagd Maria Sandmayr ist ebenfalls gekommen. Auch für sie ist es seltsam, in diesem hochherrschaftlichen Salon zu sitzen statt ihn zu putzen. Annamirl räuspert sich und sagt: Der Kaiser hat immer gesagt: Kinder, Kirche, Küche, Kranke, das ist der Wirkungskreis der Frauen. Und damit kennen wir uns auch am besten aus. Wenn wir revolutionäre Frauen sein wollen, müssen wir in diesen Bereichen Revolutionäres erschaffen. Also ich will nicht mein ganzes Leben lang Dienstmädchen sein, auch nicht, wenn ich jetzt einen Arbeitsschutz habe. Ich will was lernen, einen Beruf haben, und den Haushalt könnte ich mit anderen Frauen gemeinsam machen.

– Oder mit deinem Ehemann, murmelt eine Frau.

Annamirl, mutiger geworden, stimmt ihr zu: Die Männer müssen natürlich auch ran. Die müssen auch lernen, wie man ein Kind badet und wickelt. Aber das meine ich nicht. Ich meine, dass alles was fürs Haus nötig ist, nicht immer kleiner werden soll, immer so allein ... die Frauen sind immer so allein ... die Küchen werden immer winziger ... Sie sucht nach Worten.

– Du meinst, es soll sozialistisch organisiert sein, meint Fritzi.

– Genossenschaftlich! ruft Selma Klingelhöfer, wozu muss jede Wohnung eine Küche haben! Es reicht, wenn reihum fürs Haus gekocht wird!

– Es waschen ja auch alle gemeinsam in der Waschküche, merkt Marie an.

Fritzi grinst nach innen. Ob Marie Bertels die Waschküche in ihrem Hause jemals betreten hat?

Nun beginnt eine herzhafte Diskussion über alles, was möglich wäre, wenn ... ja, wenn sie es denn erreichen könnten, ein anderes Leben zu führen. Sie malen die schönsten Utopien aus, aber, wie Tilde sagt, sie müssten wieder auf die Erde zurück. Anita und Lida sind begeistert von den Ideen. Die USP-Frauen sagen, dass sie bei ihren Genossen oft nicht durchdringen, dass ihre Anliegen als Privatsache, schlimmer noch das als Weibergewäsch abgetan werden.

– Wir wollen sozialistisch leben, nicht reden! – Da nicken sogar die Kommunistinnen.

– Hausfrauen – Generalstreik! ruft Hetti, und alle lachen. Schließlich gründen sie den „Bund sozialistischer Frauen“, kurz BSF, und schreiben ein Manifest:

– Wir dienen dem Sozialismus, als dem Gedanken der Zukunft.

– Wir bekämpfen den Kapitalismus, als die Macht der Vergangenheit und die Not der Gegenwart.

– Wir gehören den verschiedenen sozialistischen Parteien an; wir fühlen uns trotzdem als Einheit, denn wir vergessen nie das gemeinsame Ziel.

– Wir wenden uns an alle arbeitenden Mädchen und Frauen, die sich zum Sozialismus bekennen. Die Handarbeiterin und die Kopfarbeiterin sind uns gleich willkommen.

– Wir wenden uns an alle Mädchen und Frauen in Stadt und Land, die politisch noch unreif sind, denn wir wollen sie sammeln.

– Wir wollen erziehen und bilden durch Vorträge, Kurse und Diskussionen.

– Wir wollen unsere Frauenforderungen aufstellen und vertreten in Parlament und Frauenrat.

– Wir wollen Stellung nehmen zu allen politischen Ereignissen – immer als Frauen, immer als Sozialistinnen.

Kommt und helft!

Wahlwanderung im Schnee

Die Frauen beschließen, Eisner zu unterstützen. Aufklärung ist dringend nötig, denn schon schwirren antisemitische Gerüchte durch München. Die Zeitungen, die den ersten sozialistischen Ministerpräsidenten hassen, verbreiten sie mit Wonne. Er sei ein galizischer Jude, heiße eigentlich Koslowski, verbreiten die einen, und der sozialdemokratische „Vorwärts" spart nicht mit Häme, dass ihr ehemaliger Redakteur seiner Aufgabe wohl kaum gewachsen sei.

Am schlimmsten schäumt der Miesbacher Anzeiger, ein unbedeutendes Provinzblatt, in dem der bekannte Schriftsteller Ludwig Thoma, vor dem Krieg recht unkonventionell, seit 1914 seine nationalistischen und antisemitischen Ausfälle publiziert. Hämische Karikaturen im Simplicissimus hatten Sonja Lerch während des Januarstreiks als heuchlerische ungekämmte Schlampe mit durch Schwarzhandel wohlgefüllter Speisekammer verunglimpft. Nun zielen sie auf Eisner, seinen Kulturminister Gustav Landauer, und natürlich den Anarchisten Erich Mühsam. Dieser ist an der Eisnerregierung nicht beteiligt, er kritisiert sie sogar, aber als jüdischer Bürgerschreck und rothaariger Schwabinger Schlawiner taugt er prächtig für antisemitische Bildchen mit diffamierenden Unterschriften.

Der plötzliche Tod Ludwig Gandorfers vom Bayerischen Bauernbund wiegt schwer, sein Bruder Karl hat nicht dieselbe Popularität, und auf Unterstützung des eben erst gegründeten Bauernrates können die Frauen nicht setzen.

Bei einem Treffen des BSF in Maries Salon machen Anita Augspurg und Lida Gustava Heymann den Vorschlag, die Landfrauen über ihr neues Wahlrecht aufzuklären. Es eilt, sagt Anita, wir haben nicht mal zwei Monate Zeit! Die Landtagswahlen sind schon auf den 12. Januar und die zur Nationalversammlung auf den 19. Januar 1919 festgesetzt. Wir müssen die Frauen schnell über ihre Rechte aufklären! Es gilt, Kirche, Ehemännern und Bayerischer Volkspartei zuvor zu kommen.

– Zuvor ist gut, sagt Marie, die Plakate der BVP hängen schon überall.

Die Frauen sind begeistert. Sie können bei Anita und Lida übernachten, von Icking aus losziehen und Versammlungen organisieren, eine politische Landpartie!

– Ich mach da nicht mit, erklärt Hilde, und du solltest es auch nicht tun.

Fritzi sieht die große Freundin fragend an.

– Wir sind Kommunisten, erklärt Hilde, warum sollen wir uns an einer Scheinwahl beteiligen? Der Parlamentarismus ist der Tod der Demokratie, wir brauchen Räte!

– Aber wir brauchen auch Rätinnen!

– Die werden wir im Parlament auch nicht haben.

Fritzi wendet ein, dass Anita und andere gewählten Frauen im Landtag Fraueninteressen vertreten werden. Hilde lacht Fritzi aus: Kannste dir Rosa Luxemburg im Reichstag vorstellen?

– Warum nicht?

– Blödsinn. Da sitzen dann auch katholische Frauen, die gegen Abtreibung sind, und überstimmen unsere Rosa. Und im

Landtag erst recht. Hilde erklärt Fritzi das imperative Mandat. Wenn die Abgeordneten im Parlament nach ihrem Gewissen entscheiden, erfüllen sie ihren Auftrag nicht, du kannst sie aber auch nicht abwählen.

Natürlich könne sie untaugliche Abgeordnete abwählen, widerspricht Fritzi.

– Nach der Legislaturperiode! Das sind vier Jahre! In dieser Zeit kann viel geschehen, der Abgeordnete kann sich völlig ändern, vielleicht wird er korrumpiert durch das Kapital! Wer wird ihn beeinflussen, wo er doch nur seinem Gewissen verpflichtet ist und nicht seinem Auftrag? Nein, unser gewählter Rat muss unsere Beschlüsse umsetzen! Unsere Aufträge erfüllen!

– Dazu brauchen wir erst mal Frauen, die Aufträge an weibliche Räte geben.

Hilde schüttelt den Kopf. In einer sozialistischen Republik sind alle Menschen gleich.

Fritzi weiß nicht so recht. Die Menschen sind zwar gleich, aber die Frauen sind zum ersten Mal in der politischen Verantwortung: Der Arbeiter- und Soldatenrat hat keinen Frauenrat zugelassen, Hilde!

– Ja, weil wir uns in allen Räten durchsetzen müssen.

– Also das ist jetzt Unsinn, Hilde, wenn es in bestimmten Berufen nur Männer gibt, kommen Frauen nie in die Räte! Und es gibt auch keinen Mütterrat!

Hilde lacht verächtlich. Bald werde Fritzi auch einen Kinderrat fordern.

– Ja genau, und einen Jugendrat! Du und ich sind in dieser Republik Kinder! Ich bin erst siebzehn und darf frühestens 1922 wählen! Kinder und Jugendliche sollen ihre Rechte selbst vertreten, sie wissen am besten, was gut für sie ist. So lernen sie Demokratie statt das Recht des Stärkeren.

– Wir brauchen Wahlrecht ab 16! fordert Hilde. Aber vor allem müssen schon die Kinder lernen, ihre Rechte durch Räte mit imperativem Mandat zu vertreten.

– Mitbestimmung schon in der Schule statt Autoritäten mit Rohrstock auf dem Katheder.

– Schon klar, Hilde, aber viele Frauen wissen gar nicht, was das Frauenwahlrecht für sie bedeutet! Komm mit! Du kannst ja für die Kommunisten sprechen. Hat Lida nicht recht, wenn sie sagt, die Männer seien durch den Krieg verroht?

– Die Männer haben unter dem Krieg auch gelitten, findet Hilde, die werden nur in den Räten lernen, demokratisch zu denken und zu handeln, und die Frauen zu respektieren.

Fritzi will Hilde dennoch überreden, mit aufs Land zu fahren. Die Wahlen sind beschlossen, das ist nicht zu ändern. Wir müssen doch was gegen diese Plakate tun, hast du die gesehen?

– Meinst du den Spartakisten, der die Türme der Frauenkirche in Brand setzt?

– Christliches Volk! Darf Spartakus deine Kirchen niederreißen? Gib Antwort am Wahltag! BVP! Und der verlogene Faulhaber gibt sich plötzlich so modern, befürwortet das Wahlrecht, sogar die Nonnen sollen wählen – klar! Gegen uns! Wir müssen an den Räten festhalten, das hat auch Eisner erklärt!

Hilde schaut skeptisch. Entweder gibt es eine Rätedemokratie oder eine parlamentarische. Wie will Eisner diesen Spagat hinkriegen?

Die Räte, sagt Eisner, sind die Schule der Demokratie. Fritzi gefällt das: Müssen wir nach der Knechtschaft der Monarchie nicht alle lernen, wie die Demokratie funktioniert?

– Ein Trick, glaubt Hilde, Eisner sagt das nur, um die radikalen Genossen zu beruhigen. Er herrscht wie ein Diktator und schiebt die Sozialisierung bis zum St. Nimmerleinstag auf. Und Fraueninteressen sind sozialistische Interessen!

– Niemals! Eisner ist ehrlich und klug! Wir müssen die reaktionären Kräfte besiegen, als Einheitsfront!

Aber Hilde schüttelt entschieden den Kopf, dass die kinnlangen Haare um die Wangen fliegen: Fritzi, du blickst das nicht. Ebert will das alles nicht! Er liebäugelt sogar mit einer parlamentarischen Monarchie! Und wer nicht pariert, auf den wird geschossen! Haben wir doch gerade in Berlin gesehen. Glaubst du, wir können in Bayern eine Räterepublik durchsetzen, während Deutschland einen Nationalrat hat? Niemals! Deshalb werden die Kommunisten die Wahl boykottieren. Wir denken international. Erich Mühsam und ich werden eine Gruppe von Internationalisten gründen.

– Du willst dich nicht zur Wahl stellen? Dann stellst du dich selbst kalt, meint Fritzi entsetzt, wir brauchen dich doch, Hilde!

Hilde umarmt Fritzi. Gibt ja weiter den BSF, ich werd doch unserer Weibergang nicht untreu! Muss doch auf euch aufpassen!

Fritzi geht mit Sepps Rucksack zum Bahnhof. Darin ist Agitationsmaterial, ihre Kamera, ein weiterer kostbarer Rollfilm, ein Marmeladenbrot, an alles hat sie gedacht, aber nicht an das Wetter. In München ist es eher matschig, aber schon in Hohenschäftlarn liegt hoher Schnee, in Icking sind Fritzis Schuhe durchweicht, im nächsten Dorf gefrieren ihre Zehen, und sie verwünscht sich, dass sie Mütze und Handschuhe vergessen hat. Fritzi bibbert und zittert so sehr, dass ihre Zähne aufeinander schlagen.

So könne sie nicht reden, meint die praktische Trude Baer und leiht Fritzi Schal und Handschuhe. Fritzi erschrickt furchtbar, sie will auf keinen Fall reden: Kann ich nicht, Trude! Ich bin nicht von hier, ich weiß nichts von den Leuten, verstehe kein Wort und spreche ihre Sprache nicht.

Die Hamburgerin Trude lacht und meint, die Sprache der Frauen spreche eine jede, die verstehe auch eine oberbayrische Bäuerin.

Lange Reden sind eher schädlich, entscheidet Lida, die Frauen sollen Gelegenheit haben zu fragen. Fritzi schluckt. Lida und Trude, Anita und Marie kommen aus einer anderen Welt, die haben Schulen besucht, manche sogar die Universität mit Sondergenehmigung, sie kommen aus der Klasse, vor der Fritzi gelernt hat einen Knicks zu machen. Lida und Anita besitzen sogar diesen Gutshof mit Gästezimmern und Bediensteten, mäßig Platz und kein Mangel an Verpflegung für zehn Frauen. Das ist nicht von meinem Stand, denkt Fritzi, die halten mich für eine

Fotografin, dabei bin ich ein Prolet, vor einem halben Jahr wusste ich nicht mal, wie man Fotografie schreibt. Und jetzt soll ich Reden halten? Wie soll das gehen?

Aber es wird lustig.

Die Versammlungen finden in den Hinterzimmern der Gastwirtschaften statt. Es scheint nicht üblich zu sein, dass so viele Weibsbilder in die Wirtschaften strömen, die pfeiferauchenden Männer reißen die Augen auf und geben wohlwollende Betrachtungen über weibliche Körperteile von sich, die in Aufforderungen gipfeln man solle anbandeln und mehr Holz vor die Hütte schaffen und schnackseln und einiges andere, was Fritzi nicht versteht, aber bei den Männern dröhnendes Gelächter hervor ruft. Fritzi ist dies nicht gewohnt und schaut betreten vor sich hin, aber die Frauen aus den Dörfern geben saftige Antworten und haben für jeden den passenden Ratschlag, Haderlumpen und Stenze seien sie, die sich um Vieh und Acker kümmern sollen statt im Wirtshaus zu hocken. Die Männer sind auch recht gemütlich, ungemütlich wird es erst, als ein Vertreter der Bayerischen Volkspartei unbedingt sprechen will und nicht akzeptiert, dass die Frauen zunächst unter sich sein wollen. Trude flüstert Lida etwas zu, die grinst und erteilt dem Mann das Wort: Sie zuerst, mein Herr.

Nun wirft sich der Mann in die Brust, streicht über seinen Schnäuzer, zwirbelt die Enden nach oben und spricht über die Verantwortung für die Heimat, die Erhaltung der Tradition, die weiblichen Aufgaben in in dieser Tradition, die so wichtig seien.

Da wird er zum ersten Mal unterbrochen. Eine Frau will wissen, welche Aufgaben die Frauen denn hätten.

Ein wenig irritiert ist er schon, aber dann fängt er sich und antwortet mahnend, dass die Fragerin das doch am besten wissen müsse, sie habe doch vier Kinder und einen Mann zu versorgen. Er fährt fort. Die Frau gehört in Haus und Hof, sie hütet den Herd, erzieht die Kinder zu prachtvollen Dirndl und die Buben zu Burschen, die Gehorsam vor Gott ...

Wieder wird der Mann unterbrochen.

– Gehorsam vor König und Vaterland? fragt eine Frau, und es klingt nicht spitz, sondern traurig, und ungefragt spricht sie weiter: Ich hatte einen Mann und drei Buben, die mussten alle ins Feld, ohne Erbarmen, allein haben mein alter Vater und ich den Pflug durch die schwere Erde getrieben, denn die Pferde hatten sie auch requiriert, und meine zehnjährige Tochter musste die Kleinen versorgen. Wenn das die Tradition ist, werde ich meine Enkel dagegen erziehen!

Beifall brandet auf, die Frau weint, sie wird umringt und getröstet.

Eine andere sagt nun: Mir hat man auch alle Männer und Söhne genommen, und einen russischen Gefangenen geschickt. Der hat auch Frau und Kinder auf seinem Hof in Russland, nun frag ich euch, obs nicht gescheiter gewesen wär, wenn jeder in Frieden seinen Acker bestellt hätte!

Der Mann dort oben ist sichtlich verunsichert. Er versucht zu vermitteln, aber eine der Tröstenden schreit ihn an: Du hast sie doch alle in den Krieg geschickt, du hast doch ohne Erbarmen die Listen geführt! Hättst uns nicht einen Buben daheim lassen können? Aber nein, für den Sieg! Fürs Vaterland! Mussten sie alle fort in den Tod! Und jetzt willst uns was von Pflichten plärrn? Ich bin hier, um was von meinen Rechten zu hörn!

Lida fragt den Mann, ob seine Ansprache beendet sei?

Er geht.

Trude erklärt das neue, geheime und gleiche Wahlrecht.

– Wer mehr Land besitzt, hat trotzdem nur eine Stimme, versichert sie, damit sei Gerechtigkeit geschaffen und der Einfluss der Reichen beschränkt.

Beifall brandet auf.

Dann ist Fritzi an der Reihe. Ihr Herz schlägt bis zum Hals, aber nach dem ersten Satz, der ihr ohne Stottern gelingt, atmet sie tief durch, wie Trude es ihr geraten hat, und spricht weiter, über die Räte, die die Schule der Demokratie seien, über die Frauen, die nicht nur wählen, sondern sich auch in den Räten organisieren sollten: Ein Wahlschein allein reicht nicht, ruft Fritzi den Frauen zu, wenn ihr nicht jeden Tag aufs Neue für die Demokratie einsteht!

Sie sieht die zweifelnden Gesichter: Das macht nicht mehr Arbeit! Das zahlt sich aus, denn nur die Demokratie kann einen weiteren Krieg verhindern! Worum ging es in allen Kriegen? Um die Vermehrung des Besitzes der Herrschenden, dafür mussten wir ackern! Jetzt herrschen wir, und wir verwalten unseren Besitz selbst. Dafür steht der Kurt Eisner ein, unser erster Ministerpräsident, und wenn er gewählt wird, dann werden in seinem Kabinett auch Frauen ihre Stimme erheben.

Es gibt viele Fragen. Lida erklärt, wie die Wahlscheine aussehen werden, sie erläutert, wer Kurt Eisner ist, und sie zerstreut die Befürchtung, die Kommunisten wollten die Kirchen anzünden und das Bauernland sozialisieren.

An dieser Stelle hebt eine junge Frau den Arm: Ist es wahr, dass die Sozialisten die Frauen sozialisieren wollen?

Trude, Lida, Fritzi und Marie sehen sich entgeistert an. Wer behauptet denn so was? Der Pfarrer habe das gesagt, aber sie hat es auch im Anzeiger gelesen. Wie geht das nachert, diese Sozialisierung?

Trude fasst sich, aber ein Lachen kann sie nicht unterdrücken: Nein, die Sozialisten sozialisieren die Frauen nicht.

– Es bleibt also bei der Ehe?

Die junge Frau wirkt enttäuscht.

Nun ja. Jedenfalls für die Frauen, die heiraten wollen, nicht wahr? Es gibt ja auch welche, die nicht heiraten wollen.

– Für die blieb bisher nur das Kloster.

Es ist anders auf dem Land, die Frauengang merkt: hier können auch sie eine Menge lernen.

Fritzi merkt, dass da etwas Unausgesprochenes ist und fragt nach.

Es hätte ihr recht gut gefallen, das mit der Sozialisierung, meint das Mädchen, sie stelle es sich schrecklich vor, das ganze Leben mit nur einem Mann zu verbringen.

Einen Augenblick Schweigen, dann prustet und lacht der ganze Saal so laut und anhaltend, dass sie spüren, wie die Männer draußen aufhorchen und zu ergründen versuchen, was die Frauen drinnen so heiter macht, bevor sie sich kopfschüttelnd wieder ihrem Kartenspiel widmen.

München 1923. Paula

„Du willst deren antisemitisches Hetzblatt anrufen?“ schrie Jette. Tilde klopfte ihr auf den Arm: „Die Rosa weiß schon was sie tut.“

Rosa verlangte Fräulein Schier zu sprechen. Das Telefonat war kurz. Sie habe interessante Neuigkeiten, teilte Rosa mit, ob Fräulein Schier interessiert sei? Offenbar war sie dies, sie müsse zwar zum Bürgerbräu, könne sich aber auf dem Weg mit Rosa treffen.

„Kommen Sie zu uns, dann bekommen Sie auch eine Tasse heißen Tee,“ lud Rosa ein und nannte Maries Adresse.

Jette schrie wieder auf: „Du kannst doch unseren konspirativen Treff nicht an so eine verraten, bist du narrisch!“

Marie lachte. Nettys und ihre Adresse habe in den letzten Jahren auf jedem Plakat des BSF gestanden, schon vergessen? Jette werde schon sehen, was Paula Schier für eine sei, die dürfe gern in ihrem Haus Tee trinken.

Also kam das Fräulein vom „Völkischen Beobachter“, wurde von Rosa begrüßt als sei sie eine der ihren, und von Jette, die das Ganze nicht durchschaute, misstrauisch beäugt. Offensichtlich verband die rote Rosa und das völkische Fräulein eine herzliche Freundschaft. Tilde fragte sogar besorgt, ob ihr auch niemand gefolgt sei – was Jette inständig hoffte, und eine Verhaftung. Aber diese Hakenkreuzler verhaftete ja niemand, nur die Sozialisten wurden ständig verfolgt.

„Darf ich vorstellen: Paula Schier," sagte Rosa, „Dichterin und Journalistin, zur Zeit in der Höhle des Löwen unterwegs um die Hakenkreuzler zu studieren!"

Paula lachte, wickelte sich aus ihrem Schal und rieb die kalten Hände aneinander. Sie war schlank, fast zierlich, hatte glatte hellblonde Haare, die, zum modischen Bob geschnitten, zu ihrem langen schmalen Hals umwerfend aussahen. Sie war nicht hübsch, aber sehr attraktiv, wie eine kühle englische Schönheit in den Gazetten, die Jette manchmal auf der Suche nach Nähschnitten durchblätterte.

„Ich versuche herauszufinden, warum sich die Bürger von der völkischen Bewegung ihre Errettung aus dem wirtschaftlichen Ruin erhoffen," erklärte Paula, „und als im September die Stelle einer Stenotypistin in dieser Redaktion zu vergeben war, habe ich sie genommen."

„Gut bezahlt vermutlich," meinte Jette sarkastisch. Soviel Selbstverleugnung war ihr unheimlich.

Paula betrachtete Jette und sagte: „Ja, gut bezahlt dank dem Verleger Lehmann und wer-weiß-noch-wer, Industrielle vermutlich, das versuche ich herauszufinden. Erstaunlicherweise hat niemand gefragt, woher ich komme, wer ich bin, was ich von dem halte, was sie Bewegung nennen: ich bin nur eine Tippse, das ist alles."

Tilde murmelte etwas von einem Fonds, in den das Großkapital einzahlte, aber beweisen ließe sich nichts. Die politischen Morde der letzten Jahre seien ja bezahlt worden, und die Flucht der Mörder ebenfalls.

Paula bestätigte dies. Es gebe einen Antibolschewistenfonds, und sie wolle herausfinden, wie hoch dieser dotiert sei. „Ich fürchte, selbst wenn dieser Fonds auffliegen sollte, interessiert es keinen," sagte Paula und trank mit Genuss ihren Tee. „Nach meiner Beobachtung wollen die Menschen nicht aufgeklärt werden, sondern in ihrem Glauben an den Retter der Menschheit nicht gestört werden."

„Und wer ist das?" Jette konnte nicht verhindern, dass ihre Stimme aggressiv klang. Marie legte ihr besänftigend die Hand auf den Arm. Jette seufzte und drückte Maries Hand. Die Sorge um Fritzi machte sie aufgeregt und unsicher.

„Sie glauben mir nicht," sagte Paula zu Jette, und fuhr fort: „Ich verstehe Ihre Skepsis. Gestern gingen die Leute aus der Bäckerei heim, weil sie die Milliarde Mark für ein Pfund Brot nicht zahlen konnten. Das Verhängnis, dass ein ganzes Volk vor dem Verhungern steht, schreit nach einer erlösenden Tat."

„Und wer soll die vollbringen?"

„Na, dieser Himpfler natürlich," meinte Marie, und niemand außer Paula begriff, warum Rosa einen Lachanfall bekam.

„Es nimmt mittlerweile so bedrohliche Formen an, dass der Sache nicht mehr mit Ironie beizukommen ist," sagte Paula ernst, „Mussolini in Italien, Rivera in Spanien, und das Volk jubelt und schafft für den sinkenden Brotpreis seine junge Demokratie ab. – Aber das sind nur die Ansichten einer Tippse. Wobei kann ich Ihnen helfen, liebe Rosa, und Ihrer interessanten Frauenrunde?“

Und blickte angeregt in die Runde und nippte an ihrem Tee, diese Paula.

Nach Aibling!

Am 4. Dezember 1918 lernt Fritzi Max` Familie kennen. Und das kommt so: Der neue Ministerpräsident Kurt Eisner will am 4. Dezember in Bad Aibling sprechen. Mit dem neuen Präsidenten des Bauernbundes Karl Gandorfer, dem Bruder des tödlich verunglückten Ludwig Gandorfer, will er über sich, seine Regierung und seine kaum vier Wochen alte Republik aufklären, für die Räte, die sich am 8. und 9. November in ganz Bayern gebildet haben. Eisner will für die USP werben, die zu den Landtagswahlen antritt, obwohl der 12. Januar 1919 nach Eisners Ansicht viel zu früh angesetzt ist. Er weiß, dass die konservativen Kräfte besser organisiert sind und viel mehr Geld haben als die Unabhängigen mit ihren gerade mal 2000 Mitgliedern, aber er ist Idealist und will als Sieger aus den Wahlen hervor gehen – warum nicht eine Minderheitenregierung?

Das neue Lebensgefühl zieht mit Kurt Eisner, die Menschen sind nicht zu bremsen. Alle helfen dem sanften freundlichen Revolutionär, der Bayern von Krieg und Monarchie befreit hat. Wir regieren uns endlich selbst, wir Frauen entscheiden eigenständig was wir wollen, das ist das neue Gefühl, eine fröhliche rosa Wolke, auf der auch Fritzi dahin schwebt. Ein neuer Schwung, eine große Bewegung, alles wird sich ändern, vorbei die düsteren Kriegstage, vorbei die Not, es geht aufwärts, wenn auch mit knurrendem Magen.

– Da fahren wir hin, nach Oabin, da lernst du endlich meine Leut kennen, sagt Max.

Seine Leut kennt sie doch, den Egelhoferrudi und die anderen Matrosen.

Er lacht: Meine Familie! Meine Oma, die den Schinken für den Kocherlball spendiert hat! Ich bin aus Heufeld, wir fahren mit der Mangfallbahn, du musst mal raus! Wann warst du zuletzt auf dem Land?

Fritzi muss zugeben, dass sie noch nie auf dem Land war. Ein Besuch im Tierpark, als die Mutter noch lebte, und einmal sind sie mit dem Dampfer über den Starnberger See gefahren. Sie ist erst im Frühjahr 1916 von Essen nach München übersiedelt und hat sofort in der Geschützfabrik gearbeitet.

– Dann wird es aber höchste Zeit, dass du mein schönes Bayernland kennen lernst! Er sagt wirklich *mein* schönes Bayernland, ist es nicht auch ihres?

Er schaut zweifelnd. Sie ist ja nur eine Zugereiste, und in München, da waren schon immer viele Fremde.

Fremde! Fritzi lacht. Sie ist doch keine Fremde, sie hat hier Revolution gemacht, in seinem schönen Bayernland! Wo ist die Heimat der Revolutionäre? Ist das nicht die Internationale, die ganze Welt?

Der Max schließt sie mitleidig in die Arme, sie versteht nichts von der Heimat, nichts von den Bergen, nichts von dem Azur des Himmels, der die schneebedeckten Gipfel des Mangfallgebirges überspannt. Sie kann nichts wissen vom bäuerlichen Leben in dem sanften Tal mit den satten Wiesen, in dessen Frühjahrsgrün die Schlüsselblumen einen hellgelben Teppich weben, die Bäche rauschen, die Mühlen am Fluss klappern, und dem Gebirg, in dem Enziane zwischen grauem Gestein funkeln wie Saphire.

Fritzi blickt den Max an, wie er so schwärmerisch daher redet und merkt, dass ihr Leben sich in den letzten Jahren nur in einer staubigen lärmenden Halle abgespielt hat, und seit einem halben Jahr vorwiegend in einem Atelier, in dem Berge aus gemalten Kulissen bestehen. Schlüsselblumen! Enzian! Ja, wenn jetzt der Achtstundentag kommt, dann können sie mal raus, wie hätte das vorher gehen sollen?

Da kämen einige Sommerfrischler, um so mehr seit die Eisenbahn gebaut wurde, erklärt der Max, früher hätten nur die Almhirten die Schneeberge beschaut.

Fritzi lacht ihn aus. Sommerfrischler! Sommerfrische ist was für reiche Leute, wovon soll die Arbeiterfamilie Urlaub bezahlen? Wenn du weg bleibst gibts keinen Lohn, so einfach ist das.

Max winkt ab, weiß er doch alles, ihm muss sie das nicht erzählen. Er schlägt eine Landpartie vor, sie soll die Kamera nicht vergessen: Du wirst staunen! Und am Abend gehen wir zum Eisner.

Sie fahren mit der Bahn nach Bruckmühl und laufen vom Bahnhof nach Heufeld. Klirrend fällt der Tag Fritzi an, als sie aus der stickigfeuchten Luft der dritten Klasse steigt. Frostige Kälte, dreckige Schneehaufen am Straßenrand, wo ist das glitzernde Schneegebirge? Irgendwo im kalten Nebel.

Fritzi fotografiert das eintönige Weiß einer Wiese und ärgert sich, dass sie keinen Gelbfilter hat, das wird nur ein Graubild werden, uninteressant. Nein, sie wird den kostbaren Rollfilm nicht länger an Landschaftsaufnahmen verschwenden, von denen sie nichts versteht. Fritzi hängt die Box über die Schulter und spart den Film für den Abend. Sie will zum ersten Mal eine politische Versammlung dokumentieren, die Begeisterung der Menschen einfangen, gute Fotos von Eisner machen, wenn er spricht. Vielleicht lassen sie sich als Postkarten verkaufen. Beglückt spürt sie die knirschende Schneedecke unter ihren Stiefeln und die Wärme von Max, dessen Arm ihre Schulter umfasst.

Kinder rennen mit Schlitten auf einen Hang und sausen schreiend hinunter. Wie glücklich sie sind, wie unbefangen! Wenn doch Sepps Kinder mal Schlitten fahren könnten statt mühselig für jeden Groschen zu arbeiten! Die Gesichter der Kinder leuchten rot wie reife Äpfel vor Eifer und Anstrengung. Wie gelb und eingefallen sind Seppls und Liseis Wangen, die jeden Tag Wasser und Brennholz heran schaffen. Tief atmet Fritzi die kalte trockene Winterluft ein. Von der Seite betrachtet sie den Max, der schaut auf eine Art zufrieden, die sie an ihm noch nicht gesehen hat. Früher sei er auch hier Schlitten gefahren, erzählt er.

Früher, denkt Fritzi und schaut auf das blendende Weiß, früher, das heißt vor dem Krieg unter einem gierigen Kaiser, jetzt ist nach dem Krieg, nicht mehr früher, wir leben im Freistaat, und alles ist immer noch Hunger und Armut und Plackerei.

– Für einen Apfel habe ich Schnee geschippt, und Asche gestreut, oder eine Skispur für die Fremden angelegt.

Der Fremde, da ist er wieder. Wer sind die Fremden? Was ist Heimat? Der Max kommt ihr verändert vor, hier, auf dem Land.

– Sommerfrischler kann ich sie doch nicht nennen, wenn sie im Winter zum Skifahren kommen, beschwert sich der Max.

– Sind es nicht eher Gäste? fragt Fritzi und berührt vorsichtig den Schnee. Er ist nicht so eisig wie sie erwartet hat. Das Weiß zerfällt in zarte Flocken, die auf ihrer Hand schmelzen. Plötzlich trifft sie etwas am Kragen.

Der Max steht breitbeinig auf dem Weg und grinst, beugt sich nieder, und schon trifft sie wieder ein Schneeball, diesmal am Ärmel. Ha! Fritzi backt einen dicken runden Schneeball und wirft ihn ungelenk nach dem übermütigen Freund, zisch! Verfehlt, der Max kann natürlich ausweichen, und Fritzi lässt das nicht auf sich sitzen, und so beginnt eine heftige verliebte Schneeballschlacht, bis der Max um Gnade bittet, und als sie sie ihm nicht gewährt, läuft er auf sie zu, Schnee im Gesicht, und küsst sie, und die Welt ist weiß und frostig, aber sein Mund warm und gut. Hand in Hand gehen sie weiter, der Max wärmt ihre froststarren Finger auf, und Fritzi fühlt den Mann neben sich im gleichen Schritt, und sie denkt, das wär was, zu zweit durch die Welt wandern mit nichts als einem Rucksack. Da vorn an der Weggabelung knobeln wir, welchen Weg wir nehmen, und wir gehen durch Schneetreiben und Hitze, bis nach Italien, und dann aufs Schiff nach Afrika ...

Der Max bleibt plötzlich stehen.

– Sag nichts vom Krieg.

Warum sollte sie, wer redet gern vom Krieg.

– Der Vater und zwei meiner Brüder sind gefallen, schon vor vier Jahren, die Mutter schmerzt das sehr.

Gefallen, denkt Fritzi, ein schönes Wort für Hingemordetwerden. Ein Wort für Helden mit eisernem Kreuz an der Brust, nur leider tot.

Acht Geschwister waren sie, erzählt der Max. Zwei Brüder und drei Schwestern leben mit den Eltern auf dem Hof. Die Wirtschaft trägt die große Familie nicht, die Mädchen arbeiten für Salus in Bruckmühl, Heilkräuter sammeln und trocknen, das bringt ein Zubrot. Am Salushaus gehen sie gerade vorbei, zwei grüne Gebäude, dort wo früher eine Mühle gestanden hat, Wassermühlen werden nicht mehr gebraucht. Der Fluss stinkt, Fritzi rümpft die Nase, hier riechts ja wie in Giesing, dieses scharfe Gemisch aus Lederfabrik und Eisengießerei, Lärm und giftige Dämpfe. Das kann doch nicht von den Heilkräutern kommen? Ist das Bayernland schön, wenn die Flüsse stinken und die Bauern ein Zubrot brauchen? Aber sie sagt nichts, lächelt, will dem Max die Laune nicht verderben. Sie spürt: er freut sich auf Daheim, stolz ist er darauf, ihr sein Elternhaus zu zeigen.

Es ist ein Bauernhaus, und es sieht nicht so aus, wie die breiten bayrischen Höfe mit Holzbalkons auf Bildern. Keine Lüftlmalerei mit Hirschen und weißblauen Rauten, sondern schlicht, wirtschaftlich gedacht, eine hohe Scheune und Stallungen schließen sich an.

Eine Frau im Kopftuch kommt mit einem Korb aus dem Hühnerstall, schreit beim Anblick von Max Jessas! Maxl! und lässt den Korb fallen. Aus Haus und Scheune stürzen sich Menschen auf den Max, umringen ihn und reden auf ihn ein. Fritzi versteht kein Wort dieser völlig unverständlichen Sprache, die kommt mit Worten daher, die sie noch nie gehört hat und sich auch nicht erklären kann. Die Oma wird aus einem Kammerl geholt, eine zahnlose Frau mit scharfem Blick, ein alter Mann, auch irgendwie verwandt, hockt schon am Tisch und schneidet Brot. All das ist eigenartig, am eigenartigsten aber ist der Max, der in diesem Kauderwelsch antwortet, unverständliche Bemerkungen macht, die Gelächter auslösen, gönnerhaft die Frauen tätschelt, dem alten Mann auf die Schulter haut, der das Brotmesser sinken lässt und wortlos grinst. Fritzi wird zurückhaltender begrüßt, aber mit großer Neugier.

Es gibt erst eine Suppe, dann knusprig gebratene Schweinswürste mit Sauerkraut und Kartoffeln. Noch nie in ihrem Leben hat Fritzi so reichlich gegessen, und als Max' Schwester ihr zum dritten Mal den Teller füllen will, muss sie ablehnen. Sie fühlt, dass ihr Magen solche Mengen nicht vertragen kann, und sie will doch den Eisner sehen.

– Morgen ist auch noch ein Tag, sagt sie und schiebt den Teller von sich, und erntet lautes Gelächter. Die Oma strahlt: Morgen könnt aber ein Fastentag sein, Madl! Iss, solangs was gibt!

Nein, Fritzi kann nicht mehr, und sie spürt, dass auch ihr Kopf nicht mehr kann. Womöglich ist doch was dran an dem Spruch: Voller Bauch studiert nicht gern. Der Mühsam meinte, das sagen die Reichen, damit die Armen nicht soviel fressen. Aber sie merkt, dass sie vom vielen Essen träge und dumm wird, und das geht nicht, für gute Fotografien muss sie hellwach sein.

Zum Nachtisch gibt es Bayrischcreme, der kann sie nicht widerstehen. Muss hier auf dem Land niemand Hunger leiden?

Das fragt sie eine der Schwestern auf dem Weg zum Zug nach Aibling. Vorher hat die gesamte Familie ausgiebig ihre Kamera bewundert und sich vor dem Hof fotografieren lassen.

– Nix als Dotschen und Kraut haben wir letzten Winter gehabt, antwortet das Mädchen, aber wir haben Schweine, da kannst immer mal eines schwarz schlachten, und der Opa hält Hühner, so gibts immer mal ein Ei und einen Braten. Heute war ja ein Festtag weil der Max wieder da ist, da lässt sich die Mutter nicht lumpen und brät Würste, ihre Spezialität, die sind im ganzen Landkreis berühmt, die verkauft sie auch an die Fremden.

Fritzi grinst. Da sind sie wieder, diese Fremden! Die würde sie zu gern mal kennen lernen.

Das Mädchen erklärt ernsthaft, im Dezember gebe es keine Fremden, deshalb könne der Eisner im Kurhaus sprechen. Die Fremden kommen im Sommer und im Herbst zur Kur, und zerstreuen sich im Kurhaus. Die Fremden seien überhaupt ein Segen für die Region, wo es doch hier nichts gebe außer der Südchemie.

– Südchemie?

– Ja, die stellen Phosphatdünger her, seitdem wächst alles viel besser. Kostet aber auch mehr.

Jetzt versteht Fritzi den Gestank. Die Fremden kommen also zur Kur in eine Region, in der Phosphatdünger produziert wird. Da haben wir in Essen was falsch gemacht, denkt sie, wir hätten wohl auch eine Menge Fremde haben können, die auf die Schlackeberge zur Kur kommen statt zur Maloche.

Die Mutter würde gern Fremdenzimmer vermieten, das sei ein gutes Zubrot. Leider sei Heufeld zu abgelegen. Nach einigem Nachdenken fügt das Mädchen hinzu, der Eisner sei ja ebenfalls ein Fremder, auch wenn er Ministerpräsident sei.

Sie laufen nach Bruckmühl zum Bahnhof. Einträchtig gehen sie den Weg neben dem Bahndamm entlang zwischen Max' Schwestern und einigen Burschen und Mädchen aus den umliegenden Dörfern, die sich angeschlossen haben. Der Max schwankt vergnügt von einigen Krügen Bier, die er reichlich zum Essen getrunken hat. Die können kein Bier brauen im Norden, erzählt er jedem, der ihm krachend auf die Schulter haut, und dann reiben sie sich eine kräftige Prise Schnupftabak unter die Nase bis die Nasenlöcher kohlschwarz sind. Fritzi staunt ihren Max an wie ein seltenes Tier im Zoo, so hat sie ihn noch nicht erlebt, das bayrische Land hat seine eigenen Riten und Gesetze. Wenigstens trägt er seine langen Matrosenhosen, keine dieser Lederhosen die am Knie aufhören mit gestrickten Wolldingern an den Waden, denen zum Strumpf die entscheidenden Teile Ferse und Zehen fehlen. Eine Erfindung für Leute, die nicht stricken können? Fritzi hat sich immer mit der Ferse sehr schwer getan und stets wieder aufribbeln und neu beginnen müssen, so forderten es Mutter und Lehrerin. Oder weil die Wolle knapp ist?

Max hat auch seine Matrosenkappe aufbehalten und nicht gegen diesen Hut getauscht, den die meisten Männer auf dem

Kopf tragen, aus Filz mit einem Büschel am Hutband wie eine Palme. Überhaupt, hat Fritzi gemerkt, schmücken sich die Männer hier gern. An der Hose klimpert ein Gebamsel, das sie Charivari nennen, die Hosenträger sind am Steg mit einem geschnitzten Emblem verziert, bei manchen blitzt golden ein Kettchen mit Kreuz oder der Madonna am Hals. Herausgeputzt wie die Brauereigäule, und dann erwarten sie, dass die Weiber ihnen den Hof machen und nicht umgekehrt. Eigenartiger Menschenschlag. Aber nun kommen viele Arbeiter von der Südchemie, die der Max lachend mit krachenden Umarmungen begrüßt. Fritzi atmet auf, endlich Proleten mit Kappen und Arbeitshosen und Jacken aus Manchesterstoff.

Am Bahnsteig kommt ihnen eine Gruppe Männer entgegen. Sie halten sich auffallend fern und steigen im Zug in einen vorderen Wagen. Wer sind die? Die Heufelder meinen, das seien keine Roten wie sie, aber Fremde seien es auch nicht.

Auf der Suche nach dem Abort geht Fritzi den Gang im Zug entlang und hört die Männer reden. Sie versteht nicht alles, aber wie hämisch sie über Eisner herziehen, dafür braucht man kein Bayrisch zu können. Wir Proleten sind zwar international, aber der Judenhass auch, denkt Fritzi wütend, als sie die alten dummen Vorurteile hört. Sie reden nicht von Eisner sondern vom Russen Kosmanowsky und tun wunder was sie an Wahrheit herausgefunden hätten, als ob der Ministerpräsident sie persönlich betrogen hätte. Fritzi schwankt einen Augenblick, ob sie was sagen soll, aber ein Mädchen allein bei 15 Männern? Schon hat einer sie entdeckt und schreit: Das ist auch eine Rote!

Alle glotzen sie an und grinsen.

– A Hex is, meint einer.

– Jo, brennen muss sie!

Fritzi flüchtet. Brüllendes Gelächter folgt ihr.

Auf dem Abort, unter dem regelmäßigen Dröhnen der eisernen Räder, überlegt sie, warum ihr ein Gesicht bekannt erschien. Wie kann das sein? Unsinn, sie war noch nie hier, sie kennt hier keinen Menschen außer dem Max.

Als sie vom Abort kommt, hört sie noch einen Satz, der sie nachdenklich macht: Und nachher machma den Auer zum Kini!

Aber sie vergisst das Erlebnis, denn auf dem Aiblinger Bahnhof ist ein Riesengedränge. Rote Fahnen wehen: die Arbeiter aus Kolbermoor sind gekommen, darunter viele Frauen, die in der Baumwollspinnerei arbeiten. Auf dem Weg zum Kurhaus singen sie die Internationale. Kein Polizist greift ein, keiner stört, niemand verbietet, die Stimmung ist prächtig. Ganze Dörfer scheinen einig und gut gelaunt unterwegs, den neuen Ministerpräsidenten zu sehen und zu hören. Fritzi fühlt sich wohl und vergisst, dem Max von den Männern im Zug zu erzählen. Brüder zur Sonne zur Freiheit, singt sie, und und beginnt beim zweiten Mal mit Schwestern, zur Sonne zur Freiheit, was ihr sofort alle Arbeiterinnen lachend nachsingen. Fritzi ist überrascht. Sie hatte erwartet, dass Eisner es schwer haben würde bei diesen Traditionalisten, die immer noch von von ihrem Märchenkönig Ludwig schwärmen. Nein, hier in Aibling wird der „Fremde" mit Hymnen der Arbeiterbewegung und im Kurhaus mit Hurrarufen empfangen.

Eisner ist nicht allein gekommen: er hat Kulturminister Hoffmann von der SPD und Gandorfer mitgebracht. Kluge Überlegung, denkt Fritzi, der Bauernverband gilt hier was. Beim Blick in den Saal kommen ihr allerdings Zweifel, ob überhaupt ein einziger Landwirt anwesend ist. Vielleicht kennt Eisner sich in Bayern nicht so gut aus? Gandorfer beginnt zu sprechen, und während er über Genossenschaften und Sozialisierung und Modernisierung der Landwirtschaft spricht, fallen Fritzi zwei Männer am Rande des Podiums auf. Einer von ihnen ist der Maulheld aus der Bahn, der Auer zum König machen will. Das muss sie dem Max unbedingt sagen. Sie zupft ihn am Ärmel, aber er drückt ihr einen herzhaften Schmatzer auf und hat dann sofort etwas mit seinem Vordermann zu besprechen. Na gut, vielleicht ist es nicht so wichtig, warum soll Eisner diese Zweifler belehren, dass er nicht Koslowsky oder Kosmanowsy ist. Er tut diesem Land gut, er hat Frieden geschaffen und wird ihn bewahren, er hat den sozialistischen Freistaat ausgerufen und wird ihn ausbauen.

Nach Gandorfer spricht Hoffmann, und für einen Sozialdemokraten spricht er fast revolutionär. Er verteidigt die Schulreform, erklärt, warum Kirche und staatliche Ausbildung getrennt werden müssen, und schließt mit dem markanten Ausspruch: „In Bayerns Schulen werden niemals wieder Kreuze in den Klassenzimmern hängen!“

Jo Kruzifix, murmelt einer neben Fritzi.

Endlich betritt Eisner unter minutenlangem Applaus die Bühne. Der Mann vorn links an der Bühne hat nun einen

Nebenmann in Uniform, aber es ist keiner der roten Soldaten sondern ein Leutnant, wie Fritzi erkennt, und es gefällt ihr ganz und gar nicht, wie dicht diese beiden Männer vor Eisner stehen. Warum? Aus Sympathie jedenfalls nicht. Was haben sie vor? Wieder zupft sie den Max am Ärmel und weist auf die Männer.

Max sieht von den Männern zu ihr und zieht fragend die Schultern hoch. Fritzi will ihm erklären, was sie im Zug gehört hat, aber er legt den Finger auf den Mund. Es ist still geworden im Saal. Gebannt lauschen die Menschen ihrem neuen Ministerpräsidenten. Er spricht über Parlamentarismus und Räte, dass nicht nur die Soldaten und die Arbeiter, sondern auch die Bauern und die Frauen Räte haben sollen, die ihre Interessen vertreten, spricht von Demokratie statt Kadavergehorsam.

– Der Krieg ist befohlen von einem Fürsten, der Friede wird organisiert vom Volke! ruft Eisner aus, und die Leute rufen „Sehr richtig" und applaudieren. Und da es eine Wahlrede ist, preist er seine Erfolge: statt der Wittelsbacher Herrschaft mit Standesprivilegien gebe es nun eine demokratische Verfassung, der 8-Stunden-Tag sei durchgesetzt, das Frauenwahlrecht ebenfalls, es herrsche Glaubens- und Meinungsfreiheit, die Armee sei demokratisiert. Eisner fordert Betriebsräte für die Arbeiter, die sie schützen statt sie der Willkür auszuliefern. Er fordert einen Völkerbund: Der Krieg aller gegen alle soll endigen in der gemeinsamen Friedensarbeit der Verfeindeten, derer, die sich gegenseitig mordeten und ihre Länder vernichteten. Das mag man Idealismus, man mag das Ideologie nennen, aber die grausamste aller Ideologien war die

Ideologie des Krieges und den Militarismus. Diese Ideologie hat sich als Wahnsinn und Verbrechen erwiesen!

Bravo, schreit Fritzi, und der Max pfeift anerkennend durch die Finger.

– Das Zeitalter der Barbarei ist vorüber, das Menschenalter der Humanität beginnt!

Es scheint, als ziehe bei Eisners Worten ein Leuchten durch den Saal. Fritzi fotografiert, aber sie ist viel zu weit hinten. Nichts gelingt.

Eisner hat gerade geendet und zur Diskussion aufgefordert, da springt der Leutnant von links auf die Bühne und plärrt: Salomon Kosmanowsky – vulgo Kurt Eisner – hat gesprochen! Was er verheimlichte: dass er vom Geld der Bolschewiki bestochen ist, dass er ein Angehöriger der jüdischen Rasse ist, in deren Händen der internationale Großkapitalismus liegt, der schuld ist an unserem Unglück ...

Er kommt nicht weiter. Falls er noch etwas sagt, geht es im wilden Tumult unter, im Protest gegen diesen antisemitischen Schmäh, Lügen, die hier kein Mensch hören will.

Fritzi hat Angst um Eisner, der die Bühne nicht verlassen hat, sondern interessiert zusieht, wie der Leutnant durch die Menge gezerrt wird. Sie versucht, das Geschehen zu fotografieren, aber im allgemeinen Tumult rempelt jemand sie heftig an. Da packt sie die kostbare Kamera ins Futteral und hält sich an Max fest, der wie die anderen aufgesprungen ist und seine Empörung herausschreit. Ein großer kräftiger Mensch packt den Leutnant beim Kragen und setzt ihn vor die Tür. Es ist der Schmied, wie sie später erfährt, und die Tat des starken Mannes war gut gemeint, verschafft dem Leutnant aber Gelegenheit zur Flucht.

Später gelingt es Fritzi, Felix Fechenbach zu treffen. Sie kennt ihn von den Treffen der Achtzehner im Goldenen Anker. Er ist jetzt Eisners Sekretär und stets an seiner Seite, und so kann Fritzi Eisner mit Gandorfer und Hoffmann auf der Terrasse des Aiblinger Kurhauses ablichten und erfährt von Fechenbach, dass Leute der völkischen Bewegung offenbar vorhatten, Eisner zu entführen.

– Entführen, wiederholt Fritzi fassungslos.

– Ja, in die Berge, danach wollten sie Auer zum Ministerpräsidenten erklären, sagt Fechenbach, ein gewisser Glauer lebt hier in Aibling. Er nennt sich Sebottendorf und ist Vorstand der Thulegesellschaft. Er kam nicht durch die Menschenmenge und musste hinten im Saal bleiben. Daher haben wir nichts unternommen. Eisner findet, gerade seine Gegner sollten ihm zuhören, damit sie etwas lernen. Antisemiten haben meist nur Vorurteile, meint Eisner. Wenn sie Juden erst einmal kennen gelernt haben, denken sie anders.

Max findet das zu idealistisch: Stell dir vor, sie hätten ihn erschossen!

Felix schüttelt lächelnd den Kopf. Das geschieht gewiss nicht, dafür ist Eisner viel zu beliebt! Komm doch mal zum Sonntagstreff nach Hadern!

– Du meinst zu Eisner? In seine Villa?

Felix lacht: Villa! – Das ist ein offenes Haus, und die Sonntagstreffen sind so lebendig wie unsere Montagabende im Goldenen Anker.

Und da darf ein Prolet wie sie hin?

Gerade die Proleten, sagt Fechenbach.

Ehrfürchtig verspricht Fritzi, zu kommen.

– Aber noch vor Weihnachten! Versprochen!

Felix zieht lachend ab.

Eine Maß müssen sie trinken auf den Schreck, und so ziehen Max und Fritzi mit den Schwestern und einigen Kolbermoorer Genossen ins nächste Wirtshaus, wo es hoch hergeht. Dass Max' Freundin Eisners Sekretär Fechenbach persönlich kennt, verschafft ihr Respekt und viele Fragen, und so erzählt sie von der Montagsrunde der Achtzehner im Goldenen Anker.

– Wir durften sprechen wie wir wollten, keine Meinung war zu dumm, um ungesagt zu bleiben, der Eisner ist durch und durch Demokrat, dem gehts nicht darum, seine Meinung durchzusetzen, der will wirklich die Demokratie.

Spät in der Nacht ziehen sie die Bahngleise entlang nach Heufeld. Längst ist die letzte Bahn gefahren, der Mond bescheint die Strecke. Silbern glänzt der Stahl der Gleise, vertrocknete Gräser und kahle Sträucher säumen die Strecke. Sie sind still geworden, Max hat seinen Arm um Fritzi gelegt und drückt sie fest an sich. So ganz gerade geht er nicht mehr, aber auch sie ist berauscht und stolpert glücklich durch die frostige Nachtluft.

Auf dem Hof herrscht tiefe Stille. Die Schwestern zeigen Fritzi ihr Kammerl unter dem Dach. Sie haben das Bett gerichtet, das Waschgeschirr gefüllt und ein frisches Handtuch bereit gelegt. Sogar Tannenzweige stehen in einem Krug auf dem Tisch und erfüllen die kleine Dachstube mit herzhaftem Duft. Fritzi ist gerührt und wünscht allen eine gute Nacht.

Aber kaum sind die Schwestern hinunter gegangen, drückt sich der Max mit glänzenden Augen hinein und umarmt sie, küsst sie, nennt sie mein rotes Reh, und will unbedingt mit ihr auf dieses schmale Bett.

Fritzi hat große Lust auf den Max, aber nicht hier. Was sollen die Schwestern von ihr denken? Überhaupt die ganze Familie, die so freundlich zu ihr ist? Sie kann doch nicht unter deren Dach ...

– Es schickt sich nicht, Max, murmelt sie an seinem Ohr, aber der lacht und macht sich an ihrem Kleid zu schaffen.

Das will Fritzi nun erst recht nicht und schiebt seine Hand liebevoll aber energisch fort. Wieder küsst er sie, er nimmt das wohl nicht ernst?

– Nein, Max, sagt sie laut und deutlich. Er schiebt sie ein wenig von sich und versucht, ihren Gesichtsausdruck zu raten. Im Dunkeln ist dies nicht gut möglich, spürt er so etwas wie Schüchternheit? Bei seiner beherzten Fritzi? Die gilt es zu überwinden, und wieder ist er sehr zärtlich zu ihr, während er ihr unter den Rock greift und ihn hochschiebt.

Nun wird es Fritzi zu viel.

– Ich hab dich lieb, Max, flüstert sie, aber ...

– Und ich dich erst, komm, werd meine Frau, murmelt der Max, und dabei schnauft er und stöhnt, dass sie es mit der Angst bekommt.

– Aber nicht hier! sagt sie und zieht sich den Rock hinunter, und als er wieder nicht hören will, schlägt sie ihm leicht auf die Hand. Erschrocken hält er inne.

– Wasn los, aber das will er nicht wirklich wissen, und greift nach ihr, aber sie stößt ihn fort, und er fällt aufs Bett, er ist wirklich berauscht, denkt sie, und hilft ihm wieder auf. Das will er nun gar nicht, er will, dass sie sich neben ihn legt, aber das will Fritzi auf keinen Fall.

– Nein, nicht hier Max, murmelt sie, da hat er sie schon zu sich hinunter gezogen, er ist stark, und nun umschlingt er sie, dass sie beinahe keine Luft mehr bekommt, nein Max! Steh auf!

Unwillig erhebt er sich, aber nur, um sich die Hose auszuziehen, nun wird es Fritzi zu bunt. Sie öffnet die Tür weit, geht zurück und schubst den Max, der an seinen Hosenknöpfen herumnestelt, zur Tür. Das passt ihm zwar nicht, aber nun hat er die Hose offen, nun fällt sie ihm zu den Knien, er stolpert, Fritzi hilft blitzschnell mit einem Schubser nach, und schon findet sich der Max mit heruntergelassener Hose vor der Tür, mit einem Ruck ist die Kammer von innen verriegelt.

Fritzi lehnt sich mit dem Rücken an die Tür und atmet tief durch. Draußen greint der Max, sie solle ihn einlassen. Fritzi steigt das Blut ins Gesicht bei dem Gedanken, dass jeder im Haus aufwachen wird, wie peinlich! Sie wird nie wieder herkommen dürfen. Ach Max, warum tust du mir das an, denkt sie, nun fließen auch noch die Tränen, verflixt, hätte sie doch nicht immer an seinem Krug mitgesüppelt, hätte sie besser eine Limonade getrunken, sie weiß doch wie es beim Vater ausging, wenn er zu viel schnapselte und sie im Dunkel mit der Mutter verwechselte. Fritzi weint, traurig und verzweifelt ist sie, der Max wird nichts mehr mit ihr zu tun haben wollen, weil sie ihn nicht rangelassen hat, aber sie kann das nicht, nicht hier, bei seiner Familie neben den Kammern der Schwestern. Sie hat das Gefühl, das ganze Haus liegt wach und lauscht mit angehaltenem Atem ins Dunkel wie die Sache mit dem Max und seinem liederlichen Mädel weiter geht.

Sie lässt den Max klopfen und plärren und zetern und geht zum Waschtisch, gießt Wasser in die Schüssel, wäscht sich sorgsam die Tränen vom Gesicht und putzt sich die Zähne. Und als draußen endlich Ruhe ist, zieht sie sich aus, legt sich im Hemd aufs Bett und deckt sich zum ersten Mal in ihrem Leben mit einem dicken Federplumeau zu. Behaglich seufzt sie unter der Wärme, und da erinnert sie sich an den Mann im Zug: der Meyer. Es war der Meyer.

Sie hat ihn nicht gleich erkannt, weil er seinen Bart abrasiert hat. Der Meyer von der USP ist zu den Völkischen übergelaufen? Da hat die Selma ja recht gehabt. Und mit dem Gedanken, dass sie dies Hetti unbedingt sagen muss, schläft sie endlich ein. Dabei hat sie den Mann, der hinter ihr neben Rudolf Glauer stand, nicht gesehen. Ein Mann mit einer Narbe im Gesicht. Aber er hat sie gesehen, und er sinnt auf Rache an dieser rothaarigen Hexe, die seine Pläne zum zweiten Mal durchkreuzt hat.

Der Morgen beginnt mit den Hühnern. Fritzi wird von Pferdewiehern geweckt, fährt in die Höhe mit dem Gedanken, dass sie vergessen hat, den Gustl zu füttern, und stößt sich den Kopf am Balken. Au, nun ist sie wach. Es ist noch dunkel, aber überall hört sie Geschäftigkeit. Kühe grollen dumpf, Ketten rasseln, Hunde bellen, etwas scheppert über den Hof, und das grässliche Geschrei kommt offenbar von einem Schwein – wird es geschlachtet oder ist es nur hungrig?

Fritzi, schnell gewaschen und angezogen, darf sich in der Küche Malzkaffee eingießen und Marmeladenbrot essen. Den Max sieht sie nicht, der schläft wohl noch, und das ist auch besser so, wie soll sie ihm in die Augen sehen?

Sie darf den Hühnern einstreuen, frisches Wasser in die Tränke schütten, und die Eier einsammeln. Dabei beobachtet sie der zahnlose Großvater, der eilt auf flinken krummen Beinen mal hierhin, mal dorthin, um ihr einen Korb zu geben, und ein Tuch, die Eier abzuwischen, zeigt ihr die Holzkiste, in der das Hühnerfutter verwahrt wird, mäusesicher, murmelt er, und den Eimer mit den Abfällen vom Vortag, die sie den Hühnern hinwerfen soll. Und, endlich versteht sie ihn mal, sie solle ihn Vada nennen. Die Hühner glubschen sie mit schräg nach oben gelegtem Kopf misstrauisch an und picken erst, als sie den Stall verlassen hat.

Das Frühstück – das Marmeladenbrot war nur das Vorfrühstück – ist so reichhaltig, dass Fritzi sich ihre Kinder her wünscht – hat sie „ihre“ Kinder gedacht, Blödsinn, natürlich Sepps Kinder, damit sie sich mal richtig satt essen. Zum Abschied bekommt Fritzi drei Eier, sorgfältig in einem Körbchen verstaut. Sie solle es beim nächsten Mal wieder mitbringen, übersetzt Max, der etwas verschlafen und verlegen an ihr vorbei schaut.

Fritzi betrachtet die bräunlichen Eier, welche Kostbarkeit. Sie sind fünf, die Kinder, der Sepp und sie, und wenn sie es mit viel Wasser verklebbert, dann könnte es als armseliges Rührei für alle reichen – ach, das ist der Grund, weshalb der Sepp lieber einen Sack Kartoffeln oder Kohlköpfe kauft, Genüsse wie Eier machen nur lange Zähne und keiner wird richtig satt. Da ist der Gedanke schon, er schießt aus Fritzi heraus: sie danke auch recht schön, aber ob sie statt der Eier vielleicht das Huhn haben könne?

Der Max staunt stumm, seine Mutter steht wie erstarrt, die Schwestern, die schon Lebewohl gesagt haben und zu Salus gehen wollen, bleiben an der Tür stehen und starren Fritzi an, die sich in Sekunden wie ein Hühnerdieb fühlt. Verdammt, sie ist eben ein Prolet und hat kein Benehmen. Sie stammelt eine Entschuldigung, aber in diesem Augenblick lacht der alte Mann auf, es klingt, als sei sein Lachen eingerostet. Hat er seit Jahren nicht gelacht? Alle starren so entsetzt und besorgt auf ihn, als ob er einen Herzinfarkt hat.

Aber der Vada ist sehr vergnügt, haut auf den Tisch und bringt einen klaren Satz raus, den Fritzi versteht: sie sei ein gescheites Madl, ob sie eigentlich wisse, was sie fordere?

Fritzi spürt, wie sie rot anläuft, was sie hasst, schaut auf die Spitzen ihrer neuen Schnürstiefel, um das zu verbergen, und verwünscht sich, dass ihr wieder mal so was rausgerutscht ist, du musst dich besser kontrollieren, Friederike.

Ob sie Marxistin sei, will der Vada wissen, und plötzlich versteht sie ihn klar und deutlich, bayrisch oder nicht. Sie habe

Marx nicht gelesen, müsse sie ehrlich sagen, aber Sozialistin sei sie schon, und sie habe begonnen, August Bebel zu lesen.

Sie habe nicht das Produkt sondern das Produktionsmittel gefordert, gluckst der Alte vergnügt, das gefalle ihm, und was sie mit dem Huhn tun wolle.

– Das Huhn, also die Kinder, stottert Fritzi, wenn das Huhn die Eier in München im Hof lege, dann habe sie genug für die Kinder, sie sei nämlich Kostgängerin, und den Kleinen gehe es viel schlechter als den Landkindern.

– Komm! sagt der Vada, und hinkt voran in den Hühnerstall, deutet mit seinem Stock erst auf ein großes hellbraunes Huhn und dann auf eines mit einem schwarzen Kopf, die solle sie haben, erklärt er kategorisch gegen den schwachen Protest der Hausfrau, die hinter ihnen her geeilt ist und etwas von den besten Legehennen murmelt. Der Max solle die beiden einfangen und in einen Korb packen, und dabei grinst er Fritzi so freundschaftlich an, dass sein zahnloser rosa Oberkiefer zu sehen ist, und stößt sie mit dem Stock in die Seite, Produktionsmittel, hat der alte Gandorfer selig gesagt, wir müssen uns in den Besitz der Produktionsmittel bringen, ein Dorf ist eine Genossenschaft, keine Ansammlung von Konkurrenzunternehmen, und Fritzi lacht und versteht jedes Wort und fragt, ob er den blinden Gandorfer noch gekannt hat. Und weil der Max im Hühnerstall ein entsetzliches Spektakel anrichtet unter kreischenden flatternden Hühnern und einem feige flüchtenden Hahn, gehen sie hinaus, und der Vada erzählt von Ludwig Gandorfer, mit dem Kurt Eisner Arm in Arm durch München ging, für alle ein sichtbares

Zeichen, wie ein bayrischer Bauer und ein Berliner Intellektueller sich verbünden. Ein feiner Mann sei das gewesen, der habe eine Farm in Afrika gehabt, und sei immer gut zu seinen Leuten gewesen, großzügig zu jedermann. Ein Jammer, mit Blindheit geschlagen. Der Eisner, wie der sei. Fritzi gerät ins Schwärmen und erzählt von Eisners Rede in Aibling, vom freien Wahlrecht für Frauen, von den Räten als Schule der Demokratie. Vada schaut kritisch. Der Eisner sei ja nun ein Fremder, er kenne ihn nicht, aber wenn der Bruder vom Gandorfer an seiner Seite sei, dann sei er sicher nicht verkehrt, auch wenn er fremd sei.

– Der ist nicht verkehrt, meint Fritzi, fremd, was bedeute das schon, sie sei auch fremd hier, und ihr Urgroßvater sei auch fremd gewesen, als er von Polen nach Essen gekommen sei. Was sei schon Heimat.

Soso. Der Vada betrachtet das Mädchen mitleidig. Seine Familie lebt seit Jahrhunderten im Mangfalltal.

– Aber deine Familie muss auch von irgendwo gekommen sein, immer ist einer aufgebrochen, der neugieriger war als die vor ihm, meint Fritzi.

– Missernten hats geben, und Glaubenskriege, da mussten die Menschen fort.

– Und haben eine neue Heimat gefunden.

– Neubürger, so wurden sie genannt, deshalb gibts immer ein Altkirchen und ein Neukirchen.

So stehen sie am Holzzaun, der alte Mann und das rothaarige Mädchen, und philosophieren über das Fremde. Als

Fritzi mit dem Hühnerkorb Richtung Bahnhof geht, ist sie keine Fremde mehr. Und der Vada hat eine neue Freundin. Und als der Max im Zug verlegen fragt, ob sie ihm noch gut sei, und sie mit feuchten Augen unter verstruwwelten Haaren anschaut, da lacht sie und küsst ihn auf den Mund, dass es ihn ordentlich durchzuckt bis in die Zehen. Und die Hühner gackern leise in ihrem Korb.

Herr Hoffmann

Fritzi fotografiert. Die Fotografie in der Stadt ist ihr neues Lebensgefühl. Dokumentation heißt die Aufgabe, die sie sich selbst gestellt hat. Laufen, hinsehen, beobachten, das Leben ist frei. Keine Militärparaden, keine Kleidervorschriften, keine Zensur. Keine Offiziersuniformen, kein Grußzwang, kein zackiges Gehabe, kein Ordensgeprotze. Kein Ausweichen vor feinen Damen, die, Dienstmädchen mit Körben im Gefolge, den Bürgersteig entlang segeln. Der Bürgersteig ist zum Gehsteig geworden. Noch schöner: zum Trottoir. Arbeiter mit Kappen auf der Straße, manche haben sich auch einen Bürgerhut geleistet, Lachen, Treffen, Verbrüderungsszenen von Matrosen mit Soldaten, die Arm in Arm durch die Straßen ziehen, nicht immer nüchtern. Die Straße gehört uns, denkt Fritzi, und entlässt lachend die Matrosen, die für sie vor der Feldherrnhalle posiert haben. Aber sie bestehen darauf, der frechen Rothaarigen beim Verkäufer mit dem Holzfass auf dem Handwagen eine Fassbrause zu spendieren. Also stehen sie eine Weile beieinander, wir haben lange kein Fräulein wie Sie gesehen, Fräulein, gehen Sie mit uns ins Kino, wollen wir tanzen gehen, Fräulein, aber Fritzi vertröstet sie. Es zieht sie weiter durch diese Stadt, die jetzt ihr gehört, mit diesem Leben, an dem sie Anteil hat, vor dem sie sich nicht mehr verstecken muss in Peters alten grauen verdreckten Arbeitshosen. Sie hat sie gewaschen, gebügelt, auf ihre schmale Taille zugenäht, in jedes Bein ein Stoffdreieck eingefügt und an den Schlag eine Borte aus dem ererbten Bestand der Mama genäht: ohne die hässlichen Gamaschen ist diese Hose ein unglaublich bequemes Kleidungsstück, wie eine Matrosenhose. Dazu sieht das knappe Trachtenjäckchen, das Max' Schwester ihr gestrickt hat, geradezu unerhört aus. Auch die alten grauen Röcke haben Fritzi und Jette sich gekürzt, wie sie es auf den Fotos der Modejournale sehen, die an den Kiosken aushängen. Die enden jetzt über dem Knöchel und schwingen beim Laufen frei um die Knie, aber statt feiner Schnallenschuhchen zeigen Jette und Fritzi derbe Schnürstiefel. Der Sozialismus erschafft seine eigene Mode, Proletenmode, denkt Fritzi vergnügt, wenn sie mit Jette und Max und Rudi unterwegs ist zu einem ihrer Lieblingsorte. Jeden Tag ist eine politische Versammlung, sie rennen vom Wagnerbräu ins Münchner Kindl, vom Kolosseum ins Schwabingerbräu und wieder zurück in den Mathäser, und zwischendurch ins Gewerkschaftshaus, erholen sich in einem der aus dem Boden schießenden Vorstadtbrettl oder bei Kathi Kobus, oder gehen in den Kinematographen, den sie zu Kino abkürzen, alles ist frisch, frei, fröhlich, und nicht mehr fromm sondern frech.

Es gibt immer wieder Leute, denen das nicht passt. Dämchen, die sich geniert vor Fritzi wegdrücken, epaulettenlose Offiziere, die sie herausfordernd anblicken, Bürger im Bratenrock, die sie herrisch angiften, sie solle sich nach Hause an den Herd scheren, eine Replik, die sie pariert, ob der Herr ihr einen Herd kaufen wolle, sie habe leider keinen. Dem fällt das Monokel aus dem Auge, verdorbene Jugend, vergnügungssüchtig und regellos, lachend hüpft sie davon, keine der bourgeoisen Regeln gilt mehr, der Unter sticht den Ober. Oder eine feine Dame, die demonstrativ die Nase rümpft. Und selbst dieses Naserümpfen – klick, ist es im Kasten, die Dame erhält eine Visitenkarte, ob sie will oder nicht. Telefonisch beschwert sie sich bei der Chefin. Emma Uibeleisen entschuldigt sich und lädt die Dame zu einem kostenlosen Porträt ein, ihre Mitarbeiterin sei nicht bösartig, nur etwas übereifrig, die jungen Leute schießen in der neuen Zeit ein wenig übers Ziel hinaus. Neue Zeit, aus dem Hörer klingt verächtliches Gelächter, das sei wahrhaftig eine neue Zeit, in der die Juden die wahren Herrscher seien. Fritzi sieht, wie Emma rot anläuft, aber die Contenance bewahrt. Die erstklassige fotografische Qualität des Atelier Elvira werde der Dame gefallen, auch ohne Voranmeldung bittesehr, auf Wiederhören.

Emma Uibeleisen hält Fritzi einen Vortrag über Persönlichkeitsrechte und Geschäftsschädigung.

So geht das nicht, schließt sie, wir führen seit über zwei Jahrzehnten das angesehene Atelier Elvira! Die Zeiten sind schwer, ohne die Kundschaft vom königlichen Hof haben wir hohe Einbußen, wir sind nun auf die gutsituierten Bürger angewiesen. Du brauchst doch dein Elevengehalt!

Fritzi nickt beschämt.

– Wenn du privat fotografierst, ist das deine Angelegenheit, Friederike. Dabei erwarte ich professionelles Verhalten. Probiere dich in Landschaftsaufnahmen, wenn du aus dem Atelier hinaus willst. Ein Fotoapparat ist keine Waffe!

Fritzi entschuldigt sich viele Male. Es wird nie wieder vorkommen. Innerlich ist sie erschüttert vom Hass dieser Dame. Was hat die gegen die Juden? Wieso Judenherrschaft? Die infamen Gerüchte gegen Eisner, er heiße nicht Eisner sondern Koslowski oder Kosmanowski und sei aus Galizien, verfestigen sich, gesteuert von den Alldeutschen, und finden offenbar bei diesen Bürgern Gehör. Dabei weiß doch jeder, dass Eisner aus Berlin ist, aber antipreussisch eingestellt, und ja, er ist jüdisch, Sonja war auch jüdisch, na und?

Ich hab mich hinreißen lassen, die Chefin hat völlig recht, denkt Fritzi, ich hab meine Kamera als Waffe benutzt. Ich wollte einer hochnäsigen Dame, vor der ich im Oktober noch knicksen musste, den Spiegel vorhalten: so hässlich sieht die Bourgeoisie aus, wenn sie ihre Privilegien verloren hat. Da sind die feinen Kleider nur noch leere Hülle. Schadenfreude ist einer Revolutionärin unwürdig, Fritzi schämt sich.

Als sie das Bild entwickelt, ist klar, warum ihr das Vorhaben auch technisch nicht gelungen ist. Die verwischte böse Fratze sagt nichts aus. Jede pompös inszenierte Aufnahme im Atelier erzählt mehr über fein gekleidete, in Wahrheit aber sehr unfeine Damen als Fritzis fotografischer

Angriff. Ich will die Wahrheit zeigen, meine Zeit dokumentieren, die Errungenschaften der Revolution darstellen, denkt Fritzi, was interessieren mich die Karikaturen, die sind besiegt und bedeutungslos.

Bei einem Streifzug im englischen Garten spricht sie ein Herr an. Nach der Erfahrung mit der Frau ist Fritzi tief erschrocken und entschuldigt sich sofort, sie habe nicht ihn fotografiert, sondern die Landschaft. Der Herr lächelt fein, lehnt sich gegen einen Baum, die Hand auf dem Knauf seines feinen schmalen Spazierstöckchens und fragt Fritzi, ob sie ihn fotografieren wolle. Sie weiß nicht so recht, was sie sagen soll. Ist das ein Auftrag? Oder ein Witz? Unschlüssig blickt sie erst auf ihren Belichtungsmesser, dann durch den Sucher, beobachtet den Herrn. Er sieht gut aus, ist nicht sehr groß, aber schlank, sie schätzt ihn etwa zehn Jahre älter als sie. Seine blonden Haare sind nicht militärisch kurz, sondern lässig nach der neuesten Mode geschnitten, und der Schnäuzer, der seine Oberlippe ziert, ist keiner dieser bayrischen Ungetüme, die den gesamten Mund überwachsen, sondern ein keckes Schnurrbärtchen nach französischer Art. Er trägt keinen Vatermörder sondern einen offenen Hemdkragen mit lässig umgebundener breiter Krawatte, wie Schauspieler sie tragen. Ist er ein Künstler?

Sie zögert, dann fasst sie sich ein Herz und bittet den Herrn zu dem großen Baum in der Mitte der Wiese. Das Licht sei hier nicht vorteilhaft, sie könne sein Gesicht nicht markant herausbringen.

Der Mann lässt unternehmungslustig sein Stöckchen kreiseln, überquert schwungvoll die Wiese und lehnt sich an den Stamm der alten Buche. Aber Fritzi ist noch nicht zufrieden. Das Licht ist nun wunderschön, aber durch die kahlen Zweige wirft die Sonne Schatten auf sein Gesicht. Sie stellt das Stativ um und bittet ihn, einen Schritt nach vorn zu kommen, er tänzelt herum, das gefällt ihr. Ob er auf Zuruf die Bewegung einfrieren könne? Er lächelt zuvorkommend, das bekommt er doch hin. Und so machen sie eine kleine Fotoserie. Fritzi freut sich über ihr gut aussehendes Modell, warnt aber: er möge bitte nicht enttäuscht sein, das Ergebnis sei mit einer Atelieraufnahme nicht zu vergleichen.

– Sind Sie Studentin der Photographie-Anstalt?

Fritzi errötet, wie immer, wenn sie das Gefühl hat, über ihrem Stand eingestuft zu werden. Sie reicht ihm die Karte vom Atelier Elvira, sie sei nur Elevin, keine Studentin. Aber der gutaussehende Mann ist voll des Lobes für die Elevinnenausbildung, die sei viel praxisnäher als das Studium, und das Atelier Elvira! Respekt! Eine Adresse, eine Institution! Er sei bei seinem Vater in die Lehre gegangen. Er zieht eine Visitenkarte aus der Sakkotasche: Heinrich Hoffmann, Photograph.

Will er sich über sie lustig machen?

Keineswegs, er suche Hilfe in diesen aufregenden Zeiten. Landschaftsaufnahmen, das nehme er ihr nicht ab. Sie könne mit Menschen, das spüre er. Ständig geschehe Neues in der Stadt, aufregende Zeiten, in denen sie lebten, nicht wahr? Ob er das Fräulein Kollegin auf einen Kaffee in die Hirschau einladen dürfe? Nur ein halbes Stündchen?

Sie sitzen fast zwei Stunden beisammen und fachsimpeln. Heinrich Hoffmann hat vieles begonnen, hat auch schon ein Antiquitätengeschäft betrieben, aber seine Leidenschaft gehört der Fotografie, sie müsse ihn unbedingt in seinem Atelier in der Schellingstraße besuchen. In dieser Stadt gebe es ja leider seit der Schließung der „Illustrierten Zeitung" keine Möglichkeit mehr zu veröffentlichen, aber Berlin zeige allmählich Interesse am politischen Geschehen in Bayern, davon habe Berlin ja bisher keinen Dunst gehabt, nicht wahr? Fritzi stimmt begeistert zu, spricht von ihrer Verehrung für Eisner, die sozialistische Demokratie, das neue Lebensgefühl, über das Frauenwahlrecht. Sie klopft auf das schöne braune Lederfutteral der Box und sagt: ein Geschenk von Anita Augspurg.

Tatsächlich, Hoffmanns Blick ruht respektvoll auf der Kamera. Oder sieht sie für Sekunden ein spöttisches Lächeln um seine Lippen spielen? Ach nein, das hat sie sich eingebildet, der Mann lächelt wie einer, der weiß was er will.

– In der Fotoreportage liegt die Zukunft, sagt er, der Film, gut, aber wir werden immer Zeitungen haben, und die Leute haben diese Bleiwüsten satt, sie wollen in Gesichter blicken, Ereignisse im Bild sehen, wollen überprüfen, ob der Bericht der Wahrheit entspricht, und wie können sie das besser als beim Blick auf authentische Fotografien?

– Die fotografische Wahrheit, sagt Fritzi, mit roten Wangen vor Eifer. Wie Hoffmann ihr aus der Seele spricht! Wie langweilig ist die Atelierfotografie, wie verlogen die Staffage, wie grässlich altmodisch die Samtvorhänge, die gemalten Landschaften, die Rokoko-Möbelchen ...

– Nymphenburger Plüsch, meint Hoffmann, und Fritzi lacht befreit. Sie fühlt sich verstanden.

Er verdamme die Porträtfotografie nicht pauschal, meint Hoffmann, Porträts von Politikern seien sehr aussagekräftig. Fritzi spricht begeistert von Germaine Krull, die ihre Porträts von Eisner als Postkarten heraus gebracht hat. Wunderbare Fotografien seien das, wie Gemälde, die Weisheit Eisners sei so großartig dargestellt ...

Hoffmann winkt ab: schöne Porträts, ja, aber völlig falsch. Ein durchgeistigter Philosoph, mag ja sein, dass Eisner ein Philosoph ist, aber er ist Politiker, nicht wahr, Revolutionär, ein Führer! Von einem Führer sollte man solche Porträts nicht machen, dem folgen die Leute nicht!

So hat Fritzi das noch nie betrachtet. Hoffmann erläutert, wie er die Führer fotografieren will, nein, korrigiert er sich: wie man sie fotografieren muss, damit die Massen ihnen folgen! Er will das Gegenteil von diesen Königsfotos: behängt mit Krönungsmantel, Orden, Zepter, Krone und weiteres Lametta ...

Fritzi lacht laut heraus. Dem Kaffee ist eine Maß und eine Brotzeit gefolgt. Sie ist gesättigt, fühlt sich wohl, leicht berauscht. Wie gut es tut, mit einem Kollegen zu plaudern!

Der Fotograf muss die Führer als Führerpersönlichkeiten darstellen, erklärt Hoffmann ernst, dazu brauche es das Atelier mit perfektem Licht und eine gute Bildregie. Vertrauen müssen die Menschen bekommen in die Führer, sie müssen ihnen Auge in Auge gegenüber stehen. Ob sie die Postkarte vom Bürgermeister Eduard Schmidt kenne, das sei eine Aufnahme von ihm. Ja, Fritzi kennt das Bild des würdigen älteren Herrn mit weißen Haaren und grauer Barttracht.

– Den hab ich vor der Aufnahme nicht nur zum Barbier geschickt, sondern bin mitgegangen, lacht Hoffmann. Ich habe gesagt so und so muss es geschnitten und frisiert sein, dieser Mann führt seine Stadt in schwierigen Zeiten, und die Bürger sollen ihm vertrauen! Gerader Blick, in dem Entschiedenheit liegt, verstehen Sie, Fräulein Novacki? Keine wirren Haare, die den Blick verdecken! Das ist die neue Kunst – Sie glauben gar nicht, wie wichtig das sein wird, wenn wir unsere Führer erhalten wollen! Den König mussten wir ertragen in guten wie in schlechten Zeiten, diese hier wählen wir ab, wenn sie nichts taugen!

– Wählen wir ab! wiederholt Fritzi begeistert, weg mit ihnen, das imperative Mandat fällt ihr wieder ein, die Frauen sind die Kraft der Zukunft. Wie wird Hoffmann die Führerinnen fotografieren?

– Sie meinen, die gewählten Abgeordneten?

– Genau die.

Hoffmann zündet sich eine Zigarette an und blickt Fritzi nachdenklich an. Schließlich sagt er: Soll ich Ihnen etwas gestehen?

Warum nicht? Fritzi blickt fragend.

– Da kommen Sie ins Spiel, Fräulein Kollegin: ich habe keine Ahnung.

Was? Dieser weltgewandte Mann hat von etwas keine Ahnung?

– Politisch betrachtet sind die Frauen bisher nur als Königinnen oder Prinzessinnen gemalt und fotografiert worden. Haben sich in puncto Lametta nur in der Menge des Schmucks und der pompösen Frisuren unterschieden. Und nun?

Lametta, Plüsch, diese Schnoddrigkeiten bringen Fritzi zum Lachen. Hoffmann ist ein origineller Kollege.

– Ist es nicht dasselbe wie bei den Männern? Müssen nicht gerade die Führerinnen vertrauenerweckend dargestellt werden? Schließlich sind sie keine Schauspielerinnen!

Von Schauspielerinnen könne man eine Menge lernen, sie wüssten stets, in welcher Rolle sie sich präsentierten, meint Hoffmann, jeder nehme der Rosa Poppe die Medea ab.

Fritzi weiß nicht so recht. Sie kennt Medea nicht, aber die Schauspielerinnen im Atelier Elvira posieren stets in ihren eigenen Kostümen, die sie mitbringen. Ihre Posen wählen sie ebenfalls selbst, aber ob sie diese auch auf der Bühne einnehmen?

Sicher nicht, pflichtet Hoffmann ihr bei, fotografische Posen sind auf der Bühne langweilig. Er fordert sie auf, die zukünftigen Politikerinnen abzulichten.

Fritzi bekommt vor Schreck einen Schluckauf.

Aber Hoffmann fixiert sie aus intensiven blauen Augen: Fotografieren Sie für mich! Politikerinnen, das revolutionäre Geschehen, Alltag der Menschen! Die Straße!

Ja, die Straße, Hoffmann denkt wie sie. Gut, er ist ein Mann, ein feiner Herr dazu, er hat sicher niemals das Gefühl gehabt, dass die Straße nicht ihm gehört ...

Doch, hat er. Er sei kein hochrangiger Soldat gewesen, wie lange hat die Straße nur Offi zieren und Generälen gehört! Dieses ständige Salutieren! Und wenn man es mal vergaß ...

Fritzi nickt. Das kann einem armen Soldaten mehrere Wochen Haft einbringen, dem Egelhoferrudi ist das passiert. Er hatte mal nicht gegrüßt, einfach vergessen im zivilen Leben, und das hatte ihm Haft wegen Verweigerung der Ehrenbezeugung eingetragen.

Sie kommen überein, dass Fritzi das Tagesgeschehen fotografiert. Postkarten sind schnell gedruckt, die Leute kaufen sie in Ermangelung illustrierter Zeitungen gern.

– Ich kann nicht überall sein, muss es aber, um eine Presseagentur zu betreiben, erklärt Hoffmann. Unterstützen Sie mich! Ich zahle gut, und wenn mir Ihre Sachen gefallen, stelle ich Ihnen für wichtige Ereignisse eine Pressekamera.

Fritzis Augen leuchten wie ihre Haare in der Herbstsonne, als sie die Hirschau verlässt. Eine Pressekamera! Die beste professionelle Kamera die es gibt! Vielleicht wird es was mit der Fotoreporterin ... Fritzi! Du hast nicht einmal das erste Lehrjahr beendet!

Aber ich freu mich so sehr, verteidigt sich Fritzi vor ihren überschäumenden Gefühlen. Sie freut sich auf die Zusammenarbeit mit diesem schillernden Menschen, den sie ungemein anziehend und dessen Ideen sie modern findet.

Die blaue Blume

So aufregend ist dieser Winter, Fritzi kommt kaum von der Straße. Sie rennt mit ihrer Kamera von Versammlung zu Versammlung, von der „Weibergang" zur USP mit Max, von da zu den Kommunisten, wo sie Jette und Rudi treffen, und zu Mühsams revolutionären Internationalisten, wo sie mit Hilde diskutieren. Sie gehen ins bizarre Vorstadtbrettl zu Karl Valentin und Liesl Karlstadt, und Fritzi ist stolz, dass sie den Valentin versteht, wenn auch der Max viel häufiger lacht als sie. Dann zupft sie ihn am Ärmel, und er flüstert eine Übersetzung. Auch den Glaspalast besuchen sie, sogar ins Odeon trauen sie sich selbstbewusst und ignorieren die gerümpften Nasen der feinen Bürger.

Sie sind dabei, als Eisner im neuen Nationaltheater, das früher Königliches Theater hieß, die Republik feiert, sie gehen tanzen in Schwabing, und wenn sie sich in Hauseingängen küssen und umarmen, haben sie diese heftige Sehnsucht nach einander, die in der Heufelder Kammer nicht gestillt wurde. Jeden Abend kehrt Fritzi nach Giesing ins kleine Haus auf der unteren Grasstraße zurück, kocht Abendessen aus dem, was der Sepp ergattern konnte, füttert die Hühner mit erbettelten Resten, sammelt die Eier und brät am Sonntag Eierkuchen für alle. Wenn der Sepp nach dem Abendessen in der Küche seine Pfeife stopft, zieht sie los.

Es gibt so viel zu entdecken, die Nacht ist nicht zum Schlafen da, sie gehört den Revolutionären, den Liebenden, den freien Künstlern, die endlich ohne Zensur spielen, singen, zeigen können, was sie wollen. In Kathi Kobus' Hinterzimmer liest Oskar Maria Graf Gedichte, eine Frau mit violetten Strümpfen setzt sich große weiße Hüte aus Papier auf und deklamiert seltsame Laute. Sie sagt, es seien Gedichte von Emmy Hennings.

Der Egelhoferrudi fühlt sich so angestachelt, dass er urkomische Balladen über besoffene Matrosen und feige Offiziere singt, von Jette am Akkordeon begleitet: Hinter der Front tat er so groß und erhaben / Vorn konnten wir uns an seiner Feigheit laben. / Jetzt stolziert er in Deutschland umher. / Erzählt von seinen Taten gar manche Mär / Oh! Deutschland was hast Du Großes vollbracht / dass Du solchen Menschen zum Offizier gemacht, singt der Egelhoferrudi, und bei jedem „Oh" quietscht Jettes Akkordeon schmerzlich, und sie schreien alle „Oh", der Rudi muss die Ballade von der Schlacht bei Ipern noch mal und noch mal singen, und sie kommen aus dem Lachen nicht raus.

Später gehen sie tanzen, bis sie umfallen, und am frühen Morgen fällt Fritzi auf dem Dachboden zwischen den Kindern auf ihr Lager und schläft, bis der Wecker sie aus dem Tiefschlaf ins Atelier Elvira ruft.

An einem Abend küsst sie das Gretel zur Nacht und erschrickt über die heiße Stirn: Du hast ja Fieber, Gretel!

Die Dreijährige ist völlig apathisch. Seit wann hat sie Fieber? Lisei hat nichts gemerkt, Girgl auch nicht, und der Sepp ist noch nicht zurück, er hat eine gut bezahlte Extrafuhre.

Fritzi macht dem Mädchen Wadenwickel und legt auch einen kalten Umschlag auf die Stirn. Aber es wird nicht besser, das Kind deliriert, um Himmels Willen! Und der Sepp kommt noch immer nicht zurück. Sie sagt der schläfrigen Lisei Bescheid, packt das Kind in eine Decke und rennt die Holzstiege am Drumberg hinunter zum Dr. Schollenbruch auf die Humboldstraße, inständig hoffend, dass der Arzt da sein möge und nicht im Krankenhaus oder in einer Sitzung des Arbeiterrates, wo er neuerdings als Gesundheitsberater zuständig ist. Und er ist da, schaut das Gretel nur kurz an und sagt: die Grippe, bindet sich sofort einen Mundschutz vor und flößt dem Kind ein fiebersenkendes Medikament ein. Dann zeigt er Fritzi, wie sie den Mundschutz anlegen muss: wie viele seid ihr daheim? Seine Tochter sucht vier genähte weiße Mundschutzbinden heraus: Die muss jeder tragen, der sich der Kleinen nähert, sonst bekommt ihr alle die Grippe, und die kann tödlich verlaufen. Fritzi erschrickt. Die spanische Grippe, sie hat davon gehört.

– Gehört! Nur Unsinn vermutlich, grantelt Schollenbruch, diese Influenza hat mit Spanien so viel zu tun wie ein Schuhplattler! Und wir haben kein Medikament dagegen!

Fritzi starrt den Armenarzt entsetzt an: muss Gretel sterben?

– Nein, nicht wenn ihr vernünftig seid in euer Familie. Er stutzt: Wir kennen uns doch?

Fritzi erinnert ihn an den vergifteten kleinen Theo.

– Die Sonja Lerch! stöhnt der Arzt, und er hat die Polizei nicht informiert.

Fritzi erinnert daran, dass sie ihn gebeten habe, das nicht zu tun: Erst wenn wir ein wirklich gerechtes Revolutionstribunal haben, bringen wir den Mörder vors Gericht.

– Wenn wir ihn finden, meint Schollenbruch skeptisch, wahrscheinlich ist er längst in Russland. – Und er fährt fort, die Vorsichtsmaßnahmen zu erklären: Fieber senken und kräftigen, Wadenwickel und Holundertee. Sie müssen dringend dafür sorgen, dass keiner sich dem Kind ohne Mundschutz nähert. Wir sind alle von diesem Krieg gezeichnet, einen so entsetzlichen technisierten Krieg hatten wir noch nie. Der Mensch ist ein soziales Wesen, er kann nur in der Gruppe überleben. Es schwächt seine Kräfte, wenn er zu widernatürlichem Kampf gegeneinander aufgehetzt wird. Und bisher ist jedem widernatürlichen Kampf eine Seuche gefolgt. Als die Grippe mit den Amerikanern Europa erreichte, merkten wir das viel zu spät, und wie hätten wir an der Front die Ausbreitung verhindern können?

– Dazu hätte es Frieden gebraucht, meint Fritzi.

– Richtig, Frieden und Aufklärung. Die Kriegszensur verbot die Berichterstattung über die todbringende Seuche, um die Soldaten und die sogenannte Heimatfront nicht zu demoralisieren. Auch jetzt will niemand etwas von der Seuche wissen. Dabei hat die Influenza schon jetzt so viele Tote gefordert hat wie der Krieg.

Fritzi schaut hilflos auf das blasse Gretel, das mit geschlossenen Augen da liegt. Was kann sie nur tun?

– Aufpäppeln, sagt Schollenbruch, kochen Sie Knochen aus, geben Sie ihr die Brühe, Haferschleim, wenn es geht, reiben Sie einen Apfel ...

Er sieht Fritzis fassungsloses Gesicht und seufzt. Woher soll die junge Frau Brühe und Obst nehmen, sie hat vermutlich seit zwei Jahren nur Kohl und Dotschen gegessen, Kartoffeln sind ein Festmahl. Er selbst hat als Student bitterlichen Hunger gelitten. Vielleicht kennt sie Bauern, bei denen sie etwas organisieren kann?

Fritzis Miene hellt sich auf. Sie wird mit Max nach Heufeld fahren und um Äpfel bitten.

Als sie aus der Praxis in die Dunkelheit tritt, hört sie ein wohlbekanntes röchelndes Wiehern. Vor Erleichterung weint sie, und der Sepp weint auch. Er streichelt seine kleine Tochter, packt sie fest in die Decke, Tränen laufen ihm die stoppeligen Wangen hinunter. Er macht sich bittere Vorwürfe, dass er nichts gemerkt hat. Fritzi tröstet ihn: das Fieber kommt so schnell, er habe das kaum merken können.

Im Haus packen sie das Gretel nicht oben in ihr Bett zu den anderen, sondern auf die Küchenbank. Natürlich schläft keiner, erst kommt die Lisei herunter, dann der Girgl. Alle legen den Mundschutz an, betrachten sich und müssen trotz der ernsten Situation lachen. Eine Nachtgespensterfamilie, meint der Girgl, und die nächsten Wochen vergehen auch geisterhaft.

Abwechselnd wechseln alle die kalten Umschläge, sitzen bei der kleinen Gretel und flössen ihr Brühe ein, die Fritzi aus Knochen kocht. Der Sepp hat sie beim Hohenwart-Wirt erbettelt, oder besser: erhandelt. Der Wirt müsse doch allzumal in die Grube fahren eines Tages, und auf den Sepp könne er sich verlassen. Als der Mann wütend aufbegehren will, schiebt seine Frau ihn zur Seite, winkt den Sepp in die Küche und füllt den Henkelmann auf. Er könne jeden Tag kommen, es gehe ja um die Kinder, nicht wahr? So habe sie das Gefühl, nützlich zu sein, wo doch ihre Söhne im Krieg gefallen sind.

Der Sepp will sie umarmen, aber er denkt an Schollenbruchs eindringliche Warnung, bringt unter Tränen ein Vergeltsgott heraus, und so vergehen die Wochen.

Am Morgen rennt sie mit Mundschutz ins Atelier, am Abend rennt Fritzi nach Hause, kocht, kümmert sich um die Kinder. Keine Nacht weicht sie von Gretels Bett, Ende mit Politik, Tanzen, Amüsement. Max fährt nach Heufeld und holt Hafer, Winteräpfel und Gläser mit Kompott. Nicht mal einen Dankeskuss darf Fritzi ihm geben.

Das kleine Mädchen liegt schwach mit fieberglänzenden, unnatürlich großen Augen auf der Bank und will eine Geschichte hören.

– Ein Märchen, Fritzi!

Ein Märchen. Fritzi kennt keine Märchen, woher sollen Proleten Märchen kennen, da kommen doch nur Prinzessinnen drin vor?

Das Gretel nickt: Und Könige! Und Feen!

Fritzi bürstet die wirren Haare der Kleinen und blickt in der Küche herum. Was soll sie ihr erzählen? Ihr Blick fällt auf das blauweiße Leintuch an der Spüle.

– Siehst du das Tuch, das wir jeden Tag benutzen, Gretelchen? fragt sie, es war nicht immer ein Tuch, es ist aus Leinen gemacht.

– Was ist Leinen?

– Ein Blümchen, Gretel. Es war einmal eine Leinblume, die wuchs auf einem Feld mit vielen anderen Leinblumen. Die Bäuerin hatte sie gesät, und der Bauer ging jeden Tag aufs Feld und hackte und wässerte den Boden, damit die kleinen Pflänzchen kräftig heranwachsen konnten. Die Leinblumen wuchsen heran, und als der Juni kam, erblühte das Feld blau. Es war ein herrliches Blau, es bedeckte den kahlen Hang wie ein prächtiges Kleid, und jeder, der vorüber kam, blieb stehen und bewunderte das Leinfeld. Die Bienen flogen an und befruchteten die blauen Blüten, damit sich aus ihnen Fruchtkapseln entwickelten.

Aber da war eine Leinblume am Rand des Feldes, die wollte ihre blaue Blüte behalten. Es war ihr zu Kopf gestiegen, wie die Menschen sie bewunderten, und sie wollte eine blaue Blume bleiben.

– Keine Fruchtkapsel? krächzt das kranke Mädchen.

– Keine Fruchtkapsel, aus der man Öl presst. Auch ihren schlanken Stiel wollte sie nicht hergeben. Andere hatten ihr erzählt, dass sie mit den Wurzeln ausgerissen und gebrochen wurde, um zu Flachs zu werden, und das wollte die kleine blaue Blume auf keinen Fall. Sie ruckte und zuckte hin und her, verscheuchte die Bienen, die auf ihr landen wollten, bis sie ihre Würzelchen aus der lockeren Erde ziehen konnte und auf ihnen vom Feld weg an den Waldrand wackelte. Dort war es schattig, und die kleine Blume ließ eine Blüte nach der anderen in wunderschönem Blau erstrahlen. Sie sah, wie die anderen Blumen grüne Fruchtkapseln bildeten, wie sie braun und trocken wurden. Schaudernd beobachtete sie, wie Bauer und Bäuerin den Blumen die Köpfe abschnitten, sie in Körbe warfen und davon trugen. Aus dem lichten blauen Feld war ein Acker voller hässlicher trockener brauner Stängel geworden.

– Warum will die das nicht?

– Sie wollte immer schön und blau bleiben, unsere kleine blaue Blume. Aber der Herbst kam, und Bauer und Bäuerin rissen nun auch die Stängel mit Wurzeln aus dem Boden, brachten sie auf die Tenne und legten sie auf die Flachsbreche, um die Fasern zu gewinnen, aus denen Tuch gewebt werden sollte.

– Und die kleine blaue Blume?

– Die kleine blaue Blume fror. Der Herbst war gekommen, und die Nächte wurden kalt. Im Schatten des Waldes, der sie im Sommer vor der Sonne geschützt hatte, wurde es frostig. Die Bäume bereiteten sich auf den Winter vor und warfen ihre Blätter ab. Die Tiere verkrochen sich in Höhlen. Das Gras vertrocknete. Nur die kleine Blume stand am Waldrand und blühte noch immer in wunderschönem lichten Blau.

– Friert die?

– Ja, sie fror, wie du, wenn du ohne Mütze rausgehst. Da kam ein Dichter des Weges, der war unglücklich.

– Warum war er unglücklich?

– Er hatte ein Gedicht im Kopf und hatte den ersten Vers vergessen. Ein Gedicht ist aber ohne ersten Vers nichts wert, und so überlegte der Dichter und überlegte, aber der Vers wollte und wollte ihm nicht einfallen. Da ging er in den Wald, aber auch die Bäume verrieten ihm den ersten Vers nicht.

– Wussten die Bäume den ersten Vers?

– Nein, ich glaube nicht. Das Laub raschelte unter den Schuhen des Dichters und flüsterte, aber der Dichter verstand die Sprache des Laubes nicht. Da kam er an den Waldrand, erblickte die blaue Blume, und da fiel ihm sein Vers plötzlich ein. Er beugte sich nieder und sprach mit der Blume – Dichter sprechen auch mit Blumen, weißt du, Gretel! Also, er sprach zu der Blume, ganz ergriffen: Du blaue Blume, ich habe dich gefunden. Alle Dichter suchen nach dir, und du hast zu mir gesprochen.

Aber die kleine Leinblume zitterte in der Kälte, und der Dichter grub sie behutsam aus, wickelte sie in sein Taschentuch und pflanzte sie zuhause in einen Topf.

– Und dann?

– Dort blühte sie den ganzen Winter und sah dem Dichter beim Dichten zu. Als ihre letzte Blüte abgefallen war, schnitt der Dichter ihren Stiel zurück, und als der Frühling mit Gebrause über das Land fegte und den Winterschnee davon jagte, und die Bäume aus ihren dicken braunen Knospen die ersten grünen Blätter hervor trieben, da reckte und streckte sich die kleine Leinblume in ihrem Topf und trieb eine Knospe hervor, und bald darauf blühte sie, und sie wuchs hoch und höher und schöner als im Vorjahr, und der Dichter sah, dass ihre Wurzeln mehr Platz brauchten.

– Du willst wohl aufs Feld und mit deinen schönen Freundinnen im Wind tanzen? fragte er, und die Blume nickte sehnsüchtig mit ihren grünen Knospen. Da grub sie der Dichter am Feldrande ein. Und vielleicht wurde aus ihr ein kräftiger Faden, der sich durch unser Tuch zieht.

Das Gretel lächelt, streckt sich und schließt die Augen. Fritzi streicht dem Mädchen sanft übers Haar und zieht die Decke fest um den abgemagerten kleinen Körper. In den letzten Wochen häufen sich die Gerüchte um die spanische Grippe, Tausende sollen daran gestorben sein. Ob das Gretel wieder gesund wird?

Fotoalbum

Eine Frau zwischen zwölf Kindern vor einem Haus in München-Giesing, ein Kleinkind auf dem Arm.

Eingeklebter Text (Abschrift, masch.schriftl.) Walburga S., 32, Stellmacherwitwe

Ja, des samma mir. Das Fräulein Novacki hat es gut gemeint mit ihrer Fotografie, aber erschrocken war ich doch. Sie wollte auch nicht, dass ich sie Fräulein nenne, sie meint, sie wär zwar Fotografin aber Prolet wie wir. Dabei sind wir keine Proleten, wir sind Handwerker und arme Leut, immer schon gewesen, in Giasing haben nie reiche Leut gelebt, nicht einmal der Klerus war reich. Mir hamma nur die armen Schulschwestern von der Au.

Also das Fräulein Novacki – der Sepp, mein Nachbar, sagte immer „Fräulein Prolet" – die wollte uns fotografieren, nach dem Unglück. Ich hab die Kleinen so nett hergerichtet für die Fotografie wie ich konnte, und so standen wir dann vor unserem Haus, in dem auch die Werkstatt war: die Zenzl, meine älteste, in der neuen Schürze und den Schnürstiefeln, die so teuer waren. Die Liesl, meine zweitälteste, hat die beiden kleinen Madln an die Hand genommen, die kann am besten mit den Schwestern. Die sind so eigenwillig, da fehlt mir die Kraft, mir rutscht schon mal die Hand aus, aber die Liesl meint, lass mich das machen Mama, und ihr folgen sie und gehen brav als erste ins Bett, denn wenn die Buben hinein kommen, müssen die Madln schon schlafen, sonst gibts Radau. Nur die vier kleinen Buben müssen noch hinein ins Bett, der Große schläft am Herd in der Küche mit dem Loisl, der ist zehn und hat immer noch keine Schuhe. Dafür hat er für die Fotografie keck sein Hütl aufgesetzt, das er auf der Dult bekommen hat fürs Aufbauen, und das geschnitzte Stöckl in die Hand genommen, und die Krawatte vom Vater hat er sich gebunden, die er zur Kommunion anhatte. Ich habs nicht mit der Kirche, aber Taufe und Kommunion, das muss sein, weil der Herr Pfarrer so freundlich ist zu die Kindlein, und die Kommunionsstunden sind mit Suppe, da spar ich immer eine Mahlzeit, das macht bei zwölfen schon was aus. Na, der Sepp sieht dem Loisl sein Hütl und besteht auf seinem Halstuch, reißts der Kleinen weg, die es sich als Schürze umgebunden hatte, es gibt ein Riesengeschrei. Dafür fehlt mir die Kraft. Da könnt ich mich nur hinhocken und heulen. Früher wär ich dazwischen gegangen und hätt der Kleinen das Tuch gelassen fürs Foto, sie hätte es dem Sepp ja später zurück gegeben. Aber seit der Kleine da ist, und meine Milch nicht reicht und der ständig schreit, und krank war er auch, und ich hab doch kein Geld für den Doktor, und der Mann nach dem Unglück, das Begräbnis war auch nicht umsonst, obwohl alle zusammen gelegt haben, da kann ich kaum noch, da bin ich oft am Verzweifeln. Aber das Fräulein Novacki zieht eine Schleife heraus und bindet der Kleinen eine schöne Haarschleife, dass sie so liab ausschaut mit ihrem blonden Haar, und dann habe ich ihr die Nase geputzt und die Tränen weg gewischt, und alle noch einmal gekämmt, und das Fräulein hat mir die Haare gerichtet, und wir haben uns aufgestellt für das Fräulein Novacki, in unseren feinen Sachen und alles so schön vor unserem Häusl.

Später brachte mir das Fräulein die Fotografie, sogar im Rahmen, und da muss ich jetzt noch heulen, wenn ich sie anschau. So sehma mir also aus, mir arme Leut, selbst wenn wir uns fein herausgeputzt haben: sechse von zehnen barfuß, der Loisl mit dem Hütl schaut wie ein verdorbener Vorstadtstenz, wie ein Kind für die Besserungsanstalt, und die Madln so verdruckt, und ich schau so bös drein, und dass der Kleine auf meinem Arm sein schönes Gewand aus gestreiftem Leinen anhat, das sieht keiner. Da stehen wir vor unserem Häusl, unser ganzer Stolz, aber die Fotografie zeigt wie schiach es ist, der Schaden über der Tür, die Risse im Putz, die schlechten Holzlatten, mit denen der Schuppen gedeckt ist weil für Schindeln kein Geld war, die Waschzuber vor der Tür, der Schlamm und die Bretter, über die wir ins Haus gehen, wenn es geregnet hat. Sie Fräulein, das hättens mir aber sagen müssen, an dem Tag war doch schönes Wetter, da hätts die Bretter nicht braucht, sag ich, aber das Fräulein Novacki meint nur, das sei halt wie es sei, und dass sie keine Lügenfotos machen tät. Lügenfotos, damit war das Fräulein sehr streng, die wollte die Wahrheit an Licht bringen, auch die Wahrheit über die Revolution.

Da musste ich noch mehr heulen, denn das Schild oben am First, über uns, das hatte sie ja auch fotografiert: F. Stürzl, Wagnermeister, stand da in der schönen Schrift vom Egelhoferfritz, der war ja Schildermaler gewesen und hat solche Schilder gemalt, bis es wegen der modernen Drucktechnik nichts mehr eingebracht hat, da ist er in Haar in der Anstalt Irrenwärter geworden. Wer hätte gedacht, dass sein Sohn der Rudi einmal Stadtkommandant von München wird, der arme Mann, die hatten auch sechs Kinder da heraußen in Schwabing, und den Rudi ham die Weißen am Odeonsplatz ermordet, und bestohlen haben sie ihn auch, und keine Entschädigung kriegen die Egelhofers nicht, wir auch nicht, das hätts unter Eisner nicht gegeben.

Die Wahrheit über die Revolution ist, dass es danach ungerechter zugeht als je zuvor, ich möcht nicht sagen wie unterm König, denn da gabs noch kein Wahlrecht, nun können wir ja die wählen die uns Gerechtigkeit versprechen, aber ob sie ihr Versprechen halten? Sie vergessens, wenn sie gewählt sind, das dürfen sie, wir haben ja keinen Arbeiterrat mehr, nur ein Parlament. Den Ferdl meinen Mann haben sie aus dem Haus gezerrt und an die Wand gestellt, das waren Württembergische, die kannten Giasing nicht, die hatten kein Erbarmen, die haben halb Giasing niedergemacht, gegrölt haben sie und besoffen warn sie, und dann sind sie verschwunden. Und wenn einer sagt, das war Mord, die gehören vor Gericht, dann merkst du, dass das Recht auch jetzt noch nicht, auch im Freistaat nicht, bei die arme Leut ist. Mia hamma gehört, dass die Mörder 5000 Mark Belohnung bekommen haben, als sie den Egelhoferrudi gefunden haben, der hatte sich versteckt nach dem verlorenen Kampf um Dachau, und ich sag dem Fräulein Novacki: das Recht wird nie auf unserer Seite sein. Da bekam das Fräulein ganz traurige Augen und meinte, ich solle nicht verzweifeln, der Sozialismus werde siegen, und ich sag: welcher Sozialismus? Der von die Hakenkreuzler?

Streit mit Max

Der Max ist sauer, weil er Fritzi seit Wochen nicht sieht. Sie geraten in Streit.

– Das ist doch deine Heimat, sagt Max verächtlich mit Blick auf das schäbige Vorstadthaus mit den schiefen Wänden, und deine Familie.

– Familie?

Max lacht nur ironisch auf. Du hast ja ne Familie, da, das sind doch deine Kinder, die Schratzn von nem Leichenscharrer.

– Das ist kein Leichenscharrer, schreit Fritzi, red nicht so geschert! Das ist ein liebevoller Vater! Das sind nicht meine Kinder, das weißt du ganz genau, aber ich bin froh, dass ich mich um die kümmern kann, überhaupt sollten sich alle um alle Kinder kümmern, das wär richtig.

– Schon klar, deine Art von Kommunismus, du weißt ja nicht was Liebe ist. Schultert sein Gewehr und geht.

Fritzi steht, blickt auf seinen Rücken, die schmalen Hüften, die breiten Schultern, die langen Beine, den schlaksigen Gang, zornig und unendlich traurig zugleich. Sie spürt, wie sich das Gretel an ihren Rock schmiegt. Gretel, das sie gerettet hat, wochenlang gepflegt, bis sie die Grippe überstanden hatte, was ist daran falsch? Was kann einen Mann daran eifersüchtig machen? Sie will ihm hinterher laufen, ihm sagen, dass sie nur ihn liebt, ihren Max, den bayrischen Matrosen, nur ihn will sie, keinen anderen.

Der Max geht mit ausgestellten Knien, das Gewehr über der Schulter, und denkt unglücklich, dass er sich da keinen schönen Abgang gebaut hat. Aber er kann nicht zurück, ein Mann ein Wort. Die liebt ja nicht ihn, die Fritzi, die hat sich diese fremde Familie angeliebt, und ihre Weibergang, die hat keine Zeit für ihn, die liebt ihn nicht. Etwas in ihm sagt, dass das nicht stimmt, dass er seine Fritzi liebt, weil sie ein wildes Mädchen ist, kein braves Hausfrauchen, aber ein Mann muss zu seinem Wort stehen, und so legt er noch mehr Seemannswiegen in seinen Schritt, denn das macht den Gang männlich und lässig, verlangsamt ihn aber zugleich, gibt ihr eine Chance, er spürt, dass sie ihm nachschaut. Wenn sie jetzt käme, seinen Namen riefe, sich an ihn schmiegte, er würde sie nicht abweisen, er würde sie in die Arme schließen und küssen. Wiegen, Schlenker, Schlaks, sie kommt nicht.

Fritzi steht unschlüssig, schon setzt sie den Fuß, um ihm nachzueilen, da hört sie das Gespann heran rollen. Sie wendet sich um. Mit gespitzten Ohren sieht ihr der Gaul entgegen und röchelt erwartungsvoll. Auf dem Bock sitzt der Sepp, mager, griesgrämig, Pfeife im Maul, schäbiger schwarzer Rock. Das soll ihre Liebe sein? Auf den ist der Max eifersüchtig? Fritzi sieht dem großen Schlaks hinterher. Denkt dieser Segers etwa, dass sie ihm hinterher rennt? Hält er sich für so großartig, dieses bayrische Mannsbild im Matrosenanzug mit seinem Charivarigedöns und Gewehr?

Das Gretel zupft an ihr.

– Ach lass mich doch, wehrt Fritzi mürrisch ab, geht ins Haus, ohne den Sepp anzusehen, sie weiß, gleich wird er grinsen, dann irgendwas Spöttisches sagen zur Begrüßung, sie wills nicht hören, ihn nicht sehen, diesen Hungerleider mit seinem schäbigen Klepper, nichts wie Ärger bringen die Männer. Hängt die Schürze an den Haken, zieht die Jacke an, fährt sich flüchtig mit dem Kamm durch die wilde rote Mähne und geht ins Atelier.

Der Sepp denkt aber nichts Spöttisches, er sieht nur die zuckenden Mundwinkel seiner Tochter, springt vom Bock und nimmt sie schnell auf den Arm, bevor sie losbrüllt. Und während er seiner Tochter die Haare streichelt und dem Seemann nachschaut, denkt er, die erste Liebe ist alles andere als rosarot, sie ist verteufelt schwierig.

Eine Villa in Hadern

An einem Sonntag fährt Fritzi hinaus nach Hadern. Felix Fechenbach hat dafür gesorgt, dass sie zu einem Sonntagstreffen bei Eisners kommen darf. Sie will den Ministerpräsidenten um Beistand bitten bei ihrer Suche nach Sonjas Mörder.

Mit klopfendem Herzen steigt sie aus der Tram und geht in die Gartenstadt zur Lindenallee 8. In dieser vornehmen Villa wohnt der Sozialist Eisner! Das ist was anderes als das enge Giesing mit seinen winzigen Häusern und den feuchten Herbergen am Mühlbach mit schäbigen Holzschuppen.

Die weiß verputzte Villa liegt in einem Garten mit alten Bäumen und Blumenbeeten. Ein Weg führt zur Eingangstür, die von zwei Säulen flankiert ist. Auf ihr Klingeln rennt ein fröhliches Mädchen raus und öffnet das Gartentor: Ruth, die neunjährige Tochter von Eisner und Else. Die ältere Tochter Ilse kommt mit heißem Wasser aus der Küche, nickt Fritzi zu und füllt einen silbern glänzenden Samowar, der im Salon auf einem kleinen Tisch steht. Fritzi bekommt eine Tasse Tee, Ilse geht zu ihrem Verlobten Hans Unterleitner, der an einem großen Tisch neben Fechenbach sitzt, und stellt eine Tasse Tee vor ihn hin. Dabei streicht sie ihm zärtlich über die dunklen Haare. Unterleitner war am Januarstreik beteiligt und sollte eigentlich Eisners Innenminister werden. Mit Rücksicht auf die SPD wurde dies nun leider Erhard Auer, der Vorsitzende der SPD, und Hans muss sich mit dem Posten des Ministers für soziale Fürsorge begnügen. Fritzi versteht nicht, warum Eisner Sozialdemokraten zu Ministern macht, die als Kriegsbefürworter seine erklärten Gegner waren. Vor allem Auer sabotiert Eisner wo er nur kann, in Eisner sieht der konservative Sozialdemokrat seinen erklärten Feind, der ihn am 7. November hintergangen hat. Felix Fechenbach erklärt ihr, Eisner handele nach den Maxime: wen du nicht besiegen kannst, mit dem verbünde dich. Aber Eisner hat die Mehrheitler doch besiegt, denkt Fritzi, er braucht keine Gegner in den eigenen Reihen.

Stühle werden in einem Halbkreis aufgestellt, Eisner setzt sich ans Klavier und spielt. Else begleitet ihn auf der Violine, ein Sonntagskonzert, das ist ja eine schöne Abwechslung zu all den Debatten. Dann hält Gustav Landauer, ein unglaublich gescheiter Mensch, der kürzlich Bildungsminister geworden ist, einen Vortrag. Die schönen Mädchen in weißen Kleidern, die mit Ruth spielen, sind offenbar seine Töchter.

Fritzi hat bei den Achtzehnern im Goldenen Anker viele Vorträge gehört, aber dieser Shakespeare, über den Landauer spricht, sagt ihr absolut nichts, und der belesene Mann findet kein Ende. Wie soll sie ihr Anliegen an Eisner heran bringen? Aber Eisner setzt sich nach Landauers Vortrag neben Fritzi an den Tisch. Sie erzählt ihm von ihren Gefängnisbesuchen bei Sonja Lerch. Zur Außenministerin hätte er sie gemacht, erklärt Eisner, und bedauert, dass Sonja keinen längeren Atem hatte.

– Sie hat eine Revolution angefacht, und dann ist sie an diesem feigen Ehemann zerbrochen, der Sonja im entscheidenden Augenblick ihres Lebens verraten hat.

Fritzi widerspricht. Lerch war nicht treu, hat Sonja feige verleugnet und unglücklich gemacht, aber ermordet hat er sie nicht.

– Ich kenne Sonjas Mörder, ich will ihn vor ein gerechtes Revolutionsgericht stellen, erklärt Fritzi.

Über seinen Kneifer blickt Eisner sie aus seinen schönen Augen erstaunt an: Sonja hat sich erhängt, wir können nichts für sie tun außer ihr ein ehrendes Andenken zu bewahren.

Fritzi erzählt vom Schokoladenmann, wie der unbekannte Russe ihr die vergiftete Schokolade für Sonja gab, wie sie ihn am 1. Mai auf dem Gang mit Polizeipräsident Poehner beobachtet hatte. Ist er mit Poehners Hilfe in Stadelheim eingedrungen und hat Sonja ermordet?

Plötzlich lacht Eisner auf: Das sind Verschwörungstheorien, Fräulein Novacki! Was denken Sie, was die Leute mir alles anhängen! Ich sei ein russischer Jude und heiße in Wahrheit Koslowski! Kein Buchstabe ist wahr an diesem Blödsinn! – Nein, Sonja hat sich erhängt, kein Zweifel! Aus Trauer über die Untreue ihres Mannes, den sie sehr geliebt hat. Aus Verzweiflung über seinen schändlichen Verrat. Er hat sie ja kein einziges Mal im Gefängnis besucht.

Fritzi will wissen, was eine Verschwörungstheorie ist. Eisner bemerkt den Unterschied zwischen dem jungen, erwachsenen Gesicht und der mangelnden Bildung der jungen Frau. Mangelnde Bildung begünstigt Verschwörungstheorien. Die junge Frau ist nicht dumm, sie wird lernen und ihren Verstand schulen, damit sie wahre Erkenntnisse von verbreiteten Lügenmärchen unterscheiden kann. Kant und Marx bilden dafür ein gutes Denkgerüst. Schade, dass er für die Fortbildungen der Jugend an den Montagabenden keine Zeit mehr hat, er erstickt in Arbeit. Gustav Landauer wird als Bildungsminister die Seelen umbilden. Für diesen Freistaat muss seit der französischen Revolution aber auch alles neu erfunden werden, nicht einmal von der russischen Revolution kann er sich etwas abschauen. Eisner will keine Diktatur des Proletariats, in Deutschland gilt es keinen jahrtausendealten Zarismus zu beseitigen. Die deutschen Dynastien sind harmlos gegen diese brutalen Despoten mit ihrer mörderischen Verwaltungsmafia. Er wird um ein gewähltes Parlament nicht herum kommen. Parlamentarische Demokratie, wie scheußlich. Es muss doch beides gehen, Räte und Parlament, wenn er nur Zeit hätte, dazu einen Plan auszuarbeiten. Er seufzt.

Fritzi hat geduldig gewartet. Der gescheite Mann ist innerlich mit etwas beschäftigt. Nun erklärt sie bestimmt, es sei keine Verschwörungstheorie, der Russe habe die Genossin Sonja ermordet, weil sie etwas wusste, was ihm gefährlich werden konnte.

– Ach Kindchen, was soll das gewesen sein, meint Eisner zerstreut.

Sonja sei 1905 bei der ersten russischen Revolution dabei gewesen, erklärt Fritzi, sie sei im Arbeiterrat von Odessa gewesen, habe aus dem Gefängnis fliehen können, aber darüber stets geschwiegen. Sie war froh, in Deutschland ihren Mördern entkommen zu sein. Aber die waren ihr gefolgt.

– Weshalb sollten sie sie ermorden? Eisner zweifelt noch immer. Wenn die Ochrana ihre Hände im Spiel gehabt hätte, wäre Sonja schon 1905 in Odessa umgebracht worden.

Diese gescheiten bürgerlichen Menschen begreifen die mörderische Hölle nicht, aus der andere kommen, denkt

Fritzi. Eisner ist so voller Güte, voller Menschlichkeit, voller Zärtlichkeit gegenüber der gesamten Menschheit, er kann gar nicht verstehen, wie jemand Gewalt zur Erreichung seiner Ziele einsetzt. Er glaubt sicher, dass er böse Menschen in gute verwandeln kann, nur wenn er zu ihnen spricht. Wie Jesus, denkt Fritzi, wenn er bloß nicht so endet wie Jesus!

Sonja war beim jüdischen Arbeiterbund, erklärt sie. Der Bund sei geheim, er habe seine Leute bewaffnet und Widerstand geleistet. Sonja sei ermordet worden, bevor sie vor dem Reichsgericht etwas über Pogrome gesagt hätte, die nicht an die Öffentlichkeit dringen sollten.

Eisner schüttelt den Kopf. Der jüdische Arbeiterbund sei in Deutschland nie verboten gewesen, im befreiten Polen inzwischen legal, und seine Bedeutung in Russland sei im Schwinden seit der Gründung der sozialistischen Partei.

Da richtet Fritzi sich auf und fragt laut und entschieden: So legal und im Schwinden wie der Antisemitismus?

Eisner blickt erstaunt, und Fritzi redet sich in Fahrt. Sie sagt, dass viele Menschen den Dummsinn vom Koslowski oder Kosmanowski leider glauben, dass die verkrüppelten Soldaten nicht hören wollen, auch noch selbst schuld an ihrem Krüppelleben zu sein, und dass die verzweifelten Familien den Gedanken nicht ertragen, ihre Söhne seien für eine verlorene Sache gestorben. Das Feld der Ehre empfänden sie als beschmutzt, nur nur zu gern glaubten sie, dass Juden am verlorenen Krieg schuld seien, denn die seien Drückeberger und feige Krämerseelen, die am Krieg Geld verdient hätten, und jetzt, wie dieser Koslowski, sich unter falschen Namen in die Regierung einschlichen und ihr den Dolch in den Rücken stießen. Sie sagt, dass die hungernden und arbeitslosen Leute nicht gern hörten, sie seien am Krieg schuld gewesen, weil sie ihn nicht verhindert hätten. Es sei viel bequemer zu sagen, die Juden seien schuld, das sei leichter zu ertragen. Überhaupt sei die beste Methode, die wahrhaft Schuldigen jetzt zur Verantwortung zu ziehen statt tatenlos zuzusehen, wie sie im Ausland ihr Geld verprassen und reden als hätten sie nichts mit dem Krieg zu tun – und das mit Billigung der Sozialdemokraten.

– Wo ist der Kaiser, wo ist der bayrische König? Im luxuriösen Exil! Ludendorff lebt hier in München unter uns, Hindenburg darf seine Pension in einer geschenkten Villa genießen – warum stehen sie nicht vor Gericht? Statt dessen führen die Sozialdemokraten die Friedensverhandlungen! Es wirkt, als hätten sie den Krieg angefangen und müssten ihn beenden, und dieser Verbrecher Ludendorff behauptet auch noch, im Recht zu sein! Sie müssen ihm widersprechen! fordert Fritzi mit rotem Kopf.

Eisner nippt nachdenklich an seinem Tee.

Fritzi fordert ein internationales Tribunal, vor dem Kriegstreiber aller Länder verurteilt werden: Da können alle Menschen sehen und hören, wer wahrhaft schuldig ist.

Eisner ist beeindruckt. Ein internationaler Gerichtshof für Kriegsverbrecher ist eine sehr gute Idee, die wird er bei den nächsten Verhandlungen vortragen. Vielleicht ist es doch keine Verschwörungstheorie? Wenn Fritzi den Russen in der

Stadt sehe, solle sie sofort die Polizei rufen, er werde ihn vor Gericht stellen.

Endlich gibt es eine Gerechtigkeit, denkt Fritzi. Sie hat keine Angst mehr vor dem Schokoladenmann. Sie wird nicht länger vor ihm davon laufen.

Das Manifest

– Wir schreiben ein Manifest, fordert Franzi, die Frau und die Kunst nennen wir es!

– Aber wir haben doch unsere Frauengang, wendet Fritzi ein, und Trude hat mit dem Frauenbüro begonnen!

– Ein revolutionäres Manifest für Künstlerinnen! Du musst mir helfen!

– Ich, sagt Fritzi erschrocken, ich bin doch keine Künstlerin.

– Du bist Fotografin! Ist das etwa keine Kunst?

So hat Fritzi das noch nicht betrachtet. Sie führt Aufträge im Atelier aus, und draußen will sie nur die Wahrheit abbilden.

– Das ist ja die Kunst! jubelt Franzi, genau das gehört in unser Manifest! Unbedingtes Abbild der Wahrheit, Schluss mit dem Plüsch, mit der Verlogenheit der Kunst, die nur dazu dient, über den Ehebetten der Bourgeoisie zu hängen!

– Schluss mit röhrendem Hirsch, begeistert sich nun auch Fritzi.

– Schluss mit der Bevormundung durch männliche Künstler, schreit Franzi.

Fritzi zögert. Aber es gibt viele Fotografinnen, und viele haben eigene Ateliers, denk nur an Germaine!

– Bist du an der Hochschule aufgenommen worden? fragt Franzi herausfordernd.

– Ich bin ein Prolet, Franzi! Ich hab keinen Schulabschluss, ich habs gar nicht erst versucht.

– Gut, entscheidet Franzi, wir fordern Aufnahme von Frauen an allen Akademien, ohne Rücksicht auf Schulbildung und paritätisch besetzte Aufnahmegremien. Und paritätische Klassen.

– Was heißt das? Fritzi kommt sich dumm vor.

– Das heißt, dass in jeder Kommission, in jeder Klasse fifty-fifty Frauen und Männer sein müssen.

Aha. Franzi drückt sich immer mit der Sportlichkeit der Studentinnen aus. Fritzi errät, dass fifty-fifty halb und halb bedeutet. Lässig, dieser Ausdruck, den muss sie sich merken, um Max zu beeindrucken. Max kommt ihr in der letzten Zeit so betont bayrisch daher, was für ein Getu, der Sozialismus ist international, jung, modern! Vier Jahre lang hat der Krieg jedes flotte Wort auf Englisch oder Französisch als Konspiration mit dem Feind geahndet, nicht mal Liebigs Fleischextrakt durfte in der Küche sein, die Billetten im Kino hießen Eintrittskarten, und weiße Sauce durfte nicht mehr „Sauce hollandaise" heißen. Damit ist jetzt Schluss. Krachlederne und Bierdimpfl und Jodeln, das passt nicht zum Sozialismus. Andererseits, sinniert Fritzi, die Sauce darf zwar wieder hollandaise heißen, aber die Zutaten bekommen wir trotzdem nicht.

– Also, machen wirs? drängt Franzi.

Klar. Sie gehen ins Café Größenwahn, dort habe sie Inspiration zum Schreiben, meint Franzi. Fritzi betrachtet das voll besetzte Café, hustet sich durch die Rauchschwaden und überlegt, ob Inspiration durch Zigarettenrauch, Lärm und Muff von feuchten Wollmänteln hervor gerufen wird. Scheint so, denn am Fenster sitzt Mühsam und spielt mit einem verhungert aussehenden Mann Schach, und in der Ecke debattiert eine Runde Männer, die bei Franzis Anblick aufblicken. Kollegial hebt Franzi die Hand.

– Das sind die Spießer vom geistigen Rat, furchtbar bedeutende Männer, raunt sie Fritzi zu.

– Aber Heinrich Mann ist doch kein Spießer, widerspricht Fritzi, die den Dichter erkannt hat. Er hat eine wundervolle Revolutionsrede im Nationaltheater gehalten.

– Nein? Na gut, dann der eben nicht, meint Franzi gleichgültig, er sieht halt so aus, alle alten Männer sehen spießig aus mit ihren steifen weißen Vatermörderkragen.

Sie steuert auf einen Ecktisch zu, der wundersamerweise frei ist. Fritzi holt ihren Block aus der Tasche, in den sie seit Beginn ihrer Elevenzeit wichtiges notiert: Entwicklungs- und Belichtungszeiten, Kundenberatung, Retuschiertricks, Aufbauskizzen und viele persönliche Erfahrungen.

– Aktmalerei für Frauen und Männer, fordert Franzi.

– Akt?

Nackt! erläutert Franzi, hast du noch keine Aktfotografie gemacht?

Fritzi läuft rot an. Das ist im Atelier Elvira nicht üblich. Verlegen wühlt sie nach dem Bleistift in ihrer Tasche.

– Kannst mich als Modell nehmen, bietet Franzi großzügig an.

Tatsächlich? Fritzi betrachtet Franzi, ihren überschlanken Körper, die blonden Haare, die sie halblang auf moderne Art mit Seitenscheitel knapp über dem Ohr trägt, die ausdrucksvollen großen Augen.

Kein Problem, der Wiki habe sie schon als Akt gemalt, und in dieser spießigen Akademie sitze sie den Kunststudenten Modell, das bringe etwas Geld ein.

– Du sitzt nackt vor einem Haufen Männer? fragt Fritzi entsetzt. Franzi lacht: Ich steh auch! Ich posiere! Diese Spießer lassen Frauen ja nur als Modell zu, nicht als Malerinnen, und schon gar nicht vor männlichen Modellen. Wahrscheinlich haben sie Angst, dass wir ihnen die Schniepel zu klein malen.

Fritzi kichert.

– Schreib auf, das gehört auch in unser Manifest: Aktzeichnen ohne Geschlechtsunterschiede.

Fritzi lacht laut los. Das könnte aber missverstanden werden. Sie schlägt vor: gemeinsames Aktzeichnen für männliche und weibliche Studenten. Franzi ist von Fritzis Formulierungskünsten angetan. Revolutionäre Vorhaben wollen sorgfältig ausgedrückt sein.

– Für revolutionäre Kunsterziehung und die Schließung dieser spießigen Akademie, ruft sie begeistert, und weil in diesem Augenblick aus einem unerfindlichen Grund das allgemeine Gespräch stockt, knallt ihre Forderung ins Café Größenwahn wie eine Fanfare, und alle Köpfe wenden sich den Frauen zu.

Manche lachen, manche schütteln den Kopf, einige Herren kommen sofort an den Tisch und wollen debattieren. Oder wollen sie nur flirten?

– Wir bilden gerade den Aktionsausschuss revolutionäre Künstlerinnen. Franzi grinst Fritzi an, betrachtet erst angelegentlich ihre gepflegten Fingernägel, dann die Herren und bemerkt, dies sei eine weibliche Angelegenheit und bedürfe keiner maskulinen Unterstützung. Ein gut aussehender junger Mann lacht, klopft Franzi auf die Schulter und fordert: Weitermachen! Dann löst er mit einer kleinen, geradezu königlichen Handbewegung den Männerschwarm auf.

– Das war Fritz Schaefler, flüstert Fritzi ehrfürchtig. Sie kennt seine Holzschnitte aus der „Süddeutschen Freiheit" und findet sie großartig.

– Mein Lehrer, erklärt Franzi stolz, der und Georg Schrimpf, Campendonck und ihr Wiki, der kommunistische Künstler Otto Urbas akzeptierten Frauen als Künstlerinnen und förderten sie. Die einzigen weit und breit, behauptet sie.

Die Freundinnen arbeiten weiter, es wird richtig spannend, die Welt auf den Kopf zu stellen. Alles muss sich grundlegend ändern! Alles muss neu gedacht und erschaffen werden! Ohne die Kunst kann niemand existieren, sie ist die Basis des Lebens.

– Kunst statt Brot, schreit Franzi, aber Fritzi meint: Brot und Kunst, und das akzeptiert Franzi endlich, weil ihr Magen knurrt. Ab und zu bestellen sie das Billigste, was es gibt, eine Suppe für zwei, dünnen Ersatzkaffee, mit einem kostenlosen Glas Wasser. Nach der dritten Tasse stellt ihnen der verständnisvolle Kellner eine Karaffe Wasser auf den Tisch. Er wird mit einem dankbaren Lächeln belohnt.

Franzi hat einen Kontakt ins Kulturministerium. Noch in der Nacht tippt sie auf ihrer Schreibmaschine das gemeinsame Manifest mit vier Durchschlägen ab, und drei Tage später haben sie einen Termin bei einem gewissen Herbert.

– Wir müssen über die Stellung der Frau in der Kunst reden, sagt Franzi.

Ja natürlich, hier, setzt euch, Herberts Blicke aus Basedowaugen fliegen zwischen den beiden Frauen hin und her. Er erinnert Fritzi an einen Goldfisch, der sein Maul aus dem Teich steckt. Ihr seid Künstlerinnen? Klar, für die Künstlerinnen müsse etwas getan werden.

Franzi zählt einige Punkte auf: Selbstbestimmung in künstlerischen Ausbildungsfragen, kollektive Selbstverwaltung der Akademie, besonders stolz ist sie auf ihre Idee des gemeinsamen Aktzeichnens. Fritzi nimmt das Original des Manifestes aus ihrer Tasche und reicht es dem Goldfisch. Es sind fünf Seiten, sie hat einige Pfennige in eine Mappe aus grauer Kriegspappe investiert und mit geschwungenen Buchstaben „Manifest" darauf geschrieben. Franzi hat einen kleinen Holzschnitt mit zwei Frauenporträts gedruckt und darunter geklebt. Es sieht passabel aus.

Der Goldfisch nimmt die Mappe und legt sie auf seinen Schreibtisch, ohne auch nur auf den Titel zu blicken. Wollen sie nicht darüber sprechen? Fritzis Blick geht fragend zu

Franzi, dann zu dem Mann Herbert, der sie aus feuchten Augen anstarrt. Was glotzt der ständig so?

Der Goldfisch räuspert sich, geht zum Büroschrank, holt zwei Gläschen heraus und gießt etwas Giftfarbenes hinein: ein Likörchen trinken doch auch Künstlerinnen?

Warum nicht.

Fritzi nippt an dem grünen Gift: Wollen Sie unser Manifest nicht lesen?

Du, ich bin der Herbert, wir sagen doch du unter Genossen?

Franzi und meine Genossin Fritzi, wirft Franzi hin und nippt ebenfalls an dem grünen Gift. Nun zündet sich der Goldfisch eine Zigarette an, bietet aus einem Etui an, Fritzi lehnt ab, Franzi nimmt eine, schlägt die Beine übereinander und bläst den Rauch in die Luft wie eine Filmdiva.

Der Goldfisch raucht gierig und fragt, ob sie gern auf Künstlerpartys gehen. Wieder diese feuchten Augen. Jaja, Atelierpartys, klar, sagt Franzi, in Schwabing gehts ab bei Vernissagen. Er leckt sich über die Lippen. Er habe da eine Adresse, eine private Feier, einflussreiche Leute, ob sie ihn begleiten mögen?

Ob er nicht erst das Manifest lesen wolle, fragt Fritzi dazwischen.

Klar, das Manifest, der Goldfisch blickt auf seinen Schreibtisch: Das geht absolut in Ordnung mit den Künstlerinnen, vor allem die Freiheit des Aktzeichnens, das Thema könne man auf der Atelierparty gut ansprechen, da seien die richtigen Leute, die sich für das Thema interessieren.

Fritzi und Franzi blicken einander an, ratlos die eine, amüsiert die andere.

– Und du? Interessiert sich das Ministerium nicht dafür?

Wieder schaut der Goldfisch mit hungrigen Blicken von Franzi zu Fritzi, von Fritzi zu Franzi. Dochdoch, kein Problem, das Ministerium werde in ihrem Sinne beschließen. Sie seien moderne Frauen, aufgeschlossen, offen, die neue Generation? Es sei nämlich eine Kostümparty. Ob die Genossinnen Interesse hätten.

Schwierig, sie haben keine Kostüme.

Der Goldfisch bläst den Rauch mit gespitzten Lippen in die Luft, kein Problem. Kostümfundus ist im Haus, sie bekommen 200 Mark den Abend und freie Getränke.

Fritzi blickt verwirrt zu Franzi. Warum liest Herbert nicht ihr Manifest? 200 Mark, so viel Geld, wofür?

Der Goldfisch deutet den Blick, den die Mädchen wechseln, falsch.

Also gut, 300 Mark, aber mit manikürten Händen.

Franzi lacht leise, ein guter Witz. Fritzi will ihre Hände verstecken und weiß nicht wohin. Künstlerparty, manikürte Hände, wo ist sie hingeraten! Womöglich auch noch Puder und Augenschminke? Sie wollte etwas für die Künstlerinnen tun, eine richtig revolutionäre Tat, und nun soll sie auf eine Kostümparty gehen? Für Geld?

Sie öffnet den Mund, Franzi aber beugt sich zu ihr hinüber, küsst sie auf die Wange, lacht und meint: Tolle Idee,

Herbert! Fritzi, wir gehen zur Künstlerparty und stellen unser Manifest vor!

Sie wendet sich wieder dem Goldfisch zu, der den Kuss mit zunehmender Aufregung beobachtet hat, und sie verabreden den kommenden Freitag. Dann gehen sie, etwas beschickert vom grünen Gift, hinaus auf den Gang, und als sie außer Hörweite sind, lacht Franzi los. Sie rennen in die Damentoilette. Franzi, krieg dich wieder ein, aber Franzis Gelächter ist ansteckend, und so stimmt Fritzi schließlich ein.

– Was war das denn?

– So verkaufen wir unser Manifest! Und kriegen es noch bezahlt!

– Komm, sei nicht blöd, sagt Fritzi, wir sollen uns verkaufen, nicht das Manifest. Mach ich nicht.

Aber Franzi lässt das nicht gelten: Es ist viel Geld, Fritzi, was soll schon geschehen? Wir putzen uns raus, gehen auf eine Party, wo es an attraktiven Frauen mangelt, lassen uns hofieren, erzählen jedem vom Manifest der Künstlerinnen, amüsieren uns und dann gehen wir wieder.

– Und vorher lassen wir uns von jedem an den Hintern greifen! Ob wir so für unsere Sache was erreichen?

– Wir gehen mit dem Herbert hin, der will mit uns angeben. Der lässt nicht zu, dass uns jeder angreift.

Fritzi ist da nicht so sicher. Franzi kommt aus einem bürgerlichen Elternhaus, die hat, was man „EinegutеErziehunggenossen“ nennt, nicht wie sie, die als Kind auf den

Schlackebergen der Zeche Carl spielte und vor gewissen Nachbarn schnell wegrannte. Sie betrachtet die Freundin von der Seite, ihr energisches Profil mit der schönen schmalen Nase. Franzi hat keinen Schimmer davon was die Kerle mit Mädchen ... Andererseits posiert sie nackt vor Kunststudenten, das würde sie, Fritzi, niemals wagen. Auf Franzi ist Verlass, und mutig ist sie auch.

– Manikürst du mir die Fingernägel?

Sie lachen, die Sache ist beschlossen.

Die Schellingstraße ist wie immer belebt und eng. Fuhrwerke, hupende Automobile, Menschen mit Handkarren und Droschken machen sich gegenseitig den Weg streitig. Hungrige Studenten streben zum beliebten Wirtshaus Atzinger, Landfrauen mit hoch beladenen Kraxen zu ihren Kunden, Halbwüchsige erledigen Botengänge, in der Maxvorstadt ist immer viel los.

Fritzi eilt zu Hoffmanns Atelier, um den Auftrag abzuliefern. Sie ist aufgeregt: Werden ihre Fotos dem eleganten Hoffmann gefallen? Dokumentarisch, hatte er gesagt, das ist ein feinerer Ausdruck für das, was Fritzi anstrebt: die Wahrheit abbilden. Sie hat die einfachen Menschen in den Vorstädten abgelichtet, die Revolutionäre, sogar Max und Rudi hatten Modell gestanden, mit ihren Matrosenmützen, auf denen nicht mehr „kaiserliche“, sondern nach Übermalen „erliche Marine“ stand. Denn ehrlich wollen sie sein, frei, sozialistisch und selbstbestimmt leben, nicht mehr für Kaiser und Vaterland den Kopf hinhalten. Fritzi fand es in diesem Fall erlaubt, Freunde posieren zu lassen. Die sahen nicht anders aus als alle Matrosen, und sie hielten still.

Sie drückt die Klinke der Nr. 50 hinunter und weil sie weiß, dass sie die schwere Holztür nur auf diese Weise öffnen kann, wirft sie sich mit ihrem gesamten geringen Gewicht dagegen und stürzt hinein, als die Tür genau in diesem Augenblick von innen geöffnet wird. Vom eigenen Schwung nach vorn geworfen, taumelt sie, stolpert über die zwei Stufen und bleibt vor den Füssen des Mannes liegen, der die Tür innen geöffnet und nicht mit diesem heftigen weiblichen Ansturm gerechnet hatte.

Ein erschrockener Laut entfährt dem Mann, hilfsbereit beugt er sich hinunter und reicht der jungen Frau die Hand. Sie möge bitte vielmals entschuldigen, sagt er, und weil seine Stimme eigenartig schnarrt, blickt Fritzi auf, wer ihr so hilfreich die Hand bietet. Sie sieht einen Mann im hellen modischen Staubmantel, Trenchcoat nennt man die, nicht diese gelben weiten Dinger wie der Hari einen hatte, sondern modisch kurz, sandfarben und von englischem Schnitt. Jeden Mann hätte dieser Trenchcoat in einen lässig-eleganten *sportsman* verwandelt, aber nicht diesen, weil er peinlich genau jeden Lederknopf bis zum Hals geschlossen und den breiten Gürtel exakt um die nicht sehr schlanke Körpermitte geschlungen und mit der Lederschnalle geschlossen hatte. Nicht zu weit, nicht zu eng, und das gibt seiner Figur etwas Unbeholfenes. In einer Hand trägt er eigenartigerweise eine Reitpeitsche, die er unter die Achsel klemmt, als er Fritzi die Hand reicht.

Fritzi blickt in ein Gesicht, das zu dem fest geschlossenen Mantel passt: die dunklen Haare sind extrem kurz geschnitten und von einem mit dem Lineal gezogenen Seitenscheitel in eine kurze und eine längere Seite geteilt, deren vorderste Strähne ihm beim Vornüberbeugen in die Stirn fällt. Das Eigenartigste aber ist seine Barttracht. Sein sorgfältig rasiertes

Gesicht ziert ein dunkler Oberlippenbart, der so schmal und kurz zwischen Nase und Oberlippe wächst, dass er seiner Physiognomie den Eindruck einer Fälschung verleiht. Im ersten Sekundenbruchteil denkt Fritzi, ob der Mann sich das Bärtchen geschminkt hat? Oder trägt er einen falschen Mockes? Sie greift nach der hilfreich dargebotenen Hand und verkneift sich das Lachen. Was hast du dir für einen Mockes machen lassen, hatte die Mutter einmal gespottet, als der Vater vom Barbier kam, und je heller ihr Lachen, desto beleidigter war der Vater gewesen. Beim Bart hört der Spaß für die Männer auf. Fritzi richtet sich auf, steht eine Stufe unter dem Mann und merkt, dass sie ihm dennoch auf Augenhöhe begegnet. Er ist so kurz wie sein Bart.

Der Mockes räuspert sich nervös, sie dankt.

– Nichts zu danken, schnarrt der Mockes, der ihre Hand noch immer hält und sie intensiv anstarrt. Fritzi starrt aus grünen Augen zurück.

– Wollen Sie meine Frau werden?

Fritzi lacht schallend. Ein Heiratsantrag von einem kleinen Mann mit einem sonderbaren Schnurrbart, dem sie vor die Füße gestürzt ist, den sie noch nie in ihrem Leben gesehen hat, das ist zu komisch. Der Mockes funkelt sie aus braunen Augen wütend an, lässt ihre Hand los und zieht die Reitpeitsche so energisch durch die Luft, dass Fritzi unwillkürlich ihr Gesicht schützt aus Angst vor Schlägen. Als sie die Hände wieder sinken lässt, ist der Mockes schon an der Tür, reißt sie mit zornigem Schwung auf und rennt eilig davon.

Fritzi sieht ihm fassungslos nach. Das Lachen ist ihr so plötzlich vergangen, dass sie einen Schluckauf bekommt. Hick! Welch eigenartige Begegnung.

Der Mann aber, rot vor Zorn und Verlegenheit, der die Schellingstraße hinunter vor ihrem hellen Lachen flieht, das ihn verfolgt wie eine Flutwelle, weiß nun, dass es außer den Juden etwas gibt, das er noch mehr hasst: Frauen und ihr albernes Gelächter. Demütigend.

Die Künstlerparty

Am 7. Januar 1919 gehen Franzi und Fritzi zur verabredeten Adresse in die Augustenstraße. Max ist sauer, er wollte mitkommen. Als sie ablehnte, höhnte er: Künstlerparty in Schwabing! Das wird was sein!

Sie wolle nur für ihr Künstlerinnenmanifest werben, verteidigte sich Fritzi.

– Auf einer Party! spottete Max.

– Deine politischen Versammlungen sind in den Bierschwemmen, da gehts auch hoch her, sagte sie bissig, da kann ich wohl mal auf eine Künstlerparty gehen, außerdem bin ich nicht allein.

Nun wurde er erst recht sauer und wollte unbedingt wissen, mit wem sie nach Schwabing ginge, und da wurde Fritzi bockig und hatte keine Lust mehr, es ihm zu sagen. Sie bekamen Streit. Ich will nicht, dass du tust als wären wir verheiratet, schrie sie ihn an, und selbst wenn wir ein Ehepaar wären, will ich weiterhin mit meinen Freundinnen ausgehen! Ja, Fremdgehen willst, schrie er zurück, du liebst mich nicht, das ist die Wahrheit! Sie schwieg unglücklich, was sollte sie darauf sagen? Max nahm ihr Schweigen als Beweis, dass er richtig lag. Mit anderen Männern wolle sie ausgehen, das sei alles, treulos sei sie. Fritzi sah ihn traurig an. Was hätte sie sagen sollen? Sie war nicht treulos, sie liebte den Max, er sollte sich nicht so anstellen, nicht so den bayrischen Bazi heraus kehren.

Weiber! Wütend stampfte Max von dannen. Schuldbewusst war Fritzi ins Atelier geeilt und hatte den ganzen Tag während der Arbeit über nichts anderes als den eifersüchtigen Max nachgedacht. Er lag ja nicht falsch: das enorme Geld, diese angebliche Party ... da war was Halbseidenes dran. Und sie hatte es ihm verschwiegen.

Am Abend klingeln Franzi und Fritzi an der Tür eines großen Hauses in der Adalbertstraße. Eine schlicht gekleidete Frau, offenbar die Hausdame, führt sie schweigend in eine Kammer, eingerichtet wie eine Theatergarderobe. Alles ist darin, ein Kleiderständer mit glitzernden Gewändern und Flitterkram, ein Schminktisch mit Spiegel, ein großer Spiegel. Mit missbilligendem Blick auf Fritzis Schnürstiefel weist die Frau auf ein Bord mit Schuhen: da werde Mademoiselle das Passende finden. Und sie mögen bitte hier auf ihren Begleiter warten, er hole sie ab. Dann geht sie hinaus. Kurz sind Musik und Gelächter zu hören, die Party scheint bereits in vollem Gange zu sein. Die Tür schließt sich hinter der Frau, es ist wieder still.

Fritzi fühlt sich von der feinen Dame blamiert, aber Franzi kichert und amüsiert sich königlich: Mademoiselle! Wie sie das herausgebracht hat! Als ob sie Schnupfen hat!

Sie inspiziert den Garderobenständer, hält Fritzi erst ein rosa, dann ein graues Kleid vor, schüttelt den Kopf, greift nach einem meergrünen: Das passt zu deinem Rotschopf! Zieh mal an!

Fritzi zieht sich beschämt vor Franzi aus. Aber die Freundin scheint ihre erbärmliche Unterwäsche gar nicht wahrzunehmen. Sie schlüpft in die zarte Seide und betrachtet sich im Spiegel. Ein Aufschrei entfährt ihr. Das ist ja, als hätte sie nichts an! Und das Unterhemd schaut an Hals und Schultern heraus. Sie muss es ausziehen, aber nun fühlt sie sich erst recht nackt. Eigentlich noch schlimmer als nackt. Nein, so kann sie nicht hinaus gehen.

Aber Franzi greift nach einem blauen Schal mit Fransen, drapiert ihn um Fritzis Hals, lang fällt er hinunter, die Fransen berühren ihre Knie.

– So! Tres chic, Mademoiselle!

Das ist etwas besser, Fritzi atmet auf und nimmt sich vor, von den 300 Mark einen Teil in schöne Unterwäsche zu investieren. Dann schaut sie nach den feinen Schuhen, die alle schrecklich unbequem aussehen. Franzi hat sich derweil mit geübten Griffen in ein schwarzes Kleid mit einem atemberaubendem Rückenausschnitt gewunden. Dazu trägt sie eine endlos lange Kette aus falschen Perlen, die bis zum Bauchnabel hängt.

Fritzi sieht sie im Spiegel von hinten und schlägt die Hand vor den Mund. Da kann Franzi absolut nichts drunter tragen. Stimmt genau, sagt Franzi, nichts drunter aber vorn wie eine Äbtissin. Sie dreht sich um: das Kleid ist vorn bis zum Hals geschlossen.

– Komm, meergrüne Jungfrau, jetzt schminke ich dich!

Allmählich findet Fritzi Gefallen an der Prozedur. Sie schließt die Augen, spürt, wie Franzi mit einem Stift Lider und Augenbrauen nachzieht, die Haut pudert, sogar an den Lippen macht sie sich zu schaffen: Jetzt darfst du schauen!

Im Spiegel blickt Fritzi eine vollkommen fremde Frau an, mit weißer, zarter Haut, riesigen grünen Augen und glänzendem kirschroten Mund.

– Moment! – Franzi greift nach einem prüfenden Blick zu dem braunen Stift und malt ihr einen kleinen Punkt auf den Wangenknochen. Befriedigt betrachtet sie ihr Werk.

Fritzi starrt entgeistert in den Spiegel: So soll ich raus gehen? Wie soll ich ... in diesen Schuhen kann ich nicht laufen!

Franzi findet flache Schuhe: Absätze machen dich sowieso viel zu groß!

Fritzi bürstet ihre rote Mähne, beobachtet, wie geschickt Franzi sich schminkt und fühlt sich wie die Tresken von Borbeck. Sie steht auf und geht vorsichtig die ersten Schritte in den ungewohnten Schuhen. Franzi blickt auf: Oh! Wahnsinn! Fritzi, du siehst phantastisch aus, wie eine Meerjungfrau.

Fritzis Haare, die sie stets schamhaft im Nacken zusammengebunden trägt oder unter einem Tuch versteckt, fallen wie Wellen über ihre Schultern.

– Warte! – Franzi zieht mit dem Kamm einen raffinierten Scheitel, steckt eine schmale Klemme hinter Fritzis Ohr: schau mal! Fritzis fuchsrote Mähne fällt nun über ihre linke Schulter nach vorn. Rechts ringelt sich eine zarte Strähne auf das grüne Kleid.

Die Frauen betrachten sich. Neue Sachlichkeit, lacht Franzi. Fritzi nimmt sie bei der Hand: Seltsam, diese Maskerade verbindet uns mehr als ein Frauenmanifest.

Sie umarmen sich, und als sei dies sein Stichwort, betritt der Goldfisch die Kleiderkammer. Es ist ein anderer Herbert als im Ministerium, ein selbstbewusster Mann mittleren Alters in einer dunkelblauen Samtjacke und einem Hemd mit offenem weißen Schillerkragen.

– Herbert! sagt Franzi ehrlich verblüfft, du siehst klasse aus!

Geschmeichelt meint der Goldfisch, die Damen sähen aber auch toll aus, zum Anbeißen sozusagen.

– Trotzdem musst du beim nächsten Mal anklopfen, mahnt Franzi und klopft ihm auf die Wange. Dann gehen sie hinaus, Franzi links, Fritzi rechts bei Herbert eingehängt.

Diese Wohnung ist kein Künstleratelier, und die Partygäste sind keine Künstler. Offenbar hat eine Clique wohlhabender Bürger ein Atelier gemietet, das scheint der dernier cri zu sein, und feiert darin den Dreikönigstag ohne Kronen, aber mit viel Schnickschnack.

Franzi wird recht behalten: sie sind Herberts Begleiterinnen, er genießt die neidischen Blicke und tanzt unentwegt, mal mit Fritzi, mal mit Franzi. Für Künstlerinnen tue er alles, versichert er immer wieder. Fritzi kennt keinen dieser Tänze. Sie lernt, Foxtrott von Jife zu unterscheiden, auch Samba ist modern, und ab und zu wird ein langsamer Walzer zur Erholung gespielt.

Am späteren Abend treten zwei Männer mit zwei halbnackten zierlichen Mädchen auf und führen einen neuen amerikanischen Tanz vor: Jitterbug. Die Umstehenden staunen, applaudieren den artistischen Hebe- und Wurffiguren. Dann fordern die vier die Umstehenden auf, die Frauen lehnen verlegen ab, die Männer hüpfen etwas geniert herum. Fritzi tanzt zum ersten Mal in ihrem Leben Jitterbug. Die Musik kreischt und johlt, die Rhythmen zucken durchs Zimmer, der Tänzer hebt sie mühelos, dreht sie um sich, Fritzi fühlt sich gehoben, geworfen, geschleudert und stets wieder aufgefangen, sie staunt, was ihr Körper alles kann. Warum stand sie in der Fertigungshalle? Warum steht sie am Ladentisch, im Atelier und in der Dunkelkammer, vor den Läden in endlosen Schlangen, während das Leben an ihr vorbei zieht? Damit ist jetzt Schluss, sie spürt es deutlich, tanzen muss sie, das ist ja großartig, und sie lacht und wird mutiger, geht auf die Figuren ein, die der Berufstänzer vorgibt, dreht und schwingt, lässt sich weit davon werfen, wieder eindrehen, findet sich plötzlich neben dem Tänzer und geht mit ihm vorwärts, wieder zurück, der Rock fliegt um ihre Beine.

– Rustydusty, ruft ihr Partner und dann Swingthehip! Plötzlich endet die Musik – schon? Verwirrt blickt Fritzi, der Tänzer fällt quer vor ihr aufs Parkett, das scheint die neue Art des Verbeugens zu sein. Alle applaudieren und rufen Bravo, und das Grammophon wird wieder aufgedreht. Der Goldfisch bringt Sekt und macht ihr Komplimente, solche Tänze könnten nur Künstlerinnen, sie sei phantastisch, und ob die Party ihr gefalle. Was für eine Frage! Das ist mehr als gefallen, das ist Körper und Leben und nie geahnte Gefühle, wenn der Körper dehnt, zuckt, schwingt, wie die Musik in den Körper zieht und ihn beherrscht, wie die Rhythmen dem Körper Flügel verleihen.

Fritzi nimmt den Sektkelch und denkt, das ist eine echte Künstlerparty, keine Frage, da hat der Goldfisch sich was einfallen lassen.

Es ist weit nach Mitternacht, als Franzi und Fritzi vor der Tür stehen. Die feinen Kleider und Schuhe sind wieder in der Garderobe, 300 Mark knistern in ihrer Tasche. Noch einmal fragt der Goldfisch, ob es ihnen gefallen habe, und sie bejahen erhitzt und lächelnd. Denn, sagt der Goldfisch geheimnisvoll, es gebe immer wieder solche Künstlerpartys, ob sie ihn begleiten wollen? Nun ja ... Es gebe dieselbe Gage, versichert er eilig, und sei es nicht auch bezüglich des Künstlerinnen-Manifestes ein Erfolg gewesen?

Aber unbedingt. Das hätten sie beinah vergessen.

Sie gehen hinaus, da steht der Max.

– Hats dir keine Ruhe gelassen? Musst du mich kontrollieren wie ein Schandi? fragt Fritzi böse.

Max starrt sie an, da wird ihr bewusst, dass sie sich nicht abgeschminkt hat. Sie schwankt, ob sie sich schämen soll, aber der Trotz siegt. Herausfordernd blickt sie ihn an. Max packt sie am Arm und sagt: Quatsch. Ich will euch abholen, wir haben Straßensperren, ist nicht ungefährlich in der Stadt.

– Was ist geschehen?

– Die Idioten von der Schutztruppe haben in die Arbeitslosendemonstration geschossen.

Fritzi und Franzi blicken sich entsetzt an.

– In der Innenstadt war schon heute Mittag viel los, meint Fritzi, aus Solidarität mit den Berlinern, die haben zum Generalstreik aufgerufen und die Zeitungshäuser besetzt.

– Ja, und sie haben völlig recht, sagt Franzi, vor allem hat Rosa Luxemburg recht, wenn sie meint, wir müssen jetzt streiken, damit diese blöde Wahl nicht statt findet. Wir brauchen keine Nationalversammlung, wir wollen unsere gewählten Räte behalten.

– Ach, in Berlin ist Revolution, und wir tanzen hier, sagt Fritzi schuldbewusst.

– Besser tanzen als schlafen, findet Franzi, die SPD verpennt ja wohl alles. Es wird Zeit, dass ich es mache wie Hilde und in die KPD eintrete.

– Es ging um die Erhöhung des Arbeitslosengeldes, sagt Max, das war ja auch in Ordnung, es reicht hinten und vorn nicht, und so zogen heute Nachmittag einige Tausend Menschen vors Sozialministerium.

– Aber Minister Unterleitner ist einer von uns!

– Er ist sogar Eisners Schwiegersohn, ergänzt Fritzi, also was soll passieren.

– Viel. Die Leute warteten auf dem Promenadenplatz, eine Delegation ging hinein und trug Unterleitner ihre Forderung vor: 10% mehr Lohn sofort, und ständige Angleichung an die Inflation.

Fritzi sieht Max fragend aus kohlschwarz geschminkten Augen an: Das ist doch recht und billig, oder?

– Schon. Aber es geschah nichts. Die Leute warteten fast zwei Stunden. Vielleicht war ihnen einfach nur kalt. Oder sie wollten den Berliner Spartakisten mal zeigen, dass die Münchner auch was drauf haben. Jedenfalls stürmten sie das Ministerium, und ab da weiß ich nicht, was die Leute drinnen gemacht haben. Unterleitner muss die Schutztruppe, die sich „republikanisch" nennt, gerufen haben, und die schoss in die Menge. Drei Tote, acht Schwerverletzte.

Fritzi schlägt die Hände vors Gesicht. Franzi sagt zornig: Das also ist republikanisch.

– Jedenfalls sind die Straßen nicht sicher, vor der Residenz rufen sie nach Eisner, er soll sich mit Eichhorn solidarisch zeigen.

– Eichhorn?

– Ebert hat den Berliner Polizeipräsidenten Eichhorn entlassen, der war von den Unabhängigen, wie Eisner.

– Recht haben die Leute, sagte Franzi empört, diese Entlassung war sicher wieder so ein Noskediktat.

Darum habe er sie abgeholt, sagt Max, die Leute von Seyffertitz machen die Straßen unsicher, auch wenn sie behaupten, für Recht und Sicherheit zu sorgen.

– Danke Max, das ist so lieb von dir, sagt Franzi, und stößt Fritzi in die Seite. Die will offenbar allein nach Hause gehen.

Warum schmollt sie immer noch mit ihrem Freund? Ist doch rührend besorgt um sie, und so verliebt! Sieht auch gut aus, der Matrose, ein fescher Kerl!

Plötzlich laufen Bewaffnete an ihnen vorbei, sie tragen rote Armbinden und Gewehrlauf nach unten. Ein Matrose haut Max auf die Schulter: Lass die Weiber, Kamerad, komm mit! Alle Macht den Räten!

– Wir sind auch Räte, wir sind der Weiberrat!

– Kommt alle mit, den reaktionären Minister Auer absetzen! Und seine Seyffertitzer Truppe verwamsen!

Schon sind sie vorbei. Franzi und Fritzi schauen sich an. Was alles geschieht, während sie verrückte neue Tänze tanzen!

Max lässt sich von seinem Plan, die Mädels sicher durch diese aufregende Nacht zu führen, nicht abbringen. Als sie an der Ecke Theresienstraße angekommen sind, reicht Franzi Fritzi einen Schlüssel: Ihr könnt bei mir schlafen. Ich geh zum Wiki.

Zum ersten Mal sehen Fritzi und Max einander an. Was ist besser, mit einer schönen Frau streiten oder sie lieben, denkt der Max. Bitte nicht so ein Desaster wie Heufeld, denkt sie. Plötzlich grinst er und nimmt den Schlüssel: Echt?

– Echt. Königinstraße 37, im zweiten Stock.

Max nimmt Fritzi an der Hand. Verwirrt schaut sie erst zu Max, dann zu Franzi. Aber die Freundin hat sich schon nach rechts gewandt: Der Wiki wohnt gleich hier auf der Schleißheimer, ihr braucht mich nicht bringen.

– Und der Ebert, der falsche Hund? Soll der Präsident bleiben?

– Das schaffen die Spartakisten auch ohne uns!

Sie lachen, Franzi winkt, schnell ist sie weg, bevor die beiden es sich anders überlegen. Max nimmt Fritzis Gesicht in seine Hände: Was für schöne Augen du hast!

Sie muss lachen. Was die Schminke doch ausmacht.

– Sei mir wieder gut!

Klar ist sie ihm wieder gut. Nach einem langen Kuss gehen sie aufgeregt die Theresienstraße entlang. Sie haben ein Bett, sie haben den Rest der Nacht, sie werden sich lieben, zum ersten Mal ungestört. Sie bleiben stehen, der Max küsst Fritzi lange und innig. Die Theresienstraße ist lang, wieder bleiben sie stehen, dieses Mal küsst Fritzi den Max, und dann rennen sie, denn gerade ist ihnen aufgefallen, dass die Nacht nicht mehr lang ist, dass sie eine ungeheure Lust aufeinander haben, aber nicht mehr viel Zeit. Von der Kirche schlägt es zwei Uhr. Sie spüren: es wird die Nacht aller Nächte. Kaum haben sie die Tür zu Franzis bescheidenem Zimmerchen geschlossen, reißen sie sich gegenseitig die Kleider vom Leib und stehen voreinander in plötzlichem verwunderten Staunen: das bist du. Wie schön du bist. Er streckt die Hand aus und berührt zart ihre Brüste. Und du erst. Dann fallen sie auf das schmale Bett und entdecken ihre Körper, ihre Lust, ihre Begierde. Nach der Revolution wird nun die Zeit der freien Liebe beginnen.

Die Vernissage

Emma Uibeleisen hat Fritzi gestattet, eine Ausstellung im Atelier Elvira zu veranstalten. Die Zeit und das Geschehen auf den Straßen ist einzigartig und überwältigend. Zwar ist Fritzi nur Elevin, und nicht alle ihre Aufnahmen entsprechen dem fotografischen Standard, aber Emma ist beeindruckt von Fritzis Talent, Menschen in ihrem Alltag einzufangen, wie Menschen sich vor ihr darstellen, wie sie Momente von beeindruckender Aussagekraft festhält.

Eine kleine Vernissage wird für den 21. Februar nach Geschäftsschluss festgesetzt. Fritzi bittet ihre Chefin um Hilfe bei der Auswahl. Emma ist eine sehr geschickte Fotografin mit gutem Blick fürs Detail, und eine Meisterin in der Dunkelkammer und bei der Retusche. Fritzi ist zwar geneigt, alles so zu lassen was sie die ungeschminkte Wahrheit nennt, aber sie sieht ein, dass durch Retuschieren viel nachgeholt werden kann, was beim Aufnehmen nicht so gut gelang. Vor allem die Fotos von Eisner in Aibling sind recht dunkel, so dass nur die behutsame Entwicklung ihnen auf die Sprünge hilft.

Wochenlang arbeitet Fritzi intensiv nach Feierabend an ihrer Ausstellung. „Eine neue Zeit“ hat sie ihre Ausstellung genannt und mit Emmas Unterstützung dreißig Fotografien ausgewählt, die das neue Lebensgefühl darstellen. Porträts von Anita Augspurg und Lida Gustava Heymann sind dabei, Menschen auf der Straße und bei Versammlungen auf der

Theresienwiese, die Frauen beim Wahlkampf auf den Dörfern sind zu sehen, wie sie lachend mit Rucksäcken und Glocke durch den Schnee stapfen, wie sie Plakate der USP kleben, wie sie mit Männern vor den Versammlungslokalen diskutieren.

Viele Versammlungen und ihre Redner hat Fritzi dokumentiert, auch bei der Thulegesellschaft und den Alldeutschen hat sie sich eingeschlichen und die Männerposen der Redner fotografiert. Fotos aus Giesing und der Au zeigen arme, aber selbstbewusste Menschen vor schäbigen Holzhäusern, Wäscherinnen am Mühlbach und Aufmärsche der Bürgerwehren auf der Tegernseer Landstraße. Besonders gelungen findet Fritzi die Kinder, die sie bei ihren schweren Arbeiten festgehalten hat. Erich und Zenzl Mühsam haben ihr gesessen, und Franzi hat ihre Künstlerfreunde mobilisiert, so dass auch Portraits von Georg Schrimpf, Eugen Karpf und Otto Urbas zu sehen sind. Sogar eine Aktstudie von Franzi ist dabei, die Fritzi niemals gezeigt hätte, wenn nicht die ehrlich begeisterte Chefin dazu geraten hätte.

Rohstoffe sind knapp, auch Fotopappe. Fritzi bedauert, dass sie die Bilder nicht in großen Formaten wie Gemälde entwickeln kann. Aber der Sepp fertigt aus Sargresten schöne Holzrahmen, überredet den Giesinger Glaser, gegen einige kostenlose Fuhren 30 Glasplatten zuzuschneiden, und Minna schneidet aus grauer Pappe – weißes Papier ist nirgendwo aufzutreiben – wirkungsvolle Passepartouts. Minna ist sehr eifrig, bewundert Fritzis Fotos und versichert, dass sie sich nie im Leben trauen würde, Menschen außerhalb des Ateliers zu fotografieren. Fritzi ist so dankbar für die Mithilfe, dass ihr die Tränen kommen. Wenn ich mal was für dich tun kann, Minna … Schon recht.

Am Abend des 20. Februar sind alle Fotografien gerahmt, und Fritzi hat sie im Foyer und im Treppenaufgang gehängt. Alle Kunden des Atelier Elvira sind eingeladen, die Porträtierten selbstverständlich auch, und mit klopfendem Herzen hat Fritzi auch Heinrich Hoffmann eingeladen.Sie verdankt ihm viele Aufträge, die ihr und dem Sepp ein gutes Zubrot beschert haben. Ob der gutaussehende Fotograf, den Franzi grinsend den „schönen Heinrich" nennt, kommen wird?

Fritzi hofft es sehr, als sie am Morgen ins Atelier kommt, um die Liste auszulegen und die Beschriftungen zu überprüfen. Kritisch betrachtet sie ihre Fotografien. Ein Segen, dass der Sepp diese schönen Holzrahmen geschreinert hat! Was wird Max sagen? Sie hat ihm nichts verraten, alles soll eine Überraschung sein.

Fritzi geht langsam die geschwungene Treppe hinauf und überprüft, ob die Bilder von den Stufen aus gut zu betrachten sind. Hier hängt auch Eisners Porträt, das sie in Aibling gemacht hat. Traurig betrachtet sie den markanten Wirrkopf mit dem Kneifer vor den Augen. Eisner hat bei den Landtagswahlen so schlecht abgeschnitten, dass er als Ministerpräsident zurücktreten muss. Wie undankbar das Volk ist, denkt Fritzi, Eisner hat die Revolution gemacht, hat uns eine demokratische Verfassung mit Gewaltenteilung, Meinungsfreiheit und Trennung von Kirche und Staat beschert, das Frauenwahlrecht durchgesetzt, und Tausende von Dienstmädchen liegen ihm zu Füssen, weil er das mittelalterliche Gesinderecht durch ein modernes Hauspersonalgesetz ersetzt hat. Und doch bleibt er ein Fremder! Die frisch gegründete Bayerische Volkspartei bekam ohne eigene Verdienste mit Geld von der Zentrumspartei die meisten Stimmen und hält mit der SPD die Mehrheit. Wer wird der nächste Ministerpräsident werden? Erhard Auer? Wird er so großzügig sein, Eisner wegen seiner Verdienste als Minister zu berufen, so wie Eisner ihn berief? Nach seiner Rede in Bern wäre Eisner ein großartiger Außenminister, denkt Fritzi, aber alle hetzen gegen ihn, weil keiner die deutsche Kriegsschuld zugeben will. Wer die Wahrheit sagt, macht sich nicht beliebt.

Heute tritt der im Januar gewählte Landtag zum ersten Mal zusammen, heute Abend bei ihrer Vernissage werden sie mehr wissen. Sie lächelt, als sie das Bild von Max und Rudi mit ihren Tellermützen der „erlichen Marine" betrachtet, rückt das Bild einer Arbeiterin in den Rappwerken gerade, und will die Stufen hinunter gehen. In diesem Augenblick peitscht ein Pistolenschuss durch den belebten Vormittag.

Es kracht nicht unmittelbar neben dem Atelier, aber doch so gut vernehmbar, dass Fritzi zusammen zuckt. Bevor sie feststellen kann, woher, hört sie einen zweiten Pistolenschuss, und dann folgt, nach einigen Schrecksekunden, Gewehrfeuer. Was ist geschehen?

Minna ist unten in der Dunkelkammer und hat nichts gehört. Aus dem Atelier stürzt ein Kunde, ein Herr mittleren Alters, gefolgt von Emma. Beide schauen Fritzi an, die hebt die Schultern: sie weiß nichts. Ein bittender Blick zu Emma, die nickt. Fritzi greift nach ihrer Boxkamera und rennt los, nach rechts, zum Wittelsbacher Palais. Hier tagen die Räte. Kamen die Schüsse von dort? Der beleibte Herr lässt seine Sitzung sausen und schnauft hinter Fritzi her.

Am Wittelsbacher Palais ist nichts zu sehen, aber die Wachen haben ihren Platz verlassen. Fritzi sieht sie die Brienner Straße entlang auf sie zu laufen, die Gewehre im Anschlag. Nun biegen sie ab in die Prannerstraße. Einige aufgeregte Menschen strömen bereits in dieselbe Richtung. Fritzi rennt an ihnen vorbei. Was ist geschehen? Vom Turm der Frauenkirche schlägt es zehn Uhr.

Sie biegt in die Prannerstraße ein, nun kommen von allen Seiten Menschen, aber die Prannerstraße ist wegen des Landtages abgesperrt. Aus den Ministerien schauen die Menschen auf die Straße hinunter und gestikulieren aufgeregt. Fritzi bleibt kurz stehen, zwingt den Atem zur Ruhe, hält die Kamera auf die Stockwerke. Klick! Eine Etage aufgeregter Menschen in Fenstern. Dann erst ruft sie hinauf: Was ist geschehen?

– Der Eisner! schreit eine Frau, Himmel, der Eisner! Holt die Rettung! Und verlässt das Fenster. Von fern hört Fritzi die Sirene der Rettung.

Sie geht weiter, schlängelt sich zwischen eilenden Menschen hindurch, drängt weiter und weiter vor, lasst die Schwester durch, hört sie und tatsächlich bildet sich eine Gasse durch die Absperrung, da liegt er. Fritzi schreit auf. Der Ministerpräsident Kurt Eisner liegt in eigenartig verdrehter Haltung auf dem Trottoir, und unter seinem Kopf breitet sich langsam ein Blutsee aus, nein! Das darf nicht sein!

– Schnell, Schwester, helfen Sie, sagt der Soldat. Helfen Sie! Sein Gesicht ist schneeweiß, seine Zähne klappern, an seinen Händen, die das Gewehr umklammern, treten die Knöchel blau hervor. Helfen Sie, um Himmelwillen, ist der Doktor unterwegs?

Fritzi begreift, dass ihr weißer Kittel schuld ist. Wie soll sie erklären, was tun, sie schluchzt auf, blickt herum, sieht in Felix Fechenbachs entsetztes bleiches Gesicht, der weiß doch, dass ich keine Schwester bin, dann aber schießen ihr die Kruppschen Rettungskurse durch den Kopf, Sicherung, Bergung Verletzter, Verband anlegen, Wiederbeatmung, das hat sie doch alles gelernt.

– Platz schaffen, befiehlt sie, er braucht Luft, und der Soldat treibt die Leute von Eisner fort. Ein Kamerad hilft ihm, sie packen ihre Gewehre quer in beide Hände und treiben die Menschen zurück. Den Vordersten befehlen sie, keinen Zentimeter weiter zu gehen und niemanden durchzulassen außer dem Arzt, sonst werde geschossen. Nur Felix und ein Soldat bleiben wie erstarrt stehen. Die Leute stehen stumm, manche weinen.

Nun ist Platz. Fritzi verdrängt die aufsteigenden Tränen, da liegt der Mann, den sie bewundert und verehrt hat, in seinem Blut, und es hört nicht auf zu fließen. Seine Augen blicken zum Himmel, lebt er?

Fritzi horcht an seinem Herzen, aber sie kann nichts hören, kein Klopfen, aber sie kann doch keine Herzmassage machen, wenn das Blut fließt? Vorsichtig öffnet sie die ersten Knöpfe des Gehrocks, fühlt an der Halsschlagader, nichts. Sie schluchzt auf, warum kommt kein Arzt? Stabile Seitenlage hieß es, aber das galt für Ohnmächtige, Wärme! Fritzi schreit nach einer Decke, verzweifelt strengt sie ihr Gehirn an, was zu tun ist, während sie den obersten Hemdknopf öffnet und den einengenden steifen Kragen fort nimmt. Eisner bewegt sich nicht, bittebitte lebe, fleht sie. Fritzi hat nie gelernt zu allen Heiligen oder zu Gott zu beten, aber sie hört, dass der Soldat dies tut. Mit klappernden Zähnen ruft er die Jungfrau Maria an, die gebenedeit sei unter den Weibern, und in der ersten Reihe der stumm Gaffenden tun es ihm einige nach und bewegen die Lippen.

Eine Wolldecke wird gereicht, Fritzi legt sie über Eisner, zieht sie an den Seiten fest, dass er es warm hat, das Blut färbt den Rand dunkel. Sie fühlt die Stirn, wenn doch nicht diese großen offenen Augen wären, wie nackt das gütige Gesicht ohne den Kneifer aussieht, wo ist der Kneifer überhaupt, ach da liegt er und ist zerbrochen. Wie leer die intelligenten Augen zum Himmel blicken, wie grausam stumm sind im Gewirr des grauen Bartes die Lippen, die kluge humorvolle Sätze formten, wie eingefallen die Stirn, hinter der so großartige Gedanken ... wieder wird eine Decke durchgereicht. Fritzi rollt sie zusammen, hebt vorsichtig Eisners Kopf an und schiebt sie als Stütze unter den Hals. Jede ihrer Bewegungen wird beobachtet, welche Verantwortung, warum kommt der Arzt nicht?

Schweiß bricht ihr aus allen Poren. Sie betet zu ihrer Mama, und dieses idiotische Gebet fällt ihr ein, das sie früher in der Volksschule immer aufsagen mussten, und das damit endete, dass Gott der Familie Krupp die Gesundheit erhalten möge, und das sie deshalb hasst, und mit ihm gleich alle Gebete, und sie schiebt die Erinnerung fort und betet stattdessen, dass die Rettung kommt, und da ist sie endlich, ein Arzt bahnt sich den Weg, hinter ihm zwei Sanitäter mit einer Bahre.

Der Arzt hält sich nicht lange mit Untersuchung auf. Eisner, der immer noch kein Lebenszeichen von sich gibt, wird auf die Bahre gelegt, dann geht der Arzt weiter und nun sieht Fritzi erst, dass da noch ein Mensch liegt.

Ein junger Mensch liegt nur wenige Meter von Eisner entfernt auf dem Trottoir, schlank, mit blonden Haaren. Zwei Soldaten bewachen ihn, und sie blicken grimmig, sie würden ihn lieber vor dem Standrecht sehen als im Krankenhaus. Aber sie verhindern seinen Abtransport nicht. Auch der Attentäter wird auf die Bahre gelegt und mit heulender Sirene ins Krankenhaus zu Professor Sauerbruch gebracht.

Fritzi wischt die Tränen fort, macht noch eine Aufnahme von den Soldaten, die sich mit zusammen gebissenen Lippen zur Mahnwache aufstellen, und kehrt zum Atelier zurück. Die arme kleine Ruth, die freundliche Else, wer wird es ihnen sagen?

Der beleibte Kunde, der hinter ihr her schnaufte, kehrt ebenfalls zurück und ist recht vergnügt: nun sei es aus mit dem Eisner, diesem Betrüger, man wisse ja, dass der eigentlich Kosmanowski heiße, nun werde in Bayern wieder Ordnung herrschen.

Fritzi ballt die Fäuste in den Taschen von Minnas Kittel.

Die ungeheuerliche Nachricht verbreitet sich sofort im Landtag. Die Rechten behaupten, der Attentäter sei Eisners Putsch zuvor gekommen. Die Vernünftigen widersprechen und verweisen auf Eisners Rücktrittsrede, die er in der Manteltasche hatte. Als ob es das brauchte! Niemand war einer gewaltsamen Machtergreifung abgeneigter als Eisner! Wie ein Lauffeuer geht es herum: der Attentäter ist einer von den Alldeutschen oder der Thule-Gesellschaft, die Eisner in Aibling entführen wollten.

Alois Lindner vom revolutionären Arbeiterrat glaubt, der Auer habe den Attentäter heimlich beauftragt. Voller Schmerz und Zorn stürmt er von der Zuschauerempore des Landtags in den Plenarsaal und schießt auf Erhard Auer: Du Lump!

Ein Abgeordneter stellt sich ihm in den Weg, er schießt ihn nieder und flieht. Daraufhin beginnt im Landtag eine wilde Schießerei, denn viele der Abgeordneten haben Waffen, und die Räte auf den Zuschauertribünen offenbar auch. Zwei Abgeordnete sterben, andere flüchten. Sauerbruch bekommt einen weiteren Patienten, und das Gerücht macht die Runde, Auer habe Eisners Attentäter weiße Rosen überbringen lassen ... hat Alois Lindner mit seinem Verdacht etwa recht gehabt?

Mit vor Tränen rot geschwollenen Lidern bindet Fritzi einen Trauerflor um ihr Bild von Eisner. Keinen Mensch interessiert ihre erste Ausstellung. Keinen?

Max und Rudi toben herein: Generalstreik! schreien sie, und erst der mahnende Blick der Chefin veranlasst sie, die Kappen abzunehmen und höflich zu grüßen. Minna kommt aus der Dunkelkammer und errötet. Auch sie wird aufgefordert, mitzukommen: beim Odeonsplatz gebe es eine Kundgebung. Ach, diese Elemente … Minna ziert sich. Rudi schreit: so ein Element wie ich? Kommens schon, Fräulein, die Revolution müssen wir alle gemeinsam machen. Auch Sie, Frau Chefin, sagt er mit einer Verbeugung, und Emma lächelt und verspricht, später zu kommen.

Die „erlichen Matrosen" stürmen hinaus, Max zerrt Fritzi an der Hand hinter sich her. Ein fescher Kerl, denken Emma und Minna, und Emma holt seufzend den Schlüsselbund, um das Atelier Elvira zu schließen. Heute wird wohl keiner mehr kommen, alle Menschen laufen am Laden vorbei Richtung Odeonsplatz. Nein, da hält ja doch jemand auf die Tür zu.

Der Sepp kommt mit den Kindern. Nicht wiederzuerkennen sind sie, gebadet, gekämmte Haare, die Lisei trägt eine Schleife im Haar, der Girgl lange Hosen und eine zu große schwarze Manchesterjacke, und das Gretel hat einen Blumenstrauß für Fritzi, der den Sepp jetzt im Februar ein Vermögen gekostet haben muss. Der Sepp hat sich für einen dunkelgrauen Bratenrock aus dem Merkschen Fundus entschieden, dazu eine schwarze Schleife zum weißen Hemd und Zylinder. Alle tragen Trauerflor am Arm. Ernsthaft gehen sie herum, betrachten die Fotografien, der Sepp nimmt die kleine Gretel auf den Arm, denn sie ist untröstlich, dass Fritzi nicht da ist, und zeigt ihr das Familienbild vor dem Haus in der Unteren Grasstraße. Die Kleine schaut erschrocken und fragt: Ist das Leben nicht bunt?

Die zweite Revolution

Die Welt ist bunt, und sie ist revolutionär. Betriebe und Trambahnen stehen still. Bewaffnete Arbeiter patrouillieren.

– Alle Macht den Räten! skandiert der revolutionäre Arbeiterrat und besetzt die bürgerlichen Pressehäuser, die seit Monaten antisemitisch gegen Eisner gehetzt haben. Sie sind schuld an seiner Ermordung, kein gutes Haar haben sie an seiner Regierung gelassen, vor keinem seiner Erfolge hatten sie Respekt. Fritzis Trauer ist wie weggeblasen: es gilt, in Eisners Sinn zu agieren. Jetzt machen sie die zweite Revolution, wie Eisner sie von den Räten gefordert hat.

Auf der Sendlinger Straße treffen sie Hilde und Rudi mit Jette.

– Überall ist Revolution! Jetzt rufen wir die Räterepublik aus! Wir brauchen kein Parlament mit reaktionären Sesselbrunzern, wir brauchen Räte mit imperativem Mandat! Verstehst du mich jetzt? ruft Hilde und drückt Fritzi so fest, dass ihr die Luft wegbleibt. Dann stürmen sie das Pressehaus der Münchner Neuesten Nachrichten.

– Jetzt schreibt ihr, was *wir* wollen! Nieder mit der Hetze! Alle Macht den Räten und einer freien sozialistischen Presse!

Der Redaktionsbote kommt mit einer Drahtnachricht. Er sieht die revolutionäre Ansammlung und will sich verdrücken. Aber Jette schneidet ihm den Weg ab und streckt die Hand aus: Her damit!

Er reicht ihr das Papier. Jette liest und jubelt: In Würzburg hat der Soldatenrat das Rathaus besetzt! Auf dem Rosenheimer Rathaus weht die rote Fahne!

Sie küsst den verblüfften Jungen und befiehlt: Bring uns alle Drahtberichte, und wehe wenn du was verheimlichst!

– Dann hängen wir dich auf, droht Rudi, aber Hilde winkt ab: Keiner wird mehr aufgehängt! Einen Kuss für jedes Telegramm!

Der Junge verschwindet mit rotem Kopf. Der Rudi schüttelt den Kopf, aber Jette lacht und meint, eine Revolution ist immer auch eine Revolution der Liebe, und das findet Hilde ganz entschieden auch: Stempel vom Standesamt? Schaffen wir ab! Es lebe die freie Liebe!

– Es lebe die freie Liebe! schreit Fritzi und küsst den Max auf den Mund vor aller Augen, und der Max erwidert ihren Kuss, seine Augen leuchten: jetzt gilts!

Verrückt, denkt Fritzi und beschaut die verblüfften Redakteure, die nicht wissen wie sie sich verhalten sollen. Verrücktheit brauchts, Revolution gegen die Normalen! Die Herrschenden sind grässlich normal und langweilig und bestimmen, dass alle so normal und langweilig sein sollen wie sie. Fritzi denkt an die freien Aussprachen im Goldenen Anker, an den unkonventionellen Sonntag in Eisners Villa, an die Freiheit die Eisner erkämpft hat. Die gilt es zu erhalten. Die Wahlen zum Landtag und Reichstag sind bedeutungslos, wir sind Räte und regieren uns selbst! Die Revolution muss weitergehen, mit ihr. Am 7. November hat Fritzi doch nichts getan, ist nur mit der Menge mitgezogen und hat mit dem Hari Knödel gegessen. Jetzt gilts!

Der Botenjunge keucht heran und hält ihnen ein weiteres Telegramm hin. Er strahlt und formuliert vorsichtig: Es lebe die Revolution!

Dafür bekommt er wieder einen Kuss, diesmal von Hilde. Jette liest vor: Schweinfurt, Ingolstadt und Burghausen haben ihre Bürgermeister abgesetzt und werden von Arbeiter- und Soldatenräten regiert! In Augsburg sind die Redaktionen von wütenden Arbeitern verwüstet worden!

Sie besieht die Redakteure. Rudi meint lässig, da könnten die Herren sehen, wie nett die Münchner Revolutionäre zu ihnen seien.

Jette fährt fort: Und alle Gefangenen sind befreit worden!

Hilde und Jette jubeln, Rudi fordert die immer noch starren Redakteure auf: Schreibt, das gehört in die Abendausgabe! Auf gehts! Es lebe Eisner! Es lebe die Räterepublik!

Fritzi fotografiert den Boten mit den links und rechts untergehakten Frauen. Sie will auch eines von den Redakteuren machen, aber die halten sich die Morgenausgabe vor die Gesichter.

– Feige Bande! Fotografien fehlen in eurer langweiligen Bleiwüste! Stellt Fotografinnen ein!

– Überhaupt Frauen! Hilde sieht sich suchend um. Ist wohl ne reine Männerwirtschaft hier, oder was?

– Habts ihr gedient? brüllt der Max plötzlich mit Feldwebelstimme. Die Redakteure springen auf, schnarren Namen und Dienstgrad heraus und Klick! hat Fritzi sie im Kasten.

– Siagst, klappt immer noch, sogar in der Republik, grinst der Max, und der Rudi kriegt sich gar nicht mehr ein.

Lachend trollen sie sich.

Auf der Sendlinger Straße meint Hilde nachdenklich zu Fritzi: Wir sind immer nur die Tippsen, es wird Zeit für Redakteurinnen.

– Ja, und für Fotoreporterinnen, sagt Fritzi und hakt sich beim Max unter, und der bei Jette, und die beim Rudi, und Hilde nehmen sie in die Mitte. So gehen sie als Fünferreihe durch die Sendlinger Straße und rufen: Es lebe die Revolution! Alle Macht den Räten! Hoch die Weltbefreiung! Nieder mit der Reaktion!

Am Rindermarkt wollen sich viele bei ihnen einhängen, und weil das nicht geht, bilden sich hinter ihnen weitere Fünferreihen, und so erreichen sie den Marienplatz. Der Rudi springt auf den Fischbrunnen und hält eine Rede, dass sie einig sein müssen gegen die Kräfte der Reaktion. Er berichtet von den Arbeiterräten in Würzburg, Ingolstadt, Kolbermoor und Schweinfurt und fordert einen gesamtbayrischen Rätekongress, und der Beifall ist so enorm, dass er beinahe in den Brunnen gestürzt wäre, wenn Jette ihn nicht an den Matrosenhosen gepackt hätte.

– Brecht dem Hoffmann die Gräten! Alle Macht den Räten!

Lachend ziehen sie weiter zum Odeonsplatz, dort treffen sie unter Menschenmassen Franzi mit den Genossen vom Künstlerrat und einige Frauen vom BSF. Trude umarmt Fritzi und meint, es sei trotz allem kein Fehler gewesen, für die USPD auf die Dörfer zu ziehen.

– Nein, natürlich nicht!

– Na, weil es doch jetzt keine Parteien sondern nur Räte gibt, und die Kommunistinnen sind doch dagegen.

– Vergeben und vergessen! rufen Franzi und Hilde, die eine von der KPD, die andere von den Internationalisten, jetzt gehe es um die Errichtung der Rätedemokratie. Mühsam hält eine flammende Rede auf den Stufen der Feldherrnhalle und fordert eine Volksdiktatur mit radikalen Mitteln: die sofortige Enteignung des Großgrundbesitzes und der Banken. Bayern möge sich von der Weimarer Regierung lösen und sich mit Russland verbünden, und natürlich müsse sofort die Presse besetzt werden, um neue Brandstiftung zu verhindern.

– Schon geschehen! ruft Fritzi übermütig und bekommt jede Menge Applaus. Keiner fragt sich, wie lange das alles halten wird. Vom Wittelsbacherpalais rennt ein Soldat herüber, springt auf die Stufen und schreit: Der Arbeiterrat hat einen Zentralrat gebildet! Vorsitzender ist Ernst Niekisch!

Es gibt welche die murren. Ernst Niekisch ist SPDler und hat bei weitem nicht das Charisma Eisners.

– Es ist nur der Vorsitz! schreit der Soldat, damit wir nicht alle durcheinander reden! Einer muss für Ordnung sorgen – entscheiden tun wir gemeinsam!

Alle lachen, auch Anita Augspurg, die mit Lida Gustava Heymann und Constanze Hallgarten gekommen ist. Diese drei feinen Damen verblüffen Fritzi immer wieder. Sind sie etwa auch für eine Räterepublik?

– Wir müssen diese Männerregierung wieder abwählen, meint Lida, der alte Reichstag und die neue Nationalversammlung haben ein verflucht ähnliches Aussehen. Wie brutal und undankbar war dieser Meuchelmord, Eisner hat den Volksstaat für Männer und Frauen geschaffen …

... und dafür haben die Frauenfeinde ihn gehasst, sagt Constanze.

– Eigentlich waren es nicht die Kugeln, die ihn trafen! Getötet haben ihn die Lüge, die Verleumdung, der Neid, die giftige Wut der Menschen, die es nicht ertragen konnten, einen Menschen mit reinem Herzen und reiner Hand an der Stelle zu sehen, wo sie bisher Missetäter und versteckte Verbrecher, gierige Raffer und gewalttätige Egoisten gewohnt waren!

Das sagt Anita, und ihr kommen die Tränen. Wie soll es nur weiter gehen?

Fritzi spürt: diese zweite Revolution ist notwendig, aber die Seele der Revolution war Eisner. Sie werden ihn noch furchtbar vermissen.

Es ist spät, als Fritzi nach Giesing in das kleine schiefe Haus in der Unteren Grasstraße zurückkehrt. Sie sieht den sanften Kerzenschein im Fensterchen, riecht den Knaster und weiß: der Sepp sitzt in der Küche und raucht sein Pfeifchen, im Dachkämmerchen schlafen die Kinder. Wie gut heimzukehren.

– Schöne Bilder, kommt seine Stimme aus dem Dunkel, Kompliment, Fräulein Prolet ist Fräulein Fotografin geworden.

Ach, ihre Ausstellung! Die hat Fritzi völlig vergessen. Ihr Rollfilm ist schon wieder voll mit Ereignissen dieses aufregenden Tages, der so traurig begann und so hoffnungsfroh endete. Sie muss morgen früh raus und ihn entwickeln, Streik ist nichts für Fotoreporterinnen.

– Bin doch nur Elevin. Sie setzt sich zum Sepp und erzählt, dass sie nun wirklich, wie die Lisei sagen würde, auf der Revolution war. Eisners Tod wird gesühnt, erklärt Fritzi feierlich und trinkt einen großen Schluck Bier aus Sepps Krug, durstig macht diese Revolution. Die Pressehäuser seien besetzt, Bayern werde jetzt vom zentralen Arbeiterrat regiert, und es sei Generalstreik, drei Tage lang.

Der Sepp zieht nachdenklich an seiner Pfeife: Wenn das nur gutgeht. Der Eisner wollte immer eine freie Presse.

– Die freie Presse hat immer gegen Eisner gehetzt!

Ja, aber so sei das in der Demokratie. Er habe gehört, Auer sei auch erschossen worden.

– Nein, der Auerochs lebt, zwei andere Abgeordnete sind leider tot. Es hat eine wilde Schießerei im Landtag gegeben!

Der Sepp befürchtet, die Landtagsabgeordneten werden zurück schlagen: Wenns nur nicht so ausgeht wie in Berlin, das hat Rosa Luxemburg und Karl Liebknecht das Leben gekostet. Die haben auch nur die Presse sozialisieren wollen, dann hat Ebert die Truppen eingesetzt.

– Aber Rosa und Karl sind nicht von Soldaten ermordet worden, wendet Fritzi ein.

– Nein, von militärischen Banden, die sich Rechte heraus nehmen, die ihnen nicht zustehen. Das unselige Gesetz, das

Bürgerwehren erlaubt, weil der Herr Reichspräsident seine Nationalversammlung durchsetzen will, wenn nötig mit Gewalt. Da stören die Spartakisten.

Fritzi schaut zum Herrgottswinkel. Der Sepp hängt seine Überzeugung nicht an die große Glocke, das Reden ist auch nicht seins, aber neben dem Bebel hängen seit 19. Januar zwei Postkarten von Liebknecht und Rosa Luxemburg, und die Schlägerei im Wirtshaus Geretzhauser begann mit einem Faustschlag vom Sepp ins Maul von einem, der ständig ein Hoch ausbringen wollte auf die edlen Herren, die Berlin von den verfluchten Spartakisten befreit hätten.

– Ist sie mittlerweile eigentlich …

Der Sepp schüttelt den Kopf und sagt wütend: Nein. Immer noch nicht gefunden. Ermordet und verscharrt, so geht das bei die Preußen.

Fritzi meint nachdenklich, Bayern müsse seinen eigenen Weg gehen. Eisner habe das gesagt, und Mühsam habe gemeint, Bayerns Bündnispartner seien Ungarn und Russland, nicht Preußen.

Beinahe hätte der Sepp laut gelacht. Die Preußen sind zwar verhasst in Bayern, aber die Russen noch viel mehr – nicht weil man Russen kennt, sondern weil man bolschewistische Zustände auf keinen Fall will.

– Nur die Reichen wollen das nicht, sagt Fritzi eifrig, die müssen endlich enteignet werden. Vorübergehend brauchen wir eine Volksdiktatur.

Der Sepp zieht skeptisch an seiner Pfeife. Fritzi steigt die Leiter hinauf und fällt zwischen den Kindern in tiefen Schlaf. Als sie einige Tage später mitten in den Tagungen des Rätekongresses ein Flugblatt auffängt, das ein knatterndes Flugzeug über München abwirft, erinnert sie sich wieder an Sepps Skepsis.

„Die durch die ruchlose Ermordung Kurt Eisners geschaffene Erregung benützte eine kleine Gruppe von Gewaltmenschen, in München die Herrschaft an sich zu reißen. Dagegen wehren sich ganz entschieden die Arbeiter und Soldaten von Amberg, Bayreuth, Sulzbach, Regensburg …"

Das Flugblatt nennt weitere Städte, die die „Gewaltherrschaft einer kleinen Minderheit" verurteilen und die Einberufung des Landtags fordern: „Alle wollen die Demokratie und verwerfen die Diktatur, von welcher Seite sie auch kommen möge."

Fritzi zeigt Max das Flugblatt. Der Max liest aufmerksam, dann tippt er auf den letzten Satz: Da kannst du sehen, was die von Demokratie halten!

Fritzi liest: „Ihr habt den Willen gezeigt, die Gewaltherrschaft Dr. Leviens und seines bewaffneten Anhangs zurückzuweisen. In diesem Bestreben unterstützen Euch alle Soldaten des III. Armeekorps. Wenn es nicht anders sein kann, mit Waffengewalt."

– Schneppenhorst will die Armee gegen das Volk einsetzen, nach dem Vorbild Noske, der scheint das neue Ideal der SPD zu sein.

– Und das nachdem er für die Räte gesprochen hat! So ein Verräter!

– Wir müssen endlich die Räterepublik ausrufen!

– Haben wir doch!

– Nein, richtig! So dass die Landtagsabgeordneten mit uns arbeiten – und die das nicht wollen, können ja Privatiers werden.

– Ich fürchte, man wird sie verhaften müssen, denn das werden sie nie und nimmer zulassen!

München 1923. Rosa

Paula rief bei Marie an und erzählte, dass niemand in der Redaktion des „Völkischen Beobachters" sei: „Alle sind im Bürgerbräu! Die hier Stallwache halten, wirken aufgeregt wie junge Hähne, aber ich kann nicht herausfinden, warum. Sie halten eisern dicht. Ich bin mir sicher, sie werden mich ins Bürgerbräu schicken, wenn es ums Diktieren weltbewegender Ereignisse geht, aber alles deutet darauf hin, dass dieses Ereignis erst für morgen geplant sind. Heute nacht wird nichts mehr geschehen. Ich habe jetzt Feierabend. Wir mussten einen Spitzel ins Bürgerbräu senden!"

„Gibt es eine Spur von Fritzi?"

„Nein, gar nichts, leider."

„Von den Stadträten?"

„Auch nicht. Aber ein Spitzel im Bürgerbräu könnte_dies herausfinden. Wenn mich nicht alle kennen würden, ginge ich dort kellnern!"

Marie dankte Paula, die versprach, sie auf dem Laufenden zu halten, und legte den Hörer auf. Nachdenklich blickte sie die anderen Frauen an. Hetti brachte ihre Tochter heim, wollte Richard informieren und schnell wieder zurück kommen. Jette kehrte zurück und schüttelte traurig den Kopf. Sie war zu einigen von Fritzis Lieblingsorten gefahren, hatte dort auch Leute befragt, aber niemand wusste, wo Fritzi war. Schweigend saßen die Frauen um Maries Tisch und überlegten. Plötzlich schlug Rosa auf den Tisch und rief: „Thekla!“

Um Thekla Egl war es still geworden nach den Kämpfen um München. Sie war zu einem Jahr Festungshaft wegen Hochverrat verurteilt worden. Nach ihrer Entlassung hatte sie Eugen Karpf, einen Adjutanten Egelhofers, einen Künstler und Graphiker geheiratet. Eine seltsame Heirat dort draußen auf der Festung Niederschönenfeld, die vermutlich weniger mit heißer Liebe als mit Gefangenenhilfe zu tun hatte, denn als Gattin hatte Thekla ein Recht auf regelmäßige Besuche. Immer wieder schlug sie Alarm, wenn es den Gefangenen schlecht ging, immer wieder griff Rosa ihre Informationen auf und forderte im Landtag Verbesserungen der Haftbedingungen.

„Dazu kriegst du Thekla nie!“ mutmaßte Tilde.

„Warum?“

„Die wird sicher nicht die Agentin spielen und ihren Feinden ins offene Messer laufen!“

„Ist Thekla nicht selbst eine Gegenagentin?“ meinte Marie. Sie hatte von Zenzl gehört, Mühsam sei überzeugt, dass Thekla einen bewaffneten Aufstand in der Festung hatte organisieren wollen.

„Schmarrn!“ Rosa war deutlich.

Anita hielt dies ebenfalls für eine Unterstellung. Thekla habe stets gegen Leviné und Levien geredet: „Gewaltmenschen hat sie sie genannt!“

„Narrisch sans worden in der KPD,“ meinte Tilde mürrisch, „überall sehns Spitzel und Agenten!“

Könne man ihnen nicht übel nehmen, sagte Lida, die Rechten seien so stark geworden, denen gelänge es, sich einzuschleichen. Habe man nicht neulich einen falschen Parteivorstand als Polizeispitzel entlarvt?

Rosa nickte beschämt. Peinlich war das gewesen. Sie verbürge sich für Thekla, die sei genau die richtige für diese heikle Aufgabe. Theklas Mutter habe schon gekellnert, Thekla auch, die kennt sich aus, erklärte Rosa und bat Marie um das Telefon.

Hölletodundrevolution

Am 26. Februar 1919 wird Kurt Eisner beerdigt. Fritzi ist mit einer roten Armbinde als Ordnerin auf der Theresienwiese. Hier sammeln sich die Menschen, um ihren ermordeten Ministerpräsidenten durch die Stadt zum Ostfriedhof zum letzten Mal zu begleiten. Fritzi hat sich freiwillig als Ordnerin gemeldet, weil sie so alle Gruppen fotografieren kann. Jette stößt sie in die Seite: da kommen die Penzberger Bergleute vom Bahnhof. Knappen im schwarzen Habit mit weißen Federbuschen an den Hüten, Jette und Fritzi lächeln die Kumpel an: Glück auf!

Fritzi fotografiert die Knappen, die sich bereitwillig aufstellen, und da verschwimmt ihr doch wahrhaftig das Bild im Sucher. Ist das Heimweh? Was der Vater in Essen wohl macht? Ob es ihm gut geht mit seiner Elsa und dem kleinen Theo? Fritzi wischt die Tränen energisch von den Wangen und nimmt sich vor, ihm das Foto von den Penzbergern schicken.

So viele Menschen, Eisner das letzte Geleit zu geben, denkt Fritzi, während sie hierhin und dahin eilt, Gruppen von Menschen bittet, sich aufzustellen. Welche Wahlzettel haben sich diese Massen im Januar geben lassen? Es ist so bitter, und das sagt auch eine Frau, auf deren Kranz „USP Augsburg" steht: Hölletodundrevolution, wenn alle, die hier stehen, ihn gewählt hätten, wäre er jetzt Ministerpräsident, und das Leben wär schön.

Fritzi darf sie fotografieren, eine hübsche temperamentvolle Frau mit lockigen dunklen Haaren und schönen braunen Augen, Lilly heißt sie und ist von der USP Augsburg. Sie hat Eisner nach Augsburg eingeladen, erzählt sie, am 4. Januar habe er auf ihrer Versammlung gesprochen!

– Einigkeit, Hölletodundrevolution, fordert Lilly. Auch in Augsburg war Streik, auch sie hat die Zeitungen besetzt, es kam aber auch zu Gewalttätigkeiten, die ihr nicht gefielen. Sie will Mehrheitler und Unabhängige versöhnen.

– Jeder Tag nach Eisners Ermordung macht die Mörder stark, ruft Lilly, wir müssen die Räterepublik ausrufen, jetzt, sofort, Hölletodundrevolution! Eisners Mörder hat nicht allein gehandelt, wir müssen diese Geheimbünde zerstören!

– Verschwörungstheorie, meint einer abfällig.

– dass die Erde um die Sonne kreist, war auch mal ne Verschwörungstheorie, sagt Lilly erregt, wir müssen diese Banden festnehmen, ehe sie noch mehr Unheil anrichten! Und sie können das, denn sie kriegen Geld von reichen und einflussreichen Männern, von Verlegern wie Lehmann, Industriellen und Pfaffen, die den Kommunismus fürchten wie den Leibhaftigen und Militärs, die um ihre Zukunft bangen.

– Ist ja schon gut, murmelt der Verschwörungstheoretiker.

– Die zweite Revolution muss mit der Sozialisierung der Großunternehmen beginnen, Hölletodundrevolution, fordert Lilly.

Fritzi könnte diese fluchende Lilly umarmen, sie sagt genau was sie auch denkt, und sie will diese neue Freundin nicht verlieren, jetzt, wo sich der Zug in Bewegung setzt. Sie verabreden sich im Kriegerheim in Giesing, denn Fritzi eilt jetzt den Menschen voran, weil sie am Nockherberg Fotos machen will.

Menschen ziehen an ihr vorbei, viele Frauen mit Trauerschleier an den Hüten sind darunter. Neugierige Jugendliche sind auf die Bäume neben der Reichenbacher Brücke geklettert, auf allen Mauern sitzen Menschen, Kinder rennen herum und werden ermahnt, manierlich zu gehen.

Gustav Landauer fährt mit Eisners Witwe Else in einem schwarzen Automobil, begleitet von Bewaffneten. Man hat Angst, dass auch auf ihn ein Attentat verübt wird. Sogar Hunderte russischer Kriegsgefangener ziehen mit einem großen Foto Eisners im Zug mit. Sie verdanken Eisner ihre Freiheit, konnten aber noch nicht nach Russland zurück kehren. Und Kränze, immer wieder Kränze, manche so groß und schwer, dass sie auf Holzstellagen über den Köpfen der Menschen schwanken. So ziehen Zehntausende durch München, begleitet von Kapellen, die Trauermärsche spielen, bis zum Haupteingang des Ostfriedhofs. Plötzlich stutzt Fritzi.

In einer Gruppe vom Landessoldatenrat geht ein Mann mit einer roten Armbinde, der ihr bekannt vorkommt. Er trägt eine rote und eine schwarze Armbinde und hat eine Leichenbittermiene aufgesetzt als trage man seinen Bruder zu Grabe. Der Mockes! Kein Trenchcoat, Uniform. Wie eigenartig, ihn hatte sie hier am wenigsten erwartet. Fritzis Kamera macht Klick, sie ahnt nicht, dass ausgerechnet dieses Foto einmal heiß umstritten sein wird.

Schwarz wehen lange Flaggen von der runden Kuppel des Krematoriums. Am Martinsplatz vor dem Friedhof reiht Fritzi sich wieder in die Reihen des BSF und hört den Traueransprachen zu. Nach Gustav Landauer, Fritz Schröder, Hans Unterleitner und Max Levien spricht eine Frau. Sie ist groß und schlank, trägt eine schwarze Kappe und fordert gestenreich Frieden und Gerechtigkeit. Sie preist Kurt Eisners Rede auf der Friedenskonferenz in Bern, mahnt zur Bescheidenheit und warnt vor Gewalttaten, die niemals Verhandlungen ersetzen. Besonnenheit sei das Gebot der Stunde, die Sehnsucht nach Frieden einige die Menschen.

Anita erkennt in der Rednerin die Schweizer Feministin Annelise Ruegg. Es scheint, dass Ruegg Eisner 1915 in Bern kennengelernt hat. Keine der Frauen in München kennt sie, aber allen gefällt ihre Rede ausnehmend gut.

Im überfüllten „Kriegerheim“ sitzen Max und Fritzi nach der Trauerfeier noch lange mit der infernalischen Lilly und ihrem revolutionären Georg zusammen. Sie verstehen sich. Die Stimmung erfordert Handeln, da sind sie sich einig. Die zweite Revolution muss die Errungenschaften Eisners bewahren und ausbauen.

– Die Revolution liegt noch vor uns, Hölletodundrevolution! Da müssen wir durch! Nieder mit den Reaktionären! Hoch die Räte!

Fotoalbum

Ein Trauerkranz mit zwei drapierten Schleifen. Auf der linken Schleife aufgedruckt „In tiefer Trauer“, auf der rechten „USP Augsburg“. Auf der linken Seite wird der Kranz von einer jungen Frau, auf der rechten von einem jungen Mann gehalten.

Bildunterschrift, handschriftl. mit Bleistift: Lilly und Georg Prem bei Kurt Eisners Beerdigung, 26. Februar 1919

Sie war eine bildhübsche Frau, die Höllen-Lilly, ein höllisches Temperament hatte die! Der Bertolt Brecht schrieb ihr schon im zweiten Kriegsjahr ins Poesiealbum: „Kalt oder heiß – nur nit lau! Schwarz oder weiß – nur nit grau!" Lau und grau war die Lilly nie. Und dann hat er ihr die Ballade von der Höllen-Lilly geschrieben, sie war bis zum bitteren Ende in der vordersten Reihe.

So eine war sie, die Tochter eines Zirkusdirektors. Die ist nichts halbherzig angegangen, alles sofort angepackt und durchgezogen. Am Anfang war ich fast eifersüchtig, wie Fritzi auf sie flog, die beiden mochten sich von der ersten Sekunde an und schwatzten ununterbrochen. Lillys Charme konnte keiner widerstehen. Die Lilly hatte dunkelbraune Locken, ein schönes Gesicht und eine Traumfigur. Also, damals war dieser mollige Typ eine Traumfigur, die Dünnen wie ich kamen erst später in Mode. Georg war zurückhaltender, aber in der Sache so zielstrebig wie sie. Die beiden hatten 1917 geheiratet und waren ein typisches Paar, das ständig streitet und sich wieder versöhnt. Eigentlich gebührt der Lilly das Denkmal, als erste die Räterepublik ausgerufen zu haben. Augsburg rief schon am 4. April die Räterepublik aus, während unser Zentralrat noch redete und redete. Lilly gab den Ausschlag – ob dies nun gut oder schlecht war, die Kommunisten hielten die Aktion ohnehin für verfrüht, aber Lilly ging es immer um Freiheit und Gerechtigkeit, wie Fritzi. Georg wurde zu Festungshaft verurteilt wegen Hochverrat. Lilly hat ihm treu beigestanden, sie ist sogar nach Bayreuth gezogen, um ihn in

St. Georgen besuchen zu können. Mit Politik wollte sie nach der brutalen Niederschlagung nichts mehr zu tun haben, und als Georg rauskam, ging die Ehe in die Brüche, warum weiß ich nicht. Aber die Höllen-Lilly erfüllte sich einen Traum und ging nach Italien, und das ist das Letzte was ich von ihr gehört habe. Ob sie immer noch flucht, jetzt auf Italienisch?

Ein abgelehnter Antrag

– Wir müssen nach vorn schauen, sagt Anita, wenn wir jetzt nicht im Rätekongress aktiv sind, steht es schlecht für uns. Mit Eisner haben wir einen Frauenfreund verloren.

Thekla geht als Delegierte des BSF zu den Räten, die vom 25. Februar bis 7. März im Landtag tagen. Der zweite Kongress soll über die künftige Regierungsform entscheiden. Genauer gesagt, den Landtag am Entstehen hindern. Unter den Delegierten sind nur wenig Frauen, aus den bekannten Gründen: Räte werden in Betrieben und Organisationen gewählt, in denen keine oder wenig Frauen vertreten sind. Anita und Lida schwenken triumphierend ihre Delegiertenkarten: sie haben sie von Mühsam und Landauer persönlich erhalten. Sie wollen das Thema „Frauenräte“ auf die Tagesordnung setzen.

Fritzi fragt, ob es nicht besser sei, Gleichheit in allen Räten zu fordern?

– Du meinst Parité in allen Räten?

Fritzi nickt. Sie findet es doppelt ungerecht, erst die Munitionsarbeiterinnen zu entlassen und ihnen dann die Stimme zu verweigern, weil in der Rüstungsindustrie keine Frauen mehr arbeiten!

Marie gibt Fritzi recht.

– Wir fordern beides, sagt Thekla entschieden: Ich werde als Vertreterin des BSF Parité in den Räten fordern, und Anita einen Frauenrat. Hetti wird für die USP Entschädigung für die zu Unrecht erlittene Haft nach dem Januarstreik fordern, die beiden Sophies für den Arbeiterrat und die Mehrheitler entsprechend abstimmen.

– Sechs Frauen macht 2 Prozent Vernunft, meint Rosa Aschenbrenner, außerdem müsst ihr erst mal die Waffenfrage klären.

Alle sehen Rosa verblüfft an. Diese meint, dass Lindners Attacke auf Auer unblutiger verlaufen wäre, wenn Abgeordnete und Zuschauer unbewaffnet gewesen wären.

– Wer hat den Osel erschossen? fragt Rosa, jeder schiebt es dem Lindner zu, aber er wars nicht!

– Ja wer war es denn? fragt Tilde verblüfft.

– Das ist es eben, dass mans nicht weiß! Von der Tribüne wurde ja auch geschossen.

Lida fragt ungläubig: Du meinst sie erscheinen morgen in Waffen zum Kongress? Wir sind doch nicht im wilden Westen!

Rosa zuckt die Schultern. Weisst scho, ohne Waffe koa rechtes Mannsbild …

– Das werden wir ja sehen, sagt Thekla und sieht ihre Mitdelegierten kampfeslustig an.

Hetti lacht plötzlich laut. Den fragenden Blicken erzählt sie: Politisiert hams, da Xare und da Tome: Obs des gibt, so a Völkerverbrüderung? – Auweh, da san die richtinga zwoa zammkemma. Wia is nachad ausganga? – Übermorgen is d Leich.

Heiter verabschieden sie sich. Nur Hilde schüttelt den Kopf und murmelt, selbstverständlich müsse man das Proletariat bewaffnen, wie anders solle die Revolution erfolgreich zu einer sozialistischen Republik führen. Aber die anderen sind sich einig: Waffen tragen nicht zum politischen Umgangston der neuen Zeit bei.

Fritzi tröstet Hilde: Wenn das Reden nix hilft, können wir den Bürgern immer noch die Waffen wegnehmen und den Proleten geben!

– Kein Blutvergießen mehr, keine Waffen, sondern Frieden nach diesen entsetzlichen Zeiten, die wir erlebt haben, freundliches Verstehen und vernünftiges Handeln, mahnt Lida, und mit diesen Worten mahnt sie auch die Räte des Kongresses, die tatsächlich bewaffnet erschienen sind und als erstes die Bewaffnung des Proletariats fordern.

– Man kam überein, diese Frage nicht im Saal mit Waffengewalt zu entscheiden, sondern die Waffen an der Garderobe abzugeben, erzählt Anita humorig beim nächsten Treff, der in ihrer Wohnung statt findet.

– Aber niemand bedachte, dass die Männer jederzeit ihre Waffen an der Garderobe abholen kann! ergänzt Lida.

Die Frauen grinsen.

– Von der Zuschauertribüne wurde gejohlt, gepfiffen und ständig dazwischen gebrüllt.

– Mitten in die Debatte marschiert die Dürrsche Truppe, schreit „Hände hoch!" und verhaftet Levien und Mühsam! erzählt Sophie Setzer empört: Das ging so schnell, die haben die beiden rausgezerrt, wir hatten keine Chance, einzugreifen! So arbeitet Auers bewaffnete Schutztruppe! Stell dir vor, die Delegierten hätten in diesem Moment zu den Waffen gegriffen, es hätte die tollste Schießerei gegeben, wir könnten tot sein!

Anklagend blickt sie auf Sophie Steinhaus, als sei die Mehrheitlerin dafür verantwortlich.

– Sie sind ja schon wieder frei, sagt Sophie verlegen, wir werden untersuchen, wie es dazu kommen konnte.

Marie schüttelt ungläubig den Kopf. Anita lacht: Im Nachhinein klingt es komisch, ich weiß. Aber wie können wir in einer solchen Unruhe sachlich debattieren? Es geht doch um unsere Zukunft!

– Wir beschlossen, einzelne besonders aufgeregte Abgeordnete zur Seite zu nehmen und sie außerhalb des Sitzungssaales in persönlicher Aussprache zur Einsicht und Vernunft zurückzuführen, erzählt Lida.

Thekla kichert: Erfahrungen als Krankenschwester oder Volksschullehrerin waren dabei sehr nützlich! Nach langer Debatte beauftragte Niekisch einige Männer mit der Bewachung der Waffen an der Garderobe. Ein kleiner Schritt für die Männer, aber ein großer Schritt im Umgang mit Demokratie.

– Egelhofer hat Misshandlungen kommunistischer Delegierter durch die Bahnhofskommandantur angezeigt, sagt Lida, was ist da eigentlich los?

– Ein gewisser Aschenbrenner kujoniert am Bahnhof die Leute, malträtiert Gefangene auf Transport mit der Peitsche, verlangt Ausweise, will Leute nicht nach München rein lassen oder nicht raus. Dazu ist er nicht befugt, das macht die Menschen zu Recht wütend, erklärt Rosa und fügt vehement hinzu: Mit dem bin ich nicht verwandt!

Lida kommt mit einer Flasche Apfelsekt: Lasst uns den internationalen Frauentag feiern, er hat mit dem Kongress eines gemeinsam: er ist offiziell nicht als Feiertag anerkannt, und Frauenräte haben wir auch nicht durch gekriegt.

– Es war zu spät, erklärt Anita und öffnet die Flasche: alle wollten heim. Vielleicht war der Antrag auch ungeschickt formuliert …

– Nein! War er nicht ! Er war völlig klar! rufen die Delegierten einstimmig, die Männer hatten einfach keine Lust, sich damit zu befassen!

Sie stoßen an.

– Ja sammer denn nun a Räterepublik? fragt Tilde schüchtern. Hilde lacht bitter auf: Nein, sind wir nicht. Wir haben das Proletariat nicht bewaffnet.

– Nun ja, der Rätekongress hat eine Regierung gewählt …

... aber die Räterepublik mit Zweidrittelmehrheit abgelehnt, fällt Hilde der bedachtsamen Sophie ins Wort.

Anita erklärt energisch: Wir haben uns gegen die Wiedereinführung des Landtages ausgesprochen, ganz unmissverständlich, liebe Hilde – und der Landtag ist vor uns geflohen. Ohne Waffengewalt. Prosit!

Die Frauen nippen ihren Sekt schlückchenweise, eine Vorkriegsflasche aus Anitas gehüteten Kellerschätzen, ein seltener Genuss. Und Fritzi hebt ihr Glas und sagt, was sie neulich vom leicht angesäuselten Sepp gehört hat: Liaba a Räterepublik ois wia gar koa Gfrett net!

Fotoalbum

Ein junges Paar mit einem etwa dreijährigen Kind. Mann und Frau stehen hinter einem Grabstein, umgeben von efeuumrankten Bäumen. Das Kind auf dem Arm des Mannes zeigt ein Steinchen in der erhobenen Hand und wird offenbar ermuntert, dieses auf den Grabstein zu legen. Die Eltern lächeln, das Kind schaut mit großen Augen in die Kamera.

Bildunterschrift, handschriftl., mit Bleistift: Sonjas 1. Todestag, 29. März 1919

An Sonjas erstem Todestag gingen wir zum israelitischen Friedhof. Mir war noch frisch in Erinnerung, wie die Kieberer uns bei der Beerdigung belauert hatten. Ich begleitete Fritzi, denn sie wollte weder dem schrecklichen Witwer begegnen noch Sonjas Schwestern. Sie waren ihr unheimlich, weil sie Sonja sehr ähnlich sahen aber völlig verschieden waren. Und da stand sie vor Sonjas Grab, die Kleinfamilie Leviné: Rosa, Genija und der Kleine. Wir hatten sie noch nie zuvor gesehen – drei Wochen später war Leviné der wichtigste Mann der zweiten und leider auch der letzten Räterepublik.

Genija erzählte von der ersten russischen Revolution, von Trotzki, Sonja und vielen anderen Revolutionären, die 1905 den Zaren davon jagen wollten – was ihnen erst 1917 gelang. Fritzi beschrieb Leviné den russischen „Schokoladenmann" und fragte, ob er sich vorstellen könne, dass dieser Mensch Sonja ermordet habe. Leviné sah sie aus schwarzen Augen nachdenklich an. Sonja Rabinowitz sei eine der mutigsten Frauen vom „Bund" gewesen, meinte er, aber nach ihrer Heirat mit diesem deutschen Nationalisten habe er sie nur selten gesehen. Vielleicht hatte sie sich verändert? Rosa Leviné vermutete, dass Lerch für Sonja ein Klotz am Bein gewesen war. Nur gemeinsam könne ein Paar Revolution machen, bei grundsätzlich verschiedenen Standpunkten sei es besser, sich zu trennen. Dabei sahen sie sich verliebt an, das Kind zappelte in ihrem Arm, wurde hinunter gelassen und durfte zwischen den efeuüberwucherten Gräbern den Eichhörnchen hinterher jagen.

„Wir Revolutionäre sind alle Tote auf Urlaub," erklärte Leviné. Es klang traurig, aber nicht resigniert. Aufgeben? Für ihn keine Option. Dafür hassten ihn seine Gegner am meisten.

Keiner von uns ahnte an jenem kühlen Märzsonntag, dass kein Vierteljahr vergehen würde, bis Leviné nicht weit von Sonja seinen Platz finden würde …

Ich weiß, warum Fritzi dieses Foto wichtig ist. An jenem Sonntag hatte sie nicht nur unerwartet einen Freund von Sonja gefunden, sondern Leviné kennen gelernt wie er war, ein liebevoller Ehemann und Vater, etwas unglücklich, weil er zu wenig Zeit für seine Familie hatte, weil er keine Entscheidung treffen konnte zwischen der Liebe zu zwei Menschen oder zur ganzen Welt, die es zu verändern galt. Später wurde er als gefährlicher Gewaltmensch dargestellt, ständig wurde nur dieses schreckliche Polizeifoto von ihm veröffentlicht, kahlgeschoren, Stoppelbart, mit dieser unsäglichen Kappe, die sie allen Revolutionären aufsetzten, um sie zu diffamieren, die linke Hand auf die rechte gelegt, um den Achter zu verdecken, und die Profilaufnahme so entstellt, dass Genija wie eine jüdische Karikatur der Naziflugblätter aussah.

Ein Wochenende im April

Der Frühling kommt, warm und sonnig wie aus dem Bilderbuch, der Landtag wählt den Mehrheitler Johannes Hoffmann zum Ministerpräsidenten, der Zentralrat akzeptiert das nicht. Alle Minister außer Hoffmann und seinem Innenminister Endres treten zurück, der Landtag flüchtet nach Bamberg.

Zu feige, sich den Räten zu stellen, denkt Fritzi. Die wiederum besetzen den frei gewordenen Landtag und tagen dort in Permanenz, wie sie es nennen. Wieder sind Anita Augspurg, Lida und die beiden Sophies als Delegierte dabei. Was hecken die Abgeordneten in Bamberg aus? Man müsste Spitzel haben, denkt Fritzi, aber dafür sind unsere Leute zu arglos. Später erfährt sie, wie nahe sie der Wahrheit ist, denn die Nationalisten haben weniger Skrupel und sind durch ihre Spitzel über das Geschehen in München bestens informiert. Später stellt sich sogar heraus, dass ein Abgeordneter des Bauernrates in Bamberg als Landwirtschaftsminister arbeitet!

Wenn das die zweite Revolution ist, die Eisner machen wollte, dann wäre sie unter seiner Führung anders verlaufen, denkt Fritzi. Sie blickt in Vadas Hühnerhof, immer wieder stiebt der Hahn in die Hühner hinein und entfesselt ein sinnloses Durcheinander. Wären die Hühner allein nicht besser organisiert?

Fritzi und Max sind an einem sonnigen Wochenende im April nach Heufeld gefahren, besuchen die Familie und brechen noch vor Sonnenaufgang zu einer Bergtour auf den Farrenpoint auf. Es ist Fritzis erste Bergtour, über gelb mit Schlüsselblumen betupfte Wiesen folgen sie gewundenen Pfaden durch den Bergwald, Holzstege führen über malerisch schäumende Gebirgsbäche. Hinter jeder Biegung zeigt sich eine neue, atemberaubende Aussicht. An schattigen Stellen liegt noch hoher Schnee. Max' Schwestern und einige Genossen aus Aibling und Kolbermoor sind mit von der Partie, schweigend gehen sie voran.

Bei der Brotzeit auf der Alm werden sie gesprächig. Lois Lahn aus Kolbermoor berichtet von den Erfolgen des jungen kommunistischen Bürgermeisters Georg Schuhmann, dessen Sekretär er seit Februar ist. Stolz erzählt er, wie die Volksbeauftragten ins Rathaus marschiert sind und dem Bürgermeister erklärt haben, Bayern sei nun Räterepublik und damit werde Kolbermoor ebenfalls von Räten regiert, ein Bürgermeister sei nicht mehr zeitgemäß. Der Bürgermeister habe etwas erstaunt geschaut, soso gemurmelt und dann seinen Schreibtisch geräumt. Die Genossen lachen.

– So haben wirs in Kiel auch gemacht, erzählt der Max, der Noske ist zum Gouverneur marschiert und hat ihm erklärt, er sei ab sofort der neue Gouverneur, gewählt vom Matrosen- und Arbeiterrat.

– Und der hat nicht die Wache gerufen?

Max grinst: Die Wache war schon zu uns übergelaufen, genau wie der Zug Soldaten, deren Befehl lautete, die aufständischen Matrosen zu erschießen. Die wollten aber nicht auf ihre Kameraden schießen.

– Warum Noske? fragt Lois. Der ist doch bei den Mehrheitlern.

– Der hat uns eingeseift, sagt Max, die Sozialdemokraten hatten ihn von Berlin geschickt, uns zu beruhigen. Aber Noske machte einen Fehler: er gab uns Urlaub. Da haben wir die Revolution im ganzen Land verbreitet!

Die Genossen nicken anerkennend. Revolution sei noch kein Kommunismus, wendet Lois ein, auch nicht in Kolbermoor: Spinnerei und Tonwerk gehören in unsere Hände als volkseigene Genossenschaft.

Fritzi erinnert sich an ihren ersten Gedanken im November, als sie die Proklamation las. Muss man nicht mit Enteignungen beginnen? Sonst holen die Fabrikbesitzer die Soldaten.

Max winkt großspurig ab, das würden die nicht mehr wagen: Matrosen, Soldaten und Arbeiter stellen sich nicht länger in den Dienst der Kapitalisten.

Er schneidet Stücke von seinem Käselaib ab und verteilt sie an alle. Lois meint, die Enteignung müsse schnell vor sich gehen, weil der Prokurist der Spinnerei mächtig Stimmung gegen sie mache, sie seien linke Fanatiker, die sich Spartakisten nennen und eine bolschewistische Diktatur errichten wollen: Wir hätten die Arbeiter aufgehetzt und seien mit einer bewaffneten Menge vors Rathaus gezogen! Wir hätten den Bürgermeister mit vorgehaltenen Gewehren zum Rücktritt gezwungen und den einstmals friedlichen Ort in eine rote Terrorzelle verwandelt.

Alle lachen. – Das behaupten sie, weil wir sie gezwungen haben, die Löhne zu erhöhen, sagt Lois und reicht eine Schnapsflasche herum. Und als wir den Achtstundentag auf der Tagesordnung hatten, haben sie einen heiligen Schrecken bekommen!

– Das war schon fast eine Enteignung, grinst einer mit vollem Mund.

– Wir haben auch einen Lebensmittelausschuss, der die Geschäfte überwacht, um den Schleichhandel zu unterbinden. Der Schorsch hat sich bei den Ladnern unbeliebt gemacht, weil er persönlich nachgeschaut hat, was zu Wucherpreisen als Bückware unter der Theke liegt! Jetzt hassen sie ihn, aber die Proleten lieben ihn, sogar die Italiener und die Torfarbeiter, diese Hungerleider. Wir haben arbeitslosen Soldaten Arbeit beschafft mit Straßenbau und dem Uferschutz der Mangfall.

Alois Lahn ist sichtlich stolz auf die geleistete Arbeit.

– Die Alten sagen, der rote Schuhmann ist der beste Bürgermeister den wir je hatten, und die sind Traditionalisten.

Respekt, findet Fritzi. Sie flüstert dem Max zu, dass sein Bayernland doch nicht nur aus Bier und Lederhosen bestehe. Siagst, meint der nur und tätschelt ihr das Knie. Fritzi staunt noch mehr, als einer der Genossen ein abgegriffenes Büchlein aus der Tasche zieht.

– Seine Bibel! schreien die anderen. Der Friedl grinst, steht auf, vollführt eine altmodische Verbeugung und liest vor:

„Wir sind reich in unseren zivilisierten Gesellschaften. Woher also das Elend, das um uns herum herrscht? Warum da die harte, die Massen abstumpfende Arbeit? Warum diese Unsicherheit, wie es einem morgen ergehen wird, die selbst den bestbezahlten Arbeiter nicht verschont? Warum alles dies inmitten der von der Vergangenheit ererbten Reichtümer und trotz der gewaltigen Produktionsmittel, die bei einer täglichen Arbeit von nur wenigen Stunden allen den Wohlstand schaffen könnten?"

Er macht eine Kunstpause. Fritzi denkt an Krupp und dessen Vorsitzenden Muehlon, der mit Kriegsbeginn ausschied, weil er keine Waffen produzieren wollte. Vielleicht hätte ihm die Ausbeutung der Arbeiter nicht mal was ausgemacht, aber zu Kriegszwecken, das ging ihm dann doch über die Schnur seines feinen Hutes … und Eisner wollte Muehlon als Außenminister!

Friedl liest weiter: „Weil alles, was zur Produktion nötig ist, der Boden, die Bergwerke, die Maschinen, die Verkehrswege, die Nahrungsmittel, die Wohnungen, die Erziehung, das Wissen, weil alles das der ausschließliche Besitz einiger weniger geworden ist – im Verlauf einer langen Geschichtsperiode voller Raub, Auswanderungen, Kriege, Unwissenheit und Unterdrückung. Weil diese wenigen sogenannte Rechte vorschützen, die sie in der Vergangenheit erworben haben wollen, und auf Grund dieser sich heute zwei Drittel des Ertrages der menschlichen Arbeit aneignen. Weil sie die Produktion dessen erzwingen, was dem Ausbeuter den größten Gewinn verheißt. Das ist das Wesen des Kapitalismus!"

Stimmt haargenau, denkt Fritzi.

– Kropotkin, erläutert der Friedl und beißt in das Stück Käse, das Max ihm reicht, und der habe das schon lange vor dem Krieg geschrieben. Man müsse nur danach handeln. Sie packen die Rucksäcke und ziehen schweigend weiter, immer bergauf, dem Gipfel entgegen. Wie ein Kupferkessel leuchtet Fritzis Schopf in der Frühlingssonne.

Es ist schön auf dem Gipfel des Farrenpoint. Sind doch nur 1200m, lacht der Max, als Fritzi beim letzten Anstieg ordentlich schnauft. Der Ausblick ins Mangfalltal ist unglaublich, Fritzi hat so etwas noch nie gesehen. Über dem Dunst des sanftblauen Frühlingshimmels schwimmen die schneebedeckten Berge wie ein Relief aus weißen und grauen Zacken, darunter Wolken, die sich langsam auflösen und den Blick ins Tal freigeben.

– Berg frei! wünschen sich alle und reichen sich die Hände. Fritzi zieht die Box aus dem Rucksack und bedauert, dass die kleine Kamera das großartige Panorama nicht so zeigen wird, wie sie es erlebt. Die Größe, die Weite, die weißen Fetzen, die stetig nach oben steigen, das kann die kleine Box nicht.

Dann freut sie sich über den Max, der so lustig und zärtlich ist, und besinnt sich auf ihre Qualität. Sie lässt den Max auf einem Baumstumpf posieren, wie er auf die Berge blickt. Ganghofer, sagt der Friedl verächtlich, am besten noch ein Pfeiferl im Maul, und er muss Fritzi erst mal erklären, dass Ganghofer nicht Gandorfer ist. Als das Wort Kitsch fällt, protestiert eines der Mädchen und sagt errötend, sie habe den Ganghoferfilm in Rosenheim im Kino gesehen, und er habe ihr sooo gut gefallen, ach ja. Fritzi fotografiert das schwärmerische Mädchen, und Lois mit der Pfeife und danach bittet sie alle vor die Kamera, sitzend, aber mit dem Rücken zu ihr, und denkt, das ist mal was anderes, der Mensch wendet sich den Bergen zu statt sie als Kulisse zu benutzen wie den gemalten Hintergrund im Atelier. Sogar Friedl ist einverstanden.

Max zieht Fritzi an sich und murmelt zärtliche Worte auf Bairisch, die sie nicht versteht, aber das macht nichts, denn ihr wird heiß bei seinen Liebkosungen. In dieser Nacht wird sie ihn in ihr Kammerl einlassen, und sie werden sich lieben beim Mondlicht, dessen Schein die vom Raureif überzogene Bergkulisse in ein unwirkliches Grau tauchen wird.

Aber als sie gestärkt von ihrer Jause nach dem Abstieg zum Bahnhof gehen, nimmt das Geschehen eine unerwartete Wendung. Ein Kind rennt zu Lois, packt ihn an der Hand und schreit: Du musst sofort zum Schorsch kommen! Revolution ist!

Das sei nun mal was ganz neues, meint der Friedl ironisch, aber das Kind schreit: Mia hamma a Räterepublik!

Der Lois blickt fragend, die anderen frozzeln, Baiern sei doch längst eine Räterepublik, aber das Kind weiß es besser: aber keine richtige! Jetzt ist es eine richtige, der Kopp wird sprechen heut abend, und du sollst den Saal herrichten, Lois!

– Keine richtige, murmelt Fritzi, wie ist das mit der Wahrheit, die angeblich aus Kindermund spricht?

Das Kind zerrt weiter an Lois' Hand.

– Geh wart amal schnell, Lenerl, sagt der Lois und wendet sich an Max und Fritzi: Wollt ihr bleiben?

Ob sie wollen! Wer ist Kopp?

Sie gehen alle am Abend zum Mareissaal und hören zu, wie zwei kommunistische Bürgermeister, Georg Schuhmann von Kolbermoor und Guido Kopp von Rosenheim, bis vor kurzem zwei unbedeutende Soldaten des Kaisers, entlaust, neu eingekleidet, aus der Sanierungsanstalt sprechen. Sie erfahren, dass am Nachmittag auf Rosenheims Lorettowiese eine riesige Massenversammlung war, zu der zwei Abgeordnete des Münchner Zentralrates gekommen waren und die Versammlung sich für die Räterepublik ausgesprochen habe.

– Und wir waren auf dem Berg, murmelt Max beschämt, nix haben wir mitgekriegt.

Aber Fritzi, die beim letzten großen Ereignis tanzen war, drückt Max` Hand und meint: jetzt gehts doch erst los, wir haben nichts versäumt!

Auch die Kolbermoorer im überfüllten Mareissaal sprechen sich für die Räterepublik aus. Kopp, so erfahren die erstaunten Zuhörer, hat Geiseln genommen, und er verteidigt die Maßnahme vehement: den Bürgern geschehe nichts, sie könnten sich jederzeit gegen andere Bürger austauschen lassen, dies geschehe nur zur Sicherheit, falls die Hoffmannregierung die Leiber auf Rosenheim marschieren lasse. Die Bürger nähmens mit Humor, ließen sich Wein bringen und seien beim Schafkopfen. Er müsse damit leben, einst als als böser Geist von Rosenheim abgetan zu werden, derzeit aber sei er der gute Geist, denn die Befreiung des Proletariats müsse vorangetrieben werden. Die bisherigen Revolutionen seien ja nichts als Fastnachtsspiele gewesen.

– Hoch die Räterepublik! schreit der Friedl, und Georg Schuhmann ruft in den Saal: „ Das Proletariat muss nun alles auf eine Karte setzen, es hat nichts zu verlieren als seine Ketten!"

Viel später erst wird Fritzi klar, welch historischem Moment sie beigewohnt hat. Ein solches Ereignis wird sich in Bayern nicht wiederholen. Nie wieder werden Rosenheim und Kolbermoor kommunistische Bürgermeister haben.

Nach der Veranstaltung sitzen sie beisammen und diskutieren und vergessen völlig, dass die letzte Bahn nach Bruckmühl längst abgefahren ist. Der Fahrplan hält sich nicht an die Revolution. Nun wirds nichts mit der Nacht im mondbeschienenen Kammerl, sondern sie schlafen bei Schorsch, der mit seiner Schwester in einem kleinen Haus wohnt. Aber sie müssen dem Lois versprechen, am Sonntagmorgen zum Familienfrühstück zu kommen, bevor sie nach Bruckmühl fahren.

Es ist ein Proletenhaushalt, Fritzi fühlt sich sofort zuhause. Die Befangenheit, die sie im bäuerlichen Umfeld von Max' Familie befiel, kommt hier nicht auf. Acht jüngere Geschwister umringen den Lois. Vater Lahn ist Arbeiter in der Spinnerei, er liebt seinen ältesten Sohn offensichtlich zärtlich und ist stolz darauf, dass er beim Bürgermeister arbeitet. Ein Schatten fällt über sein Gesicht, als Fritzi und Max die schmale, einfache Frau, die sich entschuldigt, dass sie nur eine Suppe auftragen könne, als Frau Lahn anreden. Teres sei seine älteste Tochter. Die Frau sei im November gestorben, die feuchte Luft in der Spinnerei, zwölf Kinder, das sei für ihre zarte Natur zu viel gewesen.

Der Max überreicht eine Wurst seiner Mutter, die er bei der Bergtour aufgespart hat, und die Teres schlägt die Hände vors Gesicht vor Rührung. Fritzi geht mit ihr in die Küche, und sie schnippeln die kostbare Zutat in winzige Stückchen. Sie arbeite in der Baumwollspinnerei, erzählt Teres, ihre Schwester auch, in Kolbermoor arbeite eigentlich jeder in der Spinnerei, der nicht im Tonwerk oder als Torfstecher arbeite. Und wenn sie fragen dürfe, wie alt sei das Fräulein eigentlich?

– Bin kein Fräulein, bin ein Prolet, und jetzt bin ich Fotografenelevin, erklärt Fritzi, und sie sei erst 18.

Wie der Loisl, sagt Teres, der sei auch ein Nachjahrhundertkind und lächelt Fritzi an, als habe sie ein neues Familienmitglied entdeckt. Sie geben die Wurstschnipsel in die Suppe.

Dann klopft es, und Georg Schuhmann steht vor der Tür, hält Teres ein Töpfchen mit Schlüsselblumen hin und lächelt verliebt: Eigenhändig für dich ausgegraben, tapfere Genossin! Frisch von der Lorettowiese!

Lois' Vater schenkt er ein Tütchen mit drei Zigaretten: Ehrlich erworben, Ziaglbehm!

Vater Lahn lächelt. Das alte Schimpfwort Ziegelböhm ist zum Ehrenkodex geworden. Er ist vor zwanzig Jahren mit seinem Bruder aus Böhmen gekommen, weil es hier Arbeit im Tonwerk gab.

– Die Ziaglbehm haben vor vier Wochen durch ihrem Streik den Achtstundentag und angemessenen Lohn erkämpft. Uns Spinnereiarbeiter haben sie gründlich blamiert.

Sie sitzen um den alten wackeligen Holztisch und lassen sich die Suppe schmecken. Max fragt, wie Schorsch es geschafft habe, sich als Kommunist beliebt zu machen. Alle seien doch starr vor Schreck vor den Spartakln.

– Ich liebe die Menschen, das ist alles. Sie sind nicht schlecht, die Zustände sind schlecht, die müssen wir ändern.

Sie habe gestern Kropotkin kennen gelernt, meint Fritzi.

– Persönlich?

Gelächter. Alle in Kolbermoor kennen Friedls Lesungen, sogar der Pfarrer.

Georg Schuhmann meint, die Ausbeutung beziehe sich nicht nur auf die Menschen, sondern auch auf ihr Umfeld, das könne man in Kolbermoor deutlich sehen. Das sei keine gewachsene Stadt, sondern eine Gruppierung um die Industrie herum, keine hundert Jahre alt.

Wem sagt er das. Essen gehört Krupp und den Zechenbesitzern.

– Die zwei Drittel Besitzenden haben nicht nur Menschen in Lohnabhängige verwandelt, sondern auch die Natur für ihre Zwecke unterjocht, sagt Kropotkin, und er hat recht. Schön, eure Bergtour, alles scheint so unberührt, nicht wahr? Aber in Wahrheit wird auch die arme Mangfall ausgebeutet, sie muss in zehn Kanäle fließen, Mühlen und Turbinen antreiben, dient als Antrieb, Beförderungsmittel und Abwasser. Wann wird die Mangfall streiken? Wann wird sie Revolution machen wie wir?

Sie lachen unsicher.

– Sie macht schon Revolution, erklärt der Schorsch ernst, sie gibt keine Fische mehr her. Begradigungen und Turbinen taugen dazu nicht. Über kurz oder lang wird sie sich ihr Bett suchen, das nennen wir dann Überschwemmung.

– Stimmt, sagt der Max nachdenklich, der Vada hat früher immer Forellen gefangen, jetzt beschwert sich, dass nicht mal eine Äsche am Haken zappelt. Obwohl bei uns die chemische Industrie ist, die alles fruchtbar macht.

– Wir lassen den Reichtum der Natur verkümmern, um angeblich wertvollere Güter herzustellen. Wir beuten die Natur aus.

– Wir doch nicht!

Der Erde sei es egal, ob die Kapitalisten sie allein zerstören oder die Ausgebeuteten dabei helfen, meint Lois.

– Wir helfen alle mit, auch beim Torfabbau.

Torf sei ein guter Brennstoff, entgegnet Vater Lahn.

Fritzi hat Bilder von früher gesehen, sie weiß, wie Westfalen vor dem Bergbau aussah. In nicht mal hundert Jahren ist alles komplett verändert, sagt sie, und gesund ist es auch nicht, alle haben Staublungen.

– Geh her, das Moor taugt doch sonst für nichts, warum sollen wir nicht den Torf aus dem Ödland holen wie die Kohle.

Nachdenklich meint der Schorsch, das Moor sei halt gut für das Moor. Nichts tun, der Natur ihren Lauf lassen, das kann auch Revolution sein, findet er.

Teres bringt Nachtisch. Sie hat es geschafft, aus einem Maisstärke-Mehlgemisch Kuchen zu backen, dazu gibt es Preiselbeerkompott.

Die Preiselbeeren habe sie im vergangenen Sommer selbst gesammelt, meint Teres, in diesem Jahr müsse sie sich eine andere Stelle suchen, weil das Land verkauft werde. Torfgrund sei ein lukratives Geschäft, wilde Preiselbeeren weniger.

Sie genießen den Nachtisch, da kommt ein aufgeregter Bote aus dem Rathaus: Verzeihung die Störung, eben gedrahtet: Revolution ist, Herr Bürgermeister!

Das sei ja nun nichts Neues, meint Schuhmacher gelassen. Während des Lesens verändert sich sein Gesicht. Er lässt das Blatt sinken: Die Augsburger haben die Räterepublik ausgerufen!

Familie Lahn blickt den Bürgermeister unsicher an. Ist das nun eine gute oder eine schlechte Nachricht? Augsburg, da gibt es traditionell viele Spinnereien, und die Arbeiter dort leben besser als in Kolbermoor. Wird jetzt ganz Bayern Räterepublik? Die Räte haben sich doch nicht aufgelöst seit Eisners Tod.

– Nein, aber der Landtag auch nicht, sie haben Hoffmann zum Ministerpräsidenten gewählt.

– Mag sein, aber es geht eben nicht beides nebeneinander.

– Diesen Spagat hätte nur Eisner hingekriegt.

– Lilly! schreit Fritzi plötzlich, sie hat es getan!

– Wer ist Lilly?

Und Fritzi erzählt von der Augsburgerin Lilly Prem, die auf Eisners Trauerfeier erklärt hat, wenn der Freistaat zu lahm sei, dann müssten die Frauen vom BSF ihm Beine machen …

Schuhmann will wissen, was der BSF ist.

– Unser Bund sozialistischer Frauen!

Der Schorsch teilt einen Blick mit Max. Fritzi bekommt das mit: Ihr Mannsbilder kriegt halt nix mit …

– Holla! schreit der Max, wer hat die Revolution gemacht! Das warn wir Matrosen!

– Und wer ist vorher auf die Straße gelaufen und Frieden gefordert?

– Das war doch keine Revolution, das warn bloß Hungerkrawalle.

– Ach, ist Hunger kein guter Antrieb für eine Revolte?

– Jedenfalls ist das keine wirkliche Revolution, mit Töpfen auf der Straße zu klappern.

– Töpfe sind die Waffen der Frauen. Wir ham euch den Boden bereitet für die Revolution!

Teres nickt beifällig, Schuhmann lacht schallend. Die beiden Streithähne sind großartig. Er hebt die Arme: Als Bürgermeister rufe ich die Parteien zur mäßigung auf! Ich erkläre hiermit feierlich: Weiberleut und Mannsbilder haben gleichberechtigten Anteil an der Revolution!

– Genau, und deshalb müssen sie paritätisch in den Räten vertreten sein, sonst taugt die ganze Rätedemokratie nix, sagt Fritzi, im revolutionären Arbeiterrat sind von 62 Delegierten nur drei Frauen. Wie siehts im Arbeiterrat Kolbermoor aus?

Schuhmann muss zugeben: nicht besser als in München. Er verspricht Besserung: Wie wärs mit dir, Reserl? Aber die winkt lächelnd ab. Fritzi sieht Max' zerknirschte Miene und muss lachen.

– Machen wir mit? fragt Fritzi in die sonntägliche Runde, die sich plötzlich in ein Revolutionskommitée verwandelt hat. Natürlich machen sie mit, das haben sie ja gestern beschlossen. Fritzi mahnt den Max zum Aufbruch. Was geschieht in München?

Lois und Teres begleiten die beiden zum Bahnhof. passt gut auf Euch auf!

– Wir ziehen nicht in den Krieg, Reserl, wir segeln in die Demokratie!

Die Räterepublik

Fritzi beißt mit Genuss in einen schrumpeligen Apfel und bleibt hartnäckig dabei, dass die Räte die Schulen der Demokratie seien, wie Eisner gesagt habe.

– Schon recht, aber jetzt haben sie Matura gemacht, jetzt beginnt die richtige Rätedemokratie, gut, dass die Augsburger begonnen haben. Jetzt müssen wir uns aber ranhalten!

Max und Fritzi sitzen auf den harten Holzbänken der Mangfallbahn, umgeben von prall gefüllten Rücksäcken und einem Sack Kartoffeln, und in einem Drahtkorb gackern leise zwei Hühner. Dieses Mal hat der Max sie nicht fangen müssen. Als sie von Kolbermoor mit der aufregenden neuen Nachricht nach Heufeld zurück kehrten, murmelte der Vada, es würden schlechte Zeiten kommen für die Städter, er habe weitere Produktionsmittel für Fritzi und die Kinder. Und damit zeigte er auf den Korb, in dem sich zwei junge braune Hennen ängstlich duckten.

– Vada! schrie der Max entsetzt, wenn die uns das wegnehmen! Hamstern ist verboten!

Die eigenen Leut würden ihnen wohl nix wegnehmen, entschied der Vada, die Hennen seien jung und kräftig, Fritzi müsse aufpassen, dass die alten sie nicht pickten. Und Obacht vor den Kontrolleuren mit der roten Armbinde!

– Die mit der roten Armbinde sind doch unsere!

– Eben nicht, gewissenlose Plünderer sans. Lasst euch den grünen Ausweis zeigen. Der Vada drückte Max noch eine Quittung in die Hand: Da stehts, Legehennen für meinen Enkel!

Der Nachbar fuhr sie mit dem Pferdewagen zum Aiblinger Bahnhof, und nun sitzen sie im Zug, gespannt was sie erwartet. Würde München sich Augsburg anschließen?

Es ist dunkel, als sie in München ankommen, und alles ist ruhig. Vor dem Ostbahnhof steht der Sepp mit dem Wagen. Sepp nickt dem Max zu, der Max dem Sepp – was haben die beiden nur immer, denkt Fritzi verärgert, die benehmen sich wie verfeindete Fleischerhunde, die steifbeinig umeinander stelzen. Sie freut sich, dass sie nicht nach Giesing laufen muss, zeigt dem Sepp voller Stolz den Hühnerkorb, legt das Gepäck auf den Wagen und küsst den Max zum Abschied. Erwartungsvoll stellt der Gaul die Ohren auf, und Fritzi reicht ihm den sorgfältig gehüteten Apfelbutzen.

Nich mit der Trense, schimpft der Sepp, aber der Gustl freut sich doch so, sie kann nicht warten bis er ausgeschirrt ist.

– Jaja mümmelt der Sepp, keiner kann warten, alle müssen immer alles überstürzen, jetzt auch mit der Räterepublik, jaja.

– Was? schreien Max und Fritzi wie aus einem Munde

– Scheint wir bekommen ne Räterepublik, grantelt der Sepp, die Minister sind zurück getreten außer Hoffmann und Endres, der Landauer hat die Räte zur konstituierenden

Versammlung erhoben, aber die Kommunisten wollen nicht mitmachen.

Woher weiß der Sepp das alles?

– Die Spatzen pfeifens von den Dächern. Er zieht ein zusammengerolltes Plakat hervor und reicht es Fritzi: Hat die Thekla vorbei gebracht, soll noch in der Nacht geklebt werden.

Fritzi und Max entrollen das Plakat und lesen schwarz auf knallrotem Grund:

„An das Volk in Baiern! Die Entscheidung ist gefallen: Baiern ist Räterepublik. Das werktätige Volk ist Herr seines Geschicks. Die revolutionäre Arbeiterschaft und Bauernschaft Baierns, darunter auch alle unsere Brüder, die Soldaten sind, durch keine Parteigegensätze mehr getrennt, sind sich einig, dass von nun an jegliche Ausbeutung und Unterdrückung ein Ende haben muss. Die Diktatur des Proletariats, die nun zur Tatsache geworden ist, bezweckt die Verwirklichung eines wahrhaft sozialistischen Gemeinwesens, in dem jeder arbeitende Mensch sich am öffentlichen Leben beteiligen soll, einer gerechten sozialistisch-kommunistischen Wirtschaft.

Der Landtag, das unfruchtbare Gebilde des überwundenen bürgerlich-kapitalistischen Zeitalters, ist aufgelöst, das von ihm eingesetzte Ministerium zurückgetreten. Von den Räten des arbeitenden Volkes bestellte, dem Volk verantwortliche Vertrauensmänner erhalten als Volksbeauftragte für bestimmte Arbeitsgebiete außerordentliche Vollmachten. Ihre Gehilfen werden bewährte Männer aus allen Richtungen des revolutionären

Sozialismus und Kommunismus sein; die zahlreichen tüchtigen Kräfte des Beamtentums ... werden zur tatkräftigen Mitarbeit im neuen Baiern aufgefordert. ...

Die Presse wird sozialisiert.

Zum Schutze der bairischen Räterepublik gegen reaktionäre Versuche von außen und von innen wird sofort eine rote Armee gebildet. Ein Revolutionsgericht wird jeden Anschlag gegen die Räterepublik sofort rücksichtslos ahnden.

Die bairische Räterepublik folgt dem Beispiel der russischen und ungarischen Völker. Sie nimmt sofort die brüderliche Verbindung mit diesen Völkern auf. Dagegen lehnt sie jedes Zusammenarbeiten mit der verächtlichen Regierung Ebert-Scheidemann-Noske-Erzberger ab, weil diese unter der Flagge einer sozialistischen Republik das imperialistisch-kapitalistisch-militaristische Geschäft des in Schmach zusammengebrochenen deutschen Kaiserreichs fortsetzt.

Sie ruft alle deutschen Brudervölker auf, den gleichen Weg zu gehen. Allen Proletariern, wo immer sie für Freiheit und Gerechtigkeit, wo immer sie für den revolutionären Sozialismus kämpfen, in Württemberg und im Ruhrgebiet, in der ganzen Welt, entbietet die bairische Räterepublik ihre Grüße.

Zum Zeichen der freudigen Hoffnung auf eine glückliche Zukunft für die ganze Menschheit wird hiemit der 7. April zum Nationalfeiertag erklärt. Zum Zeichen des beginnenden Abschieds vom fluchwürdigen Zeitalter des Kapitalismus ruht am Montag, den 7. April 1919 in ganz Baiern die Arbeit, soweit sie nicht für das Leben des werktätigen Volkes notwendig ist, worüber gleichzeitig nähere Bestimmungen ergehen. –

Es lebe das freie Baiern! Es lebe die Räterepublik! Es lebe die Weltrevolution!"

Unterzeichnet hatte der Soldatenrat und für den Zentralrat, der jetzt „Revolutionärer Zentralrat" war, dessen Vorsitzender Ernst Niekisch, Gustav Landauer, Erich Mühsam, Gandorfer vom Bauernrat, Albert Schmid und Dr. Lipp.

Wer ist Dr. Lipp?

Max und Sepp schütteln die Köpfe. Nie gehört.

– Und der Landtag hat sich aufgelöst? fragt der Max ungläubig.

– Geh, nix hat er, geflohen sans, erklärt der Sepp mürrisch. Warum hat dieser Mann immer so schlechte Laune? Oder hat er die nur in Gegenwart von Max? Wegen der Feigheit der Landtagsabgeordneten jedenfalls nicht, über die feixt er: Die Nürnberger hams fort geschickt, nun brunzens im gut katholischen Bamberg in ihre Sessel.

Fritzi grinst den Max an, der grinst zurück.

– Werden sich schon rächen, die Herren, grantelt der Sepp. Und jetzt solltens endlich aufsteigen, daheim warte ein Packen Anschläge, und der Girgl habe Leim angerührt.

Diese Nacht wird kurz – aber morgen ist Feiertag, und nachdem die Kinder die Hühner bestaunt haben, das zeternde Federvieh sich im Stall beruhigt und Fritzi die Kinder zur Nacht umarmt und geküsst hat, ziehen Max und Fritzi los und kleben die Verkündung, dass der Freistaat Baiern nun eine Räterepublik ist. Wieder einmal werden sich Münchens Bürger sich am Morgen verwundert die Augen reiben – dieses Mal bleibt es allerdings nicht beim Staunen. Während Fritzi und Max mit Kleistereimer und Anschlägen durch die Straßen ziehen, drahtet Ministerpräsident Hoffmann schon um militärische Hilfe von Berlin. Während der Max den Genossen auf die Schulter haut, stellt die erstarkte Rechte ihre Milizen zusammen. Während Fritzi Thekla und Jette umarmt, die auch mit Eimer und Plakaten unterwegs sind, bewaffnen sich die Nationalisten und schließen sich zu illegalen Freikorps zusammen. Endlich gibt es was zu tun. Auch Sonjas Mörder befehligt eine von Poehner zusammengestellte Truppe: das verstehen die „zahlreichen tüchtigen Kräfte des Beamtentums" unter dem Schutz der Republik.

Fritzi klebt und klebt und weiß nicht so recht, was sie bedrückt. Ist nicht das Ziel aller ihrer Wünsche, in einer Räterepublik zu leben, erreicht? Nach etwa dem 50. Plakat, als sie die Proklamation auswendig hersagen kann, weiß sie, was sie stört: da sind keine Frauen dabei. Anita Augspurg ist doch im Zentralrat? Und Sophie ebenfalls? Schlimm genug, dass nur acht Frauen in den Landtag gewählt wurden und dass der Zentralrat mit wenigen Frauen regiert, aber von revolutionären Räten in einer Räterepublik müssen die Frauen mehr erwarten, oder nicht?

Vielleicht ist Dr. Lipp eine Frau, mutmaßt der Max, und Fritzi hält inne, bereit, ihm mit dem klebrigen Quast übers

Gesicht zu fahren. Aber der Max zuckt die Schultern. War ernst gemeint, und auch als sie Genossen treffen in der Nacht: keiner weiß, wer Dr. Lipp ist. Er soll für die Außenpolitik zuständig sein. Eine Frau ist nicht dabei. Fritzi wird in den nächsten Tagen immer wütender, und der BSF auch: die Frauen wollen sich bei Marie treffen und überlegen, welche Maßnahmen sie ergreifen.

Fritzi ist auf dem Weg zu Marie, als der Zeitungsbote an ihr vorbei eilt. „Augsburg Räterepublik!" schreit er. Sie kauft die „Schwäbische Volkszeitung", auf deren Titel groß der Aufruf prangt:

„Frauen Augsburgs! Bürgerinnen der freien Räterepublik!

Die Würfel sind gefallen. Unser geliebtes Bayernland ist freie Räterepublik geworden und nach langer, dunkler Nacht erscheint die ersehnte Morgenröte einer neuen Zeit.

Genossinnen, Schwestern!

Reichen wir uns die Hände zu einem freudigen Zusammenarbeiten, verwandeln wir den alten Parteihader zu einem bewussten Klassenkampf. Noch glaubt die Bourgeoisie ihr Spiel nicht verloren, noch arbeitet die Reaktion im Verborgenen. Nörglern und Zweiflern gebt kein Gehör, glaubt nicht jenen, die da gegen die Räterepublik hetzen, es sind bezahlte Elemente des Kapitalismus.

Frauen des Proletariats! Wollen wir wieder unter die Geißel des Kapitalismus kommen, sollen unsere Kinder Sklaven desselben werden? Niemals! Deshalb habt Vertrauen zu den jetzigen Führern, die unser Bestes wollen, die bereit sind, ihr Leben für unser Wohl einzusetzen.

Schon haben wir Frauen im Arbeiterrat mit Sitz und Stimme, die unsere Interessen vertreten können. Gebt Anregungen für das Volkswohl und arbeitet fleißig mit an dem wirtschaftlichen Aufbau unserer Heimat.

Arzt und Apotheke sowie Bäder werden für Minderbemittelte frei sein. Bald wird mehr folgen! Habt Geduld und harrt noch eine kleine Weile aus, wie ihr viereinhalb Jahre ausgeharrt habt. Bedenkt, das Glück unserer Kinder steht auf dem Spiele! Wir wollen freie Menschen sein und bleiben. Also schließt die Reihen und lässt uns geschlossen an der Seite unserer Männer für die heilige Sache kämpfen. Seid einig und treu!

Im Namen der revolutionären Frauen Augsburgs:

Lilly Prem“

Die Höllen-Lilly! Stolz präsentiert Fritzi bei Marie ihren Fund: Was die in Augsburg kann, wär doch eine Schande, wenn wir das in München nicht hinkriegen!

Aber sie kriegen es nicht hin.

Geiseln, Tanz und Nationalisten

Die erste Woche der neuen Räterepublik wird aufregend. Schon am „Nationalfeiertag“ rufen fast alle Städte und Gemeinden außer Bamberg die Räterepublik aus. In Rosenheim und Kolbermoor bleiben die Kommunisten die treibenden Kräfte, in Nürnberg und München dagegen verweigern sie ihre Mitarbeit, in Augsburg und Würzburg wird die Räterepublik schon drei Tage später niedergeschlagen. Manche Städte wie Ingolstadt wollen nicht mal mehr mit München telefonieren.

Max Levien spricht vor über 2000 Menschen auf der Theresienwiese. Er und Leviné bezeichnen die neue Republik als „Schein-Räterepublik“, er warnt, auf „Unberufene und Scheinsozialisten“ zu hören sondern nur den gewählten Obleuten zu vertrauen. Mühsam ist bestürzt, er versteht die Kommunisten nicht mehr – die gewählten Räte im revolutionären Arbeiterrat haben sich doch für die Räterepublik entschieden!

Hilde geht über den Platz und verteilt die Rote Fahne.

– Alle Macht den Räten! – Warum seid ihr nicht dabei? fragt Fritzi.

– Eine Räterepublik ohne Kommunisten geht nicht, sagt Hilde. Sie sieht übernächtigt aus.

– Aber du hast doch mit Mühsam die Internationalisten gegründet! Wohnst du nicht sogar bei ihm?

– Mühsam ist mein Freund, aber mein politischer Gegner, erklärt Hilde. Es klingt angestrengt.

Fritzi betrachtet Hildes blasses Gesicht. Das große Mädchen hat sich die ganze Nacht um die Ohren geschlagen, hat die seitenlange Erklärung getippt …

– und ewig diskutiert natürlich …

Hilde schüttelt müde den Kopf. Sie hat Levinés Diktat stenographiert, getippt, Korrektur gelesen, ist zur Druckerei gerannt, hat dem Setzer noch Änderungen diktiert, die Leviné telefonisch durchgab, die Druckfahnen in die Redaktion gebracht, noch mal Korrektur gelesen, wieder zum Drucker gerannt, letzte Korrektur, Auftrag erteilt und am frühen Morgen die Zeitungen mit dem Handwagen abgeholt. Diskutiert haben die Männer unter sich, vorher. dass Leviné sie als Schulmädchen bezeichnet hat, kränkt Hilde sehr.

Weil Fritzi sie wortlos betrachtet und sie den intensiven Blick nicht aushält, schreit Hilde die Freundin plötzlich an: Das ist eine Scheinräterepublik! Sie ist ohne die Arbeitermassen zustande gekommen, nur von einer Handvoll Intellektueller!

Fritzi zeigt auf die Massen: Da sind die Arbeiter! Wir brauchen nur einen Beschluss herbeizuführen!

Hilde schüttelt den Kopf, dass die blonden Haare ums Gesicht fliegen. Leise sagt sie: Leviné will das nicht.

– Geht es um Leviné oder um die Massen? Was willst *du*?

– Ich will mein Leben dem Kampf für den Sozialismus widmen. Persönliche Meinungen sind nur Haarspaltereien, es geht um die Diktatur des Proletariats.

Hilde zieht weiter. Fritzi steht da, die Zeitung in der Hand, und sieht verdattert der großen Freundin nach, die mit dem

Packen Zeitungen über die Theresienwiese zieht. Was Levien sagt, der gestikulierend auf einem Fass steht, kann sie nicht verstehen. Sie fotografiert ihn von weitem, einen einsamen Menschen über den Massen schwebend, und erinnert sich, wie gut sie Eisner hier auf der Theresienwiese verstanden hat, wie sie seine Worte weiter gegeben hat, und ihr wird schwer ums Herz. Sie müssen doch einig sein!

Weiter zieht sie mit ihrer Kamera durch die Stadt, entschlossen, jeden Wimpernschlag dieser frischen Räterepublik zu dokumentieren. Ein Mann mit Hut stößt sie an und vermasselt ihr das Foto.

– Weiber und Kommunisten, man könne nicht mehr auf die Gasse gehen, grantelt er, beeilt sich aber, weiter zu kommen, als Fritzi den Kopf nicht einzieht. Sie fotografiert Menschen, die sich um Anschläge versammeln, Gruppen von diskutierenden Menschen. Am Stachus trifft sie aufgebrezelte Dienstmädchen, die den unerwarteten Feiertag genießen. Sie sind enttäuscht, dass nicht mehr los ist und der Belagerungszustand Nachtruhe ab 23 Uhr befiehlt. Sie lachen in die Kamera und ziehen weiter, irgendwo wird hoffentlich Tanz sein, und „Veritas vincit" wollen sie anschauen, die Spartakln werden hoffentlich nicht die Kinos geschlossen haben!

Autos brausen heran und werfen Flugblätter.

– Flintenweiber! schreit einer aus dem fahrenden Auto. Die Dienstmädchen flüchten. Fritzi hebt einen Zettel auf und liest: „ ... Bolschewismus ist Judenmache! Bolschewismus ohne Juden gibt es nicht! Haltet zusammen gegen dieses Judenvolk!"

Voller Zorn zerknüllt sie den Zettel. Wer glaubt so einen Schmarrn! Und doch sind es ungebrochen die Kräfte, die Sonja und Rosa Luxemburg und Eisner ermordet haben. Die Räterepublik ist noch keine 24 Stunden alt, schon wird sie von allen Seiten bombardiert – was soll aus ihr werden? Fritzi sammelt die Hetzblätter auf und wirft sie in den Abfalleimer des Kiosk. Wenigstens diese wird keiner mehr lesen. Eines steckt sie in die Tasche, dann gönnt sie sich ein Würstl und entdeckt Mühsam. Er steht auf einer Bank und will eigentlich etwas zur Räterepublik sagen, wird aber ständig unterbrochen von einem KPD-Genossen, der die Menge auffordert, Mühsam die Gefolgschaft zu verweigern. Unglücklicherweise bekommt der Kommunist von einigen nationalen Studenten Beifall, dann behauptet ein Wichtigtuer etwas zu Mühsams Gedichten, und leider lässt Mühsam sich darauf ein und vergisst über seinen Rechtfertigungen, was er eigentlich zu seiner großartigen Schöpfung, der Räterepublik, sagen wollte. Fritzi fotografiert ihn und entdeckt Zenzl in der Menge, die ihrem Mann unglücklich zuschaut und ihm vergeblich Zeichen gibt, er solle aufhören. Sie reicht Zenzl das Flugblatt. Toller und Mühsam sollen gegen die Antisemiten vorgehen, nicht so nachsichtig sein wie Eisner. Zenzl steckt das Papier in die Manteltasche: was wird eigentlich aus dem Frauenbüro?

– Was soll daraus werden? fragt Fritzi zurück. Zenzl hebt nur die Schultern und schreit laut: Alle Macht den Räten! Dies schreien sie, bis sie den aufdringlichen Gedichtkritiker vertrieben haben. Der Kommunist diskutiert inzwischen mit dem nationalistischen Studenten, einige mischen sich ein, andere sind scharf auf eine Rauferei, auf Mühsam hört keiner mehr. Endlich steigt Mühsam von der Bank, nimmt seine Zenzl am Arm und meint, er habe das Gefühl, sich in ein schlimmes, dummes Abenteuer eingelassen zu haben.

Fritzi geht weiter zum Marienplatz, wo sie lärmende Studenten fotografiert, die gegen die Bolschewisierung der Uni demonstrieren und zu einer Kundgebung am Karlstor gegen die jüdischen Kapitalisten aufrufen. Gibt es eigentlich irgendwo Menschen, die sich über die neue Freiheit freuen?

Sie geht zur Uni, großer Lärm dort. Gustav Landauer schafft die Basis für eine neue Kultur, der „revolutionäre Hochschulrat" fordert Schließung der Uni, Absetzung aller Professoren mit ihren Privilegien und eine neue demokratische Hochschule. Fritzi denkt an den feigen Professor Lerch und gönnt ihm dies von Herzen. Leider erfährt sie später, dass alle bei vollen Bezügen beurlaubt sind.

Auf der Treppe steht Traud mit einigen Kommilitonen. Auf dem Dach weht die rote Fahne, die Haupteingänge sind geschlossen. Gertraud Kaestner hat die Schlüsselgewalt und verteidigt vehement Gustav Landauers Maßnahmen: Wir sind die Gruppe sozialistischer Akademiker und haben die Universität geschlossen! ruft sie, wir brauchen keine nationalistisch gesinnten Professoren, die von Schiller und Voltaire und Montaigne schwatzen und nicht einmal merken, dass wir deren Ideale umsetzen! Wir nennen uns Spartakus, weil wir uns aus der Sklaverei befreien wollen! Lasst nicht zu, dass dieser Revolution von Reaktionären der Lebensfaden abgeschnitten wird! Wir müssen solidarisch handeln! Alle Macht den Räten! Alle Macht den sozialistischen Akademikern!

Sie wird immer wieder unterbrochen, vor allem von aggressiven jungen Männern.

– Schlagende Verbindungen, erklärt sie Fritzi später heiser, ausgerechnet die haben vom Geist des Hambacher Festes keine Ahnung mehr, die wollen Krieg gegen alles, und schimpfen auf den Schmachvertrag von Versailles. Unser Aktionsprogramm ist für die eine Provokation.

– Und das ist fein, lacht ihr Kommilitone Otto und klimpert mit den Schlüsseln.

– Wie wütend sie waren, vor allem die Herren Professoren!

– Die werden noch viel wütender, wenn wir erst eine paritätische Uni haben! Auf jede zweite Stelle eine Professorin! Das ist das Ende der Magnifizenzen und Eminenzen!

– Komm, wir gehen ins Stefanie!

Auf dem Weg wird Fritzi Zeuge eines eigenartigen Vorfalls. In der Menge vor dem Haupteingang sieht sie Sonjas Schwester, wieder bekommt sie einen Schluckauf vor Aufregung, weil sie glaubt, Sonja zu sehen. Rachel beschimpft einen Mann. Sie wirft ihm nur einen Satz entgegen, und der Mann wird bleich und wendet sich ab. Sie verkehre nicht mit konvertierten Juden, sagt Rachel laut und böse.

Fritzi lässt sich von Traud im überfüllten Café Stefanie erklären, was konvertiert bedeutet, und versteht trotzdem nichts. Ist das ein privater Glaubenskrieg, den Sonjas eigenartige Schwester führt? So etwas hätte Sonja nie gesagt, die säße jetzt im Zentralrat und würde sich kümmern. Haben sie die Revolution gemacht, damit sie jetzt im Schlamm des Antisemitismus und Nationalismus versinkt? Nein, diese Revolution muss weiter geführt werden, sagt Fritzi entschieden im überfüllten verrauchten Café Stefanie. Der Student mit dem ulkigen Namen Zillibiller stimmt ihr zu. Er studiert Jura und weiß, dass er seine Karriere an den Nagel hängen kann, wenn dieses Unternehmen schief geht. Er will Gerechtigkeit, vor allem für die Unterprivilegierten, sagt er, die Revolution darf nicht an den Aktionen der Gegner zerbrechen.

Gustav Landauer verbietet die Prügelstrafe, verspricht die Neugliederung des Schulsystems und die Abschaffung des Lehrerinnenzölibats. Ein blödes Wort, findet Fritzi, eine Nonne wird für ihr Zölibat bis ans Lebensende versorgt, die Lehrerinnen bei Heirat aber auf die Straße gesetzt und verlieren ihre Pension.

Viele Lehrerinnen sind revolutionär gesinnt und erklären: „Die Räterepublik ist ausgerufen. Das Volk hat die Macht übernommen. Der Kapitalismus wird vernichtet. Frei soll die Schule sein. Das Zerrbild des Armen, abhängigen Schulmeisters ist für immer vernichtet. Jetzt sind auch wir frei von Kirche und Juristerei. Helft mit am Siege der Räterepublik!"

Wie finden die Lehrerinnen Toni Pfülf und Marie Zehetmaier das? Die eine unterstützt Landauers Ideen als SPD-Abgeordnete im Reichstag, die andere ist aus der „Oberbayerischen Kriegsirrenanstalt" Haar entlassen, in die man sie im Krieg mit der Diagnose „unheilbare Pazifistin" gesteckt hatte, und freut sich auf ungehindertes Unterrichten. Andere Lehrer schreien auf: Gott bewahre uns vor „Schülerräten" in der Volksschule!

Gehorsam, Pflicht und Ordnung, die wichtigsten Werte in der Kindererziehung, seien durch sie gefährdet.

Sind das die Werte, die mit Prügeln vermittelt wurden, denkt Fritzi, ab sofort gelten Demokratie, Solidarität und Ungehorsam. Uns gehört die Welt! will sie verheißungsvoll hinaus schreien. Aber sie ist allein mit ihrer Kamera, und so begnügt sie sich damit, das Lied der Frauen vor sich hin zu summen. Her mit dem ganzen Leben! Brot und Rosen!

Die Räte schuften ununterbrochen. Die Antisemiten werden auseinander getrieben, die Kommunisten werden irgendwann schon mitmachen. Ernst Toller wird Vorsitzender des Zentralrates. Er lehnt die Zusammenarbeit mit der „verächtlichen Regierung Ebert, Scheidemann, Noske, Erzberger" ab, weil diese „unter der Flagge einer sozialistischen Republik das imperialistisch-kapitalistisch-militärische Geschäft des in Schwachheit zusammengebrochenen deutschen Kaisertums unterstützt."

Fritzi lacht, als sie eines von tausend Flugblättern der Hoffmannregierung auffängt, die aus einem Flugzeug trudeln: Die Regierung des Freistaates Bayern sei nicht zurückgetreten, liest sie, sondern habe ihren Sitz von München verlegt: „Die Regierung ist und bleibt die einzige Inhaberin der Gewalt in Bayern und ist allein berechtigt, rechtswirksame Anordnungen zu erlassen und Befehle zu erteilen."

– Wir brauchen keine Befehle, wir sind eine freie Räterepublik! Lachend hängt sie sich zwischen Max und Jette ein, sie wollen Rudi in der Residenz, die mittlerweile das rote Schloss heißt, abholen und tanzen gehen.

– Ja, und die Gewalt hamma gerad abgeschafft!

– Und den Gehorsam als oberste Tugend auch!

– Nieder mit dem Duckmäusertum!

Aber ihre Begeisterung kann nicht darüber hinweg täuschen, dass die neue Räteregierung kein eindeutiges Programm hat.

– Wir müssen die Banken verstaatlichen, sagt Jette, sonst passiert uns dasselbe wie den Genossen in Bremen. Die Banken der Kaufleute haben sie fertig gemacht, hat Lotte Kornfeld erzählt. Rudi hebt die Hände: Um Banken kümmern sich Neurath und Gesell, die neuen Volksbeauftragten für Wirtschaft und Finanzen. Er versteht was vom Militär, er schafft eine rote Armee, um die zu erwartenden Nosketruppen aufzuhalten, und außerdem will er durchsetzen, dass man Geiseln nimmt, um die Reaktion in Zaum zu halten. Alles regiert durcheinander, und wo sind die Frauen?

Viele Frauen sind nach München gekommen, einige schon im Februar, um an der Verwirklichung der großen Idee mitarbeiten: Lotte Kornfeld, die mit Knief aus Bremen flüchten musste, Frida Rubiner aus Berlin, Annelise Ruegg und Anna Morf aus der Schweiz. Nelli Auerbach, Studentin der Nationalökonomie, ist Toller von Heidelberg gefolgt. Lu Geißler will für die Komintern arbeiten, eine ganze Gruppe begeisterter Frauen ist aus Dresden gekommen, um an der Verwirklichung neuen Idee mit zu arbeiten. Sie alle sind Kommunistinnen.

Anita dämpft die Begeisterung: ihr Antrag auf einen Frauenrat ist erst vor vier Wochen im Rätekongress glatt abgeschmettert worden, die Interessen der Hälfte der Bevölkerung, nächster Tagesordnungspunkt. Die Empörung im BSF ist groß. Geht man so mit Frauen um, die gerade das Wahlrecht erkämpft haben? Die nicht nur wählten sondern auch gewählt wurden? Mühsam hatte als einziger für den Frauenrat und Parité in den Räten gestimmt und entschuldigte sich bei der schockierten Anita Augspurg: was nun?

Eine männlich dominierte Räterepublik, das geht gar nicht. Jeden Nachmittag treffen sich die Frauen bei Marie, beraten, entwerfen Anschläge, kleben, verteilen Zettel, werben für die Sache der Frauen, die man nicht von den Räten ausschließen darf. Trude Baer hat im Dezember das erste Frauenbüro eingerichtet. Mit Eisners Unterstützung wurde es Unterleitners Ministerium für soziale Angelegenheiten angegliedert. In ihrem kleinen Büro auf der Türkenstraße versucht Trude seitdem mit großem Fleiß, Frauen zu helfen, Rat zu geben, Finanzhilfen zu organisieren. Ihr Ziel ist, Frauengewerkschaften zu gründen, denn auch die Herren Gewerkschafter benehmen sich ausgesprochen frauenfeindlich. Die Löhne für Frauen sind immer noch viel niedriger als die der Männer – und damit auch die Arbeitslosenunterstützung, von der jetzt viele Frauen leben müssen, nachdem die Männer ihre „Plätze“ wieder eingenommen haben.

An einem Abend kommt Trude ganz aufgelöst zu Marie: Die schließen unser Frauenbüro!

Trudes große braune Augen sind gerötet und weit aufgerissen, sie sieht aus als hätte sie geweint. Was ist geschehen?

– Unterleitners Ministerium hat sich den Räten angeschlossen.

– Na und? Dann schließt sich das Frauenbüro auch den Räten an.

Trude schüttelt den Kopf. Die bürokratischen Hürden sind hoch, und die Miete in der Türkenstraße muss bezahlt werden – von wem?

Erst die Frauenräte abgelehnt, jetzt das Frauenbüro geschlossen … schadet die Räterepublik den Frauen? Trude Baer besucht jeden Delegierten des Zentralrates und redet ihm ins Gewissen. Landauer und Mühsam hat sie natürlich auf ihrer Seite, die Anarchisten sind für Parité und Einrichtung von Frauenräten, aber jetzt heißt es kämpfen.

Zwischendurch gehen sie ins Schauspielhaus, Landauer lädt ein, die Preise werden halbiert. Fritzi sieht zum ersten Mal Schauspielerinnen und Schauspieler auf einer Bühne agieren. Sie kneift Jette in den Arm: Ist das nun besser als Kino? Jette flüstert, Asta Nielsen oder Mia May könne man hier zwar nicht sehen, aber die da oben seien auch nicht schlecht. Es ist eine Komödie, sie amüsieren sich gut und lassen sich nach der Vorstellung von Hermine Körner, die erst seit einer Woche Intendantin des Münchner Schauspielhauses ist, einiges aus der unbekannten Welt erzählen. Wie sie zur Räterepublik stehe, wagt Fritzi zu fragen. Die Dame lächelt fein. Sie hat ein schmal geschnittenes kluges Gesicht. Sie sei ja königliche Schauspielhäuser gewohnt, aber nur als Schauspielerin, erzählt Hermine Körner, dass sie als Frau die erste Intendantin Bayerns geworden sei, sei mit Sicherheit nicht nur ihr sondern auch das Verdienst der Demokratie. Obwohl es ja schon immer Prinzipalinnen gegeben habe.

Womit sie wieder bei den unterrepräsentierten Frauen sind. Mit Hermine Körner schimpft sichs unterhaltsamer.

Was sie von Landauers revolutionärer Kulturpolitik halte, will jemand aus der Gesprächsrunde wissen. Frau Körner erzählt vom Düsseldorfer Schauspielhaus, der Intendantin Louise Dumont und ihrem Kollegen, dem Dramaturgen Gustav Landauer. Er sei dem Theater leider nicht erhalten geblieben und in die Politik gegangen. Beide Betriebe seien oft hektisch, und sie frage sich, ob Landauer die Ruhe des philosophischen Arbeitens vermisse. Der Freistaat sei nicht nur um einen Philosophen zum Volksbeauftragten sondern auch einen exzellenten Shakespearekenner bereichert. Fritzi beobachtet die kluge Frau, betrachtet die Fotos der posierenden Schauspieler in den Vitrinen und überlegt, ob Theaterfotografie auch anders gemacht werden könnte, als sie Josef Breitenbach im Publikum trifft. Er ist auch von den Achtzehnern und von derselben Idee besessen wie sie: Fotograf zu werden. Noch ist er in der Ausbildung an der Photographischen Lehranstalt. Die Begrüßung ist herzlich, sie fachsimpeln sofort, Max blickt misstrauisch.

Eine aufregende Woche! Fritzi rennt von Giesing ins Atelier Elvira, vom Atelier in die Versammlungen, von den Versammlungen zum Plakatkleben, vom Kleben ins Theater, fällt spät in der Nacht todmüde neben den Kindern ins Bett, selbst der Sepp schnarcht schon auf seinem Küchensofa. Am Donnerstag gibt es für Franzi und sie mal wieder eine gut bezahlte „Künstler“party, trotz Ausgangssperre, der Goldfisch besorgt Ausweise von Unterleitners Ministerium. Es wird wieder Jitterbug getanzt, Fritzi wird immer sicherer und verwegener, sogar der Goldfisch wagt wilde Verrenkungen auf der Tanzfläche, die die wichtigen Herren und leicht bekleideten Damen mit Beifall und Gelächter belohnen. Nach Mitternacht wird er eine Droschke bestellen. Fritzi will erklären, das sei nicht nötig, sie würden abgeholt, aber Franzi wirft Fritzi einen Blick zu, legt dem Goldfisch eine Hand auf den Arm und flötet: Gern, vielen lieben Dank. Der Goldfisch will doch Arm in Arm mit zwei schönen Mädchen das Etablissement verlassen. Alle sollen sich ausmalen, wie der Abend zu dritt weiter geht. Sie können ja an der Ecke Leopoldstraße aussteigen, an der Max und Otto warten.

– Es ist Revolution, und ihr Weiberleut denkt nur ans Tanzen!

Otto Urbas begrüßt seine Franzi mit einem Kuss.

– Wenn ich nicht drauf tanzen kann, ist es nicht meine Revolution, entgegnet Franzi.

– Genau, Sperrstunde ist langweilig. Wir sollten ständig auf der Straße sein und Lärm machen, gerade nachts, dass sich die Bürger nicht mehr raus trauen!

Max schultert sein Gewehr: Pack mers, ist spät. Ich muss noch zum Faulhaber.

Alle lachen laut. Na, hoffentlich ist er daheim!

Das könne er nur hoffen, sagt Max, er habe den Auftrag, den Erzbischof als Geisel festzunehmen. In Würzburg sei Hagemeister erschossen worden, nun sei diese ewige Debatte, ob Geiseln und wenn ja wie viele, endlich geklärt. Die Genossen warten schon, sie müssen sich beeilen, um Faulhaber zu überraschen.

Franzi, Wiki und Fritzi sehen einander an. Das dürfen sie sich nicht entgehen lassen. Sie traben mit, also gut, ein paar mehr oder weniger ist dem Max recht, aber ohne Lärm und

Aufsehen bitte, und nicht vor die Tür, sonst sei der Erzbischof gewarnt.

Sie biegen in die Salvatorstraße ab, während Max mit den Genossen zum Haupteingang in die Promenadengasse geht und an die riesige Türe klopft.

Fritzi erinnert sich, dass Kopp in Rosenheim die Geiselnahmen verteidigt hat, nicht einmal der friedfertige Landauer hat etwas dagegen, und Erich Mühsam hat kurz und bündig erklärt, Geiseln setze man fest, um die Gegenseite von Gewaltsamkeiten gegen eigene Gefangene abzuschrecken. Sie schaut die Salvatorstraße entlang, Franzi und Wiki tuscheln über das Zentralratsmitglied Hagemeister, ist er wirklich erschossen worden? Von wem?

Es ist still. Manchmal, wie oft in diesen Nächten, ein entfernter Schuss. Plötzlich kommt ein Mann in einem langen Mantel eilig aus einem Eingang die Straße entlang. Fritzi beobachtet ihn, das ist kein Militärmantel, es scheint keiner von Max' Genossen zu sein. Ein Kerl in einem teuren Mantel, irgendwie unbeholfen, mit einem scharf geschnittenen Gesicht, ein Strich von einem Mund … das ist doch … Fritzi schüttelt Franzi wild am Ärmel, keinen Ton bringt sie raus, den hat sie doch gesehen, in der Theatinerkirche, das ist doch … der Mann starrt ihr ins Gesicht, blickt weg, beschleunigt seinen Schritt. Franzi flüstert: was ist los? Fritzi zeigt dem davon Eilenden hinterher: Da, stammelt sie, da, das ist Faulhaber.

Franzi und Wiki rennen sofort los. Faulhaber blickt sich um, nun fängt er an zu laufen, biegt um die Ecke in die schmale Gasse hinter der Feldherrnhalle, sie rennen hinterher, hören einen Motor, schon ist der Erzischof in das wartende Fahrzeug eingestiegen. Weg ist er, quer über den Odeonsplatz. Blickt er schadenfroh aus dem Autofenster?

Mag sein, aber für eine Sekunde hat Fritzi gerochen: er hatte Angst.

Max flucht grauslich. Wenn der Faulhaber ihn hörte, er würde ihn zu zehn Vaterunsern verdonnern. Aber das ist es eben, daß er ihn nicht hört. Wer hat Faulhaber gewarnt? Diese ewigen Diskussionen im Zentralrat, schimpft Max, nie komme es zur Aktion, jeder sei gewarnt, der Bach habe einfach die Seyffertitze gerufen: Und damit wars vorbei mit der Geiselnahme, und die Genossen von der roten Armee sitzen im Gefängnis.

– Isidor Bach? Der Joppenkönig? fragt Franzi ungläubig.

– Ja, dem das Kaufhaus auf der Sendlinger Straße gehört.

– Der ist doch jüdisch, sagt Franzi.

– Na und? Ein reicher Sack ist er halt, damit eine gute Garantie.

– Reich oder nicht, ihr könnt doch keinen Juden als Geisel nehmen, meint Franzi, das ist antisemitisch.

– Da haben wir gleich die Alldeutschen als Verbündete, sagt Otto Urbas.

– Hat der Mühsam dem Joppenkönig als Geisel zugestimmt? fragt Fritzi.

Der Max wirft sein Gewehr auf die Straße und brüllt wütend: Machts halt euern Scheißdreck alleine!

Und will weg. Fritzi hebt sein Gewehr auf, Franzi läuft ihm nach und reicht ihm ihren Wohnungsschlüssel, es sei doch zu spät für die Fritzi nach Giesing hinauf. Und er solle ein Scheit Holz nachlegen.

Der Max grummelt etwas Unverständliches, nimmt aber doch den Schlüssel und lässt den Anhänger lässig ums Handgelenk spielen. Packt erst sein Gewehr über die Schulter, Lauf nach unten, dann Fritzi um die Hüften und wünscht allseits eine gute Nacht.

Und während Franzi mit ihrem Wiki Arm in Arm langsam über den Odeonsplatz promeniert, rennen sie zur letzten Tram Richtung Schwabing, dann zu Franzis Bude, um die wenigen Stunden miteinander zu verbringen. Außer Atem fallen sie aufs Bett, lieben sich beim schwachen rötlichen Licht der Glut im Ofen, erst wild und leidenschaftlich, dann sanft, voller Zärtlichkeit. Schließlich überkommt sie Erschöpfung von der aufregenden Woche. Im Halbschlaf schmiegt Fritzi sich an ihn und murmelt, sie hätten Föhn.

Na und? Der Max streicht ihre Haare glatt, die ihn am Kinn kitzeln.

– Ich hab am Samstag frei, wir könnten auf den Berg!

– Hats dir gefallen?

– Es war so schön. Fritzi knubbelt sein Ohrläppchen: Aber mal nur wir beide?

Sie will mehr kennen lernen, raus aus der Stadt.

– Die Zugspitze? fragt Fritzi.

Er lacht sie aus: gerade mal einen Spaziergang auf den Farrenpoint gemacht und schon größenwahnsinnig, meine wilde Revolutionärin? Nein, die Tour ist zu schwer, das ist was für den Sommer. Auch bei Föhn ist die Schneegrenze bei 1000m.

Er schlägt das Kreuzeck vor: da kannst du die Zugspitze sehen!

Fritzi freut sich: Es wird ja morgen nicht wieder eine Revolution geben.

1923. Im Keller

Es war kalt geworden, es musste Nacht sein. Fritzi fror so erbärmlich, dass ihre Zähne aufeinander schlugen. Zwischendurch erfassten sie wieder diese eigenartigen Wellen, die ihr Wärme vorgaukelten und etwas Watteartiges, Weiches. Sie lag auf einem eiskalten Betonboden, aber sie schwebte darüber, sah sich selbst liegen, roch ihre Angst. Die Fritzi auf dem Boden schlug nach der Fritzi, die über ihr schwebte, es war ein harter Kampf, keine gewann, erschöpft fiel sie in sich zusammen, die Watte verschwand, brutal knallte sie aus der weichen Höhe auf den harten Boden.

Sie versuchte, durch schlangenartige Bewegungen den Sack, der neben ihr lag, über sich zu legen, um etwas Wärme zu haben. Es gelang ihr nur teilweise, aber wenigstens lag er nun ein wenig näher an ihren Beinen, womit der kalte Luftstrom etwas verringert wurde.

Wie war sie in diesen Keller gekommen? Sie konnte sich nicht erinnern und fiel in einen unruhigen Schlaf, aus dem sie immer wieder erwachte.

Sie schreckte aus ihrem unklaren Dahindämmern auf, als sie glaubte, wieder Schritte zu hören, die sich aber entfernten. War es Tag? Nacht? Wie lang war sie schon in diesem Keller? Panik überkam sie. Wollten die Männer sie hier liegen lassen? Wenn sie nicht gefunden wurde? Wenigstens war dieses eigenartige Wattegefühl verschwunden. Ihr Magen knurrte, aber Hunger war sie gewohnt. Fritzi fühlte sich eher erleichtert, dieses reale Gefühl des Hungers zu spüren statt des Rausches, der ihr Gefühle vorgaukelte, der sie schweben ließ statt klar zu denken. Lieber Hunger und Kopfschmerzen als dieser schreckliche Rausch. Sie musste etwas tun. Vielleicht konnte sie die Männer überlisten. Sie spürte den rauen Strick, mit dem ihre Hände auf den Rücken gebunden waren, und begann, die Stricke aneinander zu reiben. Wenn sie frei war, konnte sie versuchen, die Tür zu öffnen. Wenn sie verschlossen war, konnte sie sich hinter der Tür auf die Lauer legen und in dem Augenblick fliehen, wenn sie geöffnet wurde. Sie fuhr fort, die Stricke aneinander zu reiben. Es tat höllisch weh.

Durchs Höllental

Sie fahren mit der Morgenbahn nach Grainau und wandern hinauf zum Kreuzeckhaus, das malerisch über dem Tal auf einem felsigen Vorsprung liegt, von dem aus alle höheren Berge zu sehen sind.

Im Kreuzeckhaus sichern sie sich zwei Plätze im Matratzenlager. Es ist nicht viel los, einige Schneeschuhläufer, Tourengänger auf dem Weg zur Alpspitze, ältere Menschen. Am Abend wird viel geredet über die schlechten Zeiten, einer wünscht sich den guten König Ludwig II wieder, dessen Porträt als schlecht kolorierte Fotografie über dem Tresen hängt. Der sei von seinem Arzt ermordet worden, das wisse ja ein jeder, und nun die Schreckensherrschaft der Spartakln, da sei man vom Regen in die Traufe gekommen. Alles Bolschewiken und Juden, die wollten das Volk erdrücken und die Bauern enteignen.

Fritzi klappt den Mund auf. Der Max sagt todernst in seinem schönsten Oibiner Bairisch: Ja, und die Berg wollens auch abtragen, die Bolschewiken.

Stille. Alle Köpfe wenden sich dem Matrosen zu.

Der schlürft seine Brennsuppe: Na, also net die Bolschewiki, die geben nur die Order, abtragen müasset ihrs schon selber. A jeder bekommt an Jackl und a Schaufel, jeder Zug von 5 Mann an Schubkarrn und los gehts. Aber mir ham ja den Achtstundentag, da hat ein jeder am Abend noch Zeit fürs Vieh.

Und weil Fritzi knallrot anläuft und ihre Augen glitzern wie die einer Katze, zieht er schnell sein Sacktuch heraus, tupft ihr um den Mund herum und meint, Schatzerl, pass amal auf mit der guadn Suppe.

Fritzi legt die Löffel auf die Teller, bringt das Geschirr zum Korb an den Männern vorbei. Die starren noch immer.

– Ja da schaugts, versucht es Fritzi im Vorbeigehen, das sagt der Sepp gern, und zurück am Tisch fragt sie den Max, ob sie noch einmal hinaus gehen, der Mond scheine so schön. Sie schlüpft in ihre steife aber warme Wolljacke, die sie aus einem Militärmantel geschneidert hat und schlingt sich den Schal um den Hals. Draußen auf der Bank vor dem Haus bricht sie in das mühsam zurück gehaltene Gelächter aus und kann sich kaum beruhigen.

– Die mit ihrem blöden Ludwig, der hat den Krieg angefangen …

– Hat er nicht, stöhnt der Max, gut, dass du das nicht gesagt hast, die hätten sich nieder gelegt. Ludwig II ist 1864 zum König gekrönt worden.

– Aha, und wieso ermordet?

– Der ist entmündigt worden wegen Steuerschulden, er hat ein Schloss nach dem andern erbaut …

– Ach, der König persönlich? unterbricht Fritzi spitz. War er Maurer?

Herrschaftszeiten, Fritzi ist immer gerade dann sperrig, wenn sie nix weiß.

... Neuschwanstein, Linderhof, Herrenchiemsee, hatte keine Kontrolle mehr über die Finanzen, aber die Bayern haben ihn geliebt. Als er 1886 im Würmsee ertrank, gab es viel Gerede, dass er sich umbracht hat wegen einer Hirnkrankheit, und weil dies nicht sein durfte, haben alle gemeint, er sei ertränkt worden.

– So stands also schon im vergangenen Jahrhundert um die Monarchie, gut dass wirs los sind.

– Die Leut sehn das nicht so. Der war ein Märchenkönig.

– Grad wie Eisner. Aber der hat aus Märchen Wirklichkeit gemacht.

– Das sehn die Leut erst recht nicht so.

Schweigend betrachten sie Hand in Hand das gewaltige dunkelblaue Sternenzelt, das sich glitzernd über die Gipfel spannt. Es ist eine klare, mondlose Nacht.

– So was Schönes kann kein König erschaffen, flüstert Fritzi.

Der Max schweigt. Sie spürt, dass ihn etwas bedrückt und streicht ihm übers Haar.

– Was soll ich tun, fragt der Max verzagt.

– Ach lass sie reden, die alten Zauseln, die kapiern die neue Zeit nicht, sagt Fritzi, alle Macht den Räten! Wir sind das junge Baiern!

Aber den Max drücken andere Sorgen. Er wird keinen Sold mehr bekommen. Im Sommer wird er vierundzwanzig, er ist mit sechzehn Jahren zur Marine, vom Schiffsjungen zum Matrosen befördert, sonst hat er nichts gelernt.

– Der Rudi will, dass ich mich bei seiner roten Armee einschreibe und einen Zug übernehme, wir müssen die Räterepublik verteidigen. Der Vada drängt, dass ich den Hof übernehme, er schaffts nicht allein mit der Mutter.

– Was willst du? fragt Fritzi.

Max blickt in die Sterne als stünde dort die Lösung geschrieben.

– Ich weiß nicht. Manchmal bin ich neidisch auf dich, Fritzi.

– Warum?

– Du hast die Arbeit bei Krupp genau im richtigen Moment hingeschmissen.

– Willst du wieder zur Marine? fragt Fritzi.

– Die ehrliche Marine braucht erst recht tapfere Matrosen.

Fritzi schweigt.

– Denkst du ich bin feige? Max ist empört.

– Hat nix mit Feigheit zu tun.

Fritzi ahnt, wie dem Max zumute ist. Bis sie das Schild im Atelier Elvira sah, ging es ihr genau so. Sie schaut zum Himmel, als ob da ein Schild für Max wartet.

– Hast du nicht gesagt, dass der Hof zu wenig abwirft für alle?

– Derzeit nicht. Aber wenn die Schwestern aus dem Haus sind und ich Land dazu pachten kann, sieht es besser aus.

Ein Matrose an Land, das kann nicht gut gehen.

– Was hat dir am Matrosenleben gefallen?

Und der Max erzählt vom Schiff, vom Stampfen der Maschinen, den schäumenden Wellen, der Mannschaft, jeder Griff muss sitzen. Von fernen Ländern, die er erleben, nicht erobern will.

Es ist kalt. Sie stehen auf und gehen Arm in Arm, lassen sich von der Nacht einhüllen wie in einen glitzernden Mantel.

– Wir sind die verlorene Generation, da kann man nix machen.

Kann man nicht? Aus Stahl kann man Pflüge schmieden statt Geschütze. Mit Schiffen kann man nach Amerika fahren, ohne Torpedos.

ABTEILUNG

Der Max legt die Arme um sie und küsst sie lange. Diese Fritzi! Die weiß immer wies ihm geht, er will sie nicht verlieren. Bäuerin in Heufeld, das ist nichts für sie, eher segelt sie mit ihm um die Welt. Aber er ist der Hoferbe, er muss doch sein Erbe antreten! Und ob das gut geht mit der Räterepublik? Dem Rudi ist das endlose Debattieren im Zentralrat zuwider.

Er befürchtet das Schlimmste, daher will er die rote Armee aufbauen und sofort auf Bamberg marschieren bevor Noske wieder eingreift, sie kennen das doch von der ersten Revolution! Max findet, dass man Hoffmann nie hätte nach Bamberg fliehen lassen dürfen sondern festnehmen, dann wäre die Räterepublik jetzt gut etabliert. Bevor er sich entscheidet ob Bauer oder Seemann, muss er einen letzten Kampf kämpfen.

Fritzi betrachtet den funkelnden Himmel.

– Schau! Da ist ein Schiff! Ein Sternenschiff!

– Das ist der große Wagen!

– Sag ich doch! Und er hat drei Masten! Ein großes Schiff segelt voll aufgetakelt über das Sternenmeer!

Sie schlendern zur Hütte zurück und finden die Tür verschlossen vor. Die Rache der genarrten alten Zausln? Sie müssen eine Weile klopfen, bis ihnen der mürrische Hüttenwirt öffnet und etwas von Schließzeiten und Ordnung grantelt.

Fröstelnd kriechen sie ins Strohlager. Zwischen den Ausdünstungen der Schnarchenden ist es wenig romantisch. Beim Frühstück am nächsten Morgen sind sie die letzten.

– Die sind schon bei der Schubkarrenausteilung, grinst der Max und streicht sorgfältig eine Kostbarkeit aufs Brot, echten Honig. Er reicht es ihr: Hier meine Süße.

Sie ziehen los. Max hat einen prachtvollen Abstieg durchs Höllental geplant, aber Fritzi hat ihre Handschuhe vergessen und muss noch einmal hinein. So hört sie die Hüttenwirtin zu ihrem Grobian sagen: Aber fesch sans scho, die roten Matrosen.

Fritzi zieht ihre Handschuhe an und lacht.

Sturm auf den Bahnhof

Der Zug rattert Richtung München. Müde aber glücklich sitzen Fritzi und Max auf den harten Bänken der dritten Klasse. Die Höllentalklamm war wegen Eis gesperrt, aber Fritzi hat den Umgehungssteig mit seinen spektakulären Aussichten sehr genossen. Sie steigen in Garmisch in den Zug, aber in Tutzing steht der Zug erst mal. Warum? fragt der Max fragt eine Gruppe Soldaten mit roten Armbinden, die sich auf dem

Bahnhof rumtreiben. Kohlemangel? Sie wissen nichts. Endlich fährt der Zug langsam an, bleibt aber hinter Pasing auf freier Strecke wieder stehen. An der Donnersberger Brücke hören sie Schüsse, und Menschen laufen über die Gleise. Sie packen ihre Rucksäcke und laufen ebenfalls los, Richtung Bahnhof.

– Was ist los? ruft der Max einem rennenden Menschen zu, der über ihnen auf der Donnersberger Brücke läuft, der hebt die Schultern und rennt weiter. Ein anderer mit umgehängtem Gewehr schreit: Putsch! Die Seyffertitzen!

– Die schon wieder, stöhnt Fritzi, und verwünscht den Auer für seine verfluchten Bürgerwehren. Es ist ein Kreuz mit den unbeschäftigten Soldaten, die sich jedem als Söldnertruppe verkaufen.

Wieder peitschen Schüsse, Maschinengewehrsalven, sogar Kanonendonner. Fritzi greift erschreckt nach Max' Hand. Sie rennen weiter, immer an den Gleisen entlang. Eine Lokomotive pfeift wütend, aber es fahren keine Züge in den Bahnhof ein.

Auf der Landsberger Straße sehen sie Menschenmassen zum Bahnhof laufen. Freund oder Feind? Besser, sie bleiben auf den Gleisen. Plötzlich hören sie das Geknatter von Flugzeugmotoren. Max zieht Fritzi unter die Brücke, aber aus den Flugzeugen quellen nur Wolken von Flugblättern. Putsch? Fritzi fängt einen flatternden Zettel. Tatsächlich: die Bamberger Regierung behauptet, sie habe die Macht. Der Zentralrat sei abgesetzt. Unterzeichnet: Schneppenhorst.

– So ein Lump, schreit Fritzi, der war doch im Zentralrat!

– Jetzt nicht mehr, sagt Max finster, jetzt ist er bei den Hoffmännern.

Fritzi will wütend das Flugblatt zerknüllen, da bekommt sie eine Idee und glättet es wieder. Sie nimmt ihre Kamera aus dem Rucksack und fotografiert das zerknitterte Flugblatt auf den Gleisen. Dann macht sie noch eine Aufnahme vom Bahnhof, wenn sie schon mal hier ist, diese Perspektive bekommt sie so schnell nicht wieder. Sie hängt sich die leichte Box um den Hals und packt den Max bei der Hand: Komm! Noch ist es nicht zu spät!

– Wir haben keine Waffen, wir können uns doch nicht so da hinein stürzen!

Der Max ist kein Feigling, er rennt weiter, aber sie sehen schon von weitem: der Bahnhof ist abgeriegelt, die Bahnsteige mit Stacheldrahtverhauen gesperrt. Wieder Schüsse, Kanonendonner. Fritzi fotografiert. Max zögert. Nach links über den Güterbahnhof? Nach rechts über die Bayerstraße? Woher kommen die Menschen? Fritzi hat schon entschieden: sie zerrt ihn nach links, sie rennen zum Starnberger Bahnhof, runter auf die Arnulfstraße. Vor ihnen rennen plötzlich wieder Menschen, Kugeln pfeifen, Rauch hängt schwer in der Luft.

– Sturm! brüllt einer, und die Menge wogt, Fritzi und Max mitreißend, gegen den Bahnhof an. Sie rennen zum seitlichen Bahnhofseingang. Wer ist Feind, wer Freund? Was tun unbewaffnet? Plötzlich schreit einer aus der Menge: Max! Hierher!

Es ist der Rudi, er hat sein Gewehr im Anschlag und wirft dem Max eines zu: Hier rüber, Max! Hier sind wir! Hoch die Räterepublik! Hoch die Revolution! Fritzi schnappt sich den

Rucksack vom Max und hängt ihn sich vor den Bauch. Ein Putsch also, Hoffmann lässt schießen, auf sein eigenes Volk, der Sepp hat recht gehabt. Nun gilts! Fritzi sieht bekannte Gesichter in dem Gewühl, ist da nicht Jette? Und dort Thekla? Es ist ein historischer Augenblick, das fühlt sie, den muss sie unbedingt mit der Kamera festhalten, aber wie? Eng drückt sie sich neben den Max, nun gibt Rudi Befehl zum schießen. Eine Salve dröhnt, da vorn sinken einige zu Boden, alle drängen weiter vor, nun ist der Max vor ihr, sie darf ihn nicht verlieren, energisch drängt sie alle beiseite und schiebt sich hinter ihn. Wieder wird geschossen, wieder gibt Rudi Befehl, wieder eine Salve, und endlich scheint die Schlacht geschlagen, die feindlichen Soldaten ziehen sich zurück. Sie fliehen Richtung Bayerstraße, der Bahnhof ist befreit.

Fritzi nutzt den Moment, in dem sie etwas mehr Platz um sich herum hat, und fotografiert wie eine Wilde. Die Menge hat sich geteilt, die Menschen laufen zu beiden Bahnhofsausgängen hinaus. Fritzi läuft zum Haupteingang und direkt auf einen offenen Lastwagen zu, auf dem der Anarchist Sontheimer steht. Blut fließt von seiner Stirn, er nimmt sein Sacktuch, bindet es um die Stirn und lacht zum ersten Mal. Mit Tuch und Schnurrbart sieht der Freidenker wie ein Freibeuter aus, die Menge wogt um sein Schiff wie die wilde See. Fritzi versucht, die Kamera ruhig zu halten, um den denkwürdigen Augenblick festzuhalten. Schon rennen Max und Rudi zu ihm, lassen sich hinauf ziehen und umarmen ihn, tapfer hat er vor dem Bahnhof gekämpft. Sontheimer lässt die Klappen des Lastwagens herunter, sie setzen sich, baumeln mit den Beinen, reden alle durcheinander und können ihr Glück kaum fassen. Rudi solle sprechen, wird gefordert. Rudi ist es nicht gewohnt, vor so vielen Menschen zu sprechen, aber der Erfolg macht ihn glücklich, und Glück macht sicher.

– Genosse Paulukum, zuständig für den Verkehr, hat gestern im Zentralrat gesprochen. Er schien mir von allen der Klügste zu sein. Er könne es nicht verantworten, wenn 10. 000 Frauen und Kinder in München verhungerten, er könne es aber verantworten, wenn 1000 hinausgingen, um mit Waffengewalt die Verbindung mit Hof und den Stellen, die für die Räterepublik seien, herzustellen. Er sagte, dass er in dieser Sache, die durchaus kein Blutvergießen bedeute, keine Unterstützung gefunden habe, weil der Zentralrat von russischen Gefangenen schwatze und das Volk von 6 Millionen Bayern nicht dazu befragt werde, lege er sein Amt als Volksbeauftragter nieder. Er wurde, während er sprach, immer wütender und erklärte, er wolle nur im Sinne der Diktatur des Proletariats weiter arbeiten. Warum hat Paulukum so heftig reagiert? Weil der Zentralrat nicht einsehen wollte, dass die Verhandlungen mit Bamberg gescheitert waren, dass die Regierung Hoffmann, während sie scheinbar verhandelt, Augsburg und Würzburg besetzt und die Blockade über München verhängt, eine widerliche Aktion, für die wir im Krieg die Engländer hassten, denn sie traf nicht die Herrschenden mit ihren gefüllten Kellern, sondern nur die uns arme hungernde Hunde!

Jette schreit Bravo und andere Hoch den Räten.

Sontheimer macht ihm Zeichen, er solle zum Schluss kommen. Rudi schließt: Heute haben wir gesehen, was die

Regierung Hoffmann unter Verhandeln versteht: wären wir nicht aufmerksam und bewaffnet gewesen, hätte es einen Putsch von rechts gegeben. Die Mehrheitler haben mit Hilfe der Alldeutschen, der Thulegesellschaft und anderen Banditen einen Bürgerkrieg riskiert! Überall ertönen laute Rufe, pfui. Nieder mit Hoffmann.

Sontheimer ruft mit lauter Stimme: Hier sprach der neue Stadtkommandant Rudolf Egelhofer! Er deutet mit ausgestrecktem Arm nach links: Auf zur Stadtkommandantur, verhaften wir diesen Dürr, der sich gegen das Volk stellt!

Rudi blickt Sontheimer erstaunt an. Man könne doch Dürr nicht einfach verhaften?

– Außergewöhnliche Zeiten erfordern außergewöhnliche Maßnahmen, erklärt Sontheimer. Die Verhafteten Mühsam und Wadler seien noch nicht zurück, keiner wisse, wohin sie verschleppt worden seien.

Fritzi, Thekla und Jette hüpfen vom Lastwagen, die Soldaten ziehen die Klappen hoch und schieben die Bolzen durch die Bänder. Rudi sieht sich suchend um: Max! Du bist mein Adjutant!

Der Lastwagen fährt schnell Richtung Kommandantur, viele Bewaffnete folgen zu Fuß.

Da stehen sie nun, Jette und Fritzi, und sehen ihren Liebsten nach.

Und Fritzi merkt erst jetzt, dass sie die ganze Zeit überhaupt keine Angst hatte.

Die rote Armee

Der neu zusammen gestellte Zentralrat unter Leviné ruft einwöchigen Generalstreik aus. Rudi veranstaltet an Ostern eine große Militärparade. Er will zeigen, dass der Sieg am Bahnhof keine Eintagsfliege war. Alle sollen sehen, wie stark die rote Armee ist, dass sie München beschützen und die Errungenschaften der Revolution verteidigen wird. Sie ziehen die gesamte Ludwigstraße entlang, Soldaten, Matrosen, bewaffnet, mit roten Armbinden. Die Frauen sind dabei, lachend hängen sie sich bei den Männern ein, in jedes Hoch die Räterepublik mischen sich fröhliche Frauenstimmen, jedes „Nieder mit den Mehrheitlern" wird von schrillen Kinderstimmchen begleitet. Die Frauen des BSF sind vollzählig erschienen, mit ihnen die Trambahnschaffnerinnen, Briefträgerinnen und alle Frauen, die um ihre neuen Berufe bangen, auch die Munitionsarbeiterinnen, deren Haare langsam wieder normale Farbe annehmen.

Fritzi ist überall mit ihrer Kamera, und sie sieht, was viele in dem langen Zug von über 45 000 Menschen nicht sehen: vor wem sie da Parade laufen. Sie sieht die Gesichter der Bürger und deren nicht mehr ganz so feine GattInnen, die sich die Industrieweiber mal von der Nähe anschauen wollen. Oft sieht Fritzi Hass, das gibt Kraft, aber viel öfter Naserümpfen und Abwenden, das tut weh. Die verstehen gar nicht, was wir wollen, denkt Fritzi, für die sind wir nur Lumpenpack. Da gehen Arbeiter, die wie durch ein Wunder die Front überlebt haben, die nun für eine Staatsform kämpfen, die ihnen Frieden und Gerechtigkeit gibt. Da gehen Matrosen, deren blaue Uniformen mittlerweile verblichen und geflickt sind, keine Zukunft für die einstmals gehätschelten blauen Jungs. Und da gehen Tausende von Soldaten, die nichts anderes besitzen als die zerfetzte Uniform, in der sie in den Schützengräben den Kopf hinhalten mussten. Sie alle sind bereit, für eine gerechte Gesellschaft zu kämpfen.

Die Bürger am Straßenrand fühlen sich in ihrer Ordnung gestört, weil sie zu Fuß gehen müssen, denn die Trambahnen fahren nicht während des Generalstreiks. Sie finden es ungerecht, dass sie altes Brot essen müssen statt frischer Semmeln, denn die Bäckereien sind geschlossen und der Zentralrat hat erklärt, er wolle die wenigen noch vorhandenen Lebensmittel an die Bedürftigen verteilen, und zu denen gehören sie nicht. Für sie sind die roten Fahnen, die überall wehen, kein Symbol der Hoffnung, sondern der Unordnung, und die Lieder, die gesungen werden, sind nicht ihre. Warum sollten sie ein letztes Gefecht wollen? Mit welchem Bedränger sollen sie reinen Tisch machen? Unter Gerechtigkeit verstehen sie Ruhe, die Straßen sollen wieder die ihren sein, das Trottoir soll wieder „Bürgersteig“ heißen, ihr Steig, auf dem Arbeiterstiefel nichts zu suchen haben. Dieses Lumpenpack soll wieder in den Fabriken der Vorstädte verschwinden und ihr Leben nicht länger stören – das geht wahrhaftig schon drei Wochen so, nicht auszuhalten, das Chaos.

In manchen Gesichtern sieht Fritzi Angst. Sie haben Angst vor uns, denkt sie, und das erfüllt sie nicht mehr mit Genugtuung wie im November, sondern mit Trauer. Die wollen uns einfach nicht sehen, es ist ihnen egal wie es uns geht, und diese Gleichgültigkeit schmerzt Fritzi mehr als offene Feindschaft.

– Ich hab mal geschworen, Kaiser und Vaterland bis zum letzten Blutstropfen zu verteidigen, sagt der Max ernst. Er hält Fritzis Hand in den seinen. Das war Quatsch, was geht mich das Land des Kaisers an. Aber diese Räterepublik, die haben wir uns erkämpft, die geht mich was an. Die lass ich mir nicht wegnehmen, nur weil diese Ratschkasperln vom Zentralrat unfähig sind zu handeln. Jetzt gilts, ich geh unter Rudis Befehl nach Dachau, wir müssen den Norden besiegen bevor Hoffmann die Nosketruppen holt.

Fritzi ist bleischwer um die Brust, die Nosketruppen werden nicht nur von Norden kommen. Man flüstert, dass der Ring um die Stadt längst gezogen ist, aber sie ist entschlossen, dem Max jetzt nichts zu erschweren.

– Wir werden die Stadt verteidigen, sagt sie, wir Frauen haben ja gezeigt, dass wir auch diese verdammten Geschütze in Stellung bringen können. Wär schön, sie nur zu zeigen statt abzuschießen.

Ja das wär schön, ich wünsch mir auch einen Feind der bei meinem Anblick einfach abhaut, lacht der Max, und küsst sie.

– Sie schlingt die Arme um seinen Hals und flüstert: Pass gut auf dich auf.

– Mach ich. Den Rest besorgt der Rudi – und der Sontheimer ist mit von der Partie, der wird auch auf mich aufpassen.

Sie sieht ihm nach, wie er dahin geht, die weiten Hosenbeine schlagen um seine Knie, die Bändchen an der Matrosenmütze wehen. Ein fescher Kerl, denkt sie und lächelt wehmütig.

Fotoalbum

Soldaten vor dem Münchner Hauptbahnhof

Bildunterschrift, handschriftl., mit Bleistift: Max, Rudi, 13. April 19

Meine Enkelin hat mich mal gefragt, warum die Revolution 1918 /19 so blutig verlaufen sei. Empört erklärte ich ihr, nicht wir waren es, die gemordet haben, das waren die Weißen, alles wird verfälscht dargestellt.

Sie tippte auf dieses Foto von Rudi, Max und Genossen nach der Schlacht um den Hauptbahnhof und sagte: „Die sehen aber nicht friedlich aus." Und ich betrachtete zum ersten

Mal Fritzis Foto mit den Augen meiner Enkelin, die kriegerischen Haltungen der Männer, die umgehängten Handgranaten, die Gewehre, die Patronengurte, die sie wie Accessoires lässig umgehängt trugen. Mir fiel auf, dass sie die Gewehre an diesem 13. April nicht mit der Mündung nach unten trugen, auch nicht bei der Parade eine Woche später. Darauf waren bis dahin alle stolz gewesen, diese Männer standen nicht mehr bereit, jeden Feind niederzuknallen, sondern die Waffe einzusetzen für eine gerechte neue Gesellschaft.

„So hat man damals für den Frieden gekämpft,", sagte ich zu meiner Enkelin, „die Männer waren gerade aus dem Krieg gekommen, die meisten hatten nicht mal zivile Kleidung."

Sie war am Thema nicht mehr interessiert, hüpfte fort, wie Zehnjährige so sind, und ließ mich allein, und ich betrachtete Fritzis Foto und überlegte, ab wann die Männer wieder so ausschauten wie im Feld? War dies schon vor der blutigen Niederschlagung? Wann hatten wir zum letzten Mal getanzt, gelacht, hatten uns als die neue Generation gefühlt, den königstreuen Spießbürgern haushoch überlegen? Wir waren nicht nur Opfer, die erst nach den mörderischen Erfahrungen in Gefängnissen vor erlittenem Unrecht aufschrien. Wir waren nicht nur zu Unrecht Verbannte, die unter Weinen aufmunternde Briefe in die Gefängnisse schrieben. Wir waren nicht nur stramme Kommunistinnen, die in den nun parlamentarischen Gremien das erlittene Unrecht erfolglos anprangerten. Wir waren vor allem Menschen, denen die Freude fehlte. Etwas war uns abhanden gekommen spätestens an diesem 22. April, unsere Lebenslust, unsere naive Freude, die Nächte, erst über die Karlstadt und den Valentin auf dem Brettl zu lachen, bei Kathi Kobus zum Akkordeon sentimentale Lieder zu singen, im Kino bei sentimentalen Szenen lauthals zu lachen, wenn die Bürger zum Taschentuch griffen. Ein völlig neues Leben in Freiheit zu führen, Musik auf dem Grammophon zu hören und verrückt zu tanzen, nackt in Landkommunen zu leben, du musstest es nicht tun, es reichte, dass es möglich war. Jeder verrückte Spinner, jeder anarchistische Dichter, jede zahnlose Sängerin auf dem Stachus war für das Lachen der Gesellschaft wichtiger als die, die sich als normal bezeichneten. Wir dachten, wir hätten die Gesellschaft neu erfunden, dabei waren wir nur einige wenige Außenseiter. Auf der Straße standen plötzlich keine Gruppen von diskutierenden Menschen mehr, man ging aneinander vorbei, sah weg, jeder war gegen den anderen mit Misstrauen erfüllt. Die „Normalen“ hatten uns erst gegeneinander aufgehetzt, dann bildeten sie Mörderbanden, rotteten alles Lebendige aus, rissen die Macht an sich und machten aus fröhlichen Banden junger Leute wieder Soldaten und rechtlose Frauen. Bürgerkrieg brauchten sie nicht mehr: sie bauten Lager und ermordeten darin jeden, der nicht in ihre Norm passte.

Wasserklosett

Sie ist erschöpft von den Ereignissen der letzten Tage, den Feindseligkeiten, den misstrauischen Blicken der Bürger.

– Kein Mensch will diese Revolution.

– Was sagst du da!

Fritzi blickt erschrocken: hat sie das gesagt? Nicht gedacht? Alles verwirrt sich, nichts scheint mehr real, wie Fotopapier, das im Entwickler schwimmt und in der gelblichen Flüssigkeit nur schemenhafte Umrisse zeigt.

Max widerspricht heftig: wir kämpfen für diese Revolution, gerade haben wir in Dachau die Hoffmanntruppen besiegt, eine Revolution ist dazu da, weiter geführt zu werden. Alle wollen sie.

– Die nicht. Sie macht mit dem Kinn eine Bewegung zu den Beletages der Häuser.

– Natürlich wollen die Bürger keine Revolution, was hast du gedacht? Dass sie freiwillig ihre Wohnungen öffnen und sagen, kommen Sie herein, Fräulein Novacki! Hier ist Ihre Kammer, wir sind nur zu zweit auf der Etage mit acht Zimmern, da ist reichlich Platz, bitte sehr.

– Da ist wirklich reichlich Platz, meint Fritzi zögernd.

– Na und? Wer reich ist braucht reichlich Platz und will stets noch mehr.

Das ist es eben, was Fritzi zu schaffen macht: Wir müssen ihnen klarmachen, dass wir nicht böse sind. Dass wir nur

Gerechtigkeit wollen. Es ist doch nicht gerecht, wenn einer acht Zimmer hat und sein Nachbar nur eine Decke unter der Brücke.

Max lächelt. Genau dafür machen wir die Revolution: für die Gerechtigkeit.

– Für eine gerechte Welt, flüstert Fritzi. Das hat Sonja immer gesagt. Aber die Gerechten der Welt sind tot oder im Gefängnis.

Max zuckt die Schultern. Warum sollten die Reichen eine Revolution wollen. Die haben Angst, plötzlich sind sie die Verlierer.

– Kein Mensch konnte diesen entsetzlichen Krieg wollen, der ist auch den Herrschenden entgleist, sagt Fritzi überzeugt.

Max lacht plötzlich bitter: Du verstehst nichts! Oder willst du nicht verstehen? Die haben prima verdient am Krieg. Automobile, Flugzeuge, Waffen und Munition bringen Geld. Särge werden gebraucht, Alkohol zum Vergessen, Kriegsanleihen bringen gute Rendite. Der Krieg ernährt den Krieg.

– Der Krieg ernährt den Krieg, wiederholt Fritzi, dann muss der Frieden auch den Frieden ernähren können.

– Du glaubst an das Gute im Menschen, sagt Max weich, das liebe ich an dir. Er küsst sie zart auf die Wange.

Arnold Wadler, der neue Wohnungskommissar hat ähnliche Gedanken wie Fritzi. Er sieht die wachsende Wohnungsnot, die überteuerten Mieten und befiehlt, Platz zu schaffen: große Wohnungen sollen mehr Menschen beherbergen. Am 15. April soll ein Mietstreik beginnen, Mietshäuser seien zu enteignen und in Kommunaleigentum zu verwandeln.

Am Abend kommt Fritzi aufgeregt zum Sepp, schwenkt ein Formular und ruft: Schau Sepp, du kannst endlich mehr Platz haben! Auf der Leopoldstraße haben wir eine riesige Wohnung requiriert! Für den Girgl und das Gretel gibts ein Kinderzimmer, und die Lisei bekommt ein eigenes Schlafzimmer!

Die Kinder kommen die Stiege hinunter und schauen.

Hohe Wände, große Fenster, da scheint die Sonne herein! Alles ist hell, vier Zimmer! Und ein Badezimmer mit Wasserklosett!

Der Sepp stopft seine Pfeife und betrachtet das Formular auf dem Tisch.

Soso, brummt er, ein Kinderzimmer.

Das Gretel kommt im Nachthemd hinunter und klettert auf Fritzis Schoss. Der Girgl folgt ihr und will wissen, was ein Wasserklosett ist. Fritzis Erklärung gefällt ihm, er will das sehen, dieses Wasserklosett.

– Wo ist die Kuchl?

An die Küche hat Fritzi noch nicht gedacht. Die Wohnung wird wohl eine Küche haben, bisher wurde dort ja auch gekocht.

– Wer?

Fritzi versteht nicht.

Wer da bisher gekocht habe, will der Sepp wissen.

– Vermutlich die Köchin der Professorenwitwe, sie selbst wird kaum gekocht haben.

– Und die ist nun gestorben?

Herrjeh, ist der Sepp heute schwer von Begriff!

– Was weiß ich, wo die Köchin wohnt! Die Witwe bewohnt sieben Zimmer allein! Und deshalb werden fünf davon requiriert.

Soso, requiriert, murmelt der Sepp, entzündet seine Pfeife und hält dem Gretel das Streichholz zum Auspusten hin. Wie alt die Dame sei.

Also, der Sepp kann Fragen stellen! Woher soll Fritzi wissen wie alt diese Witwe ist.

Der Sepp schmaucht und grinst. Das sei ja so eine Sache mit der Requirierung, zu einer hübschen jungen Witwe tät er gern einziehen, aber zu einer alten Hex …

– Einszweidreivierfünfsechssieben, eine alte Hex kocht Rüben, schreit der Girgl, und das Gretel patscht erwartungsvoll in die Hände und schreit: Speck!

– Eine alte Hex kocht Speck und du bist ...

– Weg! schreit das Gretel und windet sich, weil der Girgl ihr den Zeigefinger in den Bauch gebohrt hat, wie immer bei diesem Reim.

Fritzi seufzt. In dieser Familie die Belange des Sozialismus durchzusetzen ist ein hoffnungsloses Unterfangen. Und dazu noch ein lüsterner Witwer!

– Wollt ihr nicht gern in einem großen hellen Zimmer spielen? fragt Fritzi.

– Halt! kommandiert der Sepp, Kinder bestechen gilt nicht.

Die Lisei kommt mit der Wäsche und schaut fragend. Fritzi erklärt ihr giftig: Dein Vater will zu einer jungen hübschen Witwe ziehen, das versteht er unter requirieren.

Die Lisei stellt den Wäschekorb ab und sieht ihren Pfeife rauchenden Vater entgeistert an. Der zieht die Schultern hoch.

Das Gretel gleitet von Fritzis Schoß, springt an der Lisei hoch und piekt ihr den Zeigefinger in den Bauch: Alte Hex!

Die Lisei piekt zurück, der Girgl rennt animiert dazwischen, und so toben sie einander den Zeigefinger in alle erreichbaren Körperteile bohrend, durch die winzige Stube, die offen stehende Tür hinaus und wieder herein.

Der Sepp sitzt da und grinst Fritzi an: Meinst die brauchen ein Kinderzimmer?

Er habe wirklich überhaupt kein proletarisches Bewusstsein, sagt Fritzi beleidigt

Nein, als Fuhrunternehmer sei er Kapitalist, meint der Sepp, und um sein Gewissen zu beruhigen, habe er das Fräulein Prolet als Kostgängerin.

– Verstehst du denn nicht, wir müssen die Wohnungen in Volkseigentum umwandeln.

– Aber nicht so, Fräulein Prolet. Da gründen wir Genossenschaften und bauen unsere eigenen Häuser.

– Ja toll, ein guter alter SPD-Vorschlag! Es geht darum, die Bourgeoisie zu enteignen, und zwar jetzt, sonst hat diese Revolution keinen Erfolg! Das hat Rosa Luxemburg auch gesagt, die verehrst du doch so sehr!

Der Sepp kratzt sich am Hinterkopf und beschaut zärtlich seine tobenden Kinder.

Er könne sich die Wohnung ja mal ansehen, sagt er vorsichtig, und das sagt er gerade, als ein Moment Ruhe eingekehrt ist. Die Lisei fragt entgeistert: welche Wohnung?

– Eine helle große Wohnung auf der Leopoldstraße, antwortet Fritzi, mit viel Platz zum Toben.

Sie tobe doch nicht, tut die Lisei erwachsen und streicht sich die Schürze glatt.

– Bei einer alten Witwe, aber es kann auch eine junge hübsche sein, erläutert der Girgl sachkundig.

Lisei schaut fragend von Fritzi zu ihrem Vater und schüttet die Wäsche auf den Tisch. Ob er wieder heiraten wolle, fragt sie betont sachlich und verarbeitet jeweils zwei Socken zu einer Kugel. Das Zittern in ihrer Stimme bemerkt nur der Sepp.

Fritzi stöhnt. Ein Missverständnis jagt das nächste. Sie sieht nicht, wie der Sepp vergnügt grinst und seiner Tochter unmerklich zublinzelt: nein, ans Heiraten denkt er vorerst nicht. Das erhitzte Gretel fängt plötzlich an zu weinen und will auf keinen Fall aus dem Haus raus. Der Girgl fragt, ob es in Schwabing Pferdeställe gibt, und es entsteht allgemeines Durcheinander, bis der Sepp mit der Faust auf den Tisch haut und sagt, er denke gar nicht daran, sein Haus in Giesing zu verlassen, aber er fände die Idee, ein Wasserklosett einbauen zu lassen, recht gescheit.Und jetzt sei ausgeredet.

Das wars dann, denkt Fritzi, wenn alle so starrsinnig sind wie der Sepp, haben wir in Giasing bald alle Wasserklosetts, aber mit der Enteignung wird das nie was.

München 1923. Thekla

„Fritzi entführt?“ fragte Thekla empört. Schnell hatte sie eine ehemalige Kollegin im Bürgerbräu ausgemacht und mit ihr die Schicht getauscht.

„Eine von uns,“ murmelte sie erbost vor sich hin, „was bilden diese Kerle sich eigentlich ein!“

Fünfzehn Monate Haft in Aichach hatten Thekla nicht eingeschüchtert, sondern hart und realistisch gemacht. Die Zeit der kommunistischen Träume sei vorüber, konkretes Handeln sei gefragt, wolle man den Terror von rechts verhindern. Und das sei ja nun die beste Gelegenheit, meinte Thekla, wetzte ihr Putzbrunner Bayrisch, schlüpfte in ihr Dirndl und band die Geldtasche unter die Schürze.

„Die wirst kaum brauchen, bei den Herren brauchst nur zählen, das zahlt später die Partei,“ sagte die Kollegin, die sich auf die freien Stunden freute.

Das sei ja bequem, meinte Thekla, und um aufrichtig zu wirken, fragte sie schnell: „Und wer zahlts Trinkgeld?“

Die Kollegin lachte: „Wenn die Herren berauscht werden, gibts sicher auch ein Geld!“

Thekla kam gerade zu recht, um zusammen zu zucken, weil dieser Himpfler mit seiner Pistole herum fuchtelte und in die Decke schoss, dass der Putz nur so stob. Die Redner faselten dann vollmundig von nationaler Revolution, forderten den Marsch auf Berlin und Absetzung der Novemberverbrecher, aber nach dem prahlerischen Schuss geschah erst einmal nichts. Es schien, als warte man, dass etwas geschehe, statt dass man aufsprang und losstürzte.

Thekla sammelte leere Krüge ein, brachte volle und spitzte die Ohren. Die Stimmung war so dick wie die rauchblaue Luft, es waren nur wenig Frauen im Saal.

Eine Platte mit belegten Semmeln stand bereit, und Thekla wollte sie in den Saal bringen, als einer der Saalordner an der Tür aufsprang. Er übernehme das. Thekla reichte ihm die Platte und beobachtete, wie der Uniformierte sie nicht in den Saal brachte, sondern die Treppe hinunter ging.

„Ja was," fragte sie den zweiten Uniformierten an der linken Seite der Tür, „wo bringt er jetzt die Semmeln hin?"

Das ginge sie nichts an, erwiderte der Mann grob, sie solle ihre Arbeit tun. Thekla stemmte die Hände in die Taille, wie sie es im Hofbräuhaus gelernt hatte, und musterte den Mann bös: „Dös is mei Arbeit, Herrschaftszeiten! I brauch mei Plattn zurück, sonst schmeißt der Chef mich aussi!" Und machte Anstalten, dem Uniformierten zu folgen.

„Halt!" Der Mann hielt sie am Arm fest und sagte bedeutend höflicher: „Sie müssen schon entschuldigen, Fräulein, war nicht so gemeint. Sie bekommen Ihre Platte zurück, mein Ehrenwort!"

Thekla gab sich immer noch entrüstet: „Ehrenwort, ja sauber! Serviern tu hier nur i, und in den Saal! Da geht sie hin, ausm Haus, mei wertvolle Plattn!"

Nun nahm der Uniformierte sie beiseite und raunte vertraulich, er verbürge sich, dass sie die Platte zurück bekäme, sein Kamerad müsse die Wachmannschaft der Verhafteten versorgen. Thekla machte runde Augen: „Verhaftete? Ja samma mir hier in Sankt Adelheim?"

Sie sprach so laut, dass der Uniformierte den Finger auf den Mund legte. Es seien Schlawiner, die sich der völkischen Revolution widersetzt hatten, man habe sie in den Keller gesperrt, natürlich nur vorübergehend.

„Schlawiner ahso, soso," stellte die Thekla sich dumm und rieb die Hände an ihrem Handtuch ab. Ob da auch Weiberleut darunter seien, unter den Schlawinern, und als der Uniformierte sie misstrauisch musterte, erklärte sie: „I moan halt nur, weil für das Weibsvolk tat i eher a Brausn oder Russenmaß serviern."

Und als der Uniformierte sie weiter anstarrte, stieß sie ihn in die Seite: „Weils sonst rauschig wern, mei Liaba! Und rauschige Weiberleut ..."

„Da werden Weiber zu Hyänen", grinste der Mann und versicherte ihr, dass bei den Stadträten keine Frauen seien. Und die bekämen auch keine Semmeln, nur die Wachmannschaft. Seinen Versprecher bemerkte er nicht. Später brachte er die Platte zurück, damit sie sehe, dass die Völkischen zuverlässig und ehrlich seien.

„Wahre deutsche Tugenden," lobte Thekla und mutmaßte, dass die Männer im Keller diese nicht besaßen, und der

Uniformierte, mittlerweile durchaus nicht mehr nüchtern, raunte: „Alles Juden und Novemberverbrecher, Fräulein! Heute wird aufgeräumt mit der Bagage! Der Lastwagen steht schon bereit!"

„A Wagn?" Thekla polierte die Platte mit ihrer Schürze.

„Die kommen weg, aufs Land! Als Geiseln!"

Thekla ging zum Fernsprecher und informierte Marie, dass die Stadträte als Geiseln im Keller waren. Fritzi sei nicht unter den Geiseln. Außerdem sei im Separee hoher Besuch eingetroffen: Kahr und Ludendorff persönlich. Und dieser Himpfler sei mit einigen anderen in Phantasieuniformen zu den Herren ins Separee gegangen. Sie bleibe weiter auf dem Kiwief: „Da ist was im Busch, Mädels! Haltet Euch bereit!"

Gedanken siegen ohne Blut

Plakate und Flugblätter sind fertig. Die BSF-Frauen wollen die Frauen aktivieren, sie sollen eingreifen, um der Gewalt ein Ende zu bereiten. Die Schlacht in Dachau war gewonnen, aber Hoffmann ist nun gereizt und hat das Standrecht über München verhängt. Nosketruppen, Reichswehr und die gefürchteten gesetzlosen Freikorpsverbände schließen sich zusammen. Aber es darf kein Bürgerkrieg entstehen!

„Frauen und Mütter!", haben die BSF-Frauen drucken lassen: „Wir hassen den Krieg, mehr noch den Bruderkrieg! Wir dulden nicht, dass Proletarier auf Proletarier schießen. Wir wollen, dass das Neue sich ohne Blutvergießen verwirklicht. Wir glauben an die Kraft des sozialistisch-kommunistischen Gedankens. Gedanken siegen ohne Blut. Wir wollen jede für sich und alle zusammen diesem Morden ein Ende machen."

Darunter haben sie in kleinerer Schrift setzen lassen: „Proletarierbrüder! Hört uns! Handelt als Menschen einer neuen Gesellschaft!" Und darunter steht in großen, eng gesetzten Buchstaben: „Bund sozialistischer Frauen".

Fritzi, Tilde, Netty und Sophie ziehen mit dem Kleistereimer durch die Innenstadt und kleben die Plakate. Jette und Hetti bringen die Botschaft zu Egelhofer, Thekla und Selma zu Toller nach Dachau, Lida und Anita wollen bei der Gegenseite um Gehör bitten, dass über freien Abzug verhandelt wird. Rosa will mit zwei Genossinnen nach Ingolstadt fahren und versuchen zu vermitteln. Aber wird der schreckliche Epp die Frauen überhaupt anhören? Und dieser General Oven, der offenbar vom Süden die Einkesselung betreibt? Die brutale Brigade Erhardt? Niemand weiß Genaues, aber es heißt, München ist eingekesselt.

– Ein Versuch ist es wert, bestimmt Anita, er kann uns nicht hinrichten, und beleidigen kann er uns auch nicht. Gegen diese Sorte von Männern sind wir immun!

Sie lachen einander an, Lida drückt Anita zärtlich an sich.

Fritzi findet, man solle die Botschaft der Frauen zur illegalen Regierung Hoffmann bringen, die sei doch schuld an der Gewalt. Oder sei die Einkesselung mit Abschneiden der Lebensmittelzufuhr keine Gewalt? Und viel schlimmer, Gewalt gegen wehrlose Frauen und Kinder?

Verlegenes Schweigen. Herausfordernd sieht Fritzi ihre Mitstreiterinnen an: soll ich einen Packen nach Bamberg bringen? Und einen nach Nürnberg? Warum haben die anderen Frauen des Landtages nicht zum Frieden aufgerufen? Wo sind die eigentlich, Ellen Ammann, Rosa Kempf, Lina Ammon, Aloysia Eberle?

Sie sind sich nicht einig, die Frauen, zum ersten Mal. Aber sie sind zu erschöpft um zu diskutieren. Alle sind geschwächt vor Hunger, es gibt kaum noch etwas zu essen durch die Belagerung, die Hoffmann angeordnet hat. Marie verspricht, die Flugblätter an die Familien der Abgeordneten zu senden, die in München sind. Fritzi fragt wütend in die Runde, warum sie nicht die Familien der Minister als Geiseln genommen haben? Ist den Herren egal, dass ihre Frauen und Kinder in München hungern, während sie in Bamberg tagen? Was sind das eigentlich für Menschen in diesem Hoffmannkabinett? Vielleicht reisen sie voller Sehnsucht immer wieder nach München? Warum fangen wir sie nicht am Bahnhof ab und nehmen sie als Geiseln?

Schweigen.

– Die hungern nicht, sagt Sophie zu Fritzi, als sie draußen beim Kleistern sind, kannst drauf wetten, dass die Herren Minister und ihre Familien gut versorgt sind. Du hast nicht unrecht mit den Geiseln, aber dafür ist es jetzt zu spät. Wir hätten Hoffmann gar nicht aus München raus lassen dürfen.

– Warum haben wir Hoffmann fahren lassen? Warum sind wir so blöd?

– Kein Blutvergießen, sagt Tilde, Toller wollte solche Mittel nicht anwenden.

– Geiselnahmen sollen doch gerade Blutvergießen verhindern!

– Ja, aber das ist vielen zu radikal.

Fritzi steckt sich einen Packen Flugblätter in ihren Rucksack und verabschiedet sich am Bahnhof von Tilde und Sophie. Auf dem Heimweg steckt sie Flugblätter in alle Briefkästen, legt sie auf Fensterbänke und Treppen. Sie geht in alle Gassen, überquert immer wieder die Humboldtstraße mit

mit vorsichtigen Blicken, und läuft nicht den Giesinger Berg hinauf, sondern durch die Lohe zwischen den Herbergshäusern über die schmale Stiege zwischen den Bäumen hinauf. Sie will zur Kirche. Und sie passt höllisch auf, denn unter sich hat sie die Polizeistation mit wütenden weil entwaffneten Polizisten, und über sich das Wirtshaus Geretzhauser, da verkehren die Alldeutschen. Leider kennt sie nicht alle der Gesichter aus diesem Haufen, der sich um seinen Anführer Zöberlein sammelt wenn er auf dicke Hose macht, daher heißt es doppelt vorsichtig sein. Erst am Bergbräu fühlt sie sich sicher, denn hier halten die Genossen von der roten Armee Wache.

Aber es ist ruhig.

Für die Genossen der Giesinger roten Armee, die sich „Abteilung Bergbräu" nennen und auf der Brauerei und dem Kirchturm Ausschau halten, hat sie noch einen Packen Flugblätter im Rucksack. Das war Fritzis Idee: was Hoffmann von Flugzeugen abwirft, das können wir auch, dann wirds vom Giesinger Kirchturm Flugblätter regnen.

Am Aufgang zum Turm steht ein Posten, fragt nach der Losung und lässt sie hinauf. Auf dem Turm sind sechs Genossen und sichern in alle Richtungen. Der Dachdecker Lorenz liest das Flugblatt und meint: Die Weiberleut sind halt immer gegens Raufen.

Er grinst schief.

– Dabei können sies nicht schlecht wenns drauf ankommt, antwortet Anton Oswald und mustert Fritzi anerkennend. Sie hat Wache geschoben, als sie in der vergangenen Woche die Schutzmannstationen entwaffneten, eine taktische Idee von Rudi, um den Feind nicht im Viertel zu haben.

Einer gesteht verlegen, dass er nicht lesen kann. Fritzi verliest das Flugblatt. Der Genosse ist beeindruckt. Die Weiberleut wären viel gebildeter.

– Obs hilft? zweifelt einer.

Sie lassen ein paar Flugblätter probeweise vom Kirchturm regnen. Fritzi ist enttäuscht. Unten geht keiner, der sich dafür interessiert, menschenleer ist die Straße, und es geht kein Wind. Kraftlos trudeln die wertvollen Blätter zu Boden.

Der Lorenz beruhigt sie. Er werde die Flugblätter in einem strategisch günstigen Moment hinaus werfen.

Was ist ein strategisch günstiger Moment? Sturm?

– Der Max war da, sagt der Nichtleser, und Fritzi fährt hoch: Wann?

– Er wollte zu euch nach Haus, sagt Lorenz.

Fritzi blickt hinunter. Die kleinen Häuser der Feldmüllersiedlung ducken sich vor der Kirche an den schmalen Gassen. Fast ist ihr als höre sie das Gretel plärren. Da ist der Max, wahrscheinlich hockt er mit dem Sepp beim Bier, und alles könnte so friedlich sein, wenn ...

Ja, wenn diese Verräter von dieser verfluchten Regierung nicht wären. Manchmal gibt es Momente in denen Fritzi die Königstreuen versteht, die haben wenigstens noch an den Anstand der Majestäten geglaubt ... ach was, verbessert sie sich,die Herrschaften waren nicht anständig, und treu waren die Dummen. Sie verabschiedet sich und rennt die Treppe hinunter. Max! Sie hat eine solche Sehnsucht nach ihm, warum ist er hier, er wollte doch nach Dachau, was ist geschehen? Ist kein Zug gegangen?

Geheime Aufträge

Mit den Giesinger Genossen machen Fritzi und Jette aus Polizeiakten ein großes Feuer. Der Rudi hat gemeint, das sei sinnvoll, um sich nicht dem Henker auszuliefern. Wenn die Akten in die Hände der Ungesetzlichen kommen, werden alle, deren Namen drin stehen, einfach erschossen. Menschenleben sind wichtiger als Akten, findet der Rudi, das ist einleuchtend, und es ist lustig, die Akten aus den Fenstern des Polizeipräsidiums in der Au auf den Hof zu werfen, wo die Genossen sie anzünden. Einzig schade ist, dass das Feuer hier nicht wärmt, lieber hätte sie mit den Akten Sepps Ofen gefüttert.

Jette fährt sich mit rußigen Händen durchs Gesicht und lacht: Wir sehen wohl alle aus wie die Schornsteinfeger!

Der Max kommt vorbei. Er habe einen Spezialauftrag vom Rudi. Fritzi unterbricht ihre Arbeit, reibt den Zipfel ihrer Schürze übers Gesicht und blickt den Max fragend an. Was bedeutet „Spezialauftrag"? Geht er nach Dachau zur Truppe?

Nein, er muss mit seinen Leuten die Bande der Thuleleute verhaften, schnell und unauffällig, bevor sie fliehen können.

– Den widerlichen Glauer aus Aibling?

Der Max lacht und schleckt den letzten Rußflecken von Fritzis Nase: Genau den und seine Bagage! Die meinen sie könnten im Hotel Vier Jahreszeiten tun was sie wollen, als sei ein Luxushotel ein rechtsfreier Raum. Aber Hilde hat aufgepasst und einen Spitzel eingeschleust. Die haben vermutlich unsere Dokumente gefälscht, Stempel, Ausweise und sogar Rudis Unterschrift.

Respekt! Toller Coup! Hilde arbeitet seit einer Woche für Rudi. Jette blickt etwas eifersüchtig, sie hat ihren Rudi nicht mehr gesehen, seit er so unversehens Stadtkommandant geworden ist.

Fritzi küsst den Max und wünscht ihm Glück. Das brauchen sie jetzt, denn der Ring um München ist auf grausame Weise gezogen. Truppen mit schwerer Artillerie beziehen Stellung. Die Männer kennen die Geschütze aus dem mörderischen Stellungskrieg, Fritzi aus der Geschützhalle.

– Das waren einmal unsere Kameraden, sagt Lorenz Schott bitter, im November warfen sie die Gewehre aufs Pflaster und schworen, sie nie wieder zu erheben. Und jetzt? Alles vergessen? Warum geben sie sich für einen Bruderkrieg her?

– Es sind andere, sagt Max. Wir hatten immer Feinde. Er umarmt jeden der Männer: Alle Macht den Räten!

Sie streichelt seine Wangen, nimmt sein geliebtes Gesicht zwischen ihre rußigen Hände und küsst ihn. Sie küssen sich lange und wollen nicht aufhören. Noch einmal liegen sie sich in den Armen.

– Schnappt diese Thuleverbrecher, die haben Kurt Eisner auf dem Gewissen, sagt Fritzi.

– Und wir brauchen einen Erfolg, erwidert Max, die Menschen müssen uns vertrauen.

Dann geht er, seine Leute sammeln. Fritzi wäscht sich in der Polizeitoilette Hände und Gesicht und verabschiedet sich von Lorenz. Sie muss zu Marie, denn auch sie hat einen geheimen Auftrag. Der Max braucht davon nichts wissen, je weniger davon wissen, um so besser.

Bei Marie sitzt ein Mann mit sehr kurzen Haaren, der unglücklich schaut.

– Ich bin so ungeschickt, klagt Marie und legt die Schere weg.

– Das war mein Fehler, widerspricht Netty.

– Warum seid ihr nicht zu Rosa? Sie hat doch einen Frisiersalon.

– Keine Zeit, Ernst muss zurück nach Dachau. Es steht schlecht.

Fritzi betrachtet Ernst Toller ohne seine einstmals wellige dunkelbraune Haarpracht und lächelt den Dichter aufmunternd an. Ernst Toller bringt ein schiefes Lächeln zustande. Die vergangenen Wochen haben an seinen Nerven gezerrt. Der überzeugte Pazifist, der vom Grauen des Krieges einen Nervenzusammenbruch bekam, ist Befehlshaber der roten Armee geworden. War es von Beginn an ein aussichtsloser Posten?

– Ich bin zurück getreten, sagt Toller, heute habe ich es den Betriebsräten mitgeteilt. Diese Regierung ist ein Unheil für Bayern, eine Gefahr des Rätegedankens.

Und weil ihn die drei Frauen starr vor Schreck anblicken, fügt er hinzu: Gustav ist auch zurück getreten, aus demselben Grund, Selma weiß es schon.

Fritzi ist schockiert. Was soll werden, wenn nicht verhandelt wird?

Er werde verhandeln. Solange Verhandeln möglich sei, werde er verhandeln, verspricht Toller, und natürlich werde er so lange bleiben, bis ein Nachfolger gewählt sei.

Fritzi fotografiert Toller vor der neutralen weißen Wand. Sie hat bereits Max, Rudi, Sontheimer und viele andere fotografiert und wird sie als Passfotos entwickeln, diese wird sie einem Kontaktmann am Bahnhof übergeben, und der wird zur verschwiegenen Frieda Winkelmann nach Thüringen fahren und falsche Pässe machen lassen. Die Räte sollen fliehen können, denn eines ist allen klar: falls die Sache schief geht, wird es keine Gerechtigkeit, keine unabhängigen Richter geben, sondern nur Mörderbanden, vor denen man sich in Sicherheit bringen muss.

Fritzi verabschiedet sich und rennt ins Labor vom Atelier Elvira.

Auf Giesings Kirchturm

Fritzi singt. Es ist der 1. Mai 1919, aber in München sind keine roten Fahnen zu sehen, keine Menschen, die fröhlich singend durch die Straßen zum Gewerkschaftshaus ziehen. Statt dessen peitschen Schüsse, donnern unaufhörlich Geschütze, und über der Stadt kreisen knatternd Flugzeuge und bombardieren die Einwohner mit Flugzetteln.

Fritzi ist die letzte, die auf dem Turm der Heiliggeistkirche hockt, die rote Fahne weht vom Turm. Die Spähablösung war nicht gekommen, nur ein Arbeiter, der hastig riet, zu fliehen: an der Feldherrnhalle werden die Bürger bewaffnet, wegen dem Mord im Luitpold, die Truppen stehen schon in Haidhausen, sie haben Arbeiter im Hofbräuhaus am Wiener Platz erschossen, er sei entkommen, um die Giesinger zu warnen. Fritzi hatte geschrien, sie sollten bleiben, es gelte Giesing zu verteidigen, sie hatte geweint, gebettelt, geschimpft, ohne Erfolg. Einer nach dem anderen hatte über die schmale Wendeltreppe den Turm der Heiliggeistkirche verlassen.

Fritzi wischt die Tränen ab und blickt durchs Fernglas, erspäht die Rauchwolken der verfluchten Geschütze, die sie noch vor einem Jahr poliert und gefechtsbereit gemacht hat, hört vereinzelte Gewehrschüsse, dünn und hilflos wie Hundebellen in der Nacht, und die befohlenen Salven, die ihnen antworten. Sie hört das Peitschen gezielter Schüsse aus den Armeepistolen der Herren Offiziere, und in ihr wird es mal schwach und klein, mal groß und mutig, und als gar nichts mehr geht, und sie völlig einsam dort oben hockt, beginnt sie zu singen. Fritzi hat keine besonders schöne Stimme, sie singt, was sie aus dem Knappenchor des Vaters in Erinnerung behalten hat, Glück auf, Schwarz ist das Gold, Knappen heraus, sie singt die Arbeitermarseillaise, die Internationale, das Eisnerlied, alles was ihr einfällt, wieder und wieder. Machen die Geschütze einige Sekunden Pause, ist ihre Stimme zu hören, dünn und zittrig über Giesings Dächern.

Wagen es die Weißen, einen Kirchturm zu beschießen? Es ist kalt, in der Nacht hat es ein wenig geschneit, und die Dächer sind von einer dünnen Schneedecke weiß gedeckt. Vom Stachus steigen Brandwolken auf. Die Ungeheuer haben den Kiosk in Brand gesetzt. Fritzi steht auf. Ihre Stimme wird voller und mutiger. Ein Kirchturm ist kein Kiosk, die müssen schon hinauf kommen und sie hier oben erschießen, sollen sie, diese Verräter, diese Nosketruppen. Fritzi rinnen Tränen der Wut und Enttäuschung über die Wangen. Wo ist der Max? Die rote Fahne zieht voran, wir kämpfen gegen den Tyrann, kreischt sie, und singt und kräht heiser und hört nicht mehr auf, in einem Wahn, hier durchzuhalten bis zum völligen Verstummen. Wenn ich schon sterben muss, dann wenigstens hier, hoch über dieser Stadt, in der Eisner einmal Freiheit und Gleichheit verkündet hatte, und das sollte für alle gelten, oder nicht? Hatte nicht Sonja mal gesagt, niemals könne wahre Gleichheit herrschen, wenn nicht auch der Besitz abgeschafft und jeder für die Gemeinschaft arbeite?

Gleichheit, Freiheit, Schwesterlichkeit, Fritzi singt die Arbeitermarseillaise mit heiserer Stimme, bis sie ihr versagt vor Schluchzen und Heulen, vor Wut über diese mörderischen Banden, die jetzt herrschen und die sie den eigenen Leuten verdanken.

Und sie singt Mühsams Spottlied „Oh Schneppenhorst, oh Schneppenhorst / du Militärminister / wie gleichst du dem Chamäleon / du strahlst in jedem Farbenton ... " nach der bekannten Weihnachtsmelodie. Wer hat uns verraten, schreit sie vom Turm, wer!

Der Sepp war es, der sie rettete, oder eigentlich war es der Gustl. Der hatte Fritzis Stimme gehört und in seinem Stall einen solchen Aufruhr veranstaltet, gewiehert, geschlagen, an seiner Kette gezerrt, alle anderen Pferde rebellisch gemacht, keiner traute sich an ihn ran. Die Leute waren zum Sepp gelaufen und hatten ihm geraten, seinen Gaul zu beruhigen, sonst würden die Weißen das Vieh womöglich erschießen. Also hatte der Sepp das verstörte schweißverklebte Tier eingespannt, einen Sarg auf den Wagen gelegt, einem Leichenfahrer tut keiner was, und war hinüber zur Kirche gefahren.

Genau vor dem Portal hält er, zieht die Bremse an und befiehlt dem Gaul, sich keinen Schritt zu bewegen. Aber das ist unnötig, denn der Gustl bleibt lammfromm mit gespitzten Ohren stehen wie ein Denkmal.

Die werden mir nicht den Gaul vor dem Leichenwagen wegschießen, denkt der Sepp, hastet die Turmstufen hinauf und zieht die rote Fahne aus dem Turmfenster. Dann packt er die widerstrebende Fritzi und zerrt sie hinter sich her die Stufen hinunter zum Wagen, vor dem der Gustl konspirativ röchelt und mit dem dürren Schweif peitscht, und packt sie kurzerhand in den Sarg.

Der Gaul trabt willig die wenigen Meter zum Haus in der unteren Grasstraße. Dort packt der Sepp, nachdem er erst nach links, dann nach rechts gesichert hat, eine Fritzi aus, die ihn anstarrt wie ein Gespenst. Sie klappt den Mund auf, macht ihn wieder zu und schwankt hinein zu den verängstigten Kindern ins geduckte Haus. Der Girgl sperrt die Tür ab und schiebt den Kohlekasten unter die Klinke. Von außen nagelt der Sepp ein Schild an die Tür: Firma Merk, Bestattungen aller Art, Telefon. Den Tod erschießt man nicht, denkt der Sepp.

Hat jemand Fritzis Gesang auf dem Kirchturm gehört? Giesings schiefe Häuser ducken sich, in den feuchten Bretterbuden am Mühlbach reißen die Rotarmisten die rote Binde vom Oberarm, schmeißen die Gewehre in den Bach, aber wohin mit ihnen? Hier, bei den Ärmsten der Armen, gibt es keinen Winkel zum Verbergen, unbarmherzig stellt die Armut jeden Winkel aus, verrät der Mangel die Verlorenen. In Windeseile spricht sich im verängstigten Giesing herum, dass die Weißen blutige Rache am roten Viertel vollziehen wollen. Dem Erdboden wollen sie es gleich machen, ausrotten die rote Brut, säubern nennen sie das. Die Bürgerwehren der Hakenkreuzler helfen ihnen dabei. Machtlos, voll ohnmächtigem Zorn, müssen die Giesinger zur Kenntnis nehmen, dass ihre

Sozialdemokraten sich zu Vollstreckern des Bürgerkrieges ernannt haben. Das Ende der Wirtshausraufereien und Kinoschlägereien ist gekommen. Das, was die Giesinger nun erwartet, vom Sozialdemokraten Noske gesandt, ist blutiger Ernst. Mord lauert hinter jeder unverputzten Häuserecke, Verrat steht neben jeder schäbigen Bretterwand, Arglist schleicht durch die schmalen Gassen, Denunziation stinkt aus verbarrikadierten Bürgerhäusern, Kollaborateure schleichen nach getanem Werk davon. Pardon wird nicht gegeben, keiner hat diese Parole des Befehlshabers Epp gehört, aber jeder weiß, dass sie gegeben wurde, die verhassten Kommunisten zu ermorden und ihre Behausungen dem Erdboden gleich zu machen.

In der unteren Grasstraße sitzen Fritzi und die drei Kinder dicht zusammengedrängt auf dem Bett unter dem Dach, und Fritzi liest Märchen von Kurt Eisner aus dem Prachtband, der den Herrgottswinkel bereichert: Da kam das Christkind zu den Menschen .... liest Fritzi, um die Kinder zu beruhigen, aber ihre Zähne schlagen so aufeinander, dass die Kinder die Verstörte streicheln und trösten, während der Sepp mit dem Sarg auf dem Wagen durch Giesing fährt und Männer und Frauen aus den Hütten rettet, die zuerst Opfer der Weißen würden. Er fährt sie zum Friedhof, die Aussegnungshalle ist das einzig mögliche Versteck, mehr kann ein Leichenwagenfahrer für politisch Verfolgte nicht tun. Erst als der Klepper zu straucheln beginnt, begreift der Sepp, dass er aufhören muss, will er sein Tier nicht verlieren. Er bringt das schwächelnde Pferd in den Verschlag und stiehlt zum ersten Mal in seinem Leben der Hauserbäuerin eine Schaufel Zuckerrübenschnetzel, vermengt sie mit einer Schaufel gequetschten Hafer und wirft die Kraftmischung in die Krippe des tapferen Tieres. Der Gustl glaubt zu träumen! Mit schaumigem Maul malmt er die Schnetzel.

– Friss und schlaf, morgen gehts hoch her, Alter, ermahnt der Sepp seinen Gaul, schlägt ihm auf die Kruppe, schließt das Tor sorgfältig und geht hinüber in sein Haus, in das er nach verabredetem Klopfzeichen eingelassen wird, während der Geschützdonner so nah ist wie nie zuvor.

Jetzt haben wir erst Krieg, denkt der Sepp grimmig, davor wars vier Jahre lang das Kriegsspiel der Reichen und Mächtigen. Jetzt beginnt der Krieg gegen die Hütten. Und er verrammelt die schäbige alte Eingangstür, obwohl er weiß, dass zwei Soldatenstiefel ausreichen, sie einzutreten.

Max

Fritzi läuft über den Kirchplatz zur Gietlstraße, niemand ist auf der Gasse, nur vor der Wirtschaft Hohenwart stehen Männer am Gassenausschank. Fritzi denkt noch, ungewöhnlich, das Bier holen doch immer die Frauen oder die Kinder, da biegt der Max beim Kriegerheim um die Ecke. Ihr Herz macht einen Sprung.

– Max!

Er breitet die Arme aus, lacht, läuft ihr entgegen, und sie rennt in seine Arme. Er küsst sie: meine Fritzi! Ich hatte solche Sehnsucht nach dir!

Sie schließt die Augen und sieht und hört nichts wie immer wenn er sie küsst, und schmeckt seinen Kuss, der ein bisschen nach Tabak schmeckt, und er riecht nach Metall, Rauch und feuchtem Wollzeug.

– Diese Idioten haben meine Gefangenen erschossen, murmelt er an ihrem Ohr. Sie öffnet die Augen und blickt ihn entsetzt an.

– Die von der Thule …

Er nickt.

– Jetzt ausgerechnet … das wird sich bitter rächen.

– Die Gegner zetern, wir hätten Geiseln genommen, das schürt die Wut gewaltig. – Komm.

Der Max legt den Arm um sie und zieht sie zur unteren Grasstraße, da bemerkt sie hinter ihm beim Hohenwart eine Bewegung.

– Obacht!

Ein Schuss aus einem Revolver kracht, der Max sackt in ihren Armen zusammen, ein weiterer Schuss kracht, dieses Mal vom Kirchturm, ein Mann rennt weg, noch ein Schuss vom Kirchturm, dann ist die Gasse wie leer gefegt.

Fritzi steht, den Max in ihren Armen, und schreit immer wieder: Max! Max!

Der schwere Körper sackt immer weiter nach unten, sie kann ihn nicht halten, sie bricht neben ihm auf dem kalten Pflaster zusammen und schluchzt: Max!

Einen Arzt! Schickt nach Schollenbruch! schreit Fritzi panisch, aber als sie die Arme unter Max hervorzieht, sind sie voller Blut. Unter dem Max fließt Blut, eine glänzende dunkelrote Pfütze auf der Gietlstraße.

Nun rennt der Posten von der Kirche mit Gewehr im Anschlag herbei, sichert nach allen Seiten, packt sie am Arm: Los! Weg! Da sind noch mehr!

Er schießt ins Fenster der Gaststätte Hohenwart, ein weiterer Schuss fällt.

– Max! Max, steh auf! Weint Fritzi.

Der Genosse packt sie um die Taille und zerrt sie in die untere Grasstraße, da kommt die Lisei aus dem Haus, auch die packt er und zieht sie wieder ins Haus und verriegelt sofort die Tür. Die Lisei flößt der Fritzi Baldrian ein. Keine Sekunde zu früh, die Heiligkreuzkirche wird von einem Panzerzug beschossen. Draußen bricht der Sturm der Niederschlagung los, vier Freikorps werden auf das „rote Giesing“ losgelassen.

Der dritte Mai 1919

Es ist das Ende. Fritzi taumelt durch Giesings Gassen, ein abgemagertes Kind sitzt auf einer Bordsteinkante neben der erschossenen Mutter und weint verstört vor sich hin. Sepps Nachbar wird festgenommen, weil er angeblich ein Gewehr im Garten vergraben hat – wer hat das behauptet? Das Gärtchen ist nicht größer als ein Handtuch, kein Gewehr wird darin gefunden, aber Fritzis Hühner gestohlen. Später findet die Frau ihren Mann als Leiche in der Aussegnungshalle auf dem Ostfriedhof. Sanitäterarmbinden werden nicht akzeptiert, die Leute erschossen. Frauen brechen auf der Straße neben ihren toten Männern zusammen, werden nach Stadelheim gezerrt und dort erschossen.

Fritzi läuft über den Alpenplatz, den Nockherberg hinunter, über die Brücke durch Münchens Straßen, wie in Trance fotografiert sie was sie sieht. Häuser sind von Geschützen getroffen, zerschossene Schaufenster geplündert, der verbrannte Kiosk am Stachus kokelt und verbreitet beißenden Rauch. Leichen liegen auf offener Straße, es ist totenstill. Nur vereinzelt rennen Menschen die Straßen entlang, verschwinden hastig in Hauseingängen. Trupps von Arbeitern werden von Freikorps abgeführt – wohin? Ins Gefängnis? Oder im wahrsten Sinne des Wortes um die Ecke gebracht? Gibt es Zeugen? Niemand ist zu sehen. Die Weißen drohen Fritzi mit Gewehren, wollen ihr die Kamera entreißen.

– Blutige Rache für die Geiselmörder! schreit einer.

– Tod den Roten!

Fritzi flieht. An der Residenz hört sie Schüsse, als sie kommt, sieht sie Erschossene in ihrem Blut liegen. Wer waren sie, wer gab den Truppen das Recht, sie zu erschießen?

Fritzi rennt in die Residenz, von oben will sie die Verbrechen fotografieren. Auf den langen Gängen ist es totenstill. In einem Vorraum, den der Rudi als Büro benutzte, hängen zwei vergilbte Bilder in abgeblätterten Holzrahmen: König und Königin. Es sind Vorkriegsfotografien vom Atelier Elvira. Der weißhaarige König sieht mit gepflegter Barttracht ins Weite, die Königin blickt verkrampft aus dem hohen Kragen und den bis ans Kinn geschnürten Perlenketten, die ihren Kropf verdecken sollen. Da hängen sie, und haben keinen der Revolutionäre je gestört, keiner hat sein Mütchen am Königspaar kühlen müssen, so unwichtig sind sie. Die Revolution ist über die Schmuck- und Ordensträger hinweg gerollt, sie sind abgereist, auch wenn sie es Flucht nennen werden. Niemand vermisste sie. Ohne sie funktionierte alles viel besser. Aber nun? Besorgt blickt der König aus seinem lädierten Rahmen. Freikorps und Hakenkreuzler sind keine Königstreuen, die Geister die er rief, werden ihn eher ermorden als die Revolutionäre, die er so schrecklich fürchtete.

Fritzi fotografiert Rudi Egelhofers Schreibtisch vor dem Königspaar, dann das Schlafzimmer der Königin, in dem in den letzten Wochen Entscheidungen von größerer Tragweite getroffen wurde als früher die Frage, welches Nachthemd Majestät zu tragen geruhen und ob gnädigst eine Wärmflasche gewünscht wird. Sie rennt die Treppen wieder hinunter. Wenn sie es nicht verhindern kann, will sie das Unrecht wenigstens festhalten. Für all das werdet ihr eines Tages büßen, denkt sie und wischt ärgerlich die Tränen fort, die ihr den klaren Blick trüben. Weiter durch die Stadt, weiter.

Gerüchte werden ihr zugeraunt: Gesellen vom Kolpingverein seien von den Weißen hingemacht worden, unschuldige junge Männer, die sich getroffen hätten, um ein Theaterstück einzustudieren. Bei Gauting sollen die Freikorps

52 russische Kriegsgefangene erschossen haben, die Leichen hat man im Straßengraben gefunden. Wer? Wessen Befehl? Achselzucken. Wo sind die Räte? Ist Toller die Flucht gelungen? Wo ist Rudi? Fritzi taumelt weiter, der Max ist tot, die Revolution ist verraten, verkauft, Gewalt regiert, Terror herrscht, schlimmer als im Krieg.

Fotoalbum

Leichen, auf einem Steinfußboden übereinander gestapelt.

Bildunterschrift, handschriftl., mit Bleistift: Ostfriedhof, Anfang Mai 1919

Der Sepp fuhr nicht nur die Lebenden Ende April, um sie in der Aussegnungshalle zu verstecken. Er hatte auch danach Arbeit. Es war so grauenvoll, das kann sich niemand vorstellen. Ein entsetzliches Morden, und niemand, wirklich niemand, bekam

Gerechtigkeit. Die Weißen wüteten in Giesing, zerrten Menschen aus Häusern, Betten, Werkstätten und Ställen, erschossen sie auf der Straße und ließen sie liegen. Sie schossen in die Stuben, durch Fenster, aus Spaß und Mordlust, da sind Frauen am Herd zusammen gebrochen oder Menschen, die zufällig in der Nähe des Fensters waren – mein Gott, in der Feldmüllersiedlung und in den Herbergshäusern ist jeder, auch am anderen Ende der winzigen Kammer, in der Nähe des Fensters!

Sie schossen auf geschlossene Vorhänge oder Holzläden in die Räume und behaupteten, dort habe ein Gewehrlauf auf sie gezielt, so wie sie in der Stadt den Stachus verwüsteten, obwohl dort kein Mensch war.

Wer in Giesing so unklug war, aus dem Fenster zu sehen, war tot. Kinder kamen vom Einkaufen nicht zurück, sie wurden als angebliche Spione erschossen, ermordet wurden auch unbewaffnete Männer, die denunziert wurden. Ja, sogar in Giesing gab es Denunzianten, den Zöberlein zum Beispiel, der sich an den Roten rächte, weil sie ihn und sein hässliches Gefolge vorm Kino auf der Humboldtstraße regelmäßig verprügelt hatten. Es war halt unser Kino, wir wollten nicht neben Hakenkreuzlern sitzen.

Das hörte nicht auf, das ging bis zum 5. Mai, obwohl längst Abzug befohlen war. Sie behaupteten später, sie wären mit Handgranaten aus Kanaldeckeln beworfen, aus Dachgeschossen und von der Kirche sei geschossen worden. Dabei war der Kirchturm längst geräumt und verschlossen.

Vielleicht hat wirklich der ein oder andere geschossen – die Regel war es nicht. Es hieß, wer mit Waffen angetroffen wird,

wird erschossen. Die Menschen, die hier auf dem Boden der Aussegnungshalle des Ostfriedhofes liegen, hatten keine Waffen. Sie wurden ermordet. Es ging so schlimm in Giesing, dass Oberbefehlshaber Oven Feuer einstellen befahl. Zu viele Leichen störten die Truppen bei ihrem Einzug durchs Siegestor. Aber über die Freikorpsleute und deren persönlichen Hassfeldzug hatte auch Oven keine Kontrolle, tagelang wagte sich keiner auf die Straße. Als ich zu Fritzi wollte, schlich ich kreuz und quer durch winzige Gässchen und Hinterhöfe, kletterte über Zäune zum Ostfriedhof und wartete auf den Sepp, der musste ja irgendwann kommen, und stieg bei ihm auf, dem tat keiner was. Der klapperte mit seiner schwarzen Schindmähre vor dem Sargwagen durchs Viertel wie der leibhaftige Boandlkramer.

Und dann war Schluss. Fritzi war verschwunden. Und es war eine Stille in Giesing, die konntest du mit den Händen greifen. Nach diesen Tagen im Mai 1919 war München nie wieder wie früher.

Die Suche nach der Wahrheit

Thekla und Jette hatten mit Egelhofer und Toller gesprochen, eigentlich ging es ihnen nur um freien Rückzug. Dazu waren die kommunistischen Führer bereit. Aber mit der entfesselten Soldateska der Eppschen und Lützowschen Freikorps war nicht zu verhandeln. Sie sind froh, dass sie heil zurück gekehrt sind. Auch Rosa war von ihrer Mission erschöpft und erfolglos zurück gekehrt.

Fritzis Rollfilme sind zu Ende, hunderte von Aufnahmen, Dokumente von Mord und Verzweiflung. Genug, um die Mörder vor Gericht zu stellen? Auch den von Max?

Fritzi fühlt grenzenlose Erschöpfung. Sie wirft die belichteten Filme mit den Beweisaufnahmen in Hoffmanns Briefkasten. Beim Versuch, einen neuen Film einzulegen, zittern ihre Hände so stark, dass die antrainierte Fingerfertigkeit versagt. Ziellos läuft sie durch die Stadt. Wovor soll sie Angst haben? Sollen die sie doch erschießen, es lohnt nicht mehr zu leben, alles ist vernichtet, ihre Liebe ermordet, wertlos ihr Leben. In einer Welt von Mord und Menschenverachtung, Femejustiz, Gewalt und Willkür mag sie nicht leben.

Am Siegestor trifft sie den Hari. So wie er im November verschwand, so ist er wieder da, aus dem Nichts. Der Hari ist ein Streuner, aber er ist vor allem ein Dichter, und daher sieht er sofort, wie dreckig es der kleinen Rothaarigen geht. Alle Ideale beim Teufel. Der Traum von der Freiheit ausgeträumt. Dafür ist sie zu jung, um so alt auszusehen in ihrer Verzweiflung.

Er hat etwas Geld zusammen geschnorrt und ist auf dem Weg zur Bücherkiste, Tantieme abholen. Sie soll mit ihm kommen nach Ascona, auf dem Monte Verità konnten sie in Frieden und Freiheit leben.

Laufen? Bis in die Schweiz?

Der Hari lächelt und klopft auf die Tasche seines zerknitterten Mantels, da wo bei den Bürgern die Brieftasche steckt. Teilweise werden sie laufen müssen, um Kontrollen zu entgehen, aber er lädt sie zum Zugfahren ein. Man müsse kurze Fahrten an kleinen Stationen buchen, ein Abenteuer, komm mit, meine Muse, zum Berg der Wahrheit. Zu ihrer beider Überraschung sagt Fritzi zu. Sie verabreden, bei Dunkelheit loszugehen, Treffpunkt Menterschwaige, Richtung Inning ist Haris Plan, von dort können sie als Touristen getarnt den ersten Zug nehmen. Nicht hier, sagt der Hari, Giesing ist gefährlich, und auch nicht über die Isarbrücken, die sind alle abgesperrt und bewacht, wir gehen bei den Kiesbänken über die die Isar, pack ein Handtuch ein.

Fritzi geht heim und packt ihre wenigen Sachen, Geld, Kamera, Filme, Ausweis, und verabschiedet sich. Alles ist wie ein schwerer Traum aus grauem dumpfen Filz, der sie einnebelt, nichts hören, nichts sehen, nichts fühlen. Der Sepp reicht ihr eine Wolldecke, sie rollt sie gedankenlos zusammen und schnallt sie an den Rucksack. Sie sieht nicht Sepps traurige Augen, hört kaum die bestürzten Fragen der Kinder, ja, natürlich kommt sie wieder, nein, sie weiß nicht wann, das Gretel klammert sich an sie, der Sepp nimmt die Kleine auf den Arm und flüstert ihr was ins Ohr, aber sie ist nicht zu beruhigen, dann ist Fritzi fort.

Neben dem Hari in seinem gelben Staubmantel geht sie daher, kommt sich vor wie seine ungelenke Tochter. Der Hari ist kaum älter als sie, aber so elegant, selbst wenn er im Wald geschlafen hat, sieht er aus, als käme er vom Pariser

Boulevard, wo es schick ist, wenn der Mantel künstlerisch zerknittert ist. Sie laufen die ganze Nacht hindurch, müssen draußen schlafen, es ist entsetzlich kalt und feucht, Fritzi ist dem Sepp sehr dankbar für die Decke. Sie essen in einer Wirtschaft, in der die Leute auf die blutrünstigen Spartakisten schimpfen, und sie erwischen eine Zeitung, aus der Fritzi erfährt, dass der Rudi tot ist, Gustav Landauer ebenfalls, dass Leviné in Haft, Levien geflohen ist und nach Toller gesucht wird.

Großzügig bezahlt der Hari die Zugfahrt. Nach Österreich geht es ohne Problem, in die Schweiz kommen sie bei Bellinzona zu Fuß, zwischendurch übernachten sie in einer Scheune, und dann sind sie auf dem Monte Vérita, und unter ihnen erstreckt sich in grandiosem Türkis der Lago Maggiore. So etwas Schönes hat Fritzi noch nie gesehen, und doch lässt sie das Wattegefühl nicht los, alles macht sie mit. Sie schläft mit dem Hari, es läuft nicht mal schlecht, er ist ein zartfühlender Liebhaber, und die anderen Männer auf dem Monte Vérita sind es auch, freie Liebe ist das Lebensziel, einige laufen nackt herum, andere in weißen wallenden Gewändern.

Der Hari zieht sich mit einer Frau in ein Häuschen zurück, die sie „Lufthütte" nennen, erst nach Tagen kommt er wieder heraus. Fritzi macht eine Wanderung mit einer älteren Frau, die behauptet, sie sei auch Fotografin gewesen. Sie schlafen im Freien, Essen wollen sie sich suchen, aber das klappt nicht. Es ist Anfang Juni, keine Früchte. Alles blüht, wunderschön sind die Tage, aber eiskalt die Nächte, und im Dörfchen Arcegno müssen sie reiche Sommerfrischler anbetteln.

Die Frau hat drei Kinder und wirkt seltsam leblos. Stoisch hebt sie die Hände, sie bettelt wie eine Maschine. Ist das die absolute Freiheit?

Die Frau blickt sie trübe an. Sie ist mit einem Schriftsteller verheiratet gewesen.

– Er wollte unbedingt Kinder, eines nach dem anderen hat er mir gemacht, ich hab die Fotografie aufgegeben. Dann haben sie ihn beim Schreiben gestört, und er ist gereist. Ohne mich. Nach Italien, Indien, Ceylon, zurück kam er opiumsüchtig, dann fing er an zu trinken. Ich hab alles allein machen müssen, Haus, Garten, drei Kinder, Essen kochen, einfach alles, und als ich völlig am Ende war, ist er zu einer anderen Frau gezogen, hat behauptet, ich wäre depressiv und hysterisch und schuld an seiner Schreibblockade und hat mich in die Irrenanstalt einweisen lassen. Konnte er, weder Arzt noch Anwalt haben ihm widersprochen. Heirate bloß nie, Mädchen! Als Ehefrau bist du völlig rechtlos, freiwillige Sklaverei, verstehste, irgendwann konnte ich aus der Anstalt abhauen und bin zum Monte Veritá, ich dachte hier wär ich frei, aber nun hat er die Scheidung eingereicht wegen böswilligen Verlassens. Wovon soll ich einen Anwalt bezahlen, ihm zu widersprechen? Er zahlt nicht, und er wird auch nichts zahlen. Unzumutbar für eine Dichterkarriere: eine Schlampe, die auf dem Monte Veritá Freikörperkultur macht! Wenn die Herren Dichter selbst hier hinauf kommen und sich in ihrer Lufthütte bei den freien Frauen bedienen, ist es was anderes.

– Wo sind deine Kinder?

– Die hat er in ein Internat gesteckt, gibt genug davon in der Schweiz. Bezahlt er von meinem Erbe.

Das Leben einer Frau, denkt Fritzi, von deren starrem Panzer ein Stück abgeplatzt ist. Sie spürt wieder Mitgefühl, sieht die sanfthügeligen Berge und das Licht der Sonnenstrahlen zwischen den Baumstämmen, fühlt den federnden Waldboden unter ihren Füssen, freut sich wie der See in sattem Türkis herauf leuchtet. Ein Sommer wie zerrissene Spinnweben. Die Frau, Mia heißt sie, gibt Ratschläge zur Belichtung, aber Fritzi hat keine Filme mehr, sie fotografiert die Corona di pinci mit den Augen.

In einer prächtig ausgestatteten Bergkapelle klaut Fritzi kaltblütig den Opferstock, denn das Betteln ist ihr zuwider. Die Münzen sichern Brot, Käse und Wasser für die nächsten Tage. Barfuß kehren die Frauen in einer Vollmondnacht auf den Monte Veritá zurück. Unwirklich leuchtet der See, die Jünger irgendeines Kohlrabi-Apostels tanzen nackt bei Vollmond, weiße Körper zucken in magischem Licht, und der Hari will unbedingt in der Mitte der Tanzenden mit ihr kopulieren.

Deine Freiheit, nicht meine. Fritzi lässt ihn abblitzen und geht zur alten Werefkina, die ununterbrochen Bilder in den herrlichsten Farben malt. Stumm sitzt Fritzi und beobachtet, wie die alte Russin im Mondlicht die Farben auf die Leinwand wirft, wie sie schwarze Zweige vor nachtblaue Himmel malt, blaue Berggipfel zacken wild in grüne Himmel, eine sterbende Sonne sinkt in violetten Schnee.

Manchmal hockt die Werefkina aber auch vor der Staffelei und starrt auf das Weiß der Leinwand, und die Leinwand starrt zurück, Stunden tiefster Verzweiflung. Diese Frau hat alles verloren. Sie hat erduldet, dass ihr Liebhaber in ihrem Hause mit einer Jüngeren ein Kind zeugte, hat es wie eine Mutter geliebt, großzügig gekleidet und ausgebildet. Mit dem Verlust ihrer russischen Renten nach der Revolution hat auch ihr Liebhaber sie verlassen, mit Freundin und Kind. Nur die Kunst ist ihr geblieben. Manchmal kommt ein Sammler oder ein Galerist hinauf und kauft ein Bild. Sie spricht nicht. Einmal betrachtet sie Fritzi feindselig aus roten Augen, und die Kraft, die von ihr ausgeht, bringt Fritzi aus ihrer Trauerstarre. Hat sie ihre Heimat verloren durch die Bolschewiki?

– Die Farben sind meine Heimat, murmelt Werefkina, wer erwartet Gerechtigkeit? Ungerechtigkeit? Die Dinge geschehen weil sie geschehen. Hast du geglaubt, die Welt wäre gerecht?

– Nein, aber auch eine ungerechte Welt kann voller Liebe sein.

Die Werefkina lacht wie eine verrostete Gießkanne.

– Geh Mädchen, das ist nichts für dich hier oben, der Mythos Monte Veritá ist vorüber, seine dekadenten Reste machen einsam und unglücklich.

Und Fritzi geht. Sie küsst den Hari auf den Mund, bettelt um Geld für die Bahn, das er irgendwoher beschafft, und fährt zurück nach München.

Erst viel später begreift Fritzi, dass der Hari ihr das Leben gerettet hat. Die Flucht zum Monte Verità hat sie den Schlächtern entzogen.

Fotoalbum

Ein Grab, Kreuz mit schwarzer Kunstschmiedeverzierung süddeutscher Art, Aufschrift: Maximilian Hinterhuber 1896 – 1919
ohne Bildunterschrift

Dies ist wieder eines der Bilder, die lügen. Ein Grab, ja, ist immer traurig so ein Grab, und da ist einer jung gestorben, gerade mal 23 Jahre geworden, noch trauriger. Aber der Max war nur einer unter Tausenden, die von den Freikorps abgeschlachtet wurden, und keiner hat ihnen Gerechtigkeit widerfahren lassen, keiner hat die Mörder vor Gericht gestellt. Als der Max hier in Kolbermoor beerdigt wurde – in Bruckmühl weigerte sich der Priester, einen „Spartakl" christlich zu begraben –, schwamm Rosa Luxemburgs Leiche noch im Landwehrkanal. In Bayern brauchten die Mörder ihre Opfer nicht mal beseitigen, sie ließen die Leichen auf offener Straße liegen.

München war tot. Die Stadt war wie eine offene Wunde, die Sieger ritten über Blut und Tod, die Parasiten schwärmten in ihrem Gefolge umher wie die Schmeißfliegen, denunzierten jeden und leckten den Besatzern die Stiefelsohlen. Ich hab später mal einen Film gesehen, da reicht ein kleines Mädchen dem finsteren Epp einen Blumenstrauß, schlecht wurde mir da, ich rannte raus aus dem Kino. Die Kleine kann nichts dafür, was wird man ihr eingeredet haben, der Kaiser bekam früher auch ständig Blumen von kleinen Mädchen, und der, dessen Name ich nicht ausspreche, der im März 1919 noch mit der roten Armbinde des

Soldatenrates rumlief, wurde später als Diktator überall von Kindern mit Blumensträußen traktiert.

Im Film sah ich auch einen Bürger, der trug einen Mantel um den feisten Körper und eilte auf einen Führer der Weißen zu, um ihn per Handschlag zu begrüßen – während des Einmarschs in München, so harmlos gefilmt wie eine Truppenparade. Dem Bürger schlotterte nicht die alte Uniform um den abgemagerten Körper, der hatte keine Lappen um die Füße gebunden, weil die erfrorenen Zehen keine Schuhe aushielten, oh nein! Der hatte am Krieg verdient, der hatte während der Revolution gehortet und konnte nun richtig Knete machen, wie wir im Ruhrpott sagen. Eine solche Szene hätten sie in Giesing nicht drehen können, da stand keiner am Straßenrand. In Giesing knallten die Leute ihre schäbigen Holzläden vor die Fenster und ließen sich nicht blicken. Nur die armen Leute der Sanitätsstation beim Weinbauern blieben, aus Verantwortung. Keiner konnte sich vorstellen, dass diese Untiere eine Krankenschwester verschleppten und in Stadelheim als Zielscheibe benutzten. Aber genau das taten sie. Sie hassten uns, weil wir freier waren als sie.

Im Theater hab ich ein Stück gesehen, da schworen Männer einen Eid und sagten: Wir wollen frei sein wie die Väter waren, und im Publikum weinten viele. Aber ich dachte, ihr Glücklichen, mein Vater war nicht frei und mein Großvater auch nicht, nie könnte ich einen solchen Schwur tun. Da fällt mir immer der Landauer ein, der sagte, eine Revolution ist nur dadurch zu retten, indem man sie weiterführt, und das taten wir, bis zum letzten bitteren Moment.

Fritzi erlebte die Parasiten nicht, sie war weg, wie vom Erdboden verschluckt. Das merkte ich erst nicht, weil viele geflohen waren, und die, denen die Flucht nicht gelungen war, hielten sich versteckt, weil sie gehört hatten, was Landauer angetan wurde. Die Regierung Hoffmann kehrte zurück, eine gewisse Ordnung kehrte ein, jedenfalls konnte kein Mensch mehr auf offener Straße erschossen werden, sondern wurde verhaftet, verhört, verurteilt.

Nur Fritzi blieb verschwunden, und als ich sie wieder traf, hatte sie sich sehr verändert.

Die neue Zeit

Hoffmann ist begeistert von Fritzis Fotos. Er hat die Filme entwickelt, die Fritzi ihm einwarf, und zeigt ihr die Kontaktabzüge: Große Klasse, Fräulein Novacki!

Er erläutert ihr seinen Plan. Einen Bildband über die Revolution will er machen, etwas ganz Neues: Ein Jahr bayrische Revolution im Bild! Bilder erzählen Geschichte, Fräulein Novacki! Wenig Text, denn die Leute lesen sowieso nicht, aber gute Fotografien sprechen zu ihnen, Großformat! Fotografie, das neue Medium, das ist Wahrheit, Reportage, Enthüllung!

– Film, wendet Fritzi ein, die einiges im Kino gesehen hat.

– Film, natürlich, sagt Hoffmann, lebende Bilder, aber dazu muss der Mensch ins Kino, und es bleibt der flüchtige Moment wie im Theater. Was bleibt? Ein Programmheft – also Bilder als Erinnerung an den Film. Außerdem ne Menge Rührstücke, die ich nicht will! Ich will Tatsachen, knallharte Bilder der Wahrheit. Die bleibenden Eindrücke sind auf Papier, Fräulein Novacki, wir lichten die neue Zeit ab, wir beginnen mit dem Revolutionsbuch!

Fritzi hat Feuer gefangen. Hoffmann hat recht. Das Leben geht weiter, auch wenn immer wieder eine kalte Hand nach ihrem Herzen greift beim Gedanken an Max. Seit sie vom Monte Vérita zurück ist, ist es noch schlimmer. Jede Gasse, jedes Eck erinnert sie an den Max, Giesing kann sie nicht aushalten, Blut sieht sie überall, Blutseen auf den Gassen, Flecken und Spritzer von Hirn und Blut an den grauen Hauswänden, es kann gar nicht so viel regnen, um das Unrecht abzuwaschen, das hier geschehen ist.

Hoffmann hat sie beobachtet.

– Sie fahren für mich nach Berlin! befiehlt er triumphierend.

Berlin? Preußen? Hauptstadt? Weit weg von München? Fritzi betrachtet den fülliger gewordenen Hoffmann, sein schmales Bärtchen, seine mitreißende Begeisterung in den leuchtend blauen Augen, seine gestenreiche Körperlichkeit. Kann der Mann Gedanken lesen?

– Sie müssen hier raus, entscheidet Hoffmann, und ich brauche Sie in Berlin.

Verleger, Buchhändler, Bildredaktionen, illustrierte Zeitungen und Pressebüros soll sie aufsuchen. Er greift nach einer grauen Mappe, die unscheinbar im Regal liegt: Alles Adressen, Fräulein Novacki! Der Vertrieb ist der Schlüssel zum Erfolg! Alle sollen den Bildband über die Revolution per Subskription kaufen. Er hat sogar inseriert, um weitere Fotografien zu finden: aber Ihre, Fräulein Novacki, kommen auf jeden Fall rein, und ich hab auch einiges festgehalten, als Sie nicht in München waren.

– Die Niederschlagung, sagt Fritzi düster.

– Die gehört nun mal dazu, das ist die Macht des Schicksals, orakelt Hoffmann und kommt wieder zum Geschäftlichen. München allein, das bringe nichts ein, und die Leute auf dem Land kaufen keine Bücher, aber in Berlin, da sei Interesse, ja Begeisterung und Bewunderung für die Ereignisse in München.

Fritzi glaubt zu träumen. Sie wird Berlin sehen. Sie wird dort Verlage requirieren. Sogar zu den Zeitungen wird sie gehen. Und sie wird dafür bezahlt werden.

– Mieten Sie sich ein Zimmer in einer preiswerten Pension! Nehmen Sie das christliche Hospiz!

Beim letzten Vorschlag verzieht Fritzi unwillkürlich das Gesicht. Hoffmann lacht: Nur im christlichen Hospiz werden Sie morgens und abends gut versorgt, die Kirche hat Geld! Nutzen Sie' s aus! Sind Sie katholisch?

Sie sei gar nichts, meint Fritzi.

– Wenn man Sie missionieren will, können Sie immer noch ausziehen. Aber junge Frauen sind in einem christlichen Hospiz gut aufgehoben …

– Jungfrauenkongregation, murmelt Fritzi und denkt an den Polizeikommissar. Hoffmann bietet Fritzi ein akzeptables Gehalt für acht Wochen, seine Pressekamera darf sie mitnehmen, bitte

Vorsicht damit, dazu so viele Rollfilme wie in ihren Koffer passen …

– Koffer! rutscht es Fritzi raus.

– Sie haben keinen Koffer? Wie sind Sie denn nach Ascona gereist?

Ja wie eigentlich? Sie hatte nichts dabei, als sie den Hari traf, sie besitzt ja nichts. Den Rucksack für die Kamera, da passten noch Filme und Unterwäsche rein. Und Sepps Decke.

– Echte Abenteurerin, meint Hoffmann und mustert das rothaarige Mädchen interessiert. Das ist der neue Frauentyp, modern, unkompliziert, mit beiden hübschen Beinen im Leben und leidenschaftlich im Beruf, das passt vielen in den Kreisen nicht, in denen er seit Neuestem verkehrt. Aber Hoffmann sagt ihnen: das gibt sich mit dem ersten Kind, da werden sie häuslich und anschmiegsam, lasst die Frauen ihre Erfahrungen machen, das dient der Bewegung.

Fritzi sagt er das natürlich nicht. Hoffmann weiß, was er wem sagen kann und wem nicht. Und er ist entschlossen, in der neuen Zeit Karriere zu machen.

– Koffer ist viel zu beschwerlich, entscheidet er. Ich lege noch einen Fünfziger drauf, kaufen Sie sich in Berlin, was Sie brauchen. Da sind Sie auch modisch up to date und fallen nicht als Provinzamsel auf.

Provinzamsel! Fritzi lacht zum ersten Mal, Hoffmann hat wirklich immer einen flotten Spruch auf den Lippen. Bewundernd blickt sie ihn an. Er ist großzügig, und er macht ihr Mut. Verdient er so gut mit seinem Atelier? Alles bei ihm atmet den

Geist der neuen Zeit, helle Wände, moderne Technik, nicht den Muff des verschlissenen Plüsch der Königszeit wie im Atelier Elvira. Und auch nicht den Duft der angeblichen Freiheit des Monte Vérita … nein, Armut ist nicht Freiheit, Betteln nicht Besitzlosigkeit, eine Sekte keine freie Liebe, freie Liebe muss etwas anderes sein als zur Schau gestellte männliche Potenz.

Wenn sie Hoffmanns Angebot annimmt, kann sie eigene Kontakte in Berlin knüpfen, vielleicht ist Berlin der Beginn ihrer Karriere als Fotoreporterin, und sie kann eines Tages von ihrer Arbeit leben … Sie muss in die Hauptstadt.

– Und schauen Sie sich um, Fräulein Novacki, bei den Presseagenturen! Da ist viel Potential für eine junge Fotografin!

Der Mann kann wirklich Gedanken lesen. Jetzt bezahlt er ihr auch noch die Bewerbung als Fotoreporterin.

Nach Berlin!

Fritzi fährt nach Berlin, und Hilde holt sie am Anhalter Bahnhof ab. Herzlich ist die Umarmung, lärmend der Empfang. Hilde lotst Fritzi durch das Getöse hupender Automobile, fluchender Fuhrkutscher, dem Gewirr von Trambahnen zur S-Bahn. Mit schwindelerregender Geschwindigkeit und mordsmäßigem Getöse knattert die Bahn über stählerne Brücken, saust wieder in die Tiefe, kommt wieder herauf. Fritzi klammert sich an Hilde fest und flüstert erschreckt, das sei ja wie beim Tobogan auf der Wiesn. Hilde lacht. Das Berliner Tempo sei ein ständiges Tobogan im Gegensatz zum ruhigen München.

– Aber gerade diese Ruhe ist ja das Gefährliche, nicht wahr?

Fritzi nickt und lockert ihren Griff um Hildes Oberarm. Tatsächlich scheint das Wilde und Unruhige, das Unberechenbare und Laute die Chance des Überlebens: ob der Max sich in Berlin hätte verstecken können? Ob Leviné hier überlebt hätte? Wie eigenartig sich das verkehrt hat! München, das war mal der Freiheitstraum aller Anarchisten! Das Schwabing der dollen Gräfin, die Ateliers im Schlösschen Suresnes, Franzis Dachjuchhe, Zenzl und Erich Mühsams konspirative Kuschelwohnung, Eisners gastfreundliche Haderner Villa, Sontheimers Freidenkertreff im Entenbach, Kocherlball im Englischen Garten – alles vorüber, die Menschen tot oder im Gefängnis. Die Bleidecke legt sich wieder über Fritzi. Max, lieber Max. Sie ringt nach Luft.

Hilde legt ihr den Arm um die Schulter.

– Lauter Lügen, nicht wahr? Sie spricht so leise, dass ihre Stimme beinahe im Rattern der Hochbahn untergeht.

Fritzi legt den Kopf auf die Schulter der großen Freundin und weint.

Dann stehen sie am Lützowufer und schauen aufs Wasser. Träge fließt der Kanal dahin, ein Dampfer keucht vorbei.

– Hier haben die Mörder Rosa Luxemburg reingeschmissen, sagt Hilde böse. Stumm sieht Fritzi auf das schwarze Wasser. Sportler rudern unter militärisch abgehackten Befehlen schwungvoll vorbei. Fritzi stellt sich vor, wie der leblose kleine Frauenkörper immer wieder gegen das kalte steinerne Ufer schwappt. Ihr wird kalt.

– Im Juni ist sie begraben worden, sagt Hilde und verspricht Fritzi einen Besuch an Rosas Grab. Sie verlassen das Lützowufer und gehen zur Derfflingerstraße.

– Diese Republik hätte aus Freiheitswillen entstehen können und ist aus Mord geboren, sagt Fritzi düster. Wir haben die Fürsten nur verjagt, wir haben sie nicht ermordet. Sie haben sich furchtbar gerächt.

– Die Fürsten, meint Hilde verächtlich, die waren ja schon tot, die Monarchie war morsch seit Jahrhunderten. Nein, wir haben die brutale Macht des Kapitals und seiner Knechte unterschätzt.

– Und die Sozialdemokraten, erläutert Fritzi.

Sie sehen sich an und lachen. Dann umarmen sie sich.

– Das werden wir nicht aus den Köpfen der Menschen kriegen. Erst ermorden sie unsere Leute und dann behaupten sie, Kommunisten sind gewalttätige Mörder, und Anarchisten ihre Aufwiegler. Dagegen schreib ich an.

Sie drückt Fritzi an sich: Und du?

– Ich versuch die Wahrheit zu fotografieren, sagt Fritzi, wischt die Tränen fort, richtet sich auf und erzählt Hilde vom geplanten Revolutionsbuch.

Hilde strahlt. Diesen Plan will sie unterstützen. Sie verspricht, Fritzi mit vielen Leuten bekannt zu machen. Sie plaudert und erklärt, deutet auf Gebäude und breite Straßen, ach was Straßen, Boulevards sind das, wie viel Platz hat dieses Berlin! Was für ein Lebensgefühl!

Hospiz kommt natürlich gar nicht in Frage, Hilde hat entschieden, dass Fritzi bei ihr wohnen wird und führt sie in ihr Zimmerchen bei Wilhelm Herzog auf der Derfflingerstraße. Seit dem Sommer arbeitet Hilde als Sekretärin für den streitbaren Publizisten, der nach den Erfahrungen in der Revolution nun erklärter Kommunist ist. Er schreibt Theaterstücke, Kolumnen und gibt mittlerweile seine vierte Zeitschrift heraus. Hilde hat viel zu tun und ist angetan von der kritischen Intelligenz des Mannes. Wenn sie von Herzogs Gattin spricht, kommt die nüchterne Hilde ins Schwärmen: Du wirst sie kennen lernen! Sie ist eine Diva!

Fritzi lernt Herzogs Gattin kennen, zunächst auf der Leinwand. Hilde und sie sind eingeladen zur Filmpremiere von Erna Morenas neuem Film „Nerven". Das ist eine große Ehre, aber Fritzi steht noch ganz unter dem Bann der blutig verlaufenen Demonstration gegen das Betriebsrätegesetz vom Vortag. USPD und KPD hatten gemeinsam aufgerufen, gegen die Verstümmelung des Betriebsrätegesetzes zu demonstrieren, um die Abstimmung im Reichstag noch zu verändern. Hilde und sie waren mit Tausenden Menschen losgezogen. Fritzi ist von der Wucht, mit der die Berliner Arbeiter losziehen, beeindruckt, aber auch verängstigt von der Gewalt, die sie erlebt – was ist in die Menschen gefahren? Soll es nach der Niederschlagung der Räterepublik ständig so weitergehen? Sieht die Regierung in jeder Demonstration eine Provokation? Hört niemand mehr zu? Die Forderungen sind doch leicht zu erfüllen. Statt dessen wird geschlägert.

Der Film „Nerven" ist in München gedreht worden, einige Szenen sogar in Giesing und in der Au, und Fritzi hat ihn natürlich mit Jette gesehen. Das interessiert Erna Moreno: Stimmt es, dass Menschen nach dem Kinobesuch in München wahnsinnig geworden sind?

– Ein junges Mädchen hatte einen Zusammenbruch, der mit der suggestiven Wirkung des Films erklärt wurde. Aber ehrlich gesagt halte ich das für Unsinn.

– Warum? Erna Moreno betrachtet die junge Frau interessiert.

– Ich kann mir nicht vorstellen, dass ein Film solche Gefühle auslöst. Als wir gestern bei der Demonstration waren, habe ich erlebt, was Menschen plötzlich gewalttätig werden lässt. Das könnte eher zu Wahnsinn führen …

– Was? fragt Erna Moreno gespannt.

– Das Gefühl, nie gehört zu werden, nie mit einem gerechten Anliegen bei unseren gewählten Vertretern durchzudringen, immer zerdrückt zu werden. Da spielen die Nerven verrückt.

Hilde ergänzt: Die Ohnmacht führt dann zu Verzweiflungstaten.

„Nerven" werde von der Zensur als gefährlich beurteilt, sagt Erna Moreno nachdenklich. In München war der Film für Jugendliche verboten worden, aber nicht wegen des Vorfalls mit dem jungen Mädchen, sondern wegen der nackten Menschen, die die Zwischentitel flankieren. Die Zwischentitel machen Fritzi grinsen, sie erinnern sie an die Zelebrationen auf dem Monte Véritá.

In Berlin aber sind nicht die Nacktszenen, sondern die Massenszenen heraus geschnitten. Sie fragt Erna Moreno danach.

Die Schauspielerin ist beeindruckt, wie genau Fritzi beobachtet hat. Die Massenszenen wurden zensiert, weil sie die Massen aufreizen könnten. Ist es nicht eigenartig, welche Wirkung die Herrschenden einem Film zutrauen? Sind sie es nicht selbst mit ihren Widersprüchen und ihren unterdrückerischen Maßnahmen, die die Massen aufreizen?

Diese Fragen erörtert sie später mit Hilde. Aber die kichert plötzlich, ihr sei dieses angebliche Sozialdrama wurscht, sei nicht die Liebesgeschichte viel interessanter?

Fritzi lacht: Sagst du als Kommunistin?

Na ja, Hilde hat da gerade jemanden kennen gelernt ... im Ernst, Fritzi, wie findest du diesen Lehrer Johannes?

– Also ein Levien ist er nicht gerade ...

– Nee, ein fürchterlicher Moralapostel –

– Und so steif!

– Unreine und sündhafte Liebe!

– Wie altmodisch!

Sie lachen schallend, und bei der Premierenfeier müssen sie sich schwer beherrschen, als sie Ernas Partner vorgestellt werden, Paul Berger, der auch privat so ein erhabenes Getue macht. Später stellt sich heraus, dass Berger von der Oper kommt.

– Das erklärts! lacht Fritzi. Die Technik des Films imponiert ihr, die Kameraführung, großartig, die vielen Schatten, Überblendungen, wie der Wahnsinn des Protagonisten dargestellt wird, all das ist neu und von großer Wirkung. Ein Drama von Ernst Toller würde als Film mit dieser Technik sehr gut funktionieren.

Erna Moreno ist nicht nur eine vollendete Dame, sondern sehr kollegial. Als sie hört, weshalb Fritzi in Berlin ist, lässt sie ihre Beziehungen spielen – und sie hat viele. Fritzi bekommt ein Entree zu Bildagenturen und illustrierten Zeitungen, alle verehren Erna Moreno und wollen Interviews mit ihr. Gern helfen sie einer Freundin der berühmten Schauspielerin. Fritzi bekommt pralle Auftragsbücher, und als sie schüchtern fragt, ob sie ein Porträt machen darf, sagt Erna Moreno: Nur zu, meine Liebe! Und sitzt ihr im Hotel Adlon.

In welchen Widerspruch bin ich geraten, denkt Fritzi, hier Hilde, die für Herzog und die Kommunisten arbeitet, die Aufstände auf der Straße, die Unruhe, immerhin ist der Spartakusaufstand noch kein Jahr her, Hugo Haase ausgerechnet am ersten Jahrestag der Revolution ermordet, und dort das glamouröse Leben des Films, Empfänge im Adlon, und keiner findet was dabei. Zwei Welten, in denen sich offenbar jeder gut einrichten kann. Was für eine Zeit, wer soll sich darin zurecht finden? Gegensätze scheinen zu verwischen, ohne zu verschwinden. Wir haben keine Monarchie mehr, die Schlotbarone ersetzen die Aristokratie, für Glamour sorgen Film und Varieté, und das Proletariat scheint sich mit seiner Entrechtung abzufinden. Vielleicht wollen viele nur ein Häuschen mit Gardinen?

Hilde jedenfalls nicht. Sie bringt Fritzi zum Bahnhof und verabschiedet sich mit der geheimnisvollen Ankündigung, sie werde demnächst umziehen, weil sie einen Auftrag habe. Vielleicht werde sie sogar nach Moskau reisen.

Fritzi umarmt die Freundin: Viel Glück, Hilde!

Ein Pferd im 60er Stadion

Ein Pferd gehört auf die Weide, findet Fritzi, und der Sepp hat keine. So knotet Fritzi aus alten Stricken ein Halfter und führt den Gustl an einem freien Abend hinaus auf die Brache zwischen der Silberhorn- und der Warngauer Straße. Beim ersten Mal scharrt das Pferd mit den Hufen, die Vorderbeine knicken plötzlich ein, und das große Tier liegt ihr zu Füssen. Fritzi erschrickt entsetzlich, der Klepper muss krank geworden sein, und als der Gustl sich auf den Rücken dreht und mit den Beinen strampelt, lässt sie vor Entsetzen das Seil los. Der Bauch des mageren Pferdes wirkt plötzlich dick und aufgequollen. Hat der Gustl eine Kolik?

Aber dann begreift sie: das Tier fühlt sich einfach nur wohl. Voller Vergnügen schabt es sein Fell am Gras. Dann rappelt es sich auf, schüttelt sich und zieht die erleichterte Fritzi mal hier, mal dorthin, auf der Suche nach den schmackhaftesten Kräutern. Sie blickt über den Rücken des friedlich grasenden Gustl auf die Ladenreihe der Tegernseer Landstraße und atmet tief durch. Hier hat ein neues Leben begonnen und mit tödlicher Gewalt geendet. Das Entsetzen über das Geschehen steckt ihr noch in den Knochen, die Trauer um Max kommt in unberechenbaren Wellen heran und schlägt immer wieder über ihr zusammen.

Fritzi legt den Kopf an den Pferdehals und weint sich aus. Der Gustl grast und rupft, schnauft und schüttelt sich, schlägt mit dem dürftigen Schweif nach den Fliegen und lässt sich gern gefallen, dass Fritzi ihn striegelt und bürstet, bis das stumpfe Fell so glänzt, dass es dem Sepp am nächsten Morgen auffallen wird.

Sie verlängert den Strick und nimmt Sepps „Bibel“ und einen Hocker mit. Sie liest, was Bebel über die Frauen schreibt, und wenn der Platz abgegrast ist, zieht der Gustl ihr den Strick durch die Hand. Dann folgt sie ihm, und das geht einige Male gut, bis ein Mann sich vor ihr in Positur wirft und Geld verlangt.

Fritzi hatte nie darüber nachgedacht, dass die Brache mitten im Viertel jemandem gehören könnte. Die Post solle hier gebaut werden, heißt es.

Der Mann hat kurze Beine und streicht wichtigtuerisch seinen Schnurrbart, er hat die Ausstrahlung eines Kantholzes: viereckig. Fritzi überlegt laut, ob nicht der Gaul das Geld bekommen müsse, weil er die Wiese pflege.

Der Vierkant läuft rot an. Sie solle sich nach Hause scheren, ob sie nichts Besseres zu tun habe, als auf seinem Land zu sitzen und Bücher zu lesen. Fritzi betrachtet erst den Bebel, dann den ruhig grasenden Gustl, und weil sie gerade gelesen hat, wie der moderne Haushalt die Frau von häuslichen Pflichten befreie, erklärt sie wahrheitsgemäß, dass sie in ihrer knappen freien Zeit gern lese und dabei das Pferd grasen lasse, weil sie beide ab und zu an die frische Luft müssten.

Da kommt sie schlecht an. Dies sei sein Bauplatz und seine frische Luft, zetert der Vierkant mit zitternden Schnurrbartenden, und darüber muss Fritzi nun herzlich lachen. Nicht mal Krupp hatte behauptet, dass die Luft in seinen Werken ihm gehöre. Aber sie merkt, dass jeder weitere Satz sinnlos sein wird, am Ende greift der Vierkant sie womöglich an, cholerisch wie er ist. Also klappt Fritzi das Buch zu, nimmt den Hocker und schnalzt dem Gustl, der mit aufmerksam gespitzten Ohren heran kommt.

Es ist immer ein Problem, über wütende Männer zu lachen. Der Vierkant weiß mit seinem Zorn nicht wohin, und weil das Pferd ihm den Zugriff auf dieses freche Weib versperrt, haut er dem Klepper heftig gegen den Hals und die Flanke. Das mag der Gustl nun gar nicht. Manchmal gibt es einen Peitschenschlag auf seine magere Kruppe, und das bedeutet eine schnellere Gangart, aber sonst ist das sanfte Tier keine Gewalt gewohnt. Der Gustl hebt den Hals, legt die Ohren so flach, dass sie in der Mähne verschwinden und zeigt seine scheußlichen gelben Zähne.

Der Vierkant weicht zurück. Fritzi packt den Gustl am Halfter, zieht ihm mit der anderen Hand das Ende des Stricks über die Kruppe, so dass er zügig los trabt, und läuft, Buch und Hocker in der Hand, neben ihm her, inständig hoffend, dass der Vierkant nicht schnell genug folgen kann. Der scheint ja vom Giesinger Adel zu sein. Auf keinen Fall darf der Sepp wegen ihres Ausflugs Ärger mit der Hauserbäuerin bekommen.

Vorerst hat Fritzi keine Lust, sich wieder Ärger einzuhandeln, dafür sind diese seltenen Stunden zu kostbar. Sie geht in die andere Richtung zum Stadion des TSV 1860, von den Giesingern zärtlich die Löwen genannt. Auf dem Fußballfeld und darum herum wächst jede Menge Gras. Wenn gerade kein Training ist, kann ein grasendes Pferd wohl niemanden stören, und sie kennt ein schmales Tor im Bretterzaun, das nicht verschlossen ist. So trotten Fritzi und Gustl auf die Böschung für Stehplätze. Still ist es in dem weiten Oval, warm scheint die Sonne.

Fritzi lässt sich auf dem Gras nieder, der Gustl senkt den Kopf und beginnt mit seinem Abendessen. Fritzi blickt in die Sportanlage und genießt den Frieden des ungenutzten riesigen Sportareals. Die Aschenbahn zieht sich um den Fußballplatz herum, die leeren Zuschauertribünen sind noch feucht vom Regen und riechen nach Holz. Wie es wohl ist, wenn die Fußballer hier kämpfen? Der Sepp lässt kaum ein Spiel aus, manchmal nimmt er die Kinder mit. Seit dieser Saison geht sogar die Lisei auffallend oft mit, weil sie mal für diesen, mal für jenen Spieler schwärmt.

Das Pferd hebt malmend den Kopf und spitzt die Ohren. Fritzi hat sich in die Abendsonne gelegt und ist innerhalb von Sekunden fest eingeschlafen. Also trottet der Klepper quer über die Aschenbahn zu der kleinen Person, die auf der Athletenbank hockt, und senkt den Kopf vor ihr.

Fritzi schreckt hoch, weil sie den Strick nicht mehr in der Hand spürt. Weit vor sich sieht sie den Gustl vor einem Menschen stehen.

Um Himmels Willen, nicht schon wieder Ärger! Fritzi spurtet zum Pferd wie eine geübte Langstreckenläuferin und stammelt eine Entschuldigung. Aber es ist kein zorniger Mann. Auf der Sportlerbank sitzt eine Athletin in Sportschuhen. Sie trägt das Vereinstrikot mit dem blauen Löwen auf dem weißen Hemd und kurzen dunkelblauen Hosen, streichelt dem Gustl versonnen die Blässe, und der hält so still wie damals, als Fritzi ihn kennen lernte. Die Frau weint.

Sie hebt den Kopf und wischt mit dem Handrücken die Tränen fort. Das Pferd habe sie nicht belästigt, sagt sie, wie freundlich es sei. Das kann Fritzi nur bestätigen. Er habe eine siebten Sinn für Kummer, vielleicht weil er des Leichenfahrers Pferd sei. Die Frau lächelt unter Tränen. Sie hat große braune Augen, braune Haare, die sie im Nacken zu einem lockeren Knoten zusammengebunden trägt.

– Sie lassen mich nicht zur Olympiade, schnieft die Frau. Der Gustl schnauft genüsslich und lässt sich weiter die Blässe streicheln.

– Kaum dürfen wir Frauen starten, werden wir schon wieder verboten! Dabei bin ich deutsche Meisterin.

– Worin?

– Im 100-m-Sprint, in der Staffel, im Weitsprung und im Kugelstoßen. Vier Goldmedaillen hab ich für die Löwen geholt.

Wieder weint sie.

– Seit Jahren trainiert, und nun ist alles umsonst, nur wegen dem blöden Krieg.

– Wollen die keine Frauen bei der Olympiade? fragt Fritzi.

– Keine deutschen Frauen, sagt die Sportlerin böse.

– Wo soll die Olympiade denn sein?

– In Antwerpen! Im Sommer!

Antwerpen. Liegt das nicht in Belgien? Immerhin waren es die Deutschen, die Belgien überfallen und verwüstet haben.

– Aber müssen wir deutschen Athleten dafür büßen? Wir können doch nichts dafür. Sport ist völkerverbindend, oder nicht?

– Jedenfalls sollten die Frauen antreten dürfen, die Männer können ja zuhause bleiben.

Die Sportlerin wischt die Tränen von den Wangen und lacht. Fritzi denkt an Anita Augspurgs internationale Frauenliga und meint, dass es vorwiegend die Frauen waren, die versuchten, diesen Krieg zu verhindern. Eine Frauenolympiade, das wär mal was Neues.

Die Sportlerin kichert: Ja, auch weil es bis heute heißt, unsere Körper würden vermännlichen! Eine Kameradin von mir durfte nicht starten, ihr Vater ist Arzt und hat gesagt, Leichtathletik sei mit der Würde der Frauen nicht vereinbar.

Fritzi denkt an ihre Arbeit in der Geschützfabrik und die Kanari in den Munitionsfabriken, da hätten die Ärzte mal was über die Würde der Frau sagen sollen. Überhaupt hätten die Ärzte gegen den ganzen Krieg mal sagen sollen, er sei gesundheitsschädlich und dürfe deshalb nicht statt finden.

Aber sie entgegnet nur: So einen Vater haben Sie vermutlich nicht, Fräulein. Wollen Sie mir Ihren 100m-Lauf zeigen?

– Ich könnte ja gegen den Rappen antreten, lacht die Sportlerin. Sie streckt Fritzi die Hand hin: Betti heiße ich, Babette Kiessling.

Sie greift in ihre Tasche und zieht eine Stoppuhr heraus, erklärt Fritzi die Funktion und geht auf die weiße Linie der Aschenbahn. Fritzi solle Auf-die-Plätze-fertig-los sagen, im Abstand von drei Sekunden. Und bei Start und Ziel die Stoppuhr drücken.

Klar! Fritzi packt den Gustl am Halfter und geht die Aschenbahn entlang. 100m sind mit einem Kreidestreifen markiert. Dort wartet sie, bis Betti ihren Körper gedehnt hat und in Startposition geht. Dann gibt sie den Startaufruf und drückt auf den Startknopf der Uhr, während der Gustl sich wieder dem Grasen widmet.

Die schmale muskulöse Frau rennt los. Der Gustl spitzt die Ohren. Fritzi versteht nichts vom Sport, aber von körperlicher Arbeit. Manchmal hatten Jette und sie mit Rückenübungen ausprobiert, wie sie die schweren Teile leichter auf die Ziehpresse hieven konnten. Sie hatten herausgefunden, dass es um so leichter ging, je weniger sie sich anstrengten. Genau so läuft die Leichtathletin, kraftvoll und leicht. Wie der Jitterbug, denkt Fritzi, dabei muss sie an Franzi und Max denken, und um ein Haar hätte sie vergessen, die Stoppuhr zu drücken, schon ist Betti bei ihr, schießt an ihr vorbei. In lockerem Lauf kommt sie zurück.

– 14 Sekunden!

Die Frau ist nicht zufrieden. Ihre Bestzeit im Sprint läge bei 12,5 Sekunden.

– Sei nicht traurig, tröstet Fritzi ihre neue Freundin, gibt es nicht diese Arbeiterolympiade, vielleicht kannst du daran teilnehmen?

– Allein bin ich nichts wert – meine Kameradinnen und ich laufen die Staffel, wir trainieren zusammen, ich bin Schlussläuferin. Ohne die Zenta, die Emma und die Maria und ohne den Verein kann ich nirgendwo hin. Heute war ich so traurig, alles hatte sich gegen mich verschworen. Aber du und dein Hottemax, ihr habt mir die gute Laune wiedergegeben. So ein Maskottchen könnte ich gut brauchen! Betty klopft den mageren Hals vom Gustl: Halt den Rasen kurz, Dicker!

Sie verabschieden sich. Betty winkt: So, jetzt lauf ich noch ein paar Runden. Zufrieden gehen sie Richtung Stall.

– Na alter Klepper, hast aber immer den richtigen Riecher. Wir haben eine neue Freundin und wieder ne Menge gelernt. Frauen und Sport, das ist ja schlimmer als Frauen und Politik!

Fotoalbum

Bildunterschrift, handschriftl. mit Bleistift: München 1920

Zwei Fotografien, oben:
Eine Kammer mit einem großen Ehebett, darüber zwei gerahmte Bilder mit nicht erkennbarem Motiv, in der Mitte eine große eingeschaltete Lampe. Es ist nicht erkennbar, ob es sich um elektrisches Licht oder eine Öllampe handelt, der Schirm ist aus weißem Glas in der typischen Form der Petroleumlampen. Auf dem Bett sitzen ein dünner Mann mit Schnauzbart und eine verhärmt blickende Frau, zwischen ihnen drei Kinder. Links neben dem Bett ein weiteres Einzelbett, über dem in der Ecke ein Kruzifix hängt. Auf der gestreiften Matratze sitzt eine weitere Frau mit einem Kleinkind. Rechts neben dem Ehebett ein Sofa mit einem älteren Mädchen, links und rechts ein Kleinkind.

Bildunterschrift: Eine ordentliche Familie aus 10 Personen bestehend hat nur einen Bettüberzug.

untere Fotografie:
Sechs Kinder verschiedenen Alters sitzen auf einem Bett, die Beine unter einer großen weißen Decke. Eines hält einen Säugling. Über dem Bett ein gerahmtes Muttergottesbild. Hinter dem Bett, vor der Tür oder vielleicht einem Schrank, steht eine Frau mittleren Alters in gestreifter Bluse und heller

Schürze. An der Wand hängen untereinander drei Einkaufs- oder Schultaschen.

Bildunterschrift: Familie von 8 Personen mit 3 Betten. 6 Kinder, davon 2 schwer lungenkrank, liegen zusammen. Wohnung sehr feucht, hat nur ein kleines Fenster nach Norden.

Diese Fotografien hat Fritzi für eine Tagung „Das Münchner Kind nach dem Kriege“ gemacht. Der Auftrag ging beinahe über ihre Kräfte. In der Dunkelkammer seien die Tränen in den Fixierer geflossen, so viel Elend habe sie noch nie entwickelt, sagte sie. Dabei war Fritzi wahrhaftig nicht verwöhnt, im Gegenteil, als Bergmannskind in Essen, und dann draußen in Freimann in den Kruppschen Baracken! Da hat es gezogen, und es war eiskalt, obwohl damals an Kohle bei Krupp kein Mangel war. Und später beim Sepp in der Feldmüllersiedlung in Giesing war es eng und feucht, die Häuser sind ja billig hochgezogen worden und haben keine Keller. Bei Regen kriecht die Nässe die Wände hinauf wie in einen Schwamm.

Hetti, die in den Stadtrat gewählt worden war, hatte ihr den Auftrag verschafft. Die Wohlfahrt sollte eingeschränkt werden, Kinder keine Milch mehr bekommen. Die reiche Stadt München wollte an den Ärmsten der Armen sparen. Da haben wir Frauen dokumentiert, wie kinderreiche Familien hier leben, in winzigen Wohnungen mit nur einem Kammerl, in finsteren Kellern oder Dachkammern mit undichten Dächern. Viele schlafen gemeinsam in einem großen Bett, Säuglinge ersticken oder verhungern, Matratzen und Bettwäsche sind, wenn vorhanden, Vorkriegsware, und neue Wäsche kann sich keiner leisten. Die hygienischen Verhältnisse sind katastrophal, und an diesem Elend wollte das reiche München auch noch sparen! Keine Milch mehr, keine Wäsche mehr! Da ist Hetti die Wände hochgegangen und hat mit dem Direktor der Heckerschen Kinderklinik die Tagung veranstaltet. Schön und gut, aber wozu Wohlfahrt, wenn man enteignen kann, hab ich gesagt, erleichtern wir doch die Schieber um ihre Schwarzmarktware und die Kriegsgewinnler um ihre Häuser und schenken sie den Armen!

Peter

– Komm mit, sagt Peter, wirst schon sehen.

Fritzi will nicht. Das sind keine Sozialisten, Peter.

– Natürlich sind wir Sozialisten! Aber halt nationale Sozialisten!

– Wir? Gehörst du schon dazu?

– Nein, also nicht direkt, ich bin kein Parteimitglied, falls du das meinst, aber die sagen was ich denke. Ist was für Proleten wie uns! Arbeiterpartei! Komm mit, es wird dir gefallen.

Also kommt Fritzi mit. Peters Begeisterung ist ansteckend. Sie ist glücklich, dass der Bruder wieder gut aussieht, wieder

Mut für die Zukunft hat, das Bäckerhandwerk macht ihm Freude.

Im Bürgerbräu ist die Hölle los. Fritzi kann nicht fassen, dass eine so kleine Partei derartig viele Menschen anzieht. Deutsche Arbeiterpartei nennt sie sich, rote Fahnen haben sie auch, allerdings mit einem Emblem in der Mitte, einer Art schwarzem Kreuz in einem weißen Kreis, das sie nicht kennt.

– Ist ein uraltes Symbol, das Sonnenrad, erklärt Peter wichtig, stolz, dass er seiner klugen Schwester mal was erklären kann, kommt aus Indien.

Sie setzen sich an einen der hinteren Biertische, vorn ist schon alles besetzt. Peter nickt in die Runde und flüstert Fritzi zu, dass er hier noch nicht viele kenne. Auch der heutige Redner sei neu, alle seien gespannt auf ihn, er habe offenbar neue Ideen zur sozialistischen Erneuerung Deutschlands.

Ein älterer Mann spricht zuerst, offenbar der Parteivorsitzende. Dann begrüßt er den „mit Spannung erwarteten ..." und Fritzi bleibt fast das Herz stehen. Der Mann, der die Bühne betritt, ist der Mockes! Der ihr einen Heiratsantrag gemacht hat! Der mit roter Armbinde in Eisners Trauerzug gegangen war! Sie starrt ihn an, der ist ein Sozialist? Der Mockes beginnt zu sprechen, und schon nach dem ersten Satz springen die Zuhörer an den vorderen Tischen auf und applaudieren und schreien.

Was hat er denn Wichtiges gesagt, denkt Fritzi, er hat doch erst begonnen. Der Mockes spricht weiter, von der Schmach Deutschlands, vom unheilvollen Versailler Vertrag, den diese verlogene Regierung geschlossen habe, an ihrer Spitze dieser Ebert, ein Feigling, der seine Klasse verrate, im Bund mit Bluthund Noske und dem Großkapitalisten Rathenau, den er zum Außenminister ernannt habe, obwohl dieser noch vor wenigen Monaten den Siegfrieden propagiert habe.

Da hat er ja nun recht, findet Fritzi, diese Berliner Regierung besteht aus einem Haufen Sozialdemokraten, die uns verraten haben und mit deren Hilfe unsere Revolution niedergeschlagen wurde.

Der Mockes spricht weiter, und dabei wird er laut und eifrig, seine Sätze knallen immer kürzer und abgehackter ins Publikum. Schandfrieden, schreit er, es müsse endlich Schluss sein mit dem demütigen Gewinsel, Deutschland müsse sich erheben und wieder ein stolzes einiges Volk sein.

Jubel brandet rings um Fritzi auf. Peter applaudiert ebenfalls heftig: Ist der Mann nicht großartig?

Nun ja, bisher hat er noch nichts wesentliches zur Sozialisierung gesagt, oder?

Und er wird auch nichts dazu sagen. Die Rede ist lang, in ihrem Verlauf sieht Fritzi staunend, wie der Mockes sich steigert, ja, er redet sich förmlich in Wut. Wenn an der Front die besten gefallen seien, dann könne man zuhause wenigstens das Ungeziefer vertilgen, die verräterischen Burschen aus ihren Verstecken holen und an den höchsten Galgen hängen, den man finden könne, fordert er, und wieder brandet Jubel auf. Später fasst er sich. Er streicht sich die Haare zurück, Fritzi erinnert sich, wie ihm die Strähne in die Stirn fiel, als er ihr aufhalf, und muss grinsen. Die Umsitzenden schauen sie unwillig an. Peter stößt sie in die Seite und flüstert ihr zu, sie solle nicht so abfällig schauen, das komme nicht gut an.

– Wieso abfällig? Darf ich nicht lachen?

– Das wirkt als fändest du ihn lächerlich.

– Find ich nicht, aber selbst wenn: wir haben Presse- und Meinungsfreiheit.

Peter legt den Finger auf den Mund.

Fritzi raunt: Ich bin halt nicht in allem seiner Meinung, das kann ich ja danach in der Aussprache sagen.

Meist fehlt Fritzi der Mut, öffentlich zu sprechen beim Anblick vieler Leute, die sie anstarren. Aber dieses Mal würde sie gern nach dem Vortrag einiges fragen, zum Beispiel, wie der Mockes das genau meint, wenn er einen gesunden Menschen mit festem Charakter fordert, weil dieser für die Volksgemeinschaft wertvoller sei als ein geistreicher Schwächling. Überhaupt, redet der Mockes sich wieder in Hitze und erhebt die Hand, um sie in der Luft theatralisch zur Faust zu ballen und dann auf das Pult zu schlagen, überhaupt seien Schwadronieren und jüdische Spitzfindigkeiten des deutschen Geistes völlig unwürdig, Männer mit festem Willen brauche es, die die Geschicke des zu Unrecht gedemütigten Volkes wieder in gerade Gleise lenken können. Er lässt keinen Zweifel daran, dass er dieser Mann sein wird.

Der Mockes redet fast zwei Stunden. Als er fertig ist, sind er und sein Publikum erschöpft. Es gibt keine Aussprache.

– Ist er nicht großartig? fragt Peter.

Fritzi weiß nicht so recht. Er hat kein Wort über Sozialisierung gesagt, und ist es nicht das, was den echten Sozialisten ausmacht?

Peter erinnert sie daran, dass nicht einmal Eisner sozialisiert habe.

Ja, und Fritzi weiß noch genau, wie enttäuscht sie war. Leviné war konsequenter, beide hat ihre Überzeugung das Leben gekostet.

– Das meinte er mit dem Ungeziefer, sagt Peter, er meint, dass er die reichen Lügenbarone ausrotten will.

Fritzi ist nicht so sicher. Ausrotten, das ist so eine Sache. Das ist so eine vollmundige Redensart, viele wollen das Übel an der Wurzel packen, den Gegner ausrotten, aufknüpfen, all so was. Was bringt das? Klingt so blutrünstig. Die Leute sollen gern leben, nur muss ihr Reichtum eingeschränkt werden. Und wenn der Mockes ...

– Wer? Peter starrt seine Schwester an.

– Also wenn der Redner die Verräter des Krieges an den Galgen aufknüpfen will, muss er da nicht mit Ludendorff anfangen? Von dem hat er nichts gesagt.

– Warum Ludendorff? fragt Peter.

– Ludendorff war die oberste Heeresleitung! Er hat den Krieg begonnen!

– Ja, und er hätte ihn auch gewonnen, wenn …

– Unsinn. Dieser Krieg war nicht zu gewinnen. Mir ist nicht wichtig, dass die Kriegsverbrecher, also der Kaiser und die OHL aufgehängt werden. Mir ist wichtig, dass sie vor Gericht gestellt werden! Sie sind verantwortlich für das Elend, das sie angerichtet haben! Sie sollen dafür bezahlen!

– Was bezahlen? fragt Peter verständnislos.

– Milliarden hat dieser Krieg gekostet. Sie sollen sie zurückzahlen, an die Kriegswaisen und Witwen, an die Krüppel, überhaupt an alle ...

Peter sieht sie mitleidig an. Seine Schwester ist ein kluges Mädchen, aber jetzt ist sie reichlich naiv, findet er.

– Es muss ein internationales Tribunal geben, das Kriegsverbrecher verurteilt. Das sie zu Wiedergutmachungen verurteilt.

– Wir zahlen wie die Blöden, erklärt er ihr, an die Franzosen, an alle, die sich jetzt als Gewinner fühlen. Im Rheinland erfrieren und verhungern die Leute, weil sie so hohe Reparationen abführen müssen, dass sie nichts mehr zu heizen und zu beißen haben. Dagegen kämpft unser Führer, und er ist der einzige, der das auf den Punkt bringt, die anderen winseln doch nur rum und betteln um Befreiung von Reparationen, und dein geliebter Eisner ist schuld an allem. Musste er Deutschlands Kriegsschuld beweisen? Musste er diese weinerliche Rede in Bern halten? Jämmerlich, solche Männer brauchen wir nicht! Wir brauchen wieder solche wie Bismarck!

Fritzi erinnert Peter daran, dass Bismarck die Sozialistengesetze gemacht hat. – Ach verdammt, Frauen! Peter schreit fast: Wir brauchen einen starken Mann, einen den unsere Gegner fürchten, der Deutschland wieder groß macht!

– Und der uns in den nächsten Krieg führt?

Fritzi betrachtet ihren Bruder. Hat er schon vergessen, wie krank und kaputt ihn dieser mörderische Stellungskrieg gemacht hat? Wie er verhungert, verlaust, verängstigt desertiert ist?

Peter erschrickt und sieht sich um. Aber die Menge, die aus dem Bürgerbräu quoll, hat sich zerstreut. Er packt seine Schwester am Arm: Das darf sie niemandem erzählen, keine Seele darf jemals erfahren, wie feige er davon gelaufen ist!

– Aber du warst nicht feige! Du hast richtig gehandelt.

– Das kapiert keiner. Großes Ehrenwort!

Na gut, großes Ehrenwort. Fritzi legt die Schwurfinger aufs Herz.

Einige Monate später gehört Peter zur frisch gegründeten NSDAP, die aus dieser DAP hervorgegangen ist. Er läuft nur noch in Uniform rum, sitzt mit vielen anderen, die er Kameraden nennt, auf Lastwagen, auf deren Kühler sie mit weißer Farbe Totenschädel gemalt haben, und rast durch die Stadt.

Und dann sagt er ihr kurz und knapp, jetzt werde er nach Hause fahren, zum Ruhrkampf.

– Wir werden das Ruhrgebiet befreien, sagt er, und sie umarmt ihn. Ihr Bruder scheint sich geändert zu haben. Gerade sind die Arbeiter an der Ruhr gegen den Lüttwitzputsch marschiert. Tapfer sind sie, die rote Ruhrarmee ist viel größer und schlagkräftiger als die bayrische je war. Fritzi ist voller Hoffnung, dass es dieses Mal was wird mit der Revolution. Vielleicht hat es an Bayern gelegen, hier sind zu wenig Proleten.

Jetzt werden die Kumpel die Revolution machen, es ist nicht zu spät.

– Revolution, sagt Peter verächtlich, diese Hungerleider. Wir ziehen mit Epp, der hat Erfahrung. Und löst sich aus der schwesterlichen Umarmung.

Fritzi packt den Bruder am Ärmel. Weiß treten ihre Knöchel hervor, so fest packt sie zu: Das tust du nicht!

Er packt ihre Hände: Das tu ich doch.

– Du kämpfst gegen unsere Leute?

– Das sind nicht meine Leute, das sind Bolschewiki. Ich will keine Diktatur des Proletariats. Lass mich los.

– Du marschierst hinter einem Mörder her?

– Epp ist ein verdienter Kriegsheld.

– Du kämpft gegen deinen eigenen Vater?

– Vater ist alt. Der wird sich da raus halten.

– Und wenn nicht?

– Mein Herz schlägt für Deutschland.

Er wendet sich ab.

Fritzi sieht dem Bruder hinterher, wie er in brauner Uniform fort geht. Alles in ihr schmerzt. Sie versteht die Welt nicht mehr. Was geschieht in diesem Land?

Raus aus Giesing

Es wird ihr alles zu viel.

– Ich will Revolution, Chaos, Brunst, Rausch, Leben ohne Herrschaft, verstehst du! schreit Fritzi den verdutzten Sepp an.

– Ich will raus, auf die Straße, leben! Wie hat Landauer gesagt? Wir brauchen den Frühling, den Rausch und den Wahn! Verstehst du?

Der Sepp versteht. Aber das merkt Fritzi nicht.

– Und was hab ich statt dessen? Dieses Elend, und eine Familie mit Kindern an der Backe! Sie sind süß, aber ich bin dafür zu jung! Ich fühl mich wie eine uralte Muhme, die nichts kann außer kochen und stopfen und vorlesen und putzen, waschen und spülen, Betten machen und all dieses Zeug! Es lähmt mich! Ich will Fotografin werden! Ich will Fotoreporterin werden! Vielleicht auch Fotokünstlerin, wie die Germaine Krull, und dafür muss ich arbeiten, nicht hier meine Zeit verschwenden in diesem ... diesem ...

Ihr fällt nicht ein, wie sie das nennen kann. Der Sepp wendet sich um und sieht aus dem kleinen Fenster hinaus auf die untere Grasstraße. Die ist so schmal, dass er nicht die Gasse sieht sondern der Nachbarin direkt in die Küche. Und es ist ihm klar, dass die Enge des Hausens, Wohnen kann man das aus Fritzis Sicht nicht nennen, auch den geistigen Horizont beschreibt. Oh ja, der Sepp versteht sehr gut, und es tut ihm weh, furchtbar weh. Er ist nur froh, dass die Kinder nicht da sind, die würden sofort anfangen zu plärren. Fritzi ist für all das zu jung. Der Krieg hat die Jungen zu früh uralt werden lassen, sie müssen nachholen, was sie versäumt haben.

... in diesem Loch, ergänzt er, aber Fritzi hört ihn nicht.

– Das ist mir alles zu eng, das ist nicht mein Leben, das ist keine Revolution mehr, wir haben sie gemacht, und jetzt müssten wir sie auch leben, statt diesen Alltagstrott, dieses Spießertum, dieses grässlich Normale! Alles war wild und verrückt, und jetzt ist alles tot! Ich will ganz anders leben, ich will nach Berlin, schreit sie, als müsse sie sich von ihm befreien. Dabei muss sie sich von der schrecklichen Realität der Giesinger Gassen befreien, von dem Schmerz, von dem Geruch nach Blut und ungesühntem Mord. Wenn er sie nicht verlieren will, muss er sie jetzt gehen lassen.

– Dann geh doch, sagt er, und seine eigene Stimme dröhnt ihm fremd im Ohr, du hast hier keine Verpflichtung. Kostgänger können jeden Tag kündigen, da gibts kein Gesetz.

Er wendet sich nicht um. Fritzi ist einen Augenblick baff, schaut auf seinen krummen Rücken, die abgeschabte schwarze Jacke. Hat der verflixte Leichenfledderer in ihr drei Jahre nichts anderes gesehen als eine Kostgängerin?

– Ja, ich gehe! schreit sie, ich bin ja hier nur eine kostenlose Haushälterin, damit ist jetzt Schluss!

Rennt nach oben und packt ihr weniges Zeug zusammen. Als sie hinunter kommt, ist der Sepp fort.

Das macht sie erst richtig wütend. So zieht er sich aus der Sache raus! Einfach gehen lässt er sie. Na gut, das ist jetzt auch gleichgültig. Sie legt die abgezählten Münzen auf den Tisch. Er soll ihr nicht nachsagen, sie hätte kein Kostgeld bezahlt, hier ist es, bis zum Monatsende, obwohl bis dahin noch eine Woche ist, bitte sehr. Sie will wieder nach Berlin fahren, im wilden Trubel der Hauptstadt alles fotografieren, was man im armen traurigen München nicht kennt. Hoffmann wird gut dafür bezahlen, und Hilde trifft sie vielleicht auch.

Als der Sepp aus dem Stall kommt, sieht er das Geld auf dem Tisch liegen und weint. Dann wischt er sich die Augen, was sollen die Kinder denken, legt das Geld in ein Kästchen und stellt es unter das Bild vom Bebel. Wie eine Reliquie, die Glück bringen soll.

München 1923. Constanze

Thekla rief an und berichtete kurz und sorgenvoll, dass Kahr eine Rede gehalten habe: „Der ist mit im Boot! Die Stadträte wurden auf Lastwagen irgendwo hingeschafft, sogar unser Bürgermeister Schmidt ist dabei! Das ist ein zweiter Putschversuch!"

Die Frauen waren entsetzt. Zu ihrer Sorge um Fritzi kam die Sorge vor einem ernstzunehmenden Staatsstreich. Es war klar, dass die Hakenkreuzler die Schlappe vom Mai nicht hinnehmen würden. Kahr war zwar alles andere als ein Demokrat, aber den Putschversuch im Mai hatte er verhindert. Hatte er nun die Seite gewechselt?

Kurz nach Thekla rief Paula aufgeregt an: „Ich habe Nachtschicht für eine Extra-Nachtausgabe, haltet euch fest, diesen Zettel habe ich in der Redaktion gefunden, noch druckfeucht!"

Sie las vor: „Im Bürgerbräukeller wurde soeben die deutsche Nationalregierung proklamiert! Die Regierung der Novemberverbrecher in Berlin ist für abgesetzt erklärt."

Die Frauen sahen sich ungläubig an. War Ministerpräsident Kahr eingesperrt? Oder machte er mit den Hakenkreuzlern gemeinsame Sache?

„Unterschrieben hat nicht nur dieser Himpfler, sondern auch die Generäle Ludendorff, Lossow und Seiser. Die Redakteure gebärden sich, als seien sie verrückt geworden," berichtete Paula, „einer fuchtelt mit dem Revolver herum, droht allen seinen Feinden mit dem Strick und erklärt, von der Revolution längst gewusst zu haben, doch sei seine Diskretion außer Zweifel gestanden. Man trinkt Schnaps, erhebt die Gläser zum Wohl des ‚neuen Staates' ... jetzt muss ich aufhören, weil er mir den Artikel für die erste Zeitung der ‚neuen Zeit' diktieren will ... nein, doch nicht, jetzt fahren wieder alle zum Bürgerbräu, mir scheint, das wird die ganze Nacht so gehen, die Redaktion nennen sie die ‚Etappe'. Ich bleib auf der Hut und melde mich wieder!"

Sie hängte ein. Thekla kam atemlos herein gerannt: „Sie sammeln sich! Sie haben sich draußen aufgestellt wie für eine Marschordnung, ziehen wilde Grimassen, dieser Dicke ist auch dabei mit seinem Stahlhelm, auf das er ein weißes Hakenkreuz gemalt hat! Der wollte sogar die Geiseln als Gefangene mitschleppen, gefesselt wie Sklaven in römischen Triumphzügen, aber die anderen waren dagegen. Noch lassen sie sich fotografieren, die sind ja so eitel! Aber sie gehen gleich los, sie wollen über die Ludwigsbrücke!"

„Los!" schrie Jette, „wir müssen uns ihnen entgegen stellen!" Schon war sie an der Tür.

„Halt!" befahl Rosa, „Jette, du bist sehr mutig, aber eine Handvoll Frauen kann nichts gegen hundert Hakenkreuzler ausrichten, das geht nicht."

„Wir rufen die Polizei," schlug Constanze vor.

„Polizei! Dieser verfluchte Polizeipräsident Poehner ist mit denen im Bunde! Womöglich hat er Fritzi eingesperrt!" schrie Jette und ahnte in ihrer wilden Verzweiflung nicht, wie nahe sie der Wahrheit war.

Wieder schrillte das Telefon. Hetti berichtete, dass die Redaktionsräume der „Münchner Post" verwüstet worden seien. Auf den Straßen wimmele es von Anhängern dieses Bierkelleragitators. „Haben wir den zu leicht genommen?" fragte Hetti, und es klang wie ein Selbstvorwurf.

„Wir nicht," sagte Constanze. Sie hatte schon Januar gemeinsam mit Anita die Ausweisung dieses Himpfler verlangt.

Hitler, wollte Rosa korrigieren und ließ es sein, denn ein viel wichtigerer Gedanke drängte sich ihr auf: „Ihr wart doch damals beim Innenminister, nicht wahr?"

„Klar, wir waren gemeinsam bei Schweyer," sagte Constanze. „Er hat uns angehört und im März alle Parteivorsitzenden eingeladen, um zu beraten. Er hätte die Ausweisung durchgezogen, obwohl er ein konservativer BVPler ist – aber wer hats verhindert?"

„Die verdammten Hakenkreuzler natürlich," schimpfte Jette.

Marie seufzte: „Irrtum – der Auer!"

Immer wieder dieser Erhard Auer! Constanze nickte. „Ausgerechnet der SPD-Vorsitzende wendet die Demokratie auf die rechten Gegner an! Himpfler sei doch nur eine komische Figur, es sei der Arbeiterschaft ein Leichtes, ihn in die Bedeutungslosigkeit zurückzuschleudern!"

„Dann hat Schweyer im Mai Strafantrag wegen Landesverrats gestellt, das ist wieder hintertrieben worden …"

„Auer!" rief Thekla.

Rosa schüttelte den Kopf: „ Diesmal hintertrieben es die Rechten. Schweyer hat es nicht leicht, manchmal sitzt er zwischen allen Stühlen."

„Können wir Schweyer bitten einzuschreiten?"

Es wurde ganz still, sogar die zappelige Jette verstummte und blickte hoffnungsvoll von Constanze zu Rosa.

Schon blätterten Rosa und Constanze in ihren Telefonbüchlein. Rosa ließ Constanze den Vortritt: „Ich bin für ihn eine rote Furie! Du bist eine Dame, dich akzeptiert er."

Das Telefonat war kurz. Constanze legte den Hörer auf und blickte unglücklich in die Frauenrunde: „Unser Innenminister ist verschwunden."

Der Fall Maria

Es ist September geworden, und den Menschen geht es in der „Ordnungszelle Bayern“ nicht besser als anderswo. Der von den Rechten prophezeite Aufschwung bleibt aus. Die haben zwar mächtig auf die Pauke gehauen beim „Deutschen Tag“, einer völkischen Erfindung, und wollen kräftig böllern beim geplanten Landesschießen 1920, aber fürs Oktoberfest fehlen Würstl und Hendl, Lebensmittelmarken sind noch immer nicht abgeschafft. Immerhin soll es nach sieben Jahren wieder anständig gebrautes Bier geben.

Fritzi macht Aufnahmen vor dem imposanten Gebäude des Arbeitsamtes in der Thalkirchener Straße. Vor einem Jahr missbrauchten die Freikorps den Innenhof des Arbeitsamtes zum Morden, am Brunnen erschossen sie wehrlose Menschen. Fritzi fotografiert die wartenden Menschen. Sie sieht Soldaten, die auf eine Anstellung im Zivilberuf hoffen, Invaliden, die für Rente anstehen oder eine leichte Arbeit, Frauen, die nach der Demobilmachung ihre Stellung als Postbotinnen, Schaffnerinnen den Männern räumen mussten, entlassene Arbeiterinnen. Nicht alle hatten so energisch reagiert wie die Schankkellnerinnen, die hatten sich von den Männern nicht aus den hart erarbeiteten Positionen drängen lassen und ihre Stellung in den Bierkellern und auf der Wiesn verteidigt.

Fritzi spricht mit den Leuten, wie immer, wenn sie gute Fotografien machen will. Verärgerte Menschen, die nicht fotografiert werden wollen, ergeben schlechte Aufnahmen, das hat sie gelernt. Aber Grinsekatzen und Wichtigtuer will sie auch nicht. Ein Gespräch, in dem sie erklärt, was sie tut und warum, hilft immer. Und manchmal entsteht daraus ein Porträt, das Hoffmann „zum Weinen schön" findet, wie er sagt. Für ein solches Foto hat er Fritzi zum Arbeitsamt geschickt. Immer öfter muss sie Emma um Zeit für solche Aufträge bitten, dafür bleibt sie länger im Atelier, macht Retouschier- und Entwicklungsarbeiten. Im kommenden Frühjahr wird Fritzi ihre Elevenausbildung beenden, ständig ist sie auf der Suche nach Motiven für ihre Abschlussarbeit. Hoffmann hat schon signalisiert, dass er sie übernehmen will. Sein Buch „Die bayrische Revolution in Wort und Bild" mit vielen Fotografien von Fritzi verkauft sich. Fritzi war etwas enttäuscht, dass es nur eine Broschüre, kein gebundener Prachtband wurde – zu teuer, bedauert Hoffmann, Rohstoffknappheit. Er mietet Fritzi eine billige Dachwohnung in Schwabing, Atelier genannt. Sie soll ihre Ausbildung im Atelier Elvira beenden, und in ihrer freien Zeit schon jetzt für ihn arbeiten. Für Fritzi läuft es gut, sie muss hier nicht anstehen, wenn auch das Geld stets knapp ist. Reich wird sie als Fotografin vermutlich nie werden. Wie macht Hoffmann das nur? Sein Laden floriert offensichtlich, während das Atelier Elvira um jeden Auftrag kämpfen muss. Ist die Chefin zu altmodisch?

– Wir kennen uns doch!

Ein Mädchen, so alt wie sie, lächelt Fritzi schüchtern an. In der Hand hat sie den Zettel von der Vermittlung. Fritzi erkennt das Dienstmädchen Annamirl, das vor zwei Jahren bei den

Demonstrationen des BSF gegen das alte Gesinderecht dabei war. Hat sie eine neue Stellung?

Vielleicht, sie soll sich auf der Tengstraße bewerben. Ob Fritzi ihr den Weg zeigen könne? Sie kenne sich in München nicht aus. Sie spendiere auch einen Kaffee und ein Hörndl.

Fritzi ist einverstanden, fotografiert Annamirl vor der Menschenschlange, macht auch ein Porträt von ihr, das Herbstlicht ist weich und schmeichelt der jungen Frau. Dann packt sie die Kamera sorgfältig ins Futteral, hängt sie über die Schulter und begleitet Annamirl zum Sendlinger Tor, wo sie die Tram 16 nach Schwabing nehmen. Kommerzienrat Kemmerich sucht eine Köchin.

Sie verabreden sich in einem Café am Hohenzollernplatz, denn sie müsse ihr etwas Wichtiges erzählen, sagt Annamirl geheimnisvoll, bevor sie zum Haus des Kommerzienrates geht.

Fritzi wählt einen Platz am Fenster und schaut hinaus ins Leben. Unter gehäkelten Gardinen gibt die große Glasscheibe den Blick frei auf die Menschen, die das Trottoir entlang gehen, hasten, schlendern. Einkaufsnetze, Aktentaschen, Schultornister, Kinderwägen, Bierfässer. Menschen auf Fahrrädern, Kinder auf Holzrollern. Fritzi denkt an Max, wie kann das Leben ohne ihn weiter gehen, blickt in das Geschehen wie durch Nebel, nippt an dem Glas Wasser, rührt abwesend Zucker in den Kaffee.

Annamirl kommt mit gerötetem Gesicht zurück. Scheu blickt sie auf die Menschen im Café am hellen Vormittag, ein Provinzmädchen, das den Schlendrian der Großstadt nicht gewohnt ist. Aber stolz ist sie, die Herrschaft hat sie mögen. Sie hat die Stelle, und eine Kammer dazu, sie muss nicht im Haus der Herrschaften wohnen sondern um die Ecke auf der Elisabethstraße. Das bedeutet, dass sie nicht jederzeit zur Verfügung stehen muss, sondern am Abend frei hat. Gut, was?

Annamirl zieht ihre Jacke aus und hängt sie ordentlich am Garderobenhaken auf. Kaffee und zwei Hörndl kommen, die sie misstrauisch beäugt: San die auch frisch?

– So frisch wie Sie, Fräulein, schmeichelt der Kellner, aber unter Annamirls strengem Blick nimmt er das Gebäck wortlos wieder mit und segelt gleich darauf mit zwei Zimtschnecken zurück: Die sind ganz frisch, Fräulein, zum gleichen Preis, bitte sehr!

Fritzi lacht laut heraus: Der hat dich für eine Bäckerin gehalten! Die erste Kundin, die er nicht mit altbackenem betrügen konnte!

Mit Recht, sagt Annamirl, Backen sei ihre Spezialität. Aus dem letzten Dreck habe sie während des Krieges noch was gezaubert – Kastanienmehl! Grauslich!

Sie lachen und beißen mit Genuss in die Zimtschnecken, dann erzählt Annamirl. Sie war bis vor drei Wochen bei Graf Treuberg auf Schloss Holzen bei Augsburg in Stellung. Der Graf ist geschieden, seine Schwester besorgt die Wirtschaft und versorgt seine drei Kinder, von denen ein kleines Mädchen 1918 an der Grippe starb. Alle zogen ständig über die Mutter, die geschiedene Gräfin Hetta von Treuberg, her. Über diese Herrin hatten die Herrschaften absolutes Stillschweigen befohlen, die Gräfin war persona non grata, aber die Dienstboten zerrissen sich die Mäuler. Eine Rabenmutter sei sie, lebe mal hier mal da, in Italien, Rom und Berlin bei ihren Liebhabern, und außerdem sei sie eine Vaterlandsverräterin.

– Aber die Gräfin war nicht wegen Liebhabern unterwegs, sondern wegen des Friedens. Frieden gilt ja einigen bis heute als Vaterlandsverrat! Mit vielen Politikern hat sie um den Frieden gerungen, sie ist ja eine feine Dame von Adel und kennt die Oberen. Sie spricht gut italienisch, 1916 versuchte sie zu verhindern, dass Italien in den Krieg eintritt, aber es hat nichts geholfen. Sie hat immer ihre alte Mutter bei sich in Berlin gehabt, und oft auch ihre Kinder. Im Oktober 1918 wurde sie dort plötzlich verhaftet. Eine neidische hat sie denunziert. Man hat sie mit der Mutter abgeholt, während ihr Sohn Ferdinand in der Schule war, und sie hat niemanden gefunden, der sich um das Kind kümmert, ist das nicht schrecklich? Der Graf konnte nun erst recht behaupten, sie sei nur mit ihrer Friedensarbeit beschäftigt und habe kein Herz für ihre Kinder. Der ist ein Deutschnationaler.

– Und dann? fragt Fritzi gespannt. Diese Gräfin Treuberg interessiert sie.

– Sie wurde in ein Dorf nach Brandenburg verbannt, weil sie angeblich durch ihren Bruder Geheimnisse der Diplomatie verraten habe, die dem deutschen Reich schaden. Die Gräfin fand das zuerst nur komisch, weil sie zu ihrem Bruder, der in Dänemark lebt, überhaupt keinen Kontakt hat! Aber bevor sie dagegen vorgehen konnte, war sie bereits abtransportiert. Und stell dir vor, da sagt doch das Kindermädchen Rosa den Kleinen, die Mutter würde nun erschossen! Hat mir die Köchin erzählt, die Kleinen waren ganz starr vor Entsetzen, die jüngere hat geweint und ist weggerannt. Und die Gräfin hat ihre kleine Tochter nie wieder gesehen, die ist am 7. November 1918 an der Grippe gestorben, die Gräfin kam gerad zur Revolution, da war die Kleine in der Nacht gestorben – genau wie der Eisner die Revolution ausgerufen hat.

Wie traurig, findet Fritzi, woher weißt du das alles?

Annamirl zieht eine Grimasse: Dienstbotentratsch!

Sie beugt sich über das runde Tischchen und raunt vertraulich: Glaubst ja nicht, was wir Kocherl alles wissen! Die Hälfte davon ist erfunden! Musst halt rausfinden, was wahr ist und was nicht, das kannst nur über Erfahrung! – Einmal hab ich das Kindermädchen Rosa erwischt, wie sie Bianca und Ferdinand, gerade mal zwölf und sieben Jahre alt, ausschimpfte, sie hätten denselben schlechten Charakter wie ihre treulose Mutter, böse würden sie enden! So redet man doch nicht zu Kindern, die ihre kleine Schwester verloren haben! Da bin ich dazwischen und habe gesagt, die Gnädige sei immerhin ihre Mutter, und über die eigene Mutter sage kein Mensch nichts Schlechtes. Jessas, da hatte ich eine Feindin! Die Rosa faucht mich an, ich soll mich gefälligst in die Küche scheren, sie sei hier das Kindermädchen.

Seitdem hat die Rosa mir das Leben auf Holzen schwer gemacht. Die erzählte nur Lügengeschichten über mich, ich hätte eine Liebschaft mit dem Gärtner, ich würde heimlich Speck aus der Speis stehlen und meinem Vater schicken und solche Sachen. Weißt, Fritzi, meine Mutter ist im August gestorben, da haben alle auf mich eingeredet, ich müsse dem Vater die Wirtschaft führen, und da hab ich dem Grafen gekündigt. Aber die Rente vom Vater reicht hinten und vorn nicht für zwei, also bin ich nach München um eine neue Stelle, denn hier zahlen sie besser als auf dem Land.

Fritzi pickt die Zuckerkrümel auf. Warum erzählt Annamirl ihr das alles? Sie wirkt nicht wie eine Ratschkathl.

– Ich habe die Gräfin kennen gelernt, sagt Annamirl. Sie reiste zum Geburtstag ihrer Tochter an. Eine schöne Frau, voller Wärme, zärtlich zu den Kindern, beladen mit Geschenken für sie und für die Frau von Ranke, obwohl sie genau wusste, dass die Schwägerin sie nicht ausstehen kann. Am Abend hörte ich die Geschiedenen miteinander reden. Nicht dass du denkst, ich lausche – es war nicht zu überhören, weil sie heftig stritten. Der Graf war bei der Niederschlagung der Revolution beteiligt, die Kommunisten hätten Chaos gemacht, und der Versailler Vertrag sei einzig die Schuld der Sozialdemokraten und der Weimarer Bagage. Die Gräfin widersprach ihm: hätte man Eisner verhandeln lassen, statt den unheilvollen Berliner Geist herrschen zu lassen, wäre alles anders gekommen. Nur diesen einen Tag! rief die Gräfin, und sie meinte den 9. November, den Tag des Waffenstillstandes: Diesen einen Tag hatten wir im deutschen Reich die Möglichkeit, ehrenhaft aus dem Konflikt zu kommen, ohne Maskie-rung, ohne zwecklose Kompromisse für uns Wertvolles zu erreichen und das geschändete und zerstörte Europa wieder aufzubauen!

Der Graf meinte verächtlich, so etwas Dummes könnten nur Frauen sagen, aber die Gräfin hat ein welsches Temperament und rief, ja, wenn man sie in den Eisenbahnwaggon gesandt hätte statt Erzberger, dann wäre ein echter Friedensvertrag zustande gekommen. Aber der Graf lachte nur hämisch und meinte, Schnee von gestern, jetzt müsse man sich selbst helfen.

– Wie meinst du das? fragte die Gräfin erregt.

– Wir haben uns gegen die roten Horden bewaffnet, sollen wir diese Waffen etwa abgeben, lachte der Graf.

Ich brachte das silberne Tablett mit der Karaffe Sherry und zwei zierlichen Gläschen und sah, dass die Gräfin ihren Mann misstrauisch betrachtete. Ich knickste, fragte nach weiteren Wünschen und war schon an der Tür, als die Gräfin leidenschaftlich ausrief: Wenn wir selbst unsere Schuldigen zur Rechenschaft gezogen hätten, wäre dieser Schmachvertrag nie zustande gekommen!

– Welche Schuldigen?

– Die den Krieg vom Zaun gebrochen haben! Nie hätte man den Kaiser fliehen lassen dürfen! Eisner hatte völlig recht.

– Deine Freundschaft zu Spartakistenkreisen ist peinlich. Es ist gut, dass dieser Kriegsleugner Eisner von unseren Leuten …

Hier brach der Graf ab. Die Gräfin sagte sie sehr eindringlich: Du verteidigst den Krieg, weil das Kriegsspiel Männern deiner Generation in die Wiege gelegt wurde. Waffen waren für euch eine Frage der Ehre. Du bist ein mutiger Mann. Deshalb sollte heimtückischer Mord dir fremd sein. Mit dem Mord an Eisner hast du hoffentlich nichts zu tun.

Das letzte klang wie eine Frage, eine inständige Bitte. Ich hätte seine Antwort gern gehört, aber ich hörte jemanden die Treppe hinauf kommen und lief schnell hinunter in die Küche.

Annamirl sah Fritzi eindringlich an: Verstehst du?

– Weiß die Gräfin davon?

– Nein, sonst hätte sie ihn angezeigt. Ich muss das für sie tun.

Fritzi schaut Annamirl erstaunt an.

– Es gibt doch jetzt das Gesetz, Waffenlager anzuzeigen. Ich habe das Plakat gesehen.

– Hat denn der Graf ein Waffenlager?

– Der hat mindestens zehn Haubitzen und Geschütze in den Scheunen, mit Munitionswagen! Auf Kloster Holzen ist viel Platz, in einer Kammer liegen Gewehre für eine ganze Kompanie! Der ist mit der Orgesch im Bunde!

Fritzi legt den Finger auf den Mund. Über die Orgesch redet man in der Öffentlichkeit besser nicht, wer weiß wer zuhört. Annamirl nickt verständnisvoll und klopft auf ihre Tasche. Sie habe eine Adresse, bei der sie das Waffenlager auf Holzen anzeigen könne.

– Jetzt muss ich erst mal beim Vater meinen Kram packen. Wenn ich nächste Woche in Stellung bin, werde ich das Waffenlager anzeigen. Das bin ich der Gräfin schuldig.

Fritzi mahnt, sie solle vorsichtig sein.

Sie streiten ein wenig, wer bezahlt, bis Fritzi den Kaffee und Annamirl die Zimtschnecken bezahlt.

Dann fahren sie noch ein Stück gemeinsam. Fritzi steigt an der Schellingstraße aus der Tram und winkt der Annamirl, die zum Bahnhof weiter fährt: Alles Gute! Bis bald!

– Wenn ich in München bin, komm ich wieder zu den Frauentreffen! Adjö!

Nur eine halbe Stunde später schwimmen die Fotos von den Menschen vor dem Arbeitsamt und Maria Sandmayer im Entwickler des Hoffmannschen Labors. Fritzi ist zufrieden und hängt die Bilder zum Trocknen auf. Auf einen Zettel notiert sie ihre Idee zur Bildunterschrift: „Über 30 000 Erwerbslose kämpfen in

München ums Überleben. Sie stehen an für Arbeit und Wohnung – beides unerschwinglich in München." Sie packt den Zettel zu den getrockneten Fotos in einen Umschlag und wirft ihn bei Hoffmann ein. Er wird sie sich am nächsten Morgen ansehen, während sie im Atelier Elvira arbeitet, und dann wird er an die Illustrierten senden, was ihm gefällt. Am Wochenende gibt es einen Scheck, so geht das seit einigen Monaten, und es ist selten, dass Fritzis Arbeit umsonst war. Selbst wenn Hoffmann ihre Fotos nicht verkaufen kann, hat er immer einen Rat, an welches Pressebüro, welche Illustrierten Fritzi ihre Fotos senden kann.

Es ist spät, als Fritzi die Tür zu ihrem Atelier auf der Türkenstraße aufschließt. Sie gähnt, genießt eine Weile das Sitzen und Alleinsein, bis sie müde wird. Waffenlager, denkt sie, während sie sorgfältig die Zähne putzt und ins Bett kriecht. Am Wochenende ist das sogenannte „Landesschießen" am Königsplatz, da laufen alle Bürger mit Gewehren herum, behütet von Ministerpräsident Kahr, und allen voran der widerliche Epp. Hoffmann will, dass sie das Ereignis fotografiert. Fritzi seufzt. Diese Orgesch ist ihr ein Gräuel mit ihrem militärischen Getue. Aber Waffen werden die Genossen brauchen, wenn nicht wieder ein Lüttwitz oder Kapp oder wer auch immer putschen will, im März ist es ja nicht gelungen.

Plötzlich setzt Fritzi sich aufrecht hin: wem will Annamirl das Waffenlager anzeigen? Das hat sie nicht gesagt. Doch nicht der Polizei, die unter Poehner mit der Orgesch im Bund ist! Das kann Annamirl nicht wissen. Sie muss sie warnen! Und sie muss einigen verschwiegenen Genossen von dem Waffenlager erzählen. Ob sie die Waffen in der Nacht stehlen können, um Putschversuche der Orgesch niederzuschlagen?

Fritzi sinkt wieder auf ihr Kissen. Immer diese Waffen. Max und Rudi könnten noch leben, wenn sie sich mit den Hakenkreuzlern nur geprügelt hätten. Was soll sie tun? Mindestens muss sie die Annamirl warnen, zur Polizei zu gehen. Mit diesem Gedanken schläft Fritzi ein, vom Mond beschienen, der durch das Oberlicht ihres Schwabinger Ateliers fällt.

Fotoalbum

Porträt einer jungen Frau mit Wellenfrisur und Ohrringen, einem weißen Spitzenkragen, der mit einer Brosche an der dunklen Bluse festgesteckt ist. Sie schaut mit ernsthaftem Blick in die Kamera.

Bildunterschrift, handschriftl. mit blauer Tinte: Maria Sandmayer

Sie war keine besondere Schönheit, die Annamirl, aber sie war ja auf dem Weg um eine Stellung, da hat sie sich fein gemacht, ihre Ohrringlein angelegt, das weiße gestickte Schmiaserl angesteckt, die Haare in Wellen gelegt und im Nacken zu einem Knoten aufgesteckt, wie ihn die jungen Mädchen damals auf dem Lande trugen. Hoffnungslos altmodisch. Dabei war Annamirl alles andere als altmodisch. Sie war eine der ersten, die mit uns für ein modernes Hausangestelltenrecht kämpfte. Schon nach der Volksschule, mit zehn Jahren, ging sie in Stellung, arbeitete bei ihrer Tante in der Landwirtschaft und besuchte die Feiertagsschule. So sieht Mädchenbildung in Bayern aus. Bei Konsul Kemmerich hatte sie nach dem neuen Recht ein eigenes Zimmer und einen Achtstundentag, na ja. In Wahrheit waren es wohl zehn Stunden, aber die Stellung war gut bezahlt, und sie war endlich in der Großstadt.

Und dann verschwand sie. Schon nach einer Woche verschwand sie. Fritzi machte sich die heftigsten Vorwürfe, dass sie sie nicht vor der Orgesch gewarnt hatte. Ach, die brutalen nationalistischen Horden wurden an nichts gehindert, sie schikanierten uns und ermordeten Politiker, aber ein Dienstmädchen vom Lande?

Man fand die arme Annamirl in einem Wald bei Fürstenried, erdrosselt, mit einem Schild um den Hals, worauf in ungelenken Buchstaben geschrieben stand: „Du Schandweib hast verraten dein Vaterland du wurdest gerichtet von der schwarzen Hand."

Von der schwarzen Hand! Da denkst du an einen Schülerstreich, an eine Jugendbande, vielleicht an das bösartige Haberfeldtreiben, wie es in Bayern üblich war, aber nicht an Mord. Fritzi wurde kreidebleich, als sie das in der Zeitung las.

„Erst Sonja, dann Rosa Luxemburg, jetzt Annamirl," murmelte sie, „warum habe ich sie nicht gewarnt?"

Wir versuchten sie zu beruhigen, wann hätte sie Annamirl warnen sollen, aber es war ein Schock für Fritzi. Eine Woche vorher hatte sie noch diese widerlichen Kerle von den Einwohnerwehren auf dem Königsplatz fotografiert, die sich zum „Landesschießen" trafen – ein Bruch des Versailler Vertrages. Zugegeben, keiner konnte diesen Knebelvertrag leiden, aber besser die Waffen abliefern als sie in den Händen der Hakenkreuzler und anderer deutschnationaler Banden zu wissen. Annamirl hatte offenbar dem Falschen das Waffenlager des deutschnationalen Grafen verraten. Die Mörder waren zu viert im Automobil, und sie müssen der armen Annamirl weisgemacht haben, dass sie ihnen das Waffenversteck zeigen sollte. Dann sind sie nicht nach Holzen gefahren sondern in den Forstenrieder Park und haben sie dort erdrosselt. Was muss die Arme gelitten haben!

Jette

Fritzi kommt nicht zum Nachdenken, wozu auch. Das Leben ist ein Rausch, Berlin war ein großartiger Erfolg. Eine neue Zeit ist angebrochen, und die ist weiblich.

Hoffmann hat geahnt, dass diese junge schöne Frau Erfolg haben wird. Sie ist unkonventionell, selbstbewusst, die neue Generation lässt sich gut einsetzen. Er kann sie gut gebrauchen, diese freche Rothaarige, die aus der Hauptstadt in einem eleganten cremefarbenen Kostüm zurück gekehrt ist. Die Revolutionsjahre sind vorbei, mit ihr diese Proletenmode, das ist gut so, die neue Zeit wird junge Damen wie sie brauchen. Die neue Zeit bedeutet für Hoffmann, dass er sich an die richtigen Leute halten wird, an die, die Geschichte schreiben werden.

Fritzi nimmt seine Angebote an, stürzt sich in die Arbeit, fotografiert das Leben auf den Straßen und schickt ihre Fotos an die Berliner Illustrierten, oder Hoffmann sendet sie an Bildagenturen. Fritzis Fotos werden angefragt und gut bezahlt, sie bekommt weitere Aufträge. Die Berliner wollen mehr aus diesem München, die Stadt, in der die Zeit stehen geblieben scheint, in der es so kuriose Dinge gibt wie Karl Valentins Vorstadtbrettlkapriolen, Schwabinger Boheme, Kostümfeste, Dadaistische Manifeste, Kunstausstellungen und freches Kabarett. War hier mal Revolution? Die Akteure sind tot oder leben weit ab in Festungen und Gefängnissen auf dem Land, die Räterepublik ist unter Ministerpräsident Kahr zur Ordnungszelle degeneriert. Die Bilder der Illustrierten zeigen Mode und Neuheiten, die Karikaturen schwanken zwischen angepasst und antisemitisch, die Kinos zeigen Monumentalschinken oder Komödien.

Egal, Fritzi arbeitet. Nach dem Arbeitstag im Atelier Elvira, das ihr von Tag zu Tag plüschiger und aus der Zeit gefallener erscheint, besucht sie die Ereignisse, die die Presse ankündigt: Theaterpremieren, Vernissagen, Tanzvergnügen. Und sie geht in die Schwabinger Ateliers, die die Presse nicht ankündigt.

Bürger, Schlawiner, soweit noch vorhanden, Künstler, Politiker, Fritzi fotografiert sie alle, wie sie sich amüsieren, posieren, repräsentieren, wirft die Filmrollen noch in der Nacht bei Hoffmann ein, läuft in die Türkenstraße die Stiege hinauf in ihr Atelier, fällt ins Bett, steht nach wenigen Stunden in der Früh wieder auf und geht ins Atelier Elvira. Bloß nicht nachdenken, bloß nicht an Max denken, nicht an Giesing, den Sepp und die Kinder, weder an die Liebe noch an die Armut, dafür hat sie keine Zeit, sie muss Geld verdienen, wie gut das tut! Endlich ohne Magenknurren einschlafen, endlich unter einer weichen Decke in einer eigenen Wohnung schlafen, endlich nicht auf den Pfennig achten. Hoffmann zahlt, und er ist anständig, er will dafür nicht mit ihr ins Bett, er bewundert ihre Arbeit.

Einmal begegnet Fritzi dem Goldfisch, grüßt fröhlich, aber der wendet sich verlegen ab. Sind ihm wohl peinlich, seine Künstlerpartys, ob er noch im Ministerium arbeitet? Fritzi lächelt den Mann nachsichtig an, was interessiert sie der Spießer. Die Stadt ist voll von solchen Männern, ihre Karriere ist von denen nicht abhängig. Mit Hoffmanns Hilfe hat sie eine nagelneue Pressekamera gekauft. Die Kamera ist ihre Freundin, was braucht sie mehr. Aber an Franzi denkt sie öfter, sie ist aus der Haft entlassen und nach Breslau zu ihrer Mutter verbannt. Sie sendet der Freundin kurze Grüße auf frechen modernen Postkarten, oft aus ihren eigenen Fotografien entstanden.

An einem Abend, als Fritzi müde die Türkenstraße entlang geht, entdeckt sie Jette. Zunächst merkt sie nicht, dass es Jette ist, die sich in den Hauseingang drückt, dieses abgemagerte Wesen, das offenbar einem Mann zu Diensten ist, einem Freier, der aufschreckt, als Fritzi ihre Haustür aufschließen will. Er stößt die Frau weg, knöpft hastig seine Hose zu und eilt davon.

Die Frau richtet sich zitternd auf, lehnt erschöpft an der Wand, ein Bild des Jammers. Langsam sinkt sie die Wand hinunter, bleibt auf der steinernen Stufe sitzen, als wolle sie die Nacht hier verbringen.

– Gehn Sie weiter, Fräulein, geben Sie sich nicht mit einer wie mir ab.

– Jette!

Fritzi zieht die Freundin hinauf in ihr Atelier und drückt sie aufs Sofa. Wie leicht sie ist, als habe sie eine Papierpuppe am Arm, was ist nur geschehen?

– Was soll sein, sagt Jette und trinkt gierig das Glas Wasser, das Fritzi ihr reicht, weißt du doch. Versailler Vertrag, Krupp geschlossen, keine Arbeit, kein Zuhause, Spieglhof verkauft.

– Aber das ist …

… kein Grund sich zu prostituieren, meinst du? Jette lacht laut auf.

– Ist doch völlig egal wem ich meinen Körper verkaufe, dem Krupp fürs Waffenherstellen oder den Kerlen auf der Straße. Verdammt, das Schwein hat mich nicht bezahlt, war feige vor dir und rannte weg.

Fritzi holt Brot, Käse, Schmalz. Jette beschaut das Stilleben auf dem niedrigen Tischchen, als sei es eine kaschierte Theaterdekoration.

Fritzi schneidet dicke Scheiben Brot ab, bestreicht sie mit Schmalz, bestreut sie mit Salz, schneidet kleine Stücke Käse, schiebt der Freundin die Brotzeit auf dem Holzbrett hin. Zaghaft führt Jette die ungewohnte Herrlichkeit zum Mund. Dann aber beißt sie herzhaft in die Stulle, schließt die Augen und kaut wie eine Verhungernde.

Fritzi schweigt und sieht ihr zu. Dann zieht sie die schicke neue Bettcouch auf, nimmt Laken und Bettzeug aus dem Kasten, legt ein Handtuch bereit.

Die gesättigte Jette beobachtet sie. Ihre Blicke wandern vom hellen Mantel an der Tür zu Fritzis Kostüm, den Seidenstrümpfen, zu den farblich passenden Schnallenschuhen.

– Du bist kein Prolet mehr.

Das trifft Fritzi tief. Es war Jette, neben der sie in der Geschützhalle stand, Jette, die ihr beim Heben der schweren Torpedos half, Jette, mit der sie aus alten Uniformjacken Hosen schneiderte, mit der sie ins Kino ging, zum BSF, mit der sie eigentlich alles teilte.

Jette steht auf.

– Danke fürs Abendessen. Leb wohl.

– Bleib!

– Nee, was soll ich hier.

– Wo willst du schlafen?

Jette hebt die Schultern. Wo wird sie schlafen, bei einem Freier, wenn sie Glück hat, weil ihn am Morgen noch mal die Gier überfällt. Unter der Corneliusbrücke, oder in einem der Hauseingänge, in denen sie erst am frühen Morgen vom Hausmeister vertrieben wird.

– Du hast mich bei dir aufgenommen, als ich nichts hatte, ich schulde dir was.

– Du schuldest mir nix, mein Fräulein. Bist ne feine Dame geworden, was meinste, wie die Leute im Haus gucken, wenn die mich sehen.

– Ist mir egal. Hier.

Fritzi legt einen Waschlappen auf den Waschtisch.

– Fließend Wasser für dich ganz allein, staunt Jette, nun doch neugierig geworden, und dreht den Hahn auf. Zaghaft hält sie die Hände unter den Strahl, greift zur Seife, schäumt sich die schmutzigen Hände ein, reibt sie unter dem Wasserstrahl, stumm, voller Andacht.

Fritzi holt zwei Gläser, gießt giftgrünen Likör hinein und füllt ihn mit Wasser zu einer hellgrünen milchigen Flüssigkeit auf, hat sie in Berlin gelernt, der letzte Schrei.

– Man kann Fotografin sein und Prolet.

Jette betrachtet ihre sauberen Hände, hebt sie zur Nase, riecht. Dann blickt sie auf. Tränenüberströmt sieht sie Fritzi an.

– Weißte noch wie wir mit dem Rudi und dem Max …

Schon liegen sie sich in den Armen. Sie weinen und klammern sich aneinander, trinken Anislikör, weinen wieder.

– Wie er da auf dem Pflaster lag, nie werd ich das vergessen.

– Du konntest wenigstens Abschied nehmen! Den Rudi haben sie wie einen Hund erschossen, irgendwo, erst auf dem Nordfriedhof hab ich ihn wieder gesehen, da war er nicht mehr der Rudi. Nur eine malträtierte Leiche unter hunderten.

– Und den Landauer haben sie erschlagen.

– Und den Leviné erschossen.

– Thekla ist in Festungshaft.

– Tilde auch.

– Franzi ist verbannt.

Sie trinken und erzählen, weinen, lachen, erinnern sich als wäre alles zehn Jahre her, dabei ist nur ein Jahr vergangen. Am Ende schläft Jette auf Fritzis schickem Sofa. Und Fritzi verspricht, sich um sie zu kümmern. Sie hat auch schon eine Idee.

Fotoalbum

Ein zweistöckiges Haus. Eine Frau schaut aus dem geöffneten Fenster im Erdgeschoss, ein Mann lehnt am Gartentor und lächelt in die Kamera.

Bildunterschrift, handschriftl. mit Bleistift: Karl Gareis, 1921

Wenn ich das Bild betrachte, muss ich heulen. Hetti wusste Rat, wie immer. Tiefer konnte ich ja nicht sinken. Karl Gareis war ihr Parteigenosse, er arbeitete als Lehrer in Weissenburg, kehrte nach seinem Wahlerfolg nach München zurück und zog als Abgeordneter für die USP in den Landtag ein. Er war unverheiratet und suchte eine Haushälterin für sein Haus in der Feilitzschstraße.

Ich traute mich erst nicht, stellte mich aber dann vor, in einem abgelegten Kleid von Fritzi, von dem alle behaupteten, es stünde mir gut. Fritzi hat auch darauf bestanden, dass Rosas Mann mir die Haare schneidet. Ich hab mich nicht mehr erkannt, als ich in den Spiegel sah. Fritzi hat mich auch im Hofgarten fotografiert, sie behauptete, ich sähe nicht abgehärmt aus, sondern modisch dünn, der magere blasse Frauentyp mit dunklen großen Hungeraugen und Bubikopf sei en vogue. Na schön, wenns der Bewerbung dient, Karl Gareis erfuhr von Hetti, dass ich bei Krupp gearbeitet hatte. Das Zwischendurch erfuhr er nicht, er stellte mich tatsächlich ein. Ich zog ins Dachkämmerchen in die Feilitzschstraße und führte ihm den Haushalt. Fritzi zog mich auf, weil ich immer von einem Ehemann in bürgerlichem Haushalt mit Häkelgardinen vor den Fenstern und Decken auf den Tischen geträumt hatte. Das stimmt, aber mir gefiel es als Haushälterin besser. Ein Ehemann will, dass ich den Haushalt umsonst führe, nachts fällt er über mich her, und wenn ich Pech hab, schlägt er mich und vertrinkt das Geld.

Bei Gareis war der Haushalt mein Beruf, er war freundlich und wollte nicht mit mir ins Bett, ich kochte ihm jeden Tag, was er mochte, und nähte Decken für seinen Tisch.

Ich war so glücklich, und dann ... Er kam von seinem Vortrag nach Hause, ich hatte ihm russische Eier in den Eisschrank gestellt, weil ich selbst zu seinem Vortrag gegangen war und danach mit Fritzi zu Kathi Kobus ging. Sie erschossen meinen Dienstherrn genau da, am Gartentor, wo er in Fritzis Kamera lächelt, diese verfluchten Terroristen von der Orgesch und der Consul. Sie hatten die arme Annamirl, Hugo Haase und den Erzberger ermordet, und Gareis war nicht ihr letztes Opfer. Fritzi behauptet ja bis heute, dass Sonja ihr erstes Opfer war. Als ich nach Hause kam, nahm die Polizei mich mit und verhörte mich, als hätte ich ihn ermordet! Während die Mörder mit Hilfe des Polizeipräsidenten Poehner nach Österreich flüchten konnten, verhörten mich dessen Angestellte – ich fühlte mich als Komparsin in einem schlechten Film.

Es war so entsetzlich, dass ich mehrere Monate kein Wort heraus bekam. Bis der Sepp auf die grandiose Idee kam, mich bei sich aufzunehmen. Fritzi erfuhr davon nichts, die pendelte zwischen Schwabing und Berlin und lebte auf einem anderen Stern.

Fritzi wird Seifenmädchen

– Wir brauchen mehr Positives, sagt Hoffmann. Fritzi schweigt.

– Verstehen Sie mich nicht falsch, Fräulein Novacki, Ihre Bilder sind erste Sahne!

Wie immer muss Fritzi über Hoffmanns flotte Ausdrucksweise lächeln.

– Sie haben gelacht! Sehen Sie, Fräulein Novacki, wir brauchen mehr Lebensfreude. Wir Fotografen wollen alles unbestechlich festhalten, das Böse, das hässliche, aber auch das Schöne wollen wir zeigen, Fräulein Novacki! Dafür sind wir doch aus den Ateliers hinaus gegangen! Sie haben mit den

Bildern für die Broschüre „Das Münchner Kind" großartige Arbeit geleistet, Respekt! Soziale Fotografie, Dokumentation, ausgezeichnet! Aber unsere Zeit ist nicht nur Kummer und Elend, auch Musik, Kunst, Film, Sport, Tanz …

– Jitterbug, murmelt Fritzi vor sich hin. Der wilde Rhythmus scheint ihr wie aus einer anderen Zeit, eine vergangene Welt, die niemals wiederkehren wird. Die neue Zeit verlangt nach Marschtritten.

Aber Hoffmann hat sie doch gehört.

– Jitterbug? Sie tanzen, Fräulein Novacki?

Na ja.

Hoffmann wird eifrig. Er habe eines dieser neuen Grammophone gekauft, er höre ja gern Klassisches, aber auch Modernes, erstklassige Wiedergabe, man könne doch nach dem Grammophon tanzen?

Fritzi lächelt nachsichtig. Natürlich wird nach Grammophonplatten getanzt, deshalb gibt es ja Tanzlehrer und Tanzveranstaltungen in jeder Kaschemme, die Wirte kaufen lieber die neueste Schellack statt Musiker zu bezahlen.

– Ach, tanzen Sie doch mal, Fräulein Novacki!

Fritzi lacht. Ohne Musik, ohne Partner? Unmöglich.

Hoffmann lässt nicht locker. Sie kenne doch Kopp?

Sie erschrickt. Er kann doch nicht den verurteilten Rosenheimer Bürgermeister meinen.

Kopp-Film, der hat den Film über Eisners Beerdigung gedreht, lief als Vorschau in den Kinos. Sie lächelt erleichtert. Er habe gute Beziehungen zu Kopp, der mache nicht nur

Werbefilme, sondern suche ständig nach Neuem für das Vorprogramm im Kino. Die neuen Tänze, das wär doch was! Würden Sie im Studio tanzen, Fräulein Novacki?

Fritzi zuckt die Achseln. Was solls, sie wird sich nicht darum bemühen, weder um einen Partner noch um Musik.

Es dauert keine zwei Wochen, da wird sie zu Kopp in die Amalienstraße eingeladen. Ihr Künstlername sei Lena Nova, schärft Hoffmann ihr ein, kurz, deutsch, modern, wie eine Frauenzeitschrift. Fritzi will protestieren, aber Hoffmann legt ihr die Hand auf den Arm: Glauben Sie mir, Fräulein Novacki, vor der Kamera gelten andere Gesetze als dahinter. Sie fügt sich. Lena Nova, murmelt sie vor sich hin, Lena Nova, warum nicht Lenanova, klingt auch gut, oder Lena Novak … ach was solls.

Bei Kopp steht das Grammophon bereit, und – oh Wunder, der Tänzer von den „Künstler"-Parties! Sie errötet, das geht ja keinen was an, aber der Tänzer lächelt nur und reicht ihr die Hand: Johnny.

Kopp hat ein Kostüm besorgt, Fritzi staunt: kein Ausschnitt, kein glänzender Stoff, das sieht eher aus wie moderne Sportkleidung, flache Schuhe mit Söckchen, ein weiter, schwingender Rock, weiße Bluse, darüber ein ärmelloser Spenzer. Johnny lacht über ihr Erstaunen, auch er wird keinen Anzug tragen sondern weite Hosen, Arbeiterkappe, weißes Hemd und offene Weste: beim Swing ist alles erlaubt, was Bewegung zulässt.

Also tanzen sie in dieser Montur, ohne Partystimmung im Atelier zunächst etwas gehemmt, aber Kopp und Hoffmann sind nach einigen Minuten hell begeistert, wippen mit den Knien und schnippen den Rhythmus zwischen Daumen und Mittelfinger, holen die Angestellten. Vor Publikum werden Fritzi und Johnny wagemutiger. Nach einer halben Stunde sind sie bereit für die Aufnahme.

So steht Fritzi erstmalig vor statt hinter der Kamera, und sie merkt überrascht, dass ihr das großen Spaß macht. Außer Atem müssen sie noch zweimal ran, dann ist alles „im Kasten“, wie Kopp sagt, und drückt jedem hundert Mark und ein Tütchen Zucker in die Hand. Weil sie so süß waren, vermutet Johnny lachend. Hoffmann verabschiedet sich, dringende Geschäfte, man sieht sich, Handschlag, wunderbar, großartig.

Fritzi und Johnny ziehen sich um und gehen hinunter ins Café Stefanie. Johnny ist Amerikaner, nach dem Krieg in München geblieben, aus Begeisterung, wie er sagt, nein, er ist kein Profitänzer. In den USA ist der Jass der wilde Tanz der Schwarzen, unter den Weißen sei er verpönt. Er liebe den Rhythmus und sei in New Orleans in den Jassclubs gewesen und habe dort gelernt. Kid Ory, nach seiner Musik haben sie gerade getanzt, er habe ihn gesehen, wonderful. Ob sie das Benz kenne, oder die Blumensäle? Da werde immer wieder Slingan getanzt, aber er sei mit den Musikern befreundet, so dass es auch mal wilder zugehen dürfe, da könnten sie tanzen! Gern würde er ihr auch mal den Boston, Quickstepp oder Lindy Hop zeigen, manchmal gebe er Kurse in der Bonbonniere und im Bartani's, sie solle mal vorbei schauen, sie sei ein Naturtalent. Fritzi lächelt und hört zu und spürt plötzlich, dass sie glücklich ist. Wann hat sie zuletzt getanzt, wann war sie zuletzt im Stephanie. Verstohlen sieht sie umher: das Café Stephanie ist bieder geworden. Alle, die es interessant machten, sind tot, vertrieben, im Gefängnis oder in freiere Städte gezogen. Sie lässt sich von Johnnys Begeisterung anstecken und sagt zu, mit ihm tanzen zu gehen.

Verzeih Max, ich dachte ohne dich könnte ich nie wieder glücklich sein. Als sie sich verabschieden, hält Johnny ihre Hand in der seinen: Versprochen?

Versprochen, sie wird im Benz vorbei schauen. Die Fotografie bleibt ihre erste Liebe, Max ist die zweite, der Jitterbug ist ihre dritte, warum nicht.

Die Vorführung des kurzen Films mit Kommentar über die wilde Ausgelassenheit der Jugend findet viel Beifall. Aufgeregt sitzen die Frauen des BSF im Kino, sogar Thekla ist dabei, schmal und gelbgesichtig, 15 Monate Haft liegen hinter ihr, kein Tag wurde ihr erlassen. Als Fritzi und Johnny im Vorfilm herum wirbeln, jubeln die Frauen, den Hauptfilm wollen sie fast nicht mehr sehen. Fritzi spendiert im Goldenen Anker eine Runde für alle, es wird ein großartiger Abend.

Fritzis Auftritt hat Folgen. Kopp bekommt die Anfrage einer Seifenfirma, ob das Fräulein einen Reklamefilm drehen könne. Man brauche ein moderne junge Frau, Seife nach Tanz, Sport, Spiel, nein, keine Aktaufnahmen, alles sauber wie Seife, haha.

Anständige Sache, umwirbt Kopp die ablehnende Fritzi. Seifenwerbung, so ein Quatsch.

Mehr als anständig, redet Kopp weiter, Werbegage sei frei verhandelbar. Natürlich mehr als der Hunderter, den habe sie von ihm nur als Anerkennung bekommen. Wieviel mehr, fragt Fritzi, staunt über die Antwort und lässt sich auf Probeeinnahmen ein. Weil sie dem Kameramann nicht traut, bittet sie die Chefin, Porträts von ihr zu machen. Emma tut das gern. Sie macht die Aufnahmen, die Fritzi bei ihr gelernt hat, die sie liebt und für die Emma Uibeleisen bekannt ist: man blickt in die Seele des Porträtierten. Mit den Fotos vom Atelier Elvira geht Fritzi zu Kopp und besteht darauf, dass er sie seinen Probeaufnahmen beilegt. „Lena Novak" steht auf jedem, da ist Fritzi doch etwas eigensinnig. Hoffmann schüttelt nachsichtig den Kopf.

Ob es nun Emmas traditionelle Fotografien sind oder Kopps Probeaufnahmen, Fritzi bekommt einen Vertrag über anfangs zehn Werbefilme fürs Kino und Fotografien für die Illustrierten. Lena Novak schultert Tennisschläger, Skier, Paddel, Schlittschuhe, kommt vom Tanz, vom Sport, aus Kino, Theater oder Varieté, sie posiert mit Hunden, Kätzchen, Papageien, vor Automobilen, auf Fahrrädern und Segelbooten, einmal sogar am Propeller eines Sportflugzeuges, eindeutig trägt nur diese Seife und keine andere zu Fräulein Novaks tollem Aussehen und ihren kühnen Aktivitäten bei.

Zum ersten Mal in ihrem jungen Leben hat Fritzi keine materiellen Sorgen. Sie muss nicht jeden Pfennig umdrehen, sie muss nicht mehr ständig um Lebensmittel anstehen, weil sie im Studio während der Aufnahmen reichlich versorgt wird und Obst mitnehmen darf. Sie geht mit Johnny aus, bezahlt ihre Rechnungen selbst und genießt den Respekt, wenn sie ein Trinkgeld gibt. Fritzi war nie hässlich, aber nun wird sie zu einer Schönheit, einer frechen Schönheit der 20er Jahre. Ihre roten Haare sind nach der neuesten Mode zum Bubikopf geschnitten und in Wasserwellen gelegt, ihre Kleider sehen aus als hätte sie sie in Berlin gekauft, und in der Tat kauft sie dort ein, wenn sie Hoffmanns Kontakte abklappert.

– Ah das Seifenmädchen, begrüßt sie der Redakteur einer Berliner Illustrierten. Fritzi stöhnt. Er lacht: macht ja nischt! Mal vor, mal hinter der Kamera, und kauft ihr alle Bilder ab. Später ärgert Fritzi sich über seine frei erfundene Story: die Fotografien des Seifenmädchens. Aber dagegen kann sie sich nicht wehren, sie sei jetzt prominent, das müsse sie hinnehmen, genau wie die Bitten um Autogramme, erklärt Hoffmann.

Aber sie kann eines: unabhängig werden. Sie besteht darauf, ihr Studio selbst zu bezahlen, ja sie besteht sogar auf ihrem eigenen Mietvertrag, und das bekommt sie so charmant hin, dass Hoffmann nicht beleidigt ist, sondern versteht. Sie möchte nicht, dass es heißt, er halte sie aus, was werden diese Klatschblätter sonst als nächstes zusammen reimen. Geliebt wird nur, wer Erfolg hat. Heinrich Hoffmann lächelt verständnisvoll.

– Aber bleiben Sie unserer Sache treu, Fräulein Novacki! Bleiben Sie Fotografin, nutzen Sie die Chance, nicht nur als Fotomodell bekannt zu werden!

Das verspricht Fritzi gern.

München 1923. Ellen

Verschwunden? Ermordet? Entführt? Was war mit Innenminister Schweyer geschehen?

Seine Tochter hatte am Telefon gesagt, dass er im Bürgerbräu sei, Kahrs Rede anzuhören. Er sei aber noch nicht zurück gekehrt, und sie mache sich Sorgen weil sie von Aufmärschen der Hakenkreuzler vor dem Bürgerbräu gehört habe.

„So, jetzt gilts!“ Constanze rief Anita an. Anita rief Ellen Ammann an. Die BVP-Abgeordnete Ellen Ammann war ebenfalls in der kleinen Frauendelegation gewesen, die im Januar Hitlers Ausweisung verlangt hatte. Das Erlebnis hatte sie verbunden. Es gab Situationen, in der die radikale Frauenrechtlerin Anita Augspurg und die katholische konservative Ellen Ammann dieselbe Sprache sprachen.

Das Telefonat war kurz. Dann setzte Ellen Ammann alle Hebel in Bewegung. Der große Marsch der Hakenkreuzler auf Berlin endete am nächsten Morgen an der Feldherrnhalle, wo die Hakenkreuzler auf Godins wohlgerüstete Truppe der Staatspolizei trafen. Es gab ein Feuergefecht. Ein größeres Blutbad wurde aber durch die umsichtige Vorbereitung vermieden.

Erleichtert trafen sich die Frauen wieder bei Marie. Keine von ihnen hatten in der Nacht geschlafen.

„Wie verflucht schade, dass sie diesen Himpfler nicht erschossen haben!“, sagte Marie ganz undamenhaft, und Rosa verbesserte sie wieder nicht. In den nächsten zweiundzwanzig Jahren würde Marie sich immer wieder an jenen 9. November 1923 erinnern und sich verwünschen, dass sie diesen Mann nicht höchstpersönlich erschossen hatte.

In diesem Moment aber bewegte die Frauen des BSF neben ihrer Erleichterung über den vereitelten Putsch nur eines: wo war Fritzi?

Fotoalbum

Fotomontage: eine ältere Dame in weißer Stehkragenbluse und schwarzem Rock, unter ihrem Fuß ein Hakenkreuz zertretend

Dies ist die einzige Fotomontage, die Fritzi je gemacht hat, denn sie widerstreben ihrem Sinn für Wahrheit. Das ist die Landtagsabgeordnete der BVP Ellen Ammann, und ihr gelang es tatsächlich in der Nacht des 8. November, die entscheidenden Männer der Regierung anzurufen oder durch ihren Sohn herbei zu rufen. Sie trafen sich in ihrer Frauenschule in der Theresienstraße. Die hatte sie schon vor dem Krieg gegründet, weil sie Frauen in sozial-karitativen Berufen ausbildeten wollte. Mir war weder sie noch ihre Schule sympathisch, weil sie 1914 auf Krieg umgeschwenkt war und nur noch Krankenschwestern und Sanitäterinnen ausbildete. Die Ammann hatte sechs Kinder, davon vier Söhne, und Lida hat erzählt, wie sie sie einmal auf dem Weg zur Schule traf. Ellen Ammann bemitleidete die pazifistischen Bemühungen von Lidas und Anitas internationaler Frauenliga. Alle ihre Söhne stehen im Feld, erzählte sie stolz, sie wünschte, sie könne zwanzig Söhne in diesen gerechten Kampf für Deutschland ziehen lassen … und kaum war der Krieg zu Ende, beschaute sie die neue Republik, war schnell Alibifrau des bayernpatriotischen Ablegers des Zentrums, in dem nur Männer saßen, und forderte das

Frauenwahlrecht. Hat mich irre geärgert, denn die Konservativen lehnten das Frauenwahlrecht ab, und schwenkten erst um als sie merkten dass sie es nicht verhindern konnten.

Ich schweife ab. Ellen Ammanns Frauenschule war in jener Nacht des 8. November ein sicherer Ort, und Minister Matt und einige andere beschlossen, sofort gegen diesen Putschversuch vorzugehen, setzten die Polizei in Bereitschaft, und am nächsten Morgen wurde der bewaffnete Marsch vom Bürgerbräu zur Feldherrnhalle am Odeonsplatz niedergeschlagen. Es gab dennoch Tote, und es gab genügend Fanatiker an den Straßenrändern, die die Stoßtrupps und Fahnenträger und Hitler, der mit Ludendorff in der Mitte ging, anfeuerten, aber die ganze Sache war da schon ziemlich mau. Hat jedenfalls Thekla berichtet, die die schnarchenden Menschen im Bürgerbräu vor schalem Bier, Zigarrendunst und Brötchenresten sah. Ohnmächtig vor Sorge, denn wir wussten ja immer noch nicht, wo Fritzi war.

Ich hab Ellen Ammann nie persönlich getroffen, Fritzi auch nicht, sonst hätte sie sie fotografiert statt dieses Foto für eine Montage zu benutzen. Respekt! Die Ammann war gegen Schwangerschaftsabbruch, kriegsbegeistert, durch und durch Katholikin – aber ihr war es zu verdanken, dass das verfluchte Hakenkreuz nach diesem unseligen 9.November 1923 einige Jahre nicht mehr zu sehen war, dass keine SA-Sturmtrupps die Straßen unsicher machten, dass mancher junge Mann merkte, wem er auf dem Leim gegangen war. Wir atmeten auf, auch die Rentenmark kam ja dann und machte der grauenvollen Inflation ein Ende. Wie sollten wir ahnen, dass ausgerechnet Hitler von der Amnestie profitieren würde, während Mühsam und die Gefangenen der Revolution weiter in Niederschönenfeld drangsaliert wurden … ach, hätte doch die verfluchte Kugel nicht diesen Scheubner-Richter sondern seinen Nebenmann getroffen, die Geschichte der ganzen Welt wäre anders verlaufen, und wir saßen heute nicht im Exil, sondern im Englischen Garten.

Fritzi wird Spionin

Tata tata tata dröhnt es blechern durch die Schellingstraße. Die Hakenkreuzler veranstalten einen ihrer Umzüge, in der Mitte fährt ein Lastwagen, auf den Kühlergrill ein Totenschädel geschmiert. Mißtönend scheppern die Fanfaren immer dasselbe eintönige Tata.

Fritzi hatte gerade die Straße überqueren wollen zu Hoffmanns Laden, nun ärgert sie sich, dass sie warten muss, bis die Kolonne vorbei gezogen ist. Sie betrachtet die paramilitärische Truppe, die durch steife Kappen mit Kinnriemen kantig getrimmten Gesichter und begreift nicht, wie Männer sich nach einem mörderischen vierjährigen Krieg schon wieder gebärden als wollten sie in den nächsten ziehen. Haben sie keine andere Perspektive, keine anderen Gedanken?

Tata tata tata, scheppert es an Fritzi vorbei, Heil und Sieg, Gebrüll, Motorgeknatter. Sollte ich mal einen Sohn gebären, werde ich verhindern, dass er in den Krieg zieht. Aber dann fällt ihr der Bruder ein, nicht mal bei ihm konnte sie verhindern, dass er sich der Bande anschließt. Womöglich marschiert er mit? Sie sucht in den harten Gesichtern nach Peter, da erblickt sie auf der gegenüberliegenden Straßenseite Heinrich Hoffmann. Er steht in der Tür seines Geschäfts, begrüßt die Vorbeiziehenden mit militärischem Gruß, und neben ihm steht – der Mockes!

Fritzi versteckt sich hinter einem Gemüsestand. Was hat Hoffmann mit dem Mockes zu schaffen? Sie beobachtet, wie der Mockes den rechten Arm hochreißt, als wolle er die Parade abnehmen. Hoffmann sagt etwas zu ihm, dann reichen sie sich die Hände wie alte Freunde, und der Mockes besteigt den Lastwagen, der kurz vor Hoffmanns Atelier anhält. Hoffmann hebt noch einmal grüßend den Arm, allerdings nicht zu jenem Mockesgruß, stellt Fritzi erleichtert fest. Dann geht er ins Geschäft und schließt die Tür hinter sich. Fritzi lässt den Zug passieren und geht hinüber zu Hoffmann, gibt ihre Fotos ab und beobachtet ihn genau, kann aber keine Veränderung an ihm wahrnehmen. Hoffmann blättert ihre Fotografien durch, lobt einzelne wie immer, schüttelt bei anderen den Kopf, was bedeutet, sie lassen sich nicht verkaufen. Aber auf dem Verkaufstisch liegen Postkarten. Fritzi beschaut sie. Der Mockes in allen Posen des Redners: mit geballter Faust, mit theatralisch an die Stirn geführter Hand, mit und ohne Mantel, Porträt, Ganzkörper, immer wieder der Mockes.

Hoffmann nimmt ihr die Postkarten aus der Hand.

– Versuche, sagt er.

Aha. Das ist der Mann, der ihr sagt, sie soll ihrer Sache treu bleiben? Fritzi kann nicht verhindern, dass sie ablehnend wirkt.

– Interessanter Politiker, aber noch sehr unbeholfen.

Fritzi denkt an die Rede, die sie mit Peter hörte, und findet den Mockes alles andere als unbeholfen. Er ist der begabteste Antisemit, den sie je gehört hat, diese Germania- und Thuleleute sind Stümper gegen ihn.

– Ich helfe ihm, Sie kennen ja meine Philosophie, wie ich die politischen Führer zeigen möchte. Durch die Fotografien zeige ich ihm falsche und richtige Wirkung.

Nichts ist richtig, alles falsch an diesem Mockes, denkt Fritzi. Warum hilft Hoffmann ihm?

Sie gibt sich desinteressiert, packt ihre Fotografien wieder ein und lässt ihm diejenigen da, die er an die Illustrierten senden will. Aber ihr Herz rast. Hat sie sich in Hoffmann getäuscht?

Hoffmann breitet seine Postkarten aus wie einen Fächer.

– Finden Sie ihn attraktiv? fragt er plötzlich.

Fritzi kann ihr Entsetzen nicht verbergen. Hoffmann lacht schallend: Ein Herzensbrecher scheint er nicht zu sein.

Doch, denkt Fritzi, der bricht jüdische Herzen und kommunistische Gedanken, wenn man ihn loslässt.

Am Abend ist wieder Frauentreffen bei Marie. Die Treffen sind selten geworden. Von revolutionären Visionen ist wenig zu spüren, statt dessen haben die Frauen eine Gefangenenhilfe gegründet, um die schlimmsten Schikanen in den Festungen zu verhindern. Rosa prangert die sadistischen Maßnahmen unermüdlich im Landtag an, Toni im Reichstag.

Die Frauen bemerken sofort, wie bedrückt Fritzi ist. Sie erzählt von der unheilvollen Allianz zwischen ihrem Arbeitgeber und dem Mockes.

Die Frauen wechseln vielsagende Blicke.

– Wir dachten schon du bemerkst es nie.

– Was?

Wieder so ein Blickwechsel.

– Dass Heinrich Hoffmann ein Hakenkreuzler ist.

– Er ist sogar in die NSDAP eingetreten.

Fritzi blickt die Frauen fassungslos an.

– Ihr wisst das? Und habt mir kein Sterbenswort gesagt?

Rosa räuspert sich. Fritzi habe sich in der letzten Zeit sehr verändert. Ein Atelier, feine Kostüme, der Job als Seifenmädchen …

Fritzi stöhnt.

– Wie sollen wir wissen, ob du noch die alte bist, sagt Marie.

– Du hättest denken können, dass wir dir deinen Erfolg neiden, meint Hetti.

– Und dieses Revolutionsbuch, das war dein ganzer Stolz, obwohl es gegen die Räte hetzt.

Fritzi gesteht, dass sie es nie wirklich gelesen hat, die Erinnerung an Max und die Revolution tat ihr zu weh. Hetti liest ihr eine Stelle vor: „Man will sich nicht von einer Hand voll Fanatiker und Lumpen regieren lassen", und „ Es war der Geist Neu-Schwabings, der die Räte-Republik erschaffen und das biedere München zum Gespött und Entsetzen der halben Welt gemacht hat."

Fritzi nimmt das Buch in die Hand und liest zum ersten Mal wirklich darin. Sie findet zu ihren Fotografien entstellende Bildzeilen, die nicht die ihren sind. Rudi wird als „roter Minenwerfer" bezeichnet, und immer wieder wird auf die „Feigheit der Weiber" und die „jüdische Rasse" eingedroschen. Die Zerstörungen, deren Dokumentation breiten Raum einnimmt, sind selbstverständlich von den Kommunisten angerichtet worden, nicht von den weißen Truppen. Alles ist in sein Gegenteil verkehrt.

Fritzi legt den „Prachtphotoband" angeekelt zur Seite. Emil Herold heißt der Journalist der „Münchner Zeitung", den Hoffmann für den Text engagiert hatte. Er war Kriegsberichterstatter gewesen und galt als unabhängig.

– Meine Bilder sind missbraucht worden, sagt sie wütend.

– Meine liebe Fritzi, das weiß keiner, weil dein Name nicht genannt wird.

Jette sagt, sie habe nur die Fotos angeschaut und die Bildzeilen gelesen, erst beim zweiten gründlichen Lesen habe sie die Tendenz bemerkt, es sei geschickt aufgemacht. Die Macht der Bilder, denkt Fritzi, und schämt sich. Sie wird sofort mit Hoffmann brechen. Wie gut, dass sie finanziell unabhängig ist! Ob sie die Fotos von ihm zurück kaufen kann? Aber das sind mittlerweile so viele, das wird sie sich nicht leisten können ... wie beschämend.

– Halt! kommandiert Marie.

– Wir brauchen dich, sekundiert Rosa.

So wird Fritzi Spionin. Der wertvolle Kontakt zu Hoffmann öffnet dem „Seifenmädchen“ viele abscheuliche Türen. Sie informiert, wenn Versammlungen der Hakenkreuzler anstehen, sie warnt vor geplanten Terroraktionen der Organisationen, die unter dem Kahrregime in Bayern aufblühen: die „Alldeutschen“ organisieren Terror und planen politische Morde mit ihrem deutschvölkischen Schutz- und Trutzbund, den sie als ihren antisemitischen Kampfverband installiert haben. Zu den gewalttätigsten gehören die Organisation Consul, die aus dem Freikorps Ehrhardt hervorgegangen ist, eines von jenen, die ungestraft München verwüstet haben, und die im Geheimen arbeitende Orgesch des Forstrates Escherich.

Sie beobachtet den Reichshammerbund, den Deutschbund, die deutsche Erinnerungsgemeinde, den deutschvölkischen Bund. Auch berufsbezogene Organisationen haben sich gebildet sich, deutschvölkische Juristen, Zöberlein sorgt für deutschvölkischen Literaturverband. Alles, was sie herausfindet über geplante Treffen und Aktionen gibt sie weiter, und sie ist unglücklich, als sie im Juni 1922 weder das Säureattentat auf Scheidemann noch die Ermordung von Außenminister Rathenau verhindern kann. Klar, diese Männer sind nicht ihre politischen Freunde. Aber sie sind gewählte Politiker, auch wenn der Parlamentarismus sich in Fritzis Augen gerade selbst abschafft. Auch einer der letzten von verzweifelter Gewalt geprägte Versuch, gegen die rechte Gewalt zu revoltieren, geht schief. Fritzis gefälschte Pässe können Karl Plättner und Max Hoelz nach der Märzaktion nicht vor dem Zuchthaus retten.

1923. Im Keller

Der Mann war dieses Mal allein.

„Was wollen Sie von mir? Bitte lassen Sie mich gehen,“ flehte Fritzi. Als keine Antwort kam, bat sie um einen Schluck Wasser. Hoffentlich untersuchte er nicht die Fesseln, sonst war ihre Mühe umsonst gewesen.

Als er den Korken herauszog und ihr die Flasche an den Mund hielt, zuckte sie heftig zusammen. Es war der Schokoladenmann.

„Ich sehe, wir haben uns erkannt,“ sagte er, „Du hast deine Aufgabe nicht erfüllt. Du hast die jüdische Terroristin nicht vergiftet. Du hast gegen uns spioniert. Das wird dich dein kleines Leben kosten."

Er setzte die Flasche ab und erhob sich.

„Nein, bitte warten Sie," flehte Fritzi, „sie wollte sie nicht nehmen. Ich konnte nichts dafür, ich ... Sonja wollte keine Schokolade."

„Sieht ihr ähnlich, der verdammten Hure," bemerkte der Mann, „euch Schlampen verdanke ich diese Narbe, eine entstellende Narbe. Weiß der Teufel, woher diese jüdische Hure das Messer her hatte, Stadelheim ist zu lasch. Aber sie hat ihre Messerattacke mit dem Leben bezahlt, und jetzt kommst du dran. Bei dir wird es einfacher sein. Wenn am Nachmittag die Erschießungen beginnen, wird sich niemand für die Leiche einer kleinen roten Hexe interessieren. Später wird man sie finden, und sie wird der Feme verfallen sein. Bis dahin wirst du dich nicht mehr so gut amüsieren wie im Morphiumrausch. Du sollst jetzt leiden."

Er erhob sich.

„Warum?" schrie Fritzi, „lassen Sie mich frei, bitte!"

„Nun verlegst du dich aufs Bitten? Typisch für euch Juden."

„Ich bin nicht jüdisch," erklärte Fritzi, nun ehrlich verblüfft.

„Aber Kommunistin bist du. Ihr reicht den dreckigen Juden gern die Hand, ohne sie danach zu waschen. Mit euch machen wir ein für alle Mal Schluss. Bis gestern waren wir nur einige wenige kühne Phantasten, die daran glaubten, man könne dieses Land entjuden. Aber morgen beginnt ein neues Zeitalter. Wir werden die Erde von der jüdischen Weltherrschaft, von Kommunisten und landfremden Elementen befreien. Wie riesengroß ist die geistige Entwicklung, die vom bloßen Antisemitismus zur totalen Ausmerzung führt!"

Wieder wandte er sich zur Tür. Geistige Entwicklung, dachte Fritzi, was windet sich durch dieses Hirn. Aber sie musste Zeit schinden, Zeit! Fragen, fragen! Er hört sich gern reden!

„Wo werden die Kommunisten dann sein?" fragte sie schnell.

Er drehte sich tatsächlich um und sah sie verächtlich an. „Unter der Erde natürlich, wo sie hingehören."

Fritzi fiel etwas ein, das sie bei den Alldeutschen aufgeschnappt hatte.

„Hat euer Führer nicht was von Umerziehung gesagt?"

Er sah sie verächtlich an.

„Es stimmt, ihr seid ein feiges Pack. Du würdest dich lieber umerziehen lassen als für deine Überzeugung zu sterben?"

Ich muss ihn in ein Gespräch über seine kranke Philosophie verwickeln, dachte Fritzi.

Sie gab sich zerknirscht.

„Ja, wenns ans Sterben geht ... wir Frauen sind doch seit Jahrtausenden am Herd ... werdet ihr uns nicht brauchen für diese neue Welt?"

„Manche werden die Männer gebären, die wir brauchen, um die Weltherrschaft zu bewahren. Eine reine Rasse, zäh wie Leder, flink wie Windhunde und hart wie …"

„Wie Kruppstahl," meinte Fritzi. Himmelbammel, was für ein Blödsinn. Aber ein gefährlicher Blödsinn.

Er sah sie nachdenklich an, sofern den Begriff des Denkens auf ihn anwendbar war.

„Nicht schlecht," sagte er schließlich, „scheinst zu begreifen worum es geht. Warum hast du die Eisnerentführung verhindert?"

„Eisnerentführung?" Fritzi verstand nicht.

„Tu nicht so blöd, wir hätten Eisner entführt und Auer zum Ministerpräsidenten erhoben. Auer wäre ein nützlicher Idiot gewesen, bis der Führer den Reichstag entmachtet hat."

Sie sah ihn fragend an.

„In Aibling, du dumme Gans! Du hast die Entführung verhindert!" Er sah sie hasserfüllt an.

Jetzt begriff Fritzi. Wie lang war das her … Max! Ach, Max, er konnte ihr nicht mehr helfen, das war aus einer anderen Zeit. Die Zeit der Liebe war vorüber, die Epoche des Hasses hatte begonnen.

„Deine primitiven Proleten haben verhindert, dass Auer kam. Was sollten wir mit diesem Schwachkopf von Hoffmann!"

Fritzi betrachtete den Russen, über dessen Wange sich eine hässliche blaue Narbe zog. Das also war das Abschiedsgeschenk der tapferen Sonja Lerch. Wenn sie erst ihre Hände frei bekommen hatte, würde sie ihm mit Wonne ein zweites Andenken verpassen, diesem antisemitischen Schwachkopf, in dessen Hirn sich verworrene Gedanken festgesetzt hatten, eine tödliche Gefahr für die junge Republik. Wie viele Menschen empfanden wie er? Was lief da draußen ab, während sie in diesem Keller gefangen war? Von welchen Erschießungen redete er? Das fragte sie ihn, und im Dämmern sah sie das Leuchten, das über das verunstaltete fanatische Gesicht zog.

„Unser Führer ist dabei, der jüdischen Systemzeit den Todesstoß zu verpassen! Heute gehört uns München, morgen Deutschland, übermorgen die ganze Welt!“

„Lassen Sie mich das mit erleben,“ bat sie mit gespielter Demut.

„Du wirst es in jedem Fall erleben, rote Hex.“ Er griff nach einem Pappschild, das an der Wand lehnte: “Lies!“

„Ich Schandweib habe verraten mein Vaterland“, las Fritzi. Himmel, das war ein Schild wie bei der armen Annamirl vor drei Jahren.

„Das erwartet dich, falls der Plan des Führers scheitert. Dann werden wir unsere Feinde richten.“

„Aber ...“ Fritzis Hals wurde eng. Sie dachte an Annamirl, an Karl Gareis, an all die politischen Morde der letzten Jahre nach den Hunderten Ermordeten allein in Giesing

„Aber wenn der Plan gelingt? Keine Sorge, wir vergessen dich nicht!“

Er zog eine Spritze aus der Tasche und legte sie auf die Holzkiste neben der Tür.

„Das wird dein letzter Rausch sein in der neuen Welt! Bis morgen!“ versprach er, stopfte ihr den Knebel wieder in den Mund und ging. Der Schlüssel knirschte im Schloss, seine Schritte verhallten auf Kellertreppe.

Ach, Fritzi, schalt sie sich, nun ist es vorbei. Nicht du hast Sonjas Mörder gestellt sondern er dich, die Welt ist in Unordnung, und keine Aussicht auf Gleichheit und Gerechtigkeit. Warum wollte der scheußliche Mann seine Rache an ihr ausüben? Welchen Plan meinte er? Wer sollte erschossen werden? Wo war sie?

Fahrkarten, bitte!

Mir reichts, erklärt Fritzi. Sie sitzt mit Jette, Thekla, Hetti, Marie und Constanze im Zug von Berlin nach München. Toni Pfülf hat sie durch den Reichstag geführt, und am Abend haben sie sich „Masse Mensch", Ernst Tollers Stück über Sonja in der Volksbühne angeschaut. Seit einem Jahr läuft die Inszenierung von Jürgen Fehling erfolgreich, die Menschen schreien und weinen im Theater, und applaudieren am Schluss nicht nur dem Ensemble, sondern auch minutenlang solidarisch dem Dichter, der immer noch in der Festung Niederschönenfeld gefangen gehalten wird, trotz Amnestie. In Bayern gibt es weder Amnestie noch Republikschutzgesetz. Die Uraufführung von „Masse Mensch" in Nürnberg wurde im vergangenen Jahr von den Alldeutschen so gewalttätig provoziert, dass weitere Vorstellungen abgesagt wurden.

Die Frauen sitzen auf den harten Holzbänken der dritten Klasse und sind noch sehr erfüllt von dem, was sie auf der Bühne gesehen haben, und auch von den Berlinern, die viel mehr Freiheiten genießen als die Münchner.

– Mir reichts, wiederholt Fritzi entschieden, so kann es nicht gehen! Eine Meinung ist eine Meinung, eine andere Meinung bedeutet Diskussion, und dann war da noch das mit der Dialektik, wie Eisner das erklärt hat: in jedem Fall ein Ergebnis, und das Ergebnis heißt nicht Gewalt. Rede, Gegenrede, Diskussion, Einigung, Abstimmung. Aber dann lief alles falsch. Erst ein bisschen Geschubse, Schlägereien vor Theater und Kinos, Männergetu, Wirtshausschlägereien, die Bayern nennen das liebevoll Raufen, aber die gingen nicht mehr so aus wie früher, wenn ein paar Berauschte gerauft hatten, Kerle, die halt nicht so reden können, die nichts anderes gelernt haben als Prügel empfangen und Prügel austeilen, und im Krieg schießen. Nach der Rauferei lagen sie sich in den Armen. Aber dann gabs die ersten ernsthaft Verletzten. Störung von Veranstaltungen, nur weil andere Meinungen nicht in den Kram passen. Gewalt gegen Gewalt. Und geworden ist daraus geplanter Mord von immer stärker organisierten Schlägerbanden und Mördertrupps. Alldeutsche, wahrhaft Deutsche, Thulegesellschaft, Germaniaorden, Organisation Consul, Orgesch, würdevolle Namen für nichts als Mörderbanden. Die wollen alle umbringen, die ihren Plänen entgegen stehen. Klar, Kommunisten sind gegen eine nationalistische Diktatur, wir sind Proleten aller Länder. Dann haben sie die Juden als Schuldige ausgemacht: für die Inflation, für den Versailler Vertrag, alles von Juden gemacht, das ist so dumm, dass jeder es durchschauen kann als billige Masche, die Demokratie zu zerstören. Aber sie finden Gefolge, immer mehr! Ist ja viel einfacher zu glauben, dass die Juden schuld sind, die kann man dann ausweisen, jedenfalls die Ostjuden, die haben keine Fürsprecher. Die beteuern, dass sie keine Kommunisten sind und mit denen um Himmels willen nichts am Hut haben. Trotzdem werden sie aus Bayern rausgeworfen. Kannst du dir vorstellen, dass dieselben Leute, die weinend hinter Eisners Sarg hergingen, mittlerweile glauben, dass er ein galizischer Jude war und schuld ist am Versailler Vertrag?

Doch, so sind sie, ich sags euch, das sind dieselben Leute. Die haben Angst um ihr Geld, um ihr Haus, um ihre Aktien, und wenn die Inflation ihnen alles wegfrisst, dann tut es gut zu glauben, die Juden habens genommen, hols dir zurück und schlag sie tot ...

Marie protestiert.

– Du meinst, das geht zu weit? Das wollen die nun doch nicht? Dann erinnert euch an Sonjas Vorträge im Lamplgarten. Was Sonja über die Pogrome in Russland berichtet hat, gilt mittlerweile auch bei uns: Die Revolution in jüdischem Blut ersaufen, das war erklärtes Programm des Zaren und seiner Diener. Die wollten kein Geld ausgeben, das hungernde Volk zu füttern, die ließen es auf die Juden los zum Plündern, und wenn die Juden auch nichts hatten, schlugen sie sie tot.

– Das geht hier nicht, in unserer Republik, wendet Constanze ein.

– Die ist noch verdammt jung, diese Republik, und es ist nicht mehr die sozialistische Räterepublik, die wir erkämpft haben, auch nicht mehr die lahmarschige parlamentarische Ebertbude, das ist jetzt eine Republik im Ausnahmezustand. Geh alles durch, was Eisner geschaffen hat in nur drei Monaten, was ist geblieben? Du wirst nicht mehr viel finden, und warum? Weil Eisner in seiner Güte versäumt hat, uns in den Besitz der Produktionsmittel zu setzen! Da gibts ein Telegramm von Lenin, das kam spät, keiner war mehr da Lenins Fragen zu beantworten geschweige denn umzusetzen! Ob wir die Bourgeoisie entwaffnet, die Industrie enteignet und die Banken in unsere Hände genommen haben ... Nein, Genosse Lenin, haben wir alles nicht.

Thekla und Jette lachen, Marie und Constanze schütteln die Köpfe, Hetti protestiert, aber Fritzis Zorn ist nicht zu bremsen: Du weißt, ich bin kein Freund von Lenin und seiner Diktatur, Proletariat oder nicht, Diktatur bleibt Diktatur, will ich nicht, aber was die Verteilung des Besitzes angeht, hat er völlig recht! Seht euch um: Stinnes, Krupp, Flick: das waren Kriegsgewinnler, und jetzt sind sie auch die Gewinner der Inflation. Jede Krise macht sie reicher. Wenn wir knapp überlebt haben, wird die Ungerechtigkeit größer sein als vorher, die Schlotbarone werden die Schlotkaiser werden, hofiert von den Hakenkreuzlern, und weißt du was? Die haben gar nichts gegen die Hakenkreuzler, die benutzen sie gern! Die lassen diese kleinen dummen Kraftmeier und Schwätzer in den Bierkellern in dieser Gefletschtezähnesprache toben. Ab und zu stecken sie den Nazis Geld zu, so wie der König früher seinen treuen Jagdhunden einen Brocken hinwarf und daran freute, wie sie sich darum balgten. Thyssen hat den Hakenkreuzlern hunderttausend Goldmark geschenkt! Schon ein kluger Artikel von Rosa Luxemburg war so gefährlich für die Schlotbarone, dass sie ihre rechte Meute auf sie gehetzt und sie ermordet haben.

– Jetzt übertreibst du. Wir haben heute eine demokratische Redekultur im Reichstag erlebt.

– Ich schau genau hin. Die Kamera ist unbestechlich, die sieht die Wut, die kalten Augen, die Mordlust. Wenn ich eine Verschwörungstheoretikerin bin, dann ist Kahr Sozialdemokrat!

– Die Fahrkarten bitte.

Der schnauzbärtige Schaffner, der noch aussieht wie zur Kaiserzeit, versteht nicht, warum fünf Frauen plötzlich schallend lachen und sich nicht mehr einkriegen. Knipsknips, weg ist er.

– Siehste, so isses, sagt Jette.

Und dann beschließen sie, jene unselige bayrische Tradition mal auf den Richtigen anzuwenden: Ausweisen werden wir ihn, diesen Himpfler, sagt Constanze, und Hetti lacht und denkt gar nicht daran, sie zu verbessern. Ausweisen, jawohl, sagt sie, wie Selma und ich ausgewiesen wurden. Anita und Lida werden begeistert sein. Der Frieden ist das Meisterwerk der Vernunft. Die Zukunft ist weiblich!

Finstere Zeit

Über der Isar beleuchtet die untergehende Wintersonne Wolkenberge in feurigem Orange, Fetzen roter Wolken folgen vom Wind getrieben, dem Wasserlauf des schnellen Gebirgsbaches, der nie ein Stadtfluss hat werden wollen. So wild waren wir, denkt Fritzi und blickt auf das resedagrüne sprudelnde Wasser, wir dachten, sie zähmen uns niemals wieder! Wir hatten den König verjagt, die freie Republik eingeführt, wir wollten frei sein wie unsere Mütter es sich erträumt hatten, fort mit der ewigen weiblichen Knechtschaft, fort mit den Bücklingen vor Herrschaften, fort mit Zwängen, kein Korsett, keine Ehe, kein Kinderzwang, keine Zensur, kein Opportunismus. Die Isar schäumt und strömt und lässt sich nicht beirren. Wenn wir sie in ein Betonbett zwingen, wird sie sich beim nächsten Hochwasser rächen, ach ich wollte ich könnte das auch. Waren wir nicht die Flut, die diese Stadt überströmte, weit ins Land hinein alles mitriss, Begeisterung auslöste, alle schlossen sich uns an, und nun? Wo sind wir?

Ermordet, gequält, verjagt, eingesperrt. Ohne Hoffnung. Fritzi hört die Isar gluckern, der Himmel färbt sich langsam in ein dunkles samtiges Blau, aus dem die Mondsichel hervorsticht wie aufgehängt.

Wofür haben sie uns bestraft, denkt Fritzi, waren wir zu übermütig? Zu verwegen? Ist es unverschämt, Freiheit und Gleichheit zu fordern? Wovor hatten die Söldner Angst, die sie auf uns hetzten? War unsere Freiheit nicht auch die ihre? Nein, sie waren angeworbene Knechte der Freiheitsfeinde, sie hatten sich bestechen und dazu bringen lassen, zu morden. Und besonders hassten sie uns Frauen. Je freier wir Frauen wurden, desto mehr hassten sie uns. Unsere Freiheit bedrohte ihre kleine soldatische Macht, ihre Hierarchie, ihre Welt der Uniformen, Abzeichen, Orden, Waffen. Aus Puppen werden Menschen, hat Landauer gesagt, jetzt werden die Männer wieder in ihre Uniformen gezwängt und zu Puppen gemacht, mit gefühllosen Holzschnittgesichtern. Es muss sie wahnsinnig machen, dass wir Frauen uns nicht wieder in Puppen verwandeln lassen, fügsam und untertänig. Ich war erst 17, bin damit groß geworden, dass wir mit revolutionären Visionen die Welt verändern können.Wir dürfen doch nicht einfach verharren und uns bequem einrichten im Unrecht.

Sie erinnert sich, wie sie mit dem Sepp beim Wirt am Alpenplatz war, und über dem Tisch hing dieses eigenartige Bild. Eine Violine und ein Buch liegen vor einem dreiarmiger Leuchter auf etwas Dunklem, einem Tisch oder einer Kommode, der Hintergrund ist braun und schwer.

– Der Maler hat die Kerzen auf dem Leuchter vergessen, hatte sie gesagt.

Der Sepp betrachtete das Bild kurz und sagte: Dann hat er auch die Saiten der Violine und die Buchstaben im Buch vergessen.

Fritzi hatte das Bild genauer betrachtet. Der Sepp hatte recht. Die Violine hat keine Saiten, die aufgeschlagenen Seiten des Buches glänzen weiß aus dem Düstern. Es ist beklemmend. Hat der Maler tatsächlich vergessen, Saiten, Buchstaben und Kerzen zu malen?

Ihr Essen kam, die Knödel dampften, das Bild war vergessen.

Heute weiß Fritzi: der Maler hat nichts vergessen. Sie lebt jetzt in dieser Zeit, in der Musik keine Töne, Bücher keine Inhalte haben. Und kein Licht, nirgends.

Und sie weiß auch, dass der Sepp das weiß. Wenn er etwas so lapidar dahin sagte, hatte er die Wirklichkeit längst erkannt, blitzgescheit wie er war, und tat nur so abweisend.

Plötzlich packt Fritzi eine Welle, die sie auf den Boden schlägt, wieder hochwirft, gerade kann sie Luft holen, dann packt sie sie wieder, wirft sie hin, lässt sie liegen.

Man nennt es Sehnsucht.

Fritzi weint.

München 1923

Sepp war es, der Fritzi befreite.

Genau genommen war es der Gustl. Der Gaul wollte mal wieder keinen Schritt voran gehen. Sepp hatte in Stadelheim eine Leiche abzuholen und war mit dem Wagen vor das Krematorium gefahren, in dem die verstorbenen Gefangenen aufgebahrt wurden. Vor dem Keller des Krematoriums blieb der verdammte Gaul stehen, so berichtete es der Sepp später jedem, der es wissen wollte, aber auch allen, die nicht gefragt hatten, und wenn dieser störrische Klepper nicht gehen wolle, da helfe nichts. Kein gutes Zureden, keine Hoho-Rufe, keine Peitsche, nicht einmal der gemeine Hieb mit dem Peitschenstiel.

Der Sepp stieg also ab, ging nach vorn zum Gustl und schaute, ob etwas im Weg lag, ein Stein vielleicht oder eine tote Ratte, da war der Zosse empfindsam wie ein Madamchen. Aber da war nichts, der Gustl hatte den großen Kopf tief gesenkt und blickte nach unten, und als der Sepp sich ratlos neben ihn stellte und fragte, was das edle Tier bittschön habe, ob es bittschön weitergehen wolle, da sei nix, da röchelte dieses Tier wie es nur röchelte, wenn es Fritzi sah. Das ist eine Verschwörersprache. Fritzi nennt es ein verborgenes Wiehern, und mittlerweile weiß der Sepp, dass Fritzi in der Nähe sein muss, wenn der Gaul röchelt, als würde er gleich vor Schwäche oder Sehnsucht umfallen.

Nun war es so, auch das erzählte der Sepp jedem gern und ausführlich, dass er sich seit Tagen entsetzliche Sorgen um Fritzi gemacht hatte, genau genommen seit jenem Abend des 8. November, als Jette atemlos den Giesinger Berg hinauf gerannt kam und fragte, ob er wisse, wo Fritzi sei. Er wusste es nicht, und er hatte auch keine Idee, wo er suchen könnte. Er war unglücklich, dass Fritzi mit ihm gebrochen hatte.

Jette, ebenfalls unglücklich, schob wieder ab zu den Frauen und hinterließ ihm Maries Telefonnummer, falls Fritzi sich melden würde.

Da stand also der Gustl und röchelte, und der Sepp sah sich um, und sein Herz begann sehr töricht zu schlagen.

„Blöder Gaul," murmelte er, „wir sind hier in Sankt Adelheim, wie kann unsere Fritzi da herinnen sein."

Sah herum und glupschte und hustete und kickte einen Stein, und der Stein war weg. Der Sepp sah genauer hin. Der Kiesel war in eine Klappe vor einem Fenster gefallen. Sieh da, der Leichensaal hatte einen Keller, das war ihm noch nie aufgefallen. Warum blieb der alberne Gaul genau davor stehen?

„Da lagern sie keinen Hafer, dummes Viech," ermahnte er sein Pferd, aber der Gustl scharrte mit dem Vorderhuf und röchelte weiter.

„Also gut, ich schau nach, wenn ich den Sarg hinein geschafft hab," erklärte der Sepp dem Tier, „und du hörst auf, hier Zores zu machen."

Er trug also den leeren Sarg ins Krematorium, stellte ihn auf den Tisch neben den zugedeckten Leichnam und öffnete ihn, um die Leiche hineinzulegen. Da hörte er ein Wimmern. In dem zusammengesackten wimmernden Bündel in der Ecke erkannte er Fritzi.

„Himmelmariaundbebel," entfuhr es dem Sepp. Wie war sie hierher gekommen? War sie verletzt? Er eilte auf sie zu und hob sie auf. Erleichtert, dass sie offenbar unverletzt war, nahm er sie so fest in die Arme, dass ihr das letzte bisschen Luft fort blieb. Sie wies auf die Kellertür und krächzte mit trockenen Lippen: „Da, auf der Treppe!"

Sie weigerte sich auch nur einen Schritt in Richtung der Kellertür zu gehen. Aber vor der Leiche auf dem Tisch grauste ihr ebenfalls. Sie hörte den Gustl röcheln und brachte eine Grimasse zustande, die einem Lächeln ähnlich sah. Also setzte der Sepp sie neben der geöffneten Tür ab, so nah wie möglich neben den Gaul. Er blickte sich nach allen Seiten um. Der Gefängnishof war leer. Es war ihm ein völliges Rätsel, wie Fritzi ins Krematorium der Stadelheimer Leichenhalle gekommen war, jedenfalls nicht freiwillig, nun musste er sie wieder hinaus schmuggeln. Er beschwor sie, auf keinen Fall hinaus zu gehen. Sie nickte brav.

Der Sepp ging zur Kellertür. Der Schlüssel steckte. Als er die Tür aufschloss, rief sie plötzlich laut und angstvoll: „Vorsicht!" Der Sepp legte den Finger auf den Mund. Das fehlte noch, dass ein Aufseher nachschauen kam. Er tastete sich die feuchte Treppe im Halbdunkel hinunter. Nach wenigen Stufen stießen seine Füße an einen Körper. Der Sepp zuckte zusammen, trat vorsichtshalber ein wenig nach und da er auf keinen Widerstand stieß, zündete er ein Hölzchen an. Er leuchtete direkt in das grässlich verzerrte Gesicht eines Mannes mit einer Narbe, die sich vom Mund bis zum Auge zog. Leer starrten ihn dunkle Augen an. Der Mann war tot, und in seinem Oberschenkel steckte eine Spritze.

Der Sepp packte die Leiche, legte sie neben die andere auf den Tisch und deckte das Tuch notdürftig über beide Leichen. Fritzi riss beide Hände vor den Mund, als er mit seiner Last an ihr vorbei kam. Beinahe hätte sie geschrien, aber sie besann sich und starrte stumm und angstvoll auf den Feind.

„Er ist tot", flüsterte der Sepp beruhigend. Er nahm sie auf die Arme und legte sie sanft in den Sarg. Das kannte sie ja nun schon. Dann packte er den Sarg auf den Wagen, schloss das Krematorium ab und ließ den Gustl loszockeln. Mit klopfendem Herzen sicherte der Sepp nach allen Seiten, konnte aber keinen Menschen entdecken. Dem Wachhabenden warf er mit einem „Vergeltsgott" sportlich den Schlüsselbund zu, und dabei schlug sein Herz so heftig, dass er befürchtete, der Wachhabende würde ihn gleich darauf visitieren, was in seiner Brust so auffällig hüpfe.

Aber sie kamen unbeschadet hinaus, der Gustl trabte die Tegernseer Landstraße zum Giesinger Berg als müsse er den Daglfinger Pokal gewinnen, und dann standen sie im Stall.

Und dann fiel Fritzi dem Sepp in den Arm und heulte, und er umschlang sie mit beiden mageren Armen und streichelte ihren Rücken, immer wieder, wie man ein verängstigtes Kind streichelt, das Schläge bekommen hat. Nach einer Ewigkeit ließ das Schluchzen nach, und zu seinem Erstaunen spürte er, wie Fritzi sich in seine Arme schmiegte und die Zärtlichkeiten erwiderte.

Sanft legte er sie ins Heu, strich ihr das wirre Haar zurück, entfernte die Spuren, die der Knebel hinterlassen hatte, streichelte ihre blassen Wangen, ihren Mund, bis Fritzi seinen Kopf zart zu sich zog und ihn küsste. Sie küssten sich lange, und es war, als ob alles um sie herum, in jedem Strohhalm, in jedem morschen Brett der Scheune die ganze Welt sich zeigte. Wenn jetzt ein Blitz einschlüge oder der Boandlkramer persönlich mit seiner Sense einträte, sie würde ihm sagen: ja nimm mich mit ich habe eben in diesem Wimpernschlag die Liebe erfahren.

Als sie einander los ließen und in ihre erhitzten Gesichter blickten, stammelte Fritzi: „Das habe ich nicht gewusst ..."

Er wusste seit fünf Jahren, dass er sie liebte, küsste ihren Hals, ihre Ohren, ihren Mund und war entschlossen, nicht aufzuhören, bis sie es auch wusste. Der Gustl stand noch im Geschirr, ließ seine Ohren bei gesenktem Kopf spielen und sah den beiden mit gemäßigter Neugier zu als wollte er sagen, na endlich, und dies sei kein Grund, ihn nicht endlich auszuschirren und ihm sein wohlverdientes Heu zu geben. Er prustete, aber sie reagierten nicht auf ihn, also begann er mit dem Vorderhuf zu scharren und machte Anstalten, sich im Geschirr niederzulegen, damit hatte er immer Erfolg. Aber sie beachteten ihn nicht und fuhren fort, in seinem Heu zärtlich zu sein, so dass er sich neben sie stellte und mit Trense und vorwurfsvollem Seitenblick am Heu zupfte.

„Was hältst du von einer Landkommune in Kentucky," flüsterte der Sepp an Fritzis Ohr, und sie lachte, und er hielt sie fest, und er wusste: er würde sie nie wieder loslassen.

Ja, sie wird reisen. Ob es Kentucky sein wird, ob es eine Kommune sein wird, keine Ahnung. Aber sie wird mit diesem Mann die Welt neu erfahren. Wie hatte sie ihn nur für einen verschrobenen missgelaunten Sonderling halten können? Vielleicht wird es nicht Amerika. Vielleicht fahren sie die Isar hinunter, bis sie in die Donau fließt, und die Donau hinunter bis sie ins schwarze Meer mündet, und über das schwarze Meer nach Odessa und nach China … wer weiß das schon. Ja, sie wird mit ihm die Liebe erfahren, den ganzen Kosmos bereist sie mit ihm schon in dieser Minute, unvorstellbar reich ist ihr Leben geworden.

Sie zupfte einen pieksenden Heuhalm unter ihrer Achsel hervor und blickte direkt in vorwurfsvolle Pferdeaugen. Herrjeh, den Gustl kann man nicht mitnehmen, und die Kinder, ach die Kinder! Wie sehr hat sie sich nach ihnen gesehnt. Sie kitzelte den Gustl am Unterkiefer und seufzt voller Genuss. Der Duft von Schweiß und Heu, Liebe und Bergwiesen voller Kräuter.

„Mir hamma da jetzt ein Wasserklosett“, sagte der Sepp wichtig, und darüber musste sie so kreischend lachen, dass der Sepp ihr die Hand über den Mund legte, aber über seiner Hand blitzten ihre Augen katzengrün, und das erregte ihn dermaßen, dass er sich wieder über sie hermachte und sie so liebte, wie er nie zu träumen gewagt hatte. Und Fritzi packt diesen Mann und umklammert ihn und erlebt die Liebe wie alle Vulkane und Revolutionen der ganzen Welt gleichzeitig in einer gewaltigen Explosion.

Fotoalbum. Die letzte Seite

Die letzte weiße Seite schimmert von ungeschriebenen Geschichten wie eine Straßenlaterne bei Regen in der Nacht.

Eine leere Seite erzählt mehr als ein retuschiertes Foto, sagt Fritzi.

Da kommt sie, siehst du, da biegt sie um die Ecke, die schmale weißhaarige Frau mit ihrer unvermeidlichen Kameratasche. Die Box, es ist nicht mehr die Revolutionskamera, hier nennt man sie Brownie, und Fritzi schwört, dass es die praktischste aller Kameras ist, will man nicht eine schwere Pressekamera mit sich herum schleppen. Jetzt bleibt sie stehen. Da, wo die Droschken warten, bleibt sie jeden Tag vor diesem mageren schwarzen Pferd stehen, dieser hässliche Klepper kennt sie ganz genau. Jetzt bekommt er seine Möhre, jeden Morgen. Dann schwatzt sie mit dem Kutscher, siehst du, jetzt lüftet er seinen Zylinder wie vor einer feinen reichen Neuyorkerin, jetzt kommt sie.

Fritzi, du bringst einen wunderschönen Frühlingsmorgen mit. Sieh mal, ich hab dein Fotoalbum mit zu unserer Parkbank gebracht, ich will es diesem Mann zeigen, den ich gestern traf. Er lief die 42. Straße in einer Krachledernen entlang.

Hier sitzen wir, im Centralpark, und reden über vergangene Zeiten wie alte Leutchen das tun. Auf dieser Bank erfuhren wir, dass Ernst Toller sich da drüben im Mayflowerhotel das Leben nahm, dass Franzi beerdigt wurde, dass Thekla in Frisco lebt.

Manchmal bringe ich mein Akkordeon mit, dann singen wir die Schlacht von Ipern, und bei jedem „Oh!“ denken wir an Rudi und Max und lachen und weinen. Manchmal singen wir Couplets von Mühsam, den sie vor acht Jahren erschlugen. Revolution? Ach. Wir preisen jeden Tag den wir den Schlächtern entkommen sind. Wir trauern jeden Tag um die, die den Schlächtern nicht entkommen.

Natürlich gibt es Fritzis Fotoalbum nicht. Wie jede Geschichte von Frauen ist auch die Geschichte unserer Frauengang, des BSF, verloren. Bis auf zwei Plakate. Geschichte schreiben Sieger, nicht mal Siegerinnen. Wir sind die unbeschriebenen Blätter, und wir müssen jeden Tag um unsere Vergangenheit, Gegenwart und unsere Zukunft kämpfen.

Nachbemerkung und Dank

Manchmal versetze ich historische Frauen in erfundenes Geschehen, manchmal erfundene Frauen in wahre historische Begebenheiten. Immer aber habe ich Ereignisse der Jahre 1918 bis 1923 so geschildert, wie sie damalige Zeitungen berichten, Polizeiverhöre protokollieren, Zeitzeugen erzählen und gute historische Bücher darstellen.

Viele Zitate, die ich Personen in den Mund lege, sind auch von ihnen, so Gedichte von Erich Mühsam und Jakob Haringer. Plakate und Flugblätter, die Fritzi liest, sind authentisch und zum Teil gekürzt wieder gegeben, Reden der Frauen, zum Beispiel Anita Augspurg, Paula Schier und vieler mehr folgen ihren Veröffentlichungen. Sonja Lerchs Schwester Rachel Rabinowitz lege ich ihre eigenen Worte in den Mund; sie veröffentlichte 1919 einen Essay im „Jüdischen Echo".

Zwei Flugblätter sind alles, was vom „Bund sozialistischer Frauen" blieb. Der BSF war ein überparteilicher Zusammenschluss Münchner Frauen, die sich mit Wahlrecht allein nicht abspeisen lassen wollten. Sie forderten Mitsprache in allen Bereichen der Republik: „ Es ist dies die erste sozialistische Frauenorganisation, die selbständig, unabhängig von den sozialistischen Männerparteien und Fraktionen ist. Der Bund hat keine Satzung, kein Programm. Wer auf sozialistischem Boden steht – auch dann, wenn er keiner sozialdemokratischen Männerpartei angehört – und mitarbeiten will, kann die Mitgliedschaft erwerben", schrieben Anita Augspurg und Lida Gustava Heymann nach der Gründungsversammlung am 16. Dezember 1918. Die Frauen des BSF wurden von der parlamentarischen wie auch von der Rätedemokratie enttäuscht. Das neue Leben dieser tapferen Frauen begann in der neuen Republik, aber statt der erhofften Freiheit endete es in einer mörderischen Diktatur. Die Frauen wurden bespitzelt, mundtot gemacht, vertrieben, eingesperrt, ermordet. Während das Leben männlicher Revolutionäre mit ähnlich grausamen Biografien recht gut dokumentiert ist, da viele Literaten und Künstler waren, erwies es sich als schwierig, von einigen Revolutionärinnen auch nur die Lebensdaten zu recherchieren.

Es bot sich daher an, eine Figur zu erfinden und durch sie den vergessenen Frauen des BSF eine Stimme zu verleihen. Dabei waren mir die Forschung von Christiane Sternsdorf-Hauck und Egon Günther zu Hilde Kramer, „Petras Aufzeichnungen" von Paula Schier sowie Peter Kuhlbrodts und Andrea Kampfs Dissertationen zu den Frauen der Revolution eine große Hilfe.

Mirella Pietrzyk schuf einfühlsame Zeichnungen. Prof. Michael Brenner gab mir wertvolle Hinweise, Andreas Salomon führte sachkundig durch Kolbermoor, Dr. Herbert Dandl vom Verein Freunde Giesings beantwortete offene Fragen zu Giesings Geschichte. Ihnen danke ich sehr. Auch danke ich Dr. Julia Killet vom Kurt-Eisner-Verein und allen Menschen des Plenum R, deren Vorträge und Diskurse in unserer „Revolutionswerkstatt“ wesentliche Impulse für dieses Buch gaben.

Ganz besonders danke ich Günther Gerstenberg. Als Archive und Bibliotheken 2020/21 schlossen, öffnete er großzügig sein privates Archiv. Ohne seine Hilfe als homme de lettre, Historiker und Buchsetzer wäre dieses Buch nicht erschienen. Auch nicht ohne den verlegerischen Mut von Andreas Hohmann, dem ich ebenfalls danke. Und zuletzt danke ich der Liebe meines Lebens, Wolfgang, der des Themas nie müde wurde und mir spannende Abende mit zeitgenössischem Filmmaterial aus den Mediatheken präsentierte.